KNAUR

Über die Autorin:
Valentina Giambanco wurde in Italien geboren, lebt jedoch seit langem in London, wo sie in der Filmbranche arbeitet. In Seattle, dem Schauplatz ihres Romans, ist ein großer Teil ihrer Familie zu Hause. »13 Tage« ist der Start einer Serie rund um Alice Madison und ihre schillernden Sidekicks.

V. M. GIAMBANCO

13 TAGE

THRILLER

Aus dem Englischen von
Elke Link

KNAUR

Die englische Originalausgabe erschien 2013
unter dem Titel »The Gift of Darkness« bei Quercus, London.

Besuchen Sie uns im Internet:
www.knaur.de

FSC
www.fsc.org
MIX
Papier aus verantwortungsvollen Quellen
FSC® C083411

Vollständige Taschenbuchausgabe Juli 2016
Knaur Taschenbuch

Covergestaltung: Mediabureau Di Stefano, Berlin
Coverabbildung: Arcangel / Anja Weber Decker;
Gettyimages / arlindo71
Satz: Daniela Schulz, Puchheim
Druck und Bindung: CPI books GmbH, Leck
ISBN 978-3-426-51595-2

2 4 5 3 1

Für Claudio Giambanco und Giulio Cardi,
meinen Vater und meinen Großvater

Ein Himmel so blau, dass es schmerzt. Uralte Bäume ragen dreißig Meter in die Höhe, rote und gelbe Zedern neben Balsampappeln und Weinblattahorn. Ihre Wurzeln winden sich durch tiefes, grünes, glitschiges Moos und faules Holz. Der Junge rennt barfuß. Auf einer kleinen Lichtung bleibt er keuchend stehen und lauscht. Elf Jahre, vielleicht zwölf, die dunklen Augen weit aufgerissen. Totes Geäst hat ihm die Jeans zerfetzt, das schmutzig graue T-Shirt ist am Rücken schweißdurchtränkt, die Ärmel kleben an seinen dünnen Armen. Durch die Schlitze im Stoff sieht man Haut, seine Arme und Hände sehen aus, als wären sie in Blut getaucht worden.

Der Junge wischt sich eine Strähne aus den Augen und erbricht das wenige, was er noch im Magen hat. Er stützt sich an einem Baum ab, dann läuft er abwärts. Sein Körper wird von der Schwerkraft angezogen, er verliert das Gleichgewicht, watet durch das gefallene Laub. Die Welt knackt und schwankt unter seinen Füßen.

Letzte Nacht

Dunkelheit. Die Wellen schlugen krachend auf den Kieselstrand, es war das lauteste Geräusch, das James Sinclair je gehört hatte, und es erfüllte seinen ganzen Körper, als würde es in ihn hineingegossen.
Er erinnerte sich nicht, aufgewacht und über den Rasen hinunter zum Pier gegangen zu sein. Ein kalter Wind fuhr ihm ins Gesicht, und etwas Heißes, Trockenes breitete sich in seinen Lungen aus. Er geriet in Panik und versuchte aufzuwachen, doch er schmeckte Blut und hörte sich schreien: das Bett, auf dem er lag, die Augenbinde, der Draht um Hals und Hände. Er dachte an seine Kinder, er dachte an seine Frau.

Kapitel 1

In einer guten Nacht riecht man das Meer noch weit oben am University Hill. Alice Madison ließ das Fenster ein paar Zentimeter herunter und atmete ein. Die Nacht war kalt, und der klamme Dezembernebel hing tief zwischen den Häusern und den kahlen Bäumen. In zwei Wochen war Weihnachten. Die Studenten, die es sich leisten konnten, auf dieser Seite des Hügels zu wohnen, waren für die Feiertage schon zu Hause bei ihren Familien im ganzen Staat Washington.

Die Anzeige auf dem Armaturenbrett zeigte 4:15 Uhr. Detective Sergeant Brown, die dunkle Gestalt neben ihr, hatte den Abend schon vor Stunden besiegelt.

»Wenn die Kaffeebecher leer und alle Gespräche geführt sind, dann ist eine Observation nichts anderes als eine lange Zeit zusammen mit Leuten, die gerne woanders was anderes in anderer Gesellschaft machen würden.«

Das war eine ziemlich treffende Beschreibung ihrer Partnerschaft, dachte sie.

Die Scheibe beschlug von ihrem Atem. Sie hatte die Wahl: zu frieren oder an die Langeweile und den Schweiß anderer Männer erinnert zu werden, die hier stundenlang gesessen hatten. Sie fror lieber.

Brown wandte sich um, warf einen Blick auf das andere Ende der Straße. Sie nahm einen Hauch Aftershave wahr, kühl und nicht unangenehm. Madison wusste, dass man sie hier herausgeschickt hatte, obwohl die Chancen quasi gleich null standen. Brown war kein glücklicher Mensch heute Abend.

Gary Stevens – männlich, weiß, 23, keine Vorstrafen – war der Hauptverdächtige im Mordfall einer 19-jährigen Studentin vom Campus. Die Polizei fand Janice Hiller mit Handschellen an einen Heizkörper gefesselt, mit dem Rücken an der Wand. Sie war mit einem einzigen Schlag auf den Kopf getötet worden. Neben ihre rechte Hand hatte jemand ordentlich eine halb ausgetrunkene Tasse Kaffee gestellt.
An dem Tag vor vier Wochen, als sie zur Mordkommission von Seattle gekommen war, hatte Alice Madison das Grab ihrer Großeltern auf einem Friedhof in der Nähe von Burien besucht. Sie legte einen Strauß weißer Rosen neben den Grabstein und blieb eine Weile allein dort stehen. Wo auch immer sie waren, im Herzen würden sie wissen, dass sie Alice zu dem Menschen gemacht hatten, der sie heute war, und dass ihre Liebe ein Segen war, den sie wie Gold mit sich trug, auf der Haut und unsichtbar. An diesem Abend war Madison nach Hause gefahren, hatte sich etwas zu essen gemacht – keine Tiefkühlkost und nichts aus der Dose – und zehn Stunden am Stück geschlafen.
Brown war seither weder kalt noch unkollegial gewesen, sondern einfach distanziert. Er war ein guter Polizist, besser als die meisten. Sie würden nie Freunde werden, so viel wusste sie, und doch würde sie ihm jeden Tag aufs Neue ihr Leben anvertrauen. Vielleicht war das genug.
Brown und Madison hatten nicht über die Natur des Bösen gesprochen, als sie den Ring versengten Fleischs um Janice Hillers Handgelenk gesehen hatten. Der Heizkörper hatte in regelmäßigen Abständen die metallene Handschelle aufgeheizt. Sie machten sich einfach daran, das nächste Opfer zu retten, und arbeiteten konzentriert und zügig, um weitere Unschuldige aus der Schusslinie zu entfernen.
Am anderen Ende der Straße bemühten sich zwei Männer in einem dunklen Ford, einander wach zu halten. Der Kaffee und die schmutzigen Witze waren ihnen längst ausgegangen.

Madison hätte den Abend viel lieber in ihrer Gesellschaft verbracht: Die Detectives Spencer und Dunne waren seit drei Jahren Partner. Sie kannten sich von der Polizeischule und arbeiteten gut zusammen. Ein ungleiches Paar: Spencer war japanischer Abstammung, verheiratet, er hatte drei Kinder und einen Abschluss in Kriminologie von der Abendschule. Dunne hingegen war ein rothaariger Ire, er hatte sich mit einem Football-Stipendium das College finanziert und Frauen gehabt, deren kurze Röcke in die Mythologie der Wache eingegangen waren. Jeder wusste, was der andere dachte, der eine konnte die Handlungen des anderen vorwegnehmen. Madison hoffte, sie würde mit Brown keine Beziehung dieser Art aufbauen müssen. Detective Alice Madison wollte nur in die Dunkelheit hinausschauen, die vor ihr lag. Sie freute sich auf das ruhige Warten, bevor die Zielperson auftauchte, alles auf der Welt stillstand und es nichts als die Falle und die Jagd gab.
Auf der Polizeischule hatte man ihr vieles beigebracht, aber nicht, wie es sich anfühlte, mit voller Kraft hinter einem Menschen herzurennen, der einem Böses wollte – das hatte sie auf der Straße lernen müssen. Sie lehnte sich in den abgewetzten Ledersitz zurück. Spencer und Dunne wären vielleicht die bessere Gesellschaft gewesen, aber heute Nacht war sie genau da, wo sie sein wollte.
Der Wind wehte nun kräftig, nur ein paar Blocks weiter wogte die See, spritzte auf die verlassenen Piers und bildete Pfützen aus schwarzem Meerwasser. Stevens würde heute Nacht nicht nach Hause kommen, er würde nie mehr nach Hause kommen. Wahrscheinlich hatte er bereits den Staat verlassen, seinen Namen geändert und auf irgendeinem anderen Campus von vorne angefangen. Madison befasste sich nicht länger mit diesem Gedanken, sie befand sich noch in dem Stadium, in dem man jeden einzelnen roten Namen an der Pinnwand der Mordkommission auswendig wusste –

und besonders diejenigen, die sich von rot in schwarz verwandelt hatten, die Aufklärungsrate, das Allerwichtigste.
»Guten Morgen, Seattle. Draußen herrschen milde Temperaturen, knapp unter null. Und es ist …« Dunnes Stimme krächzte aus dem Walkie-Talkie.
Es lag zwischen den beiden Vordersitzen. Brown nahm es.
»Es dürfte so etwa 4:15 Uhr sein.«
»Hier auch. Wie lange sollen wir noch?«
»Es ist schon spät.« Brown seufzte. »Das war's, meine Herren, brechen wir auf.«
Madison war enttäuscht. Sie waren zwar ohne Erwartungen hergekommen, aber das machte den Aufbruch nun auch nicht einfacher.
»Mir macht es nichts aus, noch ein bisschen zu bleiben«, sagte sie.
»Es wird noch mehr Nächte geben.«
»Nicht für Stevens.«
»Stevens ist über alle Berge«, sagte Brown.
»Da bleibt er aber vielleicht nicht.«
»Bringt es ihn zurück, wenn wir hier warten?«
»Wahrscheinlich nicht.«
»Aber …«
»Ich fühl mich dann besser«, sagte sie.
Brown wandte den Kopf zu Madison. Ihre Augen wanderten im Halbdunkel über die Schatten der Straße, als wolle sie den Mann heraufbeschwören.
»Ist wohl sinnlos. Ich weiß«, sagte sie.
»Es wird noch mehr Nächte geben.«
Dunne meldete sich wieder. »Zwei Straßen weiter gibt es einen Laden, der vierundzwanzig Stunden geöffnet hat. Wir können uns dort treffen.«
»Okay. Wir folgen Ihnen.« Brown legte den Gang ein, und das Auto fuhr sanft los. Die Straße lag genauso da, wie sie sie Stunden zuvor vorgefunden hatten.

Ein Pärchen Ende zwanzig lief durch die Gänge des Night & Day, die beiden suchten sich kleine Schachteln MicrowaveWorld aus. Offenbar hatten sie irgendwo gefeiert und waren in Kicherlaune, aber nicht richtig betrunken. Sehr viel jünger als Madison konnten sie nicht sein.

Dunne war direkt zum Kaffee und den Donuts gegangen, Spencer hatte sich ein Mineralwasser geholt und Brown eine Cola light. Sie sagten kein Wort, die Stunden im Auto saßen ihnen in den Knochen, das spürten sie, sobald sie den Laden betreten hatten. Dunne streckte sich und gähnte.

Madison nahm eine Packung Milch und ging am Regal mit den Leihvideos vorbei. Es enthielt hauptsächlich Action- und Horrorstreifen, dazwischen ein paar Disney-Filme für Familien. Madison hatte während der letzten Wochen eine Billy-Wilder-Diät gemacht. Nach der Spätschicht war sie zu Hause auf dem Sofa im Wohnzimmer eingeschlafen, während sie Josephine und Daphne gelauscht hatte. Es lenkte sie ab, denn manchmal waren ihre Gedanken kein angenehmer Aufenthaltsort. Sie zahlte und ging nach draußen.

Ans Auto gelehnt trank Madison die Milch. Es war noch neblig, vielleicht würde das Morgenlicht den Nebel auflösen. Der Wind wehte jetzt viel stärker vom Meer her und trug den Ruf eines Nebelhorns mit sich. Sie hüllte sich fester in ihren schweren Anorak und dachte darüber nach, was sie alles in die nächsten vierundzwanzig Stunden packen wollte.

In dem Moment trat das Mädchen aus dem Nichts heraus.

Sie fiel Madison auf, weil sie so jung aussah und mit ihrer Jeansjacke und der dünnen Hose so fehl am Platz wirkte. *Ihr muss doch eiskalt sein.* Madison beobachtete sie weiter, vielleicht brauchte die Jugendliche Hilfe. Ihre Haare waren babyblond und kurz geschnitten. Sie sah aus wie vierzehn, gerade im richtigen Alter für eine Ausreißerin, einen kleinen Rucksack hatte sie auch noch dabei. Sie trug rosa Lippenstift und dicken Lidstrich, die Wangen waren von der Kälte gerötet.

Madison, die mit ihrer dicken Jacke und einer Baseballkappe auf dem Kopf am Auto lehnte, sah nicht wie eine Polizistin aus. Das war gut, denn sie wollte dem Mädchen keinen Schrecken einjagen. Jetzt bemerkte sie die dunklen Schatten unter ihren Augen.

»Hey.«

Das Mädchen blieb kurz stehen, wandte sich zu ihr und nickte leicht. Madison lächelte sie zaghaft an, denn das Mädchen sollte nicht denken, sie sei irgendeine Verrückte, aber gleichzeitig wurde ihr klar, dass sie genau danach aussah. Die Erfahrung sagte ihr, dass die Kleine wahrscheinlich unter einfachsten Bedingungen schlief, nicht annähernd genug aß und wohl bereits eine angehende Infektion der Atemwege in sich trug.

Das Mädchen blieb stehen, die Hände tief in den Taschen vergraben. Mit zwei Schritten war sie die Stufen hinauf und im Laden verschwunden. Sie reiste mit leichtem Gepäck; in den kleinen Beutel, den sie auf dem Rücken trug, passte nicht viel. Und dann war da noch etwas in der rechten Seite ihrer Jacke, das Ding, das sie unter dem dünnen weißen Stoff umklammerte. Madison war es aufgefallen, als sich das Mädchen abgewandt hatte. Es war eine kalte, traurige, verschwendete Nacht gewesen, und es wurde nicht besser: Was Madison gesehen hatte, sah aus wie der Griff einer Pistole. Sie lief die Stufen hinauf, hinter dem Mädchen her.

Es stand drei Meter vor ihr, betrachtete die Regale mit den Schokoriegeln und drehte den Kopf ganz langsam von einer Seite zur anderen.

Brown war ein, zwei Meter rechts von ihr an der Kasse und wollte gerade zahlen. Spencer und Dunne befanden sich im hinteren Bereich des Ladens. Das junge Pärchen hatte den Einkaufskorb mit Kartons und Päckchen gefüllt und ging in Richtung Kasse. Das Geplapper hatten sie eingestellt, nur das Brummen der Neonröhren und des Kühlschranks war zu hören.

In einer fließenden Bewegung öffnete Madison ihre Jacke und löste den kleinen Lederriemen, der ihre Pistole im Holster an der rechten Hüfte festhielt. Sie wollte jetzt nicht daran denken, dass der Großteil der Mordkommission das verdammte Ding zeitlebens nicht einmal ziehen musste. Sie ging einen Schritt auf Brown zu und berührte ihn an der Schulter, ohne auch nur eine Sekunde den Blick von dem Mädchen abzuwenden. Dann nickte sie in Richtung des Mädchens und imitierte mit den Fingern eine Waffe. Brown zog die Augenbrauen hoch und löste den Riemen an seinem Holster.

Die Hand in der Jackentasche war feucht, das war dem Mädchen unangenehm. Aber sie wollte die Hand auch nicht herausnehmen und an der Hose abwischen, das wäre noch viel schlimmer gewesen. Sie hasste das schwere Metall, es zog die Tasche auf der einen Seite herunter. Immer wieder umklammerte sie den Griff der Pistole und ließ ihn wieder los. Sie ließ den Blick rasch über Hershey-Riegel, Mars, Reece's schweifen. Zu viele Namen.

Das Pärchen stellte seinen Einkaufskorb auf die Theke, und ein unterbezahlter und übermüdeter Verkäufer gab die Preise in die Kasse ein. Madison stellte sich hinter die beiden und sprach so leise, dass sie sich selbst kaum hören konnte.

»Polizei. Verlassen Sie den Laden.«

»Was …« Der junge Mann machte den Mund auf und klappte ihn wieder zu, als er die Marke in der Innenseite ihrer Jacke aufblitzen sah.

»Sofort. Sehen Sie sich nicht um. Gehen Sie.«

Glücklicherweise gehorchten sie, jedoch nicht, ohne noch einen raschen Blick über die Schulter zu werfen.

Der Kassierer war nicht ganz so entgegenkommend. »Was soll das …?«

Das Mädchen wandte sich um, die Pistole hielt sie mit beiden Händen auf Augenhöhe. »Keiner bewegt sich.« Ihre Stimme

war zittrig, aber sie sprach klar und deutlich, und der Kassierer tauchte unter der Bar ab.
Das Mädchen stand gegenüber von Brown und Madison, die Pistole bewegte sich ruckartig zwischen den beiden hin und her. Spencer und Dunne waren hinter den Regalen verschwunden. Als könnte sie die beiden sehen, wusste Madison, dass sie die Waffe gezogen hatten und überlegten, wie sie zu dem Mädchen gelangen konnten, ohne dass einer von ihnen einen Schuss abbekam.
»Sie haben unsere Aufmerksamkeit. Und jetzt?« Brown war ruhig und hatte alles unter Kontrolle, unwillkürlich empfand Madison Bewunderung für ihn.
»Tun Sie, was ich sage. Legen Sie sich auf den Boden. Los.« Die Stimme des Mädchens wurde höher und schlug um.
Madison sah, dass ihr Atem immer schwerer ging, sie mussten sie schnell beruhigen, sonst bekam sie noch einen Schwächeanfall.
»Na los!« Bald würde sie austicken.
»Das ist es nicht wert«, sagte Brown. »In der Kasse sind weniger als fünfzig Dollar. Und Sie richten Ihre Waffe auf zwei Polizisten.« Er nickte zu seiner Partnerin hinüber.
Den Bruchteil einer Sekunde war in den Augen des Mädchens *Ach du Scheiße* zu lesen, es war lange genug.
»Legen Sie die Waffe auf den Boden und rennen Sie, so schnell Sie können.«
Dem Mädchen stand der Mund offen. Sie dachte angestrengt nach. Die vier Detectives wussten nur zu gut, dass jeder, der eine Waffe in der Hand hatte, den großen Max markieren konnte, aber ein paar Glückliche konnten zusätzlich noch ihr Gehirn einschalten.
Madison bemühte sich, den Überblick zu behalten, das Brummen auszublenden und den Kopf freizubekommen. Da war die Hand des Mädchens, die den Revolver auf Browns Kopf richtete, da war der Arm des Mädchens, das

Herz des Mädchens. Sie wusste, sie konnte in weniger als drei Sekunden ziehen, schießen und das Mädchen zu Fall bringen. Die Mündung zielte zitternd auf Browns Augen, doch der Mann verzog keine Miene, sah das Mädchen direkt an und sprach immer noch freundlich mit ihr. Das Mädchen trug Glitzernagellack, die Brauen waren gepierct, zweimal auf der linken Seite, einmal auf der rechten. Ihre Jeansjacke war innen mit abgewetztem Lammfell gefüttert, die bleiche Haut in dem Neonlicht beinahe durchsichtig.

»Hören Sie auf, mit mir zu reden!«, brüllte das Mädchen, und Madison sah nun nicht mehr sie, sondern nur noch die Waffe, und machte sich bereit. Im Bruchteil einer Sekunde spürte Madison, dass sie keine Hemmungen mehr hätte.

»Das ist es nicht wert«, sagte Brown. Madison wusste nicht, zu wem.

»Schon gut, schon gut.« Das Mädchen nickte. »Ich nehm mir bloß ein bisschen was. Sie bleiben, wo Sie sind.«

Der Augenblick war vorüber.

»Niemand bewegt sich.« Brown lächelte. »Wir sind nur drei Leute, die sich unterhalten.«

Mit der linken Hand langte sie hinter sich, ertastete die Schokoriegel, nahm sich ein paar und stopfte sie in ihre Jacke, dann nahm sie noch ein paar mehr und steckte sie in die Gesäßtasche ihrer Hose.

»Ich gehe jetzt. Ich lasse die Pistole auf den Stufen liegen. Niemand folgt mir.«

»Moment. Leg die Pistole hier auf den Boden. Du hast mein Wort, dass meine Partnerin und ich dir drei Minuten Zeit geben.«

»Ja, klar.«

»Mein Wort.« Brown wollte nicht, dass sie mit einer Waffe hinaus auf die Straße ging.

»Tu, was er sagt. Kein Mensch will Schwierigkeiten. Leg die Waffe weg und sieh zu, dass du hier wegkommst.«

»Und wenn nicht?«
Brown sah ihr direkt in die Augen. »Das Jugendgericht ist am Wochenende geschlossen, du wirst vierundzwanzig Stunden mit Betrunkenen und allen möglichen Gewalttätern in einer Zelle verbringen müssen.« Das Mädchen blinzelte zweimal. »Ich glaube kaum, dass du das möchtest.«
Das Mädchen schluckte schwer, es war eine schlechte Nacht gewesen.
»Gut.«
Sie ging ein paar Schritte in Richtung Tür, den Blick auf die beiden Polizisten vor ihr gerichtet, dann bückte sie sich und legte die Pistole auf den Boden, bereit zu fliehen. Spencer legte ihr blitzschnell den Arm um den Hals, und Dunne ließ die Handschellen um die dünnen, bleichen Handgelenke zuschnappen. Es war innerhalb von Sekunden vorbei. Das Mädchen rang nach Atem. Sie versuchte, die Polizisten abzuschütteln, ohne Kraft und ohne Hoffnung, ihr liefen Tränen über die Wangen. Spencer ließ sie los, Madison wusste, dass er einen Sohn in ihrem Alter hatte. Sie holte tief Luft und befestigte den Lederriemen wieder am Holster. Ihr Herz klopfte immer noch.
»Sie ist nicht geladen.« Dunne schüttelte ungläubig den Kopf. »Jesus, Maria und Josef.«
Der Kopf des Kassierers tauchte wieder hinter der Bar auf. Er machte sich ein Bild von der Lage und gab seinen Senf dazu. »Wer bezahlt die Süßigkeiten?«
Brown ging zur Kasse und legte einen Geldschein auf die Theke.
Sie führten das Mädchen die Stufen hinunter; sie würde mit Brown und Madison fahren, mit Spencer auf dem Rücksitz, um auf sie aufzupassen. Dunne würde das andere Auto steuern.
»Bringen Sie mich ins Gefängnis?«, fragte sie niemand Bestimmten.
»Du kommst mit auf die Wache, damit wir uns darüber

unterhalten können, wie du dazu gekommen bist.« Spencer zeigte auf die Waffe.
Das Mädchen fiel in sich zusammen. Es war, als sei alle Energie aus ihr gewichen, und sie hatte von Anfang an nicht viel gehabt. Spencer und Madison stützten sie, nicht um sie zurückzuhalten, sondern damit sie nicht zusammenklappte und sich den Kopf auf dem Beton aufschlug.
Der Wind hatte ein wenig leichten Regen mitgebracht, schüttelte die Bäume mit aller Macht und überzog die Straße mit einer dünnen Schicht feuchter Blätter. Um sie herum war alles pechschwarz, bis auf ein paar orange leuchtende Straßenlaternen und die Neonlichter des Night & Day.
Als sie dem Mädchen ins Auto halfen, blickte es auf.
»Haben Sie eine Zeitung, oder so?«
Ihre Stimme war kaum ein Flüstern.
Madison sah den dunklen Fleck auf ihrer Hose.
»Ich hole eine im Laden.« Sie ging auf die Stufen zu. »Möchtest du etwas Warmes zu trinken?«
Das Mädchen dachte eine Sekunde lang nach. »Einen Kaffee. Schwarz.«

Durch die Autoheizung wurde der beißende Uringeruch beinahe unerträglich, und sie fuhren mit offenen Fenstern. Das Mädchen saß zwischen zwei Detectives und hielt den Becher mit den Fingerspitzen. Sie trank in kleinen Schlucken und redete ohne Unterlass. Das war keine ungewöhnliche Reaktion: Sie hieß Rose, kein zweiter Vorname, dreizehn Jahre alt, kein fester Wohnsitz. Am Park Place Market hatte sie gesehen, wie ein Mann eine schwere braune Papiertüte in einen Mülleimer fallen ließ. Sie hatte auf Essensreste gehofft. Die Waffe war in ein Geschirrtuch gewickelt gewesen.
»Du hast eine ungeladene Waffe auf zwei Polizisten gerichtet«, sagte Spencer. »Auf der Blödheitsskala ist das die volle Punktzahl.«

»Du wusstest ja, dass sie nicht geladen war«, sagte Madison.
»Was glauben Sie denn?« Die Antwort kam mit einer Sekunde Verzögerung.
»Vielleicht, vielleicht auch nicht.« Brown fuhr schnell und blickte ab und an in den Rückspiegel.
»So oder so haben wir ein Problem. Wir sind von der Mordkommission. Wir können dich nicht bei uns im Revier behalten, weil du niemanden umgebracht hast.« Er überlegte. »Du hast doch niemanden umgebracht?«
»Nein.«
»Das ist gut. Aber wir können dich auch nicht gehen lassen, denn du hast mir gerade deine Waffe vor die Nase gehalten, und dadurch fällst du in meinen Zuständigkeitsbereich.«
Wollte Brown das Mädchen das Fürchten lehren, so stellte er es ziemlich gut an. Madison schätzte, sie war vor zwei bis vier Wochen abgehauen, von woher auch immer sie kam.
»Wir müssen jemanden vom Sozialamt anrufen und dich abholen lassen.« Brown fuhr in gleichmäßigem Tonfall fort. »Und die werden stinksauer sein, weil es Sonntag ist und fünf Uhr morgens und sie schon die ganze Woche mit so einer Scheiße beschäftigt waren. Und einer von uns wird bei dir bleiben, deine Familie anrufen und einen Bericht darüber schreiben müssen, wo du die Waffe herhast und was passiert ist. Und darauf warten, dass jemand dich uns abnimmt. Verstehst du? Du könntest jetzt tot sein, Kind.«
»Und Ihr Wort ist keinen Furz wert«, sagte das Mädchen zu sich selbst.

Fünfundvierzig Minuten später saß Madison an ihrem Schreibtisch im Mannschaftsraum und tippte. Die anderen waren nach Hause gefahren und hatten noch »Danke« genuschelt, als sie angeboten hatte zu bleiben. Das Mädchen trug eine saubere Trainingshose, die Madison in ihrem Spind gehabt hatte, und aß ein Hühnchensandwich aus dem Kühlschrank nebenan. Madison hoffte, das Verfallsdatum war lediglich ein Vorschlag; es roch in Ordnung.

Sie hatte ein paar Telefonate geführt, und nun war Shawna Williams vom Jugendamt auf dem Weg.

Der Raum war trostlos: Tische, Lampen, Stühle, ein paar Aktenschränke, alles in einem ansprechenden Waffengrau. Browns Schreibtisch stand gegenüber von ihrem, zum Zeichen der Hoffnung hatte er eine Taschenbuchausgabe von *Moby Dick* in der Schublade liegen. Eines Tages, so hatte er ihr erklärt, würden die Menschen vielleicht so lange aufhören, sich gegenseitig zu töten, dass er es lesen konnte. Bisher war es noch nicht dazu gekommen.

Rose nahm den Raum gar nicht wahr, sie konzentrierte sich auf einen Donut und einen Becher heißer Schokolade. Ein Detective hatte den Becher von zu Hause mitgebracht, darauf stand: *Ich war auf dem Mt. Rainier.*

Madison stellte fest, dass das Essen dem Mädchen gutgetan hatte, so erschöpft sie auch war. Wenn man es schlau anstellt, kann man lange unentdeckt unterwegs sein, aber nicht im Winter: Wenn die Straße dich nicht umbringt, dann tun es die Kälte und der Regen.

»Bist du sicher, dass du niemanden anrufen willst? Du kannst auch ein Ferngespräch führen, oder ich suche dir die Nummer heraus, wenn du mir einen Namen sagst.«

Das Mädchen schüttelte den Kopf. Madison wusste, was sie vor Augen hatte: eine Erwachsene in guter, warmer Kleidung, mit drei Mahlzeiten am Tag und dem Schlüssel zu einer Wohnung, vielleicht sogar einem Haus. Sie wollte sich ihr gegenüber nicht erklären. Madison verstand das besser, als das Mädchen jemals wissen würde.

»Ich weiß noch, wie ich zum ersten Mal auf einer Polizeiwache war.« Madison nahm einen Apfel von ihrem Schreibtisch und biss hinein.

Das Mädchen war zu müde, um interessiert zu tun.

»Ich war zwölf. Ausgerissen von zu Hause. Die County Police hat mich in der Nähe der kanadischen Grenze aufgegriffen, nördlich von Anacortes. Ich war eine Woche unterwegs, bis sie mich gefunden haben.«
»Unsinn.«
»Nein. Eine Woche. Es war August und ziemlich heiß, nicht so wie jetzt.« Madison war ganz sachlich. »Wir haben auf einer Insel gewohnt, eines Tages habe ich einfach die Fähre genommen.«
»Das haben Sie sich ausgedacht, ich wette, das erzählen Sie allen Jugendlichen, die Sie aufgreifen.«
Das Mädchen wirkte gerade sehr klein und verschlossen, wie eine wütende kleine Faust.
»Was denkst du denn?«, sagte Madison.
»Guten Morgen, Detective.« Shawna Williams kam herein, eine Afroamerikanerin Anfang vierzig. Sie hatten sich kennengelernt, als Madison noch in Uniform war. Sie blickte auf das blonde Mädchen hinab.
»Wen haben wir denn da? Darf ich Ihr Verhörzimmer benutzen?«
»Aber gerne. Nehmen Sie sich Kaffee.«
Sie roch daran. »Wer hat ihn gemacht?«
»Ich.«
»Sie kochen Kaffee, als wäre es die letzte Tasse in Ihrem Leben.«
»Das hört sich an, als wäre es etwas Schlechtes.«
»Nur, wenn man älter werden will als vierzig.«
»Ich werde das in Zukunft bedenken.«
»Tun Sie das«, sagte sie und schenkte sich eine Tasse ein. »Gehen wir.«
Madison und das Mädchen nickten sich sozusagen zum Abschied zu, Madison streckte ihr die Hand hin.
»Wenn du mal wieder eine Waffe findest …«
Das Mädchen steckte die Karte in die Tasche und ging durch

den schwach beleuchteten Korridor. Shawnas warme Stimme hallte von den Wänden wider, aber Madison hörte nicht mehr, was sie sagte. Irgendwo würde irgendjemand untersuchen müssen, wie sie an die Waffe gekommen war und ob damit eine Straftat begangen worden war, aber nicht vor morgen.

Sechs Uhr früh. Madison zieht sich die Jacke an, ordnet die Papiere auf ihrem Schreibtisch, schaltet die Lampe aus und geht. Howard Jenner, der diensthabende Polizist, winkt ihr zu, er hat das Telefon zwischen Ohr und Schulter geklemmt. Zwei Detectives kommen mit einem Betrunkenen in Handschellen die Treppe herauf, er sieht Madison an, als sie vorbeigeht.
»Träum schön, Süße.« Seine Stimme klingt wie eine zerbrochene Flasche.
Es hat aufgehört zu regnen, der Himmel über ihnen ist weit.

Alki Beach war um diese Tageszeit menschenleer. Madison parkte an der üblichen Stelle und kletterte auf den Rücksitz. Sie zog sich die Hose aus und schlüpfte in eine Jogginghose und ein ausgeblichenes Sonics-Shirt. Sie hatte ihre Waffe noch nie gerne im Auto gelassen, falls irgendein Schlauberger auf die Idee kommen sollte, ihr vier Jahre alter Honda sei es wert, gestohlen zu werden. Sie richtete sich das Holster unter dem Sweatshirt und lief gemächlich zum Wasser, nach ein paar Minuten legte sie richtig an Tempo zu. Bald würde die Welt nur noch aus den Wellen bestehen, die ans Ufer schlugen, und aus ihren Füßen, die den Sand berührten.

In der fast völligen Dunkelheit des Hoh River Trails, drei Fahrstunden von Seattle entfernt, rennt ein Mann durch den Wald. Seine Gestalt ist nur verschwommen zwischen den Bäumen zu erkennen. Er läuft diesen Abschnitt zum siebenunddreißigsten Mal, zum zwanzigsten Mal bei Dunkelheit. Schnell genug, um ihn für die Zeit, die er braucht, am Leben zu halten, langsam genug für sein endgültiges Vorhaben. Als er unten am Flussbett ankommt, sieht er auf die Uhr. *Dreiundzwanzig Minuten.* Er richtet das Gesicht zum offenen Himmel, fröstelt im plötzlich aufkommenden Wind, und seine farblosen Augen entdecken vereinzelte Sterne. *Wie lange dauert es, richtig gut zu werden?*

Kapitel 2

Alice Madison fährt in das erste Morgenlicht hinein. Ihr Privatauto riecht frisch, nicht parfümiert, sondern einfach nur sehr sauber und ein wenig nach Leder, und Madison fährt so schnell, wie es gerade noch erlaubt ist. Aus den Lautsprechern dröhnt *No Cars Go* von Arcade Fire, laut genug, um ihr jegliche Gedanken an die Geschehnisse im Laden aus dem Kopf zu pusten.

Als die Nachricht von ihrer Versetzung in die Mordkommission durchgedrungen war, hatten Brown und Spencer die üblichen Überprüfungen durchgeführt. Es war eine inoffizielle Tradition: ein paar Anrufe hier und dort, sogar Madisons Collegezeugnisse hätten von der University of Chicago beschafft werden können. Sie erfuhren, was sie wissen mussten, der Rest würde sich bald genug von selbst finden.
Alice Eleanor Madison war in Los Angeles geboren und hatte sechs verschiedene Schulen in sechs verschiedenen Städten besucht, bevor sie mit dreizehn Jahren nach Seattle kam und offenbar beschloss hierzubleiben. University of Chicago, Abschluss in Psychologie und Kriminologie, magna cum laude. Die Polizeischule hatte sie spielend geschafft, und Spencer fügte gerne hinzu, dass sie im Sechzigsekundentest der Handkraft mit jeder Hand einen Durchschnitt von über neunzig erreicht hatte, mit einer Smith & Wesson Modell 19.
»Genau was wir brauchen.« Das war Browns einziger Kommentar.
Sie war Single, trank wenig, rauchte nicht und zahlte ihre

Rechnungen rechtzeitig. Gelegentlich pflegte sie Umgang mit anderen Polizisten, blieb aber meistens für sich.
Dunnes Beitrag zu den Nachforschungen bestand in der Information, dass Madison von mindestens sieben seiner Bekannten in anderen Polizeidienststellen um ein Rendezvous gebeten worden war. Höflich, aber bestimmt hatte sie jedem von ihnen einen Korb gegeben, sogar den unverheirateten.
Während der letzten vier Wochen hatte Madison auf Hochtouren gearbeitet, sie hatte Augen und Ohren offen gehalten, ihre Jahre in Zivil waren nur das Fundament des Hauses, das sie bauen wollte. Brown, Spencer und Dunne hatten insgesamt vierzig Jahre in dem Beruf verbracht, zwanzig davon bei der Mordkommission. Es kam ihr vor, als würde sie wieder zur Schule gehen.

Three Oaks ist ein grünes Viertel am südwestlichen Stadtrand. Zwischen den Douglasien sind zwei- und dreistöckige Häuser zu erkennen, mit gepflegten Gärten und Doppelgaragen. Hinter den Häusern fallen die Rasenflächen sanft zum ruhigen Wasser des Puget Sound ab: Es gibt Boote und kleine, gepflegte Stege, viele Grundstücke werden von einem schmalen Kieselstrand gesäumt, Vashon Island liegt wie ein grüner Streifen im Wasser. Es ist ruhiger Wohlstand, Menschen in guten Berufen, die sich eingekauft oder von ihren Eltern geerbt haben.
So früh an einem Sonntag waren die Straßen leer, und nur ein paar dreiste Vögel wagten es, die Stille zu durchbrechen. Madison bog in die Maplewood Avenue ein und ein paar Meter danach in ihre Zufahrt. Für den Bruchteil einer Sekunde war da jemand an einem Fenster im ersten Stock zu sehen, aber sie wusste, dass es nur der Schatten eines Baums war. Sie parkte ihr Auto neben dem Mercedes ihrer Großeltern. Er war nun seit über einem Jahr nicht mehr gefahren worden, und Madison nahm ihn nicht mehr wahr als die Bäume um sie herum oder die Steine unter den Blättern. Er war Landschaft.

Ein großer gefütterter Umschlag lehnte an der Tür, auf beiden Seiten unbeschrieben. Madison lächelte, er fühlte sich gleichzeitig weich und fest an. Auf dem Zettel darin stand: *Brunch ist um 12, komm, wann du kannst. Bis später, Rachel.* Madison langte in den Umschlag und biss gleich darauf in einen Schokokeks.
Shawna Williams hatte sich bei ihr bedankt, weil sie mit dem Mädchen gewartet hatte. Immerhin hätte die Jugendliche eine Waffe auf sie gerichtet. Sie hatte gesagt, sie sei ein netter Mensch.
Durch die großen Terrassenfenster auf der Rückseite des Hauses wurden langsam Schemen erkennbar. Madison setzte sich aufs Sofa und blickte hinaus auf den Rasen und das Wasser. Sie lehnte den Kopf zurück, die nächsten vierundzwanzig Stunden hatte sie nichts zu tun.
Sie dachte zurück an das Mädchen, das verzweifelt den Revolver umklammert hielt. Rose. Madison hatte keinerlei Zweifel darüber, was sie getan hätte, wenn das Mädchen versucht hätte, auf Brown zu schießen. Es überraschte sie nicht, aber sie spürte einen dumpfen Schmerz in sich. Was Shawna Williams wohl damit anfangen würde.
Die Nacht hatte ihre letzte Energie aufgebraucht; sie schloss die Augen, fiel in einen Traum – und die zwölfjährige Alice Madison wacht ruckartig in ihrem Schlafzimmer in Friday Harbour auf.

In dem offenen Fenster steht der Mond hoch am Himmel, ein warmer Windhauch streicht über ihr Baumwolllaken, und ihr Herz rast. Sie weiß, was kommt. Wie immer zeigt die Micky-Maus-Uhr auf ihrem Nachttisch 2:15 Uhr an, und ihre Augen gewöhnen sich langsam an die Dunkelheit.
Vor fünf Monaten ist ihre Mutter gestorben, und der Kummer darüber raubt Alice immer noch den Atem. Ihre Bücher stehen aufgereiht im Regal, die Kleider liegen ordentlich

zusammengefaltet auf dem Stuhl, ihre Pantoffeln neben dem Bett. Sie weiß, was kommt. Der Boden im Korridor knarzt, sie dreht den Kopf blitzschnell zu ihrer geschlossenen Zimmertür. Jemand ist im Haus. Ihr Vater arbeitet nachts, und sie erwartet ihn nicht vor Sonnenaufgang zurück.
Sie blinzelt und zwingt sich nachzudenken. *Es könnte Dad sein.* Nein, das Licht im Gang ist aus, er hätte das Licht angemacht, hätte nach ihr gesehen. Dad würde nicht in der Dunkelheit herumschleichen. Jemand bewegt sich von einem Raum zum nächsten, ihre Fingernägel graben sich durch die Zudecke ins Handgelenk, schwere Schritte, die versuchen, leicht zu sein, gehen ins Zimmer ihrer Eltern.
Ihr Baseballschläger liegt unter dem Bett. Sie greift schnell danach, ohne den Blick von der Tür abzuwenden.
Er ist wieder im Gang. Alice hat Angst, sich zu bewegen, und Angst, zu bleiben, wo sie ist. Sie ist erstarrt, einen nackten Fuß auf dem kalten Boden, der Rest von ihr noch unter der Decke, den Schläger hat sie mit beiden Händen umfasst. Die Schritte verharren vor ihrem Zimmer, die Zeit bleibt stehen. 2:18 Uhr. Alice macht kein Geräusch, sie blinzelt nicht, bewegt sich nicht, atmet nicht. Dann bellt ein Hund in der Nähe, und Madison wacht in ihrem leeren Haus auf, das Holster drückt sich in ihre Seite, das Herz klopft noch.
Sie war an diesen Traum gewöhnt, er war wie eine Narbe, wenn man den Ärmel hochkrempelt: hässlich, bleibend und intim. Er endete nicht immer da, manchmal kam sie bis zu dem Punkt, wo sie mit dem Schläger ausholte und vom klirrenden Glas geweckt wurde, aber nicht dieses Mal.

Weniger als eine halbe Meile entfernt hat sich James Sinclair seit Stunden nicht bewegt, er kann das erste Licht, das auf seinen Körper fällt, nicht spüren. Schatten bilden sich, werden länger, schmelzen weg. Stille ist in alle Winkel des Raums vorgedrungen wie Rauch.

Kapitel 3

Meilenweit entfernt von der Stadt. Der Mann schloss die Augen und lauschte dem Fluss. Die Fliege traf sanft auf dem Wasser auf, mit einer schwungvollen Bewegung aus dem Handgelenk geworfen. Er hatte kalte Hände, aber er mochte keine Handschuhe auf der Haut spüren, wenn er fischen war. Auf dem rechten Handrücken kreuzten sich drei dünne, zehn Zentimeter lange Narben, die weiß schimmerten. Der Himmel kündigte den Tag an, und die Ruhe des Waldes gab ihm den Segen.

Er sah aus wie ein ganz normaler Mann, der einen Campingausflug machte und vielleicht ein bisschen angeln wollte. Ein ordentlicher Kurzhaarschnitt, teure Ausrüstung auf dem Boden neben seinen Stiefeln. Nichts, weshalb ein zufällig vorbeikommender Wanderer genauer hinsehen würde, nichts, woran sich jemand länger als fünf Minuten erinnern würde. Das vertraute Gewicht des kleinen Revolvers in seinem Knöchelholster nahm er kaum mehr wahr. Der Mann hielt wenig von Segnungen.

Er warf die Angel noch einmal aus, die Augen folgten der Schnur in einem langen, langsamen Bogen, und da wusste er, dass das wahrscheinlich aller Frieden war, den die Welt ihm je gönnen würde.

Die Schüsse der Jäger auf dem Berg oberhalb von ihm erschreckten ihn nicht im Geringsten.

Es war Viertel vor eins, als sich Madison regte. Sie war ein wenig steif, weil sie auf dem Sofa eingeschlafen war, doch das ließ sich durch eine ausgiebige heiße Dusche und eine Tasse starken Kaffee wieder richten. Sie zog Chinos an, ein dunkles Jeanshemd und eine braune wattierte Wildlederjacke. Das Holster mit der Pistole kam in einen abgeschlossenen Safe unter dem Bett.

Sie hatten vereinbart, dass Alice bei Rachel zu Hause keine Waffe trug, wenn sie nicht im Dienst war. Beide waren sich einig, dass es nicht gut für die Kinder war, wenn sie sich an den Anblick einer erwachsenen Frau gewöhnten, die mit einer Pistole am Gürtel bei ihnen in der Küche Kaffee trank.

Madison brauchte zu Fuß sieben Minuten zu Rachel. Im Laufe ihrer zwanzig Jahre währenden Freundschaft hatten sie nie mehr als fünfzehn Minuten zu Fuß auseinander gewohnt. Mit dreizehn ist das entscheidend.

In Blueridge waren schon ein paar Häuser weihnachtlich geschmückt, hinter den Vorhängen sah man Lichter blinken. Alice hatte nie etwas daran gefunden, aber ihre Großeltern hatten damals beschlossen, sie sollte an ihrem ersten gemeinsamen Weihnachten den größten Baum von ganz Seattle bekommen, und sie war begeistert gewesen.

Rachels Haus war voll mit Verwandtenbesuch. Neals Brüder mit ihren Frauen und Kindern, Tanten und Onkel, Cousins und Cousinen, die Alice seit Jahren nicht mehr gesehen hatte. Eine Gruppe Kinder war vor dem Fernseher geparkt worden. Erwachsene saßen auf den Sofas und standen am Büfett. Rachels Mutter Ruth sorgte dafür, dass alle zu essen und zu trinken hatten. Rachel hatte Alice durch das Zimmer geschoben, bis sie schließlich beim Treppenabsatz im ersten Stock auf den Stufen saßen, die Teller auf den Knien.

Als Madison noch Uniform trug, hatte sie einmal am Fall eines vermissten neunjährigen Jungen gearbeitet. An dem Tag, da sie ihn am Spielplatz unter Gebüsch vergraben fanden, hatte sich Rachel mit ihr stundenlang in das dunkle Haus gesetzt. Seit sie bei der Mordkommission war, saß Madison nicht mehr bei ausgeschaltetem Licht da.

Rachel trank einen Schluck Wein und sah ihre Freundin an. »Wie geht's?«

»Gut. Ich habe geschlafen wie ein Stein. Wie war deine Woche?«

»Ganz in Ordnung. Das Semester ist vorbei, keine größeren Dramen. Ich werde die Ferien damit verbringen, einen ungefähr sooo hohen Stapel Essays zu benoten.«

Rachel unterrichtete zweimal die Woche an der UW, an der psychologischen Fakultät. »Und du? Hast du wieder geträumt?« Rachel war der einzige Mensch auf der Welt, der davon wusste.

»Alle paar Monate, es ist nicht so schlimm.«

»Die Frau, von der ich dir erzählt habe, ist wirklich gut, falls du mit jemandem darüber reden möchtest.«

»Ich komme schon klar, bin ja daran gewöhnt.«

»Ich glaube nicht, dass es dir guttut, einfach damit zu leben.«

»Es ist wirklich kein großes Ding mehr.«

»Herrgott, Mädchen, du hast ein Examen in Psychologie.«

»Ich weiß – erstaunlich, was?«

»Tja. Tommy ist übrigens schon wieder im Supermarkt abgehauen. Hab ihn auf dem Boden bei den Corn Flakes und so gefunden. Er saß da und hat mit den Schachteln gespielt. Schon das zweite Mal in diesem Monat. Hast du den Typ gestern Nacht erwischt?«

»Nein. Nur ein dreizehnjähriges Mädchen, das mit einer ungeladenen Waffe vier Polizisten in einem Eckladen überfallen hat. Sie hätte sich fast wegen ein paar Mars-Riegeln erschießen lassen.«

»Du liebe Zeit – du warst dabei?«

»Ja. Sie ist jetzt beim Jugendamt.« Madison trank einen Schluck Wein. »Sie heißt Rose.«

»Hübscher Name«, meinte Rachel.

Ein paar Stunden später saß Madison mit Rachels sechsjährigem Sohn Tommy auf dem Sofa und las ihm Indianermärchen vor. Im Kamin knisterte das Feuer, sie hatten sich Tommys Quilt über die Beine gelegt. Nachdem sie fünf Minuten lang nicht mehr von seinem Stimmchen unterbrochen worden war, merkte sie, dass er eingeschlafen war. Madison betrachtete die Wand über dem Kamin, die sogenannte »Familienwand«. Fotos der Familien Lever und Abramowitz, die Generationen zurückreichten. Alice hatte immer ihre Lieblingsbilder gehabt: Rachels russische Großeltern an ihrem Hochzeitstag, Rachel und sie selbst auf der Treppe des Apartments, das sie im College gemeinsam bewohnt hatten, das Schwarzweißporträt eines unbekannten Jungen in seinem besten Sonntagsanzug.

Alice hatte keine Bilder von ihren Eltern. Es freute sie, dass sie gemeinsam mit Rachels Familie an der Wand hing. Nebenan spielte jemand Bach.

Madison betrachtete noch eine Weile das Feuer, dann stand sie langsam auf, um das Kind nicht zu wecken. Tommy rührte sich nicht. Nachdem sie sich bedankt und von allen verabschiedet hatte, lief sie nach Hause, warf einen raschen Blick in ihren Kühlschrank und ging ins Schlafzimmer. Völlig unbewusst und automatisch legte sie das Holster mit der Waffe wieder an, schloss den Safe und ging hinaus.

Im Supermarkt kaufte sie Obst und Gemüse, Käse von der Theke und frisches Brot. In dem Laden herrschte schon Weihnachtsstimmung, rund um die Uhr wurden die üblichen Lieder gespielt. Sie stand im Gang mit dem Geflügel, als ihr der Mann auffiel, ein magerer Weißer mit Jeansjacke. Er trat von einem Fuß auf den anderen und blickte über die Schulter zu dem Wachmann, der sich mit der jungen Frau an der Kasse unterhielt.

Seine Kleidung sah in Ordnung aus, beide Hände waren zu sehen. Wieder schaute er zum Ausgang, der Wachmann war noch ins Gespräch vertieft. In diesem Moment gesellten sich eine Frau und ein kleines Kind zu ihm. Madison nahm ein paar Hühnchenpackungen und ging zur Kasse. Was man in Menschen so alles sieht. Madison kannte keinen Polizisten, der nicht automatisch aufmerksam wurde, wenn jemand an einem warmen Tag einen langen Mantel trug.

Zu Hause zog sie Sweatshirt und Jogginghose an und lief eine Dreiviertelstunde durch ihr Wohnviertel. Brown ging ihr durch den Kopf. Gestärkte weiße Hemden und Regenmantel. In der Eiseskälte stach ihr die Nase. Sie würde von ihm lernen, ob es ihm gefiel oder nicht. Sie würde da sein, wo die Arbeit war.

Während die Nachrichten liefen, kochte sie. Sie aß direkt aus dem Topf und schaute dabei die Wiederholung einer Folge von *Sports Night* an. Erst als sie zu Bett ging, nahm sie ihre Waffe heraus und reinigte sie, schoss ein paarmal trocken, lud sie neu und legte sie unter das Bett. Um halb zehn schlief sie ein und träumte bis zum Morgen nichts.

Kapitel 4

Die Kanzlei Quinn, Locke & Associates lag im 9. Stock des Stern Tower zwischen der Pike Street und der 6th Avenue. Nathan Quinn saß seit halb acht Uhr morgens in seinem Büro, las eine Akte für den Fall King County vs. Mallory und machte Notizen. Auf seinem Schreibtisch befand sich nichts als die Akte, sein Laptop, eine Lampe und schwarzer Kaffee in einer weißen Porzellantasse mit Unterteller. Der Regen zog feine Linien über den Puget Sound und den Hafen, die am Eckfenster langsam sichtbar wurden.

Das ruhige, elegante Büro und die schöne Aussicht gefielen ihm gut, ebenso wie der dunkle Anzug und die teuren Schuhe. Doch nichts gefiel Nathan Quinn besser als der kleine Lichtkreis über dem Mahagonitisch und die Akte in seiner Hand, während er sich darauf vorbereitete, in die Schlacht zu ziehen. Der Ausblick wurde nicht gewürdigt, der Kaffee blieb unberührt.

Carl Doyle, der den Büroalltag der Kanzlei organisierte, brachte ihm um halb neun seine Post, zusammen mit einer Liste der Nachrichten, die über Nacht auf dem Anrufbeantworter hinterlassen worden waren, und einer Erinnerung an seine Gerichtstermine an diesem Tag. Quinn sah die Umschläge rasch durch und öffnete ein paar davon. Ein Dankesbrief war dabei und eine kaum verhohlene Drohung von einem Zeugen, den er vorgeladen hatte. Der dritte Umschlag bestand aus schwerem, cremefarbenem Papier und sah aus wie eine Einladung. Quinn schlitzte ihn auf und nahm die einfache, zum Umschlag passende Karte heraus. Nur zwei

Wörter standen da, in schwarzen Lettern. Er drehte die Karte um, aber mehr war nicht zu sehen. Er las sie noch einmal.

DREIZEHN TAGE

Er legte das Machwerk zur Seite und widmete sich dem Rest der Post. Es war nicht der erste anonyme Brief, den er bekommen hatte, und es würde auch nicht der letzte sein. Er war nicht einmal sonderlich originell.

Später, viel später würde er an diesen Augenblick zurückdenken wie an einen kleinen Tod.

Kapitel 5

Montagmorgen, acht Uhr dreißig. Maria Davis war spät dran. Sie lief rasch durch Blueridge und kämpfte mit ihrem Regenschirm gegen den Wind an. Am Montag war der Verkehr immer am schlimmsten, aber es machte ihr trotzdem nichts aus, nach Three Oaks zu kommen. Sie arbeitete seit sieben Jahren für die Sinclairs, seit deren Jüngster auf der Welt war. Das junge Paar war nett und die Hausarbeit nicht schwer.

Als sie die Zufahrt hochging, fiel ihr auf, dass die Vorhänge im ersten Stock noch zugezogen waren. Sie klingelte einmal, steckte den Schlüssel ins Schlüsselloch, drehte ihn und betrat das Haus.

»Guten Morgen!«, rief sie laut. Sie zog die Tür hinter sich zu und lauschte.

Das einzige Licht im Gang kam vom Blinken des Weihnachtsbaums.

»Hallo!« Sie hängte ihren Mantel in die Garderobe an der Tür.

Draußen war es windig, und Äste streiften die Fenster, als sie zwei Schritte ins Wohnzimmer machte. Sie blieb stehen. Alles war an seinem Platz, die Vorhänge zugezogen, der Weihnachtsbaum neben der Terrassentür.

»Mrs. Anne …?«

Sie warf einen Blick in die Küche, die Kontrollleuchte der Spülmaschine war an, sie war fertig durchgelaufen. Maria Davis blickte sich um: Heute hatte niemand Kaffee gemacht. Es war nur eine Kleinigkeit, und sie wusste nicht, warum sie das so sehr beunruhigte. *Ich sehe besser mal in den Schlafzimmern nach dem Rechten.*

Oben an der Treppe roch es nach Holzpolitur, doch gleich darauf schlug ihr ein widerwärtiger Geruch entgegen. Die Härchen an ihren Armen richteten sich unter dem Stoff ihrer Bluse auf.

Die Tür stand weit offen: vier Körper nebeneinander auf dem Bett wie in Stein verwandeltes Fleisch, die Hände gefesselt, die Augen verbunden, Flecken auf den blutdurchtränkten Kissen, in der Mitte die Jungen.

Sie hatte nicht genug Luft, um zu schreien, sie stand nur da und starrte ins Zimmer. Als es ihr endlich gelang, nach unten zu gehen, nahm sie das Telefon und wurde von der Vermittlung gefragt, welche Leistung sie in Anspruch nehmen wolle.

»Die Kinder …« Sie musste den Hörer mit beiden Händen festhalten. Nachdem man ihr gesagt hatte, dass ein Streifenwagen unterwegs sei, öffnete Maria Davis die Haustür und setzte sich auf die Schwelle.

Der erste Wagen kam um 8:47 Uhr. Die Officer Giordano und Hall setzten Mrs. Davis auf den Rücksitz des Polizeiautos und gingen hinein. Mit geschlossenen Augen lehnte sie sich zurück.

Kein guter Start an einem Montagmorgen, dachte Giordano, sein Magengeschwür glühte bereits rot.

Hall zeigte zur Treppe. Sie zogen die Waffen, der Tatort war noch nicht gesichert. Stufe um Stufe gingen sie nach oben, erreichten gleichzeitig den Treppenabsatz und sahen, was sie gesehen hatte.

»Nichts anfassen«, flüsterte Giordano.

»Weiß ich doch«, schnauzte Hall zurück.

Giordano hatte mehr Leichen gesehen, als er in Erinnerung haben wollte, aber jedes Mal, wenn es um Kinder ging, hatte er das Gefühl, leise sprechen zu müssen. Hall stand nur da, er konnte sich weder bewegen noch wegschauen.

Ein paar Minuten später saß Giordano im Auto und machte mit klarer Stimme seine Angaben. »… zwei Erwachsene, zwei Kinder. 1135, Blueridge, Three Oaks …«
Er rieb sich das Gesicht mit den Handflächen und ging wieder hinein, nahm sein Notizbuch heraus und begann zu schreiben.

Lieutenant Fynn nahm den Anruf um 8:58 Uhr in seinem Büro entgegen. Er notierte sich alles rasch und stand auf, um sein Team zusammenzurufen. Madison wusste, er war ein Schwergewicht, ein Polizist, der lieber auf dem Boden blieb und mit seinen Männern arbeitete, als befördert zu werden und Golf zu spielen.
»Alle herhören. Wir haben vier Tote in einem Privathaus in Three Oaks.«
Madison blickte von ihren Akten auf und hoffte, ruhig zu klingen. »Welche Adresse?«
»1135, Blueridge.« Fynn sah sich um. »Alle sollten vor Ort sein. Brown, übernehmen Sie?«
Brown hatte bereits seinen Regenmantel an. »Meiner.«
Madison schlüpfte in ihre Jacke. Sie kannte niemanden in Blueridge. Sie hätte erleichtert sein sollen, aber so funktioniert es nicht immer. Sie musste zum ersten Mal auf eigenem Terrain arbeiten, das war schon mal keine Erleichterung.
Madison und Brown fuhren mit Chris Kelly, einem unbeliebten Veteranen in der Mordkommission mit miesem Charakter. Sich selbst betrachtete er als *gemeinen Mistkerl,* und er gefiel sich in der Rolle. Brown tolerierte ihn, Madison hielt sich fern.
»Kennen Sie jemanden dort?«, fragte Brown sie. Dem Mann entging nichts.
»Ich wohne in dem Viertel«, antwortete Madison.
Sie konnte beinahe sehen, wie Kelly die Ohren spitzte und er im Geiste die Immobilienpreise kalkulierte.

Die Sirenen durchbrachen das gleichmäßige Brummen auf der I-5, und Madison spürte Adrenalin durch ihre Adern schießen.
»Ich habe keine Ahnung, was wir bei unserer Ankunft vorfinden«, sagte Brown. »Die Medien wird es auf jeden Fall interessieren.«
Darauf kannst du Gift nehmen, dachte Madison.

Ein weißer Hubschrauber von einem Nachrichtensender schwebte wie ein Fanal der Tragödie über den bewaldeten Hügeln. Am Ende der Zufahrt bildete sich schon eine kleine Traube aus Schaulustigen. Sie wurden durchgewinkt. Die Krankenwagen kamen zur gleichen Zeit.
Brown ging zu ein paar jungen Polizisten, die neben dem Hauseingang standen, und zeigte seine Marke.
»Brown, Mordkommission. Wer war als Erster vor Ort?«
Madison nahm ihren Notizblock heraus und warf einen Blick auf die Zuschauer. Es würden mehr werden, darauf konnte man wetten. Es geht doch nichts über kostenlose Unterhaltung. Sie hatte ihre Jacke im Auto liegengelassen und trug einen Blazer über Bluse und Hose, ihre Marke von der Mordkommission hing an einer Brusttasche. Einer der beiden Uniformierten beäugte sie von oben bis unten und schaute weg, als sie seinen Blick erwiderte.
Giordano führte sie nach oben. »Sieht ziemlich schlimm aus«, sagte er.
Oh ja, dachte Madison, nachdem sie nacheinander das Zimmer betreten hatten.
»Spencer, können Sie mit Mrs. Davis sprechen?«, sagte Brown. »Sehen Sie nach, ob sie einen Arzt braucht.«
Spencer verschwand, und Madison wusste, dass er mit seiner ganz speziellen Stimme mit der Frau reden würde, und sie würde sich beruhigen und ihm erzählen, was sie wusste.
»Hat sie Ihnen die Namen genannt?«, fragte Brown Giordano.

»Ja. Das hier ist der Vater. James Sinclair, Ende dreißig, glaubt sie. Das ist Anne, die Ehefrau. Gleiches Alter. Das da sind ihre Kinder, John und David, neun und sieben Jahre alt. Jemand hat die gesamte Familie ausgelöscht.« Giordano schlug sein Notizbuch zu. »Nirgendwo ein Anzeichen für ein gewaltsames Eindringen. Alle Lichter waren aus, bis auf das im Gang.«
»Danke, Officer.«
Brown schaltete mit einer Bleistiftspitze die Deckenlampe an. Giordano stand unsicher da, er wollte etwas für diese armen Leute tun und wusste nicht, was.
»Ich sorge dafür, dass ihr in Frieden arbeiten könnt.«

Jemand hatte große Anstrengungen unternommen, das Bild für sie zu inszenieren. Jemand hatte Gerätschaften vorbereitet, die Leichen positioniert und die Sache sehr, sehr gründlich durchdacht. Madison wusste zwar noch nicht viel über das Verbrechen, doch eines stand fest: Welches Feuer auch immer ein solches Grauen entfacht hatte, die Hand, die es zur Vollendung gebracht hatte, arbeitete kontrolliert, genau, eiskalt und völlig ruhig. Es war die böse Ruhe im Auge des Hurrikans.
Sie ließ alles auf sich wirken, betrachtete die Details, die Hände tief in den Taschen.
»Okay, sagen Sie mir, was Sie sehen«, sagte Brown. »Fangen wir mit dem Vater an.«
Madison ging in die Hocke, sie balancierte auf den Zehen. Ihr Geruchssinn protestierte, sie ignorierte ihn.
»Sieht nach mindestens vierundzwanzig Stunden aus.«
»Ja. Warum?«
»Totenflecken. Über die Leichenstarre kann ich nichts sagen, ohne ihn zu bewegen, und wir sollten auf die Leute von der Rechtsmedizin warten.«
»Fahren Sie fort.«

»Man hat ihm die Augen mit einem Stück schwarzem Samt verbunden. Es wurde nicht abgerissen, sondern abgeschnitten. Auf der Stirn hat er ein Zeichen, wie ein Kreuz. Mit Blut gemalt. Er wurde gefesselt mit – es sieht aus wie Leder. Ein dünner Streifen. Um den Hals, Hände und Füße. Die Hände sind hinter dem Rücken zusammengebunden. So kann man sich kaum bewegen, wenn man darauf liegt.«

Madison hielt inne und atmete durch, es war nicht einfach; sie ließ die Fakten auf sich wirken.

»Dunkelrote Streifen von den Fesseln. Ein paar Prellungen. Er hat sich gewehrt. Ich nehme die Augenbinde noch nicht ab. Keine sichtbaren Wunden. Es sieht nicht so aus, als wäre das auf dem Kissen sein Blut. Todesursache wahrscheinlich Ersticken. Wir müssen nachsehen, ob die Augen Flecken haben.«

»Was ist mit den anderen?«

Madison hörte, dass sich die Leute von der Spurensicherung auf dem Treppenabsatz einrichteten, der Gerichtsmediziner war eben angekommen und schlüpfte in seine Gummihandschuhe, eine doppelte Schicht. Sie konzentrierte sich wieder auf die dunkelhaarige Frau und ihre Kinder.

»Allen wurden die Augen verbunden. Alle haben ein Kreuz aus Blut auf der Stirn. Nur die Hände sind gefesselt. Vorne. Keine Striemen von Bandagen.«

»Was sagt Ihnen das?«

»Post mortem. Sie wurden gefesselt, als sie bereits tot waren. Kontaktwunden am Kopf. Die Schmauchspuren sind deutlich zu sehen. Der Schütze war etwa einen halben Meter entfernt. Bei allen, außer dem Vater. Nur ein Schuss. Keine Prellungen, keine Anzeichen für einen Kampf.«

Sie stand auf. Im Raum war es kalt, die Tür stand offen, weil ständig Leute kamen und gingen. Die Sinclairs und ihre Kinder trugen Schlafanzüge. Brown nickte ihr kurz zu. Mehr hatte sie von ihm in vier Wochen noch nicht bekommen.

»Na, wie geht's, alter Mann?« Der forensische Pathologe begrüßte Brown auf seine übliche Art.
»Bevor ich hierherkam, ging es mir deutlich besser«, sagte Brown.
»Das kann ich nachvollziehen.« Dr. Fellman sah sich um und kniete sich neben den Vater.
»James und Anne Sinclair.« Brown zeigte auf die jeweiligen Personen. »John und David Sinclair.«
Der Fotograf kam zu ihnen. Jemand skizzierte bereits die Position der Möbel auf einem Block.
Spencer kam zurück. »Die Haushälterin steht unter Schock. Sie arbeitet seit sieben Jahren für die Familie. Nette Leute, es gab nie ein Problem. Der Mann ist Steueranwalt, die Frau arbeitet Teilzeit an einer Grundschule hier. Sie weiß nichts von irgendwelchen Feinden, im Haus fiel nie ein böses Wort.«
Brown legte die Informationen irgendwo in seinem Kopf ab. »Sind Sie bald mit den Aufnahmen fertig? Ich würde ihm gerne die Augenbinde abnehmen.«
»Ganz kurz noch.«
Madison wollte sich die erste Einschätzung des Mediziners anhören, deshalb blieb sie stehen und notierte sich alles, was sie Brown gerade geschildert hatte. Von diesem Augenblick an würde das Leben von James Sinclair und seiner Familie systematisch alles Privaten beraubt werden. Die Kamera blitzte und klickte, und irgendwo über dem Haus wartete ein Hubschrauber geduldig auf eine Aufnahme von den Leichen, die abtransportiert wurden.

Andrew Riley hatte es auf seinem Polizeifunkscanner gehört. Er musste schnell nachdenken, eine solche Gelegenheit bekam er vielleicht kein zweites Mal in seinem Leben. Er schaute sich in seinem schäbigen Einzimmerapartment um, vier Leichen in Blueridge könnten für ihn den Ausweg daraus bedeuten.

Er ging zum Wandschrank und nahm die Federal-Express-Uniform heraus, die er vor drei Monaten für gutes Geld gekauft hatte. Sie war ein Prachtstück. Mit dabei waren Klemmbrett, Block, Baseballkappe, Stiefel und vor allem eine tadellose Federal-Express-Tasche, die er sich über die Schulter hängen konnte. Ein Freund hatte sie nach seinen Wünschen hergerichtet. Das Objektiv der Mikrokamera wurde von einer Schnalle verdeckt, und mit einer winzigen Fernbedienung, die leicht in seine Tasche passte, konnte er den Auslöser betätigen. Die Kamera war so empfindlich, dass man in geschlossenen Räumen ohne Blitz damit fotografieren konnte. Denn das war der Ort, wo die Leichen waren.

Er rasierte sich rasch, das Äußere war schließlich wichtig, und schnitt sich dabei leicht an der Wange. Ein Telefonbuch mit Rückwärtssuche verriet ihm, wer die Adresse 1135 Blueridge hatte. *Sinclair, James R.* Riley schrieb den Namen auf den FedEx-Umschlag, dazu die Adresse eines fiktiven Absenders, steckte die gestrige Ausgabe der *Seattle Times* hinein und verschloss das Ganze. Wenn ihm nur eine einzige gute Aufnahme von den Leichen – *vier Tote!* – im Inneren des Hauses gelang, wo niemand hindurfte, konnte das gut und gerne ein paar tausend wert sein.

Dreizehn Minuten, nachdem er die Nachricht gehört hatte, war Andy Riley auf der Straße.

Der Tatortfotograf hatte jeden Zentimeter des Körpers der Opfer und des Raums, in dem sie sich befanden, abgelichtet.

»So«, meinte Dr. Fellman. »Sehen wir mal.«

Er holte ein Aufnahmegerät aus der Tasche, stellte es auf den Nachttisch neben dem Bett und drückte auf den Aufnahmeknopf.

»Sam, könnten Sie nach der Heizung sehen? Ich muss genau wissen, um welche Zeit sie sich ein- und ausschaltet.«

Dr. Fellmans Assistent, von dem Madison noch nie ein einzi-

ges Wort gehört hatte, ging los. Fellman legte die Fingerspitzen seitlich an den Kopf des Mannes und überprüfte, wie starr die Halsmuskulatur bereits war. Dann fuhr er mit den Fingern über das Kinn.
»Rigor voll ausgeprägt. Ich würde sagen, vierundzwanzig bis sechsunddreißig Stunden.« Er wandte sich Brown zu. »Riechen Sie es?«
»Was?«
Er näherte sich dem Gesicht des Toten auf fünf Zentimeter und roch. Dann tastete er den Hinterkopf ab.
»Haben Sie den Knoten der Augenbinde aufgenommen?«, rief er dem Fotografen zu, der auf dem Treppenabsatz stand.
»Ja. Alle.«
Dr. Fellman schnitt die Augenbinde fein säuberlich neben dem Knoten durch und hielt sie Brown und Madison mit den Fingerspitzen hin.
»Chloroform. Sehen Sie sich die Bläschen um Nase und Mund an. Womöglich reichte das aus, um innerhalb von wenigen Minuten eine Herzlähmung zu bewirken. Das wissen wir nach der Obduktion. Es macht allerdings nicht den Eindruck, als ob er erstickt wäre.« Nacheinander schob er die Augenlider auf und sah sich die Augen an.
Madison hatte das Chloroform nicht gerochen und nahm sich vor, nicht noch einmal denselben Fehler zu begehen.
Dr. Fellman steckte die Augenbinde in eine Papiertüte und beschriftete sie. »Drehen wir ihn um.«
Brown half dem Pathologen, den Körper auf die Seite zu drehen. Dr. Fellman schnitt das Lederband neben dem Knoten durch und steckte es in eine weitere Papiertüte. Verkrustetes Blut von den Handgelenken des Mannes klebte daran. Er begutachtete Ellbogen, Handgelenke und Finger. Dann drehte er ihn wieder um und versuchte, die Knie des Mannes zu beugen, ohne die Fessel um die Füße abzunehmen. Anschließend ging er um das Bett herum und begann alles von

vorne. Er entfernte alle Augenbinden, indem er sie neben dem Knoten durchschnitt, und betrachtete sich die Schusswunden genau.

»Kaliber .22?«, fragte Brown.

»Sieht so aus. Sehr geringe Entfernung, und keine Austrittswunde.«

»In der Wand neben den Stockbetten der Kinder stecken ein paar Patronen.« Dunne stand neben der Tür.

»Brauchbar?«, fragte Brown.

»Ziemlich flachgedrückt.«

»Mehr mache ich jetzt nicht«, sagte Dr. Fellman und wandte sich seinem Assistenten zu. »Tüten wir die Hände ein und schaffen sie hier weg.«

Brown sah sich die vier bloßen Gesichter mit den dunklen Kreuzen über den Augen genau an.

Officer Hall kam nicht ganz in den Raum. Er räusperte sich halb, halb hustete er.

»Ja?«, sagte Brown leise.

»Unten ist einer von FedEx, der sagt, er hat einen Umschlag für das Opfer. Jemand muss unterschreiben.«

»Madison, könnten Sie …«

Hall wandte sich zum Gehen und wäre beinahe mit dem Kurier zusammengestoßen.

»Hey. Ich habe Ihnen gesagt, Sie sollen unten warten.«

»Tut mir leid, Officer.« Der Mann war klein und stämmig, unter der Baseballkappe hatte er einen Bürstenhaarschnitt, und seine Augen leuchteten wie bei einem Vogel. »Ich brauche eine Unterschrift.«

Madison stellte sich genau zwischen den Mann und die offene Tür. »Ich unterschreibe das unten für Sie. Sie haben hier nichts verloren.«

Der Mann rührte sich nicht. Madison trat noch näher auf ihn zu. »Es tut mir leid, aber Sie dürfen hier nicht sein. Gehen wir.«

Er schaute ständig an ihr vorbei ins Zimmer.

»Sind Sie hier zuständig?« Andrew Riley hielt ihr mit einer Hand den Umschlag hin, die andere hatte er in der Tasche, mit dem Finger auf der Fernbedienung. Er versuchte sich an der Polizistin vorbeizudrängen, die ihm den Weg versperrte, und hörte ihr nur halb zu. »Ich muss das von der zuständigen Person unterschreiben lassen. Firmenregel.«

Madison sah ihm in die Augen, und es gefiel ihr nicht, was sie dort fand. Der Hubschrauber des Nachrichtensenders flog langsam und tief über dem Haus vorbei, da wusste sie es.

»Los. Runter. SOFORT.«

Riley wich zurück, plötzlich klang er entschuldigend. »Tut mir leid, Officer. Ich wollte Ihnen nicht in die Quere kommen.« Er eilte die Treppe hinunter, Hall und Madison rechts und links von ihm. Ihr Blick auf Rileys Händen, dem Umschlag, der Tasche.

»Zeigen Sie mir Ihre Tasche«, sagte sie.

»Nein. Das hier müssen Sie …«

Madison streckte ihm die Hand hin. »Geben Sie mir, was Sie haben.«

Riley war umzingelt. Die beiden Polizisten am Eingang standen jetzt hinter ihm, die Frau direkt vor ihm. Er hob die Hände. »Hey.«

»*›Hey‹?* Nun geben Sie mir schon die verdammte Tasche.« Sie sprach leise und schien es ernst zu meinen.

Riley nahm die Tasche von der Schulter und reichte sie ihr. Madison fixierte ihn. Sie schlug die Klappe zurück, der Mechanismus an der Seite war leicht zu entdecken.

»Ausweise?«

Riley nahm seinen Führerschein heraus. Es hatte keinen Sinn, ihnen eine Fälschung anzudrehen. Riley blickte zur Tasche. *Du Miststück,* dachte er. *Du Miststück.*

Madison nahm ihn am rechten Ellbogen und zog ihn mit sich hinaus. »An Ihrer Stelle würde ich mich bedeckt halten.« Sie spürte die Wut in sich aufsteigen. »Es könnte nämlich sein, dass sich die Leute draußen ziemlich aufregen, wenn sie erfahren, was Sie vorhatten.«

Sie gingen über die Zufahrt Richtung Straße. Besorgte Nachbarn und neugierige Passanten standen unter dunklen Regenschirmen, mittlerweile waren es zig Leute. Gelangweilte Reporter ließen ihre Kameras laufen, als die beiden aus dem Haus traten.

»Ich habe nur meine Arbeit gemacht«, zischte Riley.

Madison packte ihn fester. Sie kamen zu der Reihe von Polizisten in blauen Uniformen, die die Schaulustigen zurückhielten. Madison stand mit dem Rücken zur Presse. Sie beugte sich vor und flüsterte: »Wenn ich Sie jemals wieder an einem Tatort sehe, dann werden wir beide ganz schnell in Streit geraten. Einen schönen Tag noch.«

Sie warf einen Blick auf die Menschenmenge und ging wieder ins Haus. Die Rufe der Journalisten ignorierte sie.

»Miststück«, sagte Riley zu sich selbst. Er war völlig durchnässt.

»Hey! Riley!« Aus der Wand von Fotografen und Kameras rief ihn ein vertrautes Gesicht, wieder blitzte es.

Madison ging gerade wieder hinein, als Andrew Riley anfing, einem Kumpel unter einem geliehenen Regenmantel seine Geschichte zu erzählen.

Die Toten wurden in Leichensäcken herausgebracht, die kleine Prozession würde sicherlich innerhalb von Minuten online sein. Die Krankenwagen fuhren ab, gefolgt vom Auto des Rechtsmediziners. Manche Zuschauer blieben noch stehen und waren sich nicht sicher, was sie nun tun sollten, da die Hauptdarsteller weg waren. Der leichte Regen fiel weiterhin gleichmäßig auf die Detectives herab, darunter Spencer und Dunne, die von einem Schaulustigen zum nächsten und von Haus zu Haus gingen und alle Informationen sammelten, die sie bekommen konnten.

Brown kratzte vorsichtig an dem Loch, wo die Kugel gewesen war, neben dem oberen Bett im Zimmer der Jungen. Madison verdrängte ihre Wut, die konnte sie jetzt nicht brauchen. Jemand hatte versucht, ihnen mit den Morden etwas mitzuteilen, die Botschaft war grausam und verquer und hässlich, und es wurde Zeit, etwas über den Absender herauszufinden.

Sie bewegten sich durch das Haus, machten sich damit vertraut, versuchten, ein Gefühl für das Leben zu bekommen, das darin gelebt worden war. Brown ging zwischen Elternschlafzimmer und Kinderzimmer hin und her. Auf dem weißen, glänzenden Türrahmen, gut anderthalb Meter über dem Boden, war ein Schmierer, Blut und noch etwas anderes, wahrscheinlich Haare.

Auch Madison ging von einem Raum zum nächsten, der Mörder schien in keinem anderen Zimmer gewesen zu sein. Die Fenster waren unberührt, unter den Teppichen oder Sofas fanden sich keine weggekehrten Glasscherben. Die Küche im Erdgeschoss war ein langer, schmaler Raum, links Fenster zum Garten hin, rechts weiße Küchenmöbel. Alles blitzblank. Madison trug noch ihre Handschuhe. Sie öffnete die Spülmaschine, die Teller und Gläser im Inneren waren sauber. Neben der Spüle standen ein hohes Glas und eine Dose Cola. Sie schaute hinein, leer. Ein Techniker von der Spurensicherung war gerade dabei, mit Pulver und Pinsel den unteren Teil des Fensters nach Fingerabdrücken zu untersuchen.

»Könnten Sie das auch mitnehmen?« Sie zeigte auf die Dose und das Glas.

»Ja«, sagte er, ohne sich umzuwenden.

Madison notierte sich, dass sie der Chronologie wegen noch nachprüfen sollte, wer zuletzt im Haus herumgelaufen war, der Ehemann, die Frau oder eines der Kinder. Danach zu urteilen, wie ordentlich alles war, musste die Spül-

maschine schon gelaufen sein, sonst wäre das Glas hineingestellt worden.
Oben hing Madison ihren Gedanken nach und hätte beinahe Browns Frage überhört.
»Warum hat er den Vater nicht erschossen? Wenn man mit einem solchen Vorhaben ins Haus kommt, was stellt die größte Bedrohung dar?«
»Der Vater«, sagte Madison. Auch sie hatte sich darüber gewundert.
»Haben Sie die Prellung unter der Augenbinde gesehen?«
»Ja. Er hat sich gewehrt. Warum wurde er dann nicht erschossen?«
»Ich weiß es nicht«, antwortete Brown.
»Ich glaube, er hat sie überfallen, ohne dass sie es überhaupt mitbekommen haben.« Madison sah sich um. »Er kannte sich im Haus aus. Er kam irgendwie herein und hat einfach losgelegt. Und wie überheblich, dass er den Vater überhaupt versuchen ließ, sich freizukämpfen.«
Brown sagte so lange nichts, dass sie schon dachte, er wäre aus dem Zimmer gegangen, und drehte sich zu ihm um. Er stand wie gelähmt da und starrte den oberen Balken des Türrahmens im Schlafzimmer an. Zwei Worte waren in das glänzende Weiß geritzt; die Buchstaben etwa fünf Zentimeter hoch, grob und kantig, aber perfekt lesbar. DREIZEHN TAGE.
»Das lassen wir besser von der Spurensicherung anschauen«, meinte Brown.
Die Buchstaben waren mit einer so brutalen Präzision eingeritzt, dass man sie kaum ansehen konnte. Jemand hatte jeden einzelnen mit einem kleinen Schnörkel verziert, damit sie hübsch aussahen.
»Haben Sie schon jemals so etwas gesehen?«
»Nein«, antwortete Brown.
»Es könnte eine Warnung sein.«

»Es könnte vieles sein. Auf jeden Fall nichts Gutes.«

Als sie die Treppe heruntergingen, war immer noch das Holzwachs zu riechen. Das Eichengeländer war vor kurzem poliert worden. Ein hübsches Haus, eine nette Familie.

Auf der Türschwelle warf Brown einen Blick hinaus auf die Menschenmenge.

»Sind Bilder von den Schaulustigen gemacht worden? Jemand soll uns ein Video aufnehmen. Die Gesichter, ich will die Gesichter sehen.« Er zeigte auf die Wand von Regenschirmen, als das Blitzlichtgewitter losging und die Fernsehkameras zum Einsatz kamen.

Kapitel 6

Frank Lauren stand mitten im Arbeitszimmer im oberen Stockwerk des Hauses der Sinclairs und sah sich um. Seine Kollegin Mary Kay Joyce zog sich ein neues Paar Handschuhe über. Sie hatten Spuren gesichert. Das Fenster war eingestaubt worden, und das Pulver hatte das glänzend weiße Fensterbrett verschmutzt. Auf dem Ledersessel vor dem Schreibtisch lag ein aufgeschlagenes Buch mit dem Rücken nach oben, eine gebundene Ausgabe von Tania Blixens *Briefen aus Afrika.* Joyce nahm es und steckte es in eine Plastiktüte, beschriftete das Etikett, und beide unterschrieben. Sie arbeiteten sich methodisch und schweigend durch den Raum.

Joyce fuhr mit der Hand an dem Sessel hinter dem Schreibtisch entlang, um zu sehen, ob vielleicht etwas zwischen den Polstern steckte. Ihre Finger ertasteten einen dünnen Streifen hellgrünes Papier. Mit einer Pinzette nahm sie es auf und hielt es gegen das Licht.

Madison ordnete ihre Notizen, während Brown fuhr. Sie hatten die Namen der nahestehenden Personen gefunden, in Sinclairs Brieftasche und für die Haushälterin auch auf einem Zettel in der Küche. In diesem Fall war es besonders wichtig, so bald wie möglich mit ihnen zu sprechen, denn das Haus war wahrscheinlich bereits in den Nachrichten, als blutige Sensationsmeldung.

Lieutenant Fynn hatte eine Erklärung über die »Schnelligkeit der Justiz« abgegeben, aber Details über die Opfer oder das Verbrechen waren noch nicht veröffentlicht worden. Madison notierte sich, dass sie Dr. Fellman noch fragen wollte, wie sich der Todeszeitpunkt des Vaters zu dem der anderen verhielt.

»Es wird noch etwas passieren«, mutmaßte sie. »Dreizehn Tage nach dem Tod der Opfer, das fällt irgendwann in die Nacht zwischen dem 23. und dem 24. Von heute an sind das nur noch zwölf Tage.«

»Zweihundertachtundachtzig Stunden, um genau zu sein«, sagte Brown.

Das Auto hielt am Straßenrand, die träge Masse der Einkaufenden strömte um sie herum. Madison nahm im Augenwinkel wahr, wie eine Mutter ihren fünfjährigen Sohn abrupt zurückriss, der fast vor ein Auto gelaufen wäre.

»Sind Sie ihm schon einmal begegnet?«, fragte Brown, als sie in den Lift des Stern Tower stiegen.

»Nein. Ich habe ihn bei Gericht gesehen. Er kann es einem Zeugen ganz schön ungemütlich machen.«

»Ja, die meisten Polizisten würden lieber über glühende Kohlen gehen als das.« Brown strich sich die Krawatte mit der Handfläche glatt.

Im neunten Stock stiegen sie aus und betraten die Kanzlei von Quinn, Locke & Associates. Brown fragte nach Nathan Quinn. Man bat sie, im Wartebereich Platz zu nehmen, und bot ihnen etwas zu trinken an, was sie ablehnten. Nathan Quinn würde sie in wenigen Minuten empfangen. Madison sah sich um. An den Wänden hingen Bilder, und sie erinnerte sich an Zeitungsfotos von Wohltätigkeitsveranstaltungen, an denen Quinn teilgenommen hatte.

Dann wurden sie in sein Büro geführt. Nathan Quinn stand auf, um sie zu begrüßen. Er war etwa Mitte vierzig, seine schwarzen Augen blickten mit genau der Ernsthaftigkeit, die Madison schon vor Gericht aufgefallen war. Aus der Nähe betrachtet, strahlte er jedoch nicht den distanzierten Wohlstand aus, den man von einem Teilhaber einer erfolgreichen Kanzlei mit Firmenkunden erwartete. Er sah aus wie ein Mann, der einen mit allem, was das Rechtssystem ihm zur Verfügung stellte, auseinandernehmen konnte – andernfalls würde er es einfach mit bloßen Händen erledigen.

»Sergeant Brown, Detective Madison. Was kann ich für Sie tun? Nehmen Sie doch Platz.« Dieser Mann war den Umgang mit der Polizei gewohnt, und wahrscheinlich nahm er an, sie wären wegen eines seiner Fälle hier.

»Mr. Quinn, ist James Sinclair Mitarbeiter in dieser Kanzlei?«, fragte Brown.

Quinn lehnte sich zurück. »Nein. Er ist seit vier Jahren Teilhaber.«

»Seit wann kennen Sie ihn?«

»Worum geht es?«

»Es tut mir leid«, sagte Brown. »Ich habe sehr schlechte Nachrichten.«

Quinn setzte sich aufrecht.

»Man kann es leider nicht anders sagen. James Sinclair wurde heute Morgen in seinem Haus tot aufgefunden. Seine Familie ...« Brown hielt kurz inne. »Seine Frau und die Kinder ebenfalls.«

»Annie und die Jungs?«

»Ja.«

»Was ist passiert?«

»Ein Eindringling. Wir glauben, irgendwann Samstagnacht.«

Nathan Quinn legte die Ellbogen auf den Schreibtisch und blickte auf seine Hände hinab. Etwa eine Minute lang war das Klacken einer Computertastatur in der Nähe das einzige Geräusch. Als er schließlich zu ihnen aufsah, sprach er mit ruhiger Stimme.

»Kann ich sie sehen?«

»Ja. Wenn Sie sich das zutrauen, hätten wir gerne, dass Sie sie identifizieren.«

»Ich verstehe.«
»Wir müssen Ihnen einige Fragen stellen. Und den Leuten, die mit ihm gearbeitet haben.«
»Wir tun, was wir können.« Quinn zögerte. »Wie sind sie …«
»Wir werden später mehr wissen.« Brown vermied das Wort ›Obduktion‹.
»War es Einbruchdiebstahl?«
»Das steht noch nicht fest.«
»Wenn Sie noch etwas wissen wollen …«
»Das ist sehr freundlich«, sagte Brown. »Wir würden uns gerne ein Bild von der Familie machen. Kannten Sie sie gut?«
»Kann man sagen, ja.«
»Wann haben Sie sie zuletzt gesehen?«
»James habe ich am Freitag in der Kanzlei gesehen. Er ging zwischen fünf und halb sechs, ich kurz nach ihm.«
»Ist Ihnen an seinem Verhalten in den letzten paar Wochen etwas Merkwürdiges, Ungewöhnliches aufgefallen? Wirkte er besorgt oder angespannt?«
»Nein. Alles war ganz normal.«
»Wie gut kannten sie Mrs. Sinclair?«
»Ich kannte sie sehr gut.«
»Sie haben sich auch außerhalb der Arbeit getroffen?«
Quinn nickte.
»Waren Sie bei ihnen zu Hause?«
»Auch das.«
»Ist Ihnen bekannt, ob sie Feinde hatten, ob ihnen jemand schaden wollte?«
»Auf gar keinen Fall. James ist Steueranwalt, und Annie unterrichtet in der Grundschule. Sie sind, sie waren, anständig, freundlich und großzügig. Sie hatten keine Feinde.«
»Niemand von einem alten Fall?«
»Nein.«
»Mr. Quinn, Sie wissen, dass wir diese Fragen stellen müssen. Selbst wenn es um Persönliches geht.«

»Nur zu.«
»Hatten James oder Annie Sinclair jemals eine Affäre? Könnte jemand so wütend sein, dass er ihnen etwas antun wollte?«
»Nein«, sagte Quinn.
»Würden Sie es wissen, wenn dem so wäre?«, fragte Brown sanft.
Quinn sah Brown einen Moment lang in die Augen. Er würde der Polizei helfen, ihre Arbeit zu tun, das sah Madison in ihm, aber Nathan Quinn würde nicht das Leben seiner Freunde vor Fremden ausbreiten, damit sie es auseinandernehmen konnten.
»Sie waren einander sehr zugetan.«
»Das ist im Moment alles. Vielen Dank.« Brown stand auf.
Quinn erhob sich ebenfalls. »Haben die Nachbarn etwas gesehen oder gehört?«
»Wir sind noch dabei, sie zu befragen.«
»Gibt es Anzeichen für ein gewaltsames Eindringen?«
»Nein, keine offensichtlichen. Es ist jetzt natürlich noch zu früh, um das mit Sicherheit zu sagen.«
»Was glauben Sie, wie viele es waren?«
»Wir arbeiten noch am Tatort.«
Quinn rieb sich die Schläfen mit den Zeigefingern. »Sergeant, letztes Jahr gab es in Seattle zwanzig Morde, im Jahr davor waren es neunzehn. Im Vergleich zu anderen Großstadtregionen ist es ziemlich sicher hier, mit einer hohen Aufklärungsrate bei Mordfällen. Das war kein Einbruch.«
Quinn schaute vom einen zum anderen und musterte die beiden, so wie sie es mit ihm gemacht hatten. »Ich bin in einer halben Stunde da«, sagte er. »Ich muss Annies Schwester in Chicago anrufen.«
Als sich die Türen des Aufzugs vor ihnen schlossen, sah Madison noch, wie sich drei, vier Leute um Quinn versammelten, und ihren Gesichtsausdruck, als er es ihnen mitteilte. Der dumpfe, kreatürliche Schock, der Schmerz.

Im Auto meldeten sie sich über Funk und erfuhren, dass Mary Kay Joyce eine Nachricht hinterlassen hatte. Sie wurden durchgestellt. Joyces Stimme kam knisternd aus dem Lautsprecher.
»Wir haben zwei Hälften eines Schecks über 25 000 Dollar gefunden. Eine Hälfte lag im Arbeitszimmer, die andere im Mülleimer in der Küche. Verstehen Sie mich gut?«
»Ja, sprechen Sie weiter.«
»Die Unterschrift haben wir nur zur Hälfte, sie hört in der Mitte auf, aber sie ist sehr deutlich. Der Name lautet John Cameron. J-O-H-N C-A-M-E-R-O-N. Verstanden?«
»Ja.«
Madison blickte von ihrem Notizbuch auf. Einen Moment lang hörte man nur das Knistern und Knacken des Funks und den Regen auf der Windschutzscheibe.
»Ich habe Payne dazugeholt«, fuhr Joyce fort. »Heute ist sein freier Tag, und er war alles andere als begeistert. Es gibt zig Gegenstände, die wir untersuchen müssen, aber ich lege den Scheck ganz oben auf den Stapel.«
Payne war der Beste für latente Spuren. Wenn jemand oder etwas das Stück Papier berührt hatte, würde er es herausfinden.
Brown war nicht sonderlich mitteilsam, und Madison gefiel es, dass er seine Gedanken nah am Herzen trug. Er kurbelte das Fenster herunter und atmete ein paarmal ein, als wäre die Luft im Auto plötzlich schlecht geworden.
»Was wissen Sie über John Cameron?«, fragte er sie.
Madison hatte im Laufe der Jahre vieles über ihn gehört, nüchterne Tatsachen, aufgebauscht durch Spekulationen, Gerüchte und Legenden.
»Ich weiß von der Nostromo«, antwortete sie.
»Dann wissen Sie genug. Wenn er in irgendeiner Weise mit der Sache hier zu tun hat, dann ist jede einzelne Spur, die wir haben, Goldstaub.«

»Was meinen Sie?«
»Auf der Nostromo waren fünf Tote. Zwei Polizisten, drei ehemalige Häftlinge. Er hat ihnen die Kehle aufgeschlitzt und sie verbluten lassen.«
»Ich weiß es noch.« Madison hatte gerade die Polizeischule abgeschlossen, und der Fall war wochenlang in den Nachrichten gewesen. Das Boot und seine Ladung waren in der Nähe von Orcas Island im Meer gefunden worden. Man hatte es nie ganz geschafft, das viele Blut vom Deck zu entfernen, das Holz war schwarz davon. Aber wegen der Morde wurde niemals jemand angeklagt.
»Wir hatten nichts. Keine Beweise, keine Zeugen, keinen Fall. Die Spitzel hatten Angst davor, seinen Namen überhaupt nur zu erwähnen. Aber er war es trotzdem.«
Madison erinnerte sich an die Bilder in den Zeitungen, normale für die Polizei, und die Gefängnisausgabe für die ehemaligen Häftlinge.
Brown fuhr Richtung Leichenschauhaus.
»Zwei Jahre später schwamm die Leiche eines bekannten Dealers im Lake Union. Man hatte ihm die Hände abgeschnitten, die Augen fehlten, und er war fast völlig enthauptet worden. Ein verlässlicher Informant sagte, es sei Camerons Werk, und dann hat eine ganze Herde Dealer fluchtartig die Stadt verlassen. Kurz darauf überlegt es sich der Informant anders, und wir stehen mit nichts in den Händen da.«
»Woher kennt jemand wie Cameron die Sinclairs? Worin besteht die Verbindung?«, fragte Madison. »Sinclair war Anwalt. Und zwar Steueranwalt. Ein Schreibtischjob, nicht sehr aufregend.«
»Denken Sie daran, dass wir nicht sicher wissen, ob es auch unser Cameron ist. Es könnte einfach derselbe Name sein.«
»Hm. Gibt es eine Akte über ihn? Wurde er jemals festgenommen?«
»So nahe waren wir nie dran. Aber ihm wurden einmal die

Fingerabdrücke abgenommen, wegen Trunkenheit am Steuer, als Jugendlichem. Danach kam nichts mehr. Der einzige Grund, weshalb wir heute seine Fingerabdrücke haben, ist, dass er sich mit achtzehn ein paar genehmigt hat.«

»Dann haben wir ja auch ein Bild.«

»Wenn uns das noch etwas nützt, es ist immerhin zwanzig Jahre alt.«

»Wir können es mit dem Computer bearbeiten lassen. Um zu sehen, wie er heute aussehen könnte. Und es den Nachbarn zeigen.«

»Sobald wir Camerons Namen erwähnen, bricht die Hölle los. Ich will eine klare Verbindung zwischen ihnen.«

»Ich fange gleich an. Wir brauchen die Akte und die Fingerabdrücke. Ich komme ins Leichenschauhaus nach.«

»Gehen Sie diskret vor, Madison.«

Als Brown an einer verkehrsreichen Ecke halten musste, stieg Madison aus und verschwand in der Menge.

In dem Gebäude, in dem das Büro des Rechtsmediziners und das Kriminallabor vorübergehend untergebracht waren, liefen Techniker herum und machten ihre Arbeit. Brown wartete in der Halle. Quinn war schwer einzuschätzen, und Brown wollte sehen, wie er die qualvolle Identifizierung über sich ergehen ließ.

Er hoffte etwas darüber zu erfahren, was für ein Mensch Quinn war, und vielleicht würde dieses Wissen eines Tages eine Hilfe sein, auf die sie zählen konnten.

Als es so weit war, stellte sich Nathan Quinn vor das Glasfenster. Brown klopfte gegen die Scheibe, und die Jalousien gaben den Blick auf vier ermordete Menschen frei. Quinn betrachtete ein Gesicht nach dem anderen, wandte sich um und nickte einmal.

Auf dem Parkplatz blieb er einige Minuten in seinem Auto sitzen; nach einer Weile fuhr er mit hoher Geschwindigkeit

weg. Brown betrachtete den Platz, wo das Auto gestanden hatte, und dachte daran, wie Quinns rechte Hand gezittert hatte. Er hatte sie in seine Manteltasche gesteckt.
Brown holte sich ein Glas Wasser aus dem Spender im Gang und schluckte eine Vitamin-C-Tablette. Er wandte seine Gedanken nach vorn, nahm sein Notizbuch heraus und betrat die keimfreie Kälte des Autopsieraums.

Kapitel 7

Madison stand neben dem Drucker im Kommunikationszentrum und hoffte, die Qualität des Bilds, das die Fotoabteilung schickte, würde für einen ersten Eindruck ausreichen. Damit die künstliche Alterung erfolgreich war – wenn es denn je dazu kommen sollte –, brauchten sie aber einen Abzug des Originals.

Von dem Augenblick an, als im Auto Camerons Name erwähnt worden war, ging er ihr nicht mehr aus dem Kopf – wie ein tiefer Brummton, den man nicht mehr losbekam. Wie die Jäger von einst hatte Madison das Bedürfnis, die Augen des Feindes zu sehen, um ein Gefühl für ihn zu bekommen. Sie versuchte sich an die Details der Morde auf der Nostromo zu erinnern.

Es war wenig darüber bekannt, wie der Tag verlaufen war. Jeder Ganove in jeder Bar hatte eine Lieblingsversion. Offenbar hatten die beiden Polizisten, Detectives vom LAPD, mit den anderen dreien etwas Unschönes am Laufen. Niemand wusste, wie Cameron da hineinpasste, aber irgendwie tat er es, denn die fünf Männer hatten beschlossen, dass er von der Reise nicht zurückkommen sollte.

Es war ein strahlender Augusttag, die Sonne reflektierte von dem schimmernden Deck, und eine frische Brise kam vom Meer hergeweht.

Ob John Cameron beim Ablegen von ihren Plänen wusste oder nicht, er ergriff jedenfalls nicht die Flucht, als er Lunte roch. Die Polizei fand zwei 9mm Glocks und drei Revolver in der Nähe der Leichen. Aus allen war ein paarmal geschossen worden, die Patronenhülsen rollten mit den Wellen. Doch man fand kein Blut außer dem der Toten, keine nachweisbaren Spuren dafür, dass noch ein anderer dort gewesen war, und keine Erklärung dafür, wie er es geschafft hatte wegzukommen.

Ein Fischer am Hafen hatte gesehen, wie sechs Männer an Bord der Nostromo gegangen waren, aber er konnte sie nicht beschreiben. Manche behaupteten, Cameron hätte ihnen Drogen verabreicht und sie dann nacheinander getötet, andere, er hätte sie dazu gebracht, sich gegenseitig zu erschießen. Fest stand lediglich, dass trotz all der verschossenen Patronen jeder der Männer durch einen einzigen Schnitt am Hals getötet worden war.

Danach verschwand Cameron. Nur wenige wussten, wie er aussah. Nach Lage der Dinge konnte er der Mann am Ende der Bar sein oder der Typ, mit dem man gerade über das Spiel gelästert hatte.

Der Drucker fing an zu brummen.

Ein paar Streifenpolizisten, die sie kannte, kamen im Gang auf sie zu. Madison verbarg das Blatt Papier mit dem Namen und dem Bild, ohne es anzusehen, verließ das Gebäude und ging zu ihrem Auto auf dem Parkplatz.

Als sie im Auto saß, drehte sie das Blatt um und betrachtete John Cameron, den mutmaßlichen sechsfachen Mörder. Es war das Bild eines Jungen, eines Teenagers, der weder älter noch jünger aussah. Ein weiches Gesicht mit längeren Haaren, wie man sie vor zwanzig Jahren getragen hatte. Ihm wurde Trunkenheit am Steuer zur Last gelegt, aber er sah nicht aus, als ob er getrunken hätte. Er schaute traurig, und Madison hielt seinem Blick stand. Eins achtzig, dunkel, die einzigen besonderen Kennzeichen waren die Narben auf seinen Unterarmen und auf dem rechten Handrücken.

Sie steckte das Bild mit den Fingerabdrücken in einen Umschlag und fuhr in dem leichten Regen los, um James Sinclair und seine Familie ein letztes Mal zu sehen.

In den vier Stunden nach dem ersten Fernsehbericht gingen bei der Telefonzentrale der Polizei siebenundzwanzig Anrufe mit Geständnissen ein: zweiundzwanzig Männer, fünf Frauen, der nächste aus Spokane, der entfernteste aus Miami. Man musste jedem einzelnen nachgehen, jeder einzelne musste verworfen werden. Es war eine nutzlose Beschäftigung und reine Zeitverschwendung, und allen war klar, dass es noch viel schlimmer werden würde.
Die *Seattle Times* hatte es auf der ersten Seite gebracht; der *Washington Star* titelte »Weihnachtsmassaker« und brachte ein Bild von Madison, wie sie Andrew Riley am Ellbogen hielt. Im Regen gingen die Leute zu den Zeitungskiosken oder lasen online. Nach und nach, als würde gleich ein Unwetter über die Stadt hereinbrechen, wurden Fenster überprüft, Hintertüren abgeschlossen, und man verbot den Kindern, draußen zu spielen.

Kapitel 8

Madison kam gerade in dem Moment herein, als Dr. Fellman den Y-Schnitt an der Leiche des Vaters fertig hatte.
Sie hatten zuvor eine sehr genaue äußere Besichtigung durchgeführt und ihm den Schlafanzug ausgezogen. Die Totenflecken, die Verfärbung der Haut durch das Absinken des Blutes, hatten gezeigt, dass er nach dem Eintreten des Todes nicht mehr bewegt worden war. Blut-, Urin- und Haarproben waren genommen, orale und anale Abstriche gemacht worden. Nichts deutete darauf hin, dass es sich um ein Sexualdelikt handelte, aber Dr. Fellman war zu erfahren, um bei dieser Art von Mord nicht sämtliche Eventualitäten zu überprüfen.
Brown lehnte an der gegenüberliegenden Wand mit Blick auf den Autopsietisch. Der Arzt diktierte seine Beobachtungen in ein Hängemikrofon, im schriftlichen Bericht würden sie dann ausformuliert werden. Gleichmäßig und monoton zählte er Einzelheiten auf und gab Sam Anweisungen, der ebenfalls grüne OP-Kleidung und eine durchsichtige Augenmaske aus Plastik trug.
» … wahrscheinliche Kongestion in den Organen, leichte Zyanose. Alte Blinddarmnarbe. Das Hirn war angeschwollen und vergrößert. Wahrscheinlich auch Kongestion in der Lunge. Symptome passen zu längerer Inhalation. Die Toxikologie wird das bestätigen. Vgl. Augenbinde.«
Madison tippte auf ihren Umschlag, um Brown darauf aufmerksam zu machen.

»Ich habe es«, sagte sie.
»Probleme?«
»Nein. Ich habe das Bild, eine Vergleichsunterschrift und die Fingerabdrücke. Haben Sie den Scheck gesehen?«
»Ja, er ist oben bei der Urkundentechnik. Er ist ziemlich zerknittert, aber brauchbar. Sie werden sich die Unterschrift vornehmen müssen, bevor sie ihn wegen der Fingerabdrücke ins Chemikalienbad tauchen. Sie warten auf Sie.«
»Was haben sie gefunden?«
»Chloroform.« Brown überflog die Notizen, die er sich gemacht hatte, während Dr. Fellman sprach. »Am Jochbein unter dem linken Auge waren Prellungen, wahrscheinlich vom Griff einer Pistole. Stark genug, um ihn ein paar Minuten lang bewusstlos zu machen, aber keine gebrochenen Knochen. Ich schätze, er hat sich dann der Mutter und den Kindern gewidmet. Als der Vater wieder zu sich kam, hat der Täter ihn gefesselt, ihm die Augen verbunden und ihn das Gift einatmen lassen.«
»Er hat sich gewehrt.« Madison sah die tiefen roten Striemen an seinen Handgelenken und Füßen.
»Die Fessel ist fast bis zum Knochen vorgedrungen. Er hat sich gewehrt, bis sein Herz aufgab.«
»Doktor«, fragte Madison. »Wie lange war er bei Bewusstsein?«
Es hatte sie von Anfang an beschäftigt, wie unterschiedlich diese Todesstrafen ausgeführt worden waren.
»Das ist schwer zu sagen. Es kann bis zu fünfzehn Minuten dauern, bis die Wirkung von Chloroform einsetzt. Bei dieser Menge und Nähe würde ich sagen, auf jeden Fall ein paar Minuten. Mit Krämpfen und starken Schmerzen.«
Madison wandte sich an Brown. »Ein paar Minuten, in denen Sinclair auf dem Bett um sich geschlagen hat …«, sagte sie.
»… und die Betten waren ordentlich gemacht, als die Toten darauf gefunden wurden.« Brown nickte.

»Der Mörder hat das Bett gemacht, bevor er ging.« Sie führte ihren Gedanken zu Ende.

So sah Madison ihn zum ersten Mal, den Eindringling, der sein Opfer beobachtete, während das Leben aus ihm wich, dann sanft die Laken unter den Leichen glatt strich, hier und da ein wenig veränderte, bis das Bild vollständig war. Sie schreckte nicht davor zurück. Im Geiste stand sie still neben der Tür und sah ihm zu und versuchte, sein Gesicht zu sehen.

Dr. Fellman fing gerade mit dem Mageninhalt an, als sie ging. Die Bereiche Fingerabdrücke und Schriftvergleich befanden sich im zweiten Stock des tristen Betonbaus. Madison war oft dort gewesen, als sie kurz beim Sachgebiet Raub gearbeitet hatte, und sie verstand sich gut mit den Technikern.

Payne war in Hemdsärmeln und trank Hagebuttentee. Madison hatte einen Zusatzkurs in Forensik gemacht, ein Fleißbildchen, das einen bei ihm weit brachte.

»Wie geht es Ihnen, Detective?«

»Danke, sehr gut. Ich habe die Unterschrift.«

»Urkunden hat eine Kopie. Ich konnte es nicht erwarten.«

Madison nahm die Fingerabdrücke aus dem Umschlag und reichte sie Payne. Er schaute auf den Namen oben auf dem Blatt.

»Ich verstehe. Ich lasse parallel die Familienmitglieder ausschließen. Strichbeschaffenheit, das Übliche.«

Madison fiel etwas ein. »Haben Sie an dem Nostromo-Fall mitgearbeitet?«

»Wozu auch immer es gut sein mochte. Das Schiff war blitzblank. Alles gründlichst gereinigt.«

Madison nahm den unangenehmen metallischen Geruch von Ninhydrin wahr, vermischt mit dem nach überreifen Bananen riechenden Amylazetat. Es war die beste Lösung zum Tauchen von Papier, ohne dass die Tinte zerlief. Sie bedauerte es nicht, den Raum verlassen zu müssen.

»Wenn Sie Brown sehen, erinnern Sie ihn daran, dass ich meinen freien Tag habe!«, rief Payne ihr nach.

Wayne Goodwin vom Sachgebiet Urkunden schob sich die Brille hoch. »Ehrlich gesagt, ich wäre weitaus glücklicher, wenn wir ein paar echte Originale zum Vergleich hätten. Sie geben uns nicht viel, womit wir arbeiten können, und ob das vor Gericht standhalten wird … Kennen Sie den Vergleich zwischen den vertikalen Ausdehnungen der Buchstaben?«
»Ja«, antwortete Madison.
Sie betrachteten die zwei Zickzacklinien, die er gerade über den unvollständigen Namen gezogen hatte.
»Na ja, ich würde demnach jedenfalls sagen, die Unterschrift auf dem Scheck ist gefälscht.«
»Danke«, sagte Madison. Das war der Anfang, vor fünf Minuten hatten sie noch nichts gehabt, nun hatten sie ein mögliches Motiv. Jemand hatte einen Scheck gefälscht, jemand war gestorben.

Die Nachbarn in Blueridge waren betroffen und hilfsbereit, aber niemand erinnerte sich, dass Samstagnacht oder an den Tagen zuvor etwas Ungewöhnliches passiert wäre. Brown wusste zwar, dass die Staatsanwaltschaft von King County rein gar nichts auf die Aussage eines Augenzeugen stützen würde, aber man musste sie auf seiner Seite haben.
Payne und seine Leute nahmen von zig Gegenständen Fingerabdrücke und verglichen sie. Das Ganze dauerte so lange, wie es dauerte, ihnen auf die Füße zu treten würde es nicht beschleunigen.
Dr. Fellman verglich den Winkel der Eintrittswunden bei den Opfern, die erschossen worden waren, mit dem Bluterguss an der Wange des Vaters.
»Was meinen Sie?«, fragte Brown, als der Arzt vom OP-Tisch wegtrat.

»Ich weiß, was ich meine, und es ist verdammt noch mal zu wenig, um uns weiterzubringen.«
»Nur zu.«
»Die Opfer lagen, als sie angegriffen wurden; als er eines der Kinder bewegte, blieben Haare und Blut an einem Türrahmen kleben. Ich würde sagen, er ist zwischen eins achtzig und eins fünfundachtzig. Rechtshänder und körperlich stark.«
»Mr. Durchschnitt. Das passt, der Winkel der Gravuren im Holz deutet darauf hin, dass die Wörter wahrscheinlich mit der rechten Hand eingeritzt wurden.«
»Es gab keinerlei sexuelle Handlungen, deshalb auch keine Körperflüssigkeiten. Ich habe ein paar Haare im Knoten der Fessel um Sinclairs Handgelenk gefunden.« Er zog sich die Handschuhe aus. »Ich habe sie überprüfen lassen.«
»Von wem sind sie?«
»Ein unidentifizierter männlicher Erwachsener.«
»Wir haben *seine* DNA?«
»Die Haare sind wunderschön. Samt Wurzeln und allem, mehr könnten wir uns gar nicht wünschen.«
Fellman sah in der grünen Arztkleidung beinahe aus wie ein Geist. Brown schüttelte dem erschöpften Mann die Hand und ging. Er kaufte sich ein Hühnchensandwich und eine Tasse Kaffee und nahm beides auf der Fahrt ins Revier zu sich.

Kapitel 9

Madison erzählte Brown von der gefälschten Unterschrift und fuhr dann zurück zum Stern Tower, um ein paar von Sinclairs Kollegen zu befragen. Nathan Quinn hatte die Kanzlei vor Stunden verlassen. Carl Doyle stellte ihr ein Besprechungszimmer mit einem Tisch für zwanzig Personen und dicken blassblauen Teppichen zur Verfügung. Im Fenster spiegelte sich die graue Fläche des Puget Sound.

»Wenn ich etwas tun kann«, sagte Doyle, als er eine junge Mitarbeiterin hereinführte. Die Frau bemühte sich nach Kräften, nicht zu weinen, sie hatte ein Taschentuch in der Hand, mit dem sie sich die Augen abtupfte. Die Wimperntusche hinterließ schwarze Spuren darauf.

»Ich würde Ihnen wirklich gerne etwas erzählen können, aber ich finde es unvorstellbar, dass jemand so etwas tut«, sagte sie. »Es ist einfach furchtbar.«

Nach ein paar unproduktiven Minuten ließ Madison sie gehen. »Danke für Ihre Hilfe. Mehr brauche ich im Moment nicht«, sagte Madison.

Sie befragte noch zwei weitere Mitarbeiter, aber alle standen unter Schock und hatten wenig beizutragen.

Carl Doyle setzte sich gegenüber von Madison hin. Seine Augen waren rotgerändert, aber er schien sich im Griff zu haben. Madison hatte es gefallen, wie er versucht hatte, die anderen zu trösten; unter seinem etwas manierierten Gehabe spürte sie echte Stärke. Er fuhr sich durch die Haare und rieb sich die Augen.

»Was möchten Sie wissen, Detective?«

»Zuerst einmal: Wie lange arbeiten Sie schon bei Quinn Locke?«
»Ungefähr zehn Jahre.«
»Etwa so lange wie James Sinclair.«
»Das stimmt. Ich habe zwei Monate vor ihm angefangen.«
»Kannten Sie ihn gut?«
Doyle schenkte sich etwas Wasser ein, er dachte über die Frage nach.
»Ich weiß nicht, ob ich diese Frage mit ja beantworten kann. Wir sind nicht zusammen essen oder ein Bier trinken gegangen, wenn Sie das meinen. Aber ich habe ihn jeden Tag gesehen. Ich wusste, wann es mit einem Fall nicht so gut lief oder wenn etwas Gutes passierte.«
Doyles Augen waren stechend blau, er fixierte Madison.
»Ich erinnere mich noch, wie sein erster Sohn geboren wurde.«
Madison beugte sich vor. »Was haben Sie von den letzten Wochen in Erinnerung? Wie war er?«
»Da war ein komplexes Verfahren, das sie vor Weihnachten noch abschließen wollten, das lief gut. James war müde, aber es ging ihm bestens. Er sprach davon, über Neujahr ein paar Tage wegzufahren.«
»War er irgendwie anders als sonst? Gab es Veränderungen in seinem Alltagsverhalten?«
»Nein.«
»Hat ihn jemand aufgesucht, der Ihnen merkwürdig vorkam?«
»Nein.«
Madisons Enttäuschung war wie ein zähflüssiges, bitteres Getränk, das sie immer und immer wieder schlucken musste.
»Eine letzte Frage: Kennen Sie einen Mandanten oder Freund von James Sinclair, der John Cameron heißt?«
Doyle sah sie lange an und blinzelte mit seinen hellen Wimpern.

»Natürlich«, sagte er. »James kennt ihn seit Jahren.«
»Verzeihung …«
»Sie kannten sich schon als Kinder.«
»Woher wissen Sie das?«
»Der Hoh River. Sie waren die Jungs vom Hoh River.«
Madison hatte den Namen lange nicht mehr gehört, aber sie erinnerte sich sofort wieder. Noch Jahre nach dem Vorfall hatte ihre Großmutter sie zu Rachel begleitet, damit sie nicht allein auf der Straße war, nicht einmal für fünf Minuten.
»Sind Sie John Cameron einmal begegnet?«, fragte sie.
»Nein.«
»Vielen Dank. Das wäre alles für den Moment.«
Doyle ging und schloss die Tür. Madison wählte Browns Handynummer und hoffte bei Gott, dass er erreichbar war.
»Sinclair kannte Cameron seit Jahren, sie waren Freunde. Der Fall vom Hoh River«, sagte Madison.
Brown verstummte kurz, dann sprach er wieder.
»Wir haben DNA. Im Knoten der Fessel waren Haare. Erste Tests haben ergeben, dass sie nicht von den Opfern stammen.«
»Irgendwelche Merkmale bisher?«
»Nicht so richtig. Ungefähr eins achtzig groß, Rechtshänder, kräftig. Die Haare könnten von einem dunkelhaarigen Mann stammen. Das passt auf mindestens ein Viertel der Bevölkerung.«
»Wir sollten unbedingt mit Quinn sprechen. Er stand Sinclair so nahe, er muss gewusst haben, dass er mit Cameron befreundet war.«
»Ich habe es den ganzen Nachmittag bei ihm versucht. Sein Telefon ist ausgeschaltet.«
»Irgendwann wird er nach Hause fahren müssen.«
»Ihre Schicht ist seit drei Stunden zu Ende.«
»Ich weiß. Ich komme nur, um die Befragungsergebnisse aufzuschreiben. Gibt es im Archiv eine Akte über den Hoh River?«

»So spät finden Sie das jetzt nicht mehr. Das liegt zu lange zurück.«

»Wie lange bleiben Sie noch?«

»Ich muss noch mit VICAP sprechen.«

Das VICAP, ein Programm zur Erfassung schwerer Straftaten, war eine Datenbank mit Tätern und Fällen, die vom FBI angelegt wurde: Wenn ein Mord in Arkansas dieselben Merkmale aufwies wie einer in Maryland, konnten die ermittelnden Stellen die Protokolle vergleichen und herausfinden, ob sie vom selben Täter begangen worden waren. Es war ein unschätzbares Hilfsmittel, und Brown war die Kontaktperson in Seattle.

Madison stand auf, um zu gehen, und schaltete das Licht aus. Der Ausblick, zuvor wegen der Spiegelung auf der Scheibe nicht sichtbar, kam zum Vorschein. Aus der tiefen Schwärze, wo das Meer lag, trug der Wind Schneeflocken in die flimmernden Lichter der Stadt. Unwillkürlich legte Madison die Handfläche flach auf das Glas, als könnte sie sie berühren. Dahinter lebte und atmete ein Etwas, das mit Blut Kreuze gemalt hatte. *Ich sehe dich,* dachte sie.

Kapitel 10

Andrew Riley saß auf einem Hocker an der Bar, vor sich ein leeres Schnapsglas und eine Flasche Budweiser, die er abarbeitete. Er war schon eine Weile damit beschäftigt, sich zu betrinken, und er hatte es geschafft, seine Wut ein wenig abzumildern.

Aber es traf ihn doch sehr, wenn er an die Kamera in der FedEx-Tasche dachte, die er nie mehr wiedersehen würde, und an die Demütigung, es auf die Titelseite geschafft zu haben und dabei wie ein Vollidiot auszusehen. In der vollen Bar war eine Ausgabe des *Washington Star* herumgereicht worden, und ein paar Stammgäste hatten ihm schulterklopfend einen ausgegeben.

Das *Jordan's* war eine Sportbar in der Nähe der Elliott Avenue, an den Wänden hingen signierte Poster der Mariners und der Seahawks und gerahmte Zeitungsartikel von Reportern, die sich hier ab und an die Kante gaben.

Nachdem er von Madison aus dem Haus gezerrt worden war, war er noch geblieben und hatte mit einem Kollegen abgelästert. Auf Zehenspitzen stehend hatte er gesehen, wie die Leichen weggebracht wurden, und dem Wagen der Rechtsmediziner nachgeblickt, bis sie im Verkehr verschwunden waren.

Zu Hause hatte er sich schnell die FedEx-Uniform ausgezogen, sich seine Tasche mit der Leica und der Olympus und den diversen Objektiven geschnappt und fluchtartig das Haus verlassen. Er konnte es dort drin nicht ertragen.

Eingesperrt im Mief seines Autos hatte er danach stundenlang darauf gewartet, einen Schnappschuss von einer Hollywoodschauspielerin machen zu können, die gerade einen Film in der Stadt drehte. Er sah sie, knipste sie und schickte das Bild per Mail an die Agentur, aber die ganze Zeit über dachte er dabei nur an die drei Minuten, die er im Haus 1135 Blueridge verbracht hatte. Dann war er in die Bar gegangen.

Der Mann rechts von ihm hatte ihn angesprochen. Trotz des Gejohles der Zuschauer, die das Spiel im Fernsehen verfolgten, und trotz seiner eigenen ungeordneten Gedanken war die Stimme zu ihm durchgedrungen.

»Typisch Hawks.«

Was zum Teufel ist typisch Hawks?

Riley rieb sich die Augen mit den Fäusten wie ein Kind. Sein Kumpan war ein paar Jahrzehnte älter als er, trug einen guten Anzug und eine teure Uhr. Mit dem rechten Zeigefinger machte er eine kreisende Bewegung, der Barkeeper nickte und brachte ihnen beiden neue Getränke.

Riley trank den Schnaps auf ex, wandte sich, den linken Ellbogen auf der Bar, dem Anzugträger zu und versuchte sich darauf zu konzentrieren, was der Mann sagte. *Reine Schafscheiße,* dachte er.

Er bemerkte nicht, wie die Tür aufging und ein anderer Mann hereinkam, sich einen Weg durch das Gedränge bahnte, eine Cola bestellte und sich hinter ihm an die Bar lehnte, den Blick auf das Spiel gerichtet.

Im Grunde ist es ja so, dass einem genau das, was man nicht weiß, Sicherheit verschafft. Andrew Riley würde der Planung seines eigenen Todes nie mehr so nahe sein wie in diesem Moment, als er traurig und frustriert in einer lauten Bar mit einem Fremden sprach.

»Kennst du Weegee? Den Fotografen?«, fragte Riley.

»Wen?«

»Egal.«

Alkohol machte ihn melancholisch, lieber wäre er wütend gewesen. Den Blick, der die Menge absuchte, ihn streifte und sich dann wieder auf das Spiel richtete, spürte er nicht. Lautes Johlen und Applaus, irgendwer hatte auf dem Spielfeld etwas gut hingekriegt.

Hinter der Bar klingelte das Telefon. Der Barkeeper ging ran und hielt sich das andere Ohr mit der flachen Hand zu.

»Riley …«, sagte er und reichte ihm den Hörer.

Gelegentlich hatte er dort schon Anrufe entgegengenommen.

»Ja?«

Nichts. Es knackte und knisterte, er war sich nicht sicher, ob das vom Telefon kam oder von den Kopfschmerzen, die ihm von innen gegen die Augen drückten.

»Hallo …«

Die Leitung war tot.

»So ein Scheiß.« Er legte auf und trank sein Bier in einem einzigen langen Schluck aus. Sein Fleecepullover roch nach altem Schweiß und Zigarettenrauch, er musste beinahe würgen.

»War nett, sich mit dir zu unterhalten, Mann«, sagte er, legte ein paar Scheine auf die Bar und zog seinen schweren Daunenanorak über. Er tastete die Innentasche nach seiner Olympus ab. Die Waffe immer dabei, wie ein Polizist außer Dienst.

Er kämpfte sich durch das Gedränge, und einen Augenblick später stand er in der Eiseskälte. Sein Auto hatte er in einer Seitengasse abgestellt, wo das Personal parkte. Nicht mehr als drei Sekunden entfernt von einer schnellen Heimfahrt und einem langen Schlaf.

»Riley.« Die Stimme kam aus der Dunkelheit hinter ihm.

»Yeah.« Er wollte sich gerade umdrehen, da traf ihn ein heftiger Schlag gegen die Schläfe. Der Schmerz war so scharf, dass er ihm den Atem nahm. Und noch einmal, bevor er die Hände hochnehmen und auf die Knie fallen konnte. Er bekam keine Luft, sah nichts mehr. Er schützte den Kopf mit den Armen. Hände drückten ihn nach unten. Er lag mit dem Gesicht auf dem feuchten Zement, rauh an seiner blutigen Wange.

Der Mann holte die Kamera aus Rileys Innentasche, schlüpfte mit der Hand durch den Trageriemen und knallte sie keine zehn Zentimeter über Rileys Kopf gegen die Backsteinmauer. Einmal, zweimal. Es knirschte, dann regneten winzige Plastik- und Metallsplitter auf den Boden. Dreimal, bis am Ende des Riemens kaum mehr etwas übrig war.

Riley spürte, wie der Mann innehielt, er stand über ihm, während er um jeden Atemzug kämpfte. *Es ist aus,* dachte er und verlor das Bewusstsein.

Zehn Minuten später fand ihn ein Kellner, rief die Ambulanz und wickelte eine Decke um ihn, um ihn warm zu halten, bis der Krankenwagen kam.

Kapitel 11

Brown hatte drei ordentliche Papierstapel auf seinem Schreibtisch, in denen er herumsuchte, während er telefonierte. Er hatte die Ärmel hochgekrempelt, die Krawatte war noch geknotet.

»Nein. Das dachte ich mir. Die Blutanalyse ist noch nicht da.«

Madison kam mit Notizbüchern unter dem Arm und einem Papptäger mit zwei Bechern herein. Sie hatten sich in ein Verhörzimmer zurückgezogen – wenn jemand hereinplatzte und einen Detective sprechen wollte, wäre der offene Raum ein unpassender Ort für ihre Tatortfotos gewesen.

Madison stellte Brown einen Becher hin und holte den Block mit ihren Verhörmitschriften heraus.

»Danke.« Er hielt den Hörer mit einer Hand zu. »Das ist Kamen.«

Fred Kamen war einer der hellsten Köpfe der Investigative Support Unit von der FBI-Akademie in Quantico, der Abteilung, die früher Verhaltenswissenschaften geheißen hatte. Er hatte einmal ein Seminar gehalten, an dem Madison teilgenommen hatte. Es war zur Zeit des Entführungsfalls Goulden-McKee, und sie erinnerte sich, wie Kamen nach dem Unterricht immer mit einem Kollegen davongeeilt war, um sich den Rest des Tages der Aufgabe zu widmen, einen Teenager wieder zurück zu seiner Familie zu bringen. Die Seminare hatten dadurch eine gewisse Dringlichkeit bekommen, und sie hatten alle das Gefühl gehabt, irgendwie beteiligt zu sein. Als der Junge nach vierwöchigen Verhandlungen

sicher und unverletzt gefunden worden war, hatten Madison und ihre Kommilitonen Beifall geklatscht.
»Ja, ich weiß. Es wird in der Hotline gepostet. Morgen. Auf Wiederhören.«
Brown schob sich die Lesebrille auf die Nase. Oben auf den Stapeln mit den Verhören lagen vier Bilder, jeweils eines von jedem Opfer, so wie man sie gefunden hatte. Auf dem Fensterbrett lag ungelesen und unberührt Browns *Moby Dick*.
»Es dauert ein paar Stunden, bis wir eine Antwort vom VICAP haben, aber Kamen persönlich hat noch nie so eine Art der Inszenierung erlebt, und er hält es auch nicht für irgendeinen Kult. Die ›Dreizehn Tage‹-Geschichte gefällt ihm allerdings gar nicht, da ist eine Zeitschiene, über die wir nichts wissen.«
»Gibt's etwas Neues von den Fingerabdrücken?«
»Nichts Außergewöhnliches. Payne rief vor einer halben Stunde an, sie sind fertig für heute. Sie haben eine ganze Menge von der Familie gefunden, ein paar Abdrücke von der Haushälterin, ein paar kleine im Kinderzimmer, wahrscheinlich von Freunden. Aber nichts von Cameron.«
Madison sprach, während sie tippte. »Wenn wir welche finden würden, könnte ein guter Anwalt behaupten, er hätte sie bei einer anderen Gelegenheit dort hinterlassen.« Sie hörte auf zu schreiben und blickte auf. »Wie viele Leute wissen davon?«
»Sie, ich, Fynn, Payne, Lauren und Joyce.«
»Ich meine, wie stehen die Chancen, dass das nur ein Zufall ist und der Name auf dem Scheck eigentlich zu einem Arzt in Tacoma gehört, für den Sinclair die Steuern gemacht hat?«
»Ich würde sagen, praktisch gleich null.«
»Ich kann mich nicht erinnern, dass auf der Nostromo oder bei der Leiche des Dealers irgendwelche Botschaften hinterlassen worden wären.«
»Nein, das ist neu.«

Madison tippte weiter, die Wörter sprudelten aus ihr heraus, während sie im Geiste woanders war.

»Sie waren gut heute«, sagte er.

Sie blickte auf, aber Brown hielt eine Abbildung der Blutflecken gegen das Licht und schaute Madison nicht an.

»Wie auch immer es mit diesem Fall weiterläuft, wir bauen ihn von Grund auf neu. Stück für Stück. Der Scheck ist ein Ziegelstein. Lassen Sie sich dadurch nicht alle anderen Möglichkeiten verbauen«, fuhr er fort.

»Was meinen Sie damit?«

»Ich will damit nur sagen, Sie sollen offen bleiben.«

»Das habe ich vor.«

»Ich weiß, aber Fälle entwickeln ihre eigene Dynamik. Dieser hier wird bald loslegen.« Er betrachtete immer noch das Blutmuster. »Lassen Sie sich dadurch nicht in Ihrem Urteil beeinflussen.«

Jemand anders hätte seinen Tonfall womöglich als herablassend empfunden, aber Madison dachte kurz nach. Er versuchte, ihr etwas beizubringen, alles andere war unerheblich.

Sie schloss ihre Schreibarbeiten ab und legte sie zu Browns Unterlagen.

»Morgen werden wir als Allererstes die Akte Hoh River ausgraben«, sagte er. »Wenn sie sich darüber kennengelernt haben, dann fangen wir damit an.«

»Ich will sofort damit anfangen.« Madison zog sich die Jacke an. »Ich gehe in die Bibliothek.«

Brown blickte aus dem Fenster, es war stockdunkel.

»Ich habe einen Freund dort«, sagte sie und ordnete Stifte auf ihrem Schreibtisch. »Die Zeitungen müssen damals darüber geschrieben haben. Ich sehe mal, was ich finde.«

Madison fuhr nach Norden Richtung 4th Avenue, hielt bei einem Laden, der rund um die Uhr geöffnet hatte, und tippte eine Nummer in ihr Mobiltelefon.

»Mr. Burton, hier ist Alice Madison. Ist es in Ordnung, wenn ich heute Abend noch vorbeikomme?«

In dem Laden gab es kein besonderes Gebäck, aber es war ein Gebot der Höflichkeit, nicht mit leeren Händen zu kommen. Sie dachte an das letzte Mal zurück und wählte einen üppigen Schokoladenkuchen.

Es herrschte kaum Verkehr, und so fuhr sie zunächst an der Bibliothek vorbei und die 6th Avenue hinunter. Im neunten Stock des Stern Tower lag die Kanzlei Quinn Locke im Dunkeln. Sie schaute hinauf, fuhr um den Block und dann zurück in die Richtung, aus der sie gekommen war. Sie parkte nur ein paar Meter entfernt vom Lieferanteneingang der Öffentlichen Bibliothek und drückte sanft auf die Klingel. Die Metalltür sprang fast sofort auf.

Vor ein paar Jahren war Ernie Burtons sechzehnjährige Tochter in einen kleineren Konflikt mit der Polizei geraten. Madison hatte dafür gesorgt, dass dieser Konflikt behoben wurde, und durfte deshalb auf Lebenszeit die Öffentliche Bibliothek von Seattle zu jeder Tages- und Nachtzeit benutzen. Burton war der Nachtchef, er saß gerade mit drei Kollegen beim Kartenspielen, als Madison ankam. Es waren alles Männer, die beim Sicherheitsdienst gelandet waren, nachdem sie ihr Leben lang in anderen Berufen gearbeitet hatten. Ihnen war nicht nur die Bezahlung willkommen, sondern auch die Gelegenheit, von ihrem Rentnerdasein und ihren Frauen wegzukommen.

Madison schaute keine drei Sekunden auf den Tisch und wusste, wer gewann, wer verlor und wer froh über die Unterbrechung war.

»Wen haben wir denn da?«

»Mensch, Detective, ich dachte schon, wir würden Sie nie mehr zu Gesicht bekommen. Ich war todunglücklich.«

»Wie geht es Ihrer Frau, Ronnie?«, fragte Madison lächelnd.

»Sie lebt noch. Sind Sie mittlerweile verheiratet?«

»Dann könnte ich doch nicht mehr herkommen und mit euch flirten!«
Sie schnitten den Kuchen an und aßen ihn zu schrecklichem Instantkaffee.
»Ich weiß, Sie sind hier, um Ihre Arbeit zu machen, wir wollen Sie nicht aufhalten«, sagte Burton.
»Dann lege ich mal los.«
Die vier Männer widmeten sich wieder ihrem Spiel, und Madison machte sich auf den Weg durch das ihr vertraute Gebäude. Als Burton ihr damals den Ausweis gegeben hatte, hätte er nicht im Traum daran gedacht, dass sein Geschenk in Madisons Augen weit mehr wog als das, was sie für ihn getan hatte. Sie hatte weniger als fünfzehn Minuten gebraucht, um die Geschichte mit ihrem Chef und dem Jugendamt zu klären, und dafür hatte sie nun im Gegenzug den Schlüssel zum Spielwarenladen.
Meistens hatte sie etwas Bestimmtes gesucht. Aber nach dem Tod ihres Großvaters kam sie etwa einmal im Monat vorbei und verbrachte nach Mitternacht ein paar Stunden, bevor die Putzleute kamen, in dem riesigen Saal, um zu lesen.
Madison ging zu den Geisteswissenschaften im ersten Stock, um das Datum nachzusehen, an dem die Artikel erschienen waren. Sie brauchte fünfzig Minuten, bis sie hatte, weswegen sie gekommen war. Über die Geschichte war ausführlich berichtet worden, und sie kopierte alles, dann setzte sie sich an ihren üblichen Tisch, holte eine Coladose und einen gelben, linierten Notizblock aus ihrer Tasche, trank einen Schluck und begann zu lesen. Zuerst nahm sie sich die *Times* vor: ein unemotionaler Artikel, der mit den scheußlichen Einzelheiten sparsam umging. Sie las ihn zweimal.
Am 28. August 1985 waren drei Jungen entführt worden, als sie in einem bewaldeten Park in Ballard beim Angeln waren. Ihre Namen: David Quinn, 13, James Sinclair, 13, John Cameron, 12. *David Quinn.*

Vier Männer näherten sich den Jungen am Jackson Pond in einem blauen Transporter; sie benutzten mit Chloroform getränkte Lappen, steckten die Jungen in das Auto und fuhren los. Es gab keine Zeugen.

Als die Jungen nachmittags nicht nach Hause kamen, machten sich die Eltern langsam Sorgen und organisierten einen Suchtrupp. Die Fahrräder wurden am Grund des Teichs gefunden. Die Familien gerieten in Panik. Verwandte und Freunde suchten jeden Zentimeter rund um den Jackson Pond ab und klopften an jede Tür im ganzen Viertel. Die Nacht brach an, es gab immer noch nichts Neues. Die Jungen waren verschwunden.

Am 29. August fuhr ein Mann namens Carlton Gray morgens um 5:30 Uhr die Upper Hoh Road entlang. Ein Junge, der später als John Cameron identifiziert wurde, kam aus dem Wald. Gray bremste seinen Pick-up, beinahe hätte er den Jungen überfahren. Der Junge hatte Schwierigkeiten, sich zu erklären, aber Gray erkannte, dass er emotional am Limit war und ihn irgendwohin führen wollte.

Zu diesem Zeitpunkt bemerkte Gray auch, dass die Arme des Jungen mit Blut bedeckt waren, die Ärmel seines T-Shirts mehrfach aufgeschlitzt. Sie liefen etwa fünfzehn Minuten durch den Wald, bis sie zu einer Lichtung kamen.

Dort, an eine Sitka-Fichte gefesselt, fand Carlton Gray James Sinclair. Er lebte, stand aber unter Schock. Er befreite den Jungen und brachte beide Kinder zurück zu seinem Wagen. Von dort aus rief er über Funk Hilfe. Die State Police und die Krankenwagen kamen rasch. Sie hatten fälschlicherweise angenommen, dass alle drei Jungen unversehrt aufgefunden worden waren, und die Eltern informiert.

Was in den vorangegangenen vierundzwanzig Stunden geschehen war, war nicht völlig klar. Die Behörden konnten folgende Tatsachen festmachen: Die Kinder waren mit dem Auto an die Stelle im Wald gebracht worden, jeder Junge

wurde an einen Baum gebunden. Dann ging es durcheinander: Sie hatten Augenbinden um, und seine Freunde hörten David Quinn keuchen und nach Luft schnappen. Nach einer Weile wurde es still. Ein paar Minuten später fuhren die Männer weg, Quinn nahmen sie mit. Die anderen beiden wurden im Wald gelassen.
David Quinn. Madison stand auf und ging zum Fenster. Sie trank ihre Cola aus und warf die Dose in den Mülleimer der Bibliothekarin. Sie sah auf die Uhr, Brown würde das sicherlich wissen wollen. Sie wählte seine Handynummer.
»Der dritte Junge. Der im Wald gestorben ist. Es war Nathan Quinns jüngerer Bruder.«
»Dann haben wir wohl unsere Verbindung.«
»Genau.«
»Sie fahren bald nach Hause, ja?«
»Ich mache hier nur noch fertig.«
Madison sehnte sich nach einem starken Kaffee, aber das Zeug aus dem Spender unten schmeckte wie dünner, bitterer Schlick. Stattdessen wusch sie sich das Gesicht mit eiskaltem Wasser und ging zurück an ihren Schreibtisch.
Im *Post-Intelligencer* stand ungefähr das Gleiche wie in der *Times.* Beide zogen die traurige Schlussfolgerung, dass es kein erkennbares Motiv für die Entführung gab und wohl nie jemand dafür zur Rechenschaft gezogen würde.
Die Boulevardblätter brachten keine weiteren Fakten. Aber sie hatten Bilder. Madison hielt das Blatt vor die Lampe. Es waren Schulfotos, von jedem der Jungen eines. Sie betrachtete das von Cameron: Er war der Jüngste und sah kleiner aus als die anderen. James Sinclair lachte, und David Quinn trug ein Mariners-T-Shirt. Er hatte helle, lockige Haare, die er gerade für das Foto gekämmt hatte.
Madison blätterte weiter. Es gab eine Aufnahme von den Familien nach der Gedenkfeier für David Quinn, zweifellos das Werk eines dreisten Fotografen, der sich auf den Friedhof

geschlichen hatte wie Andrew Riley an den Tatort. Er hatte den Moment eingefangen, als sie vom Grab weggingen – eine abscheuliche Verletzung der Privatsphäre, im schmerzlichsten Moment. Das Bild nahm einem den Atem.

Schwarzweiß, an dem Tag musste es bedeckt gewesen sein, nichts und niemand warf einen Schatten. Im Vordergrund ein Mann und eine Frau in Schwarz, umgeben von Angehörigen und Freunden, die Gesichter wie gelähmt vor Schmerz. Eine geschlossene Gruppe von etwa fünfzig Personen, hauptsächlich Erwachsene, ein paar Kinder.

Die Männer trugen alle eine Kippa, die jüdische Kopfbedeckung. Ein Mann hatte dem Vater die Hand auf die Schulter gelegt und sagte etwas zu ihm. Neben ihm die beiden überlebenden Jungen, Cameron trug den Arm noch in einer Schlinge. Sie wirkten verloren. Bei ihnen stand Nathan Quinn, ein paar Jahre älter, wahrscheinlich ging er bereits aufs College. Er sah seine Mutter an, hob die linke Hand, als wollte er sie berühren.

Madison fröstelte auf einmal, als wäre die Temperatur urplötzlich gefallen, eine Welle der Übelkeit überkam sie, das Gefühl zu versinken. Sie schlug die Mappe zu und legte die Hand darauf. Eine Minute ließ sie einfach so verstreichen, blieb in der düsteren Stille sitzen, dann sammelte sie ihre Sachen zusammen und ging.

Sie schaltete den Motor an und roch wie aus dem Nichts die süße Luft des Märztags, an dem ihre Mutter beerdigt worden war. Der Wind trug Kirschblüten mit sich. Madison wischte sich mit dem Handrücken die Augen. Ihr Vater hatte hinter ihr gestanden, seine Hände lagen schwer auf ihren Schultern.

Sie ließ den Motor laufen, schloss die Augen, wartete, bis es im Auto warm wurde.

Es war immer dieselbe Beerdigung, immer wieder. Madison hatte Gedenkfeiern für Polizisten besucht, Männer und

Frauen, die sie kaum kannte, doch es war das Grab ihrer Mutter, an dem sie dann in Paradeuniform stand, während die Flagge zusammengelegt wurde.

Ihre Großeltern waren an dem Morgen in Friday Harbor angekommen und wollten bald nach der Trauerfeier wieder abfahren. Sie hatten sie seit Jahren nicht gesehen, in ihrem Schmerz schauten sie ständig dieses junge Mädchen an, das ihrer toten Tochter so ähnlich war und ihnen doch so fremd.

Fünf Monate später war Alice mitten in der Nacht aufgewacht, ihre Micky-Maus-Uhr zeigte 2:15 Uhr, und der bleiche Vollmond, der durch das Fenster schien, beleuchtete ihr aufgeräumtes Zimmer – die Bemühungen einer Zwölfjährigen, die einen Stapel Telefonnummern von Schulpsychologen und Selbsthilfegruppen an ihre Pinnwand geheftet, aber nie davon Gebrauch gemacht hatte. Alice kochte sich selbst das Mittagessen und hatte gute Noten. *Sie ist eine Kämpferin,* hatte ihre Jahrgangsbetreuerin gesagt, *sie beißt sich durch.* Und so schlug sie ihre Schulbücher in schlichtes Packpapier ein und stellte ihre Pantoffeln ordentlich hin, wenn sie ins Bett ging, und irgendwie half ihr das durch die Tage; innerlich jedoch ging sie unter.

Alice hatte Schritte im Gang gehört und wusste, es konnte nicht ihr Dad sein, der würde erst morgens kommen. Sie packte ihren Baseballschläger und wartete, das Adrenalin schnürte ihr die Brust ein. Als sie hörte, wie der Eindringling durch den Gang und aus dem Haus ging, schmeckte ihre Erleichterung nach Kupfer, weil sie sich in die Lippe gebissen hatte. Sie wartete kurz, schlüpfte aus dem Bett und spitzte aus dem Fenster, um sich zu vergewissern, dass der Mann wirklich gegangen war: Ein Stück weiter die Straße hinunter sah sie ihn, er entfernte sich mit schnellen Schritten. Als er unter einer Straßenlaterne vorbeikam, erkannte Alice selbst aus dieser Entfernung, dass es ihr Vater war. Sie ließ den Baseballschläger fallen und kam sich dumm vor. *Wieso hat er denn bloß das Licht nicht angemacht?* Sie hatte beinahe einen Herzanfall bekommen.

Alice tapste in die Küche, immer noch durcheinander und ein wenig neben sich. Sie drehte den Wasserhahn auf und hielt ein Glas darunter. Als sie zurückging, bemerkte sie, dass die Tür zum Zimmer ihrer Eltern, zum Zimmer ihres Vaters, einen Spalt offen stand, und die rechte obere Schublade der Kommode ragte ein paar Zentimeter vor. Die Schublade ihrer Mutter. Sie zogen sie fast nie auf, das Schmuckkästchen ihrer Mutter lag darin, und Alice gestattete es sich nur sehr selten, ihre Sachen zu berühren, jeder einzelne Gegenstand war eine Erinnerung, zu heftig und zu süß.

Nun stand sie neben der Kommode, und alles in ihrem Inneren sagte ihr, sie sollte die Schublade schließen und wieder ins Bett gehen. Es konnte einfach nichts Gutes dabei herauskommen, dieser Hauch von Zweifel, sie würde tagelang ein schlechtes Gewissen haben und ihrem Vater nicht in die Augen schauen können. Sie lehnte sich mit der Stirn gegen die Kommode. Sie musste einfach nachsehen und sie wusste es.

Sie zog die Schublade auf und nahm das schwarze Samtschmuckkästchen heraus. Der kleine hakenförmige Verschluss war geöffnet. Innen war das Kästchen mit roter Seide gefüttert. Alice fuhr mit den Fingern über den glatten Stoff: die Ringe ihrer Mutter waren weg, ihre Ohrhänger, die Kette mit dem s-förmigen Verschluss und der Brillantschmetterling.

Alice wusste nicht, wie viel das alles wert war, aber sie wusste, es war weg, und ihr Vater hatte das Licht nicht angemacht. Sie stand eine Minute lang einfach nur da, dann legte sie das Kästchen sorgsam wieder zurück, ging in ihr Zimmer und nahm den Baseballschläger.

Sie hatte noch nie eine solche Klarheit empfunden, es war überwältigend. Der erste Schlag traf das Bücherregal, sie holte weit aus und schlug fest zu, es fiel von der Wand, als Nächstes kam der Schreibtisch an die Reihe. Alice arbeitete sich methodisch durch ihr Zimmer, bis ihr der Arm so weh tat, dass sie den Schläger nicht mehr heben konnte, und da hatte sie sich auch schon an den Scherben ihres Badezimmerspiegels geschnitten und war außer Atem. Ihr Vater würde nach Hause kommen, bevor die Sonne aufging. Sie tappte vorsichtig zurück zu ihrem Bett und legte sich darauf, den Schläger immer noch fest in der Hand. Sie wollte nur ganz kurz die Augen zumachen, sich eine Sekunde lang ausruhen; wenn er dann nach Hause kam, würde sie dafür sorgen, dass er sie dorthin brachte, wo die Sachen ihrer Mutter jetzt waren. Sie schlief ein, Spuren getrockneter Tränen auf der Wange.

Schlagartig gingen ihre Augen auf, die Micky-Maus-Uhr zeigte 6:47 Uhr, sie blickte sich im Zimmer um und fröstelte. Alles kaputt, alles entzwei. Barfuß schlüpfte sie in ihre Turnschuhe, schlich zur Tür und zog sie ein kleines Stück auf. Ihr Vater schlief tief atmend in seinem Zimmer.

Er lag bäuchlings unter der Decke, die Kleider auf einem Haufen neben dem Bett. Alice kniete sich neben Hemd und Jeans und durchsuchte seine Taschen. Sie fand zwölf Dollar in kleinen Scheinen und ein Schnappmesser mit Elfenbeingriff, das sie noch nie gesehen hatte. Sie steckte alles zurück. Er atmete langsam und gleichmäßig. Sie ging wieder zur Kommode und sah im Schmuckkästchen nach. Einen kurzen Augenblick lang, als sie die Hand danach ausstreckte, wagte sie zu hoffen. Diesmal passierte nichts, keine Tränen, keine Wut, kein Schmerz. Im kalten Licht des Tages wusste sie genug über die Welt, um zu begreifen, was einmal verloren war, würde verloren bleiben, so einfach war das. Sie setzte sich in den Korbsessel und sah zu, wie sich sein Rücken hob und senkte, sie saß da und sah ihm zu, bis jede gute Erinnerung an ihn verschwunden war; es dauerte nicht lang.

Der Griff des Schnappmessers ragte ein klein wenig aus der Gesäßtasche der Jeans heraus, Alice langte danach, und die

Klinge wurde lebendig. Sie stellte sich über ihn. Zwischen seinem Rücken und der Klinge in ihrer Hand schien überhaupt gar nichts zu sein, sie selbst war leer, und in diesem Moment erschien es ihr als das einzig Sinnvolle, dass er keinen weiteren Atemzug mehr tun sollte. Sonst war nichts weiter wichtig, nicht das Packpapier um ihre Bücher, nicht ihre stabilen Noten. *Schauen wir mal, ob die Schulpsychologen mich da raushauen können,* sagte eine dünne, dunkle Stimme in ihr.

Laut wie ein Gewehrschuss bellte der Hund im Nachbarsgarten zweimal, und Alice sah das Zimmer und sich selbst darin, jedes Detail so scharf, als würde es ihr auf die Haut gezeichnet.

Ihr Vater würde spät an einem schwülen Augustmorgen aufwachen, das Haus leer, seine Tochter weg, die Klinge des Schnappmessers fünf Zentimeter tief in seinem Nachttisch.

Als die State Trooper eine Woche später nördlich von Anacortes ein kleines Mädchen aufgriffen, waren sie überrascht, dass der Vater es gar nicht eilig hatte, es nach Hause zurückzuholen. Er sah sogar ausgesprochen erleichtert aus, als der Großvater ihm die Kleine abnahm und zu sich nach Seattle holte.

»Eigentlich wirkte sie doch ganz nett«, sagte der eine Polizist danach zu dem anderen. »Aber man weiß ja nie.«

Ihre Großeltern beobachteten sie vom Küchenfenster aus, wie sie stundenlang dasaß und aufs Wasser und Vashon Island blickte; sie beobachteten sie auf ihren ruhigen Wanderungen auf den Mount Rainier.

»Lass das Mädchen einfach machen«, sagte ihr Großvater. »Wichtig ist nur, dass sie endlich zu Hause ist, und das weiß sie.«

Madison wusste nicht, ob sie sich die Stadt zu eigen gemacht hatte oder umgekehrt, sie wusste nur, dass die dunklen Wälder ringsherum sie als zugehörig akzeptiert hatten.

Den Bergen und den Flüssen war es egal, dass sie beinahe ihren Vater getötet hätte, sie gewährten ihr Sicherheit und so viel Frieden, wie sie ihn sich selber gönnte.

Detective Madison legte die Akte auf den Beifahrersitz, schaltete in den ersten Gang und fuhr nach Hause. Der Anrufbeantworter blinkte rot. »Hallo, Alice, ich bin's, Marlene. Unser Wiedersehensessen steht an, und diesmal kommst du mir nicht davon. Wir müssen unbedingt deine goldene Marke feiern und dass Judy es endlich aus dem Verkehr in eine andere Abteilung geschafft hat, unglaublich, was? Ruf mich an, bevor ich eine Vermisstenanzeige aufgebe.«
Fünfzehn Minuten später war Madison auf dem Sofa eingeschlafen, eingewickelt in die weiße Steppdecke aus ihrem Schlafzimmer. Auf dem Sofatisch ein zur Hälfte gegessenes Thunfischsandwich und *Manche mögen's heiß* im DVD-Player.

Kapitel 12

Schon seit geraumer Zeit lief es mit Fred Tullys Karriere nicht gerade glänzend. Er saß an seinem Schreibtisch in den Büroräumen des *Washington Star*, eine Seite zum Korrekturlesen in einer Hand, in der anderen ein Stück kalte Pizza. Er warf einen Blick auf die runde Uhr, die gegenüber an der Wand hing. Mitternacht. Lieber wäre er jetzt woanders gewesen, überall, bloß nicht hier, wo sein Leben mit jedem Tag trübsinniger wurde. Er dachte an seine Frau, die zu Hause vor dem Fernseher saß und ihn kein bisschen vermisste.

Der Praktikant ließ den Umschlag auf seinen Schreibtisch fallen, und Tully erschrak so sehr, dass er fast vom Stuhl gefallen wäre.

»Zieh dir gefälligst Schuhe an, die man hören kann!«, schnauzte er, ohne sich umzuwenden.

Es war ein weißer Umschlag mit festem Rücken. Sein Name war auf ein kleines Etikett aufgedruckt, ansonsten war der Umschlag nicht beschriftet. Tully sah sich im Raum um: Er war nicht der Typ, der mitten in der Nacht Post zugestellt bekam, schon eine ganze Weile nicht mehr.

Mit dem Zeigefinger riss er das Ding an der Seite auf. Irgendein Blödmann würde einen Arschtritt bekommen, wenn das ein Scherz war. In dem Umschlag steckten ein Blatt Papier und ein kleineres Kuvert.

Tully las den kurzen Text einmal durch. Er biss ein Stück von seinem Pizzarest ab und behielt es im Mund, während er die Lasche löste und ein Foto herausnahm.

Es war ein Farbbild, in einem Innenraum mit Blitz aufgenommen. Im Vordergrund eine Lampe und das Kopfbrett eines Bettes, so wie es aussah. Tully hatte keine Ahnung, was er da vor sich hatte. Er las den Text, starrte das Bild an, las den Text, starrte das Bild an.

Greg Salomon, Herausgeber des *Star*, blickte nicht auf, als Tully zu ihm ins Büro stapfte.

»Was gibt's?«

Tully schloss die Tür. Er legte das Foto auf den Schreibtisch. Salomon schob seine Brille hoch und nahm es in die Hand.

»Was ist das?«

»Der Tatort in Blueridge.«

Einen Moment herrschte nur Schweigen.

»Wo hast du das her?«

Tully lächelte.

»Ernsthaft, wo hast du das her?«

»Irgendjemand da draußen hat mich lieb. Ich hab's gerade bekommen.«

»Musstest du was zahlen?«

»Keinen Dollar.«

Unter einem Stapel Zeitungen lag eine Lupe. Salomon zog sie heraus und betrachtete das Bild genauer.

»Sonderlich viel kann man nicht sehen, aber es reicht, um zu wissen, was es ist. Echt?«

»Mit Sicherheit. Das hier war noch dabei.« Tully reichte ihm das Blatt Papier.

Ich melde mich.

»Was meinst du?«

»Nichts zur Veröffentlichung, die Polizei und die Staatsanwaltschaft würden uns den Kopf abreißen. Jemand will uns damit sagen, dass er ganz nah dran ist. Polizei, würde ich tippen«, meinte Tully.

»Ja, er will einfach nur unser Interesse wecken. Das nächste Mal wird er Geld wollen. Dem Herrn sei Dank für die staatlichen Gehälter.«

»Amen.« Tully schrieb etwas auf seinen Block. »Ich rufe gleich mal an, dann können wir die Positionierung der Leichen bestätigen, die verbundenen Augen ...«
Er schaute noch einmal zu dem Bild, die dunklen Kreuze waren unscharf, aber deutlich sichtbar. Mehr erkannte er nicht, nur Köpfe auf Kissen von der Seite.
»Könnte das einer von den üblichen Kandidaten sein?«, fragte sich Salomon. »Ich muss wohl Kramer anrufen, der arbeitet an der Geschichte.«
»Das gehört mir, Greg.«
»Ich weiß. Wir finden eine Lösung.«
Besser wär's, dachte Tully.

Um 5:45 Uhr wachte Madison ruckartig auf. Die Digitaluhr auf ihrem Nachttisch leuchtete. Erst drei Stunden zuvor war sie auf dem Sofa unten aufgewacht, der Film war zu Ende gewesen. Sie hatte schlaftrunken den Fernseher ausgeschaltet und sich die Treppe hinauf und ins Bett geschleppt.
Um 5:46 Uhr stand Madison auf, ging barfuß in die Küche und schaltete dabei die Lichter an. Sie goss Wasser in das Unterteil der italienischen Espressokanne, gab Kaffee in den Filter in der Mitte, schraubte die obere Hälfte auf und stellte sie auf den Herd. Das alles konnte sie im Halbschlaf, sie tat es oft, wenn sie sich nach zwei Stunden Schlaf für einen neuen Tag vorbereitete. Um halb sieben verließ Madison das Haus.
Sie fuhr über Blueridge und parkte neben dem Streifenwagen vor dem Eingang. Die zwei wachhabenden Polizisten blickten auf, man sah ihnen die langen Stunden in der Kälte an. Madison hatte die beiden noch nie gesehen. Sie kurbelte das Fenster herunter und zeigte ihre Marke.
»Madison, Mordkommission. Alles klar?«
Der Ältere der beiden nickte nur.
»Nichts los heute Nacht?«
»Ein paar Spaßvögel haben versucht, Absperrband zu

klauen.« Er zeigte auf das gelbe Band auf dem Boden neben dem Seiteneingang.

Das Haus verströmte bereits ein Gefühl der Leere, als hätte lange niemand mehr darin geschlafen, gekocht oder sich darin bewegt.

Madison fuhr durch den Berufsverkehr in die Stadt, in dem fahlen Sonnenlicht schimmerten in der Ferne Glas, Metall und Wasser. Es war keine so gute Idee gewesen, am Haus vorbeizufahren. Sie hatte fast einen Zwang verspürt, sofort hineinzugehen und sich alles anzusehen, von oben bis unten, vom Speicher bis in den Keller. Nun musste sie mit dieser Durchsuchung noch stundenlang warten. Der Mörder hatte das Haus als Schauplatz für seine Tat auserwählt, und über diese Tat würde er sich ihnen offenbaren.

Nathan Quinn würde nicht begeistert sein: Sie würden einen Durchsuchungsbefehl brauchen, um Sinclairs finanzielle Angelegenheiten, Akten, Fälle zu durchsieben. Wahrscheinlich hatte er sich auch Arbeit mit nach Hause genommen, der Scheck war im Arbeitszimmer gefunden worden.

So sah es aus. Vier Menschen hatten wegen läppischer 25 000 Dollar ihr Leben lassen müssen.

Der Gemeinschaftsraum war rappelvoll, es war der einzige nichtöffentliche Bereich, in den sie alle gleichzeitig passten. Die Detectives setzten sich um den Tisch. Die Akte über den Fall, die zwischen Styroporbechern und Notizbüchern lag, war bereits mehrere Zentimeter dick.

Brown leitete die Besprechung, Madison sollte ihn unterstützen. Er sah auf die Uhr. Spencer und Dunne hatten die Tafel mit dem Grundriss vom Haus der Sinclairs mitgebracht, Lieutenant Fynn hatte diverse Morgenzeitungen unter dem Arm: In zwei Stunden würde er eine Mitarbeiterin des Bereichs Öffentlichkeitsarbeit treffen müssen. Lieber hätte er eine Wurzelbehandlung über sich ergehen lassen.

Spencer, Dunne und Kelly standen ihnen noch achtundvierzig Stunden zur Verfügung. Danach würden Brown und Madison wieder alleine arbeiten, die anderen würden sich neuen Fällen widmen, aber zuarbeiten, wann immer es ging.
Madison fiel auf, dass Kelly seinen dunkelblauen Anzug trug, der an seinen Ex-Linebacker-Schultern etwas spannte, aber trotzdem schick aussah, und dazu eine aufdringliche lila Krawatte. So trat er immer vor Gericht auf. Am Nachmittag würden sie ihn an einen alten Raubmord abgeben müssen, der gerade zur Verhandlung gekommen war.
Brown kam gleich auf den Punkt.
»Wir haben die vorläufigen Autopsieergebnisse, dazu gleich. Während Sie, meine Herren, sich bei der Befragung der Nachbarn die Hacken abgelaufen haben, haben Lauren und Joyce die Hälfte eines zerrissenen Schecks in einer Sesselritze im Arbeitszimmer gefunden, die andere Hälfte lag in der Küche im Mülleimer.«
Madison hatte die Beine unter dem Tisch ausgestreckt, trank ihren Kaffee und wartete darauf, dass Brown die Bombe platzen ließ. Fynn wusste es bereits.
»Der Scheck ist wertlos«, fuhr Brown fort. »Die Unterschrift ist gefälscht, die Fingerabdrücke darauf stammen von Sinclair, die gefälschte Unterschrift lautet auf den Namen *John Cameron.*«
Abrupt hörten in diesem Augenblick alle auf, mit Papier zu rascheln, mit den Füßen zu wippen oder Notizen zu machen. Kelly legte seinen Stift weg.
Dunne grinste breit. »Ich schätze mal, manche würden das als ›Spur‹ bezeichnen.«
Brown sah wieder auf die Uhr. »So weit, so gut. Sinclair und Cameron kennen sich schon ewig, sie waren die Jungs vom Hoh River.« Alle Anwesenden versuchten sich zu erinnern. »Wenn Sinclair also Cameron bestohlen hat, ist alles möglich.«

»Ich warte seit Jahren darauf, dass dieser Scheißkerl wieder auftaucht. Ich schwör's euch, ich hab's gewusst, irgendwann ist es so weit«, sagte Kelly und spielte mit seinem Krawattenknoten.
»Was haben wir?«, fragte Lieutenant Fynn.
»Wir haben Haare aus dem Knoten der Fessel um Sinclairs Hände. Fellman untersucht sie, er sagt, er kann DNA gewinnen. Sieht so aus, als könnten sie von dem Eindringling stammen«, sagte Brown. »Die Toxikologie hat Chloroform auf der Augenbinde des Vaters bestätigt.«
Madison spürte, wie sich die Atmosphäre im Raum änderte, als würde ein eisiger Luftzug hindurchwehen: Vor fünf Minuten war James Sinclair noch das Opfer eines brutalen Mordes gewesen, jetzt war es gut möglich, dass er ein habgieriger Mistkerl war, durch dessen Schuld eine ganze Familie getötet worden war.
Brown setzte die Brille ab und rieb sich die Augen. »Bleiben wir noch kurz alle hier. Erstens: Wir haben keine Mordwaffe. Und die Ballistik sagt, es war eine .22. Zweitens: Wir haben keine Einbruchspuren und wissen nicht, wie der Täter ins Haus gelangt ist.«
»Türen und Fenster?«, fragte Spencer.
»Abgeschlossen und sauber. Keine Fußabdrücke außen, keine Hinweise auf ein gewaltsames Eindringen.«
»Wie jetzt, hat er sich reingebeamt?«, fragte Dunne.
»Sieht ganz so aus.«
»Was ist mit *Dreizehn Tage?*«, fragte Spencer.
»Nichts Brauchbares. Wenn es eine Botschaft ist, wissen wir noch nicht einmal, für wen sie gedacht ist. Wir können davon ausgehen, dass wir sie sehen sollten, aber was ihre Bedeutung angeht, da sind wir noch keinen Schritt weiter.«
Das Telefon klingelte, Brown nahm ab. Es war Bob Payne. Sie sprachen weniger als eine Minute. Als er auflegte, starrte er beinahe genauso lang auf den Hörer.

Madisons und Browns Blicke trafen sich quer durch den Raum. Er sah aus, als hätte man ihm gerade mitgeteilt, dass die Sonne von nun an im Westen aufgehe.
»Was ist?«, fragte sie in Lippensprache.
Brown blinzelte zweimal und war wieder da. »Das war Payne. In der Küche hat man neben der Spüle ein Glas gefunden. Er hat einen Treffer. John Camerons Fingerabdrücke sind darauf. Drei Abdrücke, zwölf Übereinstimmungen.«
Für eine Verurteilung hatte schon weniger gereicht. Im Raum herrschte einen Augenblick Schweigen. Madison, die sich zahllose Spiele der Sonics angesehen hatte, als sie noch hier gespielt hatten, dachte bei sich, dass sie allesamt dreinschauten wie jener Zuschauer aus dem Publikum, der gesagt bekommt, dass er in der Halbzeit auf den Korb werfen dürfe. Das war eine tolle Gelegenheit, und klar, er konnte ein paar richtig klasse Sachen gewinnen, aber er musste von der Mitte des Spielfelds aus werfen, jeder, den er auf der ganzen Welt kannte, sah zu, und niemand würde je vergessen, dass er nicht getroffen hatte.
Lieutenant Fynn hatte genug, um das Meeting mit der Öffentlichkeitsbeauftragten zu überleben. Er stand auf, wechselte noch ein paar vertrauliche Worte mit Brown und überließ es den anderen, weiterzuarbeiten. Was sich in diesem Fall, wie Dunne es ausdrückte, ungefähr so anfühlte, als würde man Pudding an die Wand nageln.

Es gab viel zu tun. Madison erinnerte sich vage daran, dass sie immer noch nicht Annie Sinclairs Kolleginnen in der Grundschule befragt hatten. Es war merkwürdig: Gleich vom ersten Moment an hatte es sich angefühlt, als hätte der Eindringling alle Energie auf den Vater konzentriert. Vierundzwanzig Stunden später und mit allen Spuren, die sie gefunden hatten, hatte noch nichts diesem ersten Eindruck widersprochen.

»Wissen Sie, ob Klein da ist?«, fragte Brown sie.
»Sie ist im Haus. Ich habe sie vorhin gesehen.«
»Ich piepse sie an.«
Sarah Klein war die stellvertretende Staatsanwältin und hatte Bereitschaftsdienst. Madison startete einstweilen im System eine Suche nach sämtlichen Einträgen über Cameron bei der Kraftfahrzeugbehörde: sämtliche Fahrzeuge, die er je besessen hatte, alle Adressen, unter denen er je gemeldet war. Sie wettete darauf, dass sie nichts Neueres finden würden als das, was auf dem zwanzig Jahre alten Festnahmeprotokoll stand. *Eins muss man ihm lassen,* dachte Madison, *dieser Irre war ganz schön sorgfältig.*
Sarah Klein stützte sich auf Madisons Schreibtisch. Ihre dunklen, glänzenden Haare waren jungenhaft kurz geschnitten, und sie trug ein schickes graues Kostüm mit Seidenbluse. Madison rechnete unwillkürlich immer damit, dass sie ihren Schreibtisch abwischte, bevor sie ihn berührte.
»Ich habe gehört, Sie haben einen richtigen Knaller«, sagte sie.
Madison brachte sie auf den neuesten Stand, und Klein hörte ihr schweigend zu.
»Die Haare taugen nur, wenn Fellman DNA isolieren kann«, sagte Klein schließlich.
»Er hat gesagt, er kann es«, erwiderte Madison.
»Dann wird es wohl so sein. Der Scheck und dazu das Glas, da haben Sie schon etwas, aber Sie bewegen sich auf dünnem Eis.«
»Das heißt?«
»Durch das Glas haben Sie einen Namen. Der Scheck verbindet den Namen mit einem Motiv. Vergessen Sie die persönliche Beziehung zwischen den beiden und gehen Sie dem Geld nach. Sie haben Anlass, davon auszugehen, dass es zu finanziellen Unregelmäßigkeiten kam.«
»Ich rufe als Nächstes die Steuerbehörde an.«

»Das ist ein Anfang. Wenn Sinclair Camerons Steueranwalt war, bekommen Sie wahrscheinlich eine Ermächtigung, die Akte einzusehen. Aber nur in diesem Fall. Seine Kanzlei wird es Ihnen nicht leichtmachen.«

»Brown arbeitet gerade an der eidesstattlichen Erklärung.«

»Welcher Richter?«

»Hugo.«

»Nicht heute. Ich habe vorhin mit ihm gesprochen, er hat schlechte Laune.«

»Dann die Martin.«

»Gut. Was noch?«

»Wenn wir Cameron gefunden haben«, Madison gestattete sich Optimismus, »wie stehen unsere Chancen auf eine gerichtliche Befugnis, seine DNA mit den Haaren vom Tatort zu vergleichen?«

»Mit dem, was Sie jetzt haben, gleich null, außer er beißt Sie oder spuckt Sie an.«

»Großartig. Dann noch das Haus.«

»Was ist damit?«

»Wir müssen das ganze Gebäude als ›Tatort‹ definieren. Wir wissen nicht, wo sich der Eindringling vielleicht sonst noch aufgehalten hat. Wir brauchen Zugang zu jedem Papierschnipsel in jeder Schublade in jedem Zimmer.«

»Das sollte kein Problem sein.«

»Jede Datei in Sinclairs Computer im Arbeitszimmer.«

»Alles außer den beruflichen Dateien.«

»Das hilft nicht sehr viel weiter.«

»Ich stelle die Regeln nicht auf.«

»Noch etwas – die der Familie am nächsten stehende Person, wahrscheinlich auch der Testamentsvollstrecker, ist Nathan Quinn.«

Klein seufzte. »Sagen Sie Brown, er soll die Ermächtigung wasserdicht machen. So dicht, dass es quietscht. Quinn wird nicht erfreut sein, wenn er feststellt, dass einer seiner Steueranwälte Gelder unterschlagen hat. Die Mandanten nehmen das gemeinhin übel.«

»Sie waren alte Freunde.«

»Wie auch immer. Capone hat das immerhin zu Fall gebracht.«

»Steuern?«

»Steuern.«

Klein wandte sich zum Gehen. Madison hatte bereits den Hörer in der Hand. Die Staatsanwältin hielt den rechten Daumen und den Zeigefinger wenige Millimeter auseinander.

»Dünnes Eis«, sagte sie.

»Ich weiß«, antwortete Madison.

Keine von beiden dachte dabei an Ermächtigungen.

Zehn Minuten später kehrte Madison mit dem Ausdruck der Verkehrsbehörde an ihren Schreibtisch zurück. Zuerst sah sie sich das Bild an, es war so alt wie das Bild von der Festnahme: ein ernst dreinblickender junger Mann in Lammfelljacke.

Es stand auch eine Adresse dabei, dieselbe, die sie bereits hatten. Wie viel das zwanzig Jahre später noch wert war, würden sie bald herausfinden. Offenbar hatte John Cameron mehrere identische schwarze Ford Pick-ups hintereinander gefahren. Treuepunkte.

Als Nächstes sprach Madison mit der Steuerbehörde, schrieb dabei drei Seiten ihres Notizbuchs voll und legte Brown, der ebenfalls noch telefoniert hatte, die Unterlagen auf den Schreibtisch.

»Das ist alles eine Ecke komplizierter, als wir dachten«, sagte sie.

»Hat sich die Steuerbehörde gemeldet?«

»Allerdings. Nur haben wir jetzt mehr Fragen als Antworten.«

»Erzählen Sie.«
»Sinclair war Camerons Steueranwalt. Und er war ziemlich pingelig. Seit einer Ewigkeit hat er jedes Jahr die Steuererklärung für ihn eingereicht.«
»Ordentlich. Woher bezieht Cameron seine Einkünfte genau?«
»Das ist der Clou. Ihre Väter besaßen ein Restaurant, The Rock am Alki Beach, und ein bisschen Grund darum herum. Sie haben es ihnen vererbt.«
»Cameron und Sinclair vererbt.«
»Nein. Cameron, Sinclair *und* Quinn. Ihre Väter haben das Restaurant Anfang der Sechziger gemeinsam eröffnet. Ich habe es überprüft, sie haben die Konzession. Jemand führt das Restaurant für sie, aber sie sind noch Inhaber.«
»Und zahlen Steuern dafür.«
»Wie ein Uhrwerk. Sie schicken uns eine Kopie der Akte.«
»Tja, was sagt man dazu!« Brown stand auf und nahm seine eidesstattliche Erklärung zur Hand. »Richterin Martin ist jetzt da. Kommen Sie, wir versauen ihr den Tag. Wo ist Quinn?«
»Den ganzen Vormittag im Gericht.«
Als sie unten am Empfang vorbeigingen, winkte der diensthabende Sergeant Brown zu und deckte den Hörer mit der Hand ab.
»Fred Tully vom *Star*«, sagte er.
Brown schüttelte den Kopf.
»Tut mir leid, Fred, er ist nicht im Haus.« Er verdrehte die Augen. »Nein, ich glaube nicht.«
»Zum dritten Mal heute«, sagte Brown.
Draußen wusste die Sonne noch nicht so recht, was sie wollte. Ein Fotograf, der auf der Treppe auf jemand anderen wartete, erkannte Brown und Madison von den Fernsehberichten und drückte schnell auf den Auslöser. Der Blitz strahlte viel heller als die Sonne.

Kapitel 13

Richterin Claire Martin unterzeichnete schwungvoll die Ermächtigung für Sinclairs Steuerakten. Ihr Blick sagte: *Setzt mir das bloß nicht in den Sand.*

Sie warteten vor dem Aufzug. Brown steckte die Hände tief in die Taschen seines Regenmantels und sah Madison an.

»Das Labor hat etwas herausgefunden. Das war der Grund für den Anruf vorhin. Es könnte gar nichts bedeuten. Es könnte aber auch viel bedeuten. Fellman überprüft es.«

»Bitte sagen Sie mir, dass es nicht um die DNA geht.«

»Es geht um die Fessel, den Lederriemen, der zusammengeknotet war. Der Riemen war fest um die Handgelenke des Mannes gebunden, als wir ihn fanden.«

»Er hatte tiefe Schnittwunden und blaue Flecken.«

Ein paar Anwälte machten kurz beim Wasserspender halt, Brown wartete, bis sie weitergelaufen waren, ihre Absätze klackerten auf den Fliesen.

»Das ist das Problem. Weder Blut noch Zellen passen zu Sinclairs Verletzungen.«

Der Aufzug kam. Sie gingen hinein und waren froh, dass sie auf der Fahrt nach unten keine Gesellschaft hatten.

»Inwiefern?«

»Der Riemen hat sich tief ins Muskelgewebe eingegraben, aber es ist relativ wenig Blut daran. Nicht genug dafür, dass er sich so heftig gewehrt hat.«

»Die Fesseln saßen fest, die Hände waren hinter dem Rücken.«

»Ich weiß. Trotzdem, bei der starken Reibung hätte das Leder abgenutzter sein müssen.«

Sie verließen das King County Courthouse an der Ecke 4th Avenue und James Street. Der Nieselregen trug das Dröhnen der I-5 mit sich, es war eher ein feuchter Schleier, den sie einatmeten.
Madison stützte die Ellbogen auf das Dach des Fords.
»Wollen wir allen Ernstes behaupten, er hätte die Fessel ausgetauscht, *nachdem* Sinclair schon tot war?«
»Ich weiß noch nicht, was wir behaupten. Aber so sieht es aus.«
Madison setzte sich auf den Beifahrersitz. Brown ließ sich von niemandem herumkutschieren.
»Er hat also den Riemen ersetzt«, wiederholte sie.
»Zu unserem Glück, denn sonst hätten wir seine DNA nicht.«
»Danach«, sagte sie, mehr zu sich selbst als zu Brown. Es war ein halb erinnerter Gedankenfetzen, nicht einmal deutlich genug für eine Frage. Irgendwo in Madisons Kopf fiel ein kleiner runder Kieselstein in einen Teich.
An der Cherry Street gab es ein Café, sie hielten an.

Brown hatte Madison nun wochenlang beobachtet, wie sie am allerersten Tag ins Besprechungszimmer gekommen war, wie sie sich an den diversen Tatorten gemacht hatte. Zwei Nächte zuvor, mit dem Mädchen in dem Laden, da hatte sie schnell entscheiden müssen, ob auf Brown geschossen werden würde oder nicht. Ihr Urteil war tadellos gewesen, und alle waren wohlauf.
Madison trank ihren Kaffee, offenbar ohne Bedürfnis nach einem Gespräch. Das gefiel Brown an ihr. Was auch immer in den vier Wochen, seit sie bei der Mordkommission arbeitete, passiert war, es war alles nur ein Auftakt hierzu gewesen: im schleppenden Weihnachtsverkehr zum Haus von John Cameron zu fahren, die kugelsicheren Westen im Kofferraum.

Sie kämpften sich zum University District durch, doch Madison sah nichts und hörte nichts. Sie war in Blueridge, versuchte, in das Hirn eines Mannes einzudringen, der es für nötig gehalten hatte, bei einem Toten eine Fessel auszutauschen, und der den Finger in das Blut seines Opfers getaucht hatte, um ein Kreuz damit zu malen.
Es gab eine gerade Linie, die die Opfer mit dem Motiv und die Spuren mit dem Verdächtigen verband. Es war ganz einfach. Nichtsdestotrotz – die ermordeten Kinder zwischen ihren Eltern zu sehen, das spottete jeder Beschreibung. Hier ging es nicht einfach nur um Vergeltung, es war ein Racheakt unmenschlichen Ausmaßes. Die Sünden der Väter, die die Kinder heimsuchten, ein Exempel, um all diejenigen das Fürchten zu lehren, die je mit dem Mann zu tun haben würden.
Madison wusste, dass die Adresse in Laurelhurst, zu der sie unterwegs waren, auf Camerons Führerschein und auf seinen Steuerbescheiden stand. In dieses Haus war die Familie gezogen, nachdem er als Kind entführt worden war, und Jahre später hatte er es von seinen Eltern geerbt.
Es war die einzige Adresse, unter der Cameron je gemeldet war. Madison zweifelte kein bisschen daran, dass er nicht mehr dort lebte, genauso wenig, wie er wirklich den schwarzen Pick-up fuhr, der auf ihn zugelassen war. Aber dennoch war es sein Haus, der Ort, wo sie die Fährte aufnehmen würden.
Als sie noch in Uniform war, hatte Madison oft Verdächtige verhaftet, die hinter dem jeweiligen Haus aus dem Fenster klettern wollten, während Madisons Partner vorn an der Tür klingelte. Heute würde es anders laufen.
Laurelhurst war ein wohlhabendes Viertel, die Häuser waren ebenso gepflegt wie die Rasenflächen. Etwas Aufregenderes als Elternabende gab es hier nicht, und genauso mochte man es. Sie bogen in eine der schmaleren Straßen ein, auf beiden

Seiten von Bäumen gesäumt. Der Weihnachtsschmuck war dezent, und es parkte eine ansehnliche Anzahl von Autos in den Zufahrten. Nicht jedermann war in der Arbeit.

Camerons Haus stand etwa auf halber Höhe der Straße, ein Bau aus Holz und Ziegel, das schräge Dach verbarg wahrscheinlich einen Speicher mit einem Dachfenster auf der Rückseite. In der Zufahrt war kein Auto. Brown hielt am Randstein.

Die Vorhänge waren zugezogen, hinter dem Fensterglas in der Haustür war kein Licht zu sehen. Brown schaltete den Motor aus, und sie verharrten beide einen Augenblick schweigend.

»Wenn wir hier noch länger herumsitzen, ruft bestimmt bald jemand die Polizei«, meinte Brown und stieg aus dem Auto.

Als Madison auf den Rasen trat, spürte sie, wie die gefrorene Erde unter ihren Füßen leicht knackte. Sie atmete tief ein, die Luft war kalt und sauber. Aus einigen Kaminen stieg dünner Rauch in den bleichen Himmel auf. Wie im Bilderbuch. Sie strich mit den Fingern über den Speedloader an ihrem Gürtel.

Sie liefen die betonierte Zufahrt hoch, die Garage war breit. Breit genug für einen Pick-up und ein weiteres Fahrzeug, wenn nötig.

Vor der Tür blickten sie einander an, eine verrückte Sekunde lang rechnete Madison damit, dass sie aufgehen würde. Brown klingelte und blieb stehen, als würde er bei einem alten Freund hereinschneien. Sie warteten. Innen kein Geräusch, nichts rührte sich. Nach etwa einer Minute klingelte Brown erneut. Nichts.

»Ich seh mich mal um«, sagte Madison. Sie trat ein wenig zurück und betrachtete die Vorderseite des Hauses. Oben waren drei Fenster, die cremefarbenen Vorhänge regten sich nicht. An die rechte Seite des Hauses grenzte die Garage, flankiert von roten Ahornbäumen. Auf der linken Seite war ein zwei Meter hoher Holzzaun mit einer Tür zum Garten. Sie entschied sich für die rechte Seite.

Als sie Stunden zuvor vorbeigefahren war, hatte das Haus der Sinclairs, das noch keine vier Tage leer stand, schon trostlos und verlassen gewirkt. Hier war John Cameron vor der Verhaftung, vor der Nostromo, vor all den anderen unvorstellbaren Taten, nach seinen Schultagen hergekommen, hatte sich hingesetzt und seine Hausaufgaben gemacht, wie jedes andere Kind in der Straße auch. Madison spürte seine Anwesenheit fast wie eine optische Täuschung.

Die dürren Sträucher waren etwa schulterhoch, sie wuchsen nah an die Seitenwände der Garage heran. Madison quetschte sich daran vorbei und stellte sich auf die Zehenspitzen, um durch das schmale Fenster zu sehen. Es war fest verschlossen und abgedunkelt. Sie ging weiter, nahe an der Wand. Ihre Jacke verfing sich an einem Zweig, er brach knackend ab.

Plötzlich regte sich etwas seitlich über ihr, hinter einem Ahorn. Madison erstarrte. Sie nahm einen starken Geruch wahr und wusste sofort, was es war. Die Winterkälte machte den Verwesungsgeruch noch schlimmer. Madison entdeckte den Flügel einer Möwe hinter den Wurzeln, hüpfend verschwand sie, die Federn schlugen raschelnd gegen trockenes Laub. Als sie um den Baum herumging, sah Madison es. Die Möwe kreischte. Die Katze war tot, wahrscheinlich hatte sie sich hier verkrochen, nachdem sie von einem Auto angefahren worden war, vielleicht war sie alt oder krank. Die Möwe hatte schon eine Weile an ihr herumgefressen, das Fell war früher grau-schwarz gewesen.

»Verdammt«, sagte sie so leise, dass nicht einmal der Vogel es hören konnte. Sie trat näher, die Möwe hüpfte zurück, noch nicht gewillt, ihren Fund aufzugeben.

Madison ging in die Hocke und hob die Zweige an, unter denen die Katze Zuflucht gesucht hatte. An einem Hinterbein war eine tiefe Schnittwunde. Die Möwe hatte ziemlich in dem weichen Gewebe um das Gesicht herum gewütet. Mit einem Stöckchen strich Madison der Katze sanft über den Hals. Kein Halsband. Sie nahm eine Handvoll Blätter und Zweige und bedeckte den kleinen Körper damit, so dass er nicht mehr zu sehen war. Die Möwe sah zu.

Der Zaun ein Stück weiter war hoch genug, um abweisend zu wirken, ohne allzu unfreundlich zu den Nachbarn zu sein. Die Camerons hatten sich Sicherheit und einen geschützten Privatbereich für ihren Jungen gewünscht, während er sich von dem Martyrium am Hoh River erholte.

Madison schaute nach links und rechts. Niemand war da, und von der Straße war die Stelle überhaupt nicht einzusehen. Mit beiden Händen umklammerte sie die Oberkante des Zauns und stemmte sich hoch. Der Garten war groß: Hinter dem Wintergarten befand sich eine Veranda, seitlich ein Grill aus Ziegelsteinen. Der Garten war kahl, das Gras vom Frost verbrannt. Der Wind hatte trockenes Laub vor die Glastür geweht, die schon eine Weile nicht mehr geöffnet worden war.

Manchmal verströmen Häuser eine Art Erinnerung daran, was innerhalb ihrer Mauern passiert ist. Dieses Haus hingegen war ein weißer Fleck.

Die Möwe kreiste über ihr, hockte sich auf das Dach und beobachtete sie. Madison ließ los und kam federnd wieder auf dem Boden auf.

»Bis später«, flüsterte sie und kehrte zur Frontseite des Hauses zurück.

Brown kam gleichzeitig von der anderen Ecke. »Nichts.«

»Kann ich Ihnen helfen?« Die Stimme kam von hinten, und Brown und Madison wirbelten eine Idee zu schnell herum.

Es war ein Mann von gut siebzig Jahren mit kurzem weißen Haar und einer praktischen roten Goretexjacke, eine Einkaufstüte unter dem Arm. Die Eingangstür des Hauses auf

der anderen Straßenseite stand offen, und eine Frau in der gleichen Jacke trug weitere Tüten hinein.
»Guten Tag«, sagte Madison, »wir sind vom Seattle Police Department.« Sie zeigten beide ihre Marke.
»Clyde Phillips.« Der Mann lächelte. »Ich wohne nebenan. Wenn Sie Jack suchen, der ist nicht zu Hause.«
»Mr. Cameron«, sagte Brown.
»Ja. Er ist geschäftlich unterwegs. Geht es um die Einbrüche am Surber Drive?«
»Nein, es ist eine persönliche Angelegenheit. Hätten Sie ein paar Minuten Zeit?«
»Natürlich.« Er stellte die Tüte neben sich auf dem Boden ab. Für sein Alter war er gut in Form, seine Wanderstiefel schienen schon einige Meilen zurückgelegt zu haben.
»Was genau brauchen Sie denn von Jack?« Obwohl Brown eindeutig der Ranghöhere war, wandte sich Clyde Phillips ein klein wenig mehr Madison zu, als er fragte: »Ist alles in Ordnung?«
Sie nahm den Ball an. »Wir müssen sehr dringend mit ihm reden. Wissen Sie, wo er ist oder wann er wiederkommt?«
»Und Sie sind?«
Sie lächelte ihm beruhigend zu. »Detective Sergeant Brown und Detective Madison, Mordkommission Seattle.«
Phillips zog den Kopf ein Stück zurück. Dieses Wort hörte man nicht gern in Laurelhurst.
»Oh«, sagte er, dann fiel langsam der Groschen. »Es geht um die Familie in Three Oaks?«
Die Medien schlachteten es immer noch aus, immer wieder wurde das gleiche Material gesendet und gedruckt.
»Ja, sie waren Bekannte von Mr. Cameron. Deshalb ist es wichtig, dass wir so bald wie möglich mit ihm sprechen.«
»Besteht irgendeine Gefahr für Jack?«
Jack. Nicht John. Der vertraute Rufname, der wahrscheinlich Freunden vorbehalten war. Ein gutes Nachbarschafts-

verhältnis. Sollten sie dem Mann nun erzählen, dass sie seinen Nachbarn mindestens vier brutaler Morde verdächtigten? Würde er dann hilfsbereiter sein?
»Es könnte sein, dass er in Gefahr ist, wir wissen es noch nicht.«
Ein Punkt für die Lügenbarone.
»Er kommt und geht, aber wissen Sie was, ich habe eine Telefonnummer von einem Freund von ihm, falls einmal was mit dem Haus sein sollte. Er weiß bestimmt, wo Jack ist. Ich hole sie Ihnen.«
Er kam mit einem fein säuberlich beschriebenen Zettel zurück. »Ich hoffe, damit kommen Sie weiter, und ich hoffe auch, dass mit Jack alles in Ordnung ist.«
»Bestimmt.«
»Bitte sagen Sie ihm, dass wir ihn schön grüßen lassen.«
»Sobald ich ihn sehe.« Madison schüttelte ihm die Hand und kam sich vor wie eine Diebin. »Vielen Dank.«
Sie wandte sich um und ging auf das Auto zu. Brown saß schon darin und sprach über das Funkgerät. Sie warf einen Blick auf den Zettel. In roter Tinte und mit großzügigem Schwung stand dort Quinns Büronummer geschrieben.

Sie schlängelten sich durch den Verkehr und fuhren auf die I-5 in Richtung Süden.
»Also, wenn das Haus in Flammen stehen würde, wäre Nathan Quinn der Zweite, den Phillips anrufen würde«, sagte Brown.
»Ja.«
»Und Quinn weiß immer, wie man Cameron erreicht.«
»Ja.« Madison trommelte mit den Fingern auf das Armaturenbrett. »Hat Quinn Dreck am Stecken? Hat es jemals Gerede gegeben?«
»Es wäre einfacher, wenn es so wäre, nicht wahr? Er ist nervig, aber soweit ich weiß, hat er leider eine weiße Weste.«

»Ich habe übrigens die beiden Sinclairs überprüfen lassen, einfach mal so. Beide sind nie für irgendetwas verurteilt worden.« Madison blätterte ihr Notizbuch durch und las, was sie sich in der Bibliothek über die Entführung vom Hoh River aufgeschrieben hatte. »In einer Zeitung in der Bibliothek war eine Aufnahme von David Quinns Trauerfeier. Sie waren alle da.«

»Es war eine Katastrophe«, sagte er. »Es gab keinerlei Hinweise. Die Jungen weigerten sich, darüber zu sprechen. Nichts führte irgendwie weiter. Man hat nicht einmal die Leiche gefunden. Ein totales Chaos.«

»Damals fürchteten wohl viele Eltern, das sei der Beginn einer Entführungswelle?«

»Nein.« Brown klopfte auf das Lenkrad. »Darum ging es gar nicht. Es war etwas Persönliches mit diesen drei Jungen und ihren Familien. Allerdings hat uns niemand auch nur ein Wort darüber preisgegeben. Wir hatten damals auch noch nicht die Forensik, die wir heute haben. Der Tatort hat niemandem gedient.«

»Quinn ist Jude«, sagte Madison nach einer kurzen Pause. »Es ist Brauch, die Beerdigung so bald wie möglich abzuhalten, wenn jemand gestorben ist.«

Das flache graue Wasser des Lake Union verschwamm vor Madisons Augen. »Sie haben etwas Erde von dem Ort vergraben, wo er vermutlich gestorben ist«, sagte sie.

»Hölle.«

Madison wusste nicht, ob Brown das als Kommentar oder als Beschreibung eines Geisteszustands meinte, aber es war egal, es passte auf beides.

»Die Sache mit Quinn ist die«, sagte er. »Entweder hat er keine Ahnung, was Cameron über all die Jahre angestellt hat, was unwahrscheinlich ist, oder er weiß es und hat damit zu tun.«

»Es gibt noch eine andere Möglichkeit. Er weiß es und hat nichts damit zu tun.«

»Er ist Anwalt, dient der Justiz. Kenntnis von einer Straftat bedeutet Mitschuld.«

»Cameron hat keine uns bekannten Mittäter. Er hatte nie ein Team um sich. Nie andere Menschen.«

»Ein schlauer Mensch.« Brown drückte fest aufs Gaspedal. »Es wird Zeit, dass Mr. Quinn einen Anruf tätigt.«

Kapitel 14

Es war erst vierundzwanzig Stunden her, seit Brown und Madison in der Kanzlei von Quinn, Locke & Associates darauf gewartet hatten, Nathan Quinn zum ersten Mal zu begegnen. Anwaltsgehilfen huschten umher, Kuriere lieferten Umschläge aus, an den Wänden hing Kunst. Trotzdem war nichts mehr so, wie es gewesen war, und es würde auch nie mehr so werden. Blumen hatten den Weihnachtsschmuck ersetzt, jeder Mandant und alle anderen Unternehmen im Gebäude hatten kondoliert. Blicke wurden gewechselt, als die Detectives hereinkamen.

Unten hatten sie sich mit Tommy Saltzman getroffen, den sie vom Bereich Finanzen ausgeliehen hatten. Er sollte die Steuererklärungen durchsehen, die Sinclair für Cameron eingereicht hatte.

Saltzman, ein großer, blasser Mann zwischen vierzig und fünfzig, der aussah, als würde ihn ein Windstoß umblasen können, genoss die Abwechslung von seiner üblichen Routine sehr. Man hatte ihm nur erzählt, dass eines der Opfer Steueranwalt gewesen war, und gefragt, ob er etwas überprüfen könne. Er hatte sofort zugesagt.

Carl Doyle war tadellos gekleidet, im dunkelgrauen Anzug mit schwarzer Seidenkrawatte kam er auf sie zu. Er sah aus, als hätte er vielleicht drei Stunden geschlafen. Brown schüttelte ihm die Hand, Doyle sah Madison an, und sie nickten sich zur Begrüßung zu.

Als sie sich zum ersten Mal gesehen hatten, hatten sie die unfassbare Nachricht überbracht, heute waren sie mit einer juristischen Brechstange gekommen.

Während der Fahrt im Aufzug hatte Brown es Madison überlassen, Saltzmans viele Fragen zu beantworten. Er wusste nur zu gut, dass ein Durchsuchungsbefehl nur ein stumpfes Werkzeug war, wenn sie Quinn nicht auf ihrer Seite hatten: Betrug war nur eine Lappalie, wenn vorsätzlicher Mord der Hauptgewinn war.

Quinn winkte sie in sein Büro und schloss die Tür hinter ihnen. Er konzentrierte sich hauptsächlich auf Brown, die anderen nahm er kaum wahr. Er bot ihnen keinen Platz an.

»Was haben Sie?«

»Einen Anhaltspunkt.« Brown kam direkt zur Sache. »Am Tatort wurden Spuren gefunden, die die Morde mit einem von James Sinclairs Mandanten in Verbindung bringen.«

»Mit wem?«

Brown ging nicht auf die Frage ein. »Es deutet darauf hin, dass es von Seiten Mr. Sinclairs finanzielle Unregelmäßigkeiten gab«, sagte er.

»Unmöglich.« Quinn klang verhalten, aber unmissverständlich, seine Reaktion war so eindeutig, dass Madison spürte, wie Saltzman ein wenig schrumpfte.

»Wir haben einen Durchsuchungsbefehl.« Brown hielt ihn ihm hin. Quinn nahm ihn, ohne ihn anzusehen.

»Hören Sie, James war bei allem, was er jemals angefasst hat, stets völlig korrekt. Wenn das Ihr Anhaltspunkt ist, verschwenden Sie Ihre Zeit. Um welchen Mandanten geht es?«

»Es geht hier darum, dass wir Indizien haben, denen wir nachgehen müssen. Das ist ein Durchsuchungsbefehl. Helfen Sie uns jetzt, das aufzuklären, dann geht alles verdammt viel schneller. Mr. Saltzman hier wird sich die Akte vornehmen.«

Quinn würdigte niemanden außer Brown eines Blickes.

»Die Indizien«, sagte er.

»Wir hätten gerne, dass Sie uns aufs Revier begleiten. Wir besprechen das dort. Das ist das Beste, was Sie für uns tun können.«

Quinn hatte Jahre vor Geschworenen, Richtern und gegnerischen Anwälten verbracht, er überflog den Durchsuchungsbefehl in weniger als einer Sekunde, rief Doyle über die Gegensprechanlage und ordnete einen Mitarbeiter ab, um Saltzman dabei zu helfen, die Akten zu finden, die er brauchte.
Doyle sperrte Sinclairs Büro auf und schaltete das Licht ein. Der Raum war einem Teilhaber einer erfolgreichen Kanzlei angemessen. Auf seinem riesigen Schreibtisch, der größer war als der von Quinn, lagen wohlgeordnete Papierstapel. Ein Bücherregal links von der Tür nahm die gesamte Wand ein, in jedem Fach prangten juristische Nachschlagewerke.
Hinter dem Schreibtisch stand rechts vom Ledersessel ein kleiner antiker Tisch, darauf zwei gerahmte Bilder von seiner Frau und den Kindern: eines von der ganzen Familie, zwei Schulfotos. Eine Blumenvase, die weißen Freesien bemühten sich nach Kräften. Madison fiel der hellblaue Teppich mit den Fußspuren rund um den Schreibtisch auf, vielleicht von den Putzleuten, die in der Nacht da gewesen waren, vielleicht von Sinclair selbst.
Vor den Fenstern stand ein Besprechungstisch. Doyle fragte Saltzman, ob er etwas brauche, und er sprach so höflich mit ihm, als würde er einen Gast bei sich zu Hause empfangen. Höflich und warm wie ein Regenguss im Januar. Madison fand ihn sehr sympathisch.
»Gehen wir«, sagte Brown.
Sie warteten außerhalb der Glastüren beim Aufzug auf Quinn. Als Doyle sie hineingeführt hatte, hatte Quinn das Büro seines Freundes nicht betreten, er hatte nicht einmal einen Blick hineingeworfen.
»Er hat sich den Durchsuchungsbefehl gar nicht richtig angeschaut«, meinte Madison leise.
»Nein.«
Das war ein schlechtes Zeichen, es bedeutete, dass Nathan Quinn wirklich der Meinung war, dass es für sie nichts zu

finden gab. Wenn Sinclair eine blütenweiße Weste hatte, dann folgte daraus, dass es sich bei Cameron genauso verhielt. Und sie wussten, dass das unmöglich war.
»Hunger?«, fragte Brown.
»Wie ein Wolf«, antwortete Madison.

Sie hatten zwanzig Minuten. Quinn brauchte die Zeit, um den Mitarbeiter zu instruieren, der seine Besprechungen am Nachmittag übernehmen würde. An der 4th Avenue, gleich hinter der Seneca Street, gab es einen Imbiss, die Zeit reichte für einen schnellen Happen.
Madison erinnerte sich nicht mehr, ob sie überhaupt gefrühstückt hatte. Sie schaufelte sich eine Plastiksalatbox voll, mit allem außer Gurkenscheiben und roter Bete – die mochte sie nicht –, nahm sich ein Brötchen und setzte sich in eine Nische am Fenster. Brown biss herzhaft in einen Bagel mit Räucherlachs und Frischkäse.
Keiner von beiden sagte ein Wort. Seit Madison bei der Mordkommission war, aßen sie meistens zusammen zu Mittag. Sie wusste, dass er Huhn, aber kein Rindfleisch mochte, Fisch, aber keine Meeresfrüchte, und dass er mindestens so viel Kaffee trank wie sie selbst. Andererseits war sie sich bis gestern nicht sicher gewesen, ob er sie bei einer Gegenüberstellung wohl hätte identifizieren können.
Brown wischte sich die Finger an einer Serviette ab. Lieutenant Fynn hatte ihn noch vor der Teambesprechung an diesem Morgen in sein Büro gerufen und die Tür zugemacht. Er hatte ihn gefragt, ob er Madison bei diesem Fall für geeignet halte oder ob er lieber einen erfahrenen Partner als Unterstützung hätte. Es war eine direkte Frage: Hier war keine Zeit für Ausbildung am Arbeitsplatz.
Brown knüllte seine Serviette zusammen und legte sie auf den Teller. *Das schafft sie,* hatte er geantwortet.

Fünfundvierzig Minuten später gingen sie zusammen aufs Revier. Madison nahm am Empfang einen kleinen Stapel mit Nachrichten entgegen und reichte Brown ein paar davon. Im Auto hatte Madison ihn gefragt, wie er das Verhör führen wolle und ob er glaube, sie würden schon beim ersten Mal zu ihm durchdringen. Brown antwortete knapp.

»Ich möchte, dass er vergisst, was er zu wissen glaubt.«

Letztlich war es eine Frage des Terrains: Sie hätten Quinn in seiner Kanzlei befragen können, aber das war unangemessen. Ohne Ausnahme wurde jeder Zeuge auf das Revier gebracht, um ihn die Wichtigkeit des Verfahrens und die Förmlichkeit der Vorgänge spüren zu lassen. Ein branchenüblicher Trick, sozusagen. Bei Quinn allerdings würden sie damit kein Glück haben, ein düsterer Raum mit einem Einwegspiegel dürfte ihn kaum einschüchtern. Sie glaubten nicht, dass sich seine Antworten mit einem Ortswechsel ändern würden. Aber so wurde das Spiel nun einmal gespielt, und alle kannten die Regeln.

Von der erhobenen Position des diensthabenden Polizisten aus fixierten die beiden Detectives Nathan Quinn, als er hereinkam, und sie sahen ihm noch nach, nachdem er vorbeigegangen war. Er hatte nicht viele Freunde dort. Es war nicht unbedingt so, dass er sie ignorierte, aber sie waren nicht einmal Leuchtpunkte auf seinem Radar.

Sie suchten sich ein leeres Verhörzimmer im ersten Stock. Madison drehte den Knauf.

»Wir können hier rein«, sagte sie.

Quinn schaute hinein. Ein viereckiger Raum, ein Tisch mit ein paar Stühlen und ein Einwegspiegel, der hinter sich einen Beobachtungsraum für Polizisten und Staatsanwälte verbarg. Quinn richtete das Wort an Madison.

»Mit wie vielen Personen spreche ich heute?« Er nickte in Richtung Spiegel.

»Nur mit uns beiden«, antwortete Madison.

»Das ist gut. Das gefällt mir«, sagte er. »Lassen Sie uns woanders hingehen.«
Er war freiwillig hier, es blieb noch genug Zeit, ihn später zu verärgern. Sie besetzten den Gemeinschaftsraum. Brown entschuldigte sich für ein paar Minuten unter dem Vorwand, einer Mitteilung nachgehen zu müssen, und informierte Fynn.
»Das gefällt mir überhaupt nicht«, sagte der. »Was ist er? Ein wichtiger Zeuge, enger Freund der Opfer *und* des Hauptverdächtigen?«
»Er weiß es noch nicht. Im Moment steht er zwischen den Fronten. Er wird sich für eine Richtung entscheiden müssen. Für welche, das wird uns vieles sagen.«
»Meinen Sie?«
»Ich hoffe es.«

Zum ersten Mal war Madison allein mit Quinn, und ihr fiel plötzlich auf, dass sie wahrscheinlich nicht mehr als fünf Worte zu ihm gesagt hatte, seit sie sich gestern begegnet waren, vielleicht sogar weniger.
Er saß gegenüber von ihr am Tisch, den Mantel ordentlich über seine Stuhllehne gelegt, ein Glas Wasser neben der rechten Hand. Er wischte sich ein unsichtbares Staubkörnchen vom Ärmel. Nathan Quinns Augen glühten ohne Wärme, während er Madison musterte.
Er kannte sicherlich die meisten ranghöheren Detectives des Seattle P.D., und dass er Madison noch nie begegnet war, bedeutete lediglich, dass sie ihre goldene Marke noch nicht sehr lange trug.
»Bringen wir das hinter uns«, sagte er.
Madison schlug ihr Notizbuch auf. Brown kam mit einem Ordner herein, schloss die Tür, setzte sich neben sie und legte den Ordner auf den Tisch. Die Spielregeln.
»Das Indiz«, sagte Quinn.

»Reicht für einen Durchsuchungsbeschluss«, entgegnete Brown.
»Sie müssen etwas deutlicher werden.«
Browns rechte Hand lag flach auf der Akte. »Lassen wir das noch einen Augenblick beiseite. Wir haben eine ganz gute Vorstellung vom Ablauf der Ereignisse in der Nacht vom Samstag. Möchten Sie es wissen?«
Madison wurde in dem Moment klar, dass sich die Bilder der Leichen am Tatort in dem Ordner befanden. Jetzt dienten sie als Köder.
»Sprechen Sie«, sagte Quinn.
»Es wird nicht appetitlich.«
»Sprechen Sie.«
»Gut. Irgendwann zwischen Samstagabend und dem frühen Sonntagmorgen verschaffte sich ein Mann Zutritt ins Haus der Sinclairs. Ich sage, er verschaffte sich Zutritt, weil es keine Anzeichen für ein gewaltsames Eindringen gibt. Türen und Fenster sind alle überprüft. Wir glauben, er könnte einen Schlüssel gehabt haben.«
Quinn saß leicht nach vorne gebeugt auf seinem Stuhl, er blinzelte nicht einmal. Brown hatte kurz innegehalten, damit Quinn die Information verarbeiten konnte.
»Der Eindringling ging in das Elternschlafzimmer, wo er James Sinclair mit dem Kolben einer Waffe seitlich ins Gesicht schlug. Er hatte zu dem Zeitpunkt geschlafen, wahrscheinlich wurde er für kurze Zeit ohnmächtig. Dann hielt der Täter Annie Sinclair die Waffe an den Kopf und erschoss sie. Mit einem Schuss. Danach ging er ins Kinderzimmer. Er setzte den beiden die Pistole an den Kopf und erschoss sie, den Jungen im oberen Bett zuerst, dann den im unteren. Beide mit einem Schuss. Das Loch in den Decken lässt darauf schließen, dass das zweite Kind versucht hat, sich zu verstecken.«
Brown machte wieder eine Pause.

»Dann ging er zurück zu James Sinclair, verband ihm die Augen und fesselte ihn mit Lederriemen. Hals, Hände, Füße. Als Sinclair zu sich kam, konnte er sich unmöglich bewegen, auch wenn er es versuchte. Und er hat es verzweifelt versucht. Sinclair wusste, dass seine Familie überfallen worden war, er kämpfte wie ein Löwe. Die Fesseln schnitten sich in die Haut.«

Quinn gab keinen Laut von sich.

»Der Eindringling holt die Leichen der Kinder und legt sie zwischen Sinclair und seine Frau. Sinclair versucht immer noch freizukommen, schafft es aber nicht. Schließlich gibt der Mann ein paar Tropfen Chloroform auf die Augenbinde und wartet ein paar Minuten, bis es wirkt. James Sinclair stirbt an Herzstillstand. Der Eindringling geht.«

Quinn schaute auf die Mappe. »Sind das die Bilder?«

»Ja.« Brown schob ihm die Akte ein Stück hin.

Das erste Bild war eine Totale vom Bett und den vier Toten. Quinn betrachtete es lang, ohne eine Miene zu verziehen, dann blätterte er weiter. Das zweite war eine Nahaufnahme von Sinclair mit Augenbinde. Das dritte zeigte Sinclairs Frau. Das vierte einen kleinen Jungen. Quinn schloss die Akte und nahm die Hände weg davon.

»Das war das, was wir *wissen*«, fuhr Brown fort. »Was wir *haben*, das ist Folgendes: In der Küche stand neben der Spüle ein Glas, die Fingerabdrücke darauf passen zu keinem der Opfer. Vielleicht hat der Mörder etwas getrunken, bevor er ging. Und im Arbeitszimmer haben wir einen Scheck gefunden, die Unterschrift war gefälscht.«

»Jemand hat James' Unterschrift gefälscht?«

»Nein. Sinclair hat mit einem anderen Namen unterschrieben. Seine Fingerabdrücke sind darauf«, antwortete Brown.

»Nein.«

»Der Name auf dem Scheck passt zu den Fingerabdrücken auf dem Glas«, fuhr Brown fort. »Die Fingerabdrücke passen zu einer zwanzig Jahre alten Verhaftung wegen Trunkenheit am Steuer. John Cameron.«

Quinn lehnte sich zurück und sah beide direkt an.

»Nein«, sagte er langsam und deutlich. »James hätte so etwas niemals getan.«

»Woher wollen Sie das wissen?«, fragte Madison. »Woher wollen Sie wissen, was jemand vierundzwanzig Stunden am Tag tut?«

»Ich kenne den Mann.«

»Sicher, aber Sie müssen zugeben, er hätte es tun können. Er hatte die Gelegenheit dazu, er kümmerte sich um Camerons geschäftliche Angelegenheiten. Hat John Cameron einen Schlüssel für das Haus?«

Quinn antwortete nicht, sein Blick wanderte zu der geschlossenen Mappe.

»Sie müssen mir nicht glauben«, sagte Brown. »Glauben müssen Sie nur den Indizien.«

»Fingerabdrücke bedeuten gar nichts. Er war x-mal in dem Haus. Können Sie beweisen, dass sie vom Zeitpunkt der Morde stammen?«

»Wie gut kennen Sie John Cameron?« Brown schlug die erste Seite in dem Ordner auf, das erste Bild.

Quinn langte danach, ohne hinzusehen, und klappte ihn zu. »Billig steht Ihnen nicht, Detective«, sagte er.

»Wann haben Sie ihn zum letzten Mal gesehen?«

Quinn gab keine Antwort.

»Gestern«, sagte Madison. Gerade war es ihr aufgegangen. »Sie haben ihn gestern gesehen, als Sie es ihm erzählt haben.«

Beide Männer drehten den Kopf zu ihr.

»Sie wollten nicht, dass er es aus den Nachrichten erfährt.« Sie wusste, sie hatte recht, und sie ging den Weg bis zum Ende. »Wie hat er es aufgenommen?«

Quinn fixierte Madison. Das Schweigen zwischen ihnen war beinahe greifbar. Dann stand er abrupt auf und ging zum

Fenster, es ging zum Parkplatz hinaus, man sah nur viele Autos und dünnen Regen. Er hatte ihnen den Rücken zugewandt, und als er sprach, wirkte er völlig emotionslos.
»Ich bin John Camerons Anwalt. Alles, was er zu mir gesagt hat, ist vertraulich. Sie dürfen mich nicht danach fragen, genauso wenig wie nach allem anderen, was unser Verhältnis betrifft.«
Er nahm sein Mobiltelefon heraus. »Ich bereite eine eidesstattliche Erklärung vor und übertrage alle Aufgaben, die den Nachlass der Sinclairs betreffen, an Bob Greenhut von Greenhut Lowell. Er wird Nachlassverwalter, bis ein Richter feststellt, dass es keinen weiteren Interessenkonflikt gibt. Dann und nur dann wird die Aufgabe an mich zurückfallen. Ist das vertretbar für Sie?«
»Wenn Sie das so wollen«, sagte Brown.
»Ich versichere Ihnen, ich will nichts davon. Ich rufe Bob sofort an und fange mit den Formalitäten an. Dann können wir darüber sprechen, was Sie von meinem Mandanten wollen.«
Quinn blieb am Fenster und wählte. Brown und Madison verließen den Raum.
»So viel zum Thema Freundschaft«, sagte Madison. »Warum regen Sie sich gar nicht darüber auf?«
Brown zuckte die Achseln. »Er hat für sich eine Entscheidung gefällt. Wir müssen Klein dazuholen, für den Rest der Befragung. Woher wussten Sie übrigens, dass er sich mit ihm getroffen hatte?«
»Keine Ahnung, ich hätte das so gemacht.«
»Quinn hat uns nicht erzählt, wie Cameron es aufgenommen hat. Aber Sie haben ihn dazu gebracht, darüber nachzudenken.«
Lieutenant Fynn nahm es weniger gut auf. »Wir haben den Kerl noch nicht mal, und Sie haben schon dafür gesorgt, dass er einen Anwalt hat?«

Zwanzig Minuten später war Bob Greenhut zur Stelle, die Formalitäten waren schnell und effizient erledigt worden. Wenn Nathan Quinn auch nur einen Blick in Richtung des Sinclair-Hauses werfen wollte, brauchte er Greenhuts Erlaubnis.

Sie saßen zu viert um den Tisch, einer auf jeder Seite.
»Ich bin nur dabei, um sicherzugehen, dass Sie auch nett zueinander sind.« Sarah Klein, die stellvertretende Staatsanwältin, lehnte sich zurück.
»Sie haben nicht genug, um meinen Mandanten anzuklagen, Sie haben nicht genug, um meinen Mandanten festzunehmen. Wenn Sie noch einmal versuchen, sich in sein Haus zu schleichen«, er blickte Madison direkt an, »dann haue ich Ihnen eine Anzeige wegen Polizeischikane um die Ohren. So sieht das aus, wenn ich nett bin, Sarah.«
Herzlichen Dank, Mr. Phillips.
»Er muss herkommen«, sagte Brown. »Und zwar heute. Wir haben DNA von einer der Fesseln. Er gibt uns eine Blutprobe, dann können wir alle nach Hause gehen. Wenn Sie sich so sicher sind, rufen Sie ihn sofort an.«
Es klopfte an der Tür. Die Sekretärin brachte eine Nachricht von Spencer herein. Madison las den Zettel durch und reichte sie Brown. Sie musste daran denken, Spencer heute Abend ein Glas zu spendieren, sein Timing war perfekt.
Brown las die Nachricht und legte sie zur Seite.
»Wir haben einen Zeugen. Ein Nachbar hat in den frühen Morgenstunden des Sonntags einen schwarzen Ford Pick-up vor dem Haus der Sinclairs gesehen. Was fährt Cameron für ein Auto, Frau Staatsanwältin?« Brown wandte sich an Klein. »Reicht das?«
Sie nickte.
Mehr brauchten sie nicht, um weiterzumachen, und Quinn wusste es.

»Wir sind fertig hier.« Er stand auf und ordnete seine Unterlagen.
»Nathan.« Klein war ebenfalls aufgestanden. »Er wird festgenommen, und Sie wissen, dass die Grand Jury ihn anklagen wird. Wenn Sie Informationen zurückhalten, wenn Sie wissen, wo er ist …«
Sie waren sich über die juristischen Konsequenzen im Klaren.
»Ich weiß nicht, wo er ist.«
»Und wenn Sie es wüssten …«, fuhr Brown fort.
»Würde ich natürlich als Erstes Sie anrufen.«
»Wo haben Sie sich gestern mit ihm getroffen?«, fragte Madison.
Quinn blieb stehen, eine Hand auf dem Türgriff. »Wenn Sie mich beschatten lassen oder meine Telefone anzapfen, werden wir gemeinsam einen lustigen Tag vor Gericht verbringen. Schön, Sie zu sehen, Sarah.«
Er ging.
Madison reichte das längst nicht, sie folgte ihm und holte ihn auf der Treppe ein.
»Mr. Quinn.«
Ein Polizist in Zivil und einer in Uniform kamen die Treppe hoch, sie ließ sie vorbei.
»Sie haben selbst einmal bei der Staatsanwaltschaft gearbeitet.«
»Das ist lange her.«
»Was mich interessiert: Mit den Beweisen, die uns vorliegen, wie würden Sie in diesem Fall vorgehen und ermitteln?«
»Warum fragen Sie?«
»Ich glaube, da gibt es eine Menge von Dingen, die Sie uns nicht mitteilen wollen. Das ist sehr schade, aber Sie wollen es so. Trotzdem haben Sie ein persönliches Interesse daran, dass der Mörder gefunden wird.«
Sie war sich nicht sicher, warum sie es geradeheraus gesagt

hatte, aber es war die Wahrheit. Vielleicht musste sie einfach nur deshalb ausgesprochen werden.

»Es mag Ihnen jetzt undenkbar erscheinen, aber es gibt etwas, das viel, viel schlimmer ist, als herauszufinden, dass John Cameron das getan hat«, sagte er.

»Und das wäre?«

»Zu wissen, dass er es nicht war. Und was mein persönliches Interesse an diesem Fall betrifft, Detective, ich tue, was ich tun muss, meine Beweggründe sind nichts für Ihre Akten.«

Sein Auto parkte nicht weit vom Eingang des Reviers. Als er vorbeifuhr, konnte Madison nicht genau erkennen, ob er schon am Handy hing. Ihre Instinkte sagten ihr, dass zwischen dem juristischen Hickhack und der Mauer des Schweigens irgendeine Halbwahrheit lag. Sie hätte sie lieber aufgedeckt, als sie mit dem schwächer werdenden Tageslicht untergehen zu lassen.

Brown und Klein saßen im Büro von Lieutenant Fynn, Madison kam dazu. Sie brauchten einen Richter, der einen Haftbefehl für Cameron und einen Durchsuchungsbefehl für sein Haus unterzeichnete. Klein war es sehr wichtig, hier alles genau nach Vorschrift zu machen. Wenn man sich wegen unzulässiger Beweise einmal vor einer Jury blamierte, würde man ihnen das nie vergessen.

»Dann wäre da noch Quinn«, sagte Brown zu Lieutenant Fynn.

»Was ist mit ihm?«

»Nun ja, es könnte gut sein, dass er Informationen hat, mit denen wir an den Verdächtigen herankämen und die er uns einfach vorenthält. Es könnte Dinge geben, die nicht unter das Anwaltsgeheimnis fallen.«

»Was meinen Sie damit?«, fragte Klein.

»Sie wissen, was ich damit meine.«

»Wir sollen Quinn etwa vorladen?«, fragte Klein.

»Ja.«

»Und Sie glauben, wir finden einen Richter, der sich darauf einlässt?«

»Vielleicht, wenn Sie darauf drängen und die Umstände erklären.«

»Die Rechtslage bezüglich des Anwaltsgeheimnisses ist ziemlich eindeutig«, sagte Madison. »Kein Richter wird sich darum reißen, damit in die Geschichte einzugehen.«

»Ich weiß. Aber was haben wir sonst? Ein Haus, in das er nicht geht, und ein Auto, das er nicht fährt. Quinn hat sich gestern mit ihm getroffen, und ich wette darauf, dass er jetzt in diesem Moment mit ihm telefoniert.«

»Verstanden. Solange uns allen klar ist, dass es sowieso niemals funktioniert und der Richter mich allein für den Versuch hinauswirft, lasse ich das über meine Chefin laufen«, sagte Klein. »Was Camerons Haus betrifft, seien Sie bitte präzise, was genau Sie wollen. Suchen Sie eine Telefonrechnung, erwähnen Sie ausdrücklich kleinere Verstecke, Schubladen, Schuhschachteln. Was auch immer.«

»Eine Mordwaffe wäre ganz nett«, sagte Lieutenant Fynn zu niemandem im Besonderen.

»Ich habe verstanden.« Sie suchten irgendetwas, das ihnen einen Hinweis auf Camerons Leben gab, und wenn sie den kleinsten Gegenstand auf ihrer Wunschliste nicht ausdrücklich erwähnten, wäre der Durchsuchungsbefehl vielleicht darauf beschränkt, was offen sichtbar war. Und wenn sein Haus so aufgeräumt war wie der Tatort, könnte das rein gar nichts sein.

Irgendwo zwischen Hörensagen und Mythos stellte sich Madison Camerons Leben genau so vor: aufgeräumt und völlig im Verborgenen.

Kapitel 15

Der uniformierte Polizist drückte den rechten Zeigefinger des Jungen auf das Stempelkissen und passte auf, dass er es nicht selbst mit der Manschette berührte. Er ließ ihn den Finger auf der Karteikarte sanft von links nach rechts rollen, so dass ein vollständiger Abdruck zustande kam.

Der Junge tat ihm ein bisschen leid. Als er selbst in seinem Alter war, war es durchaus auch einmal vorgekommen, dass er ein Bierchen intus hatte und trotzdem gefahren war. Die meisten anderen betrunkenen Teenager hätten ihm gehörig etwas erzählt, nur um zu überspielen, dass sie die Hosen ziemlich voll hatten, aber dieser Bursche hier war höflich und freundlich gewesen. Kaum zu glauben, dass er voll mit Bourbon aufgegriffen worden war, eine leere Flasche in der Hand, in einem Auto, das nicht anspringen wollte.

»Hast du schon telefoniert?«, fragte er den Jungen.

»Ja, danke«, antwortete der achtzehnjährige John Cameron.

Der Beamte sah die Narben auf seinem Handrücken. Er wusste, was eine scharfe Klinge anrichten konnte und dass sich hier jemand gehörig zu schaffen gemacht hatte. Sie schienen schon mehrere Jahre alt zu sein.

»Schon mal in Schwierigkeiten geraten?«

»Nein, Sir.«

Mit einem Papiertaschentuch rubbelte John Cameron langsam jeden Finger einzeln sauber. Es half nicht viel. Er sah sich im Raum um. Halb fünf Uhr morgens, vier Polizisten. Zwei knabberten an Pizzastücken aus einem Pappkarton,

einer war bei der Tür, einer am Telefon. Ein Mann mit Handschellen schlief aufrecht auf einer Bank.
Abgesehen vom Alkoholdunst umgaben ihn chemische Gerüche wie eine Wolke, die Kamera drei Meter links von ihm blitzte auf. Er spürte immer noch das weiße Licht auf seinem Gesicht, als sie die Aufnahme von ihm gemacht hatten.
Er ließ sich in die Zelle bringen. Man hatte sie vor kurzem mit Bleiche desinfiziert, in einer Ecke am Ende des Korridors standen noch ein Eimer und ein Wischmopp. Hinter einer geschlossenen Glastür flackerte eine Glühbirne, während sich das gesamte Gebäude bemühte, wach zu bleiben.
Die Zelle war rechteckig und auf zwei Seiten vergittert, der Boden bestand aus Beton. Zwei Männer schliefen auf dem Stockbett, sie hatten sich mit ihren Jacken zugedeckt und schnarchten leise. Ein dritter saß auf einem Stuhl und lehnte sich an die Wand.
»Du bist jetzt brav, Larry«, sagte der Wachmann und zeigte mit dem Finger auf ihn.
Als die Metalltür hinter dem Jungen zuschlug, rückte sich Larry den Stuhl zurecht und betrachtete den Jugendlichen in der Lammfelljacke lange prüfend. Der Mann war etwa zwei Meter groß und mächtig, nicht viel Muskelmasse, aber eine Menge Übergewicht. Cameron roch ihn schon von der Tür aus. Er hatte glasige Augen vom Alkohol, und er überlegte, was er mit dem Jungen anfangen sollte.
Cameron ging durch die Zelle und lehnte sich gegen das Gitter auf der gegenüberliegenden Seite, verschränkte die Arme und schaute auf die runde Wanduhr. Die Minuten verstrichen langsam.
Larry stand unsicher auf und näherte sich dem Jungen wankend, so dass er ihm eine verpassen konnte, wenn es nötig werden sollte.
»Hey«, krächzte er.
Cameron blickte auf: Es war die zweitlängste Nacht seines

Lebens gewesen, und was sie in seinen Augen hinterlassen hatte, gefiel dem Mann nicht. Er rieb sich das Kinn mit dem Handrücken.

»Hey«, sagte Cameron.

Der Mann bewegte den Mund, aber es kam nichts heraus. Nein, dieser Junge gefiel ihm überhaupt nicht. In seiner Kehle zuckte irgendetwas.

Larry wischte sich die Hände an seiner Jeans ab und wich einen Schritt zurück. Er fand zurück zu seinem Stuhl, ohne Cameron den Rücken zuzuwenden, und setzte sich. Urplötzlich war er nüchtern und hatte Durst, die schlimmste Kombination.

»Jack.«

Der Wachmann öffnete die Metalltür. Nathan Quinn stand da, die offene Jacke über den Sachen, die er nach dem Anruf schnell angezogen hatte, auf dem Schirm seiner Baseballkappe schmolzen ein paar Schneeflocken.

Cameron kam aus der Zelle heraus, und Quinn umarmte ihn kurz. »Was zum Teufel …?« Er führte ihn an einen Tisch in der Ecke, wo sie sich unterhalten konnten. »Alles in Ordnung mit dir?«

Quinn zog die Jacke aus und legte sie auf den Tisch. Cameron fiel auf, dass Quinn sich bald wieder rasieren musste und dass seine lockigen Haare langsam zu lang für die Staatsanwaltschaft wurden.

Quinn sprach mit ihm, aber John Cameron atmete im Geiste noch immer die eisige Luft im Auto, als er darauf wartete, dass die Streifenpolizisten ihn am Straßenrand aufgriffen. Es brannte ihm in der Brust. Verschwommene Lichter von Autoscheinwerfern zogen über die Windschutzscheibe, und seine Hände waren so kalt, dass er das Steuerrad nicht festhalten konnte. Er drehte den Verschluss von der Flasche, nahm einen großen Schluck und spuckte aus. Ein wenig verschüttete er auf seinen Anorak und ein paar Tropfen auf den leeren Beifahrersitz. Er zog den Choke und ließ den Motor absaufen.

Der Strahl der Taschenlampe des Polizisten traf ihn, als er zum hundertsten Mal versuchte, das Auto zu starten. Endlich.

»Was ist passiert?« Quinn schaute besorgt, aber das war normal, dachte Cameron.

»Du wirst vors Nachtgericht gestellt. Bernie Rhodes kommt als Pflichtverteidiger, er schuldet mir etwas. Du plädierst auf ›nicht schuldig‹, und ich stelle die Kaution.«

Quinn musterte den Jungen mit seinen freundlichen dunklen Augen. Er würde ihn mit nach Hause nehmen, um ihn wieder auf Vordermann zu bringen, sonst würde seine Mutter einen Anfall bekommen.

»Was ist passiert?«

»Es ist jetzt erledigt.«

»Wie viel hast du getrunken?«

»Genug«, sagte Cameron. »Es ist erledigt, Nathan. Es ist vorbei.«

»Das wird schon wieder.«

Bernie Rhodes betrat den Raum, der Wachmann hatte eine Tasse Kaffee in der Hand, beide lachten noch über einen Klopf-klopf-Witz.

Cameron beugte sich zu Quinn, und seine Stimme klang hohl und brüchig. »Es ist erledigt.«

Quinn legte Cameron die Hand auf die Schulter. »Schon gut. Gehen wir.«

Larrys Blick ruhte auf ihm, als er hinausging.

Quinn brauchte ein paar Monate, um zu begreifen, was Cameron gemeint hatte. Da hatte der Frühling sich am Winterschnee zu schaffen gemacht, und es war für alle längst zu spät.

Kapitel 16

Sie fuhren mit zwei Autos. Brown und Madison voraus, sie trugen bereits kugelsichere Westen, der Durchsuchungsbefehl steckte in Browns Jackentasche. Spencer und Dunne folgten ihnen.

Als sie ankamen, war es früher Abend, und Laurelhurst bereitete sich auf das Abendessen vor. Brown warf verstohlen einen Blick zu Madison hinüber. Sie hatte die kugelsichere Weste über ihrer Bluse und unter dem Sakko. Die äußere Schicht der Weste war mitternachtsblau, das Gewebe rauh. Madison rieb mit dem Daumen darüber, ansonsten hielt sie sich ganz still.

Bei Clyde Phillips brannte Licht, Camerons Haus auf der anderen Straßenseite dagegen lag in völliger Dunkelheit. Sie hielten am Randstein vor der Abzweigung in die Zufahrt. Gut vierzig Meter entfernt parkte ein Streifenwagen mit ausgeschalteten Scheinwerfern, und gleich kamen ihnen zwei uniformierte Polizisten zu Fuß entgegen.

»In der letzten Stunde ist weder jemand reingegangen noch jemand rausgekommen.« Officer Buchman war klein und breit, er schien nur aus Schultern und einem Bürstenhaarschnitt zu bestehen. Sein Partner, Officer Glaiser, nickte Dunne zur Begrüßung zu. Im ganzen Police Department von Seattle gab es vielleicht fünf Leute, die Dunne nicht gut genug kannte, um sie mit einem saloppen »Hey« zu begrüßen.

»Kein Lebenszeichen im Haus«, sagte Brown. »Ich will trotzdem die Standardvorgehensweise. Wir gehen hinein, ›als ob‹.«

»Ich decke die Rückseite«, sagte Madison. »Ich war heute schon dort. Gebt uns drei Minuten, um uns aufzustellen.«
Madison war froh, dass sie das Haus schon einmal bei Tageslicht gesehen hatte. Gefolgt von Spencer verschwand sie in den dunkleren Schatten unter den Bäumen und stand bald neben dem kleinen Laubhaufen. Spencer schnüffelte.
»Was zum …«, flüsterte er.
»Tote Katze.« Madison nahm die Waffe aus dem Holster.
Sie kamen zum Zaun. Sie spähte in die Nacht. Der Garten war unverändert, Türen und Fenster verschlossen und dunkel. Abseits der Hauptstraße war es viel ruhiger. Ihr Herz klopfte ein bisschen, aber das war normal. Sie würde beide Hände brauchen, um über den Zaun zu kommen. Sie steckte die Waffe wieder ins Holster und machte automatisch den dünnen Sicherheitsriemen aus Leder fest.
Madison und Spencer wechselten einen Blick und sprangen ohne ein Wort. So gut wie lautlos landeten sie über dem Zaun in Camerons Garten. Madison durchquerte ihn mit der zu Boden gerichteten Waffe in der Hand und hielt sich stets am Rand. Innerhalb von fünf Sekunden hatten sie alle Ein- und Ausgänge gesichert.
Jetzt, sagte sie zu sich selbst.

Brown wollte gerade die Zufahrt betreten. Ein Auto fuhr die Straße entlang. Er wollte es vorbeifahren lassen, doch er hörte, wie es bremste, und drehte sich um.
Ein junger Mann in Anzug und Krawatte ließ das Fenster herunter. »Detective Brown?«
Das wollte er eigentlich gar nicht hören. Er spürte genau, dass es von nun an schiefgehen würde.
»Mein Name ist Benny Craig. Ich arbeite bei Quinn Locke. Nathan Quinn hat mich geschickt. Sie sind gerade dabei, einen Durchsuchungsbefehl für diese Adresse auszuführen. Er dachte, Sie könnten das hier vielleicht brauchen.«

Benny Craig stieg aus dem Auto aus und streckte Brown die rechte Hand entgegen. Ein kleiner Schlüsselring mit drei Schlüsseln daran funkelte im dämmrigen Licht.
»Er meinte, dann müssen Sie die Tür nicht aufbrechen, und er muss sie nicht wieder reparieren lassen.« Brown konnte nicht sagen, ob Benny dabei lächelte.
»Dürfte ich Ihren Durchsuchungsbeschluss sehen?«
Brown nahm die Schlüssel und machte sich daran, forschen Schrittes die Zufahrt hochzumarschieren.
»Gehen wir.«
Benny war noch nicht fertig. »Es gibt keine Alarmanlage, und ich brauche die Schlüssel zurück, sobald Sie fertig sind.«
Ohne stehen zu bleiben, angelte Brown den Durchsuchungsbefehl aus seiner Innentasche und reichte ihn Benny Craig.
Die Officer Buchman und Glaiser wussten nicht so recht, was da vor sich ging oder warum Brown aussah, als hätte er in eine Zitrone gebissen, aber sie waren nicht gerade traurig darüber, dass sie die Tür nicht mit Gewalt aufbrechen mussten.
»Zurück.« Dunne legte Benny die flache Hand auf die Brust und schob ihn sanft aus dem Weg. Er zeigte etwa sechs Meter nach links zur Straße, und Benny gehorchte.
Die vier Polizisten zogen die Waffen. Brown steckte einen der Schlüssel in das untere Schloss. Er ließ sich leicht drehen. Er versuchte dasselbe mit dem oberen und spürte gleich, wie sich die Tür öffnete.
Ein wenig Licht von den Straßenlaternen fiel in das Zimmer. Sie blieben stehen.
»Hier ist das Seattle Police Department …« Brown hörte die üblichen Worte aus seinem Mund kommen.
Sie machten Licht, gingen von Zimmer zu Zimmer und riefen einander »frei« zu, überprüften jedes mögliche Versteck. Dunne öffnete die Tür zum Garten und ließ Madison und Spencer herein. »Wir wurden gerade verarscht«, sagte er.

Benny stand neben dem Hauseingang, unsicher, was er mit sich anfangen sollte. Dunne zeigte auf eine Bank bei der Garderobe. »Setzen Sie sich. Fassen Sie nichts an.«
Benny tat, wie ihm geheißen.
Madison zog sich ihre Latexhandschuhe über und lehnte sich mit dem Rücken an die Eingangstür. Sie waren drinnen. Madison konnte sich gar nicht mehr erinnern, wie viele Häuser sie schon durchsucht hatte: von großen Villen über Einzimmerbuden bis hin zu Autos, in denen Leute tagsüber herumgefahren waren und in denen sie nachts geschlafen hatten. Jedes Mal hatte sie das Gefühl gehabt, sie würde mehr über einen Menschen erfahren, wenn sie sich nur zehn Minuten ansah, wie er lebte, als nach einer Stunde im Verhörzimmer.
Sie hatte gute Lehrer gehabt, John Douglas in der Polizeischule und Dave Carbone in Uniform, sie kannte die Abläufe und wusste, was sie aus diesem Durchsuchungsbeschluss herausholen wollten. Die .22-Pistole, mit der die Opfer erschossen worden waren, wäre ganz nett, und sie würden es durchaus auch zu schätzen wissen, wenn eine Spur von den Fesseln auftauchte, mit denen ihnen die Hände zusammengebunden worden waren. Außerdem wären jegliche Unterlagen, die Cameron, Sinclair und die veruntreuten Gelder miteinander in Verbindung brachten, Gold für die Staatsanwaltschaft.
Douglas hatte immer gesagt, bei einer Durchsuchung ginge es um mehr als das, was greifbar war, es ginge nicht um das eine Buch, das schief im Regal stand. Es ginge darum, was jemand zuletzt gelesen hatte, bevor er auszog, um zu töten.
Madison stand wie erstarrt da. Sie hörte die anderen reden und besprechen, wer wohin gehen würde, und wünschte, sie würden einfach mal eine Sekunde still sein.
»Was ist?«, fragte Brown.
»Ich versuche, mir den Raum ohne uns darin vorzustellen.«

John Cameron kommt nach Hause, steckt den Schlüssel ins Schloss, dreht ihn und tritt ein. Das hier ist das, was er sieht. Hier ist die Stelle, wo er steht. Er würde seine Jacke an die Garderobe hängen. Madison ignorierte Benny Craig.
Auf einem kleinen Tisch stand eine hübsche Porzellanschale. Dort kamen die Schlüssel hinein. Sie war leer. Der Gang führte in ein großzügiges, langgezogenes Wohnzimmer. Ziemlich wahrscheinlich hatten es Camerons Eltern eingerichtet. Es gab zwei große Sofas und zwei Sessel, die Polster waren mit einem dezenten Blumenmuster bedruckt, das gleichzeitig altmodisch und freundlich wirkte. Es hätte auch bei ihren Großeltern stehen können.
Deckenhohe Bücherregale mit Hardcovern und Taschenbüchern. Vor den Büchern standen kleine Gegenstände: Jemand hatte Tabakdosen gesammelt.
Spencer und Dunne arbeiteten bereits an dem Bücherregal und dem antiken Rollschreibtisch. Madison hielt sich im Hintergrund. Die Kissen auf dem Sofa und den Sesseln waren aufgeschüttelt und hindrapiert. Madison fuhr mit dem Finger über den Tisch, kein Staub.
Am anderen Ende des Zimmers gab es einen Kamin, auf dem Sims nur ein einziges Foto, ein Paar um die sechzig, das in die Kamera lächelte. Camerons Eltern. Der Bilderrahmen stand genau in der Mitte. Rechts vom Kamin war ein Korb, vier Holzscheite waren ordentlich darin aufgeschichtet. Getrocknete Blütenblätter in einem Schälchen auf dem Sofatisch dufteten nach Vanille.
Madison hatte das Gefühl, wenn sie den Kühlschrank aufmachte, würde sie frische Milch finden. In einem Haus, in dem niemand lebte.
»Leute …«, sagte sie.
Alle drehten sich um, sie deutete mit dem Finger auf etwas. Auf einem Tisch in der Ecke stand eine hohe Glasvase, darin ein Strauß weißer Lilien. Auf den Blättern: winzige Wasser-

tropfen. Unten in der Vase war Pulver zu sehen, der Schnittblumendünger hatte sich noch nicht ganz aufgelöst. Er war hier gewesen, weniger als ein paar Stunden vor ihnen.

»Süß«, meinte Spencer.

»Erzählen Sie mir von dem Zeugen«, bat Brown ihn.

»Ein Nachbar von gegenüber, er kam gegen halb drei Uhr morgens von einer Feier nach Hause. Er hat zufällig einen Blick zu Sinclairs Haus hinübergeworfen, da fiel ihm der Pick-up auf, der oben in der Zufahrt stand. Sonst nichts, nur der Wagen.«

»Wie sieht er aus?«

»Solider Zeuge. Wird sich gut machen vor Gericht.«

Madison fand die Küche. Camerons Vater war der Koch in dem Restaurant gewesen, die Küche spiegelte den Geschmack von Menschen, die sich mit Essen auskannten. Sie war größer als der Durchschnitt; an zwei Wänden Schränke und Glaskästen, in der Mitte eine große Arbeitsfläche. Auf der einen Seite hingen Töpfe an Haken, auf der anderen stand ein professioneller Herd mit zwei Öfen und sechs Kochfeldern.

Madison konnte nicht widerstehen und machte den Kühlschrank auf. Er war sauber und leer. Keine Milch, keine Eier, keinerlei Reste. Sie öffnete den Gefrierschrank, und da war es. Ein einzelner Becher Ben & Jerry's Eiscreme, die Sorte *Chunkey Monkey.* Unwillkürlich lächelte sie. Vielleicht lag es nur daran, dass die Eiscreme Cameron ein wenig menschlicher machte. Madison schloss die Tür des Gefrierschranks wieder und nahm sich die Abstellflächen vor. In hohen, schlanken Gefäßen wurden Kellen und Löffel aufbewahrt.

Sie hörte Brown hinter sich.

»Es gibt keine Messer«, sagte sie, ohne sich umzudrehen. Madison machte Schubladen auf und zu, bis sie fand, was sie suchte: Besteck.

»Camerons Vater hat im *The Rock* gekocht. Messer sind ziemlich wichtig für einen Koch, aber auf dem Kaminsims

steht nur ein einziges Bild, und in der Küche sind keine Küchenmesser.«
Das Metall klapperte, als sie die Schublade zuschob. »Hier werden wir nichts Persönliches finden«, sagte sie. »Er hat alles ausgeräumt, als er ausgezogen ist. Wann auch immer das war. Irgendwo gibt es ein Haus mit all dem Zeug, das eigentlich hier sein sollte. Familienfotos und die Messer seines Vaters.«
»Sie sind schneller als ich.«
»Tut mir leid«, sagte sie, während sie jeden Hängeschrank und jeden Kasten überprüfte.
Brown überbrachte gute wie schlechte Nachrichten im selben ruhigen Tonfall. Madison sah, wie seine hellblauen Augen den Raum durchkämmten, ohne sich auf etwas Bestimmtes zu konzentrieren.
»Ach ja, und der Pick-up steht nicht in der Garage.«
»Was ist denn in der Garage?«, fragte Madison.
»Rein gar nichts. Ich gehe nach oben.«
Gerade als sie das Zimmer verließ, erfüllten die ersten unverwechselbaren Akkorde von *Should I Stay Or Should I Go* von The Clash das Haus.
»Dunnes Methode, von wegen ›Lerne deinen Täter kennen‹«, sagte er.
Madison warf einen Blick ins Wohnzimmer: Spencer fuhr mit den Händen über die Sofakissen, Dunne leuchtete mit einer schmalen Taschenlampe zwischen das Bücherregal und die Wand, beide vertieft in ihre Arbeit.
Von außen sah es aus wie eine Party, Lichter flackerten, und The Clash dröhnte aus den Lautsprechern. Benny Craig rutschte ungemütlich auf der Bank herum und sah zum ersten Mal ernsthaft besorgt aus.
Das Zimmer, in dem Brown war, schien das Arbeitszimmer zu sein. Er setzte sich an den Schreibtisch und putzte sich die Brille mit seinem Taschentuch.

»Ich weiß nicht … hängt bei Ihrer Familie denn kein Bild von Ihrer Examensfeier an der Wand?«
»Doch, klar«, sagte Madison.
»Unser Junge scheint sich nicht sonderlich gern ablichten zu lassen.«
Die Wände waren leer, bis auf drei Berglandschaften. Madison dachte an die Fotos von David Quinns Beerdigung.
Zu den Klängen der Musik von unten durchsuchten sie den Raum gemeinsam. Vom Leben der Camerons waren nur Rechnungen, Quittungen und die fünfzehn Jahre alte Korrespondenz mit Verwandten in Schottland vorhanden. Die Schuhschachteln im Wandschrank enthielten: Schuhe.
Die Tür zu Camerons Zimmer war geschlossen, Madison legte die Hand auf den Griff. Brown, Spencer und Dunne waren hinter ihr, als wäre der Raum nicht längst durch einen uniformierten Beamten überprüft worden.
Sie schob die Tür auf. Ihr sträubten sich ganz langsam die Nackenhaare.
Leuchtend rote Decken lagen auf dem Stockbett, an den Wänden hingen Banner der Mariners und Sonics, die sich von dem zarten Tapetenmuster abhoben. Im Bücherregal Science-Fiction-Taschenbücher und Enzyklopädien. Ein Stapel Schulbücher lag unordentlich auf dem Schreibtisch, über der Stuhllehne hing ein grüner Anorak. Von der Decke schwebte ein Modellflugzeug, das sich leicht bewegte. An einem Haken hinter der Tür war ein Frotteebademantel aufgehängt. Unter dem Bett spitzten getragene Turnschuhe heraus, die Schnürsenkel waren verheddert, seitlich an dem weißen Leder klebte Schmutz. Ein Jungszimmer.
Dunne atmete aus.
»Okay«, sagte Brown.
»Okay«, antwortete Madison, und sie gingen hinein.
Einen Augenblick lang blieben sie einfach in der Mitte stehen. Brown duckte sich, um dem Flugzeug auszuweichen.

»Wandschrank.« Madison fing mit dem obersten Regalbrett an, sie wollte endlich loslegen.
Brown ging zum Schreibtisch und blätterte sämtliche Bücher auf dem Stapel durch. Ihre Blicke trafen sich, und sie wussten mit endgültiger Gewissheit, dass sie hier nicht in einem Zimmer standen, sondern im Museum eines Verlorenen.
Im Wandschrank hingen nicht viele Kleidungsstücke, aber die wenigen, die dort waren, hätte kein Erwachsener tragen können. Madison fuhr mit den Händen über die Jeansjacken und die Shirts, offensichtlich hegte er eine Vorliebe für Blau. Cameron konnte all das höchstens bis zum Ende seiner Teenagerzeit getragen haben. Da war eine rote Aufwärmjacke mit gelben Ärmeln von der Highschool, kleiner als die meisten anderen Sachen. Vielleicht waren ihm die Spiele der Schulmannschaft danach nicht mehr wichtig gewesen. Madison wusste weder, ob er aufs College gegangen war, noch, ob das überhaupt von Belang war.
Ein Baseballschläger mit Lederhandschuh, der Ball steckte noch darin, war in der Ecke hinter der Kleidung. Madison nahm den Schläger und hielt ihn mit beiden Händen wie ein Batter, sie zielte und betrachtete die klaren Linien. Es erstaunte sie immer wieder, wie gut sich ein solcher Schläger in ihren Armen anfühlte, der Schwung ging beinahe wie von selbst, von rechts nach links.
Das Holz war unversehrt und gut gepflegt, bis auf eine kleine Stelle. Ein Splitter, nicht dicker als ein menschlicher Fingernagel, steckte ziemlich genau dort, wo man den Ball treffen würde. Sie fuhr mit dem Finger darüber, selbst durch ihren Handschuh spürte sie, wie glatt das Holz war. Was auch immer das war, es steckte so tief darin, dass man es nicht bemerken würde, außer man suchte danach.
»Gibt es hier irgendwo eine Lupe?«, fragte Madison Brown. Eine Lupe gehörte zur Standardausrüstung jedes Jungen;

jeder versuchte irgendwann, ein Loch in etwas hineinzubrennen. Irgendwo musste eine sein.
»Hier.« Die Lupe steckte mit diversen Füllern und Bleistiften in dem Porzellankrug. Brown reichte sie ihr. »Was haben Sie?«
»Ich weiß noch nicht.«
Sie schaltete die Lampe auf dem Schreibtisch an und richtete sie genau auf den Schläger. Die Linse war nicht so gut wie die im Polizeilabor, aber es genügte, um zu sehen, was sie sehen musste.
Als sie in der Little League gespielt hatte, war ein Junge – gleichaltrig, aber doppelt so schwer – auf die großartige Idee gekommen, sie am Schlagen zu hindern, indem er den Schläger von hinten packte, während sie voll ausholte. Der Junge hatte danach eine gebrochene Hand, und Madison wusste von da an, wie es aussieht, wenn ein Knochensplitter in einem Baseballschläger steckt.
»Er ist alt«, sagte sie.
»Sehr alt«, meinte Brown.
»Trotzdem, es lohnt sich, ihn überprüfen zu lassen.«
Madison stellte den Schläger neben die Tür. Das Zimmer war jetzt nicht weniger unheimlich als am Anfang.
»Ich rufe ihn an.« Brown setzte sich in den Stuhl und tippte in sein Mobiltelefon. Nachdem er ein paarmal weitergeleitet worden war, erreichte er Fred Kamen in Quantico.
»Ich bin an einem Ort, aus dem ich nicht schlau werde«, sagte er. »Ich meine das genau so, wie ich es sage. Haben Sie fünf Minuten?«
Am Beginn einer Ermittlung hat man eine goldene Zeit. Aber nach den ersten achtundvierzig Stunden beginnt alles zu verblassen. Mit jedem neuen Tag vergessen Zeugen Einzelheiten, und der Bleistiftstrich zwischen Opfer und Täter wird ein wenig undeutlicher.
Bevor der Scheck gefunden worden war, hätte Kamen viel-

leicht darauf angesetzt werden können, ein Profil des Täters zu erstellen. Nachdem Cameron nun im Fokus war, könnte er ihnen helfen, ihn zu verstehen und zu finden. Brown telefonierte und durchsuchte mit der anderen Hand die Schreibtischschubladen.
Madison blendete ihn aus. Wo würde ein Junge, der ein Stockbett hatte, normalerweise schlafen? Oben, keine Frage. Mit zwei Fingern hob Madison eine Ecke des Kissens an. Kein Schlafanzug. Sie beugte sich vor und streckte den Arm über dem Bett aus, bis sie mit der Fingerspitze das dreieckige Sonics-Banner darüber berührte. Es war aus Stoff, die Buchstaben waren erhaben. Heutzutage wurden sie so gar nicht mehr hergestellt.
Cameron hatte den Raum so verlassen, wie er ihn früher bewohnt hatte – nicht, damit sie ihn so vorfinden würden, damit hatte er nicht rechnen können, sondern weil er das brauchte. Madison zog den Handschuh aus und fuhr mit dem Finger über die Buchstaben. So sicher, wie die dunkle Linie um den Knochensplitter Blut war, so sicher würde ihn dieser Raum, was auch immer er ihm bedeutete, schließlich zu Fall bringen. Madison wusste das in diesem Moment wie ein Jagdhund, der gerade eine Fährte aufgenommen hatte. Sie hätte sich gewünscht, diese Gewissheit würde ihr ein besseres Gefühl in diesem Zimmer vermitteln, aber das tat sie nicht. Sie zog sich den Handschuh wieder an.
Sie beendeten ihre Arbeit, jeder in seinen eigenen Gedanken verfangen, und waren froh, gehen zu können. Sie hatten wenig gefunden und verließen den Ort mit einem Frösteln, das sie noch Stunden danach nicht loswurden.

Kapitel 17

»Was hat Kamen gesagt?«, fragte Madison Brown.

Sie hatten Laurelhurst gerade verlassen, der Baseballschläger lag auf dem Rücksitz und rollte in jeder Kurve auf die andere Seite. »Er meinte, Cameron hätte es über all die Jahre schlau angestellt, und die 25 000 Dollar hätten ihn in einen Idioten verwandelt.«

»Weiter.«

»Das war's im Prinzip.«

Madison verhielt sich still und ließ Brown den Rest in seinem eigenen Tempo mitteilen.

»Was würden Sie sagen: Was ist der Unterschied zwischen ›inszenieren‹ und ›manipulieren‹?«

»Ist das eine Prüfung?«

»Sie haben mich gefragt, was Kamen gesagt hat.«

»Okay.« Madison setzte sich aufrecht hin. »Bei einer Manipulation wird eine Straftat so arrangiert, dass sie aussieht wie etwas anderes, zum Beispiel wenn ein Mord als Raubüberfall getarnt wird. Bei einer Inszenierung wird das Opfer wie ein Objekt behandelt, das in eine bestimmte Position gerückt wird, um etwas auszusagen, um eine Art Botschaft zu hinterlassen.«

»Ja. Wie viele sogenannte Inszenierungen sind Ihnen schon untergekommen?«

»Noch keine. Das ist extrem selten.«

»Was hat der Täter für Beweggründe?«

»Ihn erfasst ein Hochgefühl, nicht nur wegen des Mordes als solchen, sondern wegen der völligen Kontrolle über die Szene.«

»Genau. Beim Mord an den Sinclairs wurden die Opfer hindrapiert, gefesselt und bekamen Augenbinden. Die Signatur, das, was der Mörder unbedingt haben musste, war nicht ihr Tod, sondern die totale Gewalt über sie nach ihrem Tod.«
»Stimmt.«
»Kamen hat mich Folgendes gefragt: Gab es bei den Nostromo-Morden irgendeine Art von Inszenierung? Wurden danach irgendwelche Spuren sichergestellt? Wurde bei dem Mord an dem Drogendealer am Lake Washington etwas inszeniert, wurden dort danach Spuren gefunden?«
»Nein, und keine Spuren, in beiden Fällen.«
»Es besteht die Wahrscheinlichkeit, dass Cameron weitere Morde begangen hat, von denen wir nichts wissen, weil wir sie nicht mit ihm in Verbindung bringen konnten. Trotzdem, keine Inszenierung, keine Spuren und keine Warnung oder Botschaft am Tatort.«
»Sie wollen also sagen …«
»Cameron hat sich verändert. Plötzlich werden Frau und Kinder ebenfalls umgebracht, und er muss eine Show abziehen.«
»Diesmal war es eben sehr persönlich: Ein Freund hat ihn bestohlen. Er hat dafür gesorgt, dass Sinclair mitbekam, was seiner Familie zustieß, indem er ihn als Letzten umbrachte. Er musste, na ja, er musste diese Kränkung irgendwie zunichtemachen.«
»Genau darum ging es. Um das Wissen.«
»Wie meinen Sie das?«
»Sie haben gerade die Frage beantwortet, die Sie gestern gestellt haben. Weshalb die andere Todesart beim Vater? Warum das Chloroform, warum hat er ihn gefesselt, bevor er starb, und nicht danach, so wie die anderen?«
Es war so simpel.
»Weil er es wissen sollte«, sagte sie. »Er sollte wissen, was mit seiner Familie passierte, das war die Strafe.«

»Durch einen Schuss in den Hinterkopf in einer dunklen Gasse hätte er nicht dasselbe Ziel erreicht.«
»Hat Kamen ein Problem mit diesem Szenario?«, fragte Madison.
»Er mag es nicht, wenn jemand seine Gewohnheiten ändert, das ist alles. Es bereitet ihm Sorgen.«
»Und Ihnen?«
Brown zuckte die Achseln.
»Konnte Kamen irgendetwas mit *Dreizehn Tage* anfangen?«
»Nein.«
»Als Payne Ihnen heute Morgen gesagt hat, dass die Fingerabdrücke auf dem Glas von Cameron stammen, waren Sie überrascht. Sie sahen fast aus, als wäre das eine schlechte Nachricht für uns.«
»Ich war auch überrascht«, gab Brown zu.
»Warum?«
»Ich weiß nicht, vielleicht habe ich einfach nicht erwartet, dass er welche hinterlässt.«

Carl Doyle klopfte leise bei Nathan Quinn an und ging hinein.
»Er ist da«, sagte er.
»Bring ihn herein.«
»Brauchst du sonst noch etwas?«
»Nein, Carl. Danke, dass du geblieben bist. Du solltest nach Hause gehen.«
Es war zu spät, um über Sinclairs Akten zu sprechen oder weshalb jetzt eigentlich Bob Greenhut der Vollstrecker von Jimmys Testament war. Nathan Quinn war ohnehin kein Mensch, der gerne Fragen über sein Privatleben gestellt bekam, und jetzt war erst recht kein guter Augenblick dafür. Doyle konnte lediglich seine Unterstützung und Freundlichkeit anbieten, und das tat er.
»Wir sehen uns morgen.«

Doyle machte es nichts aus, lange im Büro zu bleiben, so konnte er noch nacharbeiten. Es irritierte ihn allerdings, dass er Todd Hollis, den Chefermittler der Kanzlei, um diese Uhrzeit plötzlich hereinkommen sah. Das konnte nichts Gutes bedeuten.

Hollis trug wie immer einen dunklen Anzug und Krawatte, er sah eher aus wie ein Bundesagent als der Polizist, der er früher gewesen war, mit seinem kurzen Bürstenhaarschnitt und dem Schnurrbart, in dem das Grau die Oberhand gewonnen hatte. Nach fünfundzwanzig Berufsjahren war er angeschossen worden, und wegen seiner daraus resultierenden Gehbehinderung, so gering sie auch sein mochte, arbeitete er nun als Privatermittler. Quinn Locke war sein Hauptauftraggeber.

Hollis ergriff Quinns Hand und schüttelte sie einmal fest.

»Es tut mir sehr leid wegen James und seiner Familie.«

»Danke.«

Hollis hatte im Lauf der Zeit mit vielen Angehörigen von Opfern zu tun gehabt, und er musterte Quinn, um zu sehen, wie viel von diesem hässlichen Weg er schon zurückgelegt hatte.

»Setzen Sie sich. Möchten Sie etwas trinken?« Quinn deutete auf zwei Sessel gegenüber von seinem Schreibtisch. Er hatte sich vor einer halben Stunde ein Glas Bourbon eingeschenkt, es war noch unberührt.

»Nein danke. Wie geht es Ihnen?«

»Okay«, antwortete Quinn. »Es tut mir leid, dass ich Sie so spät noch bemühe …«

»Kein Problem.«

»Ich brauche Ihre Hilfe.«

»Jederzeit.«

»Es wird diesmal etwas anders aussehen.«

»Worum geht es?«

Hollis sah die dunklen Schatten um Quinns Augen und hoffte, es lag nur an der Müdigkeit.

»Ich möchte eine Belohnung aussetzen. Für Informationen, die zur Verhaftung des Mannes führen, der James und seine Familie ermordet hat. 250 000 Dollar. Ich hätte gerne, dass Sie sich darum kümmern.«

»Das ist eine Menge Geld.«

»Das ist es mir wert.«

»Ich weiß. Ich meinte, bei einer solchen Summe kommen sämtliche Spinner zwischen hier und Miami aus den Löchern gekrochen und verpfeifen ihre Mama.«

»Was hielten Sie denn für angemessen?«

»100 000, und da werden wir immer noch unsere liebe Mühe haben, die ganzen Anrufe zu filtern.«

»Das Geld steht zur Verfügung.«

»Ich weiß.«

»Noch etwas. Ich hätte gerne, dass Sie in den Mordfällen eigenständig ermitteln.«

Die Polizeiermittlung war kaum zwei Tage alt, Hollis kannte die Abteilung, es waren alles gute Leute, die zusätzlich Zeit investierten.

»Was ist los?«, fragte er.

»Die Polizei sagt, sie hätten Beweise dafür gefunden, dass James Geld von einem seiner Steuermandanten unterschlagen hat. Sie meinen, der Mord könnte ein Racheakt gewesen sein. Sie waren heute hier, um seine Akten durchzusehen. Sie haben natürlich nichts gefunden, was ihre Theorie erhärten würde.«

»Was meinen Sie?«

»Ich glaube keine Sekunde daran.«

»Was für Beweise haben sie?« Hollis würde immer wie ein Polizist denken.

»Darauf komme ich noch. Da ist noch etwas: Sie suchen bereits nach jemandem.«

»Nach wem?«

»Es ist der Falsche.«

»Okay.«
»Und ich bin sein Anwalt.«
Hollis wartete.
»John Cameron.«
Hollis lehnte sich zurück.
»Ich glaube, ich nehme jetzt doch einen Schluck«, sagte er.
Quinn goss ihm ein Glas ein, und Hollis hielt es in der Hand, ohne zu trinken.
»Wenn ich den Auftrag annehme, und das möchte ich, dann müssen Sie mir alles sagen, was Sie wissen. Ich kann da nicht mit halber Munition reingehen.«
»Ich erzähle Ihnen alles, was die Polizei mir gesagt hat. Alles, was für den Fall relevant ist. Danach gehen Sie nach eigenem Gutdünken vor.«
Hollis zog sein Notizbuch heraus. »Ihnen ist klar, dass sie recht haben könnten?«, fragte er.
»Ich glaube es nicht«, entgegnete Quinn.
»Ist das nur so ein Gefühl, oder wissen Sie es mit absoluter Gewissheit?«
»Ich weiß es absolut sicher.«
»Das ist ein offener Fall, Nathan. Zwei Tage alt. Niemand wird uns mit offenen Armen empfangen, solange die Polizei noch daran arbeitet. Was ist, wenn das, was auch immer ich herausfinde, deren Theorie erhärtet?«
»Das wird es nicht«, sagte Quinn. »Finden Sie möglichst viel über die Detectives heraus, ich will wissen, mit wem ich es zu tun habe. Und wie sie mich empfangen, ist mir völlig egal.«

Der Streifenwagen parkte vor dem Haus der Sinclairs. Die Polizisten waren den Abend über in regelmäßigen Abständen um das Haus herumgelaufen. In den letzten Jahren war es immer wieder vorgekommen, dass im Internet Gegenstände von Tatorten verkauft worden waren. Ein Objekt aus

Blueridge hätte für einen ansehnlichen Preis Haus, Stadt und Staat verlassen können, noch bevor ihre Schicht vorbei war. Brock und McDowell schalteten ihre Taschenlampen aus, als sie wieder beim Auto waren. Bald würde ihnen der Kaffee ausgehen, und dieser Gedanke beschäftigte McDowell nicht weniger als die Sicherung des Hauses.

Keiner von beiden kannte dieses Viertel sonderlich gut. Sie waren natürlich hier Streife gefahren, aber die Geheimnisse der Gegend kannten sie nicht. Sie wussten nicht, dass dreihundert Meter hinter dem Haus ein Pfad verlief. Von Blueridge aus führte er durch die Bäume und zwischen den Häusern hindurch zu dem schmalen Kieselstrand und dem Wasser. Sie konnten nichts davon wissen, John Cameron hingegen schon.

Er bewegte sich ohne jedes Zögern durch die pechschwarze Finsternis, er selbst nur ein noch dunklerer Schatten als der Rest. Lautlos lief er über den Pfad und hatte innerhalb von Sekunden das Wasser erreicht. Kurz sah er den schimmernden Puget Sound vor sich, dann zog eine Wolke vor den Mond, und John Cameron betrat den Strand.

Winzige Lichter blinkten von Vashon Island herüber, auf der rechten Seite stand das leere Haus von John Sinclair. Cameron ging los.

Er hatte die Polizisten beobachtet, den Strahl der Taschenlampen gesehen. Er hatte gewartet, bis er sicher war, dass sie wieder im Auto saßen, dann stieg er die Holztreppe zum Rasen hoch, überquerte ihn und erreichte die Terrassentür. Den Schlüssel hatte er bereits in der Hand. Er zog die Glastür hinter sich zu, schloss sie ab und drapierte die Vorhänge wieder so, wie er sie vorgefunden hatte.

John Cameron steht still da und hört sich die abgestandene Luft im Wohnzimmer einatmen. Er kennt die Position jedes Möbelstücks und jedes Gegenstands auch in der Dunkelheit.

Aus der rechten Hosentasche nimmt er eine kleine Taschenlampe und schaltet sie ein. Cameron fährt damit über den Boden, um sicherzugehen, dass sich seit seinem letzten Besuch nichts geändert hat.

Er hält die Taschenlampe etwas höher und bemerkt die schwarzen Pulverspuren, die die Spurensicherung auf der Suche nach Fingerabdrücken hinterlassen hat. Sie sind überall. Er lässt alles auf sich wirken, das Pulver, den feuchten Geruch und die Veränderungen ringsumher. Er sieht den Raum nun bei Tageslicht – Polizisten, die ihre Arbeit verrichten oder nur herumstehen. Jemand hat einen Stapel Zeitschriften verrückt. Schrammen auf dem Holzboden von den vielen herumlaufenden Leuten. Kleine Eingriffe in das Leben des Hauses.

Weniger als zehn Meter entfernt plaudern zwei Polizisten. John Cameron ist sich ihrer Anwesenheit bewusst, es ist ihm aber gleichgültig.

Die Erinnerung daran, was in diesem Haus passiert ist, überlagert nicht sein jetziges Vorhaben. Er richtet die Taschenlampe auf den Boden und geht die Treppe zum Elternschlafzimmer hinauf. Auf halbem Weg wird die Luft schwerer, wie an einem warmen Tag bei einem Metzger. Von zahlreichen Besuchen her weiß er, welche Stufen wo knarzen, und er setzt seine Schritte vorsichtig. Stünde jemand auf dem Treppenabsatz, er würde ihn nicht bemerken.

Er ist im Schlafzimmer, der Strahl der Taschenlampe findet das Bettgestell und verharrt lange dort. Er folgt der Spur der Polizeiarbeit, betrachtet jeden eingekreisten Flecken an der Wand und die Pulverspuren rund um das Fenster. Ihm fällt auf, dass der obere Teil des inneren Türrahmens entfernt wurde; der Blutschmierer an der Tür führt ihn in das Kinderzimmer und zu den Einschusslöchern in der Wand.

An jenem Ort, wo schreckliche Gewalttaten verübt wurden, geht John Cameron von Raum zu Raum und betrachtet alles ohne Hast. Im Arbeitszimmer setzt er sich auf das Ledersofa und schaltet die Taschenlampe aus. Durch das Fenster sieht man viel Himmel, aber keine Sterne.

Müde und ruhelos fuhr Madison Richtung Three Oaks, so schnell das Gesetz es erlaubte. Sie wählte Browns Nummer.

»Ich bin noch nicht durch mit dem Tag«, sagte sie. »Ich überlege, ob ich mich noch mal am Tatort umsehe, vielleicht deckt sich ja etwas mit Camerons Haus.«

»Wenn Sie etwas finden …«

»Ich weiß, dann lasse ich den Zettel von einem der Polizisten mit unterschreiben.«

»Die Schlüssel sind übrigens hier. Wie kommen Sie rein?«

»Ach, ich werde improvisieren müssen. Ich gehe davon aus, dass ein Reserveschlüssel unter der Fußmatte liegt.«

»Ich möchte nicht hören, dass jemand ein Fenster auf der Rückseite eingeschlagen hat.«

»Keine Sorge. Wenn ich innerhalb von fünf Minuten keinen Schlüssel finde, fahre ich einfach nach Hause und schlafe nicht.«

Als sie neben dem Streifenwagen hielt, war Madison einigermaßen verärgert über sich selbst. Sie zeigte ihre Dienstmarke vor, erklärte, wer sie war und was sie vorhatte. Brock und McDowell schauten einander vielsagend an, womöglich wurden auch Augen verdreht, Madison war sich nicht sicher.

Sie brauchte zehn Minuten, um die kleine, wiederverschließbare Plastiktüte zu finden, die ein paar Meter weiter in einem hohlen Baumstumpf an der Zufahrt steckte und einen Schlüsselring mit zwei Schlüsseln enthielt.

Fünf Minuten nach Mitternacht trat Madison über die Schwelle. Sie schaltete die Lichter im Gang und im Wohnzimmer an. Alles war so, wie sie es in Erinnerung hatte. Sie hatte keinen genauen Plan, wahrscheinlich würde sie erst wissen, wonach sie suchte, nachdem sie es gefunden hätte. Doch eines musste sie vorher tun.

Sie knipste die Treppenhausbeleuchtung an und blickte nach oben. Niemand hatte sich die Mühe gemacht, die Einstellung der Heizung zu ändern, und das System war gerade dabei, sich für die Nacht abzuschalten. Aus den Rohren drang ein leises Klicken.

Madison machte auch im Elternschlafzimmer das Licht an, betrat es aber nicht. Was Blut und Verwüstung betraf, so war das nicht der schlimmste Tatort, den sie gesehen hatte, lange nicht. Doch was sie im Geiste vor sich sah, war Wut, eine blinde, überwältigende Wut, und dennoch unterdrückt, wie die ordentlich umgeschlagenen Bettdecken zeigten.

Eine Wut, die mehr beinhaltete, als offenbart wurde. Wenn dieses Etwas ein Geräusch machen könnte, überlegte Madison, dann wollte sie es niemals hören.

Madison hing diesen Gedanken nicht lange nach, es war spät, und sie geisterte in einem leeren Haus herum. Sie wusste sehr gut, dass es einen Grund gab, weshalb sie nach oben gegangen war: Sie hatte vor, das Haus der Sinclairs und all ihre Sachen zu durchsuchen, daher wollte sie die Familie auf diese Art um Erlaubnis bitten. Gewisse Dinge kann man nicht einfach nehmen; vielleicht aber würde das Haus gewillt sein, ihr zu geben, was sie brauchte.

Der Boden knarzte, als sie am Arbeitszimmer vorbeikam. Sie ging nicht hinein, und das war gut – die beste Entscheidung des Tages.

Madison schaltete das Licht im Treppenhaus aus, und John Cameron steckte sein Messer zurück in die Scheide und lehnte sich von innen gegen die Tür.

Die Leichtigkeit der Schritte verrät ihm, dass es eine Frau ist. Sie muss Polizistin sein, Detective. Die Polizisten im Auto haben das Haus nicht betreten, seit er sie beobachtet. Es ist

ein Eindringen in seine Privatsphäre, und er nimmt es sehr übel. Trotzdem, sie ist jetzt da, und wenn jemand mitten in der Nacht etwas sucht, dann lohnt es sich vielleicht zu wissen, was genau das ist.
Weniger als eine Sekunde lang wägt Cameron Neugier gegen Vorsicht ab, neigt den Kopf wie ein Vogel und lauscht den leisen Geräuschen aus dem Wohnzimmer, dann bewegt er sich. Ob sie ihn sieht oder nicht, das ist ihm, ehrlich gesagt, egal. Er wurde bei seiner Arbeit gestört, und er ist heute Nacht nicht nachsichtig gestimmt.

Madison schaute sich um. Die Sinclairs hatten gut gelebt, aber nicht verschwenderisch. In der Garage standen zwei Autos, im Haus waren die üblichen Attribute eines wohlhabenden Lebensstils verteilt. Im Wohnzimmer standen ein Breitbildfernseher und ein DVD-Player. Madison erinnerte sich, eine Olympus- und eine Sony-Digitalkamera im Arbeitszimmer gesehen zu haben, Lauren und Joyce hatten beide mitgenommen.
Die Möbel waren hübsch, die meisten modern, dazwischen einige antike Stücke. Alles zusammen sah nach einem angenehmen Leben aus und warf somit umso mehr die Frage auf: Warum sollte James Sinclair von dem einen Menschen Geld stehlen, von dem er wusste, man legte sich besser nicht mit ihm an? So dämlich konnte er doch nicht sein!
Glücksspiel? Schulden, von denen niemand wusste. Erpressung, eine Frau nebenher. Alles war möglich. Madison kniete sich vor ein niedriges Regal mit DVDs. Möglich, aber nicht sehr wahrscheinlich. Wenn James Sinclair ein geheimes Leben geführt hatte, dann war es so gut versteckt, dass sie es vielleicht niemals fanden.
Die Filme waren Kinderfilme, hauptsächlich Disney-Klassiker, die sie selbst einmal besessen hatte. Ein paar Scorseses und ein paar Spielbergs, alles Standard.

Madison hielt inne. *Weihnachtskonzert und -feier.* Die Handschrift war sauber und deutlich lesbar. Amateurfilme. Sie griff nach der DVD, steckte sie in den Player und drückte auf die Starttaste.

Eine Schulaula, Weihnachtsdekoration an den Wänden. Eine Bühne mit leeren Stühlen. Wer auch immer die Kamera bedient hatte, hatte es gut gemacht. Das Publikum kam von hinten ins Bild, Erwachsene flüsterten in dem schwach beleuchteten Saal.

»Da sind sie.« Eine männliche Stimme war von links zu hören.

»Ich sehe ihn.« Eine weibliche Stimme.

Annie Sinclair richtete die Kamera auf eine Gruppe von etwa dreißig Kindern, die von der Seite auf die Bühne kamen und mit ihren Instrumenten Platz nahmen.

»Wo ist er?« Die Stimme eines Jungen. Kleiderrascheln in der Nähe des Mikrofons.

Ohne es zu sehen, hatte Madison vor Augen, wie James Sinclair einen der Jungen auf seine Schultern hob, damit er seinen Bruder spielen sehen konnte. Es ging los. Madison lächelte unwillkürlich: Lehrer änderten sich nie. Es gab Pachelbels Kanon.

Die ersten Akkorde hätten Camerons Schritte auf der Treppe übertönt, wenn er ein Geräusch gemacht hätte. Er kommt zur Hälfte herunter und bleibt stehen, im Haus ist es dunkel, nur im Wohnzimmer brennt eine Tischlampe. Im Lichtkegel sitzt eine Frau mit dem Rücken zur Tür, der Fernseher wirft blaue Schatten an die Wände.

Cameron sieht ihr Profil vor dem Bildschirm, als sie sich umwendet, um die Fernbedienung zu nehmen. Die Schwarzweißaufnahme eines gelangweilten Reporters genügt ihm, um Madison als diejenige zu erkennen, die den falschen FedEx-Mann vom Tatort entfernt hat. Er speichert diese Information. Wonach Detective Madison auch gesucht haben mochte, nun sucht sie es in einer Weihnachtsaufführung. Lieber hätte er gesehen, wie sie Bücherregale durchsuchte und Schubladen leerte, stattdessen sitzt sie reglos in dem flackernden Licht. Cameron beobachtet sie und den Bildschirm hinter ihr. Sie bewegt sich nicht, genauso wenig wie er.

Die Musik klang etwas unbeholfen und schwach. James Sinclairs Gesicht wurde zur Hälfte vom Rekorder verdeckt. Madison, die auf dem Sofa saß und sich anlehnte, atmete kaum. Das Stück war zu Ende, ein neues begann, diesmal war es *Jesus bleibet meine Freude* von Bach. Manchmal zeigte die Kamera die ganze Bühne, meistens ruhte sie jedoch auf dem kleinen Sinclair. Als das Publikum zu applaudieren begann, hielt Madison das Band an, stand auf und ging in die Küche.

Cameron hört, wie Wandschränke geöffnet werden, wie das Wasser läuft. Wäre er ein vernünftiger Mensch, würde er jetzt verschwinden, das Arbeitszimmer hat ein Fenster. Er könnte sich hinunterfallen lassen und in Sekundenschnelle den Rasen hinter dem Haus überqueren. Aber John Cameron fühlt sich an diesem Punkt des Abends nicht vernünftig, er lehnt sich an die Brüstung und verschränkt die Arme: Zeit hat er. Zu seiner immensen Erleichterung empfindet er rein gar nichts.

Madison trank ein Glas Leitungswasser, füllte es noch einmal und trank auch das. Diese Filme waren das Einzige, was von den Sinclairs auf dieser Erde noch existierte.
Nachdem sie das Glas gespült und abgetrocknet hatte, stellte sie es zurück und setzte sich wieder vor das Video. Sie drückte auf Start. Der Film ging in die Feier nach der Aufführung über: Kinder liefen herum, die Eltern standen in Grüppchen da und unterhielten sich. James Sinclair trug ein dunkelblaues Hemd und Jeans, er hatte ein unbekümmertes Lächeln

und sah überhaupt nicht aus wie der Tote, den Madison oben gesehen hatte. Sie war froh, dass keine Musik mehr gespielt wurde.
Madison ignorierte die Jungen und konzentrierte sich auf die Eltern: Als der Ehemann die Kamera übernahm, sah sie, dass Annie Sinclair groß war, mit einem kantigen Gesicht und intelligenten Augen. Madison ließ das Video bis zum Ende laufen. Sie blies die Wangen auf, atmete langsam aus und machte mit dem nächsten weiter. Es waren mindestens zehn. Sie mussten die Filme mit der Digitalkamera, die sie oben gesehen hatte, gedreht und dann überspielt haben.
Sie spulte ein Schulkonzert und eine Geburtstagsfeier im Schnellvorlauf vor und hätte sich gern eine Tasse Kaffee gemacht. Aber seltsamerweise kam ihr das unangebracht vor.
Sie wechselte gerade die DVDs, da klingelte ihr Telefon. Sie schrak zusammen und schaute automatisch auf die Uhr.
»Sie sind noch da.« Es war Brown.
»Ich schaue mir gerade die selbstgedrehten Videos an.«
»Ist was Brauchbares dabei?«
»Ziemlich viel aus dem normalen Leben. Schulaufführungen, Geburtstagsfeiern.«
»Noch kein Hauptgewinn?«
»Nein. Ich schätze, er ist kein Typ, der auf Kinderpartys geht.«
»Wahrscheinlich nicht.«
»Ich schaue mir noch ein paar Filme an, dann mache ich Feierabend.«
»Ein Halbtagsjob.«
»Genau.« Sie lächelte. »Brown …«
»Ja.«
Es hörte sich an, als würde er im Auto sitzen.
»Was hat er mit dem Geld gemacht? Wenn ich mich hier umsehe, entdecke ich nichts, das er sich von seinem Gehalt nicht hätte kaufen können.«

»Das ganz zufällig deutlich höher war als Ihres oder meines.«
»Genau. Also?«
Cameron hätte gerne das ganze Gespräch mit angehört und nicht nur Madisons Hälfte. Das Thema war interessant für ihn. Er hätte ihnen ein, zwei aufschlussreiche Mitteilungen machen können, aber das war weder die rechte Zeit noch der rechte Ort.
Madison stand plötzlich auf und streckte sich. Cameron verfolgte jede ihrer Bewegungen.
»Ich weiß nicht«, sagte Brown.
»Dann finden wir es besser heraus, oder?«
»Wir sprechen morgen Vormittag mit der Bank.«
»Bis morgen.«
Madison schob eine neue DVD in den Player, es war der Geburtstag von David, dem jüngsten Kind. Sein siebter, sein letzter. Sie ließ sie in Normalgeschwindigkeit laufen und lauschte den nun vertrauten Stimmen, während sie sich die Bilder auf dem Kaminsims anschaute.
Es war die normale Mischung aus offiziellen Anlässen und Schnappschüssen. Ein nettes Gruppenfoto von der Hochzeitsfeier. Sie entdeckte Nathan Quinn, hielt einen Moment inne und suchte weiter. Sie überprüfte rasch alle Gesichter. Kein Cameron.
David Sinclair kreischte freudig aus dem Fernseher. Seine Mutter lachte. »Was sagt man da, David?«
»Danke, Onkel Jack.«
Madison erstarrte. Cameron atmete langsam aus. Madison spulte ein paar Sekunden zurück und drückte auf Start.
Die Familie war im Inneren des Hauses. Auf einem großen Tisch lagen Pappteller, Tischschmuck, Geschenkpapier, Kameras blitzten. Madison entdeckte die Mutter, den Vater, den älteren Bruder, das Geburtstagskind, auch Quinn war da, andere Kinder in etwa demselben Alter, weitere unbekannte

Erwachsene. Nachdem sie die Frauen ausgeschlossen hatte, blieben nur noch sechs unbekannte Männer. Zwei waren zu alt, einer war Japaner, drei passten einfach nicht.
»Danke, Onkel Jack«, sagte David und blickte dabei in die Kamera.
Verdammt, er dreht den Film.
Sie ging zurück zum Anfang und sah sich jedes Bild einzeln an. Das wiederholte sie drei Mal, es führte zu nichts. Onkel Jack war nie im Bild, und wenn er überhaupt etwas gesagt hatte – und das musste er irgendwann getan haben –, dann abseits vom Mikrofon. In dem Durcheinander von Geräuschen bestand überhaupt keine Chance, seine Stimme zu identifizieren.
Madison hielt das Bild von dem Kind, das in die Kamera schaute, an. Sie trommelte mit den Fingern auf die Fernbedienung. So nah zu sein machte einen verrückt.

John Cameron betrachtet ebenfalls den Bildschirm. Er kneift die Augen zusammen, während er sich an diesen Tag erinnert, und er blinzelt, als eine Kamera aufblitzt. Einen Augenblick lang bemerkt er gar nicht, dass Madison aufsteht.
Madison öffnet die Türen unter dem Regal, macht sie wieder zu, öffnet die nächsten. Sinnlos. Sie macht die letzten beiden Türen auf: Im unteren Fach liegt ein kleiner Stapel Fotos. Im vierten Umschlag stecken die Bilder von David Sinclairs Geburtstag.
John Cameron geht eine Stufe hinunter.

Madison stellte sich unter die Lampe. Sie sah sich jedes Bild ein paar Sekunden lang genau an und legte es dann auf die Seite. Sie war zur Hälfte durch, als sie es entdeckte. Er war nicht auf dem Bild, aber seine Spiegelung, in der gläsernen Gartentür: ein dunkelhaariger Mann mit einer Kamera vor einem blauen Himmel.

»Hallo, Jack«, sagte Madison leise.
In der fast vollkommenen Dunkelheit zuckte Camerons rechte Hand.
Sie hielt das Foto unter die Lampe, es war, als würde man jemanden unter Wasser sehen. Ein lautes Klopfen an der Haustür riss sie heraus. Madison wandte sich um und verließ das Wohnzimmer. Sie drehte sich nicht mehr um. Sie machte kein Licht.
Vor der Tür stampfte Officer McDowell mit den Füßen auf, um sie wieder zu durchbluten. »Ich wollte nur sagen, dass wir abgelöst werden.«
Neben ihrem Auto parkte ein weiterer Streifenwagen, zwei uniformierte Polizisten, die zu Beginn ihrer Schicht noch rosa Wangen hatten und ausgeruht aussahen.
»Danke für die Hilfe mit den Schlüsseln.«
»Ich habe Bescheid gesagt, dass Sie noch hier drin sind.«
Madison warf einen Blick auf die Ablösung, sie nickten, aber man merkte, dass sie jedem etwas misstrauisch gegenüberstanden, der sich um zwei Uhr morgens hier aufhielt.
Würde es mir denn anders gehen?, dachte sie und schloss die Tür. Sie hatte immer noch das Foto in der Hand und war nun zum ersten Mal in dieser Nacht völlig allein im Haus.
Madison suchte die anderen Stapel durch, fand jedoch nichts. Sie legte sie dorthin zurück, wo sie gewesen waren, und beschloss, den Tag zu beenden.
Als sie zu Hause ankam, hatte sie noch den Tatortgeruch in den Haaren. Sie duschte und wusch sich den Kopf, schlüpfte in ihren roten Flanellschlafanzug und kletterte ins Bett.

Von Three Oaks aus fährt John Cameron in hohem Tempo mit offenen Fenstern Richtung Norden.

Kapitel 18

Fred Tully hatte die Redaktionsräume des *Star* in den letzten vierundzwanzig Stunden kaum verlassen. Er war nach Hause gefahren, um sich umzuziehen, und es war ihm gelungen, eine Stunde auf dem Sofa zu schlafen. Trotzdem hatte er sich seit einer Ewigkeit nicht mehr so gut gefühlt.

Es war vier Uhr morgens, und er saß an seinem Schreibtisch, in den Händen einen Korrekturabzug der Titelseite, die bald in den Zeitungskiosken liegen würde. Tully lächelte.

Der Praktikant hatte ihm den Umschlag gegen zwanzig Uhr auf den Schreibtisch gelegt.

»Hast du gesehen, wer das gebracht hat?«

Der Junge hob nur die Augenbrauen.

Seit die Identität der Opfer vor sechsunddreißig Stunden bekanntgegeben worden war, kam ein steter Strom von Besuchern in die Lincoln-Elementary in Three Oaks, die Schule, die John und David Sinclair besucht hatten. Es begann mit ein paar Blumensträußen neben dem Haupttor, von Müttern, die die Jungen gekannt hatten. Mittlerweile war da ein Schrein mit Kerzen, kleinen Geschenken und Briefchen, die an die Blumen geklebt wurden.

Reporter von KING und KOMO-TV stellten sich gerne davor, wenn sie den neuesten Stand zu dem Fall meldeten, und ein paar Freiwillige aus der Schule passten auf, dass die Kinder mit den Kerzenflammen nahe den Plüschtieren vorsichtig waren.

Als Harry Salinger aus dem Transporter ausstieg, trug er die Kamera bereits auf der Schulter. Der weiße Transporter mit den Nummernschildern aus Oregon hatte abgedunkelte Fenster, auf der Seite waren die Buchstaben KTVX aufgedruckt.

Harry Salinger war eins fünfundachtzig groß, eher für den Hochsprung gebaut als für schwere Gewichte. Seine sandfarbenen Haare hatte er kurz rasiert, seit sie ihm mit Anfang zwanzig anfingen auszugehen. Heute, im zögerlichen Regen, trug er eine Fleecemütze mit Klappen über den Ohren und eine dick gefütterte Jacke.

Salinger bewegte sich durch die Gruppe von Reportern, als würde er dazugehören. Ein paar Minuten machte er Aufnahmen von dem improvisierten Schrein und schaute angemessen trauervoll. In Wahrheit fühlte er sich in der Gegenwart von Kindern nicht wohl, und er ging, sobald er konnte.

Menschenmengen gingen ihm normalerweise auf die Nerven, die Stimmen, der Körperkontakt. Die Kamera gab ihm eine sichere Distanz, aus der er beobachten und aufnehmen konnte, ohne die unangenehme Nähe ertragen zu müssen.

Im Rückwärtsgang fuhr er aus dem Parkplatz hinaus und dann weiter. Er fand seinen Sender und wartete auf die Nachrichten. Er wusste, wie die erste Meldung lauten würde. In seinen Augen, farblos wie Regenwasser, flackerte kurz ein Licht auf. Er kam auf den Highway 99 und fuhr Richtung Norden. In Lynnwood nahm er die Ausfahrt.

Sein Haus lag zweihundert Meter von der Straße entfernt an einer Zufahrt, hinter einer Gruppe Fichten, die mitten auf einem Feld stand. Er hatte keine unmittelbaren Nachbarn, und das Haus lag näher an Everett als an Seattle. Es war in den zwanziger Jahren errichtet worden, und immer, wenn es nötig wurde, hatte man angebaut: drei kleine Schlafzimmer oben und Wohnzimmer, Esszimmer und Küche im Erdgeschoss.

Salinger aß für gewöhnlich in der Küche. Auf dem Polstersofa hatte seit dem Notar seiner Großeltern niemand mehr gesessen. Der hatte ihm damals Papiere zum Unterschreiben vorgelegt und ihm auf die Schulter geklopft. Salinger hatte all die richtigen Worte gesagt, und der Mann war schnell wieder aus dem Haus. Das jetzt *sein* Haus war. Salinger hatte die Tür hinter sich zugemacht und die Stelle an seinem Blazer betrachtet, wo ihn der Notar berührt hatte. Er hatte sie abgewischt. Dann hatte er alle Fenster aufgemacht, um das Eau de Toilette des Mannes loszuwerden.
In die Garage passten kaum zwei Autos, aber Salinger war vorsichtig beim Fahren, wie bei allem, was er tat. Er sicherte die Garage mit einem Vorhängeschloss und ging zur Haustür. Das Haus war vor Jahren weiß gestrichen worden, und bald war ein neuer Anstrich nötig; er nahm es sich für das nächste Jahr vor, bis ihm einfiel, dass er gar nicht da sein würde, wenn alles gut lief, und er lächelte. Es war eine unglaubliche Erleichterung, zu wissen, dass die Dinge am Laufen waren und er dies alles bald hinter sich haben würde.
Salinger lebte allein. Er liebte immer noch das Gefühl, sein eigenes Heim zu betreten, das ferne Rauschen des Verkehrs auszusperren und fast ganz von der völligen Ruhe absorbiert zu werden. Andere hätte das vielleicht verunsichert, aber für einen Menschen, der an Orten gewesen war wie er, war das mehr, als sich sein Herz je zu wünschen wagte.
Er machte sich ein Schinkensandwich, rosa und weiß, wickelte das Ende in ein Dreieck aus Küchenpapier und nahm es mit nach unten, wo er seine Arbeit machte.
Der Keller war sehr groß, er verlief über die ganze Länge und Breite des Hauses und war völlig offen. Ein Viertel davon benutzte er als Lagerraum, der Rest war leergefegt. An den Balken hingen zusätzliche Lampen, und Strahler klemmten an den einfachen Holzregalen an der Ziegelwand. Zig Bleistiftzeichnungen klebten auf dem glänzenden Weiß,

manche waren Grundrisse, andere zeigten die Entwicklung eines Objekts aus Metall und Glas. Salinger hatte nie Zeichenunterricht gehabt, aber seine Skizzen hätten jeden Besucher zunächst verwirrt, dann entsetzt.
Werkzeuge zur Metallbearbeitung und zum Schweißen lagen auf einer Bank in der Ecke, und zwei nebeneinanderstehende große Schreibtische nahmen den größten Teil des Raums in der Mitte ein. Auf jedem standen drei Bildschirme. Er beugte sich über den linken Tisch und suchte einen Schalter zwischen den vielen Kabeln und Drähten: Zwei Monitore wurden zum Leben erweckt, leise gestellt. Vormittagsfernsehen. Sein Blick schweifte von einem Bildschirm zum nächsten, seine Haut prickelte. Kochshows, Talkshows, Quizshows. Das war eine Sprache, die er nicht sprach, aus einer Welt, die er nicht verstand. Er warf einen Blick auf seine Uhr, bald würden die Nachrichten kommen.
Auf einem kleineren Tisch daneben hatte er eine Lautsprecheranlage aufgebaut, er drückte ein paar Tasten, und aus den Lautsprechern drang ein Knistern. Es war natürlich etwas Selbstgebautes, kein Hightech, nichts, was jemand, der ein wenig Zeit übrig hatte, nicht zusammenbasteln könnte. Trotzdem war Salinger stolz darauf, und zwar zu Recht. Er spulte im Schnellvorlauf vor, bis ihm die Zahlen auf der Anzeige sagten, dass er an der gewünschten Stelle angelangt war, dann spielte er ab. Alice Madisons Stimme erfüllte den Keller.
»Man hat ihm die Augen mit einem Stück schwarzem Samt verbunden. Es wurde nicht abgerissen, sondern abgeschnitten. Auf der Stirn hat er ein Zeichen, wie ein Kreuz. Mit Blut gemalt. Er wurde gefesselt mit – es sieht aus wie Leder. Ein dünner Streifen. Um den Hals, Hände und Füße. Die Hände sind hinter dem Rücken zusammengebunden. So kann man sich kaum bewegen, wenn man darauf liegt.«
Eine Pause.

Der Bildschirm des dritten Monitors flackerte, und als das Bild scharf wurde, sah man das Schlafzimmer der Sinclairs. In der körnigen Dunkelheit bewegte sich eine Gestalt vor dem Objektiv. Dahinter sah man drei Körper auf dem Bett, völlig reglos; der vierte Mensch, der der Kamera am nächsten war, kämpfte, schlug um sich, fiel beinahe aus dem Bett, als er sich befreien wollte. Salinger drehte leiser, die gedämpften Töne, die unter der Augenbinde hervorkamen, lenkten ihn ab.

»Dunkelrote Streifen, wo er gefesselt wurde. Ein paar Prellungen. Er hat sich gewehrt.«

Harry Salinger zwickte die Augen zusammen, während er den Bildschirm betrachtete, und biss in sein Sandwich. Er hatte es sich schon oft angehört. Er hatte das Ganze sogar auf Kassette aufgenommen, damit er es sich überall in seinem Haus anhören konnte, auf einem billigen Walkman, den er am Gürtel hatte.

Als er am Tatort ein sprachaktiviertes Mikro hinterlassen hatte, eines, das er aus der Menge der Reporter heraus leicht überwachen konnte, war das eine rein funktionelle Entscheidung gewesen. Er hatte eine Vorstellung davon haben wollen, worüber sie sprachen, von ihrem ersten Eindruck von dem Fall, seinem Werk. Ein Teil davon war Eitelkeit, so viel musste er zugeben. Aber diesen kleinen Vorsprung brauchte er wirklich.

Er hatte gesehen, wie Madison den Fotografen aus dem Haus zerrte. Eine Demonstration von Intuition und Stärke, die er sich immer wieder angesehen hatte: Die meisten Reporter hatten ihre Kameras auf Riley gerichtet, Salinger nicht; er war Madison die Zufahrt hinunter gefolgt, hatte gefilmt, wie sie den Blick über die Menge schweifen ließ, und hatte weiter auf sie gehalten, bis sie zurück ins Haus gegangen war, das er so gut kannte wie sein eigenes.

In dieser ersten Nacht, nachdem seine Arbeit im Keller getan war, war er stundenlang mit Kopfhörern von Zimmer zu Zimmer gelaufen.

»Kontaktverletzungen am Kopf. Man erkennt den Schmauchhof. Der Schütze war etwa einen halben Meter entfernt. Bei allen, außer dem Vater. Nur ein Schuss. Keine Prellungen, keine Anzeichen für einen Kampf.«

Salinger schloss die Augen, und jedes Wort offenbarte seine wahre Farbe, scharlachrote und blaue Flammen loderten auf und brannten sich durch ihn hindurch. Doch am allerbesten war etwas, das er nie erwartet hätte: Madisons Stimme war indigoblau. In der tiefen Höhlung des Hauses war sie das einzige menschliche Geräusch.

Kapitel 19

Die zehnjährige Alice Madison lehnte ihr Fahrrad gegen die warme Betonwand und klopfte an das rostige Fliegengitter der Bungalowtür. Ihrer Mutter hatte sie gesagt, sie würde in einer Stunde zurück sein, und sie war so schnell gesaust wie der Mittagswind. Der Himmel über der Wüste von Nevada glühte, aber im Haus würde es angenehm dunkel und klimatisiert sein.

Die Männer im Keller hatten zwölf Stunden durchgespielt, und es war allen egal, dass es dort unten keine Fenster gab. Der Ort hatte auch keinen berühmten Vegas-Namen, aber das schien sie ebenfalls nicht zu stören, das Spiel war genauso echt und das Geld genauso hart.

Für 500 Dollar Startgeld kaufte man sich einen Platz im Keller von Joey Cavizzi, der Rest blieb den Spielern überlassen.

Ein leises Klopfen, und ein untersetzter Mann schob die Tür auf. Das Mädchen trat ein.

»Hallo, Schatz«, sagte einer der Spieler.

»Hallo, Dad«, antwortete Alice.

Sie ging um den Tisch herum und kletterte auf einen hohen Hocker an einer Bar in der Ecke; der Raum war eine Kombination aus Aschenbecher und Affenkäfig. Joeys Neffe sorgte für die Getränke.

»Wie immer?«, fragte er sie.

Sie nickte. Aus einem kleinen Kühlschrank holte er ein Ginger-Ale, schaufelte ein paar Eiswürfel aus einem Eimer in ein Becherglas, schenkte mit einer schwungvollen Bewegung ein und wickelte eine zusammengefaltete Serviette um das Glas.

Er reichte es ihr und schob ihr eine frische Schale mit Salzbrezeln hin.
»Schatz«, sagte ihr Vater. »Vor zehn Minuten hat Richard hier einen Straight Flush in die Hand bekommen – wie groß ist die Wahrscheinlichkeit, dass das passiert?« Seine Augen funkelten.
»Zweiundsiebzigtausendeinhundertzweiundneunzig zu eins«, antwortete Alice ohne zu zögern.
Alle Männer lachten. Alice Madison war bei zahllosen dieser Spiele dabei gewesen, und die Spieler hatten nichts dagegen, es machte ihnen sogar Spaß, denn Alice war ihr Maskottchen: die Zehnjährige, die die Freuden und Mysterien ihrer Religion verstand.
Sie saß ganz ruhig da, aber ihre Augen verfolgten die Karten und die Hände der Männer. Ihr Vater beobachtete sie, und sie beobachtete Richard O'Malley, der links von ihm saß. Pfarrer O'Malley, wie es korrekt heißen musste, an Wochentagen um siebzehn Uhr und sonntags zweimal. Alice wusste, er hatte genug auf der Hand, um anzugreifen, und er war bereit, seinen Zug zu machen. Ihr Vater lächelte.

Mittwochmorgen. Madison kam um 7:45 Uhr ins Revier, eine Viertelstunde vor Beginn ihrer Schicht. Ein paar Reporter erspähten sie von der gegenüberliegenden Seite des Parkplatzes aus, schafften es aber nicht, sie auf der Treppe einzuholen.
Der Wecker hatte sie aus einem tiefen Schlaf gerissen. Sie hatte das Gefühl, selbst in ihren Träumen pausenlos herumgerannt zu sein, um irgendetwas zu erledigen.
Als sie nach oben ging, kamen ihr ein paar Detectives von der Sitte entgegen und wechselten einen Blick. Die Frau wandte sich Madison zu und sagte: »Sicherheitsgurt anlegen!« Das konnte nur eines bedeuten: Das OPR war in der Abteilung, das Office of Personal Responsibility, zuständig

für Korruptionsbekämpfung, ehemals das Büro für Interne Angelegenheiten. Die Namensänderung hatte das Ganze nicht besser gemacht. Madison verdrehte die Augen.
Ein Mann und eine Frau saßen bei Lieutenant Fynn im Büro. Die Tür war geschlossen, die Lamellen der Jalousie immerhin so weit geöffnet, dass Madison feststellen konnte, sie war den beiden noch nicht begegnet.
Brown stand mit einer Zeitung in der Hand an seinem Schreibtisch. »Sie haben auf der Herfahrt nicht Radio gehört.«
»Nein. Wieso?«
Sie hatte kurz eingeschaltet, dann war ihr das Geplapper aber sofort auf die Nerven gegangen.
»Lesen Sie. Ein reizendes Beispiel für investigativen Journalismus.« Er reichte ihr den *Washington Star.*
Blueridge-Mörder schlachtete Familie aus Rache ab. Von da an ging es nur noch bergab. Madison setzte sich auf den Rand ihres Schreibtischs und las weiter. Ihr Blick fiel auf den Namen des Reporters, Fred Tully.
Der Artikel brachte so viele Einzelheiten über die Todesarten, dass jeder Spinner, der ein paar Jahre lang die Schule besucht hatte, sich daraus ein Geständnis basteln konnte. Spuren, Dokumente und Motive wurden erwähnt. Und als Krönung stand auch noch John Camerons Name dabei. Tully schrieb über Camerons Beziehung zu der toten Familie und zu Quinn Locke, Associates; er zählte sämtliche Legenden, Gerüchte und Halbwahrheiten auf, die mit Camerons Namen verknüpft waren.
»Scheißkerl«, schimpfte Madison leise.
Brown beäugte finster die Zeitung. »Die haben einen Countdown von dreizehn Tagen gestartet.«
»Wie hat er es herausgefunden?«
»Das werden wir bald wissen.« Brown klang erschöpft.
Es bedeutete, dass jemand geredet hatte. Das war nichts völlig

Neues: Reporter, die gleichzeitig mit der Polizei am Tatort ankamen. Es passierte, ein kleiner Informationsaustausch für ein bisschen Geld, es war nicht gut, aber es kam vor.
Für Madison war es unvorstellbar, dass jemand mit dem Anblick von toten Kindern leichtes Geld verdienen wollte. So einfach war das. Sie las den Artikel noch einmal und merkte dann, dass sie aufgestanden war. Ihr erster Impuls war es, ins Auto zu steigen und den miesen Wurm zu suchen.
»Später«, sagte Brown und holte sie aus diesem Gedankengang zurück.
Die Tür von Lieutenant Fynns Büro ging auf, und er winkte sie herein. Sie wurden vorgestellt. Die Detectives Julianne Casey und Bobby Carr vom OPR sollten untersuchen, wie es bei dem Fall eine so gewaltige undichte Stelle hatte geben können. Sie gaben einander nicht die Hand.
Casey und Carr waren beide Anfang vierzig, und Madison mutmaßte, dass sich beide schon länger nicht mehr die Schuhe an einem Tatort schmutzig gemacht hatten. Andererseits wirkten sie intelligent und hatten ihnen beide fest in die Augen geschaut.
»Tully ist ein Schmierfink«, fing Casey an. »Und um ehrlich zu sein, ich bin überrascht, dass er Blueridge überhaupt buchstabieren kann. Aber es geht darum, dass wir eine solche Peinlichkeit nicht brauchen. So etwas schadet dem Fall, es schadet der Abteilung.«
Gute Arbeit, dachte Madison. *Sie versucht es mit dem ›Wir sind alle ein Team‹-Ansatz.*
»Wir werden so bald wie möglich sämtliche Detectives befragen, die damit zu tun haben«, sagte Carr, der nicht im mindesten das Gefühl zu haben schien, sie wären alle ein Team. Seine Augen waren trüb und seine Krawatte zu knallig.
»Ich möchte eines absolut klarstellen«, sagte Lieutenant Fynn. »Wenn Sie eine undichte Stelle finden, dann nicht in diesem Raum. Sollte diese Situation wirklich mitten in einer

Ermittlung wegen mehrfachen Mordes behandelt werden müssen, möchte ich nicht, dass die Zeit meiner Mitarbeiter verschwendet wird. Falls Sie anfangen wollen, mit meinen Detectives zu reden, tun Sie es jetzt. Wir haben alle unsere Arbeit zu erledigen. Ich rate Ihnen nur, suchen Sie woanders.«

Casey und Carr wandten sich an Brown und Madison.

»Ist es in Ordnung, wenn wir mit Ihnen beiden anfangen?«, sagte Casey unbeeindruckt.

Madison ließ sich Wasser aus dem Wasserspender in einen Becher laufen, die Befragung war wie erwartet ergebnislos verlaufen. Sie konnte nicht klar denken, wenn sie verärgert und frustriert war. Sie musste einen Zahn zulegen und stellte den *Star* eine Weile hintan.

Kapitel 20

Nathan Quinn stand am Fenster in seinem Büro, blickte hinaus und sah nichts. Er hatte den Großteil der Nacht mit Todd Hollis verbracht und besprach gerade die Anzeige für die ausgesetzte Belohnung mit der *Times* und dem *Post-Intelligencer.* Er hatte die Kanzlei als Letzter in den frühen Morgenstunden verlassen und war als Erster wieder da gewesen. Das Fenster war frühmorgens noch genauso dunkel wie abends gewesen.

Als die Detectives gekommen waren, um ihm die Neuigkeiten zu unterbreiten, wusste er, was passieren würde. Er wusste, der bittere Geschmack in seinem Mund war Adrenalin, daran erinnerte er sich von damals, als sie ihn angerufen und ihm von David erzählt hatten. Sein Vater hatte ihn am Flughafen abgeholt und ihm alles erklärt. Das war viele Jahre her, doch dieser Geschmack war das Erste, was sich wieder einstellte. Er wurde ihn jetzt nicht los und hatte das deutliche Gefühl, es würde ihm nie mehr gelingen.

Er dachte ständig an seinen Vater, der seit Jahren tot war und der David als Baby mit seinem schweren schottischen Akzent immer vorgesungen hatte: *»Now the summer's in its prime with the flowers sweetly bloomin'«*. Das Lieblingslied seines Vaters, Quinn hatte so lange nicht mehr an diese Zeilen gedacht, und nun waren sie da, besetzten seinen Kopf, wo er doch nichts als selige Ruhe wollte.

Carl Doyle klopfte an und brachte die Post.

»Nathan«, sagte er. »Das hier solltest du dir unbedingt ansehen.«

Doyle legte Quinn den Stapel Briefe auf seinen Schreibtisch und reichte ihm den *Star*.

»Danke, Carl.«

»In fünf Minuten hast du einen Termin mit Victor wegen Redmond gegen Woodleigh. Und Richterin Martin erwartet dich um elf im Gericht.«

»Gib mir zehn Minuten und bring ihn dann herein.«

»Okay.«

Doyle ging. Er musste Quinn von der Befragung durch Madison erzählen, auch wenn es lediglich ihm selbst wichtig war. Er war derjenige gewesen, der die ersten Punkte miteinander verbunden hatte, wo auch immer sie hinführen würden. Doyle setzte sich an seinen Schreibtisch und versuchte sich mit dem Terminkalender zu beschäftigen.

Nathan Quinn las den Artikel im Stehen. Er las ihn zweimal, um sicher zu sein, dass er die Verbindungen, die Tully hergestellt hatte, genau verstand. Die Hintergrundarbeit über die Beziehung zwischen den Männern war skizzenhaft, aber jede Zeitung im Staat würde die Story aufgreifen, und die späteren Ausgaben würden die Entführung am Hoh River und ihre gemeinsame Vergangenheit erneut durchkauen. Quinn war nicht überrascht: achtundvierzig Stunden nach der Entdeckung der Leichen. Genau das hatte er erwartet.

Der Leichen.

Quinn wählte Hollis' Nummer. Hollis nahm nach dem zweiten Klingeln ab.

»Es ist losgegangen«, sagte Quinn.

In dem Stapel Post wartet zwischen Weihnachtskarten und Beileidsschreiben ein beigefarbener Umschlag, der weder frohe Wünsche noch Anteilnahme überbringen wird.

Billy Rain arbeitete in der Werkstatt seines Schwagers an der Eastlake Avenue. Er war ein ganz guter Mechaniker, der et-

was von Autos verstand und mit den meisten Problemen schnell und treffsicher umzugehen wusste.
Er arbeitete gerade am Motor eines Pontiac, als er Tom Cranes Blick im Rücken spürte. Er hielt den Kopf gesenkt, denn er wusste, sein Schwager brachte ihm zu gleichen Teilen Verachtung und Abneigung entgegen, und er warf es ihm nicht einmal vor.
Das Problem mit Billy Rain war, dass es nur eine einzige Sache gab, die er richtig gut konnte: Billy war der, zu dem man ging, wenn man etwas aufkriegen wollte, eine Stahltür, eine Mehrfachverriegelung, einen Banktresor. Billy hatte eine Begabung dafür. Manche Menschen entdecken früh in ihrem Leben ein Talent für ein Musikinstrument oder womöglich Mathematik. Billy Rain wusste, dass er überall hineinkam. Ältere Jungs waren bald auf ihn aufmerksam geworden und hatten ihn nie mehr richtig losgelassen.
Billy richtete sich auf und sah Tom mit einem anderen Mechaniker reden und immer wieder zu ihm hinüberschauen. Bisher hatte ihm hier in der Werkstatt noch nie jemand richtig Schwierigkeiten gemacht: Er war eins dreiundneunzig groß, und alle wussten, dass er sein ganzes Leben lang im Gefängnis ein und aus gegangen war. Der Nimbus des harten Ex-Häftlings kam ihm gerade recht.
Billy Rain war nie in eine Schlägerei verwickelt gewesen und hatte nie Streit gesucht: Im Gefängnis hatte man ihn in Ruhe gelassen, denn die Leute, die seine Fähigkeiten draußen noch würden brauchen können, hatten ihn beschützt. Seine Hände, jetzt voller Öl und Schmiere, waren ein wertvolles Gut. Er wischte sie an seinem blauen Overall ab.
Tom Crane hatte seiner Schwester gesagt, ihr Knacki-Ehemann dürfe bei ihm arbeiten, wenn er auf Bewährung herauskam. Ein einmaliges Entgegenkommen, dachte Billy, das Tom Crane gestattete, jeden Tag auf jemanden herabzublicken, der noch elender dran war als er selbst. Billy war das

egal. Er hatte eine Frau, die etwas Besseres verdiente, einen fünfzehnjährigen Sohn, der ihn verabscheute, und eine neunjährige Tochter, die ihn anhimmelte.

Er hatte keine Ahnung, was er mit sich anfangen sollte. Schon bald würde der Tag kommen, an dem Tom einen Grund fand, ihn hinauszuwerfen, und das einzige Leben, in dem Billy sich je wohl gefühlt hatte, würde ihn wieder zurückfordern.

»Ich mach mal Pause«, sagte er.

Er schenkte sich eine Tasse Kaffee aus der Kanne in Toms Büro ein und nahm sie mit hinaus in den Hof. Es war kalt, und der Himmel war grau wie Blech, aber neben dem Maschendrahtzaun stand eine kleine Bank, abseits vom Radio und dem unaufhörlichen Geschwätz. Er stellte die Tasse vorsichtig auf die Latte neben sich und warf einen Blick in die Zeitung, die er sich an diesem Morgen geholt hatte. Es war der *Washington Star.* Er begann, Tullys Artikel zu lesen.

Billy war nie ein Gewaltverbrecher gewesen, er war eigentlich nicht einmal ein Dieb, er sorgte nur immer dafür, dass die anderen irgendwo hineinkamen. Was da in Blueridge passiert war, war unerhört; einer der Jungen war genauso alt wie seine Tochter.

Billy Rain las die Beschreibung der Morde, und dann blendeten sich langsam nach und nach das Hämmern und das Radio aus, und eine bedrückende, klamme Stille erfasste ihn von innen. Auf seine schäbige Art war Fred Tully genauso offenherzig gewesen wie das Bild, das er bekommen hatte.

Irgendwie schaffte es Billy Rain in die Toilette links vom Hof und schloss sich ein. Es war eine kleine Kabine mit einem Spiegel und einer kleinen grauen Seife auf dem Waschbecken. Sein Gesicht im Spiegel war weiß wie die Fliesen an der Wand. Er musste trocken würgen und erbrach sich in die Toilette.

Vor ungefähr drei Jahren, er saß gerade im Knast, es war an

einem Morgen, so kalt wie dieser. Er übergab sich noch einmal. Billy Rain machte in der Gefängniswäscherei gerade Schluss, während des Schichtwechsels war sonst niemand da. Er bog um eine Ecke und sah plötzlich, dass zwei Männer lautlos miteinander rangen. Er wich zurück, so dass ihn niemand bemerkte, und wollte warten, bis die beiden den Kampf beendet hatten und gingen. Dann hörte man ein feuchtes, ersticktes Luftschnappen und wie jemand sich mit Tritten befreien wollte. Billy lehnte mit dem Rücken an einem hohen Rollwagen und war wie erstarrt.

Dann eine Minute leises Rascheln, dann die Schritte eines einzelnen Mannes, die sich entfernten. Der andere lag ausgestreckt auf dem Betonboden, die Hände vorne gefesselt. Billy erkannte einen jungen Brandstifter namens George Pathune, man hatte ihm mit einem Streifen dunklem Gefängnisdrillich die Augen verbunden. Er war tot. Das Zeichen auf seiner Stirn, es sah aus wie ein Kreuz, war mit Blut aufgemalt worden.

Billy Rain betrachtete ihn nur ein paar Sekunden und verschwand blitzartig. Er erzählte niemandem davon, und als die Leiche gefunden wurde, sprach er mit keinem der anderen Häftlinge darüber. Er hielt den Blick gesenkt und wartete auf seine Bewährungsanhörung.

In der Werkstatttoilette seift sich Billy die Hände ein, reibt sich damit das Gesicht ab und bespritzt es mit Wasser. Die Arbeit am Pontiac und der restliche Tag sind kaum mehr als ein verschwommener Fleck.

Kurz vor elf Uhr verließ Nathan Quinn sein Büro und fuhr mit dem Aufzug in die Tiefgarage des Stern Tower. Er stieg in den Jeep und ließ den Motor an, um die kurze Strecke zum Gericht Ecke 6th Avenue und Spring Street zu fahren. Er war nicht nervös, er hatte keine Angst. Sarah Klein, eine

Staatsanwältin, die ein schwaches Argument aus größerer Entfernung erspähte als ein Gepard ein lahmendes Tier, konnte seine wahren Sorgen nicht ergründen, nicht in tausend Jahren.
Der Himmel hing tief und weiß über der Stadt, schwere Wolken, aus denen es bald schneien würde. Nathan Quinn blinzelte, als das Auto das Gebäude verließ und ins Licht fuhr. Unter der Frostdecke würde der Boden hart sein, dachte er, die Totengräber würden früh anfangen und spät Schluss machen müssen.

»Ich hatte eine gute Woche, Miss Klein. Und wir alle wissen, wie selten das vorkommt. Aber dann landete Ihre Anfrage bei mir in der Post.«
Nathan Quinn und Sarah Klein saßen Honorable Claire Martin schweigend gegenüber. Sie hatten beide genügend Stunden in ihrem Gerichtssaal verbracht, um zu wissen, dass sie sie besser nicht unterbrachen. Sie warteten, während die Richterin sich die Robe auszog und sie an die Garderobe hängte. Ihre langen graumelierten Haare trug sie wie immer zu einem Knoten gebunden, und ihre Bifokalbrille saß ihr auf der Nasenspitze.
In über zwei Jahrzehnten auf dem Richterstuhl hatte Honorable Claire Martin manch einen unvorbereiteten Anwalt überrascht: Niemand konnte je irgendwelche Vermutungen darüber anstellen, wie sie urteilen würde. Aber ihre Urteile waren unumstößlich, und es hatte nie eine Revision durch ein höheres Gericht gegeben.
»Anwaltsgeheimnis«, sagte sie, als sie sich setzte. »Na gut, Miss Klein, dann tun Sie doch bitte so, als würde ich in einem Schneckenhaus wohnen und hätte weder Zeitung gelesen noch Nachrichten gesehen. Geben Sie mir die Einzelheiten. Fassen Sie sich kurz.«
Sarah Klein war diese Eröffnung im Geiste immer wieder

durchgegangen. Vier Morde, die Art und Weise, wie das Verbrechen geplant und ausgeführt wurde, das geringe Alter der Kinder, diese Faktoren würden für die Richterin schwer wiegen, wenn irgendwann das Urteil gefällt werden musste.

Sie fasste sich wirklich kurz, und es gelang ihr trotzdem, kein Detail auszulassen. Richterin Martin hörte zu und machte sich Notizen.

»Derzeit tun das Seattle Police Department und die Staatsanwaltschaft alles, was sie können, um Mr. Cameron ausfindig zu machen, gegen den ein nicht vollstreckter Haftbefehl ausgestellt wurde. Während Mr. Quinn hier von Anfang an mit ihm in Kontakt stand und genau weiß, wie und wo er seinen Mandanten erreichen kann.«

»Frau Vorsitzende ...« Quinn begann zu sprechen, aber Richterin Martin hob die linke Hand.

»Noch nicht«, sagte sie. »Was wollen Sie von mir, Sarah?«

»Das Anwaltsgeheimnis schützt die Kommunikation zwischen Anwalt und Klient, aber nicht die Tatsache, dass sie stattfand, oder die Art und Weise, wie, beziehungsweise den Ort, wo sie stattfand. Und nicht, wenn die Interessen der Justiz den Sinn und Zweck des Anwaltsgeheimnisses überwiegen.«

»Sie haben zehn Minuten gebraucht, um auf die *Interessen der Justiz* zu sprechen zu kommen«, sagte Quinn freundlich.

»Ich glaube, den Interessen der Allgemeinheit wäre am besten gedient, wenn man von Mr. Quinn verlangen würde, den Aufenthaltsort seines Mandanten sowie die Mittel preiszugeben, die er benutzt, um mit ihm in Kontakt zu treten. Frau Vorsitzende, Mr. Quinn kann von mir aus ein Telefon zur Hand nehmen oder eine Flaschenpost schicken, mir ist das egal, aber wenn er den Mörder von mindestens vier Menschen schützt, dann fällt das nicht unter das Anwaltsgeheimnis.«

Richterin Martin wandte sich an Nathan Quinn. »Nathan ...«

Nun war er an der Reihe, sich zu äußern. Er blickte von einer zur anderen, seine Augen waren harter, schwarzer Stein. »Niemand in diesem Raum will den Mann, der die Morde begangen hat, dringender fassen als ich, das können Sie mir glauben. Der Haftbefehl basiert lediglich auf Indizienbeweisen und dem Augenzeugen, der mitten in der Nacht auf einer dunklen Straße einen Pick-up gesehen hat, der dem meines Mandanten ›ähnlich‹ ist. Meinen Mandanten hat er weder am Tatort noch irgendwo in der Nähe gesehen.«
»Ich habe den Haftbefehl selbst unterschrieben, ich weiß, was darin steht«, sagte die Richterin.
»Lassen wir das Wunschdenken der Staatsanwältin einen Augenblick beiseite. Nichts an dem Fall stellt die Prinzipien des Anwaltsgeheimnisses in Zweifel: Jede Frage von Miss Klein ist ungebührlich, und jede Auskunft wäre ein Verstoß gegen das Berufsethos. Bevor der privilegierte Status dieser Kommunikation aufgehoben werden kann, muss die Staatsanwaltschaft nachweisen, dass dadurch eine beabsichtigte oder vorliegende Straftat begünstigt wurde und dass ich, als Anwalt meines Mandanten, daran beteiligt war.«
»Kommen Sie, Nathan, das geht doch an der Sache vorbei«, sagte Klein.
»Genau darum geht es.«
»Das Anwaltsgeheimnis gilt nicht für Fakten, die nicht Teil der Kommunikation sind. Sie wissen, wo Cameron ist, weil Sie eine persönliche Beziehung zueinander haben. Aus diesem Grund haben Sie sich Ihrer Pflichten als Sinclairs Testamentsvollstrecker entbunden.«
»Ist das wahr?«, fragte Richterin Martin.
»Ja.«
Honorable Claire Martin lehnte sich in ihrem Sessel zurück und nahm die Brille ab. Quinn gefiel die Richtung nicht, die das Gespräch nahm, kein bisschen. In dieser Sekunde begriff er, dass es doch eine Tür gab, die ein ganz klein wenig offen

stand, und er hoffte zu Gott, dass Sarah Klein den Spalt nicht sehen würde. Er musste sie ablenken.

»Sarah, ich bin sowohl Rechtsbeistand meines Mandanten als auch ein vom Gericht ernannter Anwalt, mit allen Verpflichtungen, die das beinhaltet. Ich könnte nicht hier sitzen und für Vertraulichkeit argumentieren, wenn ich es wüsste oder Beweise dafür hätte, dass mein Mandant die Morde begangen hat.«

»Ich fasse es nicht. Machen Sie hier einen auf Priester im Tempel der Gerechtigkeit?«

»Sie beide«, unterbrach Richterin Martin. »Denken Sie daran, wo Sie sind, und achten Sie auf Ihren Tonfall.«

»Frau Vorsitzende, es ist durchaus amüsant, dass Mr. Quinn erwähnte, er sei ein vom Gericht bestellter Anwalt, während doch seine Weigerung, etwas preiszugeben, eindeutig eine Behinderung des Gerichts bei seinen Bemühungen darstellt, seinen Mandanten einzubestellen und zu verhören. Mehr wollen wir ja gar nicht.«

»Ich würde sagen, das ist ein ganz schönes Durcheinander, Miss Klein«, sagte die Richterin und wandte sich an Quinn. »Sind Sie vertraut mit dem Fall Heidebrink vs. Moriwaki?«

»Vorsatz des Mandanten?«

»Genau. Der entscheidende Punkt beim Anwaltsgeheimnis ist die Absicht des Mandanten zum Zeitpunkt der Kommunikation.«

Quinn fuhr fort: »Wenn der Mandant der Meinung ist, er sucht eine professionelle juristische Beratung, und der Anwalt wird in seiner juristischen Funktion zu Rate gezogen, dann ist die Kommunikation geschützt.«

»Miss Klein, die Absicht des Mandanten wird hier nicht bezweifelt. Was haben Sie noch?«

Quinn wusste, was sie sagen würde, bevor sie sprach.

»Was ist mit der Absicht des Anwalts?«, sagte sie. Sie hatte den Türspalt gesehen und war hindurchmarschiert.

»Fahren Sie fort«, sagte die Richterin.
»Als Mr. Quinn von den Detectives Brown und Madison befragt wurde, hieß es, er habe Mr. Cameron *persönlich* von den Morden unterrichtet, weil er nicht wollte, dass er es aus den Nachrichten erfährt. Ich will damit sagen, dass Mr. Quinns Absicht zu diesem Zeitpunkt nicht die Rechtsberatung war, sondern er wollte einem Freund ersparen, es im Fernsehen zu sehen. Und das wiederum unterliegt nicht der anwaltlichen Schweigepflicht.«
Richterin Martin dachte darüber nach.
»Haben Sie den ersten Kontakt aufgenommen?«, fragte sie Quinn.
»Das fällt meiner Meinung nach unter das Anwaltsgeheimnis«, antwortete er.
Es wurde lange geschwiegen. Richterin Martin blickte die beiden Anwälte auf der anderen Seite ihres Schreibtischs an, dann langte sie nach ihrem Füller und unterschrieb das oberste Blatt der Zwangsvorladung.

Kapitel 21

Morgen Vormittag, Elf Uhr. Gott segne Honorable Claire Martin.« Kleins Stimme drang knisternd aus dem Mobiltelefon.

Madison lächelte, gute Nachrichten konnten sie alle brauchen. Die Leute vom OPR hatten den ganzen Vormittag über schwer gearbeitet. Sie hatten jetzt alle Mitarbeiter durch und sich Lieutenant Fynn für den Schluss aufgehoben. Als sie gingen, herrschte im Mannschaftsraum bald wieder der normale Lärmpegel.

Die Ermittlung lief nun den dritten Tag. Es gab viele Neugierige: Selbst Detectives, die gar keinen Grund für einen Besuch hatten, waren einfach so vorbeigekommen. Madison war froh, dass sie sich abseits des Trubels eingerichtet hatten. An der Wand hingen Fotos vom Tatort, daneben Aufnahmen von den Sinclairs, die sie aus Zeitungsartikeln ausgeschnitten hatten. Die Bilder von den Opfern waren in Farbe, mit Nahaufnahmen der Eintritts- und Austrittswunden, die Zeitungsfotos schwarzweiß.

Die Kriminaltechniker hatten sorgfältig den oberen Rand des Türrahmens entfernt, um ihn im Labor zu analysieren. Madison hatte die Tür noch vollständig am Tatort fotografiert.

Listen mit vom Tatort entfernten Gegenständen waren seitenweise übereinandergepinnt und kämpften mit Grundrissen vom Haus und einer Aufstellung, welche Detectives welche Nachbarn befragt hatten, um Platz.

Über ihren Schreibtisch hatte Madison das Geburtstagsfoto

gehängt, das sie bei den Sinclairs gefunden hatte. Daneben war eine vergrößerte Kopie von Camerons Fingerabdrücken. Eine aktuelle Aufnahme wäre schön gewesen, aber die Wirbel und Bogen in Schwarz auf Weiß versicherten ihr wenigstens, dass sie nach einem echten Menschen suchten. Aus Fleisch und Blut und sterblich.

Auch Madisons Tisch war voller Papiere. In den diversen Schichten gab es eine Art Ordnung: Die erste bestand aus ihren Notizen aus der Bibliothek über die Entführung vom Hoh River, dann kamen die Akte Nostromo und die entsprechenden Zeitungsausschnitte, und ganz oben schließlich die Bankauszüge von James und Annie Sinclair.

»Hier.« Madison nahm den Auszug von Seattle First Savings & Loans. »James Sinclair hat dieses Konto vor sechs Monaten eröffnet. Für das andere sind sowohl er als auch seine Frau zeichnungsberechtigt. Aber dieses hier läuft nur auf seinen Namen.«

Sie überflog das Blatt, viel zu lesen gab es nicht.

»Bei der Eröffnung hat er 500 Dollar eingezahlt. Dann kamen vier Monate lang jeden Monat 25 000 Dollar. Einen Tag nach der Überweisung war es wieder weg. In bar abgehoben. Derselbe Betrag wie auf dem gefälschten Scheck.«

»Dann haben wir offenbar gefunden, wohin das Geld verschwunden ist, wenn auch nicht, warum«, sagte Brown.

»Er hat das Geld in bar abgehoben. Das sind insgesamt 100 000 Dollar!«

Brown lehnte sich zurück, nahm seine Brille ab und putzte sie mit seinem weißen Taschentuch.

»Wie hoch ist die Belohnung, die Quinn ausgesetzt hat?«

Madison wusste, dass er nicht zu fragen brauchte, er war kein Mensch, der Details vergaß.

»100 000 Dollar.«

Sie hatten beide dasselbe gedacht: Am Ende gleicht sich alles aus.

Die Belohnung, die Quinn ausgesetzt hatte, war zuallererst einmal lästig. Darüber waren sich alle einig, die Nachricht wurde im Mannschaftsraum von einem allgemeinen Stöhnen begrüßt. Eine brauchbare Information über Cameron würde niemals dabei herauskommen, nur ein Haufen Durchgeknallter mit zu viel Zeit würden sich melden. Es war der Versuch eines Anwalts, die Dinge zu verwirren, nicht mehr und nicht weniger.

Brown widmete sich wieder einer Liste von Camerons bekannten Partnern. Es war eine sehr kurze Liste. Cameron hatte eigentlich keine Partner. Die Liste enthielt alle Namen, die im Lauf der Jahre in Verbindung mit den Fällen erwähnt worden waren, derentwegen Cameron *nicht* angeklagt wurde.

»Harry Cueron«, begann Brown.

Madison blickte auf. »Ein kleines Licht. Waffenhändler auf unterer Ebene?«

»Ja.«

»Das ATF hat ihn letztes Jahr erwischt, er sitzt.«

»Bobby Hooper, Drogen und Prostitution.«

»Ist nach Miami gezogen.«

Brown strich die Namen durch.

»John Keane«, versuchte es Madison. »Ein echter Verlierer, sein Bruder starb auf der Nostromo.«

»Wurde vor drei Monaten im Gefängnis umgebracht.«

»Eddy Cheung. Mittlere Ebene, Hafen und Vertrieb.«

»Vielleicht, aber nicht wahrscheinlich. Eddy ist eher einer, der den Kopf einzieht.«

Kurzes Schweigen.

»Das funktioniert nicht«, sagte Brown.

Die Sekretärin klopfte und trat ein. »Das hier kam gerade, es ist der Ausdruck.« Sie reichte Brown einen Umschlag, ignorierte betont die Fotos an den Wänden und ging.

In den achtziger Jahren war ein Computerprogramm entwickelt worden, um die Suche nach Kindern zu erleichtern, die

seit längerer Zeit vermisst wurden: Auf Grundlage der neuesten Aufnahme konnte die Software hochrechnen, wie dieses Kind in fünf, zehn, zwanzig Jahren aussehen könnte.
Brown nahm ein 40x50 cm großes Farbbild heraus.
»Da ist er«, sagte er und reichte es Madison.
Die Abteilung hatte gute Arbeit geleistet, sie hatten das Bild von seiner Verhaftung als Teenager genommen und diesen Teenager in einen Mann verwandelt. Selbst wenn dabei etwas verlorengegangen war, überkam Madison ein Frösteln, nicht aus Angst, sondern weil sie ihn sah. Da war er.
»Wir sollten Quinn fragen, ob er gut getroffen ist.«
»Wahrscheinlich fällt das unter das Anwaltsgeheimnis«, meinte Brown.
Lieutenant Fynn steckte den Kopf durch die Tür. »Der Chef ruft mich alle Viertelstunde an. Wie sieht es aus?«
»Ich habe gerade mit Gertz telefoniert«, sagte Brown. »Die Streifen werden das Bild bekommen, außerdem die Staatspolizei, der County, die Hafenbehörde und die Flughafenpolizei. Ich werde sicherstellen, dass es auch die ganzen kleinen Runways mit den Charterflügen zu den Inseln erhalten. Das Bild und die näheren Einzelheiten werden an VICAP und das FBI weitergegeben. Den Wagen werden wir nicht kriegen, den hat er wahrscheinlich irgendwo im Wald abgestellt. Und morgen Vormittag hat Klein Quinn vor einem Richter, keine Minute zu früh.«
»Wir sollten Tickets verkaufen«, sagte Fynn, dann dachte er kurz nach. »Cameron zieht sein Ding dort draußen seit Jahren durch. Jetzt will ich, dass er sichtbar wird. Ich will sein Bild in den Nachrichten. Ich will sein Gesicht auf den Titelblättern. Sie wollen ihn haben, sie sollen ihn bekommen. Er sollte sich keine Schachtel Zigaretten mehr kaufen können, ohne von fünfundzwanzig Leuten erkannt zu werden.«
Kurz war es ganz still. Fynn blickte zwischen den beiden hin und her.

»Ich weiß nicht«, sagte Madison. »Klar, die Öffentlichkeit sollte wachsam sein, und das ist sie auch. Aber wir leben in einem Staat der Wälder und der Berge, und die Bürger haben das Recht, Waffen zu führen. Irgendwann wird so ein Intelligenzbolzen im Supermarkt etwas Hässliches anrichten.«

Fynn wandte sich zu Brown.

»Halten wir es noch zurück«, schlug Brown vor. »Bis wir wissen, was von Quinn kommt.«

»Dann kann er sich weitere 24 Stunden frei bewegen.«

»Nicht ganz. Jede Strafverfolgungsbehörde im Staat sucht nach ihm. Er kann nirgendwo ein Auto mieten oder eine Fahrkarte kaufen. Er kann nur bleiben, wo er ist.«

»Nach Quinn kommt er in die Mittagsnachrichten.« Fynn biss in einen Apfel. »Glück bei unseren Stammkunden?«

»Nein.« Brown schüttelte den Kopf. »Jeder Spitzel in Seattle hat die Stadt über Weihnachten verlassen.«

»Das würde ich auch gerne«, meinte Fynn und ging.

»Wir gehen immer davon aus, dass er noch in Seattle ist«, sagte Madison. »Es könnte doch sein, dass er sich davongemacht hat, nachdem er Quinn am Montag getroffen hat.«

»Möglich, aber ich glaube es nicht.«

»Ich auch nicht. Trotzdem wäre es nett zu wissen, wie er die Nachricht aufgenommen hat.«

»Ich kenne da ein Lokal am Alki Beach.« Brown stand auf und schlüpfte in sein Jackett. »Gehen wir Mittag essen.«

Wenn du vor einer Wand stehst, tritt ein paarmal fest dagegen, nur um zu sehen, ob sich ein Stein daraus löst. Madison war von diesem Spruch sehr überzeugt.

Alki Beach. Das Restaurant *The Rock* war auf einen Steg aus Holz und Glas gebaut, es schwebte über dem Wasser, als würde es versuchen, dem Strand zu entfliehen. Die langen Fenster glänzten im Dezembergrau und fingen die Wolken am Himmel und jedes bisschen Licht ein, das sie durchließen.

Madison stieg aus dem Auto aus, freute sich über das Salz in der Luft und wie es sich in der Lunge anfühlte. Die Fähre nach Bremerton war gerade vorbeigefahren; Möwen folgten ihr, eine dünne weiße Linie in dem ruhigen Wasser, und am Ende, auf der anderen Seite von Elliott Bay, die Skyline des Zentrums von Seattle.

Madison wusste nicht, ob John Cameron das Restaurant jemals besucht hatte, aber zwei Dinge gelten für jede Küche: Es wird gekocht, und es wird gequatscht. Wer was mit wem gemacht und was wer wann gesagt hatte. Falls Cameron dort gewesen war, musste es Gerede gegeben haben. Und vielleicht war auch jemandem aufgefallen, was für ein Auto er fuhr. Madison hoffte, die Leute hier würden James Sinclair und seiner Familie gegenüber eine gewisse Loyalität empfinden. Sie hoffte, sie würden sich an seine Kinder erinnern.

Der Geschäftsführer kam ihnen entgegen und führte sie in sein Büro. Jacques Silano, ein Frankokanadier Mitte dreißig, eins fünfundsiebzig groß, untersetzt, mit dunklen, südländischen Locken. Er sprach mit leichtem Akzent und war makellos gekleidet, in Nadelstreifenanzug und weinrote Krawatte. Das Büro, klein und vollgestopft mit Ordnern, Rechnungen und drei unterschiedlichen Kalendern an der Wand – Lieferungen, Urlaubstage der Mitarbeiter und Reservierungen –, war ebenso ordentlich und peinlich sauber. Sie setzten sich.

»Was kann ich für Sie tun?«, fragte er.

Madison hatte das Gefühl, sie würden von ihm nicht viel Smalltalk serviert bekommen. Kein »Ich kann es immer noch nicht fassen« und »Es ist so schrecklich«, wie sie es von anderen Bekannten gehört hatten. Jacques Silano war durch und durch sachlich.

Genau wie Brown. »John Cameron ist einer der Inhaber des *Rock*. Wir würden gerne wissen, wie viel Sie mit ihm zu tun hatten, seit Sie hier arbeiten. Beginnend mit Ihrer letzten Begegnung.«

Sie brauchten nur zwei Minuten, um zum Punkt zu kommen.

»Am letzten Freitag des Monats«, sagte er. »Quinn, Sinclair und Cameron. Sie kommen spät, wenn die Küche schon zu hat. Nach hinten gibt es ein Privatzimmer. Das Personal ist dann immer schon weg.« Silano lächelte kurz. »Pokernacht.«

»Fahren Sie fort«, sagte Brown.

»Sie haben schon gespielt, bevor ich hierherkam. Ich wurde vor vielleicht drei Jahren eingeladen mitzuspielen. Wir fingen spät an und spielten, bis die Sonne aufging. Dann fuhr ich nach Hause, aber sie sind oft noch geblieben und haben zusammen gefrühstückt.«

»Und Cameron war dabei?«

Silano nickte.

»Jedes Mal?«

Er nickte erneut.

»Was können Sie uns über John Cameron erzählen?«

»Ich weiß nicht«, sagte er. »Als ich ihm das erste Mal begegnet bin, war ich seit einer Woche hier. Er hat mit Sinclair und Quinn zu Abend gegessen. Wir wurden vorgestellt, ich wusste nicht, wer er war. Monate später hörte ich, wie sich zwei Köche über ihn unterhielten. Nur Gerüchte darüber, was er angeblich getan haben soll. Ich habe klargestellt, dass ich solches Gerede in der Küche nicht dulde, und der Chefkoch hat mich unterstützt. Donny arbeitet hier schon länger als ich. Donny O'Keefe. Quinn und Sinclair kommen alle paar Wochen zum Mittag- oder Abendessen, aber Cameron kommt immer spätabends. Nach ein paar Jahren oder so haben sie mich gefragt, ob ich mitspielen will. Donny war schon dabei. Es war eine private Angelegenheit, und ich freute mich über die Einladung.«

»Sind es gute Spiele?«, fragte ihn Brown.

»Oh ja.«

»Worüber reden Sie dabei?«

»Nichts. Alles. Nichts Persönliches.«
»Und Cameron?«
»Genau wie alle anderen auch.«
»Über wie viel Geld sprechen wir hier?«
Silano lächelte. »In einer richtig guten Nacht könnte ich 300 Dollar gewinnen, dasselbe könnte ich verlieren, wenn es schlecht läuft. Hier wird niemand arm oder reich.«
»Hat Sinclair das gerne gemacht? Wissen Sie, ob er noch anderswo um Geld gespielt hat?«
»Glücksspiel? Er hat noch nicht mal geblufft.«
»Wann haben Sie zuletzt gespielt?«, fragte ihn Madison.
»Am letzten Freitag im November.«
Zu dem Zeitpunkt hatte Sinclair Cameron schon monatelang betrogen, dachte sie. »War da irgendetwas anders?«
»Nein.«
»Um wie viel Uhr hat das Spiel in dieser Nacht angefangen?« Madison war sich ziemlich sicher, dass ein Mensch mit einer solchen Ordnung in seinem Arbeitsleben ein ziemlich gutes Gedächtnis für Details hatte.
»Wie üblich nach Mitternacht«, antwortete er.
»Wer war zuerst hier?«
Silano dachte einen Augenblick nach. »Quinn und Cameron haben hier gegessen. James kam ein wenig später.«
»Wie läuft es normalerweise ab?«
»Normalerweise ist es so, dass alle anderen bereits weg sind. Wir richten uns in dem Privatzimmer ein und spielen, bis die Sonne aufgeht. Mehr passiert da nicht.«
»Hat sonst noch jemand mitgespielt?«, fragte Brown.
»Nein.«
»Niemand kam, um kurz hallo zu sagen, sich ein Bier zu holen, oder so?«
»Nein. Es waren immer nur wir fünf.«
»Gab es jemals Streit? Wurde jemand beim Falschspiel erwischt?«

»Aus dieser Gruppe? Sie machen wohl Spaß.« Silano lächelte. »Nein. Da hat niemals jemand falschgespielt. Wir haben Sinclair oft gehänselt, weil man ihm im Gesicht ansah, was er auf der Hand hatte, wie damals, als er ein Full House bekam. Wissen Sie, wie hoch die Chancen dafür stehen?«
»Sechshundertdreiundneunzig zu eins«, sagte Madison automatisch.
»Genau. Und er hat es geschafft, vielleicht zehn Dollar damit rauszuholen. So war Sinclair. Bei Quinn und Cameron weiß man nie. Und Donny? Angeblich hat er einem seiner Kinder das College mit Poker finanziert.«
»Kommen wir wieder auf Cameron zurück. Ich hätte gerne, dass Sie sich ganz genau an das letzte Spiel zurückerinnern«, sagte Brown.
»Es war eine gute Nacht.« Er schloss die Augen. »Quinn hatte sehr teure Zigarren mitgebracht, die wir probieren sollten. Ich habe neunzig Dollar gewonnen.« Er öffnete die Augen wieder.
»Gab es Spannungen zwischen Sinclair und Cameron? Einen Blick, eine Stimmungsänderung?«
»Nein.«
»Worüber haben Sie alle gesprochen?«
»Das Übliche. Alle Spiele vermischen sich irgendwie, wenn Sie verstehen, was ich meine. Ungewöhnlich war gar nichts in dieser Nacht.« Silano lehnte sich zurück. »Ich habe heute Morgen Zeitung gelesen, und ich weiß, was Sie mich fragen, aber nein, es war nichts komisch, und es gab nie irgendeinen Streit. Niemals. Über gar nichts.«
Als sie fertig waren, stand Brown auf. »Wir hätten gerne eine vollständige Liste Ihrer Mitarbeiter in den letzten zwölf Monaten, mit Adresse und Telefonnummer, wenn Sie das haben.«
»Ich habe eine hier.« Er zog ein paar maschinengeschriebene Blätter aus einem Ordner.

»Wir werden jetzt dem Personal ein paar Fragen stellen.«

Er nickte. Viel mehr gab es nicht zu sagen.

»Haben Sie je gesehen, was für ein Auto er fährt?«, fragte Madison, als sie aufstand. Sie wusste, wie die Antwort lauten würde.

»Einen schwarzen Ford Pick-up«, sagte Silano ohne Zögern.

»Natürlich«, sagte sie.

Brown legte die Hand auf den Türgriff. »Warum haben Sie beschlossen, uns von dem Spiel zu erzählen?«

»Eines Nachts, es ist Monate her, waren wir in der Küche und haben das Essen vorbereitet. Hinter mir hörte ich ein Scheppern, als wäre etwas heruntergefallen, und Donny fing an zu fluchen. Ich drehte mich um. Überall war Blut. Ein Messer war heruntergefallen, ich weiß nicht wie, und aus Camerons Hand spritzte stoßweise das Blut über den Boden. Sinclair und Quinn kamen herein und wickelten Handtücher darum. Cameron sah sich alles nur an, er öffnete sogar die Hand, um es sehen zu können. Alle versuchten zu helfen, rutschten auf dem nassen Boden aus. Er wollte die Wunde nicht nähen lassen, er hat die Hand einfach fest verbunden, und das war es.« Silano machte eine kurze Pause. »Bei all dem Geschrei und Gebrüll hat Cameron selbst keinen einzigen Ton von sich gegeben.«

Silano schüttelte den Kopf. »Ich weiß nicht«, sagte er schließlich.

Donny O'Keefe rauchte gerade eine Zigarette draußen auf der Veranda. Die Hintertür der Küche führte auf eine kleine Plattform mit einer Treppe zum Strand. Er stützte sich auf das Holzgeländer und hatte ihnen den Rücken zugewandt. Eine steife Brise wehte vom Meer her, und der Himmel wurde schon dunkel. O'Keefe trug nur seine weiße Kochbekleidung: Wenn er fror, so sah man es ihm nicht an.

»Mr. O'Keefe«, sagte Brown.

Er drehte sich um. Ein drahtiger Mann Ende vierzig, die weiß gewordenen Haare kurz geschnitten. Er war unter eins siebzig, aber seine Augen drückten aus, dass er sich immer durchsetzen konnte.
Nachdem sie sich vorgestellt hatten, musterte er Brown und Madison einen Augenblick. Er hatte die Ärmel hochgekrempelt, so dass sie die alte Gefängnistätowierung auf seinem rechten Unterarm sahen. Ein Adler, umgeben von Stacheldraht. Er sah ihn an.
»Upstate, vor dreiundzwanzig Jahren. Ich habe sie behalten, um mich daran zu erinnern, dass ich früher einmal jung, süß und dumm wie Brot war.«
Er nahm einen letzten Zug und drückte die Zigarette an einem kleinen Aschenbecher aus, den er auf das Geländer gestellt hatte.
»Was kann ich für Sie tun?«
»Sie wissen, warum wir hier sind«, sagte Brown.
»Ich habe heute Morgen Nachrichten gehört. Ich hatte mir schon gedacht, dass Sie früher oder später kommen würden.«
»Wie lange arbeiten Sie schon im *The Rock?*«
»Zehn Jahre, erst drei als Sous-Chef, dann sieben als Chefkoch.«
»Das sind viele Pokernächte.«
O'Keefe lächelte.
»Eine Menge Gerede am Tisch.«
»Ja.«
»Man sitzt einem Mann nicht zehn Jahre gegenüber, ohne ein bisschen was über ihn zu wissen«, sagte Brown, während er die Hände auf das Geländer legte und den Strand betrachtete. Ein Pärchen ging mit einem kleinen Hund spazieren.
»Manchmal schon. Manchmal kennt man jemanden umso weniger, je öfter man ihn sieht.«
»Was da in der Zeitung stand – glauben Sie, er war es?«, fragte Madison.

»Nein.«
»Sie glauben nicht, dass er es tun könnte.«
»Ich glaube nicht, dass er es tun *würde.*« O'Keefe steckte die Hände in die Taschen seiner Schürze. »Sie haben mich nach ihm gefragt, und ich sage Ihnen, was ich kann. Glauben Sie denn, wir hätten uns bei Chips und Bier getroffen und ihn gefragt, wie er die Typen auf dem Boot erledigt hat?«
»Wir glauben, er hat einen Mann und seine Familie getötet«, sagte Madison. Ihre Stimme hob sich weich von dem Lärm aus der Küche ab, Metall auf Metall. »Einen Mann, der seit sehr langer Zeit einen Platz in Ihrem Leben hat. Sie könnten Dinge wissen, die uns helfen, seinen Mörder zu finden.«
»Glauben Sie denn, ich würde den Scheißkerl, der das getan hat, nicht finden wollen?«
»Sprechen Sie mit uns.«
»Sie verstehen das nicht. Cameron taucht einmal im Monat zum Spiel auf: Das ist alles, was wir über ihn wissen. Was er dazwischen macht? Danach fragt keiner. Wo er wohnt? Danach fragt auch keiner.«
Er holte eine Schachtel Marlboro aus der Brusttasche und schüttelte eine Zigarette aus der Packung, sonst wollte niemand eine.
»Dort drinnen habe ich einen Clam Chowder, der einen erwachsenen Mann zum Weinen bringen würde. Alles, was darüber hinausgeht, davon verstehe ich einfach nichts.«
Brown zeigte ihm ein Archivfoto von Cameron. »Sieht er in etwa so aus?«
»Schon«, meinte er, aber es klang eher nach ›nicht wirklich‹.
Brown deutete Richtung Küche. »Wir werden herumfragen, für den Fall, dass sich jemand an etwas erinnert, das die Reise hierher lohnt.«
»Nur zu. Wollen Sie was essen?« O'Keefe verschränkte die Arme und lehnte sich mit leicht zusammengekniffenen Augen zurück.

»Vielleicht ein andermal«, antwortete Madison. »Ach, übrigens, wofür saßen Sie damals vor dreiundzwanzig Jahren ein?«

»Ich dachte schon, Sie würden nie mehr fragen.« Er zog an der Zigarette, bis die Spitze rot leuchtete. »Autodiebstahl. Der Wagen gehörte einem Polizisten. Sie haben mich innerhalb von drei Stunden gefunden.«

Er schien es amüsant zu finden, als wäre es jemand anderem passiert.

»Kluger Schachzug«, sagte Madison.

»Dumm wie Brot«, erwiderte O'Keefe.

Sie ließen ihn draußen stehen.

Fünf Männer – drei Latinos, zwei Weiße –, ebenfalls in weißer Kochkleidung, arbeiteten in einer langen, schmalen, makellos sauberen Küche. Sie standen an ihren Stationen, hackten, schnitten, putzten und bereiteten sich auf den abendlichen Ansturm und die Weihnachtsreservierungen vor. Als Brown und Madison eintraten, herrschte urplötzlich Schweigen.

Alle wussten, wer sie waren und was sie wollten. Brown und Madison brauchten fünfundvierzig Minuten, um sie nacheinander zu befragen. Brown hakte die Namen auf der Liste, die sie von Silano bekommen hatten, ab. Madison wollte danach schnell weiter und im Revier anrufen: Streifenpolizisten hatten bei Autovermietungen nachgefragt, für den Fall, dass Cameron seinen Pick-up hatte stehen lassen und zur nächsten Hertz-Filiale gegangen war. An seiner Stelle, dachte sie, hätte sie ein sauberes Auto parat gehabt. Eines mit örtlichen Nummernschildern, bar bezahlt und ohne Verbindung zu ihr. Und dafür hätte sie schon Tage vor den Morden gesorgt.

Und der Flughafen: Jemand sollte mit dem Archivfoto zum Flughafen Sea-Tac fahren und mindestens die ersten vierundzwanzig Stunden nach der Tat auf den Überwachungs-

kameras überprüfen. Eine minimale Chance, vorausgesetzt, er hatte sein Aussehen nicht zu sehr verändert.
Madison benutzte den schwarzen Standardpolizeiblock mit dem Gummiband darum. Sie lehnte sich an das Dach ihres Autos und schrieb ein Wort. *Pokernacht.* Sie schloss die Augen, und einen Moment lang saß sie erhöht und betrachtete das Blatt ihres Vaters über seine Schulter. Sie hätte viel über Cameron erfahren können, hätte sie ihn nur ein einziges Mal spielen sehen.
Brown war ein paar Schritte hinter ihr und telefonierte bereits. Es war mitten am Nachmittag, Madison hatte Hunger, und dieser Chowder hatte verdammt gut ausgesehen.
»Das war Kelly«, sagte Brown, nachdem er sein Telefon zugeklappt hatte. »Er ist an einem Tatort oben am Genesee Hill. Er meint, wir sollten vorbeikommen.«
»Was hat er?«
»Männlicher Weißer, Messerschnitt am Hals.«
Madison nickte widerstrebend. Kelly war weit davon entfernt, zu ihren Lieblingen zu gehören, und aus Erfahrung wusste sie, dass er noch weniger hinreißend sein würde, wenn er einen Einsatz leitete.
»Spielen Sie Poker?«, fragte Brown sie aus dem Blauen heraus.
»Ich kannte mal Leute, die gespielt haben.«
Brown trommelte mit den Fingern auf das Autodach. »Gut«, sagte er. »Wir könnten noch schnell ins *Husky's* fahren.«
Husky's Imbiss. Das war mal eine gute Idee.

Die Presse war bereits da. Sie waren der Witterung gefolgt und warteten in Gruppen, die Kameras bereit.
»Die wissen es immer«, murmelte Brown.
Das Haus war groß und stand auf dem teuersten Gebiet von Genesee Hill. Der Vorgarten war eingezäunt, und Madison entdeckte eine kleine Kamera oben auf dem Tor. Der Trans-

porter der Spurensicherung parkte neben einem Krankenwagen vor dem Haupteingang.

Chris Kelly kam in dem Moment heraus, als Brown und Madison aus dem Auto ausstiegen. »Gerade rechtzeitig«, sagte er. »Ich wollte, dass Sie ihn sehen, bevor er bewegt wird.«

Kellys Partner, ein magerer Nörgler namens Tony Rosario, war erst aus dem Krankenstand zurück. Er nickte ihnen zur Begrüßung zu und ging zu seinem Auto. Es war natürlich durchaus möglich, dass Rosario in Wahrheit ein wahnsinnig netter Kerl war, dachte Madison. Aber wenn man täglich zwölf Stunden mit Kelly verbrachte, musste das Spuren hinterlassen.

Kelly ging mit ihnen durch das Wohnzimmer. Die Techniker von der Spurensicherung waren bereits an der Arbeit. Es war ein modernes Haus, ein missratener Versuch in Minimalismus, den Madison verabscheute. Ein wuchtiges schwarzes Wildledersofa und ein kniehoher Glastisch dominierten den Raum, der Rest bestand aus scharfen Kanten und Hartholzböden.

Madison registrierte das Blut an den Wänden als visuelle Störung, noch bevor sie begriff, was sie vor Augen hatte. Sie sah es und wusste es und spürte sofort, wie ihr das Adrenalin in die Adern schoss. Ihr Blick folgte dem wellenförmig verlaufenden roten Sprühregen, ein feiner Nebel bedeckte die Kissen. Niemand, der so viel Blut verlor, konnte überleben.

Der Mann lehnte zusammengesackt mit dem Rücken am Sofa. Man hätte ihn von der Tür aus nicht gesehen, wenn man das Blut nicht bemerkt hätte. Madison erkannte nicht mehr, welche Farbe sein Hemd gehabt hatte, wahrscheinlich hellblau oder weiß. Es war völlig blutdurchtränkt, genau wie seine Jeans. Das Blut hatte sich in den Falten seiner Kleidung gesammelt und auf dem Holzboden um ihn herum Pfützen gebildet. Die Hände lagen seitlich, bereits eingetütet, glitschig rot.

Er war ein mächtiger Mann gewesen: fast zwei Meter groß, entsprechend breit, die Haare schmutzig blond, mit Geheimratsecken, die er versuchte zu verbergen. Er sah durchtrainiert aus, und wenn es einen Kampf gegeben hätte, wäre er ein gefährlicher Gegner gewesen. Doch nun lag er da, mit einer tiefen Schnittwunde unter dem Kinn, die fast von einem Ohr zum anderen führte, der Mund stand offen, als wäre er überrascht.

»Seine Freundin hat ihn gefunden, die Sanitäter mussten ihr etwas geben«, sagte Kelly. »Die Eingangstür hat vier Schlösser, denn unser Mann hier hat viel Wert auf Sicherheit und so gelegt. Als die Freundin mit ihren Schlüsseln aufgesperrt hat, waren alle vier Schlösser unversehrt. Die Fenster auch, die Hintertür hat weitere drei Schlösser, die man öffnen muss, bevor man ins Haus kann. Alle intakt. Nirgendwo ein Anzeichen für ein gewaltsames Eindringen. Und der Knaller ist, im Schlafzimmer steht ein Tresor, in dem man quasi spazieren gehen kann. Sperrangelweit geöffnet. Und genügend Koks drin, um einen Schneemann zu bauen.«

»Ein Dealer«, sagte Brown.

»Eric Sanders.«

Madison kam der Name irgendwie bekannt vor.

Brown ging in die Hocke und schaute sich die Wunde genauer an. »Mr. Sanders. Lange nicht gesehen.«

»Sie kennen ihn?«, fragte Madison.

»Ein paar Jahre hat er keinen Pieps von sich gegeben.« Brown richtete sich auf. »Im Prinzip, seit einer seiner Jungs ohne Augen und Hände im Lake Washington schwamm.«

»Camerons Werk?«

»Sehr wahrscheinlich.«

Madison sah sich um: Abgesehen von den dunklen Blutflecken in aufsteigenden Bogen schien es keine Spuren eines Kampfes zu geben. Auf einem Kaminsims in der Nähe der Tür standen ein paar Vasen, auf zwei kleineren Tischen ne-

ben dem Sofa waren Lampen. Nichts war umgeworfen worden.
»Er hat ihn von vorne erwischt«, sagte Kelly, der auf den Toten hinunterblickte.
»Stimmt.« Brown untersuchte Blutspritzer an der rechten Wand. »Die hier stammen vom Messer, als es weggezogen wurde, nach dem Schnitt.«
Er spürte mit dem Finger einer dünnen, geraden Linie von Tröpfchen nach, deren Form die Richtung anzeigte, aus der sie gekommen waren. Er bewegte den Arm langsam, während er ausrechnete, wo der Mörder gestanden hatte. Die Wunde war sehr tief, und in Anbetracht von Eric Sanders' Größe war es unwahrscheinlich, dass sein Mörder ihn von hinten hatte festhalten und ihm so die Kehle hatte durchschneiden können.
Madison ging in die Hocke. Die Wunde war auf der rechten Seite tiefer und verlief leicht schräg nach links: Er war schnell und unglaublich stark gewesen, ein rascher Schnitt, und Sanders verlor so viel Blut, dass ihm schon nach Sekunden das Bewusstsein schwand.
»Er ist Rechtshänder«, sagte Brown.
»Die Spurensicherung sucht seit Stunden nach Fingerabdrücken.« Kelly wirkte seltsam zufrieden mit sich. »Sie haben nicht die Bohne gefunden. Sanders trug eine Waffe im Knöchelholster, die hat ihm allerdings nichts geholfen, und eine .45 lag auf dem Nachttisch, die hatte er wohl gerade abgenommen. Sie ist immer noch dort, unberührt. Neben dem Koks waren ungefähr 5000 Dollar in bar im Tresor. Hier ging es nicht um Drogen, hier ging es nicht um Geld. Ich glaube, wir haben hier eine Nostromo-ähnliche Situation.«
»Das wissen wir nicht sicher«, sagte Brown. »Was ist mit der Überwachungskamera draußen?«
»Ich habe sie überprüft: Das Band fehlt. In der Spüle stehen ein paar Gläser, sie sind abgewaschen. Das heißt nicht unbe-

dingt, dass Sanders mit unserem Mann etwas getrunken hat, aber wenn, dann hat der Mörder hinter sich sauber gemacht.« Der Glastisch wäre eine perfekte Oberfläche gewesen, um Fingerabdrücke zu bekommen, dort hätten sie vielleicht ihre Gläser abgestellt. Man hatte bereits Pulver aufgetragen, aber nichts gefunden.

Die Gewalt hatte bei Eric Sanders begonnen und aufgehört, nichts anderes an dessen Leben hatte den Mörder interessiert, als es ihm mit einem schnellen, vernichtenden Schlag zu nehmen.

»Was ist mit dem Todeszeitpunkt?«, fragte Madison.

»Wahrscheinlich zwischen vier und sechs Uhr heute Morgen.«

Das war eine der hübschen Besonderheiten ihrer Beziehung. Wenn Madison Kelly eine Frage stellte, gab er die Antwort für gewöhnlich Brown. Eine Sekunde überlegte Madison, ob es die Zeit und die Mühe wert wäre, irgendwann mal mit ihm unter vier Augen zu sprechen und Tacheles zu reden. *Nicht jetzt,* dachte sie, *nicht hier.*

»Können wir?« Hinter ihnen war ein Sanitäter.

»Bitte«, sagte Kelly, und Eric Sanders wurde vorsichtig hochgehoben, in einen Leichensack gesteckt und weggetragen.

Ein paar Sekunden lang waren nur die Kriminaltechniker zu hören, die Spuren suchten und konservierten.

»Wir wissen nicht, ob der Eindringling bereits im Haus war, als Sanders zurückkam. Oder ob der Mann ihm nach drinnen gefolgt ist. Wir wissen nicht, warum, und wir wissen nur ansatzweise, wann«, sagte Brown.

»Was wollen Sie damit sagen?«

Madison begriff plötzlich, dass es Kelly sehr gefallen würde, wenn sich herausstellte, dass Cameron der Täter war.

»Ich würde zu gern wissen, wie er hereinkam«, sagte Kelly.

»Sie sollten sicherstellen, dass auch im Auto des Opfers nach

Fingerabdrücken gesucht wird. Vielleicht war es ja ein Trojanisches Pferd. Dürfen wir uns umsehen?«

Kelly überlegte kurz, er war kein Homer-Leser, aber dennoch vertraut mit dem Bild.

»Nur zu.« Dann ging er Rosario suchen.

Brown warf Madison einen kurzen Blick zu, die versuchte, die Abfolge der Ereignisse anhand des Blutmusters an der Wand zu rekonstruieren. Letztlich würde die Art und Weise, wie sie mit Leuten wie Kelly umging, ebenso wichtig für ihre Arbeit als Polizistin sein wie ihr Talent als Ermittlerin. Den richtigen Zeitpunkt musste sie noch herausfinden. An dem Tag würde Kelly sich wünschen, er wäre gar nicht erst aufgestanden.

»Wir haben wenig, aber immerhin etwas«, sagte Madison. »Wir haben Sanders, und wir haben die Leichen auf der Nostromo. Ich möchte die Autopsieberichte und die Beschreibung der Wunden vergleichen.«

»Kellys Fall.«

»Ich weiß. Aber Cameron hat sich jahrelang bedeckt gehalten, und jetzt haben wir innerhalb von vier Tagen fünf Morde.«

»Und Sie suchen einen Zusammenhang?«

»Sie nicht?«

Brown rieb sich mit dem Handrücken die Augen. »Allen fünf Männern auf der Nostromo hatte ein rechtshändiger Mann die Kehle durchgeschnitten. Dreien von hinten, der Schnitt verlief von links nach rechts. Zweien von vorne, der Schnitt verlief von rechts nach links. Nach dem Winkel zu urteilen, war der Täter etwa eins achtzig groß. Nach Sanders' Größe und dem Winkel des Schnitts zu urteilen, ist sein Mörder ungefähr eins achtzig groß. Die Klinge auf der Nostromo war nicht gezackt und rasiermesserscharf, man könnte Ihren Atem damit zweiteilen. Genau wie die Klinge, die das hier angerichtet hat.« Er zeigte auf die dunklen Flecken an den Wänden.

»Eine Nahkampfwaffe«, warf Madison ein. »Und das ist gefährlich, weil man eben sehr nahe kommen muss. Kelly hatte recht: Jemand war so sauer auf Sanders, dass ihm das egal war. Er war so wütend, dass er ihn aus größter Nähe und persönlich erledigen musste.« Madison ging etwas auf. »Bei Sanders' Blutverlust muss der Täter doch ziemlich viel abbekommen haben, bevor er ging?«
Brown nickte. »Kelly hat sicherlich die Mülltonnen überprüfen lassen.«
»Nein, dafür ist unser Mann zu schlau.« Madison untersuchte die Stelle neben dem Sofa, wo die Leiche gefunden worden war. »Er wusste, Sanders ist erledigt, sobald er ihn erwischt hat. Die Gefahr für den Mörder ist vorüber. Er kann einfach entspannen und die Show genießen.«
Sie fand, wonach sie gesucht hatte. »Schauen Sie.«
Auf dem Parkettboden, einen Meter von der Stelle entfernt, an der Sanders zusammengebrochen war, war eine leicht gebogene Linie von Blutstropfen zu sehen. Die Tropfen waren groß und rund, und sie waren senkrecht auf den Boden gefallen. Sie stammten nicht von dem Sprühregen an der Wand.
»Er trug einen langen Mantel. Eine Regenjacke. Das Blut traf ihn und tropfte auf den Boden. Sobald Sanders tot ist, zieht er die Jacke aus – und was auch immer er über die Schuhe gezogen hatte –, und das war es. Er stopft sie in eine Tüte und geht nach Hause. Sauber.«
»Was ist mit der Tüte?«
»Eine dünne Regenjacke verbrennt schnell, so etwas will man nicht herumliegen lassen.«
»Eine Regenjacke.«
»So eine durchsichtige, aus Plastik.«
»Genau.«
»Sauber.«
»Allerdings.«
Sie gingen durch den Gang, die Küche, das Billardzimmer

und das Schlafzimmer mit dem großen offenen Tresor – die Drogen und die Waffe hatte man mittlerweile entfernt –, nur um ein Gefühl für das Opfer und vielleicht ein Motiv für seinen Tod zu bekommen.
Das Haus erzählte ihnen nichts, außer dass Eric Sanders einen schlechten Geschmack und wenig Urteilskraft besessen hatte, und eines frühen Dezembermorgens hatte ihn schließlich das eine oder das andere eingeholt.

Zurück auf dem Revier, stellte die Akte Nostromo, so dick sie auch war, keine große Hilfe dar. Sie bestätigte alle Details, an die sich Brown zuvor erinnert hatte, aber das war es auch schon.
Eric Sanders' Angestellter, der verstorbene Joe Navasky, hatte mehrere Tage im Lake Washington gelegen, bevor man ihn fand. Zu dem Zeitpunkt war es schwer zu beurteilen gewesen, ob er vor oder nach seinem Tod fast vollständig enthauptet und wann ihm Hände und Augen verstümmelt worden waren.
Madison mochte Beständigkeit: die Nostromo, Navasky, Sanders. Sie sah die Ähnlichkeiten, die Todesart und das Fehlen jeglicher Spuren und Fingerabdrücke. Sie widmete sich wieder ihren Notizen zu den Blueridge-Morden.
Die gewählte Waffe, die Todesart, das Chloroform auf der Augenbinde, dass Frau und Kinder dabei waren und die Spuren, die am Tatort sichergestellt wurden: Nichts passte.
Sie dachte an das Kinderzimmer in Camerons Haus und an den Baseballschläger im Wandschrank. Das Labor hatte ihr mitgeteilt, dass das Blut und der Knochensplitter mindestens fünfzehn Jahre alt waren.
Brown hatte kaum ein Wort gesagt, seit sie vom Sanders-Tatort zurückgekommen waren. Madison hatte gelernt, sich um sein Schweigen herumzulavieren, aber diesmal saß Brown seit einer halben Stunde über derselben Seite. Die

stellvertretende Staatsanwältin Sarah Klein kam, um sie auf Quinns Anhörung vorzubereiten, und der Moment verging.

Kaum hatte Klein das Büro verlassen, steckte Kelly den Kopf in die Tür.

»Sanders' Auto war beinahe lupenrein. Sie haben auf der Achse den Teilabdruck eines Daumens gefunden.« Kelly zwinkerte. »Er hat ihn halb abgewischt, aber es gibt beinahe genügend Übereinstimmungen, um vor Gericht standzuhalten. Wann ist die Anhörung morgen?«

Es war gut. Gut, dass Cameron noch in der Stadt und ein wenig nachlässig geworden war. Gut, dass es im Fall Sanders eine Spur gab. Gut und schlecht für Madison, die eine Stunde lang dasaß und die Zeitungsausschnitte über die Entführung vom Hoh River las, bis Brown aufstand und sich die Jacke anzog.

»Gehen Sie nach Hause«, sagte er. »Wir sind durch für heute.«

»Quinns jüngerer Bruder«, sagte Madison. »Warum haben sie die Leiche mitgenommen, wenn er doch bereits tot war?«

»Damals war es unmöglich, eine Tat strafrechtlich zu verfolgen, wenn es keine Leiche gab. Die anderen beiden Jungen hatten zu dem Zeitpunkt verbundene Augen, sie hätten gar nichts aussagen können.«

Nachdem Brown weg war, ging Madison unschlüssig in den Mannschaftsraum. Ihre Konzentrationsfähigkeit hatte nachgelassen, irgendwie wollte sie aber noch nicht nach Hause. Jemand hatte eine *Seattle Times* auf dem Tisch liegen lassen. Madison schlug gleich die zweite Seite auf, um nichts über den Fall lesen zu müssen. Ein paar Zeilen ganz unten erregten ihre Aufmerksamkeit: Der Fotograf, den sie am Tatort in Blueridge hinausgeworfen hatte, war überfallen und bewusstlos in einer Seitengasse liegen gelassen worden. Andrew Riley hatte ausgesagt, dass die Polizei irgendwie dahinterstecken könnte; eine Beamtin, und damit meinte er sie, hätte ihn nach dem Vorfall bei dem Haus der Sinclairs auf dem Kieker.

Madison blinzelte ungläubig, sie hatte ihn völlig vergessen gehabt. Nach zwei Telefonaten hatte sie den Detective, der mit dem Fall betraut war, am Apparat.

»Er ist ein windiger kleiner Scheißer, aber es hat ihn ganz schön erwischt«, sagte Detective Nolan. »Jetzt hat er sich in seiner Wohnung eingeschlossen, als wäre jemand hinter ihm her. Und er hat in der Tat Sie erwähnt.«

»Das kann ich mir vorstellen.«

»Wir nehmen das nicht ernst. Trotzdem hat er wohl irgendwo jemanden ziemlich verärgert.«

»Es war kein Raubüberfall?«

»Nein, es fehlt nichts. Er glaubt, er wurde überfallen, weil er in dem Haus war. Er war im Jordan's an der Elliott Avenue, bekam einen Anruf an der Bar, niemand meldete sich. Ein paar Minuten später geht er raus, und jemand schlägt ihn nieder. So heftig, dass er ohnmächtig wird. Und der Typ zerstört auch seine Kamera. An dem Riemen war kaum noch etwas dran, woraus man hätte schließen können, dass es überhaupt eine Kamera war.«

Madison fuhr mit offenen Fenstern nach Hause und dachte nach. Erstens, der Anruf, um Riley in der Bar zu identifizieren. Das bedeutete, der Angreifer war dort gewesen, um zu beobachten, wer den Hörer entgegennahm. Zweitens, der Angreifer hatte nach der Kamera gesucht und sie zerstört. Sogar besonders gründlich. Ohne Erklärung, ohne vorherige Drohung oder Warnungen.

Wie auch immer man es drehen wollte, jemand hatte sich an Rileys Arbeitsweise gestört. So wie Madison selbst, und ihr war bewusst, wenn Riley versucht hätte, ihr nahestehende Personen zu fotografieren, dann wäre sie vielleicht ebenfalls nicht zurückhaltend gewesen.

Nathan Quinn war ein enger Freund der Sinclairs, aber Madison konnte sich nicht vorstellen, dass er Riley im Dunkeln auflauerte, das war nicht sein Stil. Quinn würde niemals Hand an ihn legen, sie würden einander vielleicht nicht einmal begegnen, und doch würden gewisse Dinge passieren, und Riley würde in seinem ganzen Leben kein Bild mehr verkaufen. Quinn würde dafür sorgen, dass Riley wusste, warum. Wie weit sie selbst gegangen wäre, darüber wollte Madison besser nicht länger nachdenken.

Das Haus der Sinclairs war eine dunkle Silhouette hinter den Bäumen. Madison fuhr langsam vorbei, sah den Streifenwagen, der davor parkte. Plötzlich fiel ihr ein, dass sie die Schlüssel nicht zurück in den Baumstamm gelegt hatte. Sie steckten noch in der Innentasche ihres Blazers. Madison hielt sanft an. Gerade wollte sie in den Rückwärtsgang schalten und hatte die Hand schon auf dem Hebel.

Noch nicht.

Sie legte den ersten Gang ein und fuhr weiter, an ihrer eigenen Zufahrt vorbei und zu Rachel. Das hatte sie schon lange nicht mehr gemacht, nicht seit den Monaten nach dem Tod ihres Großvaters. Sie hielt vor der Kurve.

Das einzige Licht brannte über der Eingangstür, ein Kranz war am Türklopfer befestigt. An der Seite standen zwei Autos, die Vorhänge waren zugezogen. Madison schaltete den Motor aus. Manchmal fuhr sie nach einem Tag voller Blut und Gewalt hierher und saß ein paar Augenblicke still in ihrem Auto. Sie spürte Rachels Leben im Inneren des Hauses, Rachels Familie, die eine Welt bewohnte, die sich mit ihrer nur teilweise überschnitt: eine Welt voller Liebe und Sicherheit und denkbar weit weg von den Greueln, die sie selbst kannte. Es war ein unbeschreiblicher Trost.

Nach ein paar Minuten fuhr sie nach Hause.

Nathan Quinn sperrte die Glastür hinter sich ab, während die Alarmanlage des Büros leise piepste. Er wünschte einem Mann von der Reinigungsfirma eine gute Nacht, der seinen Rollwagen über den Treppenabsatz im neunten Stock schob, und holte den Aufzug. In der rechten Hand trug er seine Aktentasche, in der linken einen kleinen Stapel mit Briefen, die er noch nicht hatte durchsehen können. Er drückte den Knopf zur Tiefgarage und blätterte die Umschläge durch.

Es war der vierte von oben. Nathan Quinn erkannte das schwere cremefarbene Papier, bevor ihm sein Kopf sagen konnte, was es war. Er riss ihn auf und nahm eine Karte aus dem gleichen Papier heraus. Darauf waren in schwarzer Tinte fünf Zahlen geschrieben:

28885

Die Aufzugtüren öffneten sich. Quinn blickte auf, als hätte er eine Stimme gehört.

Er fuhr wieder hinauf in den neunten Stock, tippte den Code für die Alarmanlage ein und ging direkt in sein Büro. Es war der erste Umschlag in der Akte, er hatte ihn am Montag selbst hineingelegt. Das gleiche Papier, die gleiche Karte, nur die Nachricht war anders. Er legte die beiden Karten nebeneinander auf seinen Schreibtisch.

Für Quinn bestand nicht der geringste Zweifel, dass die Hand, die diese Worte geschrieben hatte, auch James und seiner Familie das Leben genommen hatte.

Er nahm den Hörer zur Hand, tippte eine Nummer ein und legte wieder auf. Nach etwa dreißig Sekunden klingelte sein Mobiltelefon. Er nahm das Gespräch an.

»Jack«, sagte er.

Kapitel 22

Harry Salinger sitzt im Keller seines Hauses an der Werkbank. Er betrachtet eine Glasscherbe durch seine Juwelierlupe, hält sie vorsichtig zwischen dem rechten Daumen und Zeigefinger und dreht und wendet sie, bis er damit zufrieden ist.

In einer Ecke hat seine harte Arbeit Gestalt angenommen: Das Untergestell ist einfach zusammengebaut, denn es muss ja leicht und tragbar sein, aber er weiß, letztlich entscheidend für das Gelingen seines Meisterwerks werden die Metallstäbe sein. Er steht auf und nimmt seine Schweißerbrille.

Lynne Salinger war 39 Jahre alt, als sie feststellte, dass sie ein Kind erwartete. Sie weinte stundenlang, die fragile Routine in ihrem Leben würde zerschlagen werden, und bei ihrem streng katholischen Hintergrund stand eine Abtreibung außer Frage.

Ihr Mann Richard Salinger, 41, uniformierter Beamter beim Seattle Police Department, spendierte ein paar Runden in der Bar und wurde am Ende des Abends von seinem Partner nach Hause gefahren.

Auf seinem Revier war es weithin bekannt, dass Richard Salingers Temperament ihn schon oft eine Beförderung gekostet hatte. Privat war er ein Tyrann, der seine Frau nie schlug, weil er es nicht musste: Körperlich arbeitete er sich auf der Straße ab, seine düstersten Stimmungen hob er für zu Hause auf.

Lynne Salinger bekam Zwillinge, zwei Söhne, Michael und Harry. Danach versank sie drei Jahre lang in eine undiagnostizierte postnatale Depression; in der Woche nach dem dritten Geburtstag der Zwillinge nahm sie sich mit einer Überdosis Schlaftabletten das Leben und starb so, wie sie gelebt hatte, ohne viel Aufhebens.
Ihr Hinscheiden wurde als Nebenwirkung auf ein ihr verschriebenes Medikament deklariert, und falls jemand auf der Station ihren Totenschein genauer hätte überprüfen wollen, so hätte Richard Salinger ihn einfach auf den Topf gesetzt. Das machte Richard oft, das war sein Beruf und sein Leben und seine ganz spezielle Rolle in der Ordnung der Dinge.

Zehn Jahre später. Michael und Harry Salinger fahren mit dem Fahrrad in vollem Tempo über den Bordstein, sie sausen nach Hause, um rechtzeitig zum nachmittäglichen Zapfenstreich da zu sein. Sie sind groß für ihr Alter und blond, die Augen beinahe farblos. Sie kommen nach ihrer Mutter, an die sie sich überhaupt nicht erinnern: Bald werden sie größer als Richard Salinger sein, aber das wird ihnen auch nichts nützen.
Sie sind sich einig, dass Michael schneller laufen kann.
»Los«, ruft Harry.
Michael wirft das Fahrrad hin und rennt zur Hintertür, holt den Schlüssel aus seiner Jeanstasche, schiebt ihn in das Schloss und dreht ihn um. Seine Hand ist ganz feucht, als er den Hörer abnimmt.
»Hallo«, keucht er. »Hier ist Michael. Okay. Ja, Sir. Da ist er.«
Harry übernimmt das Telefon von seinem Bruder.
»Hallo, Sir. Ja. Okay. Machen wir.«
Er legt den Hörer wieder auf, und einen Augenblick stehen sie wortlos in dem dunklen Raum. Dann macht Michael den Kühlschrank auf und schmiert für sie beide Erdnussbutterbrote mit Marmelade.

Richard Salinger hatte das Versprechen, das er sich gegeben hatte, gehalten, er hatte die Jungen alleine großgezogen, in dem Haus, in dem sie geboren wurden. Etta Greene, eine Frau Mitte fünfzig aus der Nachbarschaft, passte auf sie auf und machte ein bisschen Hausarbeit, wenn er weg war, die restliche Zeit über waren da nur die Salinger-Männer, so nannte er sie.

Er wusste, dass die Jungen Angst vor ihm hatten, und er erzählte ihnen genüsslich von der Arbeit, besonders wenn es zu Gewalttätigkeiten gekommen war.

Eines Nachmittags, die Jungen waren fünf, forderte Etta Greene Harry während der Spielzeit auf, eine Farbe mit dem Buchstaben ›b‹ zu nennen. Ohne zu zögern, sagte Harry »rot«. Etta sah ein wenig enttäuscht aus, und Harry verstand nicht, warum.

Soweit er sich erinnern konnte, war der Buchstabe ›b‹ immer schon rot gewesen, er fühlte sich rot an, und er verlieh jedem Wort, dessen Teil er war, ein Gefühl von Röte. Auch wenn sie sich manchmal nicht ganz einig waren, welche Farbe zu welchem Buchstaben gehörte, wusste Michael ganz genau, was er meinte. Es war die Gabe ihrer Mutter, undiagnostiziert und unbemerkt.

Sie hatte es als eine Art Wahnsinn betrachtet, aber Lynne Salinger war weder verrückt noch mit einem Fluch belegt gewesen. Das einzige Problem bei der Synästhesie liegt darin, dass sie statistisch selten vorkommt und völlig missverstanden wird. Es jagte Lynne Angst ein, dass die meisten Geräusche eine Farbe hatten, leuchtend und unkontrollierbar. Sie genoss diese Erfahrung nicht und verstand sie nicht einmal im Ansatz, sie versuchte jeden Tag aufs Neue, ihre Wahrnehmung zu unterdrücken. Dann dachte sie an ihren Ehemann, in dunklen Grau- und Rottönen.

Etta Greene nahm an, Harry wäre einfach ein wenig durcheinander, und beließ es dabei.

Als die Jungen in die Schule kamen, wussten sie genug von der Welt, um die versteckten Farben nicht zu erwähnen; niemandem, besonders nicht ihrem Vater gegenüber.
Eines Tages wurde Richard Salinger bei einem Einsatz von einem bewaffneten Räuber ins Knie geschossen. Nachdem er das Krankenhaus verlassen hatte, hinkte er und bekam eine Berufsunfähigkeitsrente, beides mit lebenslanger Garantie.
Der Strom von Besuchern, der zu Beginn noch gekommen war, ließ nach und versiegte dann ganz. Sechs Monate später waren die drei völlig allein.
Eines Vormittags, die Jungen waren in der Schule, durchsuchte Richard Salinger ihr Zimmer und fand ein verschmutztes Laken zusammengeknüllt in einer Ecke. Als sie zurückkamen, erwartete er sie im Wohnzimmer. Er war eiskalt und sachlich, seine Miene hart.
»Ich stelle euch jetzt eine Frage«, sagte er. »Seid ihr ehrlich, dann ist sofort Schluss. Lügt ihr mich an, merke ich es.«
Er holte das zusammengeknüllte Laken aus einer Plastiktüte. Harrys Eingeweide füllten sich mit Eiswasser.
»Wer war das?«
Salinger wusste es sofort, er musste gar nicht fragen. Er hätte das Laken auch waschen und das Ganze auf sich beruhen lassen können, aber so ein Mensch war er nicht. Er wartete.
Michael trat vor. Harry bekam große Augen.
»Ich war es, Sir«, sagte Michael. »Es tut mir leid.«
Richard Salinger wandte den Blick nicht von Harrys Gesicht ab. »Was hast du zu sagen, Junge?«
Mit zehn Jahren wusste Harry genau, wie er sich einzuordnen hatte: Er war ein dürrer Hänfling, der weder Mut noch Verstand besaß. Er wusste das, weil man es ihm oft genug eingetrichtert hatte. Trotzdem würde er lieber eine Tracht Prügel einstecken, als seinen Bruder die Schuld auf sich nehmen zu lassen.
»Ich war es«, stammelte er.

»Ich weiß«, sagte Richard Salinger und stand auf. »Und von jetzt an läuft das so: Wenn einer von euch beiden Scheiße baut, wird der andere dafür bestraft. Michael, du bist dran.«

Harry Salinger, 37, hockt in seinem Keller, Funken vom Schweißgerät stieben über der Schutzbrille auf. Es ist nicht seine beste Arbeit, aber trotz handwerklicher Mängel kann er die Schönheit der Idee dahinter erkennen. Salinger zieht sich die Handschuhe aus und wirft sie auf die Werkbank. Zeit zu gehen.

Im Olympic National Park, drei Fahrstunden entfernt von Seattle, gibt es ein wunderschönes Gebiet mit uralten Bäumen und Farn, dick mit Moos bewachsenen Baumstämmen und verschlungenen Pfaden. Touristen reisen tagelang an, um die Natur zu genießen und mit ihren Handys zu fotografieren.

Er bückt sich, überprüft, ob seine Wanderschuhe auch richtig zugeschnürt sind, und wartet, bis auch das allerletzte bisschen Tageslicht verschwindet, dann läuft er los. Er vertraut seiner Erinnerung an den Pfad, rennt zwischen den Bäumen hindurch, denn liefe er einfach geradeaus, würde ihn das schnell das Leben kosten. Seine Stiefel brechen raschelnd durch das Grün, nicht zu schnell und nicht zu langsam.

In seinem Kopf erhebt sich die Erde, um seinen Füßen entgegenzukommen und seinen Vorsatz zu stärken; der Wald ist auf seiner Seite. Zum achtunddreißigsten Mal läuft er über den Trail, das einundzwanzigste Mal bei Dunkelheit.

Kapitel 23

6:30 Uhr morgens. Die Büroräume von Quinn Locke waren immer noch verlassen. Nathan Quinn schloss die Tür hinter sich, aus einem Aktenschrank nahm er einen durchsichtigen Plastikumschlag und reichte ihn Todd Hollis. Der Umschlag enthielt die anonymen Briefe.

Hollis trug einen schweren Mantel mit einem schwarzen Rollkragenpullover darunter. Er nahm den Umschlag und sah ihn ein paar Sekunden an.

»Kaffee?«, fragte Quinn.

»Danke.«

Quinn ließ ihn in seinem Büro allein und ging in die Küche. Aus einer Schachtel nahm er einen Papierfilter, schüttete frisches Kaffeepulver hinein und schaltete die Maschine an.

Er wusste, Hollis würde ihn mit den Briefen zur Polizei schicken, dort hatten sie die Mittel, sie schnell auf Fingerabdrücke zu untersuchen und das Papier zu überprüfen. Er würde empfehlen, die zuständigen Detectives anzurufen und sie ihnen direkt zu geben. Das war natürlich vernünftig. Nur war Quinn noch nicht bereit dazu, erst musste er wissen, was der Absender wollte.

Hollis würde nicht erbaut darüber sein, aber er konnte wenig tun, um eine Meinungsänderung zu bewirken: Letztlich lief alles auf eine Entscheidung hinaus, die Quinn vor Jahren getroffen hatte, für einen Zeitpunkt, der hoffentlich nie kommen würde. Stattdessen erwartete ihn Richterin Martin in ein paar Stunden, alles andere war hinfällig. Der Kaffee begann tropfenweise durchzulaufen.

Quinns Belohnung hatte innerhalb von vierundzwanzig Stunden über hundert Anrufe eingebracht. Alle Anrufe waren überprüft und aufgezeichnet worden, und kein einziger davon hatte die Ermittlung in irgendeiner Weise vorangebracht.
Madison blätterte die maschinengeschriebenen Blätter durch, während Brown telefonierte: Ein SWAT-Team stand auf Abruf bereit, um sie zu unterstützen, falls sie eine Adresse bekämen, Telefonverbindungen konnten innerhalb von Minuten eingesehen werden, und man hatte die Spurensicherung auf ein mögliches schnelles Eingreifen vorbereitet. Abhängig vom Ergebnis der Anhörung würde es vielleicht eine Pressekonferenz geben, bei der das Bild von John Cameron veröffentlicht wurde. Das Einzige, was Tully nicht hatte.
»Wir haben immer noch nicht verstanden, warum er den Knoten neu gebunden hat«, sagte sie.
Brown blickte auf.
»Die Fessel«, fuhr sie fort. »Cameron hat die Fessel um James Sinclairs Handgelenke ersetzt. Wir haben die Haare gefunden, aber wir wissen immer noch nicht, warum er das getan hat.«
»Müssen wir es wissen?«
Müssen wir es wissen?
»Quinn wird jeden Punkt zerpflücken, in dem wir uns unsicher sind«, sagte sie.
Brown stand auf, schloss die Tür zum Mannschaftsraum und setzte sich wieder.
»Was müssen Sie wissen?«, sagte er.
»Was meinen Sie damit?«
»Einfach nur das. Wir haben vier Leichen, ein Motiv, einen Verdächtigen. Wir haben objektive Beweise. Was müssen *Sie* darüber hinaus noch wissen?«
»Alles«, antwortete sie, ohne zu zögern. »Wenn etwas passiert ist, will ich wissen, warum. Und wenn etwas nicht passiert ist, warum ist es nicht passiert?«

»Cameron tut genau das, was er tun muss. Nicht mehr, nicht weniger. Der Mord an Eric Sanders passt zu diesem Grundsatz. Die Morde an den Sinclairs nicht.«

»Manchmal durchbricht doch jemand sein eigenes Muster, das hängt von den Umständen ab. Bei James Sinclair ging es Cameron um Bestrafung, es ist möglich, dass es völlig sekundär war, ihn zu töten, und dass das Wissen, dass jemand seine Familie abgeschlachtet hatte, wichtiger war als Sinclairs eigener Tod.«

»Sagen Sie mir, warum ist es Ihnen so wichtig zu wissen, aus welchem Grund die Fessel zweimal zugeknotet wurde? Sie haben Camerons Haus gesehen, Sie erinnern sich an sein Schlafzimmer. Vergessen Sie einmal, ob das vor Gericht standhält, und sagen Sie mir, warum wir diese Frage stellen sollten.«

»Sie wissen, warum.«

»Sagen Sie es mir.«

»Es geht um sein Verhalten. Die Fessel ist ein winziger Teil davon. Wie der Fingerabdruck auf dem Glas.«

»Was ist mit dem Fingerabdruck?«

»Als wir den Anruf erhielten, dass Payne den Abdruck Cameron zuordnen konnte, haben Sie geschaut, als wäre das eine schlechte Nachricht. Ich habe Sie nach dem Grund gefragt, und Sie sagten …«

»Ich war überrascht.«

»Sie waren enttäuscht.«

»Vielleicht machen Sie sich zu viele Gedanken über Kleinigkeiten.«

Madison beugte sich vor. »Das Glas, auf dem der Fingerabdruck gefunden wurde, stand neben der Spüle in der Küche. Ich habe es gesehen, bevor es der Techniker eingesammelt hat, es stand direkt neben einer Coladose.«

»Okay.«

»Auf der Dose waren überhaupt keine Abdrücke. Warum? Cameron, der Handschuhe trägt, gießt sich etwas zu trinken ein. Dann zieht er die Handschuhe aus, nimmt das Glas und trinkt daraus. Das ist schlampig, und es sieht ihm überhaupt nicht ähnlich. Das ist keine Kleinigkeit.«

Sie sahen einander einen Moment lang an. Es war das erste Mal, dass sie ihm gegenüber auch nur geringfügig die Stimme erhoben hatte, Gott weiß, warum das passiert war.

»Weshalb sind Sie zur Mordkommission gegangen?«, fragte er.

»Verzeihung?«

»Nicht wegen Geld, und ziemlich sicher auch nicht wegen Ruhm und Ehre.«

»Warum fragen Sie mich das jetzt und nicht vor fünf Wochen?«

»Wenn ich Sie damals gefragt hätte, hätte ich Ihre Antwort in keinen Kontext stellen können. Jetzt habe ich gesehen, wie Sie arbeiten. Warum die Mordkommission?«

Madison wurde bewusst, dass sie seit ihrer ersten Begegnung auf diese Frage gewartet hatte. Sie hörte sich sagen: »Ich wollte nirgendwo anders hin.«

Er nickte leicht, irgendwann würde er sie vielleicht noch einmal fragen.

Die Presse hatte das Gerichtsgebäude von allen Seiten umzingelt. Brown, Madison, Kelly und Rosario mussten sich zwischen Menschen, Mikrofonen und Kameras hindurchdrängen. Es wurde geblitzt, und niemandem entging die Bedeutung der Tatsache, dass der leitende Beamte im Fall Sanders bei einer Anhörung wegen der Blueridge-Morde anwesend war. Kelly hatte für diesen Anlass seinen Gerichtsanzug angezogen.

Es würde eine Sarah-Klein-Show werden. Abseits vom Lärmen der Menge war es ruhig im Gericht, die Leute im Haus kamen ihrer Arbeit nach. Die Anhörung war nur einer von zig Vorgängen.

Tony Rosario war noch anzusehen, dass er krank gewesen war. Dass er Anzug, Hemd und Krawatte in diversen Grautönen trug, war für sein Erscheinungsbild nicht gerade förderlich.

»Tu mir einen Gefallen und lehn dich nicht an eine Wand, es könnte sein, dass ich dich überhaupt nicht mehr sehen kann«, sagte Kelly.

»Grau ist nun mal mein Markenzeichen«, entgegnete Rosario.

Die Tür des Aufzugs öffnete sich, und Klein kam auf sie zu. Sie sprach leise.

»Wenn Sie mir während der Anhörung irgendetwas sagen wollen, schreiben Sie es auf einen Zettel, aber nur, wenn es unbedingt nötig ist.«

»Können Sie ihm irgendwelche Fragen zum Fall Sanders stellen?« Kelly fühlte sich nur am Rande involviert. Sie hatten Camerons Fingerabdruck auf der Unterseite von Sanders' Wagen, aber das reichte noch nicht einmal für einen Durchsuchungsbeschluss für Camerons Wohnhaus. Nicht, dass eine Durchsuchung Brown und Madison viel genützt hätte.

»Nein, das hat nichts damit zu tun. Ich muss mich darauf beschränken, was zwischen Quinn und Cameron ausgetauscht wurde, als sie sich zum ersten Mal trafen, um über die Morde zu sprechen. Alles danach fällt unter das Anwaltsgeheimnis. Sie sind Tourist hier, Detective Kelly, genießen Sie einfach die Fahrt.« Klein ging in den Gerichtssaal, sie folgten ihr.

Madison war schon ein paarmal bei Gericht gewesen, sowohl als Zeugin wie auch als Zuschauerin. Sie hatte mit angesehen, wie einige Jurys richtig entschieden, nachdem die Staatsanwälte völlig versagt hatten, und andere, die alles falsch machten, nachdem die Staatsanwälte ihr Bestes gegeben hatten. Sie glaubte an das System, weil es nun einmal das

ihre war und weil es sich verändern und entwickeln sollte, genau wie Menschen es auch taten, mit all ihrer Weisheit und ihren Makeln. Sie setzte sich in die Reihe hinter der Staatsanwältin, Brown nahm neben ihr Platz, Kelly und Rosario dahinter.
Brown nahm seine Brille aus dem Etui und setzte sie auf. Auch wenn seine Erwartungen vielleicht nicht denen der anderen entsprachen, so wusste er doch, er würde nicht enttäuscht werden. Am Abend zuvor hatte er eine Stunde lang mit Fred Kamen telefoniert. Er schaute zu Madison und hoffte, dass er ihr am Ende dieses langen Tages davon würde erzählen können.
Nathan Quinn nahm seinen Platz am anderen Tisch ein. Er vertrat sich selbst, genau wie Madison es sich vorgestellt hatte. Er war allein, und wenn ihn an dem Verfahren etwas störte, so zeigte er es nicht.
»Sarah«, sagte er.
»Nathan.« Sie nickte ihm zu.
Alle anderen existierten nicht.
Richterin Martin nahm ihren Platz an der Richterbank ein, und Nathan Quinn wurde vereidigt.
»Fix und präzise, Miss Klein«, sagte sie. »Wir müssen hier keine Jury beeindrucken, und wir wissen alle, warum wir hier sind. Mr. Quinn, Sie stehen jetzt unter Eid, und Ihnen ist klar, was das bedeutet.«
Quinn setzte sich in den Zeugenstand, und Sarah Klein stellte sich neben ihren Tisch.
»Mr. Quinn, würden Sie uns bitte durch die Ereignisse vom letzten Montag begleiten, und ausgehend von dem Zeitpunkt, als Detective Sergeant Brown und Detective Madison zu Ihnen ins Büro kamen.«
»Detective Sergeant Brown informierte mich darüber, dass James Sinclair tot in seinem Haus aufgefunden worden war, gemeinsam mit seiner Frau und seinen Kindern, sie waren

von einem Eindringling ermordet worden. Sie baten mich, die Toten zu identifizieren, und das tat ich auch.«

»In welchem Zeitfenster?«

»Mittlerweile war es früher Nachmittag.«

»Was haben Sie danach gemacht?«

»Ich habe John Cameron angerufen.«

Klein blickte von den Unterlagen auf, die sie in der Hand hatte. Sie hatten gerade einmal fünfundvierzig Sekunden bis hierher gebraucht. Quinn hielt ihrem Blick stand.

»Fürs Protokoll, wer ist John Cameron und in welcher Beziehung stehen Sie zu ihm?«

»Er ist ein Freund und Mandant. Ich vertrete ihn in juristischen Angelegenheiten, und wir haben ein gemeinsames geschäftliches Interesse, weil wir von unseren Eltern einen Betrieb geerbt haben. James Sinclair gehörte auch dazu.«

»Warum haben Sie ihn angerufen, nachdem Sie von der Rechtsmedizin aufgebrochen sind?«

»Ich habe von einem Kollegen aus der Kanzlei erfahren, dass vor James' Haus bereits Reporter warteten, und ich wollte nicht, dass er es so erfährt. Ich fand, ich sollte es ihm persönlich sagen. Ich habe auf seinem Pager angerufen, um auszumachen, wo wir uns treffen können, und nach ein paar Sekunden rief er mich auf meinem Mobiltelefon zurück.«

Der Gerichtsschreiber hatte fertiggeschrieben, und es herrschte einen Augenblick Stille. Etwas stimmte nicht. Klein bekam zwar, was sie wollte, doch das hätte nicht so einfach sein dürfen.

»Frau Vorsitzende«, begann sie. »Der Zweck dieser Anhörung liegt darin, sicherzustellen, dass Mr. Cameron, auf den ein Haftbefehl wegen vierfachen Mordes lautet, sich das Anwaltsgeheimnis nicht zunutze macht, um sich der Gefangennahme zu entziehen.«

»Darüber sind wir uns durchaus im Klaren, Frau Staatsanwältin«, antwortete Richterin Martin.

»Mr. Quinn, wie treten Sie mit John Cameron in Kontakt, wenn Sie ihn erreichen müssen?«
»Wie gesagt, ich rufe seinen Pager an, dann ruft er mich zurück.«
»Das ist alles?«
»Das ist alles.«
»Das Volk ersucht um die Nummer, Frau Vorsitzende.«
»Wollen Sie Einspruch erheben, Mr. Quinn?«, fragte ihn Richterin Martin.
»Nein.«
Quinn gab ihnen die Nummer, der Gerichtsschreiber notierte sie, die Detectives ebenfalls. Ein Pager. Cameron hatte ihn wahrscheinlich fünf Sekunden, nachdem Quinn ihm von der Anhörung erzählt hatte, in den Müll geworfen. *Erster Treffer.* Madison zog einen Kreis um die Zahl und malte zwei gekreuzte Knochen dahinter.
»Als Mr. Cameron Sie zurückrief, was sagten Sie ihm da?«
»Ich sagte ihm, dass es sich um einen Notfall handle und dass wir uns sofort treffen müssten.«
»Haben Sie erwähnt, um was für einen Notfall es sich handelt?«
»Nein.«
»Wirkte er überrascht?«
»Er hat mich gefragt, worum es geht, und ich meinte, ich könne ihm das nicht am Telefon sagen.«
»Stimmt, das Telefon. Von wo aus hat er Sie zurückgerufen?«
»Das weiß ich nicht.«
»Hat er ein Mobiltelefon?«
»Ich weiß es nicht.«
»Es ist ein alter Freund und Geschäftspartner von Ihnen, und Sie wissen nicht, ob er ein Mobiltelefon besitzt?«
Quinn wandte sich an die Richterin.
»Fahren Sie fort, Miss Klein«, sagte sie.

»Sie riefen also seinen Pager an, und er rief Sie zurück. Wie lange hat er gebraucht, um an ein Telefon zu kommen?«
»Etwa eine Minute.«
»Stand er direkt neben einem, als Sie ihn anriefen?«
»Womöglich.«
»Miss Klein.«
Die Staatsanwältin hob entschuldigend die Hand und machte weiter.
»Sie haben ihm gesagt, Sie könnten ihm das nicht über das Telefon mitteilen. Wie hat er darauf reagiert?«
»Er hat mich nur gefragt, wo ich ihn treffen will.«
»Führen Sie häufig Gespräche, bei denen es um Themen geht, die Sie lieber nicht am Telefon besprechen wollen?«
»Nein.«
»In all Ihren Jahren als Mr. Camerons Anwalt ...«
»Ja.«
Klein warf ihm einen Blick zu. »Wer schlug den Ort des Treffens vor?«
»Ich.«
»Was haben Sie ihm gesagt?«
Quinn erzählte es ihnen, als ginge es darum, was sie gefrühstückt hatten. »Ich habe ihm gesagt, er soll zu mir nach Hause kommen.«
Zweiter Treffer.
Kleins einzige Reaktion bestand darin, sich ein wenig an ihren Tisch zurückzulehnen. Madison hörte Kelly hinter sich schnauben. Quinns Haus war Sperrgebiet, nichts zu durchsuchen, keine Zeugen. Es war der sicherste Ort, an dem Cameron sich aufhalten konnte.
»Sie sind nicht zu ihm gegangen.«
»Nein.«
»Wo war Mr. Cameron zur Zeit Ihres Anrufs?«
»Ich weiß es nicht.«
»Er hat es nicht gesagt?«

»Ich habe nicht gefragt.«
Klein wandte sich an Richterin Martin. »Ich hätte gerne, dass Mr. Quinn daran erinnert wird, dass es als Meineid betrachtet wird, wenn er hier lügt, Euer Ehren.«
»Das haben Sie soeben getan, Miss Klein. Wissen Sie etwas, das wir nicht wissen?«, fragte Richterin Martin sie.
»Nein, Frau Vorsitzende.«
»Nun denn, dann bitte weiter. Mr. Quinn weiß ganz genau, was ihm bevorsteht, wenn er in meinem Gerichtssaal lügt.«
Klein nickte. »Sind Sie nach der Identifizierung direkt nach Hause gefahren?«
»Ja.«
»Wie lange haben Sie gebraucht, bis Sie dort waren?«
»Ungefähr fünfundzwanzig Minuten.«
»Wie lange hat Cameron nach Ihrem Anruf gebraucht, bis er bei Ihnen war?«
»Etwa anderthalb Stunden.«
»Wo wohnen Sie, Mr. Quinn?«
»In Seward Park.«
»Kann man also davon ausgehen, dass Mr. Cameron bei Ihrem Anruf im Umkreis von anderthalb Stunden Fahrzeit von Seward Park war?«
»Ja. Andererseits musste er vielleicht noch tanken oder stand im Stau. Ich weiß es nicht.«
»Ja, das kann alles sein«, sagte sie. »Als er bei Ihnen zu Hause ankam, was passierte dann?«
»Frau Vorsitzende.« Quinn wandte sich an die Richterin. »Wir verlassen nun den Bereich, der von mir zum privaten Gespräch initiiert wurde, und begeben uns in den Bereich, der unter das Anwaltsgeheimnis fällt.«
»Noch sind wir nicht ganz da, Mr. Quinn. Sie dürfen die Frage beantworten.«
»Ich habe es ihm erzählt«, antwortete er der Staatsanwältin.
»Wie hat er reagiert?«

»Er war sehr bestürzt.«
»War er überrascht?«
»Ja.«
»Was hat er gesagt, als Sie es ihm erzählt haben?«
»Nichts. Es gab nichts zu sagen.«
»Er hat überhaupt nichts gesagt?«
»Er stand unter Schock, genau wie ich.«
»Wenn Sie zurückblicken, mit dem Wissen, das Sie jetzt über die Spuren haben, die in dem Haus gefunden wurden, war seine Reaktion da irgendwie ungewöhnlich?«
»Nein.«
»Sie war völlig stimmig?«
»Frau Vorsitzende ...« Quinn richtete den Blick weiterhin auf Klein.
»Die Frage ist beantwortet, Miss Klein.«
»Mr. Quinn, als John Cameron bei Ihnen zu Hause ankam, ist Ihnen da aufgefallen, was für ein Auto er fuhr?«
»Frau Vorsitzende ...«
»Ein Auto ist ein Auto, Mr. Quinn.«
Quinn drehte sich zu Brown und Madison. »Er fuhr einen schwarzen Ford Explorer.«
Madison erwiderte seinen Blick, sie wussten beide, dass in der Sekunde, in der sie den Gerichtssaal verließen, Polizisten darauf angesetzt werden konnten und dass das Auto mit dem Pager darin mittlerweile in einem Graben sitzen würde. Aber er musste es irgendwo gekauft und herumgefahren haben, und vielleicht hatte es jemand gesehen.
»Fährt er normalerweise mit diesem Auto?«
»Ich achte nicht auf Autos.«
»Das bezweifle ich. Ich bezweifle, dass es überhaupt sonderlich viel gibt, worauf Sie nicht achten, Mr. Quinn. Würde es Sie überraschen, wenn ich Ihnen sagen würde, dass auf John Cameron ein schwarzer Ford Pick-up zugelassen ist?«
»Nein, er hat vor einer Weile einen gefahren.«

»Wissen Sie, was damit passiert ist?«
»Keine Ahnung.«
»Gehen wir zurück zu dem Treffen in Ihrem Haus. Was ist passiert, nachdem Sie ihm von den Morden erzählt haben?«
»Wir haben gesprochen, dann ist er wieder los.«
»Worüber haben Sie gesprochen?«
»Frau Vorsitzende …«
»Es tut mir leid, Miss Klein. Nicht zulässig.«
Klein nickte.
»Würden Sie Mr. Camerons Erscheinungsbild beschreiben, als er zu Ihnen kam?«
»Sein Erscheinungsbild?«
»Ja, beginnen wir mit der Kleidung …«
»Miss Klein«, unterbrach Richterin Martin. »Ist das relevant?«
»Frau Vorsitzende, mir ist durchaus klar, dass es Grenzen gibt, die ich nicht überschreiten soll, aber in Anbetracht der Schwere des Falles und Mr. Camerons anhaltender Freiheit versuche ich so viele Informationen über ihn zu sammeln, wie es in meiner Macht steht. Ich muss das Gericht nicht daran erinnern, dass Mr. Cameron auch in Zusammenhang mit dem Mordfall Eric Sanders gesucht wird …«
»Ich glaube nicht, dass im Fall Sanders ein Haftbefehl ausgestellt wurde, das können Sie also außer Acht lassen. Ich gestatte Ihnen ein wenig Spielraum, was die Frage über das Erscheinungsbild betrifft.«
»Mehr möchte ich gar nicht.«
»Mehr kriegen Sie gar nicht.« Die Richterin bedeutete ihr mit einer Geste, fortzufahren.
»Was trug er?«
»Eine schwarze Jacke mit Fleecefutter und eine Moleskinhose in Dunkelgrün.«
Sarah Klein nahm das bearbeitete Bild aus einem Ordner.
»Dieses Bild wurde auf Grundlage der Aufnahme bei seiner

Verhaftung erstellt, wie ähnlich ist es seinem heutigen Aussehen?«

Quinn betrachtete es fünf Sekunden. »Er ist es, und auch wieder nicht.«

»Würden Sie sagen, es ist realistisch?«

»Ja.«

»Verzeihung?«

»Besser geht es wahrscheinlich nicht.«

Klein beließ es dabei.

»Besitzt John Cameron Ihres Wissens eine Waffe?«

Richterin Martin wartete auf seinen Einspruch.

Nathan Quinn dachte daran, wie ihm in einer Pokernacht einmal ein Chip unter den Tisch gefallen war. Als er ihn aufhob, war ihm etwas um Jacks Knöchel aufgefallen. Es war dunkel, er hatte es nicht deutlich gesehen.

»Nein, nicht, dass ich wüsste.«

»Frau Staatsanwältin.« Richterin Martin wandte sich an Sarah Klein. »Ich habe das Gefühl, Sie haben das Thema ausgeschöpft, um das es bei dieser Vorladung ging. Haben Sie noch Fragen?«

»Noch viele, Frau Vorsitzende. Nur leider nicht innerhalb dieser Bedingungen. Wir sind vorerst fertig.«

»Vielen Dank. Mr. Quinn, Sie können gehen.«

Und schon war es vorbei.

Richterin Martin verließ den Gerichtssaal, und alle anderen gingen nach ihr hinaus, bis schließlich nur noch die Anwälte und die Detectives herumstanden.

»Letzten Montag haben Sie schnell gedacht, stimmt's, Nathan?«, sagte Sarah Klein. »Sie mögen ja unter Schock gestanden haben, aber Sie haben trotzdem schnell begriffen, dass Ihnen früher oder später jemand Fragen stellen würde. Sie fahren nicht in seinen Unterschlupf, weil jemand fragen könnte und Sie womöglich eine Antwort geben müssten. Sie sorgen dafür, dass Sie keine Telefonnummer von ihm haben, weil jemand fragen könnte und Sie womöglich eine Antwort geben müssten. Sie waren all die Jahre so vorsichtig, und trotzdem stehen Sie nun hier. Hier geht es nicht um Trunkenheit am Steuer, das kann man nicht einfach richten.«

Nathan Quinn schickte sich an zu gehen. »Mir ist schon klar, jeder in diesem Raum würde seine fünfzehn Minuten bekommen, wenn Sie meinen Mandanten festnehmen, jemand anders darf es einfach nicht sein. Sie suchen an der falschen Stelle und stellen die falschen Fragen. Rufen Sie mich an, wenn Sie den Kopf aus der Beweismitteltüte genommen haben.«

»Gehen wir«, sagte Sarah Klein. »Die nächste Verhandlung ist gleich dran.«

Madison war enttäuscht. Sie hatten Quinn vereidigt und nur sehr wenig erfahren. Sie würden sicherlich weiter am Auto arbeiten und die Sache mit dem Pager überprüfen, aber das waren nur Krümel. Quinn war von der Sekunde an, in der er die Leichenhalle verlassen hatte, vorbereitet gewesen. Mit allem, was er danach getan hatte, hatte er einen Burggraben um seinen wichtigsten Mandanten gezogen. Man musste ganz schön abgebrüht sein, um so denken zu können, nachdem man gerade seine Freunde und deren Kinder formal identifiziert hatte. *Doch das ist sein Beruf,* dachte Madison bei sich, *und deshalb ist er gut darin.*

Sie verließen das Gericht durch den Hintereingang. Nun mussten sie die Medien mit ins Boot holen, und John Camerons Gesicht würde bald Platin bekommen.

Sie fuhren Richtung Revier. Brown hatte Lieutenant Fynn vom Ergebnis der Untersuchung informiert, und der brachte nun die Räder ins Rollen.

»Wie war Quinn, als er die Toten identifiziert hat?«, fragte Madison Brown auf der Fahrt durch den Mittagsverkehr.

»Er war aufgewühlt.«

Madison musste die Frage stellen. »Glauben Sie, er hat gelogen?«
»Jetzt?«
»Ja.«
»Fragen Sie mich, ob Quinn gerade einen Meineid geleistet hat?«
»Ja.«
»Ich glaube nicht. Er hat uns alles gegeben, was wir wollten, nur leider war es nicht das, was wir brauchten.«
»Weil nichts dabei war, was ihm wirklich weh tun konnte.«
»Liegt Ihnen da etwas im Magen?«
»Ja und nein. Warum lässt er sich eigens vorladen, wenn er Klein das alles auch einfach vor Richterin Martin in deren Zimmer hätte sagen können? Das ist Energieverschwendung, und dafür ist Quinn nicht der Typ. Er hatte genau die richtigen Antworten vorbereitet, er hätte uns einfach nur das Auto und den Piepser geben müssen, das wäre alles gewesen.«
Bei ihrer ersten Begegnung hatte Madison gesehen, wie Quinn mit einer Tragödie umging: Er hatte Ruhe bewahrt und die richtigen Fragen gestellt, seine Gefühle hatte er gut unter Kontrolle. Sie hatten ihn allein gelassen, damit er mit Annie Sinclairs Familie in Chicago und seinen Kollegen sprechen konnte, dann hatte er Brown in der Rechtsmedizin getroffen.
Zwischen dem Zeitpunkt, zu dem sie gegangen waren, und dem Moment, in dem er die Leichen gesehen hatte, hatte sich etwas verschoben: Madison erinnerte sich, dass er sie nach der Einbruchstheorie gefragt hatte. Quinn hatte keine Sekunde lang geglaubt, dass die Morde nicht im Voraus geplant worden waren. Er war vertraut mit der Verbrechensstatistik von Seattle, und wenn sie an seiner Stelle gewesen wäre, hätte sie denselben Schluss gezogen: Die Familie Sinclair war gezielt hingerichtet worden.
»Möchten Sie noch einen Kaffee holen?« Browns Stimme riss sie aus ihren Gedanken.

»Nein danke.«
Die Hinrichtung war bis auf eines makellos gewesen: Am Tatort waren Spuren hinterlassen worden. Spuren, von denen Nathan Quinn zum Zeitpunkt der Identifizierung noch nichts wusste, und trotzdem stellte er eine Verbindung zu Cameron her, als er die Leichen seiner Freunde sah. Und wusste, dass die ganze Sache irgendwie, irgendwo vor seiner Tür landen würde. Der Rest war bloß Schadensbegrenzung.
Brown musste irgendwann in den letzten Minuten das Autoradio eingeschaltet haben, denn gerade kamen die Nachrichten aus aller Welt.
Madison beschäftigte immer noch, dass Quinn Cameron die Nachricht persönlich überbringen wollte, dass er sich in ihn hineinversetzte und sich vorstellte, wie es für Cameron wäre, zwischen Jingles und Sportberichten davon zu erfahren. In diesem Moment handelte Quinn als Freund, nicht als Anwalt. Madison war sich sicher, dass er in dieser Beziehung nicht gelogen hatte. Aber zu irgendeinem Zeitpunkt hatte es einen Wechsel gegeben, und die rechtliche Beratung war wichtiger geworden. Madison schloss die Augen – es gab Dinge, die man einfach nicht am Telefon sagen sollte.
Sie erinnerte sich an damals im College, als Rachels Mutter bei ihr angerufen hatte, weil Rachels Vater einen Autounfall gehabt hatte und auf der Intensivstation lag. Madison hatte all ihre gemeinsamen Freunde kontaktiert, und nachdem sie ihr eine Stunde lang nachgespürt hatten, hatte sie Rachel schließlich bei einem Typen namens Neal gefunden, der Jahre später ihr Ehemann werden sollte. Madison erinnerte sich noch sehr deutlich daran, was sie zu Rachel gesagt hatte. »Ich hole dich ab, sag mir, wie ich hinkomme.« *Sag mir, wie ich hinkomme.*
Die funkelnden Lichter wurden durch den Regen hinter den Scheibenwischern verzerrt. Madison richtete sich auf. Da war er, Quinns schwacher Moment, der John Cameron die

Freiheit hätte kosten können. Quinn war aus der Leichenhalle gekommen, hatte ihn gleich danach angerufen und gesagt: »Ich komme sofort zu dir, sag mir, wie ich hinkomme.« Und Cameron hatte es ihm gesagt. Auf dem Weg zu ihm wurde Quinn bewusst, dass er gerade dabei war, sich in Schwierigkeiten aller Art zu bringen, deshalb rief er Cameron noch einmal an und sagte ihm, sie sollten sich lieber bei ihm zu Hause treffen.

Dann musste er nur noch hoffen, dass die Frage nie gestellt werden würde, aber wenn doch – und so war es gekommen, denn Klein schlief auch nicht auf dem Baum –, dann würde Quinn bei jedem Schritt das Anwaltsgeheimnis bemühen und sich sogar unter Strafandrohung vorladen lassen.

Sobald er ihnen allen das Gefühl vermittelt hatte, dass sie um jede Antwort kämpfen mussten, würde er ihnen die ›sichere‹ Version servieren, und sie würden glauben, sie hätten einen moralischen Sieg errungen, und mit nichts in der Hand aus der Sache herausgehen.

Klein hatte nicht gefragt, wie oft sie miteinander gesprochen hatten, und Quinn hatte nicht gelogen. Beim ersten Mal hatte er als guter Freund angerufen, beim zweiten Mal mit dem schaurigen Gefühl, womöglich mit einem Mörder zu sprechen.

Die Nachrichten waren mittlerweile in den Wetterbericht übergegangen: In den nächsten achtundvierzig Stunden würde eine Kaltfront über die Stadt ziehen, und eine Hölle aus Graupelschauern und Schnee würde über Seattle hereinbrechen.

Das kommt nicht überraschend, dachte Madison. Sie hatten Cameron gerade verloren.

Sie standen in Lieutenant Fynns Büro. Er war zu wütend, um sich an seinen Schreibtisch zu setzen, und lehnte an der Wand dahinter. Brown und Madison nahmen die Seite neben der Tür ein und überließen Sarah Klein die Mitte. Sie ging in

dem kleinen Raum unablässig auf und ab. Die Stimme von Richterin Martin kam knisternd aus dem Lautsprecher.
»Ich dachte, wir hätten eine Übereinkunft getroffen, als wir bei mir im Zimmer saßen. Die Umstände waren *außergewöhnlich.*«
»Frau Vorsitzende, er steht immer noch unter Eid.«
»Hat er einen Meineid geschworen?«
»Nicht direkt.«
»Jetzt machen Sie keine Faxen. Ja oder nein?«
»Nein, aber …«
»Haben Sie irgendwelche neuen Beweismittel, die vor zwei Stunden noch nicht in Ihrem Besitz waren?«
Klein sah Madison an. Das, was sie hatten, konnte man bestenfalls als leisen Verdacht bezeichnen.
»Nein, Frau Vorsitzende. Wenn Sie gestatten, würde ich gerne unsere Vorbehalte bezüglich Mr. Quinns Aussage erklären.«
»Miss Klein, wenn Sie die falschen Fragen stellen, ist das allein Ihr Problem; Sie dürfen nicht zweimal in den Apfel beißen. So, jetzt hören wir damit auf, und Sie suchen mir jemanden, den man wirklich anklagen kann.«
Richterin Martin legte auf, die Leitung war tot. Klein schaltete den Lautsprecher ab.
»Das lief ja großartig«, sagte Lieutenant Fynn und nahm seinen Mantel von der Garderobe. »Ich gehe jetzt zur Besprechung: Beschaffen Sie mir bis zum Ende der Schicht ein Nummernschild für den Explorer, oder verlassen Sie die Stadt.«
Er machte die Tür auf, es wurde schlagartig still im Mannschaftsraum, er ignorierte alle und ging hinaus.
»Tut mir leid«, sagte Klein.
»Passiert«, antwortete Brown. »Machen wir einfach weiter.«
Madison nahm den Hörer in die Hand und wählte die Nummer von Camerons Pager, es klingelte, keine Nachricht, nur ein Piepsen in der Leitung.

John Cameron war nun offiziell flüchtig, und in dieser Eigenschaft hatte er es gerade auf die Liste der zehn meistgesuchten Verbrecher geschafft; vor ihm war ein Mann, der seinen Bewährungshelfer erschossen hatte, nach ihm ein Serienvergewaltiger, der in den Städten an der I-5 sein Unwesen trieb. Die Einsatzbesprechung lief wie erwartet, die Medien nahmen alles begierig auf, und die Abendblätter änderten ihre Titelseite. Eine Hotline für Hinweise aus der Bevölkerung war bereits eingerichtet, und da war noch Quinns Belohnung für Informationen, die zur Verhaftung des Mörders führen würden – nicht spezifisch Cameron. Ein feiner Unterschied, dachte Madison, der der allgemeinen Öffentlichkeit durchaus entgehen konnte.

Am Rand von Madisons Schreibtisch lag ein noch verpacktes Sandwich. Sie war eine Weile im Internet gewesen, hatte leise getippt und sich Notizen gemacht.
Als es sich langsam in ihr setzte, wie Quinn sein Spiel mit ihnen getrieben hatte, lastete das Versagen wie ein schwerer Klumpen auf ihrer Brust.
»Wissen Sie, wie viele Ford Explorer im Staat Washington registriert sind?«, fragte sie Brown, ohne den Blick vom Bildschirm abzuwenden.
Er hatte gerade den Hörer aufgelegt. In den ersten fünfundvierzig Minuten, nachdem sie Camerons Bild veröffentlicht hatten, waren bei der Hotline fünfundsiebzig Anrufe eingegangen. Auch einiges Brauchbare kam langsam durch.
Er kannte den inneren Ort, an dem sich Madison jetzt befand, ziemlich gut, er war selbst schon einige Male dort gewesen. Und manchmal hatte das Konsequenzen nach sich gezogen.
»Es war nicht Ihre Schuld«, sagte er. »Sie haben die richtigen Verbindungen hergestellt.«

»Klar, scharfsinnig, wie ich bin. Hätte ich zehn Minuten früher geschaltet, würden wir jetzt das Haus durchsuchen, in dem er wirklich wohnt.«
»Vielleicht, und wenn die Sinclairs einen Hund gehabt hätten, wären sie heute vielleicht noch am Leben.«
Madison wandte sich ihm zu, manchmal fand sie ihn tatsächlich schwierig.
»Sie haben keine Zeit, um sich nachträglich darüber zu ärgern. Das Positive bei Quinn ist, dass wir es jetzt wissen, und das ist gut«, sagte er. »Wie viele?«
»Was?«
»Explorer.«
»Einhundertsechstausend«, antwortete sie ausdruckslos.
»Okay. Ausschließen können wir alle, die nicht schwarz sind, die auf Frauen zugelassen sind oder auf Männer, die nicht weiß sind oder älter als, sagen wir, fünfzig. So. Und wenn man ein Auto loswerden will, dann doch wohl dort, wo es keine Aufmerksamkeit erregt und wo kein Mensch nach dem Halter sucht. Irgendwo, wo man damit rechnet, dass ein Auto eine Weile herumsteht.«
»Ein Langzeitparkplatz.«
»Wir überprüfen zuerst die Innenstadt und den Flughafen.«
Es wurden ein paar Telefonate geführt, und daraufhin musste eine ansehnliche Anzahl von Menschen, deren Hauptberuf es ist, an einem Schalter zu sitzen und zuzusehen, wie die Welt vorbeizieht, rasch aufstehen und sich widerwillig in die allgemeine Hektik einordnen.

Ein paar Stunden später steckte Dunne den Kopf durch die Tür. »Hey.«
»Hey«, antwortete Madison.
Sie hatten einen kleinen Fernseher mit einem Videorekorder ins Zimmer geschoben, und Madison saß zwischen hohen

Kassettentürmen an ihrem Schreibtisch. Auf dem Monitor war ein Schwarzweißbild zu sehen, das sich nicht zu ändern schien. Madison starrte es an.
»Was ist los?«
»Aufnahmen der Überwachungskamera vom Flughafen Sea-Tac. Ich gehe von den neuesten zurück bis – ich weiß nicht – so weit der Turm hier reicht.«
Dunne nahm sich eine Kopie von Camerons Foto von ihrem Schreibtisch und schaute auf den Bildschirm. Man sah Menschen kommen und gehen, mit und ohne Koffer und Taschen, manche mit Mütze, manche mit Mütze und Schal.
»Glauben Sie denn, Sie können ihn da mittendrin erkennen?«
»Vielleicht. Aber eigentlich hoffe ich nicht darauf. Wenn er es geschafft hat, in ein Flugzeug zu steigen, dann wird es zehnmal so schwer, ihn zurückzuholen.«
»Sie suchen jemanden, und Sie hoffen, ihn nicht zu finden.«
»So ungefähr.«
»Klingt unterhaltsam«, sagte Dunne. »Und was machen Sie Weihnachten?«
»Ich werde hier sitzen, mit einem Truthahnsandwich in der einen Hand und der Fernbedienung in der anderen. Und Sie?«
»Ich fahre zu meiner Familie nach Portland.«
Madison spulte vor, stoppte und spulte weiter vor.
»Sie werden den dicken Schnee verpassen«, sagte sie abwesend.
»So gut ich kann«, meinte er. »Wo ist der Chef?«
Brown saß nicht an seinem Schreibtisch.
»Nicht weit.« Sie blickte auf. »Er geht ein paar Anrufen von der Hotline nach.«
»Haben Sie vom OPR gehört?«, platzte Dunne mit seiner Neuigkeit heraus.
»Nein.«

»Sie haben Tully dazu gebracht zuzugeben, dass er die Information von einer anonymen Quelle hatte und dass kein Geld geflossen ist.«
»Und sie glauben ihm?«
»Ohne Geld, was bleibt da noch übrig?«
»Ich weiß.«
Madison widmete sich wieder den Bändern. Niemand sah auch nur annähernd so aus wie der Mann, den sie suchten, und irgendwie war das gut.
Nach Ablauf von etwa vier Stunden entdeckte sie langsam Geschichten: das streitende Paar, der Mann, der sich beim Check-in vordrängelte, das Kind, das die Eltern nicht mehr fand. Sie sah auch eine Frau, die versuchte, einer anderen Frau die Brieftasche zu stehlen, und dabei erwischt wurde, und einen Mann, der eine Aktentasche klaute und nicht erwischt wurde.
Irgendwann nach Ende ihrer Schicht und bevor es richtig Nacht wurde, kam Brown herein und stellte ihr einen Pizzakarton auf den Schreibtisch. Beide nahmen sich ein Stück, Oliven und Sardellen. Sardellen, darüber waren sich Brown und Madison immer einig gewesen.
Browns Schreibtischtelefon klingelte, er hörte zu und notierte sich eine Nummer.
»Versuchen Sie es mal mit dem …«, sagte er dann und reichte Madison einen Zettel. »Das ist ein schwarzer Explorer, er steht laut Kontrollabschnitt seit gestern Nachmittag zirka vierzehn Uhr zwanzig auf dem Langzeitparkplatz des Sea-Tac.« In ihren Augen sah er, was sie dachte. »Das bedeutet nicht, dass er weg ist, vielleicht hat er ihn auch nur dort abgestellt.«
»Hoffentlich«, sagte sie und widmete sich ihrem Computer.
Sie brauchte zwei Minuten, um herauszufinden, dass der Halter des Wagens ein gewisser Mr. Roger Key aus Bellingham war, ein männlicher Weißer.

Brown stellte sich hinter sie und schaute auf den Monitor. »Das richtige Alter, die richtige Farbe. Sieht ihm aber überhaupt nicht ähnlich.«

Roger Key hatte schlappe braune Haare und ein Gesicht, das man sofort wieder vergaß.

»Wir können die angegebene Nummer anrufen, aber wenn sein Auto auf dem Langzeitparkplatz steht, kann es gut sein, dass er nicht zu Hause ist.«

»Versuchen Sie es trotzdem.«

Madison wählte. Niemand nahm ab.

»Überprüfen Sie, ob er vorbestraft ist.«

Sie brauchte kurz.

»Nein«, sagte sie. »Keine Vorstrafen.«

»Okay. Wie ist seine Adresse?«

»Er wohnt in Bellingham.«

Brown setzte sich an seinen Schreibtisch. »Ich lasse den Explorer untersuchen, und gleichzeitig soll jemand bei ihm zu Hause vorbeifahren.«

»Ich kümmere mich um den Durchsuchungsbefehl«, sagte Madison. Richter Kramer, auch bekannt unter dem Namen Call-a-Durchsuchungsbeschluss, hatte Bereitschaft. Glück gehabt.

Zwanzig Minuten später klingelte Browns Telefon.

»Ich stehe direkt vor der Adresse«, sagte ein Polizist vom Bellingham Police Department. »Es ist ein leeres Lagerhaus. Die Tür ist mit Brettern zugenagelt. Außer Ratten wohnt niemand hier.«

»Okay«, sagte Brown, nachdem er wieder aufgelegt hatte. »Wenn Sie Ihr Auto auf jemand anderen als Sie selbst zulassen wollen, wie stellen Sie das an?«

»Gefälschter Führerschein.«

»Das ist zu einfach.«

Madison nahm sich noch ein Stück Pizza aus dem Karton. »Man braucht lediglich zwanzig Dollar, einen Geburtsschein, einen Ausweis aus einem anderen Bundesstaat und ein paar Briefe von der Bank als Aufenthaltsnachweis. Um an einen Geburtsschein zu kommen, muss man nur im Archiv nach einem verstorbenen Kind suchen, jemanden finden, der jetzt im selben Alter wäre, und die zwölf Dollar online bezahlen. Viel zu einfach.«

Sie tippte auf ihrer Tastatur herum. »Ich probier mal was aus«, sagte sie.

»Was denn?«

»Es gibt das Sterberegister der Sozialversicherung. Wenn Roger Key eine falsche Identität ist und er sie aus dem Kindersterberegister herausgesucht hat, dann würde er hier auftauchen.«

»Warum?«

»Falls die Eltern damals Beihilfe oder Ähnliches bekamen.«

»Na, hoffentlich.«

Madison wartete darauf, dass die Antwort auf dem Bildschirm erschien. Die Pizza wurde kalt, und sie hätte gerne eine Cola dazu gehabt. Es piepste.

»Ich habe ihn. Roger Key ist mit acht Jahren gestorben.«

»Ich rufe die Spurensicherung«, sagte Brown. Innerhalb von fünf Minuten saßen sie im Auto.

Madison trug Handschuhe und hatte eine dicke, schwere Taschenlampe in der rechten Hand. Der Explorer wirkte von außen makellos sauber. Sie ging näher hin und richtete den Lichtstrahl auf die Sitze. Brown tat dasselbe auf der anderen Seite. Sie wanderten langsam von vorne nach hinten. Die Strahlen der beiden Taschenlampen überkreuzten sich und lösten sich wieder voneinander, als sie den schwarzen Teppich in Augenschein nahmen.

»Nichts«, sagte sie.

»Nichts.«

Brown schaltete seine Taschenlampe aus.

»Wir wissen noch nicht, ob er es ist«, sagte er leise zu ihr. »Nicht hundertprozentig.«

»Er ist es«, antwortete Madison.

»Ist das ein Gefühl?«

»Ja. Ich habe heute einen guten Tag.« Sie kniete sich hinter das Auto und beleuchtete die Unterseite.

Der Transporter der Spurensicherung kam, und Madison freute sich, die Kriminaltechnikerin Amy Sorensen zu sehen, die in ihre Jacke schlüpfte und sich Handschuhe anzog.

»Tut mir leid, dass ich am Montag nicht da war«, sagte Sorensen, als sie zu ihnen ging. »Ich habe mir am Wochenende den Blinddarm rausnehmen lassen. Sie haben mir Bettruhe verordnet. Reine Zeitverschwendung, wenn Sie mich fragen. Was haben wir hier?«

Amy Sorensen war eine eindrucksvolle, eins achtzig große Rothaarige in den Vierzigern. Ihr Vater war Polizist gewesen, ihr Mann war Polizist, eine ihrer beiden jüngeren Schwestern war Detective bei der Sitte, die andere arbeitete lediglich in Zivil. Die Familie war Legende bei der Polizei. Amy hatte einen messerscharfen Verstand und die dreckigste Lache von ganz King County. Madison wusste, dass sie beides gleich gebrauchen konnte.

Sie setzten sie rasch in Kenntnis, und Sorensen machte sich an die Arbeit. Ihren jüngeren Partner hatte Madison schon ein paarmal gesehen. Sie stellten starke Scheinwerfer auf und machten sich um den Explorer herum zu schaffen.

»Er steht seit gestern Nachmittag hier«, sagte Sorensen, während sie den Beton um die Reifen begutachtete. »Wir gehen folgendermaßen vor: Wir werfen einen Blick ins Innere, mit minimalem Eingriff. Ich will keine Spuren zerstören, die womöglich da sind. Dann nehmen wir ihn mit und machen alles so, wie es sich gehört.«

Ihr Partner rief den Laster, der den Explorer vom Parkplatz

wegtransportieren sollte, während Sorensen die Fahrertür in weniger als zwanzig Sekunden geöffnet hatte.
»Das können Sie ja ziemlich gut«, sagte Brown.
»Die Beste in der ganzen Stadt«, antwortete sie. Mit einem tragbaren Scheinwerfer leuchtete sie über die Sitze.
»Riechen Sie es?«, fragte sie die beiden. »Holzpolitur und dieses Blumenzeugs, das man in den Staubsauger gibt.«
Sie überprüfte die Spiegel und die Fläche unter dem Lenkrad. Dann öffnete sie das Handschuhfach und schaute hinein, das helle Licht strahlte in jede Ecke. Es war leer.
Sie schüttelte den Kopf. »Okay, je länger er hier steht, desto größer die Chance, dass er kontaminiert wird.«
»Den wollte jemand loswerden«, wagte sich Brown vor.
»Oh ja, und das hat er nicht schlecht gemacht.«
»Zu sauber für Spuren?«, fragte Madison.
»Das werden wir sehen.«
Sobald der Lastwagen da war, manövrierten sie den Explorer hinein. Brown und Madison stellten sich auf den leeren Parkplatz, wo John Cameron nur achtzehn Stunden zuvor gewesen war. Ohne die Scheinwerfer war alles nun wieder kalt und dunkel.
»Ich frage mal nach, was sich auf der Hotline getan hat«, sagte Madison und klappte ihr Mobiltelefon auf.
»Warten Sie«, sagte Brown. Er stand nur ein kurzes Stück entfernt und hatte ihr den Rücken zugewandt. Er betrachtete den rauhen, unebenen Boden. »Ich möchte kurz etwas mit Ihnen besprechen.«
Madison steckte ihr Telefon weg und schob die Hände in die Taschen. Brown untersuchte die Ölflecken auf dem Beton.
»Worum geht es?«, fragte Madison.
»Was erfahren wir Ihrer Meinung nach durch das Auto?«, fragte Brown sie.
Madison gewöhnte sich langsam daran, dass er sie gerne

durch eine scheinbar unzusammenhängende Frage auf einen neuen Gedanken brachte.

»Sorensen wird etwas finden, falls es etwas zu finden gibt. Wie viel näher uns das zu Cameron bringt, weiß ich nicht, aber alles zählt. Er weiß nicht, dass diese Identität aufgeflogen ist, er könnte sie wieder benutzen. Irgendwas wird es bewirken.«

»Und die Spuren führen uns zu ihm«, sagte er.

»Früher oder später.«

»Wir haben vier Tote in der Leichenhalle, mit Sanders fünf. Wir haben eine Menge *Wie* und *Was*, aber fast gar kein *Warum*. Erklären Sie das.« Er sagte das beinahe, als wäre es eine Mathematikaufgabe. Brown schien die Kälte, die Nachtzeit und die Trostlosigkeit des Ortes nicht im mindesten wahrzunehmen. Madison stachen die Augen.

»Das hat man uns auf der Polizeischule beigebracht: Hat man vom einen viel, bekommt man vom anderen gar nichts. Murphys zweites Gesetz. Wir haben ein Motiv bei den Sinclairs, aber keines für Sanders. Wir haben den Beweis, dass Sinclair ihn bestohlen hat, aber nicht, warum. Er hat die Drogen und das Geld in Sanders' Haus zurückgelassen, aber keine Spuren. Spuren haben wir genügend bei den Sinclairs, aber nichts, womit wir sie vergleichen können.« Madison merkte, dass das noch nicht in die Richtung ging, die Brown meinte.

»Wir müssen einen Schritt zurück und das Bild im Ganzen betrachten.«

»Er ist uns die ganze Zeit zwei Schritte voraus«, gab sie zurück. »Wie weit müssen wir uns denn noch zurückfallen lassen?«

»Wie weit würden Sie gehen, um den Mann zu finden, der diese Kinder getötet hat?«

»So weit wie irgend möglich, klar. Was meinen Sie genau damit?«

»Wir finden ihn, wenn wir sehen, was er sieht.«
»Zum Teufel noch mal«, hörte sich Madison sagen, die plötzlich den Filter zwischen Kopf und Mund verlor. »Verheimlichen Sie mir etwas? Diese Yoda-im-Regenmantel-Masche funktioniert nämlich nicht.«
Ein Augenblick Stille zwischen den beiden. Madison blieben die Worte im Halse stecken, sie war ebenso überrascht wie er. Ganz langsam verzog Brown den Mund zu einem Lächeln, ein seltenes geologisches Ereignis.
»Ich weiß nicht mehr darüber als Sie«, sagte er ruhig.
Sein Telefon klingelte, es war Fynn. Während Brown ihm alles erzählte, stiegen sie ins Auto: Die Angestellten des Flughafens Sea-Tac, die sie befragen mussten, würden zur Frühschicht wieder da sein.
Madison saß da und schaute geradeaus, sie wusste nicht so recht, was sie als Nächstes sagen sollte. Brown fuhr zügig Richtung Labor, und nachdem er sein Telefon zugeklappt hatte, lächelte er immer noch.
Die Nachtschicht war an der Arbeit und beachtete Brown und Madison nicht weiter, die mit ihrem Besucherausweis an der Jacke durch die ruhigen Korridore liefen.
Im Automaten gab es Getränke und Snacks. Das Neonlicht an der Decke war unerbittlich, und eine Welle der Müdigkeit traf Madison wie eine Ziegelmauer. Sie wählte eine Dose Cola und hoffte, das Koffein würde wirken, bevor sie im Stehen einschlief.
Brown trank aus einer Wasserflasche. Sorensens Bürotür war offen, auf ihrem Schreibtisch lag eine *New York Times.* Er nahm sie und setzte sich auf eine Bank im Gang, schob sich die Brille hoch und las. Nachdem Madison ein paar Minuten lang vor ihm auf und ab gegangen war, blickte Brown auf.
»Würden Sie sich mal hinsetzen?«
Sie tat ihm den Gefallen. Er widmete sich wieder der Zeitung.
»Was ich vorhin gesagt habe …«, begann sie.

»Das mit Yoda«, sagte er knapp und las weiter.
»Genau.«
»Lustig«, sagte er.
Danach saßen sie eine Weile schweigend da. Brown blätterte gelegentlich die Zeitung um, und Madison lehnte mit geschlossenen Augen den Kopf an die kühle Wand hinter ihnen. Als sein Telefon klingelte, war es nach elf, und sie wussten beide, dass es einfach keine guten Nachrichten sein konnten.
Es war ein langes Telefonat, die meiste Zeit hörte er zu. Dann war es beendet, und nur noch das Brummen des Automaten war zu hören.
»Das war Detective Finch von der Mordkommission von L. A. Sie wurden heute an einen Tatort gerufen, ins Haus eines bekannten Dealers. Die Drogenfahndung hatte ihn seit Jahren auf dem Wunschzettel, aber sie haben ihn nie erwischt. Jedenfalls fanden sie drei Leichen vor: den Dealer und zwei Leibwächter. Sah aus wie eine Hinrichtung. Gute Nachrichten für die zivilisierte Welt, aber sie müssen den Fall trotzdem bearbeiten.«
Brown hielt inne.
»Die Leibwächter sind nach Messerstichen am Hals verblutet, und der Dealer wurde mit seiner eigenen Waffe erschossen. Durch das rechte Auge. Der Rechtsmediziner gibt die Todeszeit mit irgendwann am Dienstag an. Keine Fingerabdrücke. Keine Zeugen. Bisher keine Spuren. Aber es stellte sich heraus, dass der Mann einen Partner in Seattle hatte, und zwar einen gewissen Eric Sanders.«
Das musste sich setzen.
»Und als sie ihn überprüften …«
»Sie ziehen Cameron in Betracht?«, fragte Madison.
»Sie haben nichts, was ihn mit den Toten in Verbindung bringt, bis auf Sanders und die Art und Weise, wie die Leibwächter getötet wurden. Sie mailen Kelly später Genaueres

zu der Klinge, zum Vergleich mit dem Messer, mit dem Sanders getötet wurde.«

»Es geschah irgendwann am Dienstag«, sagte Madison. »Also bevor Sanders getötet wurde.«

Brown nickte. Madison überlegte einen Moment. In diesem Chaos musste es eine Chronologie geben. »Cameron ist Samstagnacht hier, die Todeszeit der Sinclairs bestätigt das. Er wartet zwei Tage. Am Montagnachmittag trifft er sich mit Quinn. Am Dienstag ist er in L. A., geht seinen Geschäften nach. Am Mittwoch ist er frühmorgens wegen Sanders hier. Nach der ersten Vernehmung spricht er mit Quinn, und gestern Nachmittag um vierzehn Uhr zwanzig stellt er den Explorer am Flughafen ab.«

»Viel los diese Woche«, brummte Brown.

Nach einer Weile kam Sorensen heraus. »Wir haben einen Teilabdruck von einem Daumen aus dem Kofferraum, er ist verschmiert, als wäre es ursprünglich die ganze Hand gewesen und wäre abgewischt worden. Der Abdruck ist vielleicht nicht deutlich genug, um vor Gericht standzuhalten. Der Außenlack und die Unterseite sind makellos. Damit war zu rechnen.« Sie trank einen Schluck aus einem Pappbecher. »Auf dem Rücksitz waren ein paar Haare, aber freut euch nicht zu früh, sie wurden nicht ausgerissen, sondern sind ausgefallen. Keine Haarwurzeln, keine DNA. Auf dem Rücksitz wurden außerdem noch ganz wenige Fasern gefunden, Baumwolle oder Wolle, in Schwarz. Aber das Beste ist, unter dem Lenkrad war ein Tropfen Blut. Könnte von der rechten Handfläche stammen. Wir vergleichen das mit der DNA vom Sinclair-Tatort. Und jetzt fahrt bitte nach Hause.«

Sie gingen hinaus in die Nacht. Entlang der ganzen Skyline der Stadt leuchteten in den verlassenen Büros die Fenster, und Madison sehnte sich danach, allein in ihrem Auto nach Hause zu fahren, die Musik so laut, dass sie sie in den Knochen spürte.

Billy Rain hatte den restlichen Mittwoch in der Werkstatt verbracht und über Tullys Artikel und George Pathune nachgedacht, der tot auf dem Zementboden einer Gefängniswäscherei gelegen hatte. Eigentlich hatte er weniger nachgedacht, vielmehr war er wieder zurückversetzt worden in diese Zeit. Das war ihm zwischen Kopf und Hände geraten, und er hatte sich zweimal geschnitten. Das war ihm noch nie passiert. Sein Schwager hatte es bemerkt.

»Blute nicht die Sitze voll«, sagte er zu ihm.

Billy war das völlig egal. Der Tag verging unendlich langsam, und am Ende seiner Schicht verließ Billy die Werkstatt mit der zusammengefalteten Zeitung in der Jackentasche. Er brauchte eine Bar, wo er niemanden kannte und wo niemand ihn kannte. In einer Seitenstraße der Fairview Avenue fand er eine. Ein düsteres Lokal, gerade dass keine Sägespäne auf dem Boden lagen.

Er trank sein erstes Bier aus, setzte sich in eine Nische in der Ecke, die Zeitung unberührt neben dem Schälchen mit Erdnüssen. Er bestellte ein zweites Bier, trank einen Schluck und schlug den *Star* auf. Er las Tullys Artikel zweimal, und beide Male ergriff ihn die gleiche kalte Furcht, aber er schaffte ihn trotzdem bis zum Ende.

Als er sein drittes Bier anfing, hatte er das Gefühl, jetzt hätte er alles ein wenig mehr unter Kontrolle. Genug, um zu wissen, dass er ab jetzt Ginger-Ale trinken musste, wenn er klar denken wollte.

Seit er auf Bewährung draußen war, hatte er nicht mehr an diesen Tag gedacht, er hatte die Erinnerung daran in der Zelle gelassen. Niemand wusste davon, weil er niemandem davon erzählt hatte. Es bestand auch keine Notwendigkeit: Die Leiche von George Pathune war inoffiziell dem Konto eines Häftlings namens Edward Morgan Rabineau zugeschrieben worden, der bereits für zwei Morde einsaß, und es überraschte niemanden sonderlich, dass ein dritter dazugekommen war.

Billy Rain konnte, wenn er ganz ehrlich sein sollte, nicht sagen, ob der Mann, den er gesehen hatte, Rabineau gewesen war. Er kannte ihn natürlich, aber sie hatten sich nie unterhalten, sie bewegten sich in unterschiedlichen Kreisen, und innerhalb der Gefängnishierarchie waren sie so weit auseinander, wie es nur ging. Doch jetzt gab es einen wichtigen Unterschied: Rabineau saß noch. Billy Rain war sich dessen ganz sicher.

In Tullys Artikel wurde als Hauptverdächtiger ein gewisser John Cameron genannt. Ein Name, den er schon lange nicht mehr gehört hatte und den er gehofft hatte, nie mehr hören zu müssen.

Billy Rain trank sein Ginger-Ale aus. Er war sich außerdem ziemlich sicher, dass Cameron damals, als Pathune umgebracht wurde, nicht im Gefängnis gesessen hatte. Und das bedeutete, dass sich Tully womöglich irrte. Mit Billy hatte das natürlich nichts zu tun, nichts davon.

Er bestellte sich etwas zu essen und aß, während er Sport im Fernsehen schaute. Dann ging er nach Hause in seine Einzimmerbude – er hatte sich noch nicht als würdig erwiesen, wieder bei seiner Familie einzuziehen, er aß nur ein paarmal pro Woche mit ihnen zu Abend – und sah fern, bis er in seinem Sessel einschlief.

Am Donnerstagmorgen stand die Nachricht von Nathan Quinns Belohnung in allen größeren Zeitungen.

Kapitel 24

Es war ein harter Winter. Michael und Harry Salinger verbrachten viele Nachmittage zu Hause, Gefangene des Regens, der früh einbrechenden Dunkelheit und der Launen ihres Vaters. Sie ertrugen die siebte Klasse und beteten für das Frühjahr und den Anbruch des Sommers.

Als sie eines Samstagnachmittags vom Einkaufen zurückkamen, wartete ihr Vater in der Küche auf sie. Michael bemerkte ihn zuerst und wich einen Schritt vom Fenster zurück. Ihr Vater hatte sie noch nicht gesehen. Michael winkte seinem Bruder, ihm zum Hintereingang zu folgen.

»Er wartet«, flüsterte er.

»Ich habe nichts angestellt«, sagte Harry rasch.

»Los«, sagte Michael. »Bringen wir's hinter uns.«

Sie gingen in die Küche und stellten die Tüten auf den Tisch. Richard Salinger sah sie an. »Wollt ihr *Zurück in die Zukunft* sehen oder nicht?«

Sie waren sprachlos. Der Film war gerade erst angelaufen, und niemand redete über etwas anderes. Sie stellten sich an der Kasse an und kauften Popcorn. Immer noch verblüfft bewegten sich die Jungen durch das Gedränge.

Sie sahen den Film an und hörten ihren Vater lachen, ein ganz fremdartiges Geräusch. Danach ging er mit ihnen Pizza essen, sie teilten sich eine große mit Salami und tranken Cherry Coke. Das Lokal war voller Eltern mit ihren Kindern. Das Letzte, was Harry an diesem Abend beim Einschlafen dachte, war: So *muss es sich anfühlen, zu sein wie alle anderen.*

Richard Salingers Stimmung hielt etwa eine Woche vor. Dann kam Michaels »Ja, Sir« einmal nicht ganz so zackig, wie es hätte sein sollen, und sein Bruder bekam einen schnellen Schlag auf den Hinterkopf. Es wäre ja beinahe ein Witz, wenn man es nicht selber wäre, sagte Michael danach.

Sie saßen auf der Hintertreppe. Es war das Ende eines Sommertages, der Himmel über ihnen färbte sich lila. Der Garten wurde von hohen Bäumen gesäumt, und da ihr Vater in der Arbeit war, konnte sie niemand sehen.

Sie rauchten zusammen eine Zigarette und reichten sie in dem Wissen hin und her, wie viel jeder einzelne Zug sie kosten würde, wenn ihr Vater davon erfahren würde.

»Wir könnten weglaufen«, sagte Michael. »Das ist nicht unmöglich.«

Sie wussten beide, dass Richard Salinger jede Verbindung, die er noch zur Polizei hatte, nutzen würde, um sie ausfindig zu machen. Sie würden gerade mal fünf Minuten durchhalten.

Sie vergruben die Zigarettenpackung und die Streichhölzer in einer kleinen Plastiktüte unter den Wurzeln des am weitesten vom Haus entfernten Baums, den Stummel daneben.

Zwei Tage später fand Michael die Waffe.

Sie warfen einen Tennisball hin und her, als sie die Treppe hinuntergingen. Michael verfehlte, und der Ball rollte ins Zimmer ihres Vaters. Die Jungen sahen einander an: Es war keine gute Idee, hier ohne einen hervorragenden Grund reinzugehen, und ein Tennisball stellte nicht einmal annähernd einen solchen dar. Aber Richard Salinger war nicht im Haus, und Michael schob die Tür vorsichtig auf.

»Er ist unterm Bett. Hol ihn und komm schnell wieder raus«, sagte Harry.

Michael ging einen Schritt weit hinein und sah sich um. Das hastig gemachte Bett stand in der Ecke. Ein Sakko und ein

Hemd lagen über einem Stuhl daneben. Der Raum war lange nicht gelüftet worden, und es roch nach Hustensaft.
»Komm schon«, rief Harry. Allein bei dem Gedanken, dass Michael im Zimmer ihres Vaters war, stellten sich ihm die Nackenhaare auf.
»Okay.« Michael ging auf alle viere, hob die Bettdecke an und blickte ins Halbdunkel. Zwei Paar alte Lederschuhe lagen verquer darunter, unter einer so dicken Staubschicht, dass die Farbe gar nicht mehr zu erkennen war. Eine Schuhschachtel stand da, die mit einer Schnur zugeknotet war, und zwischen ihr und der Wand steckte der Tennisball.
Michael war nicht sonderlich erfreut darüber, in diesen Staub langen zu müssen, aber da musste er jetzt durch. Er legte sich flach auf den Bauch, versuchte mit dem Gesicht möglichst nicht den Boden zu berühren, fasste nach der Schuhschachtel, zog sie vor und langte nach dem Ball. Mit jedem Atemzug stieg ihm der Staub in die Nase. Er schloss die Finger um den Ball und richtete sich auf. Mit dem Fuß versuchte er die Schuhschachtel zurückzuschieben. Sie war schwer.
»Was brauchst du denn so lange?«
»Hast du die schon mal gesehen?« Michael zeigte auf die Schachtel.
Harry warf einen Blick ins Zimmer hinein und schüttelte den Kopf.
In diesem Haus der Geheimnisse wurde keines von Richard Salinger besser bewacht als der Tod ihrer Mutter. Die Jungen hatten keine Erinnerung an sie. Er erzählte ihnen nichts, und sie stellten keine Fragen. Nur wenn sie unter sich waren, sprachen sie manchmal über sie und rätselten.
Langsam knotete Michael die Schnur auf. Er wusste selbst nicht, was er zu finden hoffte, vielleicht ein Stück Papier, vielleicht ein Foto.
Harry stand wie gelähmt da.

Michael legte die Schnur zur Seite und hob den Deckel. Ihm blieb der Mund offen stehen. Er blickte zu Harry auf.

»Was ist?«

»Komm her.« Michael klang todernst.

»Nein.«

»Harry.«

Harry betrat das Zimmer und sah ihn. Der Revolver war in ein weißes Taschentuch gewickelt, daneben eine kleine Schachtel mit Patronen. Auch unter dem Stoff verborgen bestand kein Zweifel darüber, was es war.

Als sie klein waren und ihr Vater noch bei der Polizei gearbeitet hatte, hatte er ihnen oft seine Dienstwaffe gezeigt, die stets fest im Holster saß und die sie mit ihren kleinen Händen nicht erreichen konnten.

Michael hob die Ecken des Taschentuchs nacheinander an, seine Finger streiften das Metall der Waffe kaum. Sie war auf Hochglanz poliert.

Nach einer Ewigkeit, wie es ihnen vorkam, nahm Michael den Griff in die Hand. Harry war erstarrt. Sie wären nie im Leben auf den Gedanken gekommen, dass ihr Vater immer noch eine Waffe im Haus haben könnte. Die Zigaretten hinter dem Baum waren Kinderkram. Das hier war jenseits jeglicher Grenzüberschreitung, übertraf jeden bisherigen Verstoß gegen die Regeln.

Harry wurde eisig. »Leg sie weg«, sagte er.

Michael stand auf, er richtete die Waffe auf das Fenster, kniff ein Auge zu und zielte mit ausgestrecktem Arm. »Gleich«, antwortete er.

Harry wusste nicht, warum er so eine höllische Angst hatte. Sie konnten gar nicht erwischt werden, ihr Vater würde noch Stunden weg sein. Er betrachtete Michael, wie er die Trommel begutachtete, der Revolver war nicht geladen. Es war die Leichtigkeit, mit der sein Bruder mit der Waffe umging, wie er den Griff in der Hand hielt.

»Leg sie weg.«
»Gleich.« Michael hielt sie ihm hin, die Mündung auf den Boden gerichtet. »Willst du sie mal halten?«
Harry Salinger nahm seinem Bruder den .38 aus der Hand, überrascht und begeistert davon, wie schwer er war. Es war sehr seltsam. Er streckte den Arm aus und zielte auf die untergehende Sonne. Es fühlte sich besser an als gut, es fühlte sich richtig an.
Gemeinsam knieten sie sich hin, legten den Revolver zurück in die Schachtel und schlugen ihn sorgfältig in das Tuch ein. Michael schob ihn dahin zurück, wo er ihn gefunden hatte, und sie verließen den Raum. Ohne dass eine Erklärung nötig gewesen wäre, gingen sie zu dem Baum und gruben die Zigaretten aus. Jeder nahm eine, und sie setzten sich zum Rauchen auf die Küchenstufen, so verängstigt und aufgedreht wie noch nie in ihrem Leben.
»Es ist nicht unmöglich«, sagte Michael leise.

Der Rest des Sommers drehte sich um nichts anderes als die Waffe. Warum ihr Vater sie hatte, warum er sie versteckte und wie sie diese wertvolle Entdeckung nutzen konnten. In Anwesenheit ihres Vaters waren sie mucksmäuschenstill, aber sie nahmen ihr Gespräch bei jeder sich bietenden Gelegenheit wieder auf.
»Ich finde, wir sollten los, bevor die Schule wieder anfängt«, sagte Michael eines Tages, während sie Wäsche zusammenlegten. »Ich glaube nicht, dass ich es noch einen Winter hier aushalte.«
Harry nickte, er war daran gewöhnt, dass Michael mehr redete. Doch diesmal war Michaels Geplapper anders, es war *konkret.* Er hatte einen Zeitrahmen überlegt und Möglichkeiten, die Stadt zu verlassen, er sprach von großen Städten, wo sich zwei Jugendliche verstecken konnten, ohne dass sie je gefunden wurden. Irgendwo, wo es warm war, wo sie sich mit

kleinen Jobs über Wasser halten konnten. Vor allem müssten sie die Waffe mitnehmen. Dann wären sie sicher. Harry nickte. Nachts wachte er immer öfter auf, lag im Bett und lauschte dem leisen Knacken und Ächzen im Haus. Das Metall der Waffe in seiner Hand hatte kühle Blautöne direkt vor ihn projiziert, und auch das Wort selbst: ›W‹ leuchtete in einem satten, dunklen Lila, Harry sah es mit geschlossenen Augen vor einem schwarzen Hintergrund. Es suchte ihn heim, ob er es mochte oder nicht, ob er bereit war oder nicht.

Es war Sonntagmorgen, ihr Vater schlief noch, und der Tag strahlte mit all der Lieblichkeit des Spätsommers. Michael wandte sich am Küchentisch an Harry.

»Fahren wir zum Mount Baker Beach«, schlug er vor.

Sie nahmen den Bus, und je weiter sie sich vom Haus entfernten, desto besser fühlten sie sich. Es war das Wochenende vom Labor Day, und am Strand waren lauter Familien und Kinder, die herumplanschten. Die Jungen kauften sich zwei Flaschen Cherry Coke und setzten sich ans Wasser. Nach einer Weile stand Harry auf.

»Ich geh rein.«

Die Sonne hatte ihnen lange auf die Schultern gebrannt, und der Lake Washington war so kühl, dass ihm beinahe schwindelig wurde. Er tauchte als Erstes mit dem Kopf unter, und als er wieder an die Oberfläche kam, schüttelte er sich das Wasser aus den Haaren.

»Das ist toll, du musst unbedingt rein!« Harry schlug mit der Handkante schräg ins Wasser und spritzte Michael an.

Sie machten eine Wasserschlacht, dann schwammen sie unter Wasser hinaus, bis sie nicht mehr stehen konnten. Sie tauchten auf, um Luft zu schnappen, ruderten mit den Armen und bespuckten sich gegenseitig mit Wasserfontänen. Sie schwammen, dann drehten sie sich auf den Rücken und ließen sich vom Wasser treiben, wohin es wollte.

Nach einiger Zeit schwamm Harry zurück ans Ufer.
»Ich bleibe noch ein bisschen«, sagte Michael und sah die Füße seines Bruders verschwinden wie einen Fischschwanz, silbern unter dem Blau.
Harry fand ihren Kleiderhaufen und legte sich in dem sanften Wind hin. Er schlief ein. Als er aufwachte, waren seine Haare trocken, und Michael war immer noch weg. Harry stand auf, die Sonne stand nicht mehr so hoch am Himmel, und die meisten Leute waren schon gegangen. Er blickte sich um, überall. Der See war flach und ruhig. Harry ging ins Wasser, wandte sich um, um das Ufer abzusuchen, dann drehte er sich wieder zum Wasser.
»Alles in Ordnung?« Der Rettungsschwimmer legte dem Jungen die Hand auf die Schulter, und Harry zuckte zusammen.
Die Sonne war gerade untergegangen, als sie Michael aus dem Wasser trugen.

Harry konnte das Zittern nicht stoppen. Er saß hinten im Streifenwagen und wurde nach Hause gefahren. Die beiden Polizisten sprachen freundlich mit ihm, aber ihre Worte drangen nicht zu ihm durch. Im einen Moment knisterte noch der Polizeifunk, im nächsten war es totenstill.
Die Polizisten klopften an die Tür. Sein Vater erschien. Der eine Polizist schaute nur auf seine Füße, der andere legte seinem Vater die Hand auf den Arm, Richard Salinger warf den Kopf zurück, wandte sich dann langsam um und starrte das Auto an.

Einen Monat später sah Harry vom Küchenfenster aus zu, wie sein Vater einen Streit mit ihrem Nachbarn vom Zaun brach. Als die Katze des Nachbarn bald darauf mit durchgeschnittener Kehle gefunden wurde, bemerkte niemand die Kratzer auf Harrys Händen und Armen. An diesem Tag lächelte sein Vater kurz. »Manchmal ist die Welt gerecht, mein Junge. Nicht oft, lass dir das gesagt sein. Man muss es genießen, wenn es einmal so ist.«

Harry Salinger sitzt in seinem Keller und wickelt den Draht zweimal um das Stück Glas. Das durchsichtige Teil hat die Form eines Wassertropfens und würde an einem Kronleuchter nicht fehl am Platz wirken. Im richtigen Licht wirft es farbige Flecken auf seine Hände und auf eine kleine Holzkiste auf seinem Tisch. Es hätte Michael gefallen.

Die Arbeit tut wohl. Die Fernsehbildschirme sind leise gestellt, Salinger hebt ab und an den Blick, um zu sehen, ob die Nachrichten schon laufen.

Madisons Stimme, indigoblau, schwebt immer noch wie erstarrt über dem Tatort: Sie hat die Stille in seinem Haus auf eine Art und Weise erfüllt, wie er es nicht für möglich gehalten hätte.

… er hat sie überfallen, ohne dass sie es überhaupt mitbekommen haben …

Sie beschrieb sein Werk so detailliert, so voller Verständnis. Es war beinahe intim. Pläne werden gemacht und können wieder geändert werden, es war Zeit zu improvisieren, sich treiben zu lassen. Welch ein Segen, diese Frau.

Kapitel 25

Alice Madison schlug in der Dunkelheit die Augen auf. Sie war urplötzlich hellwach, die Uhr projizierte 05:43 an die Decke. Das Telefon neben ihrem Bett klingelte wieder und wieder, sie nahm schnell ab.

»Hallo?«

»Brown hat gesagt, ich soll ihn schnellstmöglich anrufen, wenn ich was habe, ich erreiche ihn aber nicht. Sie sind die Nächste.«

»Sorensen.«

»Guten Morgen.«

»Eine Sekunde.« Madison schaltete die Nachttischlampe ein und stellte die Füße auf den Boden. Sie trug nur ein T-Shirt, die plötzliche Kälte weckte sie ein bisschen, die Heizung war noch nicht angesprungen. Sie atmete ein paarmal tief ein, um ihr Gehirn anzukurbeln.

»Ich bin da«, sagte sie.

Sorensen kam ohne Umschweife zur Sache.

»Die Fasern sind Kaschmir, das Blut stammt von einem Menschen, und wir haben bei dem Fingerabdruck eine Übereinstimmung in fünf Punkten, das hält vor Gericht nicht stand, aber, hey, der Gedanke zählt.«

Madison versuchte ihr zu folgen.

»Sind Sie noch da?« Sorensen hörte sich nicht so an, als hätte sie gerade eine doppelte Schicht mit einer frischen Blinddarmnarbe unter dem Overall hinter sich.

»Ich glaube schon.«

»Denn jetzt wird es gut. Die Fünf-Punkte-Übereinstimmung betrifft Cameron.«

Madison wollte das aufschreiben, aber ihr Notizbuch steckte in der Jackentasche, die Jacke lag auf einem Sessel im Wohnzimmer. Sie beeilte sich.

»Wir warten noch auf die DNA-Ergebnisse. Fünf Punkte, das ist vor Gericht viel zu wenig …«

»Ich weiß, aber es ist immerhin etwas.«

»Immer optimistisch, wie?«

Madison lächelte, während sie sich Notizen machte. »Kaschmir?«, sagte sie.

»Schwarz. Wenigstens hat er einen guten Geschmack. Suchen Sie mir etwas zum Vergleich, einen Pullover oder vielleicht einen Schal.«

»Mache ich. Danke, Sorensen.«

»Gut, Sie geben das dann bitte an Brown weiter, ich fahre jetzt nach Hause und mache ein Nickerchen. Ich bin vor Mittag wieder zurück.«

Es hatte keinen Sinn, wieder schlafen zu gehen. Madison schaltete die Kaffeemaschine ein, und während sie wartete, zog sie eine Jogginghose und ein dickes Oberteil an. Sie trotzte dem Morgenfrost, nahm ihren Kaffee mit nach draußen auf die Terrasse und wärmte sich die Hände daran.

Ohne auch nur einen Schimmer von Tageslicht gab es wenig zu sehen, aber Madison kannte jeden Baum und jeden Strauch, und es hatte ihr gefehlt, hier draußen zu sein. Es war so ruhig. Sie hoffte, ein kleiner Teil von diesem Frieden würde ihr den Tag über erhalten bleiben.

Die vielen Menschen am Hauptterminal des Flughafens Seattle-Tacoma strömten ungehindert an ihnen vorbei. Madison und Brown studierten gerade Zahlungen und Kaufdaten von Tickets, als Browns Telefon piepste: Ein junger Streifenpolizist, der erst vor sechs Monaten die Polizeischule abgeschlossen hatte, hatte sich bei Taxifahrern am kleineren King County Airport umgehört, und er hatte etwas, das

sie vielleicht interessieren könnte. Madison spürte, wie ein Tropfen Adrenalin in ihr zu kreisen begann.
»Seine rechte Hand«, hatte Taxifahrer George Malden gesagt. »Ich erinnere mich an die Narben.«
Am späten Dienstagnachmittag hatte er einen einzelnen Mann mit einem Handgepäckstück mitgenommen. Er erkannte ihn nicht zweifelsfrei wieder, als Officer Jerez ihm das Foto zeigte, aber als dieser die Narben auf der rechten Hand des Mannes erwähnte, wusste er es sofort.
Während der zügigen Fahrt zum Flughafen King County hatte Brown in der Wache angerufen, damit man einen Phantombildzeichner besorgte.
Malden blickte auf, als sie ihm das Bild zeigten. »Wenn ich Ihnen sage, dass der Typ, den ich gesehen habe, so wie dieser Typ hier aussieht, aber trotzdem anders, dann halten Sie mich für bekloppt, was?«
Brown schüttelte den Kopf und lächelte: »Wir haben dieses Bild von einem Computer bearbeiten lassen, auf der ursprünglichen Aufnahme war er achtzehn.«
»Also, die Augen stimmen. Aber der Mann ist schmaler, der Unterkiefer ist ein bisschen anders, und er hatte so ein kleines Bärtchen, einen Ziegenbart. Die Haare waren blond, so wasserstoffblond.«
»Gehen wir rein und setzen wir uns kurz hin«, schlug Brown vor, und Madison spürte, wie sich ihr Körper anspannte. Sie hatten die Fährte wieder aufgenommen.
Malden hatte Cameron im Marriott Residence Inn an der Fairview Avenue abgesetzt. Ein Hotel.
Zwei Dinge bereiteten Madison Sorgen: Warum sollte Cameron in ein Hotel fahren müssen, wo er doch ein Haus in Laurelhurst besaß und irgendwo anders im King County wahrscheinlich noch eines? Und die Hand. Sie verstand nicht, warum Cameron nach sieben Toten innerhalb von vier Tagen, bei all seiner Vorsicht und dem Augenmerk, das

er auf Kleinigkeiten richtete, nicht dafür sorgte, dass man sein einziges wirklich unverwechselbares Merkmal nicht sah.

Er war wegen Eric Sanders zurückgekommen, um das Werk zu vollenden, das er in den frühen Morgenstunden des Sonntags mit den Sinclairs begonnen hatte. Er hätte Handschuhe tragen müssen. Vielleicht hatte er keine dabei, vielleicht war es in L. A. zu warm und sommerlich, und er hatte sie vergessen.

Klar. Madison legte diese Überlegungen mit ein paar anderen unbeantworteten Fragen ab, die sie gelegentlich plagten.

Das Residence Inn stand am Ufer des Lake Union und wurde hauptsächlich von Geschäftsreisenden und Touristen belegt. Es bot sämtliche Annehmlichkeiten, an die man sich in Hotelketten mit identischen Räumen in gedämpften Pastellfarben gewöhnt hatte, aber Cameron hatte von keiner davon Gebrauch gemacht. Innerhalb einer knappen Stunde hatten Brown und Madison zweifelsfrei bestätigt, dass Cameron am Dienstagabend nicht eingecheckt hatte. Nicht unter seinem Namen und auch nicht unter dem Namen Roger Key. Zwischen Dienstag und Mittwoch hatte auch sonst niemand eingecheckt, der dieser Beschreibung entsprach. Madison ging die Computerausdrucke durch, und Brown sprach mit den Angestellten.

Vielleicht hatte Cameron an der Bar etwas getrunken, der Barkeeper war sich nicht ganz sicher, aber man konnte schlichtweg nichts machen. Madison konnte nicht ehrlich behaupten, sie sei überrascht.

Sie verließen das Hotel, genau wie Cameron es vier Tage zuvor getan haben musste. *Er kommt also am Flughafen an, nimmt sich ein Taxi und steigt hier aus. Dann checkt er nicht ein, sondern geht sofort wieder. Und danach?* Madison atmete den Wind ein, der vom Wasser kam, der Lake Union lag

gleich auf der anderen Straßenseite, dunkel und still. *Verdammt.* Sie wandte sich Brown zu. Sie wusste es intuitiv.
»Er hat ein Boot.«
Brown sah ihr in die Augen und nickte. »Genau. Das hat Quinn geheim gehalten.«
Sie standen da, Chandler's Cove erstreckte sich vor ihnen, ein Steg nach dem anderen, mehr Boote, als sie in dem salzig feuchten Zwielicht zählen konnten.
»Machen wir einen Spaziergang«, sagte Brown.
Ein Boot, das war keine gute Neuigkeit, und Madison ärgerte sich plötzlich über sich selbst, weil sie nicht früher an diese Möglichkeit gedacht hatte. Ein Boot in Seattle, das bedeutete, er konnte überallhin, ohne irgendwo zu sein. Auf dem Wasser war er so gut wie unsichtbar. Im Bereich Seattle-King County waren viele tausend Boote zugelassen.
Es war plötzlich, als hätten sie es mit eigenen Augen gesehen, wie er aus dem Hotel kam, sich versicherte, dass das Taxi weggefahren war, dann leichten Schrittes hinüber zum Steg ging, wo sein Boot lag. Vom Bootstyp her konnte es alles Mögliche sein, im Hafen von Chandler's Cove waren Yachten bis zu zwanzig Meter zugelassen. Vom Lake Union aus konnte man in den Lake Washington fahren oder sogar hinaus zum Puget Sound und dann weiter. Besonders hübsch: die Fahrt nach Vancouver Island in Kanada.
Madison sah sich um, außer ihnen war kaum jemand auf den Landungsstegen, es würde kaum Zeugen geben. Der Ford Explorer war auf einen anderen Namen registriert gewesen, auf Roger Key. Das war sehr wahrscheinlich Camerons übliche Vorgehensweise – das Boot konnte also auf eine völlig andere Identität zugelassen sein. Er hätte es nicht so lange durchgehalten, wenn er nicht sehr vorsichtig gewesen wäre. Wahrscheinlich hatte er für unterschiedliche Zwecke gut gepflegte Identitäten, Führerschein, Boot, Grundstücke, Flugtickets.

Madison war tief in Gedanken, da merkte sie, dass Brown mit ihr sprach. »Kennen Sie sich mit Booten aus?«
»Ich habe ein Kajak, wenn das zählt.«
»Also, es ist so: Man braucht einen Liegeplatz, muss das Boot warten, tanken, es während neun Monaten Regen instand halten. Schon wenn Sie mit so einem Zwölfmeterboot rausfahren, verbrennen Sie Geld.« Brown ließ den Blick über die schnittigen Segelschiffe und die schwereren Motorboote mit ihren gut ausgestatteten Kabinen schweifen. »Cameron lässt sich nicht auf halbe Sachen ein. Wenn er ein Boot hat, dann hat er sich ein technisch einwandfreies Schmuckstück gekauft, und irgendwo muss ihn irgendwer damit gesehen haben. Es ist mir egal, was er mit seinen Haaren angestellt hat.«
Madison steckte die Hände in die Jackentaschen und blickte in den purpurfarbenen Himmel auf.
»Wir haben einundzwanzig Quadratkilometer Wasser gegen zweihundertsiebzehn Quadratkilometer Land.«
Brown wandte sich zu ihr und wollte etwas sagen, überlegte es sich aber anders. Die Boote schaukelten auf dem Wasser und stießen sanft aneinander.

Zurück auf dem Revier, öffnete Madison den Kühlschrank im Gemeinschaftsraum und untersuchte den Inhalt. Hinten im zweiten Fach stand immer noch dieselbe Packung Hühnersuppe wie damals, als Madison in die Mordkommission gekommen war. Daneben lag ein halber Bagel mit etwas Grünem darin, von dem Madison nur hoffen konnte, dass es Salat war. Etwas Gelbes, Klebriges war unten ausgelaufen, vielleicht Limonade, vielleicht Suppe. Ganz egal, was das OPR anstellen würde, die Weltgesundheitsorganisation würde ihnen den Laden innerhalb einer Nanosekunde dichtmachen.
Andrew Dunne kam in Hemdsärmeln zu ihr, die Krawatte

gelockert und den obersten Knopf geöffnet. Er stellte sich neben sie, und beide widmeten sie sich dem trostlosen Anblick. Seine roten Haare standen hinten ab, und unter den Sommersprossen war er bleich.

»Ich habe gehört, ihr habt ein Bootsproblem«, sagte er.

»Ja.«

»Ich habe einen Freund in der Zulassungsbehörde, wenn das hilft.«

»Danke, aber das wird reiner Papierkram.«

»Ihr Glückspilze.«

»Gibt's was Neues von Sea-Tac?«

»Nein. Außer dass Kelly stinksauer war, dass er nicht am King-County-Flughafen dabei war. Er kam sofort zurück und hat den Taxifahrer quasi vom Phantombildzeichner weggezerrt.«

Madison hob die Augenbrauen und hielt diese Reaktion für angemessen. Das war genau der Grund, weshalb Brown die Nachricht über den Taxifahrer per Telefon durchgegeben und Kelly nicht mitgenommen hatte.

Dunne schob die Kühlschranktür mit dem ausgestreckten Zeigefinger zu. »Bei Jimmy's gibt's heute Hackbraten.«

Jimmy's war eine Polizeikneipe drei Straßen weiter. Wenn sie einen kannten und nicht zu viel zu tun hatten, lieferten sie auch. Dunne hatte die Nummer auf einer Kurzwahltaste gespeichert. Zwanzig Minuten später standen sechs Freitagsspezialmenüs auf dem Tisch.

Madisons erster Impuls war, ihre Packung zu nehmen und wieder an ihren Schreibtisch zu gehen, wo ein kleiner Berg Ausdrucke von den Sea-Tac-Fluglinien und der Schifffahrtsbehörde des Staates Washington auf sie warteten. Stattdessen setzte sie sich auf Spencers Schreibtisch und brachte ein paar Minuten damit zu, nicht unsozial zu sein. Kelly ignorierte sie, Rosario las seine Zeitung, Dunne und Spencer unterhielten sich über Tattoos, und Brown saß schweigend da,

stocherte in seinem Essen und las das Fax, das zuvor vom LAPD gekommen war.
Wenigstens der Hackbraten war phantastisch; vor ihrer Großmutter hätte er bestanden.
Dann kehrte Madison an ihren Schreibtisch zurück. Die Unterlagen waren fein säuberlich gestapelt. Um Platz für eine Tasse Kaffee zu schaffen, nahm sie eine Mappe weg – ihre Notizen aus der Bibliothek, die Nachforschungen über die Entführung vom Hoh River und die Familien von Cameron, Sinclair und Quinn. Madison schlug die Mappe auf und überflog, was sie geschrieben hatte. Seither hatte es vier weitere Tote gegeben.
In den Zeitungsartikeln waren die Bilder von David Quinns Beerdigung, das Foto von den Trauergästen und eines von John Cameron, an das Madison sich nicht erinnerte. Er trug einen Arm in einer Schlinge, mit der anderen Hand zerrte er einem Fotografen die Kamera vom Hals. Die Leute um ihn herum hatten den Eindringling gar nicht bemerkt, außer Nathan Quinn. Die Miene des Fotografen drückte Überraschung aus, die von Cameron puren Hass. Der Mann war viel größer und schwerer als der Junge, aber er wich taumelnd zurück, um Reißaus zu nehmen. Cameron schien nicht die geringste Angst zu haben; etwas, das mächtiger war als sein kleiner Körper, hatte ihn getrieben.
Madison blinzelte. Als sie die Mappe fortgenommen hatte, hatte sie einen Blick auf das Blatt darunter erhascht, ein anderer Artikel, den sie ausgeschnitten hatte: Es war der Bericht über den Überfall auf den Fotografen Andrew Riley in der kleinen Straße hinter der Bar. Sie erinnerte sich, wie der Detective ihn nach dem Überfall beschrieben hatte. Die Angst, den Schock.
Madison blinzelte wieder. Irgendwo weit abseits ihrer Aufmerksamkeit sprach Brown mit Spencer an der Tür. Brown begegnete ihrem Blick. Madison schaute nach unten, in der

einen Hand das Foto von Cameron, in der anderen den Artikel über Riley. Und dann erschloss es sich ihr, klar und logisch und schlüssig.

Sie blickte auf. Brown schloss die Tür ihres Büros und lehnte sich dagegen.

»Cameron hat Riley überfallen.« Sie war immer noch verblüfft.

»Ja«, entgegnete Brown nur.

»›Ja‹?«

Er nickte. »Weil Riley versucht hat, Aufnahmen von Camerons toten Freunden zu machen.«

Madison hielt inne. Alles, was sie wusste, wurde neu geordnet und bekam einen neuen Namen. Sie hob die Hand. »Einen Moment.« Ihre Augen konnten nichts fixieren. Der Tatortbericht vom Haus der Sinclairs, die Bilder, das Verhörprotokoll von Nathan Quinn, Sorensens Vorabbericht über den Explorer. Alles, was sie gesehen hatte, alles, was sie getan hatte.

»Verdammt!« Madison schlug mit der flachen Hand gegen die Wand hinter ihr. Sie hatte das Gefühl, ganz leicht ein Loch hindurchhauen zu können, aber als sie sich Brown zuwandte, hatte sie ihre Wut unter Kontrolle.

»Sie wussten es?«

»Ja.«

»Und Sie fanden es besser, das für sich zu behalten?«

»Wenn ich es Ihnen gesagt hätte, wäre es Ihnen nichts wert gewesen. Ich war mir sicher, dass Sie selbst darauf kommen. Wenn wir das Fynn oder sonst jemandem verkaufen müssen, dann will ich mir keine Sorgen machen, dass Sie nicht voll dahinterstehen. Sie mussten es mit eigenen Augen sehen.«

»Und wenn nicht?«

»Dann hätte ich einen neuen Partner angefordert.«

Sie sahen sich an.

»Sie müssen jetzt ganz klar denken«, sagte Brown.

»Okay«, sagte sie.
»Okay«, antwortete er.
Sie setzten sich.
Die allerwichtigste Schlussfolgerung aus dem, was Madison gerade herausgefunden hatte, war etwas, das sie nun kaum auszusprechen imstande war. Nach all den vielen Stunden, die sie mit dem Wie und dem Warum verbracht hatten. Sie musste es trotzdem laut sagen.
»Wenn Cameron Riley für die Verletzung der Würde seiner Freunde bestraft hat, dann ist die logische Folge, dass er *nicht* für ihren Tod verantwortlich ist.« Die Wörter fühlten sich komisch an in ihrem Mund. »Denn wenn er es wäre, dann hätte er nichts gegen diese Bloßstellung gehabt, denn das hätte gut zur Inszenierung des Tatorts und der Positionierung der Leichen gepasst. Er hätte gewollt, dass die Welt es sieht.«
»Ich glaube tatsächlich nicht, dass er es war.«
»Wann fingen Sie an zu zweifeln?«
»Als Payne uns wegen des Glases anrief.«
»Letzten Dienstagmorgen während der Besprechung?«
»Ja.«
»Letzten Dienstag?«
»Ich weiß.«
»Sie haben das niemandem gegenüber erwähnt?«
»Ich habe mit Fred Kamen darüber gesprochen.«
»Das Glas war der Tropfen, der das Fass zum Überlaufen brachte?«
»So ähnlich. Zu diesem Zeitpunkt hatten wir den unvollständigen Scheck mit der gefälschten Unterschrift und die Haare in dem Knoten der Fessel. Das war einfach zu viel des Guten. Wenn man sich ansieht, wie Cameron zuvor gearbeitet hat, dann ist der Sinclair-Tatort völlig anders geprägt.«
»Trotzdem haben wir noch die ganzen Beweismittel, für die wir eine Erklärung brauchen.« Madison mochte Spuren, sie

verließ sich darauf. Es verletzte sie in ihrem Stolz, dass jemand Schindluder mit dem getrieben hatte, woran sie glaubte, und sie hätte es nie erfahren, wären nicht der Zufall und eine Tasse Kaffee gewesen.
In ihrem Kopf fügten sich die Puzzleteilchen zusammen.
»Wenn Cameron die Sinclairs nicht getötet hat, dann war es jemand anders. Der Dealer in L. A. und Sanders hatten damit zu tun, und Cameron hat es herausgefunden.«
»Glauben Sie wirklich, das entspricht deren Stil?«
»Gehen wir kurz mal zurück, Sie haben am Dienstag angefangen, darüber nachzudenken. Seit diesem Zeitpunkt läuft ein Haftbefehl gegen Cameron, wir arbeiten uns durch Unmengen von Papier, und zwar mit einem einzigen Ziel: Cameron zu finden. Und der Brüller ist, er ist der Falsche. Wie um Himmels willen konnten Sie das nur für sich behalten?«
»Ich habe nicht den geringsten Beweis, es ist nur eine Ahnung. Eine Mutmaßung, die ich zufällig für hundertprozentig richtig halte. Die einzige Möglichkeit, die wir haben, ist, gleichzeitig an beiden Enden zu arbeiten: Wir folgen der Spur, die uns der Mörder gelegt hat, um bei Cameron zu landen, und damit suchen wir gleichzeitig den Mörder. Das Ganze ist nicht kurzfristig geplant worden: Der Kerl wusste, wonach wir suchen würden, und er hat es uns gegeben. Wie er die Falle ausgelegt und die Täuschung geplant hat, verrät uns etwas über ihn und wie er denkt und was er davon haben will. Noch etwas: Cameron hat vielleicht nicht die Sinclairs getötet, aber drei Männer in L. A. und einer in Seattle sind tot, weil er es so beschlossen hat. Wenn der Mörder so nahe an Cameron dran ist, dass er ihn uns auf einem Silbertablett servieren kann, dann sage ich nicht nein.«
Madison kaute einen Augenblick daran herum.
»Schauen wir uns noch einmal die Sinclairs an«, sagte Brown.
»Wir können mit der Todesart anfangen.«
»Die Frau und die Kinder wurden erschossen, der Ehemann

wurde gefesselt und ist an einem Herzinfarkt gestorben, der durch das Einatmen von Chloroform ausgelöst wurde. Wir hatten daraus geschlossen, dass James Sinclair mitbekommen sollte, wie seine Familie abgeschlachtet wurde. Es war seine Strafe dafür, dass er ihn bestohlen hatte.«

»Was passiert, wenn wir Cameron vom Tatort streichen?«

»Der Mörder wollte, dass Sinclair als Letzter stirbt. Cameron sollte wissen, dass Sinclair einen langsamen, qualvollen Tod starb und dass ihm bewusst war, was mit seiner Familie passierte.« Irgendwie war das noch schlimmer als ihre erste Schlussfolgerung.

»Genau. Und das ist nicht die Handschrift unserer Freunde aus L. A.«

Madison lehnte sich zurück. »*Dreizehn Tage* ist eine Warnung an Cameron, und der Mann ist noch dort draußen.«

Brown nickte. Sie wusste, dass er recht hatte, und es lief ihr kalt den Rücken hinunter. In den Kreisen, in denen sich Eric Sanders bewegte, war man mit Vergeltungsschlägen schnell bei der Hand, sie arbeiteten wenig am Detail und viel mit Munition. Das war etwas anderes.

Brown nahm den Bericht der Spurensicherung und schlug ihn auf. »Von dem Moment an, in dem Payne sagte, wir hätten Camerons Fingerabdruck auf dem Glas, ging es nur noch um Spuren. Der Mörder offenbart sich uns durch Spuren. Er hat DNA und Fingerabdrücke benutzt, um sein Zielobjekt am Tatort festzumachen, und er hat mit Urkundenfälschung und Unterschlagung ein Motiv konstruiert.«

»Ist Saltzman mit den Steuersachen fertig?«

»Ja, er hat nichts gefunden, was darauf hindeutet, dass sich Sinclair jemals unangemessen verhalten hätte.«

»Wir haben den Scheck und das Geld, das auf das Konto kam und wieder verschwand.«

»Was glauben Sie, wie leicht es für mich wäre, morgen ein Konto auf einen anderen Namen zu eröffnen? Sie haben

etwas Zeit im Haus von Sinclair verbracht. Was hatten Sie für ein Bauchgefühl? Brauchte der Mann Geld?«
»Nein.«
»Und was *hatten* Sie für ein Bauchgefühl?«
Madison schüttelte den Kopf. All die Zeit, die sie mit den Videos verbracht hatte. Sie hatte ein Bauchgefühl gehabt und es weitgehend ignoriert. Da fiel ihr plötzlich etwas ein.
»Die Fessel. Sie haben gesagt, die Menge von Blut und Zellen an der Fessel würde nicht zu Sinclairs Verletzungen passen, es hätte viel mehr sein müssen, so wie er sich gewehrt hat. Da stellte sich die Frage, warum der Mörder ihm die Hände noch einmal neu gefesselt hat.«
»Jetzt wissen wir es.«
»Er musste die Haare in dem Knoten plazieren. Er hätte es nicht tun können, solange Sinclair noch am Leben war und sich wehrte.«
Madison bekam langsam ein Gespür für den Wahnsinnigen. Um ihn zu finden, musste sie ihn verstehen. Um ihn zu bekämpfen, würde sie etwas anderes brauchen, etwas, von dem sie nicht sicher war, ob sie es einem auf der Polizeischule beibrachten.
Ihr Mobiltelefon klingelte, und sie fuhr zusammen. Sie schaute auf die Uhrzeit auf dem kleinen Bildschirm, es war 22:45 Uhr. Die Nummer war unbekannt.
»Hallo.«
»Hallo, spricht da Detective Madison?«
Ein erwachsener Mann, über zwanzig und unter fünfzig, aus der Gegend hier.
»Ja, wer spricht da?«
»Mein Name ist Greg Phillips, Sie haben vor ein paar Tagen in Laurelhurst mit meinem Vater Clyde gesprochen. Er wohnt gegenüber von John Cameron.«
Der alte Mann mit der Einkaufstüte.
»Ja, natürlich, ist alles in Ordnung mit ihm?«

»Es geht ihm gut, danke. Sie hatten ihm Ihre Karte dagelassen, und na ja, also wir haben gerade die Polizei angerufen, jemand hat versucht, bei Cameron einzubrechen. Mein Vater meinte, ich soll Ihnen Bescheid geben, weil es Sie vielleicht interessiert.«

»Ja, auf jeden Fall, vielen Dank. Wir sind schon unterwegs.«

Madison klappte ihr Telefon zu und langte beim Aufstehen nach ihrer Jacke. »Bei Cameron wird gerade eingebrochen.«

Brown schnappte sich seinen Mantel.

Kapitel 26

Hektisch liefen sie durchs Revier, die anderen Detectives waren alle unterwegs oder außer Dienst. Es herrschte nicht viel Verkehr, und sie schafften es in einer guten Zeit nach Laurelhurst. Die Temperatur war gefallen, und kein vernünftiger Mensch war noch vor der Tür.

»Was hat Kamen gesagt?«, fragte Madison, sobald sie auf der 23rd Avenue waren.

»Er hat sich auf die Verwendung der DNA und der Fingerabdrücke konzentriert und meinte, wir sollten nach jemandem suchen, der eine Affinität zur Polizeiarbeit hat. Vielleicht ist es jemand, der sich einmal an der Polizeischule beworben hat und abgelehnt wurde, jemand, der in Polizeibars verkehrt und dort Gespräche anfängt. Solche Dinge.«

»Was, wenn er sich beworben hat und nicht abgelehnt wurde?«

»In Anbetracht dessen, was er dieser Familie angetan hat, hoffe ich, dass vielleicht etwas in der psychologischen Prüfung aufgetaucht ist. Das war nicht sein erstes Mal, er hatte Zeit zum Üben.«

»Kriegen wir das Archivmaterial von der Polizeischule?«

»Morgen sollte es da sein. Ich habe Payne gebeten, sich noch einmal das Glas vorzunehmen und zu überprüfen, ob es vielleicht chemisch behandelt wurde. Sorensen untersucht die Haare. Vielleicht finden wir heraus, wie er sie sich beschafft und aufbewahrt hat.«

Madison knabberte immer noch an der neuen Situation. Erst suchten sie einen, jetzt gab es auf einmal noch einen anderen. Brown wusste genau, wie es ihr ging. »Wenn Lieutenant Fynn Ihnen genau jetzt die Frage stellt, was sagen Sie dann?«

Sie blies die Wangen auf und ließ etwas Luft heraus. »Sie kennen doch diese Vexierbilder, die eigentlich eine Kombination aus zwei Bildern sind, wie eine optische Täuschung. Man kann nicht beide gleichzeitig sehen. Wenn man das eine sieht, verliert man das andere und umgekehrt. Ich weiß einfach, dass es Cameron war, der Riley verprügelt hat, aber wenn ich das sehe, verliere ich das größere Bild.«

Er nickte.

»Und wir wissen immer noch nicht, warum«, fuhr sie fort.

»Mit dem Warum haben wir uns die ganze Woche beschäftigt, und Sie wissen ja, wohin das geführt hat. Im Moment gebe ich mich mit dem Wie und dem Wer zufrieden.«

Madison verschob ihr Holster ein bisschen und entspannte sich im Sitz. »Wir haben das Haus doch eigentlich überwachen lassen.«

»Nicht intensiv genug. Sie setzen es auf die Liste, und dann fährt jede Stunde mal ein Streifenwagen vorbei.«

»Die Chancen, dass es ein normaler Einbruch ist, stehen ziemlich gering. Da will sich jemand das Weihnachtsfest über eBay finanzieren.«

»Es könnte ein Reporter sein, der sich ein bisschen zu nahe herangewagt hat. Einbrüche sind auch nicht mehr das, was sie einmal waren.«

»Sie wissen aber, dass wir es Fynn bald sagen müssen, oder?«, fragte sie.

»Morgen. Wir machen das in aller Frühe.«

»Aber *nach* seinem ersten Kaffee.«

»Auf jeden Fall.«

In Laurelhurst war alles ruhig, als sie ankamen. In den Wohnhäusern an den Straßen schlief man bereits, sanft stieg ein leichter Nebel auf. Brown bog nach rechts in Camerons

Straße ein und ging vom Gas. Links und rechts parkten Autos in den Zufahrten.

Ein Uniformierter vom Seattle P.D. stand gegenüber von Camerons Haus mitten auf der Straße. Mit einer Taschenlampe in der linken Hand sah er zu, wie sie näher kamen. Brown parkte und wies sich und Madison aus, als sie aus dem Auto stiegen. Der Strahl der Taschenlampe streifte ihre Füße. Die Luft war schneidend kalt.

Camerons Haus war genauso einsam und verlassen, wie sie es zuletzt gesehen hatten. Madison fiel auf, dass im Haus der Phillips auf der anderen Straßenseite noch ein paar Fenster erleuchtet waren.

»Mein Partner und ich haben auf den Notruf reagiert, die Eigentümer sind nicht vor Ort.« Officer Mason war groß und drahtig, unter der Mütze ein unauffälliges Gesicht.

»Das hatten wir erwartet«, sagte Brown.

»Die Eingangstür und die Fenster sind sicher, aber mein Partner ist auf die andere Seite gefahren, falls dort jemand herauskommen sollte.« Camerons Garten grenzte auf der Rückseite an ein anderes Grundstück, das an einer Parallelstraße lag.

Aus dem Funkgerät des Officers kam ein Knacken. Plötzlich splitterte Glas, und sie rannten mit gezogenen Waffen die Zufahrt hinauf zur Garage.

Madison hörte Officer Mason hinter sich in sein Funkgerät rufen.

Es war vom hinteren Teil des Gartens gekommen; man konnte nur dorthin gelangen, wenn man seitlich am Haus vorbeiging. Bäume und Sträucher schlugen ihnen ins Gesicht, und je weiter sie vordrangen, desto dunkler wurde es. Ihr Herz raste, aber das war nur eine chemische Reaktion und bereitete ihr keine Sorgen.

»Ich gehe vor«, sagte Madison. »Ich war schon bei Tageslicht da, es ist ziemlich eng.«

»Nein, ich mache das«, sagte Brown. »Geben Sie mir Rückendeckung.« Er ging los, bevor sie noch ein Wort sagen konnte. Sie folgte ihm rasch, der Uniformierte kam ein paar Schritte hinter ihr. Innerhalb von Sekunden waren sie aus dem dämmrigen Licht der Straße heraus.

Madison schützte das Gesicht mit dem linken Arm vor den zurückschnalzenden Zweigen. Der Boden unter ihren Füßen war hart und trocken. Gleich würden sie den Zaun erreichen und hätten ein wenig mehr Bewegungsspielraum, es waren nur noch ein paar Schritte. Madison hörte Brown vor sich, Zweige knickten, Kleidung raschelte.

Plötzlich krächzte es hinter ihr laut aus dem Funkgerät, und Madison wartete, bis Mason auftauchte.

»Machen Sie das Funkgerät leiser.« Ruhig, aber entschlossen.

»Tut mir leid«, flüsterte er.

Madison drehte sich wieder um und ging weiter. Der linke Arm oben, die rechte Hand unten, die Waffe zum Boden gerichtet. Sie roch wieder die tote Katze, sie waren fast durch. Sie hatte aufmerksam gelauscht, aber nach dem Bersten des Glases kein ungewöhnliches Geräusch mehr wahrgenommen. Sie würden es bald sehen, wahrscheinlich war es die Tür mit den Glaseinsätzen.

Sie roch jetzt die Katze ganz nah und dazu noch etwas Schwaches. Chloroform. Madison wollte sich umdrehen, aber es war zu spät. Direkt hinter ihr packte jemand ihre rechte Hand mit der Glock darin. Er versuchte, ihr die Waffe wegzunehmen. Chloroform, nahe am Gesicht. Sie wurde fast vom Boden abgehoben, gedreht, er schlug ihr den Kopf nach hinten an die Wand, versuchte, ihr das Tuch aufs Gesicht zu drücken.

Nein, so läuft das nicht. Atmen, Luft bekommen. Schreien. Du musst Brown warnen, musst ihn warnen.

Es waren nur Sekunden, und der Abstand zwischen ihr und Brown war der längste in Madisons Leben.

Sie trat fest zurück. Das Tuch war in ihrem Gesicht, sie wurde mit dem Gesicht gegen die Wand gedrückt, etwas Warmes rann ihr über die Wange. Mit dem linken Ellbogen stieß sie nach hinten oben, mit aller Kraft. Er schnappte nach Luft. Der rechte Arm tat ihr weh. Er hatte die Kraft, aber sie hatte die Wut. Chloroform bedeutete etwas, Chloroform, das waren vier Leichen auf dem Bett.

Wenn sie einen Schuss abfeuern könnte, wüsste Brown, dass er in Deckung gehen musste. Sie würde wahrscheinlich nur die Wand treffen. Es würde sie den Arm kosten. *Scheiß drauf.* Sie zog, so fest sie konnte, und feuerte, etwas riss, der Schmerz glühte weiß, das Tuch war über ihrem Gesicht. Der Mann fluchte.

Sie feuerte noch einmal. Die Waffe fiel auf den Boden. *Nicht atmen, nicht einatmen.*

Aus der Ferne hörte sie Brown auf sie zukommen, er kämpfte sich durch das Gebüsch. Seine Stimme, er rief sie. Madison war auf einem Auge blind, hatte eine Platzwunde an der Augenbraue, das ganze Gesicht war voller Blut. Halb betäubt tastete sie auf Knien den Boden ab, um ihre Waffe zu suchen.

»RUNTER!« Ihre Stimme brannte ihr in der Lunge.

Drei schnell aufeinanderfolgende Schüsse zerrissen die Nacht. Zwei Meter entfernt sah sie in der Dunkelheit vor ihr die Mündung aufblitzen.

Brown, Brown suchen. Madison versuchte aufzustehen, ihre Beine gaben unter ihr nach. Sie hörte nicht gut, ihre eigenen Schüsse klingelten ihr noch in den Ohren, aber sie nahm keine Bewegung um sie herum wahr. Der Mann war verschwunden.

Sie rief Brown und hörte nichts als Stille. Sie legte eine Hand an die Wand, richtete sich halb auf, tastete sich an der Wand entlang. Sie fand ihn am Zaun auf dem Boden liegen, und selbst in dem schwachen Licht sah sie das Blut, das auf seinem Brustkorb glänzte.

Nein. Sie tat das, was sie in ihrer Ausbildung gelernt hatte. Sie setzte sich seitlich von ihm hin, sagte seinen Namen, versuchte ihn wachzurufen. Mit zwei Fingern fand sie seinen Puls, so schwach er auch war, ihre Hand war glitschig von ihrem eigenen Blut. Sie beugte sich vor und hörte ihn atmen, ein dünnes Geräusch, das ihr mehr Angst einjagte als alles andere in dieser Nacht. Und sie redete weiter, redete die ganze Zeit über mit ihm, während sie auf die Wunde drückte und in der Ferne schon die Sirenen aufheulten. Sie hoffte bei Gott, es wäre ein Krankenwagen dabei, und sie würden sie hier im Gebüsch finden.

Zwei Streifenpolizisten und ein Sanitäter waren innerhalb von Minuten bei ihnen. Eine Frau hatte aus einem Fenster beobachtet, wie Harry Salinger in seiner Uniform die Detectives begrüßte, und als sie die Schüsse gehört hatte, hatte sie den Notruf gewählt und angegeben, ein Polizist sei in Gefahr; da folgte die Reaktion immer auf dem Fuße.

»Haben Sie einen Schuss abbekommen?«

»Nein, ich glaube nicht.«

»Können Sie laufen?«

»Er braucht Sauerstoff.«

»Das wissen wir.«

Der Sanitäter zog Brown eine Maske über und versuchte, Madison von ihm zu lösen und hinaus auf die Straße zu bringen, aber sie wollte erst weg, nachdem sie Brown auf eine Bahre geschnallt und ihn zum Krankenwagen gebracht hatten.

Als sie herauskamen, standen da zwei weitere Streifenwagen mit blendenden Scheinwerfern, ein Menschenauflauf versammelte sich um sie. Madison betrachtete Brown im Licht der Straßenlaterne. Er sah tot aus. »Wird er wieder?«

»Setzen Sie sich ins Auto, Sie sehen Ihren Partner im Krankenhaus.«

»Atmet er?«

»Er atmet, und jetzt steigen Sie ein.« Die Sanitäter waren schnell, sie wusste, sie würden über rote Ampeln fahren. Ihr Kopf pochte, und die Mienen der Polizisten um sie herum verrieten ihr, dass sie selbst auch ziemlich schlimm aussah. Sie wandte sich an einen, der zuvorderst stand, sie erinnerte sich nicht mehr an seinen Namen, sie erinnerte sich kaum noch an ihren eigenen.
»Sichern Sie den Tatort und rufen Sie Sorensen von der Spurensicherung, verstehen Sie? Sorensen.«
In diesem Moment musste sie sich gegen das Auto lehnen, weil ihr das Stehen zusehends schwerfiel. Als sie sich mit der rechten Hand abstützte, war der Schmerz so überwältigend, dass sie beinahe ohnmächtig wurde. Irgendwie schaffte sie es, sich auf die Rückbank des Streifenwagens zu setzen, und sie fuhren dem Krankenwagen nach.
»Alles in Ordnung da hinten?«, fragte sie der uniformierte Polizist. Er wendete mit quietschenden Reifen und hinterließ eine Gummispur auf dem Beton.
»Ja«, sagte sie, mehr ging gerade nicht, sonst hätte sie sich übergeben, in eine Decke gewickelt und noch im Schockzustand. »Könnten Sie etwas für mich tun?«
»Was brauchen Sie?« Sie sah seine Augen im Rückspiegel.
»Sorgen Sie dafür, dass mein Chef informiert wird, Lieutenant Fynn von der Mordkommission. Er muss wissen, was passiert ist.«
»Kein Problem.« Er sprach in das Funkgerät. »Sind Sie in einen Hinterhalt geraten?«
Madison roch das Chloroform in ihren Kleidern. »So ähnlich.«
Madison tastete nach dem Holster, und wie durch ein Wunder war die Glock wieder da, der Sicherheitsriemen geschlossen. Sie machte eine Sekunde lang die Augen zu. Als Nächstes sah sie die grellen Lichter der Notaufnahme des Northwest Hospital, und jemand rief laut.

»Wie heißen Sie?«
»Alice Madison. Wo ist mein Partner? Er ist kurz vor mir eingeliefert worden.«
Sie saß seitlich auf einer Tragbahre, ein Arzt in grüner OP-Kleidung leuchtete ihr mit einer kleinen Taschenlampe in ihr gutes Auge, das rechte, während eine Krankenschwester die Platzwunde an der linken Augenbraue säuberte. Sie war tief und brannte teuflisch.
»Schauen Sie jetzt nach oben. Man kümmert sich um ihn, keine Sorge.«
»Bei allem Respekt, aber wenn Sie mir nicht sagen, wie es ihm geht, finde ich es selbst heraus.«
Große Worte für eine Frau, der zu schwindelig war, um die Füße auf den Boden zu setzen, aber sie meinte es ernst, und das merkte er.
»Adam, bitte«, sagte der Arzt.
Die Krankenschwester verließ den Raum, um nachzusehen. Auf dem Tisch neben ihnen lagen Madisons Röntgenaufnahmen. Man hatte ihr einen sauberen Kittel gegeben. Ihre Anziehsachen, den Gürtel und die Waffe hatte man in eine Plastiktüte gesteckt, ein Techniker von der Spurensicherung, der vorbeigekommen war, um ihr Partikel unter den Fingernägeln abzukratzen, hatte sie vor ein paar Minuten abgeholt. Es ging schnell voran.
Der Arzt steckte die Röntgenaufnahmen auf ein Sichtgerät. Madisons Kopf von beiden Seiten und ihr rechter Arm.
»Ihr Kopf ist in Ordnung, er wird Ihnen noch eine Weile weh tun, aber das kommt nur vom Chloroform und dem Schlag, den Sie abbekommen haben. Das ist kein bleibender Schaden.« Er lächelte ihr kurz zu und zeigte auf das Bild. »Sie haben sich das Handgelenk verstaucht und den Muskel beschädigt, der zum Ellbogengelenk reicht. Sind Sie Rechtshänderin?«
»Ja.«

»Gut, lassen Sie die Schiene dran, und Sie dürfen nichts heben, was mehr wiegt als eine Tasse Kaffee. Die Schulter werden Sie noch ein paar Tage spüren. Autofahren wird schwierig, es wird richtig weh tun, und ich empfehle Ihnen nicht, es zu versuchen. An der Augenbraue reichen ein paar Stiche. Die Narbe verschwindet mit der Zeit.« Der Arzt sagte das immer, weil die Patienten immer fragten. Andererseits sah Madison nicht so aus, als gehörte sie zu dieser Gattung.
»Eine Tüte tiefgefrorener Erbsen«, sagte er. »Gegen die Schwellung.«
Sie nickte. Die Schwester kam zurück. Madison drehte den Kopf zu schnell, und ein stechender Schmerz mahnte sie zu mehr Vorsicht. »Er ist stabil, sie bringen ihn gerade in den Operationssaal. Dr. Taylor kümmert sich um ihn.«
»In der Neurochirurgie kann Dr. Taylor niemand etwas vormachen, Ihr Partner ist in guten Händen.«
»Neurochirurgie, was soll das heißen? Brown wurde in die Brust getroffen.«
»Er hat eine zweite Schussverletzung«, erklärte der Arzt und ließ ihr einen Moment, um das zu begreifen. »Es gab erst einen Durchschuss, die Kugel verfehlte irgendwie die Lunge, und mit der anderen befasst sich jetzt Dr. Taylor.«
Madison war froh, dass sie saß. Sie nickte.
»Ich lasse Sie jetzt mal durchatmen, gleich kommt eine Assistenzärztin zum Nähen.«
Sie ließen sie allein. Madison trank Wasser aus einem Becher. Man hatte ihr ein Schmerzmittel gegeben, und Fynn war unterwegs. Doch wichtig war nur, dass Brown oben war.
Der Raum, in dem sie sich befand, war neben dem Sichtungsbereich, er war klein, aber sie hatte ihre Ruhe. Madison drehte die Lampe, die der Arzt benutzt hatte, von ihrem Gesicht weg. Irgendwo in der Nähe wurden Stimmen lauter und wieder leiser, gedämpfte Schritte eilten an der geschlossenen Tür vorbei. Madison war dankbar für diese wenigen Mo-

mente, die sie allein sein konnte, für das sanfte Leuchten des Sichtkastens für die Röntgenbilder.
In diesem tristen und funktionellen Raum, in dem Menschen Nachrichten überbracht bekamen, die ihr Leben verändern würden, sammelte sich Madison und suchte nach der Kraft und der Klarheit, um zu tun, was sie tun musste. Sie hatte nicht viel Zeit, und sie hatte nur eine Chance, es richtig zu machen. Lieutenant Fynn würde bald hier sein, und er würde sie sehen wollen.
So hatte es nicht ablaufen sollen, sie hatten ihn am frühen Vormittag und allein in seinem Büro sprechen wollen. Brown sollte das Ganze übernehmen und sie ihn lediglich unterstützen. Stattdessen kämpfte Brown nun in einem trostlosen, neonbeleuchteten Raum um sein Leben, und sie musste einen vernünftigen Menschen, einen guten und zuverlässigen Polizisten, davon überzeugen, dass schwarz eigentlich weiß war.
Die Assistenzärztin, eine junge Chinesin, nähte die Wunde mit zwei Stichen quer über die linke Augenbraue.
»Zwei Zentimeter weiter unten, und es hätte viel schlimmer ausgehen können«, sagte die Ärztin. »Sie hatten Glück.«
Madison trank einen Schluck aus dem Becher. Die Assistenzärztin stand auf. »Sie sollten mal einen Blick nach draußen werfen«, sagte sie.
Nachdem die Tür zugefallen war, setzte Madison die Füße auf den Boden und ging die paar Schritte zur Tür. Sie war schwach, aber nicht mehr so benommen. In dem blendenden Licht des Wartebereichs draußen sah sie ein Meer von Blau. Polizisten in Uniform, mehr, als sie zählen konnte, Zivilpolizisten und Detectives aus ihrem und anderen Revieren, alle waren gekommen, um sicherzustellen, dass zwei aus ihren eigenen Reihen wieder gesund wurden.
Madison ließ die Tür langsam wieder zufallen und atmete ein paarmal tief ein. Sie waren wegen Brown hier, und sie hoffte, er wusste das in seinem Kampf.

Fünf Minuten später klopfte Lieutenant Fynn und trat ein. Madison stand beim Leuchtkasten, die Deckenlampe war an. Er betrachtete ihre Verletzungen. Er trug seinen dunklen Mantel über einem Rollkragenpullover, offenbar hatte er sich eilig angezogen.
»Madison«, sagte er.
Die Schiene an ihrem Handgelenk reichte bis zur Mitte der Hand. Er reichte ihr die Linke.
»Sir.«
»Alles in Ordnung?«
»Mit mir ja. Von Brown wissen Sie.«
»Er ist in besten Händen hier. Brown hat eine Schwester in Vancouver, ich habe sie angerufen. Spencer ist am Tatort, er übernimmt die Leitung.«
»Das ist gut«, sagte sie. Madison wusste nichts von Browns Familie. Noch ein Grund, sich zu schämen.
»Möchten Sie sich setzen?«
»Nein, Sir, ich stehe lieber.«
»Okay. Sagen Sie mir, was passiert ist.«
»Wir sind auf der Wache und gehen die Unterlagen vom Flughafen durch. Ich erhalte einen Anruf auf meinem Mobiltelefon, ein Mann sagt, er sei der Sohn von Camerons Nachbar und er hätte gerade den Notruf gewählt, weil jemand versuche, bei Cameron einzubrechen. Er dachte, das könnte mich interessieren. Jedenfalls fahren Brown und ich nach Laurelhurst, und als wir dort ankommen, steht ein uniformierter Polizist mitten auf der Straße vor dem Haus.«
»Konnten Sie ihn gut sehen?«
»Ja, am Anfang. Als wir dann seitlich vom Haus waren, war es zu dunkel.«
»Reicht es für eine Phantomzeichnung?«
»Ja. Weiß, männlich, bestimmt eins fünfundachtzig groß, keine besonderen Kennzeichen. Er stellt sich als Officer Mason vom nördlichen Bezirk vor. Sein Partner sei angeblich in

die Parallelstraße gefahren. Dann hören wir Glas splittern und rennen los.«
Madison erzählte ihm, wie Brown vorangegangen war, vom Rauschen des Funkgeräts, das sie so lange aufgehalten hatte, dass der Mann sie getrennt voneinander angreifen konnte. Und von dem chloroformgetränkten Stück Stoff.
Fynn nickte. Er hatte in den letzten Wochen wenig Gelegenheit gehabt zu beobachten, was Madison für einen Detective abgeben würde, aber er hatte es nicht auf diese Art herausfinden wollen. Nichtsdestotrotz, der Krankenhauskittel hatte kurze Ärmel, und von ihrer Schulter bis ans Handgelenk verliefen dunkelrote Flecken. Sie musste sich nach Kräften gewehrt haben.
»Sir, ich muss dazusagen, wenn es mir gelungen wäre, Sergeant Brown früher zu warnen …«
»Madison, lassen Sie mich das klarstellen. Was haben Sie mit Ihrem Arm gemacht?«
»Ich habe mit meiner Waffe in die Wand geschossen, der Angreifer hat mir den Arm hinter den Rücken gehalten.«
»Das haben Sie für Brown getan.«
Madison gab keine Antwort.
»Gut. Sie sagten, es gab drei Schüsse, Brown war bereits in Deckung gegangen, als auf ihn geschossen wurde. Der erste hat ihn erwischt, der zweite hat ihn erwischt, aber der dritte hat ihn völlig verfehlt. Hätten Sie nicht getan, was Sie getan haben, wäre er dreimal ins Herz getroffen worden, und wir würden jetzt ein ganz anderes Gespräch führen.«
Madison antwortete nicht.
»Der Angreifer hat Chloroform benutzt, Sir. Genauso wurde James Sinclair betäubt. Und ich wette, die Ballistik wird feststellen, dass die Patronenhülsen von Laurelhurst zu denen von Blueridge passen. Es wird eine .22 sein, dieselbe, mit der Annie Sinclair und ihre Kinder erschossen wurden.«
»Cameron.«

Madison sah Lieutenant Fynn an. Schwarz war weiß.

»Nein.«

»Sie glauben nicht, dass er Sie in einen Hinterhalt gelockt hat?«

Madison hielt seinem Blick stand.

»Ich höre«, sagte er.

In wenigen Sätzen fasste Madison den neuesten Stand der Ermittlung bei den Sinclair-Morden zusammen. Sie brachte sie in Zusammenhang mit den Toten in L. A. und dem Mord an Sanders. Spuren, Motive, Gelegenheiten.

»Und jetzt«, sagte sie, »stellen Sie sich bitte vor, dass letzten Samstag jemand anders ins Haus der Sinclairs eingebrochen ist, jemand, der uns glauben machen wollte, dass Cameron seine Freunde und ihre Kinder abgeschlachtet hätte. Und er war ihm nahe genug gewesen, um Beweismittel zu bekommen, wie das Glas mit den Fingerabdrücken darauf oder die Haare, die er in den Knoten gelegt hat, *nachdem* Sinclair bereits tot war. Er hat die Fesseln gelöst und dann wieder neu zusammengebunden, das passt auch zu dem Gewebe, das auf dem Lederriemen gefunden wurde.«

Lieutenant Fynn zog den Kopf ein paar Zentimeter zurück, sagte aber nichts.

Madison fuhr fort, ihren Fall zu zerlegen, sie nahm sich jeden einzelnen Punkt, der auf Cameron hingedeutet hatte, vor und drehte ihn um. Allein das Wissen, dass dieses Gespräch stattfand, würde Nathan Quinn ausreichen, um den Haftbefehl anzufechten.

Als sie fertig war, standen sie schweigend da und musterten einander.

»Haben Sie eigentlich völlig den Verstand verloren?«, fragte Fynn.

»Das dachte ich anfangs auch, aber nein, ich glaube nicht. Ich habe es heute erst begriffen, eigentlich durch Zufall. Brown weiß es schon seit Tagen.«

»Sie haben gesagt, er ›arbeitet an beiden Enden‹.«
»Ja. Fred Kamen vom FBI kann das bestätigen.«
»Aber holla. Ich rede weder mit ihm noch mit sonst jemandem darüber.«
»Sir …«
»Madison, Sie haben die Ermittlung gerade in die Tonne getreten. Brown hatte schon recht, nicht zu mir zu kommen. Sie haben nichts, was Ihre Theorie unterstützt …«
»Außer dass sie das Einzige ist, was Sinn ergibt.«
Fynn setzte sich auf den Rand der Krankenbahre. Er wusste jetzt, was für einen Detective Madison abgeben würde.
»Ich kann nicht mit Kamen sprechen und gleichzeitig den Haftbefehl aufrechterhalten.« Er suchte einen Kaugummistreifen in seiner Tasche.
Madison setzte sich neben ihn, sie arbeitete mit den letzten Reserven, und ihr zitterten die Beine. Sie wollte noch mehr sagen, über Brown, über ihren Tag heute. Stattdessen saßen sie einfach ein bisschen da, und sie ließ Fynn in Ruhe nachdenken.
Es wurde ihr bewusst, dass sie keinerlei Einfluss darauf hatte, wie seine Entscheidung über die weitere Vorgehensweise aussehen würde. Das Einzige, worauf sie Einfluss hatte, war ihre Reaktion darauf. Browns Rolodex stand auf seinem Schreibtisch, unter K würde sie Fred Kamens Durchwahl finden. Das war schon einmal ein Anfang.
»Haben Sie große Schmerzen?«, fragte Fynn sie.
»Sie haben mir etwas gegeben. Es geht.«
»Rechtshänderin?« Er betrachtete die Hand, mit der sie geschossen hatte und die halb von der Schiene bedeckt war.
»Ja.« Madison wusste nicht, wie sie es ausdrücken sollte, ohne dass es prahlerisch klang, deshalb sagte sie einfach, wie es war. »Aber ich habe mit der Linken vergleichbar geschossen.«
Fynn lächelte ein kleines Lächeln.

»Er hätte mich auch erschießen können, wenn er gewollt hätte, ich war da.«
»Hat er aber nicht. Trotzdem sind Sie jetzt eine Weile nicht mehr auf der Straße.«
»Sir …«
»Lassen Sie mich ausreden, ich sage Ihnen, wie es weitergeht. Ich werde die Ermittlung im Fall Sinclair von Brown übernehmen, der ein Sturschädel ist, und ich werde ihm das morgen persönlich sagen. Spencer bearbeitet Laurelhurst, er ist wahrscheinlich jetzt auf dem Weg dorthin. Kelly macht mit Sanders weiter.«
»Und ich?«
»Sie sind draußen, ich kann Sie erst wieder einsetzen, wenn Sie einen Fitnesstest wenigstens zur Hälfte bestehen. Sie können keine Waffe bedienen, Sie können nicht einmal einen Bericht tippen.«
Madison öffnete den Mund.
»Sie fliegen unter dem Radar«, fuhr er fort. »Brown hat da etwas angefangen, und so gerne ich das einfach abtun würde, ich kann es nicht. Sie haben nichts, Sie haben sogar weniger als nichts, denn Sie werden niemandem davon erzählen, was Sie tun.«
Madison nickte.
»Sie räumen einfach Ihre Notizen zu dem Fall auf, telefonieren ein bisschen, reden vielleicht mit ein paar Leuten. Können Sie das?«
»Ja, Sir.«
»Sie verstehen, was ich Ihnen sage.«
»Ja, Sir.«
»Sagen Sie mir, dass Sie es verstanden haben.«
»Ich habe es verstanden.«
»Wenn Sie das nächste Mal *offiziell* zu mir kommen, dann servieren Sie mir einen handfesten Beweis, denn ich werde weiter nach Cameron suchen, und wenn ich ihn finde, werde

ich ihn festnehmen müssen. Und das wird kein Zuckerschlecken mit dem Mistkerl.«

»Verstanden.«

»Gut.«

»Danke, Sir.«

Lieutenant Fynn schüttelte den Kopf. »Es sind Leute da draußen, die ihre Solidarität zeigen wollen, sind Sie bereit dafür?«

Gemeinsam gingen sie aus dem Zimmer, und sofort wurde Gemurmel von der versammelten Menge laut. Madison kannte einige, viele auch nicht. Sie schlängelten sich zwischen den Leuten hindurch, Fynn voran, auf die Aufzüge zum zweiten Stock zu. Die Leute mochten das anders sehen, aber sie applaudierten gerade dem bisher größten Fehler in Madisons Karriere.

Brown wurde immer noch operiert, niemand konnte ihnen etwas anderes sagen, als dass sie sich hinsetzen und warten sollten. Sie fanden eine kleine Ecke, die mit einem Sofa und Zeitschriften ein wenig nett hergerichtet worden war. Fynn ließ sich in einen Sessel sinken, und Madison hockte auf der Kante. Ihr Blick folgte jedem Arzt und jeder Schwester, die vorbeigingen.

Es war schon nach zwei Uhr nachts, als sich Spencer und Dunne zu ihnen gesellten. Ihre Schuhe waren schmutzig, und sie hatten sich die Krawatten in die Jackentasche gesteckt.

»Hey«, sagte Spencer zu Madison, seine Stimme klang leise in dem großen Raum. »Sie haben ihm ordentlich eingeheizt. Die Leute vom Labor finden alle möglichen Spuren am Tatort. Gibt's schon was Neues?«

»Noch nicht.«

»Wir müssen, je eher, desto besser.«

»Dann machen wir es jetzt.«

»Sicher?«

»Ich schaffe das.«

Madison erzählte ihnen, was sie konnte, Fynn sah schweigend zu. Spencer und Dunne brachen nach drei Uhr auf, und es gab immer noch nichts Neues. Die Gänge waren ziemlich verlassen. Madison lehnte sich in ihren Sessel zurück und zählte die grauen, eckigen Deckenfliesen. Sie musste einen Augenblick eingedöst sein, weil sie ruckartig aufwachte. Eine Ärztin Mitte fünfzig kam auf sie zu, die Wanduhr zeigte 5:55 Uhr. Sie standen auf.

»Wie geht es ihm?«

»Ihr Partner ist jetzt im Aufwachraum. Er ist sehr widerstandsfähig, und die Operation ist technisch gesehen gelungen. Die Brustverletzung ist größtenteils wiederhergestellt, und wie durch ein Wunder hat die andere Kugel trotz der Schwellung durch das Trauma die äußere Schicht des Gehirns nicht durchdrungen. Aber sein Herz hat während der Operation aufgehört zu schlagen.« Sie wartete, bis sie das verdaut hatten. »Wir haben ihn wiederbelebt, und er hängt an einem Beatmungsgerät, aber es ist zu früh, um etwas anderes zu sagen, als dass man abwarten muss.«

»Wann wacht er auf?«, fragte Madison.

»Das wissen wir nicht. Wir müssen Stunde um Stunde abwarten.« Sie sah Madison an, die Platzwunde an der Augenbraue bildete einen leuchtend roten Kontrast zu ihrem aschfahlen Gesicht. »Sie sollten nach Hause fahren und sich etwas ausruhen. Ich lasse Sie anrufen, wenn es etwas Neues gibt.« Dann ging sie.

»Ich bleibe hier, bis Browns Schwester kommt«, sagte Fynn. »Ich lasse Sie nach Hause fahren.«

Madison rührte sich nicht.

»Gehen Sie«, sagte er.

Um halb sieben Uhr morgens trieben Schneeflocken im Licht der Scheinwerfer über die Straße. Three Oaks hinter ihnen schlief noch. Madison hatte sich auf den Beifahrersitz

des Streifenwagens gesetzt, einer der beiden Polizisten folgte ihnen in ihrem Auto.
Sie hatte sie gebeten, noch im Revier vorbeizufahren, weil sie ein paar Sachen mitnehmen wollte. In den Gängen hielt sie niemand auf, es war sowieso kaum jemand da.
Sie öffnete die Tür zu ihrem Zimmer, alles war so, wie sie es vor sieben Stunden verlassen hatten. Die Imbisskartons standen immer noch auf den Schreibtischen. Überall lagen ihre Unterlagen gestapelt: Sie langte nach den Notizen aus der Bibliothek und den Zeitungsausschnitten und stopfte sie zusammen mit einem Notizblock in ihren Rucksack. Das Bild von Cameron von der Geburtstagsfeier des kleinen Sinclair klebte an der Wand, sie nahm es auch mit.
Das schwarze Rolodex lag neben dem Telefon auf Browns Schreibtisch. Kamens Nummer. Madison, den Rucksack an ihrem guten Arm, blätterte die Rollkartei schnell durch, fand die Karte nicht, bückte sich, der Rucksack fiel ihr herunter, ihre Hände zitterten, und sie sah plötzlich verschwommen. Sie nahm das Rolodex, stopfte es schnell in den Rucksack und wischte sich mit dem Handrücken über die Augen.
Madison sah sich noch einmal um und schaltete das Licht aus, als sie die Tür schloss.
Es war der letzte Samstag vor Weihnachten.

Neben Madisons Haustür parkte ein Streifenwagen. Officer Giordano, der als Erster am Tatort der Sinclair-Morde gewesen war, stieg aus.
»Der Chef sagte, Sie wollen kein Auto hier stehen haben. Ich wollte Sie nur wissen lassen, dass wir von Zeit zu Zeit vorbeifahren, falls Sie etwas brauchen.« Sie warteten, bis Madison hineingegangen war, und fuhren dann los, ganz langsam um die Kurve, denn die Straße war glatt.
Madison ließ den Rucksack neben der Tür fallen. Sie schlüpfte aus den Schuhen und tapste in die Küche. Sie goss sich ein

Glas Orangensaft ein und schluckte zwei Schmerztabletten. In ein paar Stunden würde sie Kamen anrufen.
Sie rechnete nicht mit Besuch. Schließlich hätte der Mann sie erschießen können, hatte es aber nicht getan. Der Grund dafür, dachte sie, würde sich sicherlich bald genug offenbaren, wie alles andere auch, was dunkel und unbegreiflich war.
Madison suchte nach dem Trost des Gewöhnlichen. Sie ging an den Safe unter ihrem Bett und holte die Waffe hervor, die sie außer Dienst trug. Mit einer Hand reinigte sie sie, ölte sie und feuerte sie ein paarmal trocken ab. Das Gewicht fühlte sich in der linken Hand seltsam an, ihr Arm zuckte vor Müdigkeit. Sie würde zum Schießstand gehen müssen.
In ihre Daunendecke gewickelt, saß Madison mit weit geöffneten Augen auf dem Sofa und wartete auf den Schlaf.

Kapitel 27

Nathan Quinns Haus lag in Seward Park in Seattle und war von seinem Besitzer mit viel Bedacht eingerichtet worden. Er verbrachte jedoch kaum Zeit darin, und in der letzten Woche hatte er kein Auge für den Blick auf Mercer Island und Lake Washington gehabt.

Auf dem Mahagonitisch in seinem Arbeitszimmer lagen die anonymen Briefe, versiegelt in durchsichtigen Plastikumschlägen. Quinn rechnete innerhalb der nächsten achtundvierzig Stunden mit einer dritten Nachricht, und sein Bauchgefühl sagte ihm, dass es keine Geldforderung sein würde.

Es ging nicht um Erpressung: Der erste Brief hatte ihn am Montagmorgen erreicht, und zwar bevor die Morde öffentlich bekanntgemacht und bevor sie John Cameron zugeschrieben worden waren. Aus Gründen, die nur er selbst kannte, hatte sich der Mörder entschlossen, mit ihm Kontakt aufzunehmen. Quinn glaubte, sobald man wusste, was jemand wollte, was er vor allen anderen Dingen unbedingt brauchte, dann konnte man an jeden herankommen. Man konnte mit jedem fertig werden.

Die Nachrichten verkündeten, es sei neun Uhr. Quinn sah automatisch auf die Uhr, er war seit zwei Stunden wach und hatte die meiste Zeit davon mit Todd Hollis telefoniert. Das Gespräch drehte sich um den Angriff auf die Detectives und was Hollis über seine Polizeikontakte hatte erfahren können.

Quinn hatte zugehört, während er ihm von den Detectives Brown und Madison erzählte. In allen Nachrichtensendungen wurde das Statement aus dem Northwest Hospital wiederholt, und sogar Madison war kurz zu sehen, wie sie in einem Streifenwagen weggefahren wurde. Das Böse, das in sein Leben eingedrungen war, hatte sehr wahrscheinlich auch ihren Weg gekreuzt.

Er saß an dem großen Küchentisch und las weiter, einen gut informierten Artikel in der *Los Angeles Times* über den Mord an einem örtlichen Drogendealer und seinen zwei Bodyguards. Quinn überflog den Artikel und suchte das, worauf er schon die ganze Zeit wartete. Da war er, im letzten Abschnitt, der Name seines scheuesten Mandanten.

Das Telefon klingelte, er nahm ab.

»Hallo?«

»Spreche ich mit Nathan Quinn?«

Eine unbekannte Stimme.

»Ja. Wer ist da?«

»Sie erfahren meinen Namen, wenn ich ihn Ihnen gebe.«

Quinn legte den Hörer sanft wieder ab. Er wartete. Fünf Sekunden später klingelte es wieder.

»Was bilden Sie sich eigentlich ein?«

»Wer ist da?«

Langes Schweigen, im Hintergrund Verkehrsgeräusche. Ein Münztelefon, dachte Quinn, nicht an einer Straße, aber auch nicht weit entfernt, vielleicht in einem Laden.

»Mein Name ist nicht wichtig.« Seine Abwehrhaltung war verschwunden. »Sie haben eine Belohnung für Informationen über die Morde ausgesetzt.« Das war eine reine Feststellung.

»Das ist nicht die richtige Nummer dafür. Ich kann Ihnen die richtige Nummer geben.«

»Ich mache das nicht über die Polizei …«

»Die Polizei zeichnet die Anrufe auf und überprüft alles.«

»Die haben auch einen Haftbefehl auf Ihren Mandanten ausgestellt, und das, was *ich* habe, würden sie nicht hören wollen, glauben Sie mir.«

»Was haben Sie denn?«

»Etwas, das der Verteidigung helfen würde.«

»Ich höre.«

»Wir sollten uns treffen, ich möchte darüber nicht am Telefon sprechen.«

»Dann sollten Sie mir jetzt einen kleinen Hinweis geben, sonst treffen wir uns vielleicht überhaupt nicht.«

»Okay – was wäre, wenn ich Ihnen beweisen kann, dass derjenige, der die Familie umgebracht hat, schon mal gemordet hat? Wenn ich Ihnen sagen könnte, wo und wann?«

»Das wäre ein Gespräch wert.«

»Ich will zwei Dinge von Ihnen: Erstens die Garantie, dass mein Name nie bekannt wird. Zweitens, sobald die Polizisten die Anklage gegen Ihren Mandanten fallenlassen, will ich das Geld auf die Hand. Klar?«

»Kristallklar.«

»Pier 52, die Fähre nach Bainbridge Island, heute Nachmittag um drei. Kommen Sie zu Fuß, nicht mit dem Auto. Gehen Sie aufs Oberdeck, ich finde Sie.«

Quinn wollte die Anweisungen gerade wiederholen, aber die Leitung war schon tot.

Er war kurz davor, Camerons neue Piepsernummer einzutippen. Sein Blick fiel auf die *L. A. Times,* und Quinn legte den Hörer wieder zurück. Er hatte keine Ahnung, wo Cameron jetzt war, er wusste nur, wo er gewesen sein musste.

Billy Rain stand im Zentrum von Seattle neben einem Münztelefon und fröstelte im bleichen Morgen.

Nathan Quinn lief ein paar Stunden im Haus auf und ab, stellte fest, dass es nichts gab, was seine Aufmerksamkeit länger als fünfzehn Sekunden auf sich ziehen konnte, und fuhr ins Büro. Als er im neunten Stock aus dem Aufzug stieg, winkte er dem Wachmann im Erdgeschoss kurz zu, der seine Bewegungen auf den Videokameras verfolgt hatte.

Die Büros waren menschenleer. Er deaktivierte die Alarmanlage, sperrte auf und schaltete die Lichter ein.
Carl Doyle war es zu verdanken, dass der Betrieb in der vergangenen Woche glatt weitergelaufen war. Er hatte Quinn einen kleinen Stapel Akten auf den Schreibtisch gelegt, den er durchsehen sollte. Es gab eine Welt, in der solche Akten wichtig waren, genau wie Gerichtstermine und richterliche Entscheidungen. Quinn setzte sich und schlug die erste auf.
Er arbeitete sich durch den Stapel, froh um die Ablenkung, aber noch froher, als es Zeit wurde aufzubrechen. Er ließ das Auto in der Garage stehen, lief durch die Pile Street, bog in die 2nd Avenue ein und ging über die Seneca Street zum Hafen. Es war zu kalt für Schnee, der Himmel und das Wasser waren zinngrau.
Nathan Quinn ging zu Fuß auf die Fähre, er war unbewaffnet und allein, und ihm war sehr bewusst, dass er wahrscheinlich schon bemerkt worden war und ihm jemand folgte. Er hatte kein Problem damit, er hoffte nur, dass der Mann, den er treffen würde, wusste, worauf er sich einließ.
Er sah sich um. Die Fähre war riesig, das Schiff konnte ein paar Hundert Autos und mindestens zweitausend Passagiere aufnehmen. Heute war wenig Betrieb. Die Fahrt nach Bainbridge Island würde fünfunddreißig Minuten dauern. Als sie vom Landungssteg ablegten, hatte sich Quinn schon einen Tee gekauft und eine freie Bank auf dem Oberdeck gefunden, am Fenster.
Es roch nach aufgewärmtem Essen. Ein paar Bänke weiter saß ein altes Ehepaar, sechs Meter links von ihm eine Frau ohne Begleitung und eine vierköpfige Familie. Kleine Kinder rannten herum. Quinn saß mit dem Rücken zur Wand, trank seinen Tee, und ihm entging nichts.
Er sah den großgewachsenen Mann näher kommen und musterte ihn, wie er einen angehenden Geschworenen in einer Verhandlung mustern würde. Ende dreißig, vielleicht

Anfang vierzig, um die Augen hatte er feine Linien. Er trug eine rote Goretexjacke über Jeans und Arbeitsstiefeln. Kurze Haare, glatt rasiert. Die Hände waren zu rauh für einen Bürojob, aber der Mann strahlte eine gewisse Würde aus. Er rutschte auf die Bank gegenüber von Quinn, zwischen ihnen war ein Tisch.

»Billy Rain«, sagte er.

»Nathan Quinn.«

»Kommen wir zur Sache.«

Rain sah mit himmelblauen Augen aus dem Fenster und trommelte leise mit den Fingern auf den Tisch. Quinn fiel auf, dass seine Hände makellos sauber waren.

»Wir sind uns einig, dass mein Name herausgehalten wird.«

»Kein Problem.«

»Und auch über die andere Sache.«

»Mr. Rain, ich wünsche mir nichts mehr, als dass Sie recht haben.«

»Ich weiß, dass ich recht habe. Vor dreieinhalb Jahren. Upstate.«

»McCoy.«

»Ich bekam drei bis fünf Jahre. Ich habe etwas gesehen, das …«, er zögerte, »das dem, was der Familie zugestoßen ist, sehr ähnlich war.«

Billy Rain wandte den Blick rasch ab und schaute an Quinns Schultern vorbei.

»In der Wäscherei ist ein Mann umgebracht worden. Derjenige, der es getan hat, hat ihn gefesselt, die Hände vorne, und ihm die Augen verbunden. Und er hat …« Billy Rain zeichnete sich ein Kreuz auf die Stirn. »Mit Blut.«

Nathan Quinn nickte. Ein Gefängnismord.

»Sie waren Zeuge.«

»Ich habe es gesehen, ich war gerade mal drei Meter entfernt.« Quinn wusste, wie es weiterging. »Aber Sie haben es niemandem erzählt.«

Rain sah ihn an. »Haben Sie jemals gesessen? Haben Sie jemals *im Inneren* Zeit mit Häftlingen verbracht?«
»Nein.«
»Dann kommen wir auf Ihre Frage zurück, wenn es so weit ist.«
»Was ist passiert, nachdem man die Leiche gefunden hat?«
»Man hat den Mord einem Häftling namens Edward Morgan Rabineau zugeschrieben, er saß schon lebenslänglich für zwei Morde. Sie haben es ihm angehängt, keine Ahnung, welche Beweise sie hatten. Ich habe nichts gesehen, als ich … als ich an der Leiche vorbei bin. Egal. Jedenfalls sitzt Ted Rabineau noch im Gefängnis. Und ich schätze mal, das wird sich auch nie mehr ändern.«
Billy Rain wünschte, Quinn würde etwas sagen, das Schweigen des Mannes hatte etwas Nervenzermürbendes.
»Gehen wir ein paar Schritte«, sagte Quinn und stand auf. Den Rest des Gesprächs wollte er lieber draußen führen.
Sie klappten sich die Kragen hoch und lehnten sich an die Reling, Bainbridge Island kam schnell näher.
»Erzählen Sie mir so viel wie möglich von dem, was Sie noch in Erinnerung haben«, bat Quinn Billy Rain, und Billy tat es. Es war schnell und ohne Umschweife vor sich gegangen, dem Zufall wurde nichts überlassen. Der Mann hatte bereits eine Augenbinde und eine Handfessel vorbereitet gehabt. Das war an sich schon ungewöhnlich: Wenn man im Gefängnis jemanden erledigen will, dann steckt man ihm eine Klinge zwischen die Schulterblätter oder unter das Brustbein. Dann geht man wieder.
»Wer war das Opfer?«
»Ein Brandstifter namens George Pathune, ziemlich jung noch, er saß seit vielleicht drei Monaten.«
»Der Mann, den Sie mit ihm gesehen haben, war Ted Rabineau?«
Billy Rain schaute auf das Wasser hinaus. Immer wieder hat-

te er versucht, das Gesicht des Mannes vor seinem inneren Auge erstehen zu lassen. Es waren nur Sekunden gewesen, und die Angst hatte die Details verwischt.

»Ich weiß es nicht«, sagte er. »Und wenn mein Leben davon abhinge, ich würde es trotzdem nicht wissen. Vielleicht war Rabineau größer und schwerer. Jedenfalls war es nicht so ein Typ, den man sich genauer anschauen würde, wenn Sie verstehen, was ich meine. Ich weiß nicht, ob ich ihn heute wiedererkennen würde.«

»Das würden Sie bestimmt.«

»Wie auch immer.«

»Warum sollte Rabineau den Tod des Mannes gewollt haben?«

»Ich habe nicht die geringste Ahnung.«

»Der Mann, den Sie gesehen haben, war *nicht* Rabineau?«

»Ich weiß es nicht. Ich weiß, wie die Leiche danach aussah. Wenn Ihr Mandant es nicht war und Rabineau auch nicht, dann war es ein anderer.«

John Cameron hatte noch nie ein Staatsgefängnis von innen gesehen, und Edward Morgan Rabineau hatte schon viele Jahre keines mehr von außen gesehen. Das war eine Spur, zumindest ein Anhaltspunkt.

»Warum haben Sie das nicht der Polizei erzählt?«

»Sie hätten nicht reagiert. Sie sind völlig auf Ihren Mandanten fixiert, und ich bin ja auf Bewährung draußen, ich glaube nicht, dass sie ernsthaft verfolgen würden, was ich ihnen gebe.«

»Ich verstehe. Weshalb waren Sie im Gefängnis?«

Billy Rain zuckte die Achseln. »Welches Mal?«

Die Fähre legte schon beinahe an.

»Sie sollten noch etwas wissen«, sagte Billy Rain. »Ich habe eine eidesstattliche Erklärung verfasst, mein Anwalt bekommt sie am Montag. Wenn mir jetzt etwas passiert oder wenn Sie versuchen, sich aus unserer finanziellen Vereinbarung zu stehlen, dann kümmert er sich darum.«

»Und Sie sollten auch etwas wissen«, entgegnete Quinn. »Ich glaube, was Sie mir erzählt haben, ist die Wahrheit, aber wenn ich je herausfinde, dass Sie mich wegen des Geldes belogen oder etwas zurückgehalten haben, das hätte helfen können, dann wird Ihr Leben von mir in alle Einzelteile zerlegt.«

Billy Rain nickte. »Solange wir nur wissen, wo wir stehen.«

»Auf jeden Fall.«

Rain war froh, von Bord der Fähre gehen zu können, seine Hände zitterten. Nathan Quinn sah den Wellen zu, die gegen den Schiffsrumpf schlugen. *Now the summer's in its prime with the flowers sweetly bloomin'.*

Nathan Quinn ging wieder hinein, kaufte sich noch einen Tee und setzte sich dann auf dieselbe Bank. Ein Gefängnismord. Das ergab Sinn, die Einzelheiten wären nie in die Zeitung gekommen. Niemand hätte Verbindungen zu dem Mord an einer Familie in einem wohlhabenden Vorort hergestellt.

Verbindungen. Augenbinden, Lederriemen und Blut auf der Stirn. Quinn trank den Tee und bedauerte, dass er keinen Bourbon mit hineingegeben hatte, einen doppelten Schuss.

Todd Hollis würde sich die Gefängnisgeschichte vornehmen, sie mussten so viel wie möglich über den Mord an George Pathune in Erfahrung bringen. Der Ermittlungsbericht musste noch im Archiv des Gefängnisses sein.

»Ich kann Ihnen gleich sagen, die würden sich eher ein paar unwichtige Körperteile abschneiden, als uns die Archivunterlagen zu zeigen«, sagte Hollis am Telefon.

»Ich weiß, aber wir brauchen sie. Welche Möglichkeiten haben wir?«

»Da gibt es einen Mitarbeiter, mit dem ich inoffiziell reden kann. Er schuldet mir einen Gefallen. Billy Rain, ich sehe mir mal sein Führungszeugnis an. Glauben Sie, er hat die Wahrheit gesagt?«

»Ich glaube, das, was er gesehen hat, hat ihm so viel Angst eingejagt, dass er den Hörer nicht in die Hand genommen hätte, ginge es nicht um viel Geld.«
»Sie glauben, jemand hat Rabineau den Mord angehängt.«
»Ja.«
»Dieselbe Person, die Cameron die Morde anhängen will.«
Einen ganz kurzen Augenblick hörte Hollis nur die offene Leitung und eine Ansage über die Lautsprecher der Fähre.
»Ja«, sagte Quinn.
»Werden Sie ihm davon erzählen?«
»Todd …«
»Ich habe die Zeitungen gelesen, mehr sage ich nicht.«
»Ich verstehe. Sie sagen Bescheid, wenn Sie mehr wissen, ja?«
»Ja.«
Sie legten auf.
Es gab eine Unmenge Dinge, über die Nathan Quinn und John Cameron noch nie gesprochen hatten und über die sie auch nie sprechen würden. Diese Grenzen waren vor sehr langer Zeit gezogen worden. Wenn Quinn in den letzten paar Jahren geglaubt haben sollte, dass sich die Dinge geändert hätten und die Regeln überflüssig geworden wären, dann zeugten drei Männer in L. A. und einer in Seattle diese Woche vom Gegenteil. Es war Zeit für ein Gespräch. Er wählte eine Nummer auf seinem Mobiltelefon, tippte einen Code ein und legte auf. Zwei Minuten später klingelte es.
»Wir müssen reden«, sagte er.

Die Sonne war schon untergegangen, als Quinn nach Hause kam. Er hatte sein Auto am Büro abgeholt und fuhr zurück. Manchmal vergaß er es über Stunden, doch dann fiel ihm urplötzlich wieder ein, dass Jimmy tot war, und Annie und John und David auch. Alle waren jetzt tot, sie würden nie mehr etwas erleben. Es war wie ein Schlag in die Magengrube, und in diesen Momenten wusste Nathan Quinn alles über Wut und den Gott des Alten Testaments. So aber lebte er nicht sein Leben. Sein Zuhause befand sich in einem wohlhabenden Viertel, und bei seiner Arbeit richtete er sich nach Regeln, er war durch das Gesetz gebunden und gleichzeitig geschützt.

Und trotzdem waren sie nicht mehr da, und kein Gerichtsurteil konnte sie zurückbringen.

Er steckte den Schlüssel in die Tür, tippte in fast völliger Dunkelheit den Code für die Alarmanlage ein und betrat die Küche. Er stellte die Tüte mit seinen Einkäufen auf den Tisch, nahm eine Flasche Johnnie Walker Black Label heraus und drehte den Verschluss auf.

»Willst du mir Gesellschaft leisten?«, fragte er.

»Gerne«, antwortete John Cameron.

Sie zogen die Rollläden zu. Der Lichtkegel auf dem Tisch war das einzig Helle im Raum. John Cameron setzte sich auf das Ledersofa in der Ecke. Als Quinn zwei Gläser aus dem Schrank holte, stand er auf und ging auf seinen Freund zu. Er trug einen schwarzen Rollkragenpullover über einer dunkelbraunen Hose, seine Haare hatten wieder ihre natürliche Farbe, und das Ziegenbärtchen war verschwunden.

Quinn schenkte großzügig ein. Cameron nahm eines der beiden Gläser, unter dem Licht schimmerten die Narben auf seiner Hand. Quinn fielen sie gar nicht mehr auf. Doch heute hoben sie sich bleich von seiner Haut ab.

Quinns Haus war immer einer der wenigen Orte auf der Welt gewesen, wo sich Cameron durch und durch wohl gefühlt hatte. Sie setzten sich schweigend an den Tisch, denn dort saßen sie immer, ein angenehmes Schweigen.

»Wie war dein Tag?«, fragte Cameron und trank einen Schluck.

Quinn lächelte. Camerons Augen über dem Rand des Glases waren ein paar Schattierungen dunkler als Bernstein.

Als sie das letzte Mal an dem Tisch saßen, hatte Quinn ihm

erzählt, dass ihre Freunde ermordet worden waren. Sie erhoben die Gläser und tranken sie in einem Schluck leer. Cameron schenkte ihnen beiden nach.
»Ich … habe mit jemandem gesprochen. Er war Zeuge eines Mordes mit sehr großen Ähnlichkeiten«, sagte Quinn.
Cameron nickte langsam.
»Im McCoy State Prison. Vor dreieinhalb Jahren. Sie haben es einem Lebenslänglichen angehängt, der immer noch einsitzt, aber der Zeuge hat Zweifel.«
»Ein ehemaliger Insasse?«
»Ja, er hat es nie gemeldet.«
»Wie heißt er?«
»Billy Rain.«
»Billy Rain.«
»Seid ihr euch einmal begegnet?«
»Nein. Ich habe von ihm gehört.«
»Er hat von der Belohnung gelesen und sich gemeldet. Er dachte zu Recht, ich würde mich in dieser Angelegenheit mit mehr Nachdruck einsetzen als die Polizei.«
»Er lügt nicht?«
»Ich glaube nein.«
»Okay.«
»Hollis geht dem nach.«
»Hollis?«
»Wir tun, was wir tun müssen.«
Ein Augenblick Schweigen.
»Erzähl mir von dem Mord.«
Quinn erzählte ihm alles. Cameron hörte zu. Keiner von beiden rührte sein Glas an.
»Er saß eine Stunde entfernt von hier im Gefängnis«, sagte Cameron, als Quinn fertig war.
»Die Detectives müssen per VICAP gesucht haben, deshalb bekamen sie kein Ergebnis. Ein Mord in einem Gefängnis, in dem sie den Täter bereits festhalten, der kommt gar nicht in

die Datenbank. Wir grenzen jetzt die Parameter ein, zum Beispiel für welche Art von Verbrechen unser Mann verurteilt worden sein könnte. Und in welchem Alter er sein könnte, wann er auf Bewährung herauskam. Wir finden ihn.«

»Ich würde gerne mit Hollis sprechen.«

»Ich glaube nicht.«

»Nathan …«

»Wir tragen das vor den Richter und bringen sie dazu, die Anklage gegen dich fallenzulassen. Das ist meine oberste Priorität.«

»Ich verstehe. Weißt du, warum er es auf Jimmy abgesehen hatte?«

Quinn antwortete nicht.

»Um meine Aufmerksamkeit zu erregen.« Cameron hielt inne. »Weißt du, warum er es auf die Detectives abgesehen hatte?«

Quinn antwortete nicht.

»Um ihnen eine Mordwaffe zu geben. Ich wette mit dir, die Ballistiker stellen in diesem Moment fest, dass die Hülsen zu denen passen, die sie bei Jimmy zu Hause gefunden haben. Und prompt habe ich einfach mal so einen Polizisten angeschossen, vielleicht sogar erschossen, und dazu noch eine Polizistin angegriffen. *Das* kannst du vor den Richter tragen.« Cameron nahm einen Schluck. »Ich finde, du solltest eine Weile die Stadt verlassen.«

»Nein.«

»Dieser Typ, den ich wirklich unbedingt kennenlernen will, wird hinter dir her sein. Wir wissen nicht, was passiert, wenn die dreizehn Tage vorüber sind.«

»Er hat mir immer noch nicht gesagt, was er will. Er wird vollenden, was er mit den Briefkarten angefangen hat.«

»Darf ich sie sehen?«

Quinn holte sie und legte sie zwischen sie beide auf den Tisch. Cameron berührte das Plastik nicht. Er betrachtete die Konturen des Papiers und die maschinengeschriebenen Buchstaben, einen nach dem anderen. Er nahm das ganze Bild in sich auf. Dann sprach er leise und eindringlich, während er weiterhin die Karten ansah.

»Ich finde, du solltest eine Weile die Stadt verlassen.«

»Ich bin nicht in Gefahr.«

»Jimmy war das auch nicht.«

»Nein.«

»Er will, dass du *hier* bist, Nathan. Er will dich dort, wo er dich sehen kann.«

»Ich lasse es darauf ankommen.«

»Das reicht nicht.«

»Es muss genügen.«

Cameron wusste, dass weitere Überredungsversuche keinen Sinn hatten, und stand auf. »Möchtest du etwas essen?«

Als sie heiß genug war, legte Cameron zwei Steaks in eine schwere Pfanne und briet sie anderthalb Minuten auf jeder Seite, in der Mitte war noch ein roter Streifen.

»Wer hat den Fall übernommen?«, fragte Cameron Quinn.

»Mike Fynn von der Mordkommission. Er ist der Vorgesetzte der beiden, die es erwischt hat.«

»Kennst du ihn?«

»Nein. Ich hatte nur mit den Detectives zu tun.«

»Ich habe die Frau gesehen, bei Jimmy im Haus.«

»Detective Madison. Wann?«

»Am Dienstag, spät in der Nacht. Ich bin beim Haus vorbeigefahren.«

Quinn legte Messer und Gabel hin. »Du bist *beim Haus vorbeigefahren?* Wo jeder Polizist im Staat Washington ein Bild von dir am Armaturenbrett kleben hat?«

»Ja, und du hättest das Gleiche getan.«

»Du warst im Haus drin?«

»Ja.«

Quinn hatte die Tatortfotografien gesehen, die Verwüstung innerhalb der weiß glänzenden Ränder. »Was hat sie gemacht?«

»Sie hat die selbstgedrehten Videos angeschaut.«

»Warum?«

»Sie hat Bilder gesucht.«

»Bilder von dir? Hat sie welche gefunden?«

»Nichts, was ihr etwas genützt hätte.«

»Dienstag spätnachts«, sagte Quinn kopfschüttelnd. »Wo warst du am Dienstag überhaupt?«

Cameron wischte sich den Mund mit der weißen Stoffserviette ab. »Ich war in L. A.«

»Ich weiß.«

»Was willst du wissen?«

»Ist da etwas, was ich wissen muss?«

»Ich habe gute Sushi gegessen, und das Wetter war schön.«

»Was hast du in L. A. gemacht?«

»Tu dir das nicht an.«

»Was hast du gemacht?«

»Man spricht bei Tisch nicht über Geschäftliches. Da hat meine Mutter immer sehr viel Wert darauf gelegt.«

»Was hast du gemacht?«

»Ich habe drei Männer getötet. Die Bodyguards waren im Garten und haben auf einem kleinen tragbaren Fernseher eine Serie geguckt. Der Dealer war im Haus, er hatte nicht viel für sich vorzubringen, außer dass er jeden mit Handschlag begrüßen würde, der einen Freund von mir unter die Erde gebracht hat. Ich könnte mit Notwehr argumentieren, aber letztlich mussten sie einfach getötet werden.«

Quinn hielt seinem Blick stand. »Was ist mit Eric Sanders?«

»Eric. Eric mochte schwarze Resopaltische und weiße Flauschteppiche. Eric war ein Präventivschlag, für den Fall, dass er eine fehlgeleitete Loyalität seinem Boss gegenüber entwickeln würde. Ein großer Verlust für die Menschheit.«

Cameron faltete die Serviette zusammen und legte sie auf den Tisch. Er stand auf.
»Überprüfe die Fenster und schalte die Alarmanlage ein. Es war wie immer schön, dich zu sehen, und vielen Dank für das Essen.«
John Cameron ging durch die Haustür hinaus, das Schloss klickte hinter ihm zu. Nach wenigen Minuten hörte Nathan Quinn, wie in der Ferne ein Auto angelassen wurde und wegfuhr. Vielleicht war es das von Cameron, vielleicht auch nicht.
Am ersten Tag des Jurastudiums bringen sie einem bei, dass man einem Mandanten nie, niemals eine Frage zu Schuld und Unschuld stellen darf, das würde Auswirkungen auf die Verteidigung haben und könnte zu einem Meineid verleiten. Quinn hoffte, sein Mandant würde am Ende des Monats noch am Leben sein, ein Meineid war die geringste seiner Sorgen.
Er trug die Teller zur Spüle und ließ kaltes Wasser über den blutigen Fleischsaft laufen.

»Nathan?«
Vor etwa zwanzig Jahren hatte Nathan Quinn in der Staatsanwaltschaft von King County ein winziges Büro gehabt. Auf seinem Schreibtisch stapelten sich Akten, und die Regale waren voller Bücher. Er gehörte zu den stellvertretenden Staatsanwälten am Strafgericht, und obwohl es nicht den Anschein hatte, gab es eine Art Ordnung in all dem Papierkram, der jede Oberfläche bedeckte. Er hatte nie etwas verloren, weder eine Akte noch einen Fall.
Er blickte auf. John Cameron, achtzehn Jahre alt, stand an der Tür. Quinn sah auf die Uhr, er hatte keine Ahnung, wohin der Vormittag verschwunden war. Er stand auf und nahm seine Jacke von der Stuhllehne.
»Ich habe einen Mordshunger, gehen wir.«

Alle paar Wochen aßen sie gemeinsam zu Mittag. In den vergangenen zwei Monaten hatte sich die Stimmung des Jungen verdüstert. Quinn wusste, dass es sinnlos wäre, eine direkte Frage zu stellen. Wenn er über etwas reden wollte, würde er es tun.

Sie rutschten in die Ecknische eines Imbisses an der 2nd Avenue, ein altmodisches kleines Lokal, das noch nie von dem fortwährenden Kampf gegen Cholesterin gehört hatte; sie bestellten Pökelfleisch-Sandwiches.

»Wie läuft's an der Uni?«, fragte Quinn.

Jack verdrehte die Augen. Er hatte im Herbst angefangen, an der University of Washington zu studieren, und das war nicht sofort von Erfolg gekrönt gewesen.

Sie widmeten sich einen Augenblick den Tellern, die man vor sie hingestellt hatte. Quinn sah aus, als hätte er in letzter Zeit nicht viel geschlafen und nur wenig Tageslicht gesehen. Cameron hingegen sah alles, er ließ den Blick durch das Lokal schweifen.

»Arbeitest du noch an dem Mordfall?«, fragte er Quinn.

Sie würden bald den Prozess gegen eine 21-jährige eröffnen, die ihren Freund erschossen hatte. Sie war jahrelang von ihren Eltern misshandelt worden, war von zu Hause weggegangen, war auf den übelsten aller Gesellen hereingefallen und hatte eines Abends seinen Revolver aus der Schublade genommen und ihm drei Kugeln in die Brust gejagt. Sie gab zu, dass sie an diesem Abend nicht gestritten hatten, die blauen Flecken an ihrem Arm färbten sich schon gelb, und sie sagte nur, es hätte ihr einfach gereicht.

Der Verteidiger, den eine Wohltätigkeitsorganisation zum Schutz misshandelter Frauen beauftragt hatte, hatte versucht, auf Totschlag zu plädieren, aber in Anbetracht des Faktums, dass das Opfer zur Tatzeit geschlafen hatte, konnte das der Argumentation der Staatsanwaltschaft kaum etwas anhaben.

»Was passiert jetzt mit ihr?«

Nathan Quinn wischte sich die Hände an der Papierserviette ab. Er führte so ein Gespräch mit Jack nicht zum ersten Mal, über Gleichbehandlung und Gerechtigkeit und gelegentlich über den Mangel an beidem.
»Sie wird ins Gefängnis kommen.«
»Wirst du die Todesstrafe fordern?«
»Nein. Es gibt mildernde Umstände.«
Die Gäste im Lokal schwatzten weiter. Jemand ließ ein Tablett mit Gläsern fallen, andere johlten und applaudierten. Cameron schien das alles gar nicht wahrzunehmen.
»Unter welchen Umständen würdest du die Todesstrafe fordern?« Cameron biss in sein Sandwich.
»Warum interessierst du dich plötzlich so dafür?«
Der Junge zuckte die Achseln, hielt den Blick aber unverwandt auf Quinn gerichtet.
»Na ja, wenn du einen heimtückischen Mord hast, mit der klaren Absicht, jemanden zu töten oder ihm schwere körperliche Schäden zuzufügen. Mit Vorsatz, also wenn der Täter vorab darüber nachgedacht hat. Oder wegen eines gefährlichen Gewaltverbrechens, bei einem Raubüberfall oder Brandstiftung.«
Oder bei *Entführung*, das Wort schwebte einen Augenblick lang unausgesprochen zwischen ihnen.
»Und wenn du nicht genug für eine Verurteilung hättest?«
»Worüber sprechen wir hier eigentlich?«
»Was wäre, wenn du nicht genügend Beweise hättest, um die Frau unter Anklage zu stellen, wenn du aber wüsstest, dass sie es getan hat?«
»Dann fängt man noch mal von vorne an und sucht sich die Beweise, die man braucht.«
»Aber manchmal auch nicht.«
»Manchmal auch nicht. Manchmal passiert es einfach nicht, ganz egal, wie intensiv man an dem Fall arbeitet.«
»Was ist mit der Aussage von Augenzeugen?«

»Ohne Beweise?«
»Ja.«
»Das wäre sehr schwierig, ein guter Verteidiger würde den Zeugen auseinandernehmen.«
Cameron nickte.
»Aber wir sind die Guten«, fuhr Quinn fort, »wir haben die weißen Hütchen auf und stecken die mit den schwarzen Hütchen ins Gefängnis. So ungefähr lautet meine Stellenbeschreibung. Hast du darüber in der Zeitung gelesen?«
»Ja.«
»Wenn du dich dafür interessierst, wie das abläuft, komm doch einfach mal vorbei.«
Cameron lächelte ein wenig. »Danke. Nach den Zeitungsartikeln sah es nur so aus, als hätte sie einige einleuchtende Gründe für das gehabt, was sie getan hat.«
»*Einleuchtende Gründe?* Das ist hübsch ausgedrückt, aber man darf nicht vergessen, sie hätte einfach gehen können. Sie hätte eine von den vielen Notrufnummern für die Opfer von häuslicher Gewalt anrufen können. Sie hätte ihn nicht töten müssen.«
»Vielleicht dachte sie, sie muss es.«
»Ich finde, es ist eine Tragödie, was ihr in ihrem Leben zugestoßen ist, und es ist eine Tragödie, dass der Mann tot ist. Aber das eine hebt das andere nicht auf.«
»Du bist wirklich überzeugt davon, oder?«
Quinn trank sein Glas leer, er hatte mit Jack nie gesprochen, als wäre er ein Kind, nicht einmal, als er noch eines gewesen war. »Worum geht es hier?«
»Wie nennt man das? Eine *entschuldbare Tötung?*«
»Das ist etwas anderes. Juristisch gesehen ist eine gerichtlich angeordnete Hinrichtung eine ›entschuldbare Tötung‹. Alles andere ist Mord.«
»Eine gerichtlich angeordnete Hinrichtung.« Cameron lächelte.

»Wie kommst du darauf?«, fragte Quinn.

»Keine Ahnung.«

»Natürlich.«

»Wirklich nicht.« Cameron zuckte die Achseln.

»Na gut.«

Als sie den Imbiss verließen, klappte Cameron den Kragen seiner Lammfelljacke hoch. Auf Meereshöhe regnete es dünn, aber weiter oben würde Schnee liegen, einige Zentimeter hoch auf dem harten Boden.

Weniger als achtundvierzig Stunden später würde Nathan Quinn ihn durch eine Kaution aus dem polizeilichen Gewahrsam holen.

Kapitel 28

Alice Madison wachte auf dem Sofa auf. Dem Tageslicht nach zu schließen war es mittlerer Vormittag. Ein paar Sekunden lang war alles gut, dann fiel es ihr wieder ein.

Das Telefon lag auf dem Tisch. Sie streckte ein Bein unter der Bettdecke hervor und versuchte sich aufzurichten. Jeder Muskel ihres Körpers schmerzte. Sie langte nach dem Telefon und zog es zu sich. Sie saß immer noch, und von der Bewegung wurde ihr ein wenig schwindelig. Sie wählte die Nummer des Krankenhauses und wurde zu Dr. Taylor durchgestellt. Es gab nichts Neues, wie erwartet lag Brown mittlerweile auf der Intensivstation, aber er wurde noch künstlich beatmet. Seine Schwester sei bei ihm, sagte die Ärztin. Außer Familienmitgliedern dürfe ihn niemand besuchen, es gebe keine Ausnahmen. *Schon verstanden,* dachte Madison.

Bedächtig ging sie in die Küche, fand eine Flasche Wasser im Kühlschrank und trank sie im Stehen halb leer. Sie roch noch das Krankenhaus in den Haaren und in ihren Kleidern. Nachdem sie Kaffee aufgesetzt hatte, löste sie die Klammern der Schiene und stellte sich eine Viertelstunde unter die heiße Dusche, wusch sich die Haare und achtete darauf, dass keine Seife auf die genähte Wunde kam.

Danach betrachtete sie die blauen Flecken an den Armen und am Rücken und probierte ihren rechten Arm aus: Am Ellbogen tat es weh, das stand fest, aber zumindest war er nicht gebrochen. Die Platzwunde stellte keine Behinderung dar, sie war einfach nur lästig.

Sie zog Jeans und eine blaue Kapuzenjacke an und tappte barfuß zurück in die Küche. Sie goss sich einen Becher Kaffee ein: Espresso war es nicht, aber er wirkte. Aus dem Gefrierschrank holte Madison eine Tüte tiefgefrorene Erbsen, packte sie sich ums Handgelenk und band ein Geschirrtuch darum.
Dann setzte sich Madison an die lange Seite des Esstischs, der nun ihr neues Büro darstellte. Sie ordnete sämtliche Notizen und Papiere zu unterschiedlichen Stapeln, Browns Rolodex kam in die Ecke. Seit sie den Sinclair-Tatort betreten hatten, hatte sie permanent mit Brown kommuniziert; das war nun vorbei. Sie konnte ihn sich entweder mit Schläuchen im Brustkorb vorstellen, oder sie konnte den Mann jagen, der ihn angeschossen hatte. Beides gleichzeitig ging nicht.
Sie wählte Spencers Mobilnummer. Er ging sofort ran.
»Madison hier.«
»Wie geht's?«
»Geht schon. Gibt's was Neues?«
»Warten Sie.« Er legte die Hand auf den Hörer und setzte jemanden ins Bild. »Wir sind im Labor«, fuhr er fort. »Hinten im Garten bei Cameron ist eine Glasscheibe manipuliert worden. Sie haben sie noch nicht zusammengesetzt, aber er konnte das Glas im passenden Moment zersplittern lassen.«
»Das war das Geräusch, das wir gehört haben, als wir dort ankamen.«
»Genau. An Ihrer Kleidung und an den Sträuchern am Zaun waren Fasern von der Uniform. Aber es gibt noch keine Ergebnisse, sie hatten erst ein paar Stunden, um den Tatort zu untersuchen.«
»Okay.«
»Da ist noch etwas. Wir haben als Erstes die Hülsen überprüft.«
Madison wusste, was er als Nächstes sagen würde.
»Sie passen zu den Hülsen in Blueridge; es war dieselbe Waffe, mit der die Sinclairs umgebracht wurden.«

Einen Augenblick herrschte Schweigen in der Leitung, und Madison wurde bewusst, dass sie etwas sagen sollte.
»Verdammt.« Selbst für sie klang ihre Stimme merkwürdig. Wäre er ihr jetzt gegenübergestanden, hätte Spencer etwas gemerkt, aber eine schlechte Telefonverbindung verbirgt viele Sünden.
»Sie haben sich mit John Cameron angelegt, Detective«, sagte er.
»Ja, ähm, darüber sollte man ernsthaft nachdenken.«
»Sind Sie denn okay?«
»Ein bisschen neben der Spur.« Sie wollte das Gespräch plötzlich so schnell wie möglich beenden. Das nächste Wort aus ihrem Mund würde zwingend eine Lüge sein.
»Ich rufe später noch einmal an, ruhen Sie sich aus und kümmern Sie sich um sich.«
»Mach ich.«
Madison legte auf. Das funktionierte so nicht. Sie durfte es Spencer nicht verheimlichen. Er bearbeitete die Schießerei, er hatte das Recht, es zu wissen.
Lieutenant Fynn nahm nach dem zweiten Klingeln ab.
»Hier spricht Madison, Sir. Ich habe gerade mit Spencer gesprochen. Sie haben schon die Übereinstimmungen bei den Hülsen festgestellt. Ich muss es ihm sagen.«
»Wie geht es Ihnen denn, Madison?«
»Gut, Sir. Aber Spencer sollte es wissen.«
»Haben Sie schon im Krankenhaus angerufen?«
»Ja, ich fahre später vorbei.«
»Sie lassen nur Familienmitglieder zu ihm.«
»Ich weiß, Sir.«
»Madison, hat sich irgendetwas zwischen gestern Nacht und heute geändert?«
»Nein. Aber wir können Spencer nicht ohne all die Fakten ermitteln lassen, er denkt, dass Cameron auf Brown geschossen hat, und ich glaube nicht, dass das stimmt.«

»Haben sich denn die Fakten seit gestern Abend geändert? Können Sie mir irgendetwas geben, außer die Vermutung einer Ahnung, eingewickelt in einen Sinneswandel?«
»Nein …«
»Dann lassen Sie Spencer mit den Fakten arbeiten, die er hat.«
In der Leitung herrschte langes Schweigen. Die Papiere auf dem Tisch und all ihre Notizen waren eine mickrige Munition, und das logische Denkvermögen, das sie um drei Uhr morgens gehabt hatte, hatte nachgelassen.
»Na gut, aber mich lassen Sie an diesem Blickwinkel weiterarbeiten, ja?«
»Sie sind im Krankenstand, Detective. Was Sie mit Ihrer Zeit anfangen, bleibt Ihnen überlassen.«
»In Ordnung.«
»Aber was auch immer Sie tun, tun Sie es schnell.«
»Ja, Sir.«
Na, vielen lieben Dank. Sie würde es Spencer nicht sagen, jetzt noch nicht. Trotzdem würde sie es vielleicht bald tun müssen, und wenn Fynn sie zurück in die Verkehrsabteilung schicken wollte, dann sollte er doch, heute war ihr das egal.
Das Telefon klingelte, und ihr »Hallo« klang etwas barscher als normalerweise.
»Alice?«
Die Stimme von Rachel, Insel der Vernunft in einer Welt, die zur Hölle ging.
»Hey …«
»Ach, meine Süße, ich hab es in den Nachrichten gehört und wollte dich anrufen, aber nicht aufwecken. Und dann dachte ich, ich fahre vielleicht einfach vorbei und gehe mit dem Ersatzschlüssel rein, um nach dir zu sehen. Bloß – so richtig begeistert wärst du wohl nicht gewesen, wenn jemand ins Haus kommt, während du schläfst …«
»Es sind nur ein paar blaue Flecken, wirklich.«
»Wie geht es deinem Partner?«

»Nicht gut.«
»Das tut mir sehr leid. Soll ich vorbeikommen?«
»Ich sitze gerade noch über etwas und fahre nachher ins Krankenhaus. Du musst dir wirklich keine Sorgen machen.«
»Du arbeitest?«
»Ich sehe nur ein paar Unterlagen durch.«
Rachel war ihre Freundin, aber sie hatte auch jahrelange klinische Erfahrung im Umgang mit Traumapatienten und posttraumatischen Belastungsstörungen.
»Wie war es genau?«
»Schnell, es ging ganz schnell. Es fing an und war schon vorbei.«
»Du sprichst mit mir darüber, wenn du willst, ja? Komm doch nachher zum Essen vorbei.«
»Danke, das mache ich.«
»Hör mal, Tommy hat uns reden hören und denkt jetzt, du hättest einen Autounfall gehabt wie sein Onkel Robert. Ich lasse ihn in dem Glauben.«
»Kein Problem.«
»Pass auf dich auf heute, ja?«
»Keine Sorge.«
»Nimm dir ein Taxi ins Krankenhaus. Du darfst nicht fahren.«
»Keine Sorge.«
Ihr Kaffee war kalt geworden, und als Madison in die Küche ging, um sich nachzuschenken, merkte sie erst, wie hungrig sie war. Der Kühlschrank sah beinahe so trostlos aus wie der auf dem Revier, allerdings bestanden keine gesundheitlichen Risiken. Sie entdeckte drei noch brauchbare Eier und schlug sie in eine Pfanne. Dann versuchte sie die Pfanne mit der rechten Hand zu bewegen, doch der Arm wollte das Gewicht nicht halten. Irgendwie schaffte sie es, die Rühreier auf einen Teller zu bugsieren, und trug ihn mit einem frischen Kaffee und einem Bagel an den Tisch.

In Virginia war es schon spät genug, um Fred Kamen zu Hause anzurufen. Madison setzte sich an den Tisch, aß ihre Eier und ließ alles Revue passieren. Sie sollte noch etwas anderes als »Guten Morgen« zu sagen haben, denn Kamen war im Moment der einzige Mensch, mit dem sie offen über diese verdammte Geschichte reden konnte.

Sie hatte weniger als vierundzwanzig Stunden gehabt, um sich zu orientieren, das war nicht viel, aber es würde reichen müssen. Im Geiste ging sie jeden Tag seit dem Montag durch – was sie getan hatten, was sie herausgefunden hatten, mit wem sie geredet hatten.

Sie wählte Kamens Privatnummer. Es klingelte unglaublich lange, dann klickte es leise, und Madison bereitete sich darauf vor, eine Nachricht auf einem Anrufbeantworter zu hinterlassen.

»Hallo?« Es war eine Männerstimme.

»Guten Tag. Mein Name ist Alice Madison, ich bin Detective bei der Mordkommission von Seattle. Könnte ich mit Fred Kamen sprechen?«

Kurze Stille.

»Ich weiß, wer Sie sind. Bleiben Sie dran, ich lege das Gespräch ins Arbeitszimmer.«

Es klickte noch einmal. Dreißig Sekunden später war die Stimme wieder da. Er klang mehr nach einem Akademiker aus Boston als nach Ostküsten-FBI, und seine Stimme war tiefer, als Madison sie von den Vorlesungen am College in Erinnerung hatte.

»Ich habe es in den Nachrichten gesehen. Wie geht es ihm?«

»Nicht gut. Er kam nach der Operation auf die Intensivstation, aber er hängt noch am Beatmungsgerät, und sie sagen nicht viel. Wir werden warten müssen, bis er aufgewacht ist, um zu … wir müssen einfach warten.«

»Wie kommen Sie klar?«

»Es geht. Sir, ich rufe Sie an, weil Brown und ich vor dem

Überfall ein Gespräch geführt haben. Über den Mann, der John Cameron die Morde an den Sinclairs anhängen will.«

»Ich verstehe.«

»Ich glaube, dass der, der auf Brown geschossen hat, auch der Mörder der Sinclairs ist, und ich muss alles wissen, was Sie beide darüber ausgetauscht haben.«

»Sie haben es Lieutenant Fynn gesagt?«

»Ja. Ich darf weiter daran arbeiten. Technisch gesehen bin ich krankgeschrieben. Aber er verfolgt weiterhin Cameron als Täter, er kann die Spuren ohne sicheren Beweis nicht einfach vernachlässigen.«

»Aus dem Grund wollte Brown vor ein paar Tagen nur ungern auf ihn zugehen.«

»Brown hat mir von der Spur erzählt, die der Mörder hinterlassen hat – er meinte, sie führt zwar zu Cameron, aber wir können sie auch zurückverfolgen, dann führt sie uns zu ihm.«

»Ja. Sein Bestreben ist die Zerstörung seines Ziels, auf jede nur denkbare Möglichkeit. Aber die Art und Weise, wie er das erreichen will, hat mehr mit seinen eigenen Zwängen und Lebensumständen zu tun.«

»Wir bekommen die Liste der Bewerber, die an der Polizeischule abgelehnt wurden.«

»Gut. Noch etwas: Es ist wichtig, dass Sie anfangen, Cameron als Opfer zu sehen. Sie müssen darüber nachdenken, wie er ausgewählt wurde, woher der Täter wusste, wo er verwundbar sein würde, wie er die Indizien gegen ihn einsetzte. Bei jedem Verbrechen müssen Sie herausfinden, wie das Opfer aus der Masse ausgewählt wurde. Das ist eine ungewöhnliche Situation hier, aber diese Regel gilt genauso.«

»Das wird ein ziemlicher Perspektivwechsel.«

»Ich weiß.«

»Dieser Mann ist gründlich, er muss das monatelang geplant haben. Er hat nicht gezögert, zwei Polizeibeamte anzugreifen, bestimmt hat er so etwas zuvor schon mal gemacht. Dieses Level, diese – tja, soll ich sagen ›Kompetenz‹? – erreicht man nicht, ohne seine Fertigkeiten nach und nach zu verfeinern.«

»Der Meinung bin ich auch. Es würde mich nicht überraschen, wenn er sich ganz langsam bis zu Cameron hochgearbeitet hätte.«

»Der Angreifer war zwischen fünfunddreißig und vierzig, vielleicht Anfang vierzig. Er war sehr ruhig und kontrolliert; als wir ihm auf der Straße begegnet sind, war nichts Ungewöhnliches an ihm. Er hat einfach auf uns gewartet, und zwar völlig gelassen.«

Sie schwiegen kurz.

»Haben Sie seinen Anruf entgegengenommen?«

»Ja.«

»Hatte er Browns Nummer?«

Madison dachte kurz nach.

»Ja, der Nachbar hatte beide Nummern. Der Mörder muss uns dort gesehen haben.«

»Er hat sich dafür entschieden, Sie anzurufen.«

»Ich weiß, und ich habe uns direkt hineingeführt.«

»Nein, er hat Sie angerufen, und er hat auf Brown geschossen. Er hätte auch ihn anrufen und auf Sie beide schießen können. Gehe ich recht in der Annahme, dass er auf Sie hätte schießen können?«

»Ja.«

»Er hat eine Entscheidung getroffen. Der Mann tut nichts, was er nicht geplant und im Geiste geprobt hat. Sie sind am Leben, weil er Sie am Leben ließ.«

»Ich weiß.«

»Überwacht die Polizei Ihr Haus?«

»Ich glaube nicht, dass ich das brauche. Sie haben selbst gesagt, er hätte mich dort schon erledigen können.«

»Ich meine damit, viele dieser Typen, dieser besessenen,

peinlich genauen Planer … also, es würde mich nicht überraschen, wenn er bei Ihnen zu Hause vorbeifährt, nur um zu sehen, ob Ihr Auto in der Einfahrt steht und wie Sie mit Ihren Verletzungen klarkommen.«
»Das kann ich nachvollziehen«, sagte Madison, vielleicht eine Spur zu schnell. »Ich halte die Augen offen.«
»Gut. Hören Sie, wenn Sie einen Anfang suchen, ich würde mit Cameron beginnen.«
»Ja, ich würde mich auch gerne mal mit ihm unterhalten.«
»Das kann ich mir vorstellen.«
»Vielen Dank, Mr. Kamen, ich weiß das sehr zu schätzen.«
»Sie können mich jederzeit anrufen. Haben Sie meine Mobilnummer?«
»Ja.«
»Nur zu.«

Im Schlafzimmer machte sie den Safe auf und nahm ihre außerdienstliche Waffe heraus, eine kurze .45, die sie verdeckt trug. Sie schob sie in ein Holster, das flach an der linken Hüfte anlag, legte die Schiene wieder an und ersetzte das blaue Kapuzenshirt durch einen schwarzen Pullover und einen Blazer. Das Futter des Jacketts glitt leicht über das Leder.
Sie überprüfte die Fenster, stellte den Wecker und schloss die Tür ab. Die Luft war frisch, und Madison roch das Wasser hinter den Bäumen. Sie wollte gerade in ihr Auto einsteigen, als sie den Streifenwagen sanft bremsen hörte.
Officer Giordano stieg aus. »Können wir Sie irgendwo hinbringen, Detective?«
»Nein danke.«
»Fahren Sie zufällig ins Krankenhaus?«
»Ja.«
»Es wäre kein Problem, Sie dort abzusetzen. Gönnen Sie Ihrem Arm etwas Ruhe.«

Sie konnte selbst fahren, mit Schwierigkeiten, oder sie konnte die Hilfe annehmen und dankbar sein.
Sie setzte sich auf den Rücksitz des Streifenwagens, und als sie beim Northwest Hospital ankamen, dankte sie beiden Officers, die wussten, dass sie es ernst meinte.

Unten waren zwei Polizisten postiert worden. Madison fuhr mit dem Aufzug hoch zur Intensivstation. Eine Frau kam aus dem Zimmer. Als sie sich Madison zuwandte, erkannte sie ihre Augen und die hellen rötlich braunen Haare.
»Ich bin Alice Madison.«
»Sie sind Kevins Partnerin.«
»Ja.«
»Ellen McCormick.«
»Wie geht es ihm?«
»Er ist stabil, aber es sähe besser aus, wenn er eigenständig atmen würde.«
Ellen McCormick war Ende vierzig und trug ein weißes T-Shirt unter einem eleganten marineblauen Kostüm. Sie hatte eine direkte Art, und sie hatte geradeheraus geantwortet. »Ich bin Ärztin«, fuhr sie fort. »Was im Moment gleichzeitig ein Segen und ein Fluch ist.«
»Ich verstehe.«
»Ich wollte mir gerade einen Kaffee holen, wollen Sie mit?«
»Gerne.«
Ellen McCormick wandte sich an den uniformierten Polizisten vor Browns Tür. »Ich bin in fünf Minuten wieder da.«
»Hier kommt niemand rein, Ma'am.«
Reinkommen war genau das, was Madison wollte, und sie spürte, dass Browns Schwester das wusste. Madison war ein paar Zentimeter größer und eine Menge Jahre jünger als Ellen McCormick, aber da war eine verbissene Entschlossenheit, die Madison vertraut war. Sie stiegen gemeinsam in den

Aufzug, und sobald sie allein waren, sagte Ellen McCormick:
»Sie wurden aus dem Hinterhalt überfallen.«
»Ja. Hat Lieutenant Fynn Ihnen erzählt, was genau passiert ist?«
»Ja.« Sie warf einen raschen Blick auf Madisons Verletzungen.
»Wie lange arbeiten Sie schon in der Mordkommission?«
»Warum fragen Sie?«
»Sie sind jünger, als ich dachte. Ich frage mich gerade, ob Sie genügend Erfahrung haben, um den Schützen aufzuspüren.«
»Ich schätze Ihre Ehrlichkeit.«
Ellen McCormick hatte dunkle Schatten unter den Augen und kalte Wut in der Stimme. »Ihr Chef hat mir erzählt, dass alle nach diesem Mann suchen und dass er gefunden werden wird. Vor vielen Jahren wurde Kevins Partner bei einem versuchten Raub erschossen. Der Schütze entkam, aber mein Bruder hat ihn drei Tage danach aufgespürt. Er hat ihn nicht angefasst, nicht mit der Kneifzange hätte er ihn berührt, aber soviel ich weiß, sitzt der Mistkerl immer noch im Gefängnis. Es ist mir egal, was Sie mit ihm machen, wenn Sie ihn gefunden haben, ich will nur wissen, dass Sie nicht vorher aufgeben. Denn genau das hätte mein Bruder auch für Sie getan.«
»Ich weiß«, sagte Madison.
»Ich möchte, dass Sie dafür sorgen, dass getan wird, was getan werden muss. Können Sie mir das versprechen?«
Madison nickte.
»Sie hatten noch nicht lange mit ihm zusammengearbeitet, oder?«
»Lange genug, um zu wissen, was für ein Mensch er ist.«
Ellen McCormick lächelte. »Hat er Ihnen das Leben schwergemacht?«
Madison lächelte, dann verschwand das Lächeln. »Ich finde ihn.«
Die Frau atmete langsam aus. »Möchten Sie Kevin sehen?«

Madison schob die Tür ganz sanft auf und betrat den Raum. Geräuschlos fiel sie hinter ihr zu. Ellen McCormick war draußen geblieben.
Überall Monitore und Schläuche mit Beuteln und das rhythmische Zischen der Maschine, die für ihn atmete, und mittendrin lag Brown auf dem Bett, als würde er schlafen.
Sie näherte sich ihm langsam und hielt respektvoll Abstand. Er war immer noch Brown, und ihre spezielle Beziehung hatte sich in ihrer Struktur und ihren Grenzen in den letzten vierundzwanzig Stunden nicht geändert.
Das einzig Farbige an ihm waren die hellen, rötlich-braunen Haare zwischen den Halterungen des Beatmungsgeräts. Sie fand es sonderbar, so dazustehen, denn sie wusste ja, wie zurückhaltend und förmlich er war; er hätte die Vorstellung gehasst, dass Leute hereinkamen und ihn so sahen. Madison steckte die Hände tief in die Taschen ihres Blazers. Sie hatte keine Schmerzmittel genommen, aber gegen das, was sie jetzt empfand, gab es sowieso keine Medizin.
Sie fing an zu reden, um ihre Anwesenheit zu rechtfertigen. Immer wieder wurden ihre Worte vom Rauschen des Sauerstoffs unterbrochen.
»Ich habe heute Morgen mit Kamen gesprochen. Er war sehr hilfsbereit und hat mich auf ein paar Ideen gebracht, alles Sachen, denen ich nachgehen kann. Der Chef lässt mich das im Verborgenen machen, aber er gibt Cameron nicht auf, genau wie Sie dachten. Ich muss ihm Beweise liefern, und die sollten überzeugend sein.«
Sie ging einen Schritt auf ihn zu.
»Spencer leitet die Ermittlungen. Ich darf ihm nichts erzählen, ich weiß aber nicht, ob ich das kann. Ich finde ja, er sollte die Chance haben, sich selbst eine Meinung zu bilden. Herrgott, ich würde so gerne verstehen, warum das alles passiert ist.«
Seine Brille lag auf dem Nachttisch neben einer umgedrehten

Tasse und einem Becherglas mit Wasser. Auf seinen Wangen zeigte sich ein Eintagesbart, dunkler als seine Haare, grau gesprenkelt.

»Die Hülsen passen zu denen, die bei den Sinclairs gefunden wurden«, fuhr sie fort. »Es war dieselbe Waffe. Der Schütze hat die .22 benutzt, mit der er auch die Kinder erschossen hat. Ich hole das Archivmaterial von der Polizeischule, das Sie haben wollten, und ich versuche Sorensen zu erreichen.«

Sie war ihm jetzt so nahe, dass sie ihn berühren konnte. Sie stand ganz still da, sie konnte ihm keine Versprechungen machen, und sie konnte auch nichts sagen, was er nicht bereits wusste. Kurz legte sie ihre gute Hand neben seine auf das weiße Laken.

»Ich komme morgen wieder«, sagte sie.

Browns Schwester sprach mit einem Arzt auf der anderen Seite des Empfangsbereichs. Ihre Blicke trafen sich. Die Türen des Aufzugs schlossen sich, ohne dass Ellen McCormick den Blick von ihr abgewandt hätte.

Vor dem Haupteingang des Krankenhauses warteten Taxis. Madison stieg in eines ein und nannte dem Mann die Adresse des Reviers. Sie waren ein paar Minuten auf der Straße, als sie sich plötzlich an den Fahrer wandte.

»Halten Sie an.«

»Was …«

»Könnten Sie bitte anhalten?«

»Was ist los?«

»Sofort, bitte.«

Der Fahrer fuhr an den Straßenrand. Madison stieg aus und übergab sich. Autos rasten an ihnen vorbei. Sie fröstelte, die Eingeweide taten ihr weh.

»Ich sollte Sie besser zurück ins Krankenhaus fahren. Die hätten Sie lieber noch nicht entlassen sollen, Miss.«

»Das tut mir leid, es geht gleich wieder.« Sie hielt den Kopf noch gesenkt und wartete, dass die Wellen der Übelkeit nachließen.

Als sie sich aufrichtete, sah der Fahrer ihr Lederholster und die Waffe darin.

»Sie sind die Polizistin aus dem Fernsehen!« Er lehnte sich mit verschränkten Armen an die Autotür, als wären sie stehen geblieben, um die Aussicht zu genießen. »Sie sollten sich ein bisschen freinehmen, Sie sehen nicht besonders gut aus.«

»Ja, vielleicht, danke.« Am Ziel angekommen, gab sie ihm ein dickes Trinkgeld.

Madison verbrachte weniger als fünf Minuten auf dem Revier. Sie holte ihre Post aus dem Fach, es waren zwei Erinnerungen an Gerichtstermine in den kommenden Wochen und ein großer Umschlag, der an Brown adressiert war – hoffentlich die angeforderte Liste von der Polizeischule.

Madison hatte keine Tasche dabei, also schlug sie die kleineren Umschläge in den großen ein und ging. Kein großer Moment für das Briefgeheimnis, aber sie fackelte nicht lange. Brown hätte das Ganze einfach vom Tisch gewischt, wenn nötig.

Sie lief ein paar Blocks. Ihr Magen beruhigte sich ein wenig. Es begann zu regnen, und sie ging in ein kleines Café. Sie war so müde, dass ihre Konzentration irgendwohin zu versickern schien: Koffein würde wenigstens eine Weile helfen. Sie setzte sich auf einen Barhocker am Fenster, es wimmelte von Touristen und Passanten, die im Zentrum einen Einkaufsbummel machten, niemand achtete auf Madison.

Sie riss die Seitenlasche von Browns Umschlag auf. Da war sie, eine Liste von Polizeischulanwärtern, die Jahre zurückreichte. Details wurden nicht angegeben, die Gründe für die Ablehnung waren vertraulich. Trotzdem, wenn einer dieser Namen auch nur die geringste Verbindung zu Cameron hatte, dann musste man dem unbedingt nachgehen.

Madison überflog die Liste, es waren bestimmt über zweihundert Namen. Sie verdrehte die Augen. Nadel im Heuhaufen war nichts dagegen.
Sie versuchte die Tasse mit der rechten Hand zu heben, aber das Handgelenk wollte nicht. Sie würde mehr mit der Linken arbeiten müssen, dachte Madison, spreizte die Finger und schloss sie zu einer Faust. Sie musste etwas ganz Bestimmtes tun, je früher, desto besser.
Sie trank den Kaffee aus und ging hinaus, die plötzliche Kälte biss in jede einzelne schmerzende Stelle ihres Körpers. Aber Madison war in Gedanken bereits woanders, und mit gesenktem Kopf bewegte sie sich zügig durch die Menge.

Unter der Erde, von Dunkelheit umgeben, den linken Arm ausgestreckt, gab Alice Madison drei schnelle Schüsse auf die Zielscheibe im Schießstand ab. Sie fixierte die konzentrischen Kreise, anhand derer sie das Schießen gelernt hatte; der innerste war die Mitte des Brustkorbs eines Menschen, vierzig Zentimeter weiter oben zielte man auf den Kopf.
Aus dem Belüftungssystem drang kühle Luft, das ganze Jahr über herrschte hier die gleiche Temperatur, das gleiche düstere Licht zwischen den Nischen. Es war ein Ort, an dem Madison immer leicht aus sich herausgehen konnte, hier konnte sie nur Hände und Augen arbeiten lassen.
Langsam betätigte sie den Abzug, sah deutlich das Korn, Kimme und Ziel waren verschwommen, wie es sich gehörte. Der Rückstoß fuhr ihr durch den Arm wie ein elektrischer Schlag. Niemand links, niemand rechts von ihr. Madison schoss gern allein. Sie senkte die .45 und nahm die Schutzbrille ab. Die Einschüsse waren gut, aber nicht gut genug. Sie bewegte die Finger, die von der Schiene fast verdeckt wurden, nahm die Waffe in die rechte Hand und versuchte, den Arm vor sich auszustrecken. Der Schmerz war nicht unerträglich, aber das Ziel würde sie so auf gar keinen Fall tref-

fen. Sie atmete tief durch, beim Ausatmen drückte sie zu. Und wieder. Und noch einmal.
Der Mann war groß gewesen. Madison erinnerte sich an seine Stimme in der verlassenen Straße, als sie mit Brown aus dem Auto ausgestiegen war. Officer Mason, hatte er gesagt. Drahtig, ein unauffälliges Gesicht. An die Haare konnte sich Madison nicht erinnern, er hatte eine Mütze getragen. Würde sie ihn wiedererkennen, wenn sie ihn sehen würde?
Einatmen, ausatmen, schießen. Die Waffe senken und von vorne anfangen.
Madison hatte in allen Einzelheiten über den Angriff berichtet, aber sie selbst hatte nicht viel Zeit mit der Erinnerung verbracht. Sie musste unwillkürlich darüber lächeln, dass ihr das ausgerechnet jetzt einfiel, während sie mit ihrer Waffe auf die Zielscheibe schoss. *Das muss ich mir für die Therapiesitzung merken,* dachte sie. Bevor sie in den Dienst zurückkehrte, musste sie eine absolvieren, es war eine Formalität.
Madison drückte den Schalter, um die Zielscheibe einzuholen und durch eine neue zu ersetzen. Was davon noch übrig war, wurde zu ihr transportiert, sie legte sie auf die Seite. Dann drückte sie noch einmal, und in zwölf Metern Entfernung wurde eine neue Scheibe eingesetzt. Sie lud nach und legte die .45 an die rechte Handfläche.
Der erste Schuss fühlte sich so gut an wie der Ruck, der durch den Arm läuft, wenn der Baseballschläger nach dem Schwung auf den Ball trifft. Er riss ein sauberes Loch ins Zentrum der Zielscheibe. Madison sah es sich genauer an. Ziemlich gut, in jedem Fall. Trotzdem, das Kind war schon in den Brunnen gefallen, wie ihr Großvater sagen würde.
Es würde schwierig sein, den Mann bei einer Gegenüberstellung zu identifizieren, aber eines wusste sie ganz sicher. Es war nicht Cameron gewesen, den sie vor sich gesehen hatten, dieses unauffällige Gesicht mit dem kleinen Mund und der geraden Nase gehörte nicht Cameron.

Die Ballistik konnte gut behaupten, dass mit der .22, mit der Brown angeschossen wurde, auch drei Mitglieder der Familie Sinclair getötet worden waren, das konnte sie nicht bestreiten, aber ein Augenzeugenbericht war eine völlig andere Nummer. Sie konnte Cameron nicht als den Schützen identifizieren, im Gegenteil, sie konnte ihn ausdrücklich ausschließen. Das war definitiv ein Gespräch mit Spencer wert. Lieutenant Fynn würde darüber natürlich nicht glücklich sein. Er hatte sie gebeten, ihre Überlegungen für sich zu behalten, zu versuchen, Quinn keine Munition zu liefern, um den Haftbefehl anzufechten. Und sie hielt das keine vierundzwanzig Stunden durch.
Madison nahm die verbrauchte Zielscheibe ab, die Mitte war kaum noch vorhanden, und befestigte eine neue. Ihr Körper erinnerte sich an den Kampf, urplötzlich, unvermittelt. In der Ausbildung bereiten sie einen auf das Schlimmste vor, aber sie können einem kein Gefühl für die Angst und den Schock vermitteln, wenn man körperlich angegriffen wird. Hatte sie Angst gehabt? *Verdammt noch mal, ja,* dachte Madison. Hatte das ihre Denk- und Reaktionsfähigkeit blockiert? Madison senkte die .45. *Ich kann ja Brown fragen, wenn ich ihn das nächste Mal besuche.*

Als sie fertig war, lag ein kleiner Stapel verbrauchter Zielscheiben neben ihr, und ihre linke Hand zitterte vor Anstrengung. Madison nahm die Ohrenschützer und die Schutzbrille ab. Als sie sich umwandte, lehnte J. B. Norton, ihr Schießlehrer, an der Wand hinter ihr. Sie freute sich darüber, er war ein ruhiger Mann, der aussah wie ein Bibliothekar und der Generation um Generation von Polizisten geschult hatte.
»J. B.«
»Man hat mir gesagt, dass du hier unten bist. Ich dachte, ich bringe dir ein Geschenk vorbei.« Er warf es ihr zu, und sie

fing es, es war ein kleiner Ball zum Handtraining. Madison lächelte.

»Danke, den kann ich gut brauchen.«

Er fragte sie nicht, wie sie sich geschlagen hatte, sondern nahm einfach die Zielscheiben und betrachtete sie. Er untersuchte die Entwicklung vom ersten zum letzten Blatt.

»Du kommst nicht mehr so oft her«, sagte er, ohne sie anzusehen.

»Ich weiß, es tut mir leid. In den letzten paar Wochen war die Hölle los.«

»Madison, dazu kann man nur sagen, dass du schießen kannst, wenn du es musst – ob mit der rechts oder mit links.« Mit zwei Fingern nahm er die letzte Zielscheibe hoch, der Kreis in der Mitte war fast herausgeschossen. »Und du hast ein gutes Augenmaß, anders als manche Cowboys, die hier hereinkommen. Hast du deine Waffe schon einmal auf einen Menschen gerichtet und abgedrückt?«

»Nein.«

»Viele Polizisten kommen nie in diese Lage, aber man kann nie wissen.« Seine Brille funkelte in dem dämmrigen Licht. »Wenn es dazu kommt, ziele mitten auf die Brust. So streckst du einen Mann nieder, bevor er genau das mit dir macht.«

Die kleinen Härchen im Nacken sträubten sich ihr unter dem Pullover. Es war eine schreckliche Vorstellung.

Gespräche, die seine Geduld strapazierten, führte Lieutenant Fynn immer im Stehen. Er stand auch jetzt. Seine Bürotür war geschlossen, und Madison, die ebenfalls stand, war gekommen, um einen ohnehin schon schlimmen Tag noch schlimmer zu machen.

»Noch mal, bitte«, sagte er.

»Ich sage es Spencer«, antwortete sie. »Die Beschreibung unseres Schützen, des Mannes, der sich Officer Mason genannt hat, entlastet Cameron. Was auch immer die Ballistik sagt, Spencer sollte das wissen.«

»Sie können das nicht einmal vierundzwanzig Stunden für sich behalten?«

»Ich hätte es ihm schon gestern Nacht im Krankenhaus sagen sollen. Es war ein Fehler von mir, das nicht zu tun.«

»Sie meinen, es war ein Fehler von *mir.*«

»Nein, von mir. Meine Beschreibung des Täters war bestenfalls vage, aber ich kann immerhin sicher sagen, dass *er* es nicht war.«

Lieutenant Fynn wusste, dass Madison es ihm aus Höflichkeit und Respekt als Erstem gesagt hatte. Doch gerade eben hätte er lieber mit einer Vollidiotin ohne Manieren zu tun gehabt, die sich an Anweisungen hielt.

»Sie bleiben dabei?«, fragte er, die Hand auf dem Türknauf. In seiner Stimme lag ein grimmiger Tonfall, der »Konsequenzen« verhieß.

»Ja.«

»Ich kann Sie physisch nicht daran hindern, mit ihnen zu sprechen, aber ich kann und werde mein Möglichstes tun, Sie daran zu hindern, diese Ermittlung zu gefährden. Haben Sie verstanden?«

»Ja.«

»Gut.« Er öffnete die Tür und rief: »Spencer, Dunne, kommen Sie her.«

Spencer und Dunne hatten seit zwei Tagen nicht geschlafen: Sie waren nur ein paar Stunden zu Hause gewesen, da wurden sie schon wieder an den Ort des Überfalls gerufen, und seither waren sie auf den Beinen. Sie sahen zerschlagen und müde aus, als sie hereinkamen, aber Fynns freudloser Gesichtsausdruck weckte sie rasch auf. Spencer war der Leitende Ermittler und Dunne sein Partner; wenn einer von beiden etwas wusste, wusste es der andere auch.

»Madison hat Ihnen etwas zu sagen. Sie sollten sich vielleicht setzen.« Fynn verschränkte die Atme und lehnte sich gegen die geschlossene Tür.
Spencer und Dunne schauten von einem zum anderen. Madison legte los, sie machte es einfach und kurz. Als sie fertig war, sagte keiner etwas.
Dunne fuhr sich mit den Händen übers Gesicht. »Zum Teufel«, sagte er nach einer Weile.
Spencers Reaktion war schwieriger einzuschätzen. Er fixierte Madison. »Sie haben überhaupt keinen Beweis dafür?«
»Nein, ich arbeite daran.«
»Sie arbeiten daran, Ihren eigenen Fall zu demontieren?«
»Ich weiß, dass der Mann, der auf Brown geschossen hat, nicht Cameron war.«
»Sie haben ihn kaum gesehen. In Ihrer Beschreibung hieß es, ein ›unauffälliges Gesicht‹, keine besonderen Kennzeichen. Sie können nicht sicher sein, dass er es nicht war, der Mann ändert jeden Tag sein Äußeres, das wissen Sie. Was ist mit dem Bild auf seinem Führerschein?«
»Ich habe mir sein Bild tagelang angesehen. Ich sage Ihnen, es war ein anderer.«
Fynn sagte kein Wort.
»Und Brown war ebenfalls dieser Meinung?«, unterbrach Dunne.
»Absolut.«
Fynn trat in die Mitte des Raums. »Er war da ›an etwas dran‹, aber wir wissen nicht, was er heute dazu sagen würde. Es könnte gut sein, dass er letztlich der Meinung war, es gibt nicht genügend Beweise für seine Theorie. Genauer gesagt gibt es überhaupt keine Beweise, die sie untermauern würden.«
Madison öffnete den Mund, um ihn zu unterbrechen.
»Lassen Sie mich ausreden. Wir wissen nicht, ob er nicht davon abgesehen hätte. Sie wissen es nicht, Madison.«
»Oh doch. Er wollte selbst zu Ihnen gehen.«

»Er hat es aber nicht getan.« Fynn seufzte. »Ich habe mir die Akte noch einmal angesehen, ich habe jedes Wort darin zehnmal gelesen, und ich sehe nicht den Ansatz eines Zweifels. Madison, Sie haben in den letzten vierundzwanzig Stunden Schreckliches durchgemacht. Kann es nicht sein, dass Sie sich aus Loyalität zu Brown da in etwas verrannt haben? Er ist ein großartiger Polizist, er hat alle Möglichkeiten überprüft, wie es seine Aufgabe ist, aber er hätte sich mittlerweile weiterbewegt.«

»Ich ... was wollen Sie mir damit sagen?«

»Sie wurden angegriffen, Ihr Partner wurde angeschossen, und Ihre Urteilskraft ist aus dem Gleichgewicht. Sie fühlen sich schuldig, weil Sie glauben, Sie hätten nicht gut genug aufgepasst, und nun steigern Sie sich in etwas hinein, das er einmal gesagt hat und das er heute wahrscheinlich längst zurückgenommen hätte.«

»Sie glauben, ich mache das, weil ich unter Stress stehe?«

»Es wäre nicht das erste Mal, dass so etwas passiert.«

»Bei allem Respekt, Sir, aber das ist völliger Schwachsinn.«

»Sie sind krankgeschrieben, Detective. Ich schlage vor, Sie fahren nach Hause und ruhen sich aus.«

»Und das macht alles besser?«

»Sie sollten vielleicht auch Ihre Einstellung neu überdenken.«

Spencer und Dunne standen wie gelähmt da und hörten zu. Fynn wandte sich an die beiden: »Ich würde gern mit Detective Madison unter vier Augen sprechen.« Sie gingen.

Madison senkte das Kinn und wappnete sich für das Streitgespräch.

»Wie lange?«, fragte er sie.

»Was meinen Sie?«

»Wie lange, glauben Sie, wird es dauern, bis sich der Inhalt dieser Unterredung im gesamten Revier herumgesprochen hat?«

Sie schüttelte den Kopf.
»Nicht lang«, fuhr er fort. »Das bedeutet, alles, was Sie ab jetzt tun, ist belastet. Das bedeutet, dass Sie auf meine Empfehlung hin erst wieder den Dienst aufnehmen dürfen, wenn Sie von einem Experten für posttraumatische Belastungsstörungen untersucht wurden. Und das wird keine reine Formsache.«
»Das ist einfach …«
Fynn hob die Hand. »Das bedeutet, dass alles, was Sie jetzt sagen oder tun, nicht von Quinn verwendet werden kann, um den Haftbefehl anzufechten.«
Madison brach mitten im Satz ab.
»Das nennt man ›Abstreitbarkeit‹, und es ist nichts Schönes«, fuhr Fynn fort. »Es wird in Ihrer Akte stehen.«
»Das ist mir egal.«
»Das dachte ich mir.«
Im Gehen wandte sie sich noch einmal zu ihm um. »Brown hätte seine Meinung nicht geändert.«
»Gehen Sie nach Hause«, sagte er, nicht unfreundlich.
Spencer wartete auf sie, er winkte ihr, ihm zu folgen, und sie gingen in den Gemeinschaftsraum.
»Was war das denn?«
»Sie haben gehört, was ich gesagt habe. Mehr weiß ich nicht.«
Spencer war der ruhige Denker, und wenn Madison irgendeine Hoffnung hatte, zu jemandem durchzudringen, dann war er es.
»Sie glauben das wirklich?«, fragte er.
Madison fühlte sich plötzlich erschöpft. »Er hat die Fessel ein zweites Mal zugeknotet, weil wir die Haare darin finden sollten.«
»Aber Sie wissen nicht, warum.«
»Nein.«
Einen Moment lang schwiegen beide. Spencer öffnete den

Kühlschrank, nahm eine Saftpackung heraus und drückte den kleinen Strohhalm durch das Loch. Eigentlich war so was ein Kindergetränk. Er überlegte, ob er ihr etwas erzählen oder es besser zurückhalten sollte.
»Wir verfolgen einen Hinweis der Hafenpolizei«, sagte er. »Sie hatten recht mit dem Boot.«
Madison freute sich und bedauerte es gleichzeitig. »Ich brauche etwas Zeit, um das durchzuarbeiten.«
»Ich weiß nicht, wie viel Zeit Sie bekommen.«
»Was können Sie mir über den Hinweis erzählen?«
Er schüttelte den Kopf. »Ich glaube, im Moment ist es überhaupt nicht gut, Ihnen irgendetwas zu erzählen. Sie fahren heim und machen Ihr Ding. Wir werden sehen, wer als Erster irgendwo ankommt.«

Die Sonne draußen hatte beschlossen, sich zu verabschieden, der Himmel war weiß und voller Schnee. Madison nahm sich ein Taxi. Sie tippte eine Nummer ein und lehnte sich mit geschlossenen Augen zurück.
»Rachel, es tut mir leid, ich bin heute keine gute Gesellschaft. Ich komme ein andermal. Trotzdem danke.«
»Ich bringe dir was vorbei, wenn du magst, dann kann Tommy dich wenigstens ganz kurz sehen.«

Rachel brachte Lasagne in einer Auflaufform. Sie machten sich zwei Bier auf, und Tommy begutachtete Madisons Verletzungen, während sich Rachel mit der Mikrowelle beschäftigte. Der Sechsjährige war ein aufgeweckter kleiner Kerl, der sich mit Schürfwunden auskannte.
Sanft berührte er die Naht an Madisons Augenbraue. »Tut das weh?«
»Eigentlich nicht.« Es fing gerade an zu pochen.
Vorsichtig drehte er ihren Arm um, um sich die Schiene anzusehen. Er nahm ihre Finger, um sich zu versichern, dass sie

noch funktionierten. Dann trat er einen Schritt zurück. »So schlimm siehst du nicht aus«, sagte er.
»Danke«, antwortete sie.
»Hast du *Blackbird* gesungen?«
Seit er ein Baby war, hatte ihm Rachel bei jedem Kratzer und jeder Schramme *Blackbird* von den Beatles vorgesungen. Wunderheilung.
»Klar«, antwortete sie lächelnd.
»Hat es geholfen?«
»Mhm.«
Er war nur ein Jahr jünger als David, der kleinere Sohn der Sinclairs. Vor einer Woche um diese Zeit hatte David mit seinen Eltern und seinem Bruder zu Abend gegessen. Ein paar Stunden später war ein Mann in sein Zimmer gekommen und hatte ihm im Schlaf in den Kopf geschossen.

Rachel und Tommy gingen. Madison umarmte den Jungen fest, als sie ihn auf dem Rücksitz anschnallten. Sie war froh, dass sie sich das Schießpulver von den Händen abgewaschen und sich umgezogen hatte. Er roch nach Keksen.
Madison wartete, bis das Auto aus der Zufahrt auf die Straße bog und verschwand. Als sie wieder im Haus war, ging sie ins Schlafzimmer und holte das Holster und die .45 aus dem Safe. Nach dem Essen fühlte sie sich gestärkt, gestärkt und ruhelos.

Das Haus der Sinclairs lag verlassen da; die Streifenwagen, die früher in der Woche dort postiert worden waren, hatte man wieder abgezogen. Als Madison einfiel, dass sie noch die Schlüssel hatte, war ihr klar gewesen, dass sie wieder hin musste.
Die Gegend war ruhig, es war nur ein kurzer Fußmarsch. Sie steckte den Schlüssel in die Tür und sperrte auf. Im Gang blieb sie stehen und sah sich um. Seit sie das letzte Mal hier

gewesen war, hatte sich nichts verändert, nur ihre eigene Welt war auf den Kopf gestellt worden. Das Haus der Sinclairs war eine Uhr, die vor einer Woche stehengeblieben war.
Kamen hatte gesagt, sie müsse sich Cameron als Opfer vorstellen, und wenn sie verstehen könnte, wie er als solches ausgewählt wurde, dann wäre sie dem Täter einen Schritt näher. Da Cameron aber nicht zur Verfügung stand, waren die Sinclairs die nächste Möglichkeit.
Madison atmete ein, um sich schneller an den Geruch zu gewöhnen. Sieben Tage nach der Tat war die Luft abgestanden und unangenehm. Sie würde nach oben gehen, das musste sein, aber noch nicht sofort: Im oberen Stockwerk war alles mit dem Tod der Sinclairs verbunden, aber Madison wollte etwas über ihr Leben erfahren. Wenn sie dazu bestimmt worden waren, die Last für Cameron zu tragen, dann musste sich ihr Weg irgendwann mit dem des Mörders gekreuzt haben.
Madison setzte sich auf das Sofa. Es war bequem, und sie versank darin, die letzten vierundzwanzig Stunden steckten ihr in den Knochen. Im Geiste ging sie noch einmal das Gespräch mit Kamen durch und erinnerte sich daran, dass sie es noch ein drittes Mal versuchen musste, Sorensen im Labor zu erreichen. Die kleine Tischlampe in der Ecke warf einen Lichtkreis auf den gestreiften Holzboden.
Madison wollte die Augen nur für eine Minute zumachen. Eine Minute, dann würde sie wieder aufstehen. Eine Minute. Sie schlief ein, fiel in einen tiefen Schlaf, dem Tod nicht unähnlich, ohne Träume, ohne Bewegungen, ohne Geräusche. Drei Stunden lang saß sie aufrecht da, und als sie sich rührte, dann nur, um sich der Länge nach hinzulegen, ohne sich dessen bewusst zu sein, wo sie war. Es hätte ihr eigenes Haus, ihr eigenes Sofa sein können.
Ein kalter Luftstoß weckte sie, das dachte sie zunächst. Sie blinzelte, als der kühle Hauch der Nacht draußen ihr über

die Wange strich. Dann hörte sie, wie sich die Terrassentür schloss, und sie bekam Gänsehaut an den Armen.
Sie legte sich flach auf das Sofa, ihr Körper war wie erstarrt, der Atem blieb ihr im Hals stecken. Dass jemand im Raum war, spürte sie mehr, als dass sie es hörte, ein lebendiger Mensch hinter der hohen Sofalehne, der sie weder sehen konnte noch selbst zu sehen war.
Wenige Meter hinter ihr bewegte sich etwas, vielleicht ging jemand ein paar Stufen hoch. Madison versuchte ihre steifen Muskeln zu entspannen, aber selbst ihr Stillsein machte ein Geräusch, das Blut rauschte ihr in den Ohren und übertönte fast alles andere. Sie wollte sich sammeln und ihr Hirn dazu bringen, stillzuhalten, einfach nur zuzuhören.
Wo sie war, war sie sicher. Sie war im Vorteil, sie war bewaffnet und bereit zu kämpfen. Ganz egal, dass die Waffe unter ihr klemmte, an das Sofa gedrückt. Einfach still sein und lauschen. Der andere Mensch bewegte sich nicht, er – Madison beschloss willkürlich, dass es ein Mann war – stand anderthalb bis zwei Meter von ihr entfernt. Ihre Sinne sagten ihr nur, dass der Mann dastand und *sich umsah.*
Sie blinzelte, kleine Klicks mitten in der Nacht, in einem Haus, in dem schreckliche Dinge geschehen waren. Nur zwei Menschen auf der ganzen Welt hatten einen Grund, hier zu sein. Diese Erkenntnis durchbohrte sie mit plötzlicher Klarheit: Es könnte sein, dass Officer Mason so nahe bei ihr stand, dass sie nur die Hand ausstrecken musste, um ihn zu berühren. Und wenn sie Glück hatte, war es John Cameron – der bereits wie viele Morde begangen hatte?
Mit einem Geräusch, das nicht lauter war als ein Flüstern, bewegte sich der Mann weg. Zuerst in den Gang und von da aus in die Küche.
Madison rührte sich, das Adrenalin schmerzte ihr in der Brust, und sie war froh, den Boden unter den Füßen zu spüren, als sie vom Sofa glitt. Mit einer einzigen Bewegung

ertastete sie die .45, löste den Sicherheitsriemen und zog die Waffe.
Ein Lichtstrahl tanzte über die Decke im Gang und fiel schließlich auf die Schaltfläche der Alarmanlage neben der Tür.
Mit der zu Boden gerichteten Waffe guckte Madison hinter der Armlehne hervor, die Augen nur Millimeter vom Stoff entfernt: Der Mann untersuchte die Anlage, er hatte ihr den Rücken zugewandt, dunkle Kleidung, dunkle Haare. Er hatte eine kleine Taschenlampe in der Hand, mit der anderen berührte er die Schaltfläche. Keine Waffen, zumindest keine, die sie sehen konnte. Wenn sie ihn jetzt so erwischte, unvorbereitet und unbewaffnet, dann könnte sie ihn innerhalb von Sekunden auf dem Boden haben.
Madison kniff die Augen zusammen, im Halbdunkel war es schwer, etwas zu erkennen. Was machte der Mann da? Egal, das konnte sie ihn später fragen, wenn er in Handschellen auf dem Rücksitz eines Streifenwagens saß, vielen Dank. Jetzt, es musste jetzt passieren. Sie musste es tun, bevor er sich umdrehte.
Madison richtete sich auf und sprach klar und deutlich.
»Seattle P.D. Keine Bewegung.«
Der Mann zuckte nicht einmal zusammen. Madison kam hinter dem Sofa hervor, den linken Arm ausgestreckt, die Waffe auf die Mitte seines Rückens gerichtet.
»Tun Sie genau, was ich sage, und zwar genau dann, wenn ich es sage, dann ist alles in Ordnung. Haben Sie mich verstanden?«
Der Mann antwortete nicht. Er hatte Madison den Rücken zugewandt, die Arme waren leicht erhoben, als hätte er beschlossen, genau in diesem Augenblick zu erstarren.
Mit der rechten Hand tastete Madison nach dem Schalter für die Deckenbeleuchtung im Gang. Sie schaltete sie ein.
»Haben Sie verstanden?« Sie wiederholte es langsam und deutlich.

Der Mann antwortete nicht. Zwischen ihnen lagen mindestens drei Meter, und Madison schoss zweierlei durch den Kopf. Erstens: Als sie das letzte Mal so engen und persönlichen Kontakt zu Officer Mason hatte, war es für die Heimmannschaft nicht so gut gelaufen. Zweitens: John Cameron war Eric Sanders nahe genug gewesen, um ihm die Kehle durchzuschneiden, und der hatte das Messer wahrscheinlich noch nicht einmal gesehen, bevor es ihn erwischte.
Wer auch immer der Mann also war, es war am klügsten, einen Höflichkeitsabstand zu wahren.
»Okay, kein großer Redner. Das ist mir egal. Ich sage Ihnen jetzt, was Sie tun sollen, und da haben Sie keine Wahl. Ich weiß, dass Sie mich hören können …«
Der Mann war dunkelhaarig und hatte breite Schultern. Handschuhe, er trug schwarze Lederhandschuhe. Madison schob sich ein wenig zur Seite, aber sein Gesicht konnte sie immer noch nicht sehen.
»… und dass Sie mich verstehen. Ich möchte, dass Sie die Hände über den Kopf halten und auf die Knie gehen. Tun Sie das, sonst kommen Sie hier nicht heil raus.«
Ihre Stimme war ruhig, ihre Hand totenstill. Der Mann rührte sich nicht.
Madison erinnerte sich: wie sie aus dem Auto ausstiegen; der Polizist, der Brown und sie begrüßte; wie sie zusammen zum Haus gingen. Der Eindruck, den sie von ihm hatte, Größe und Figur, vor dem Angriff.
Wird schon schiefgehen, dachte Madison.
»John Cameron, tun Sie, was ich …«
Es war das erste Lebenszeichen, ein winziges Zucken, als sie seinen Namen aussprach. Und dann, in der Stille von zwei Uhr morgens, erwachte der Kühlschrank in der Küche rumpelnd und brummend zum Leben. Madison erschrak den Bruchteil einer Sekunde lang so sehr, dass sie kurz den Blick abwandte. Danach war er weg.

»HEY!« Madison hatte noch nie gesehen, dass sich jemand so schnell bewegte. Bevor sie es sich versah, war er die Treppe hinauf, und sie hatte die Wahl, ihm in den Rücken zu schießen oder ihm zu folgen. Sie folgte ihm.
Sie hatte noch nicht einmal Zeit zu fluchen, er rannte ins Elternschlafzimmer, und sie musste es erreichen, bevor er am Fenster war und über die Wiese abhaute.
Madison hatte die Treppe schon halb erklommen, als ihr klar wurde, dass sie ihn unmöglich einholen konnte, und wenn, dann konnte sie mit ihrem Arm nicht klettern. Sie wirbelte herum und lief wieder nach unten: Wenn sie ihn nicht erwischen konnte, dann würde sie eben am anderen Ende auf ihn warten.
Auf dem Holzboden rutschend rannte sie um die Kurve ins Wohnzimmer und stieß gegen die Terrassentüren. Sie drehte den Knauf. *VERDAMMT.* Sie waren abgeschlossen, die Schlüssel waren nirgendwo zu sehen.
Ohne nachzudenken, wich Madison ein paar Schritte zurück, nahm die .45 in die rechte Hand und rannte mit der linken Schulter gegen die Türen, den Arm hielt sie schützend vor das Gesicht. Sie krachte auf die Veranda und fiel mit der Seite auf ein Bett aus Glasscherben.
John Cameron kam gleichzeitig auf dem Boden auf und wurde zu einem schnellen Schatten in der Dunkelheit. Madison rappelte sich auf und jagte ihm nach. Die Rasenfläche war auf zwei Seiten von Bäumen umgeben, die dritte neigte sich zum Wasser hinunter, der Boden war frostig und glatt unter ihren Füßen. Sie rannte, verfolgte die schemenhafte Gestalt am Ende der Wiese. Sie hörte, wie er mit beiden Füßen auf dem Kieselstrand aufkam, er musste die zwei Meter hinuntergesprungen sein. *Wenn er eine Waffe hat, dann hat er sie jetzt in der Hand.*
Madison erreichte die Kante, kam mit einem seitlichen Rutschen zum Stehen, legte sich auf den Bauch und blickte nach

rechts und nach links. Keine Bewegung, keine Geräusche. Der Strand war leer. Es waren vielleicht acht Meter zum Wasser, auf der rechten Seite war ein kleiner Steg, und neben dem Steg schaukelte ein kleines Ruderboot auf den Wellen.

Wessen Boot ist das? Hatten die Sinclairs ein Boot?

Madison beugte sich vor, um ein bisschen besser sehen zu können. Die Luft brannte ihr in der Lunge, und der Boden unter ihrem Bauch war eiskalt. Sie stützte sich auf den linken Ellbogen. *Was zum …*

Zuerst sah sie es nur undeutlich, zwei dunkle Flecken, der Steg und das Boot, langsam bewegten sie sich voneinander weg, stießen zusammen und entfernten sich wieder ein wenig weiter voneinander.

Er ist im Boot. Madisons Kopf tauchte aus dem Gras auf, sollte er es doch versuchen, wenn er unbedingt wollte.

Es bewegte sich, es bewegte sich definitiv am Steg entlang. Madison konnte das Seil nicht sehen, mit dem das Boot am Pfosten festgemacht war. Es war zu dunkel und zu weit weg, und außerdem hatte er womöglich eine Waffe.

Madison atmete schwer durch den Mund. Sie schloss eine Sekunde lang fest die Augen: Was wären ihr fünf Minuten von Camerons Zeit wert?

Sie sprang und kam hart auf, ging in die Knie und stützte sich mit der rechten Hand auf den Kieseln ab. Ein scharfer Schmerz schoss ihr warnend durch den Arm.

Das Boot hatte sich mittlerweile fast ganz vom Steg entfernt. Madison richtete sich auf, und gerade als sie den ersten Schritt machte, hörte sie hinter sich deutlich und unverkennbar das Knacken eines Zweigs. Sie wirbelte mit gezogener Waffe herum, so leise es ging, aber sie erschauerte unwillkürlich in der Nachtluft. Sie hielt den Atem an und lauschte.

Aus dem Augenwinkel heraus sah sie, wie das Boot weiter auf den Wellen schaukelte, ohne offensichtliche Eile trieb es vom Steg weg. *Es könnte sonst was gewesen sein.*

Wenn sie rannte, könnte sie es noch schaffen. Madison rührte sich nicht. Es könnte sonst was gewesen sein, dachte sie, aber das war es nicht. Irgendwo zu ihrer Rechten streifte etwas die Bäume. Madison wandte sich um und sah das Boot davontreiben.

Netter Versuch, dachte sie. Er musste wieder hinaufgeklettert sein, nachdem er das Boot losgemacht hatte, und war dann in den dicht stehenden Bäumen verschwunden, die die Grundstücke voneinander trennten.

Madison sah sich um, am anderen Ende der Wiese stand eine wackelige Holzleiter. Es würde zu lange dauern, bis sie dort war. Sie steckte die .45 ins Holster. Er wusste es, der Mistkerl wusste Bescheid über ihren Arm.

Sie wich ein wenig zurück, nahm drei schnelle, große Schritte Anlauf und sprang hoch. Mit der linken Hand fand sie oben Halt, ihr Stiefel grub sich in den steinigen Boden. Sie schwang das Bein seitlich hinauf, krallte sich mit der rechten Hand in der Erde fest und zog sich hoch. Sie wusste, der Schmerz würde eine halbe Sekunde später kommen, und das tat er, schlimmer, als sie es sich vorgestellt hatte, die volle Technicolor-Version. Sie stöhnte und krümmte sich, ein Knie auf dem Boden, die Waffe wieder in der Hand. Rechts von ihr leuchtete oben auf der Wiese das Haus der Sinclairs, das Licht drang aus den Terrassentüren, durch die Madison gesprungen war. Ein wenig davon fiel noch auf die Umrisse der Bäume neben dem Haus, aber nicht mehr dorthin, wo sie sich befand.

Madison blickte geradeaus in die Tannen und die Dunkelheit darin, und sie trat mitten hinein. Die Stämme standen in geringem Abstand zueinander, und nur ein Minimum an Licht fiel hindurch. Langsam und vorsichtig bewegte sie sich auf der dünnen Schicht von gefrorenem Schnee voran, bei jedem Schritt knackten Zweige und Äste. Wie viel Zeit war vergangen, seit sie ihn zuletzt gehört hatte? Sekunden, Minuten. Sie

musste klar denken, die Hand, in der sie die Waffe hielt, zitterte. Sie blieb stehen und streckte die rechte Hand aus, mit den Fingerspitzen streifte sie die Rinde einer Tanne, ein tief hängender Ast bog sich, als sie mit der Hand darüberfuhr.
Sie hörte ihn nicht. Sie konnte kaum einen halben Meter weit sehen, aber sie sollte ihn wenigstens hören können: Er konnte einfach noch nicht auf der anderen Seite oder an der Straße angelangt sein. Wenn sie ihn nicht hörte, musste das bedeuten, dass auch er stehen geblieben war.
Madison stand regungslos da und versuchte die Formen um sich herum zu erkennen. Ein Schweißtropfen lief ihr zwischen den Schulterblättern hindurch und kühlte auf ihrer Haut. Sie schloss die Augen. Nichts als das Plätschern des Wassers auf dem Kieselstrand. Sie wischte sich über die Stirn und stellte überrascht fest, dass sie schweißnass war. Tief in der Finsternis zu ihrer Linken regte sich etwas. Mit zusammengekniffenen Augen schwang Madison den Arm herum. Rechts knirschte leise Schnee. Sie hielt den Atem an, um zu lauschen: Da war etwas, da war jemand, zog Kreise in der Dunkelheit. Sie bewegte sich auf das Geräusch zu.
Er war da, er musste da sein. Die Frage war nur, warum er immer noch da war. So schnell, wie er war, hätte er leicht einen Weg hinaus finden können, natürlich hätte er dabei riskiert, dass sie ihm folgte, klar, aber zur Straße hätte er es geschafft.
Aus dem Nichts heraus fiel ihr das Bild vom Deck der Nostromo ein: das Holz, schwarz und glänzend vom Blut der fünf Männer, die Cameron ermordet hatte. Sie verdrängte es. Sie dachte an Sanders, der zusammengesackt auf dem Boden lag, das Arterienblut, das überall an die Wände gespritzt war.
»Scheiße«, flüsterte sie und stieß eine kleine weiße Atemwolke aus.
Im Haus war sie diejenige gewesen, die den Vorteil gehabt hatte, zwar nur kurz, musste sie zugeben, aber sie hatte ihn

überrumpelt. Jetzt war sie blind wie ein Maulwurf und wartete auf das leiseste Knacken. Zum ersten Mal wurde Madison bewusst, dass sie keine Ahnung hatte, was sie mit ihm gemacht hätte, wenn sie ihn sofort erwischt hätte.

Ein ernüchternder Gedanke, er ließ das Herz in ihrer Brust schneller schlagen: Sie konnte ihn gar nicht festnehmen. Wenn sie ihn festnehmen würde, dann wäre alles vorbei. Würde sie ihm jetzt Handschellen anlegen, dann würde es nicht einmal Nathan Quinn mehr schaffen, sie zu lösen. Cameron war die einzige lebende Verbindung zum Mörder. Wenn sie ihn festnahm, wenn es ihr gelang, ihn festzunehmen, würden sie es niemals wissen.

Sie erinnerte sich an Browns Worte auf dem Parkplatz des Flughafens, nachdem sie den Explorer gefunden hatten, und an ihre eigene schnippische Antwort. Damals hatte sie nichts gewusst, nichts verstanden. *Wie weit würden Sie gehen?*

Vor sich sah sie eine kleine Lichtung, das Blätterdach tat sich ein wenig auf, so dass Umrisse schwach erkennbar waren. Sie ging in diese Richtung, das Rascheln der Kleidung und der Zweige, die sie beim Gehen streifte, war ihr jetzt egal. Mit deutlich hörbaren Schritten ließ sie das Gewirr von Wurzeln und Sträuchern hinter sich und trat unter einen klaren Flecken Himmel, ein perfektes Ziel. *Denk an Sanders,* sagte ihr eine dünne Stimme. Madison stand mitten auf der Lichtung und zählte im Kopf bis sechzig.

Ich hoffe, du beobachtest mich, du Scheißkerl.

Ein Vogel landete mit schlagenden Flügeln auf einem Baum in der Nähe. Als sie das Gefühl hatte, sie hätte ihm genügend Zeit gegeben, ihr zu folgen, hielt sie sich die .45 hoch über den Kopf, die Mündung glänzte ein wenig im Licht. Das Gewicht der Waffe war so vertraut und angenehm in ihrer Hand. *Der erste Tag in der Mordkommission, viel Händeschütteln und Hin und Her. Fynn, der sie herumführte und allen vorstellte und Brown bis zum Schluss aufhob. Sie hatten sich nicht die Hand geschüttelt.* Das dünne Stimmchen meldete sich wieder zu Wort: *Wenn es dazu kommt, ziele mitten auf die Brust. So streckst du einen Mann nieder, bevor er genau das mit dir macht.*

Madison steckte die .45 wieder ein und hakte den Lederriemen fest. Mit seitlich ausgestreckten Armen drehte sie sich einmal im Kreis, die gesicherte Waffe im Holster.

In ihren Wimpern bildeten sich Eispartikel, in den Haaren und auf den Schultern klebten Glasstückchen. John Cameron sah, wie sich das Licht darin fing, als sie unbewaffnet unter freiem Himmel stand. Damit hatte er nicht gerechnet, nicht im mindesten. Er ging einen Schritt auf sie zu.

»Wir müssen reden«, sagte sie, und ihre Stimme klang sicherer, als sie sich fühlte.

Madison gefiel die leere Stille nach ihren Worten nicht, als wäre ihr Herzschlag der einzige hier im Wald. Nichts regte sich. Vielleicht hatte er es doch auf die andere Seite geschafft, war längst über alle Berge. Sie wartete trotzdem.

Cameron hatte sie sofort erkannt, als sie ihn im Haus angesprochen hatte. Sie war die Frau, die beim letzten Mal die Videos und Bilder durchgesehen hatte. Die Frau, die in der Nacht zuvor überfallen worden war.

Er hatte die Zeitungen gelesen: Er wusste, dass sie glauben musste, dass er ihren Partner angeschossen hatte, und er würde sie nicht näher an sich heranlassen. Er hatte das Haus auf der Vorderseite überprüft, bevor er hineingegangen war, es standen keine Autos davor, die Frau musste zu Fuß gekommen sein. Und sie war auch noch eingeschlafen, Herrgott. Mehr als alles andere aber ärgerte sich Cameron über sich selbst.

Er stand nur ein kurzes Stück entfernt von ihr und betrachtete sie. Unter den schwarzen Lederhandschuhen spürte er die Klinge des Messers, das flach an seinem Bein lag.

Madison wartete. Wenn er sich nicht bewegte, dann tat sie es auch nicht. Wenn er sie begutachtete und sich fragte, wie lange ihre Geduld wohl vorhalten, wie lange sie die Kälte aushalten würde, dann konnte das dauern. Sie starrte hinaus in die Dunkelheit, er starrte zurück.

Cameron hatte es gefallen, wie sie durch die Terrassentür gekracht war, und auch die Verfolgungsjagd. Das Boot war ein reines Ablenkungsmanöver gewesen: Er wollte sie inmitten der Bäume haben, er wollte sie sich gründlich ansehen. Vor vierundzwanzig Stunden war sie so nahe an jenem Menschen dran gewesen, den er sich unbedingt greifen wollte, dass sie ihn berühren konnte. Sie hatten sich auf jeden Fall einiges zu erzählen.

Oben in den Bäumen über ihnen regte sich etwas, ein Flattern, und eine Handvoll Schnee fiel herunter auf die Lichtung. Es war lange her, seit John Cameron einem Polizisten so nahe gewesen war.

Madison hielt die Hand betont fern vom Holster.

»Haben Sie eine Ahnung, wie einfach es gewesen wäre, Sie in den Rücken zu schießen?«, fragte sie. »Wie stehen die Chancen, dass Sie in diesem Moment eine Waffe tragen? Jeder denkt, Sie hätten auf meinen Partner geschossen – was glauben Sie, wie genau man einen Fall von Notwehr untersucht hätte? Ich würde wahrscheinlich eine Medaille bekommen.«

Sie ließ die Worte wirken.

»Und der Mann, der Ihre Freunde ermordet hat, würde davonkommen.«

Madison wischte sich über die Stirn, der Schweiß auf ihrer Haut war eiskalt. Sie wusste nicht, ob sie es schaffen würde, ihn zum Reden zu bewegen, wusste nicht, ob sie in fünf Minuten überhaupt noch stehen würde.

»Keine Pokernächte mehr, keine Geburtstagsfeiern. Ich habe sie im Leichenschauhaus gesehen, Cameron – die Kinder. Und Quinn ist der Nächste, das muss Ihnen klar sein.«

Wenn dieser Scheißkerl von Mörder jetzt nicht rauskommt ...
Laute Stimmen kamen plötzlich von der Wiese hinter dem Haus. Madison drehte sich überrascht um. Jemand war auf dem Rasen. Den Stimmen nach zu urteilen, drei, vielleicht vier Männer. Irgendein hilfsbereiter Nachbar musste die Polizei gerufen haben, als das Glas zersplittert war.
Na, herzlichen Dank. Einen schlechteren Zeitpunkt für Nachbarschaftshilfe konnte sie sich nicht denken. Polizisten auf der Wiese. Jetzt würde er sich auf gar keinen Fall mehr zeigen. Niemals.
Madison zögerte, die Stimmen kamen näher. Sie starrte in die Finsternis, die sie umgab. Cameron hatte die Polizisten gehört und sich keinen Zentimeter bewegt. Selbst wenn sie zu fünft das Wäldchen durchkämmten, er würde davonkommen, das wusste er. Wenn es dazu kommen sollte, würde er sich einfach durchkämpfen müssen. Darin sah er kein Problem. Die Polizistin hatte noch kein Geräusch von sich gegeben.
Madison hatte das Gefühl, ihr Körper würde gerade den allerletzten Rest Adrenalin ausstoßen. Was würde passieren, wenn sie laut rief? In dem Moment fing es an zu schneien. Madison blickte nach oben, Schneeflocken fielen langsam herab. *Ich muss völlig verrückt sein.*
»Wir müssen reden«, sagte sie leise und ging Richtung Wiese. Ihre Augen hatten sich noch nicht an die Dunkelheit gewöhnt, und so kam sie ganz knapp an John Cameron vorbei, der keine Armeslänge entfernt stand und sie beobachtete.
Als sie auf die Wiese hinaustrat, kamen vier uniformierte Polizisten, drei Männer und eine Frau, mit gezogener Waffe auf sie zu. Sie hatte ihre Dienstmarke bereits herausgenommen und hielt sie vor sich. »Polizei«, rief sie laut. Sie drängten sich um sie.
Madison drehte sich noch einmal um zu der Stelle, woher sie gerade gekommen war, und nur Sekunden später hörte sie,

wie auf der Straße ein Auto angelassen wurde. *Großartige Leistung,* dachte sie. Brown hätte ihn dazu gebracht, sich zu zeigen.

Dreißig Minuten später kamen die Detectives Kelly und Rosario an, mit Schnee auf den Schuhen. Klar, dachte Madison, es hätten auch Spencer und Dunne sein können, aber nein, heute war nicht so ein Tag. Kelly blickte finster drein: Die Ermittlung im Fall Sanders hatte noch nichts Greifbares ergeben, und er hatte sein Leben nicht der Geduld verschrieben.

Sie hatte die Geschichte bereits einmal erzählt, und nun ging sie es mit den beiden noch einmal durch. Sie zeigte ihnen genau, was wo geschehen war, und ging mit ihnen zum Steg. Im Korridor war ein einsamer Kriminaltechniker damit beschäftigt, die Schaltfläche der Alarmanlage zu bestäuben.

»Sie sind eingeschlafen?«, schnaubte Kelly.

»Ja.« Es ließ sich nicht ändern, und Madison wollte nicht lügen.

»Sie hatten immer noch die Schlüssel«, sagte Kelly. »Obwohl Sie krankgeschrieben sind.«

»Ja, mir ist eingefallen, dass ich sie zu Hause in einer Jackentasche hatte.«

»Sie hätten sie gleich morgen früh zurückgebracht«, sagte Rosario ohne eine Andeutung von Sarkasmus.

»Natürlich«, antwortete Madison.

»Na also«, sagte er zu seinem Partner. Kelly ignorierte ihn.

»Was wollten Sie denn finden? Wir haben das Haus quasi mit einem Nissenkamm durchsucht.«

»Ich weiß es nicht. Vielleicht etwas, das mir beim ersten Mal entgangen ist.«

»Jetzt lass sie doch in Ruhe. Ihr Partner liegt auf der Intensivstation, und sie musste etwas machen.« Rosario lächelte Kelly an. »Ich bin mir sicher, du würdest dasselbe für mich tun.«

»Nicht unbedingt. Sein Gesicht haben Sie gar nicht gesehen?«
»Nein.«
»Sie haben keine Ahnung, wer es war?«
»Nein.«
»Aber Sie mussten ihn durch die Glastüren verfolgen?«
»Ja.«
Sie gab ihnen eine Beschreibung. Eine genaue Beschreibung, das schon, die aber auf ein Viertel der Bevölkerung zutreffen würde. Kelly schrieb alles auf, und Madison merkte, dass er liebend gerne einen Streit angefangen hätte. Ihr selbst war auch nicht nach Zurückhaltung zumute. Früher oder später würde sie ihn zur Rede stellen, weniger wegen seiner Person als wegen ihrer Rolle im Revier.
Rosario meldete sich zu Wort. »Sie haben gesagt, der Mann hätte Handschuhe getragen?«
»Ja.«
Madison und Kelly fixierten sich weiterhin.
»Also keine Fingerabdrücke«, fuhr Rosario fort.
»Wahrscheinlich nicht.«
»Wie läuft es mit Sanders?«, fragte Madison Kelly.
»Wir arbeiten daran«, antwortete Rosario.
Das bedeutete, sie hatten null Spuren, abgesehen von Camerons Fingerabdruck auf der Achse, und konnten ihn nicht mit dem Tatort in Verbindung bringen.
Kelly wurde plötzlich munter. »Es gibt da ein Gerücht. Angeblich hätten Sie kalte Füße bekommen, was die Jagd auf Cameron betrifft.«
»Soll heißen?«
»Dass Sie nach gestern Nacht den Mut verloren haben und jetzt alle möglichen verqueren Theorien anbringen. Seit wann sind Sie denn bei der Mordkommission? Seit einem Monat? Sie hatten zu viel Druck, und Sie haben es nicht geschafft, Ihren Partner zu schützen – Anfängerfehler.«

Madison trat einen Schritt vor, und in einem Moment der völligen Klarheit wusste sie, dass sie jetzt austicken würde.

»Und?«, fragte Kelly provokant.

Es wäre wunderbar gewesen, es ihm so richtig zu geben, um reinen Tisch zu machen nach vier Wochen seines rüpelhaften Benehmens und dem Gestank von billigen Zigarren, der ihm in der Kleidung hing. Kelly richtete sich auf und schloss den Mund, die Zigarre zwischen den Lippen.

Alle hatten ihre Tätigkeiten unterbrochen und schauten. Es musste jetzt sofort passieren. Madison sprach leise, denn sie wusste, dass sie gar nicht brüllen musste.

»Wissen Sie, was: Von all den schrecklichen Dingen, die diese Woche passiert sind, schaffen Sie es nicht mal bis in die Top Ten. Sie sind irgendwo zwischen *Ich hab vergessen, die Sachen aus der Reinigung zu holen* und *Ich muss tanken.* Sie sind noch nicht einmal eine Unannehmlichkeit, und es ist mir egal, was Sie denken, denn Sie sind bloß ein übler Geruch. Sie sind der Fussel in der Toilettenschüssel, den ich noch nicht mal runterspüle. Sind wir hier fertig?«

Kelly blinzelte. Rosario kam ihm zu Hilfe.

»Ich denke, wir können Schluss machen«, murmelte er.

»Klar.«

»Kelly?« Kelly nickte.

»Okay, Jungs und Mädels, wir sind fertig.« Er klopfte seinem Partner auf die Schulter. »Gehen wir.« Kelly rührte sich nicht. Rosario nahm ihn am Arm. »Gehen wir.«

Madison wollte, dass alle gingen, damit sie sich ein letztes Mal in Sinclairs Haus umsehen konnte. Die Polizisten hatten die kaputte Tür mit Brettern vernagelt.

»Wir warten und setzen Sie ab«, sagte Rosario.

»Nein danke, ich habe Lust zu laufen.«

»Es ist vier Uhr morgens.«

»Macht nichts.«

»Sie bringen morgen die Schlüssel vorbei?«

»Na klar.«
Er senkte die Stimme. »Ruhen Sie sich aus. Wir kennen uns nicht so gut, aber ich wette, Ihre natürliche Gesichtsfarbe ist normalerweise nicht Grün.«
Alle gingen. Dann war Madison allein in dem leeren Haus, und sie wusste nicht, ob sie lieber zum Abschluss des Tages ein Glas Bourbon gehabt hätte, oder einen Kaffee, um den neuen anzufangen. Sie ging von Zimmer zu Zimmer, zu müde, um sich inspirieren zu lassen, sie ließ ihr Hirn nur aufnehmen, was ihre Augen sahen.
Die Wut in ihr hatte nichts mit Kelly zu tun, er nervte einfach nur. Daran musste sie denken.
Zu Hause duschte Madison so heiß, dass sie es gerade noch aushielt. Sie blieb unter der Dusche stehen, bis das Wasser kalt wurde. In ihrem weißen Bademantel und den Pantoffeln tappte sie in die Küche. Ihr tat alles weh, vielleicht mit Ausnahme ihrer Haare. Sie goss sich ein Glas Milch ein, schüttete sich ein paar Schmerztabletten auf die Handfläche und schluckte sie auf einmal. Sie hatte keine Schwierigkeiten einzuschlafen.

Kapitel 29

John Cameron fuhr seinen dunkelgrünen Grand Cherokee Jeep gerade so schnell, wie die Geschwindigkeitsbegrenzung es zuließ, als er Three Oaks verließ. An einem Sonntag um vier Uhr morgens wäre es schön gewesen, so richtig aufs Gas zu steigen, aber es hatte geschneit, und es waren Streifenwagen unterwegs, die sein Gesicht auf dem Armaturenbrett kleben hatten. Die Nacht war in unerwarteter Hinsicht gut verlaufen, und er wollte sein Glück nicht aufs Spiel setzen.

Er war nach Blueridge gefahren, um nach einer Verbindung zwischen Jimmy und dem Mann zu suchen, der sein Handwerk offenbar im Gefängnis begonnen hatte. Stattdessen hatte er etwas völlig anderes vorgefunden, was aber womöglich genauso nützlich war. Er sah auf die Uhr, die Ziffern leuchteten hellgrün. Es war zu früh und zu spät, um Nathan anzurufen, er schuldete ihm mindestens noch drei Stunden Schlaf.

Cameron konnte Quinns Zögern, ihn mit Hollis sprechen zu lassen, nachvollziehen. Sobald der Ermittler einen Namen nannte, würde sich die Lebenserwartung dieser Person drastisch reduzieren, das wussten sie beide. Quinn erledigte die Dinge auf seine Art, genau wie Cameron.

In Admiral, oberhalb von Alki, fast oben am Duwamish Head, stand ein Haus, ein bescheidenes Dreizimmerhaus auf eigenem Grund, umgeben von Bäumen wie jedes andere Haus in der Straße auch, geschützt vom gleichen schmiedeeisernen Tor. Seit sieben Jahren, seit die Arbeiter den neuen

Holzboden verlegt hatten, war außer seinem Besitzer kein anderes Lebewesen mehr über die Schwelle getreten.
Cameron öffnete das Tor mit einer Fernbedienung und fuhr das Auto in die Garage. Zur Straße hin war so viel Abstand, dass die Privatsphäre perfekt geschützt war. Das war allerdings nicht der Hauptgrund gewesen, dieses Haus allen anderen vorzuziehen. Er betrat das Wohnzimmer und blieb stehen. Eine Wand bestand völlig aus Glas: Das Wasser war schwarz und ruhig, und dahinter funkelten Lichter, das Zentrum von Seattle gegenüber von Elliott Bay.
Er besaß einen Bungalow in Westwood, Los Angeles, und ein Apartment in New York, doch hierher kehrte er immer wieder zurück: ein einfach eingerichtetes Haus, das er unter einem anderen Namen gekauft hatte. Niemand, nicht einmal Nathan Quinn wusste davon, und nichts im Inneren hatte eine Verbindung zu irgendeinem Bestandteil seines Lebens, es gab kein einziges Blatt Papier mit seinem Namen darauf, kein Familienfoto.
Viele Jahre lang hatte er in einem empfindlichen Gleichgewicht gelebt; Lebensfragmente, die ein Ganzes erahnen ließen, sich aber nicht wirklich berührten. Cameron schenkte sich ein Glas Bourbon ein und setzte sich in einen tiefen Ledersessel vor der gläsernen Wand. Er trank einen Schluck und spürte, wie ihm die Wärme durch die Brust rann. Das System hatte funktioniert, bis vor sieben Tagen.
Cameron war ruhig und konnte klar denken, dieses Privileg hatte ihn aber etwas gekostet. Er hatte es gewusst, als er Eric Sanders die Kehle durchschnitt und seinem Leben ein rasches Ende machte. Und in L. A. hatte es einen Punkt gegeben, da hatte er begriffen, dass der Dealer nicht für Jimmys Tod verantwortlich war, und er hatte trotzdem weitergemacht.
Er trank den Bourbon und hoffte, dass nie eine Zeit kommen würde, in der er sich selbst belügen würde. Sanders war ge-

storben, weil Cameron töten musste und wusste, dass er es genießen würde. So einfach war das.

Früh in dieser Nacht, als er Jimmys Haus betrat, hätte ihn ein unbedachter Moment der Trauer beinahe die Freiheit, womöglich das Leben gekostet. Eine rasiermesserscharfe Erinnerung, James und Annie, die ihm das Haus zeigten, das sie gerade gekauft hatten, die Kinder waren noch nicht geboren, ihr Leben erstreckte sich in eine goldene Unendlichkeit. Cameron trank das Glas leer. Er war abgelenkt gewesen, und jetzt konnte er sich nicht einmal sicher sein, ob es nicht eine Mischung aus unterschiedlichen Erinnerungen war, ob es überhaupt so gewesen war.

Er stand auf, um sich nachzuschenken, machte aber stattdessen Kaffee. Er konnte die Situation nüchtern betrachten, oder er konnte Beschuldigungen vorbringen und Gründe suchen und eine Schleife darum binden, aber es würde nichts ändern: Trotz all seiner Sorgfalt und Vorsicht war er es gewesen, der den Mörder zu ihnen gelockt hatte, er war es gewesen, der ihn in ihr Leben geholt hatte. Vor sieben Tagen hatte ihn etwas nach Hause verfolgt.

Cameron schenkte sich den Kaffee ein und nahm ihn mit zu seinem Sessel am Fenster. Detective Madison hatte ihn überrascht, und das passierte nicht sehr oft. Obwohl sie ihm wie ein Terrier gefolgt war, hatte sie Abstand gehalten, und sie hätte sich nicht vom Fleck bewegt, wären nicht plötzlich die Streifenpolizisten gekommen. Sie hatte die Waffe weggesteckt, eine nette Geste – er hatte diesen Augenblick genossen. Trotzdem war sie Detective bei der Mordkommission, und da lagen ihre Prioritäten. Wollte sie einen Fang machen, der ihre Karriere beförderte? Gut möglich. Wollte sie den Mörder finden? Sehr wahrscheinlich. Wollte sie den Scheißkerl kriegen, dessentwegen ihr Partner im Koma lag? Auf jeden Fall. Darauf konnte er zählen. Seltsamerweise hatte er ihr geglaubt, als sie gesagt hatte, sie wüsste, dass er nicht der

Täter war. Die Frage war also ganz einfach: Was hätte er getan, wenn die Polizei nicht uneingeladen aufgetaucht wäre? *Tja, was wohl,* dachte Cameron. Detective Madison wusste nichts von dem Zündler, der im Gefängnis ermordet worden war, aber irgendetwas musste sie wissen. Es war ein Gespräch wert, und wenn sie sich das nächste Mal trafen, dann hoffte er ihr zuliebe, dass sie die .45 gut gesichert im Holster ließ.

Er sah auf die Uhr, es war gerade einmal fünf. Er wollte endlich mit Nathan sprechen, wollte ihn um alles in der Welt aus der Stadt haben. Da war etwas an Detective Madison gewesen, an ihrem entschlossenen Blick auf der kleinen Lichtung – zwischen ihnen nichts außer ihren Worten und der kalten Nachtluft. Er war nicht derjenige, vor dem sie Angst hatte, sie war hinter etwas völlig anderem her, und das wussten sie jetzt beide.

Cameron wartete, bis es dämmerte. Ohne Ausnahme war jeder, den er auf seinen Wegen kennengelernt hatte, von dem Wunsch nach Macht oder Geld getrieben gewesen, und ohne Ausnahme war beides für ihn selbst nie im Leben der Handlungsgrund gewesen. Der Mann, der James und seine Familie ermordet hatte, verspürte ebenfalls keinen Hunger danach: Sein Lohn, vermutete Cameron, wurde mit dunkleren Maßstäben gemessen.

Dann haben wir etwas gemeinsam. Cameron betrachtete die Narben auf seinem rechten Handrücken.

Kapitel 30

Der achtzehnjährige John Cameron saß gegenüber von Nathan Quinn in der Ecknische eines Imbisses an der 2nd Avenue. Es war stickig und voll in der Mittagszeit, die Kellnerinnen riefen dem Koch über den allgemeinen Lärm hinweg die Bestellungen zu. Sie aßen ihre Pökelfleisch-Sandwiches, Quinn redete, und Cameron hörte zu. Er sprach über Gerechtigkeit und das Rechtssystem und den Mordfall, an dem er gerade arbeitete, und Cameron war ein guter Zuhörer. Um die Wahrheit zu sagen, John Cameron war heute nicht in der Stimmung zu reden, er lehnte sich in dem roten Ledersitz zurück und musterte seinen Freund.

Nathan Quinns Bruder David war gerade etwas über fünf Jahre tot; die Familie hatte einen schweren Schlag erlitten. Alle hatten ihr Leben weitergeführt, so gut es ging, aber ganz weggehen würde das nie. Nathan war für ihn und James da gewesen, vielleicht hatte das auch ihm ein wenig geholfen. Zuvor waren sie nur die Freunde seines kleinen Bruders gewesen, danach waren sie eine lebende Erinnerung daran, was er vielleicht getan hätte, wie er vielleicht geworden wäre, wenn er überlebt hätte.

Cameron nickte an den richtigen Stellen, und Quinn sprach weiter. Nathan Quinn war Staatsanwalt, und er hatte sich damit abgefunden, dass die Leiche seines Bruders nie gefunden werden und man die Männer, die für seinen Tod verantwortlich waren, nie vor Gericht stellen würde.

Das war kein innerer Frieden, es war an jedem Tag, den Gott ihm schenkte, aufs Neue ein Kampf, ein gewöhnliches, gutes

Leben zu führen und nicht die Wut die Oberhand gewinnen zu lassen. Bis vor kurzem hatte Cameron nie ganz verstanden, wie schwer dieser Kampf sein konnte, aber die Dinge hatten sich geändert.

Auf den Tag vor sechs Wochen hatte John Cameron mit einem Bier in einer Bar zwischen der Yale und der Pontius Avenue in Eastlake gesessen. Da kam ein Mann von einem Tisch im hinteren Bereich an die Theke und machte dem Barkeeper wegen irgendetwas Unverständlichem Scherereien. Die Bar selbst war eine billige, modrig riechende Art Eckkneipe mit einem ziemlich entspannten Verhältnis zu gefälschten Ausweisen.

Es war ein ruhiger Abend. Der Barkeeper spülte und trocknete Gläser; der Gast, Ende vierzig, eins fünfundachtzig groß, mit viel Muskelmasse, die langsam, aber sicher erschlaffte, folgte ihm die Theke entlang. Er kam dem Hocker, auf dem Cameron saß, immer näher. Der Barkeeper nickte und wollte offensichtlich dem Gespräch entfliehen, doch der Mann ließ nicht locker. Cameron hatte das Gefühl, er wäre ihm schon einmal begegnet; nicht das Gesicht, aber die Stimme, mit der er auf den Barkeeper einredete.

Vielleicht kannte er ihn aus dem Restaurant, allerdings strahlte er etwas Unangenehmes aus, und er war eigentlich nicht der Typ, mit dem sich sein Vater anfreunden würde. Trotzdem, dieses Gezeter hatte er auf jeden Fall schon einmal gehört.

Zwing mich nicht dazu.

Die Haare in seinem Nacken sträubten sich bereits, als sein Gehirn ihn einholte.

Zwing mich nicht dazu, du kleiner Scheißer.

Bevor ihm bewusst wurde, was er tat, deckte er den rechten Handrücken mit der linken Hand ab, und zum ersten Mal seit Jahren spürte er die kalte Klinge auf der Haut. Der Mann kam näher. Cameron blickte in sein Glas hinunter und spürte, wie ihm Bier hochkam. Er schluckte und versuchte aufzustehen, aber seine Beine bewegten sich nicht. Der Mann war vielleicht zwei Meter entfernt von ihm, und Cameron konnte nichts tun, als dazusitzen und sich zum Atmen zu zwingen.

Irgendwann blickte er auf, sonst hätte es merkwürdig ausgesehen. Der Mann lehnte an der Theke, auf einen Ellbogen gestützt, der Barkeeper schenkte ihm nach und füllte eine Schüssel mit Erdnüssen. Der Mann wandte sich an Cameron, als hätte er am Gespräch teilgenommen.

»Nicht zu fassen, so eine Schafscheiße!«, sagte er freundlich. Dann schüttelte er den Kopf, nahm sein Glas, Bourbon pur, und die Erdnüsse und ging zurück an seinen Tisch. Cameron wartete, bis er sicher aufstehen konnte, legte einen Schein vor sich hin, ließ dem Barkeeper ein dickes Trinkgeld da und ging zum Ausgang, seine Beine trugen ihn gerade noch.

Als er draußen war, wandte er sich nach links und ging zehn Meter weiter, denn er wusste, dass dort eine verlassene Seitengasse war. Er krümmte sich zusammen, stützte die Hände auf die Knie und übergab sich zwischen zwei Mülltonnen, dann ging er zurück zu seinem Auto und setzte sich mit zurückgelehntem Kopf hinein, die zitternden Hände auf dem Lenkrad. Es gab keinen Zweifel, nicht den geringsten. Manchmal vergingen ein paar Wochen, ohne dass er daran dachte, dann wieder kam es einen Monat lang jeden Tag. Nicht mehr als ein paar Sekunden, aber das reichte.

28. August 1985. Er war zwölf und wurde bald dreizehn, sie waren am Jackson Pond angeln. David hatte von seinem Vater drei Zigaretten geklaut. Sie rauchten, hatten die Füße im kalten Wasser und die Räder auf einem Haufen auf dem Boden. Sie diskutierten, ob sie ihre T-Shirts ausziehen und sich von einer Million Mücken stechen lassen oder ob sie sie anbehalten und die Hitze ertragen sollten. Jimmy hatte den

Kopf ins Wasser gesteckt und sich dann geschüttelt wie ein Hund. David hatte zu ihm gesagt, mit seinem hässlichen Gesicht würde er die ganzen Fische verjagen. Er hatte eine dünne Goldkette mit einem kleinen Anhänger mit dem heiligen Nikolaus durchs Wasser gezogen, das sei besser als ein Köder, sagte er. Die Kette war ein Geschenk der schottischen Verwandten seines Vaters, die der Meinung waren, die Tatsache, dass seine Mutter Jüdin war, sei kein ausreichender Grund, dem Jungen den Schutz des Patrons der Armen Seelen zu verwehren. Die Kette glitzerte im Wasser, die Fische hielten sich fern.

So weit, so gut: Es war ein prachtvoller Tag, und die Schule lag in ferner Zukunft. Dann tauchte der blaue Transporter auf dem Weg auf, und alles verschwamm.

John Cameron kam hinten im Transporter zu sich, jemand hatte ihm die Augen verbunden, Hände und Füße waren gefesselt und zwickten. Er dachte, er würde schlafen und träumen, einen entsetzlichen Traum, dann stieß er gegen jemanden, der neben ihm auf dem Boden lag, und verlor wieder das Bewusstsein.

Beim nächsten Mal hörte er nicht weit weg das Flüstern von Männerstimmen. Unter der Augenbinde war es so heiß, dass er kaum Luft bekam, und es roch ganz scheußlich, so wie das Zeug, mit dem man Schmiere von einem Motor entfernte. Das T-Shirt klebte an ihm, und als es in seinem Kopf anfing zu pochen, wusste er, dass sie in Schwierigkeiten steckten und dass er nicht träumte. Er wollte nach den anderen rufen, aber er blieb still liegen, orientierungslos und starr vor Angst, bis der Wagen schaukelnd stehen blieb.

Die Augenbinde saß fest, und er konnte weder darüber noch darunter etwas sehen. Jemand, der groß und stark war, hob ihn von der schmierigen Matte auf dem Boden des Transporters auf und trug ihn hinaus: Die frische Luft war wohltuend, und es war ganz ruhig, sie mussten irgendwo außerhalb der

Stadt sein. Die Männer, drei, vielleicht vier, arbeiteten rasch und sprachen wenig.

Er wurde gegen einen Baum gedrückt und mit einem Seil um Schultern und Beine daran gefesselt. Er spürte das kühle Gras unter den Füßen, und ihm fiel ein, dass sie am Wasser ihre Schuhe ausgezogen hatten, sie mussten noch dort liegen. Kleidung raschelte, links von ihm nahm er Bewegungen wahr, David und Jimmy. Was geschah da? Sie waren entführt worden, er hatte von so etwas schon in den Zeitungen gelesen. Letztes Jahr hatte jemand einen Jungen in Spokane entführt und ihn nach ein paar Tagen zurückgebracht. War es das? Über ihnen hing dichtes Schweigen, es roch nach Zigarettenrauch, und er hörte die Aufhängungen im Transporter ein wenig quietschen, als sich die Männer setzten. Je klarer er im Kopf wurde, umso schwerer lastete die Angst auf ihm, als würde sich jemand auf seinen Brustkorb knien.

Eine Ewigkeit sprach niemand, dann sagte ein Mann: »Jungs, ich will, dass ihr mir jetzt zuhört, und zwar gut. Sagt ja.«

Sie schwiegen.

»Sagt ja.«

»Ja.« John hörte zwei schwache Stimmchen wie seine eigene.

»Das ist eine Botschaft an eure Daddys. Merkt euch das genau, die Botschaft lautet: Das ist nichts Persönliches, es geht ums Geschäft. Habt ihr das verstanden? Wiederholt es.«

John verlor das Bewusstsein, das Seil saß fest, und er hatte seine Stimme nicht in der Gewalt. Er wollte weglaufen, er wollte nach Hause, er wollte zu seiner Mutter.

»Wiederholt es.«

»Das ist nichts Persönliches, es geht ums Geschäft.«

»Hey, Kleiner. Hast du mich verstanden? Willst du nach Hause?«

John nickte. Der Mann stand nahe bei ihm, hinter dem schmutzigen Tuch auf seinem Gesicht roch es nach Tabak und Augustschweiß. Seine Stimme hatte etwas so Hässliches und Unangenehmes, dass John beinahe froh war, dass er ihn nicht sehen konnte. Was für ein Gesicht gehörte wohl zu dieser Stimme.

»Na los, Kleiner, sag es.«

Mit einem ganz dünnen Stimmchen sprach John den Satz aus.

»Lauter.«

John wiederholte ihn brüllend.

»Na, der hat aber eine ordentliche Lunge«, lachte jemand.

John atmete mehrmals tief ein und versuchte, nicht zu schluchzen; diese Freude wollte er ihnen nicht machen.

»Na los, Junge, lass es uns noch einmal hören.«

John brüllte noch einmal.

»Gut gemacht. Also, wir lassen euch bald nach Hause gehen, aber eins müsst ihr wissen: Wenn ihr jemals den Bullen davon erzählt, dann komme ich wieder und hole euch. Wenn ihr jemals irgendjemandem davon erzählt, dann komme ich wieder und hole euch, und ich tue auch eurer Mom und eurem Dad weh. Verstanden? Ihr habt nichts gesehen und nichts gehört. Ihr überbringt euren Daddys einfach die Botschaft, und alle bleiben am Leben. Kapiert?«

»Ja.«

Nun wussten sie es, es ging um das Restaurant. Die Erwachsenen sprachen in ihrer Gegenwart nicht über das Geschäft, aber das musste es sein.

»Jetzt sehen wir doch mal, ob du das noch lauter kannst, du kleines Mädchen.« Etwas Scharfes schlitzte John den Arm auf.

»Was machst du denn da, spinnst du?« Eine Männerstimme, ein paar Meter entfernt.

»Halt's Maul. Zwing mich nicht dazu, Junge. Lass es uns noch mal hören.«

John schrie auf, als ihm die Klinge wieder in den Arm schnitt.

»Hey.«

»Steig in den Wagen und halt verdammt noch mal das Maul«, sagte der Mann ruhig.
»Komm schon, Alter, nichts wie weg hier.«
»Was machen Sie da?« Es war Davids Stimme.
»Lass den Jungen in Ruhe, wir hauen besser ab.«
»Zwing mich nicht dazu, du kleiner Scheißer. Ich will es hören.«
John brüllte den Satz aus sich heraus. Er dachte an die Frösche, die sie in der Schule sezieren mussten, manche Schüler konnten es gar nicht erwarten. *Der ist bestimmt auch so einer, und ich werde sterben,* und eine Sekunde lang hatte er das Gefühl, er würde gleich an dieser furchtbaren Angst ersticken.
»Aufhören!« Davids Stimme.
»Was hast du gesagt?« Der Mann entfernte sich.
»Er ist doch bloß ein kleiner Junge. Wir machen ja, was Sie wollen, aber tun Sie ihm nicht weh.« David klang atemlos, vor Angst war seine Stimme höher als sonst.
»Wenn du heil wieder nach Hause kommen willst, dann sei sofort still.«
Und dann passierte es, schneller, als er es jemals für möglich gehalten hätte: David atmete ganz schnell, er sagte nichts. John hatte einmal miterlebt, wie ein Kind einen Asthmaanfall gehabt hatte, David hörte sich genauso an, nur noch schlimmer.
»Was ist los?« Die Stimme eines anderen Mannes.
»Er atmet nicht. Schneid ihm die Fessel ab.« Noch ein Mann.
»Fass ihn nicht an, der kommt schon wieder in Ordnung.«
»Er kriegt keine Luft, mach irgendwas.«
Sie redeten durcheinander, und dazwischen hörte man David keuchen und nach Luft schnappen, es klang furchtbar.
»Scheiße, wir müssen irgendwas machen.«
»Ich schneid dir die Hand ab, wenn du ihn anfasst.«
»Aber irgendwas ist mit ihm.«

»Das sehen wir, du Vollidiot. Schneid ihn los.«
»Nein.«
Die anderen Männer wollten sich ihm nicht widersetzen, sie standen herum, und die Atemgeräusche wurden immer schwächer und hohler. John lauschte angestrengt.
»Dave?«
»Dave?« Jimmys Stimme.
Cameron zog an den Seilen und beugte sich vor, so weit es ging, aber plötzlich hörte er David nicht mehr. Er hörte überhaupt nichts mehr.
»Dave?«
Langes Schweigen. Irgendwo über ihm das Knacksen und Rauschen des Baums, an den er gefesselt war.
»Wir sind fertig hier«, sagte der Mann schließlich.
»Was ist passiert?« Jimmys Stimme.
Sie hörten, wie das Seil durchgeschnitten wurde. »Diese Scheiße war aber nicht mit drin.«
»Mach schon.«
»Und was tun wir jetzt mit ihm?«
»Wir nehmen ihn mit.«
»Was machen wir?«
»Sei still, und lass den Motor an.«
»Das ist nicht …«
»Halt endlich das Maul, und lass den Motor an.«
John Cameron konnte nicht sprechen, sich nicht bewegen, nicht denken. Das Schwarz vor seinen Augen drehte sich und rückte näher. Er roch den beißenden Zigarettenrauch und spürte den Mann in seiner Nähe.
»Du weißt, was wir besprochen haben.«
»Was ist mit David? Was ist passiert?«
»Du und dein Freund, ihr sagt zu keiner Menschenseele was. Nicht zu den Bullen, nicht zu deinem Vater, zu niemandem.«
»Was haben Sie mit ihm gemacht?«, krächzte John.

»Vielleicht sollte ich dafür sorgen, dass du dich auch wirklich erinnerst.«
John spürte das Messer auf seiner Haut, den schneidenden Schmerz, und wurde ohnmächtig. Die Stimmen folgten ihm in die Dunkelheit. »Und jetzt?«
Als er ein wenig später aufwachte, stachen ihm die Arme, die Hände brannten, und er war schweißnass.
»Jimmy?«
»Ich bin da.«
»Wo sind sie?«
»Sie sind weg.«
»Alles okay mit dir?«
»Ich glaube schon. Und bei dir?«
»Mir tun die Arme weh.«
»Ich glaube, sie haben David mitgenommen.«
Keiner von beiden brachte es über sich, es auszusprechen.
Nach einer Weile flüsterte Jimmy: »Glaubst du, sie kommen zurück?«
»Ich weiß nicht, vielleicht.«
Es war eine schreckliche Vorstellung, dass die Männer zurückkamen, aber wenn nicht, wer sollte sie dann finden? Suchte überhaupt jemand nach ihnen?
»Ich versuche mich zu befreien, Jimmy. Versuch du es auch, wir müssen fliehen, bevor sie zurückkommen.«
Indem er den Kopf an der Rinde auf und ab bewegte, gelang es John, die Augenbinde ein wenig zu lösen. Nach einer Stunde rutschte sie ihm vom Gesicht und fiel ihm um den Hals wie bei einem Cowboy. Er riss die Augen weit auf und blinzelte; sie waren im Wald, es wurde Nacht. Sie konnten irgendwo sein, niemand wusste, wo genau.
John sah sich um, da war keine Straße, kein Weg, nichts. Er wusste nicht, wie sie hergekommen waren. Er blickte auf: Der Baum, an den er gefesselt war, war unglaublich hoch, so ein Baum, bei dem man die Jahresringe zählt, wenn er gefällt

wird. Ansonsten gab es nur hohes Gras, Farn und noch mehr Farn, so weit das Auge reichte, und das war nicht sehr weit, denn der Wald war dicht, und es wurde bereits dunkel. Dann blickte er nach unten, und da verließ ihn auch der letzte Rest seines Muts: Er war blutverschmiert, das Blut klebte auf dem aufgeschlitzten Stoff seines T-Shirts und auf der Haut, er konnte kaum die Farbe der Ärmel erkennen. Er schnappte nach Luft. Jimmy wandte sich ihm zu und fragte panisch: »Was ist los?«

John schaute seine Hände an, dunkel und nass, und er spürte, wie Tränen in ihm aufstiegen. Er konnte ruhig weinen, Jimmy würde es nicht sehen. Es war nicht der Schmerz, alles war taub, aber die Anspannung in ihm löste sich plötzlich. Er bewegte die Finger ein bisschen, sie funktionierten noch, der brennende Schmerz kam in Wellen.

»Ist schon gut, es ist nichts«, sagte er und fing an, das Seil um seine Schultern zu lockern, indem er sich wand und hin und her bewegte. Sein Gesicht war nass, die Lippen presste er zusammen.

Die Dunkelheit brach herein, und sie kämpften sich immer noch frei. Jimmy kam nur langsam voran, er hatte noch nicht einmal die Augenbinde ab. Als es stockfinster war, rechneten sie nicht mehr damit, dass die Männer zurückkamen, sie hatten sie dort zurückgelassen, damit sie sich befreien konnten oder für immer verschwunden blieben.

Die Jungen redeten unaufhörlich, über alles andere als darüber, wo sie waren oder was ihnen zugestoßen war. Sie redeten die ganze Nacht durch, weil sie dachten, der Lärm würde vielleicht wilde Tiere abschrecken, und vor allem, weil die Stimme des anderen der einzige echte Beweis dafür war, dass sie noch am Leben waren.

Es war eine warme Augustnacht. Ihnen war zwar kalt, aber es war auszuhalten. Sie konnten sogar Witze darüber machen, als Jimmy pinkeln musste und nicht verstand, wie es da so heiß herauskommen konnte, wo sein Ding doch gefroren war. Keiner von beiden gab zu, dass er in die Hose gemacht hatte, als die Männer noch da waren.

Die Nacht verging nur langsam, kleine Insektenwolken sammelten sich um ihre Gesichter, und gelegentlich herrschte eine betretene Stille, wenn einer von beiden einschlief und der andere ein paar Minuten lang sozusagen Wache hielt, bevor er seinen Freund wach rief.

Irgendwann konnte John sich durch Drehen und Zappeln aus dem Seil befreien. Es war ein kleiner Sieg, aber ein verdammt gutes Gefühl. Trotzdem war John so schwach, dass er beinahe froh war, dass seine Beine noch am Baum festgebunden waren, sonst wäre er mitten aufs Gesicht gefallen. Er hatte Hunger und Durst, und über die Kälte um drei Uhr morgens wollte keiner der beiden noch Witze machen. Jimmy schlief nun über längere Phasen, und John sprach mit ihm, bis er sich rührte.

Es dämmerte schon, als er sich schließlich befreien konnte, indem er mit den Zähnen das Seil um seine Handgelenke durchnagte. Es war so kalt, dass er an Armen und Händen nichts mehr spürte. Mit den nackten Füßen schlüpfte er leicht aus der Schlinge, fiel unwillkürlich auf die Knie, die Hände flach auf dem Boden, und er zitterte, als würde er erst wieder laufen lernen müssen. Er riss eine Handvoll taufeuchtes Gras aus und rieb sich damit Stirn und Wangen ab. Dann taumelte er auf Jimmy zu, der schlief, und legte ihm die Hand auf die Schulter.

»Hey.«

»Warte, ich nehme dir erst die Augenbinde ab.«

Seine Finger waren so kalt, dass er den Knoten nicht lösen konnte, stattdessen zog er sie ihm vorsichtig über den Kopf und warf sie ins Gebüsch. Das erste Licht fiel durch den Nebel, und die Jungen sahen einander an. Jimmys Blick fiel auf die dunklen Streifen auf Johns T-Shirt, und er öffnete den Mund.

»Es ist schon gut«, sagte John rasch, aber in Wirklichkeit war er so benommen, dass es ihm schwerfiel, klar zu denken. Zuerst musste er Jimmy befreien, okay, das konnte er tun. Nur dass er es irgendwie doch nicht konnte, das Seil war immer noch fest und gab nicht nach. John machte sich eine Stunde vergeblich daran zu schaffen, es franste nur an ein paar Stellen ganz leicht aus.

»Du musst Hilfe holen«, sagte Jimmy.

»Ich lass dich nicht hier.«

»Du lässt mich ja nicht hier, du holst Hilfe. Jemand muss uns doch suchen. Ich meine, deine Mutter dreht doch durch, wenn du fünf Minuten zu spät zum Essen kommst, oder?«

»Stimmt.« John lächelte schwach.

»Du solltest besser los.«

Keiner der beiden wollte zugeben, wie erbärmlich und schwach er sich fühlte, das war ja fast, als wären sie Mädchen.

»Okay.«

John blickte auf, in die Richtung, wo das Sonnenlicht herzukommen schien; warum sollte er es nicht dort probieren. Er ging los, durchs Gebüsch, und drehte sich noch einmal um, bevor er in eine Senke hinunterlief. Jimmys Kopf lehnte am Baumstamm, die Augen hatte er schon geschlossen. John fing an zu rennen.

Etwas mehr als fünf Jahre später saß John Cameron in seinem Auto. Er wusste jetzt genau, wie der Mann aussah, der ihm die Narben zugefügt hatte. Der Mann hatte ihn gesehen, er hatte mit ihm gesprochen, Herrgott noch mal, und ihn nicht erkannt, er hatte nicht einmal genauer hingesehen, obwohl alles um ihn herum vibrierte, so groß war seine Angst. Die Tür der Bar öffnete und schloss sich. John duckte sich auf seinem Sitz. Im Rückspiegel sah er den Mann langsam weggehen. Der Schlüssel steckte bereits in der Zündung, er musste ihn lediglich drehen und losfahren. Der Mann war

gleich an der Ecke, noch ein paar Sekunden, und er würde aus seinem Leben verschwinden. John konnte das nicht zulassen, dieses Mal nicht.
Er steckte den Schlüssel schnell in die Tasche, stieg aus dem Auto aus und schloss sanft die Tür. Er sah ihn immer noch, vielleicht ging er zu Fuß nach Hause. Es gab keine Alternative, Cameron ging über die Straße und folgte ihm.
Er hielt ein gutes Stück Abstand, die Straßen waren verlassen, zwischen ihnen war wenig, abgesehen von einem Block heruntergekommener zweistöckiger Häuser mit Läden im Erdgeschoss und Einzimmerapartments darüber. Zehn Minuten später blieb der Mann stehen und sperrte neben einem Waschsalon eine rote Tür auf, von der die Farbe abblätterte. Kurz darauf ging in zwei Fenstern das Licht an, und Vorhänge wurden zugezogen.
John Cameron ging an der roten Tür vorbei, langsam und nahe genug, um zu sehen, dass es zwei Klingeln gab, beide ohne Namen. An der Ecke ging er über die Straße und kam zurück, ohne den Blick von den Fenstern abzuwenden. Es bewegte sich nichts mehr, der Mann würde an diesem Abend nicht mehr ausgehen. John Cameron stand am Ende des Blocks und tat so, als würde er das Schaufenster eines Leihhauses durch ein Metallgitter hindurch betrachten. Er hätte gehen können, aber er zögerte noch. Am Ende kehrte er zu seinem Auto zurück und fuhr nach Hause; seine Eltern schliefen, und seine Mutter hatte ihm Kuchen in den Kühlschrank gestellt.
Er war immer noch fassungslos und bestürzt, aber wenn er ehrlich sein musste, auch irgendwie beschwingt von dem Abend. Über die Spüle gebeugt aß er das Stück kalten Schokoladenkuchen; er hatte keinen Hunger, aber der Kuchen schmeckte nach allem, was in seinem Leben gut und geordnet war.
Ihm schwirrte der Kopf, und sein gesunder Menschenver-

stand versuchte die Oberhand zu gewinnen. Er musste Nathan anrufen, er musste es ihm erzählen. In seinen Alpträumen, in den beängstigenden Träumen, denen er nach ihrer Rettung ausgesetzt war, hatte es immer nur einen Mann gegeben, die anderen waren verschwunden, ihre Rollen untergeordnet und unwichtig. Er war der Verantwortliche, er hatte ihnen verboten, David zu helfen, und David war wegen ihm gestorben.

Im Durcheinander der Ermittlung und mit den beiden jungen Hauptzeugen, die wenig Brauchbares aussagten, stand nur eines fest: David Quinn hatte unter einer leichten Form von Arrhythmie, Herzrhythmusstörungen, gelitten. Er hatte gelegentlich Medikamente genommen, und man war davon ausgegangen, dass er ein normales Leben würde führen können, aber als man seinen Eltern erzählte, was die Jungen gehört hatten, wussten sie sofort, was das bedeutete: Ihr Sohn war tot.

John Cameron ging ins Wohnzimmer und schenkte sich einen kleinen Schluck Johnnie Walker ein, von seinem Vater. Das hatte er noch nie zuvor gemacht, aber es war nun einmal ein besonderer Abend. Er setzte sich an den Küchentisch und kehrte an den Ort zurück, wo die Alpträume herkamen. Sie hatten darüber gesprochen, Jimmy und er, bevor sie ihre Aussagen gemacht hatten, aber nur ein einziges Mal. Noch Monate danach hatten sie Angst gehabt, die Männer würden sie und ihre Eltern noch einmal aufsuchen; es war nicht schwierig gewesen zu lügen, den Beamten zu sagen, sie hätten die Gesichter der Männer nie gesehen und würden ihre Stimmen nicht erkennen. Man hatte sie am Jackson Pond entführt, betäubt, sie in einem Transporter irgendwohin gebracht. Als sie mit verbundenen Augen im Wald aufwachten, wurden sie gefesselt, und danach war David zusammengebrochen. Niemand hatte ihnen gesagt, warum sie da waren, niemand hatte auch nur das Geringste erklärt.

Im Laufe der Jahre hatte es alle möglichen Theorien gegeben. Als Teenager wusste John Cameron nun, dass man eine Erpressung versucht hatte, die schiefgelaufen war.
Er warf einen Blick auf das Wandtelefon neben der Tür. Er würde genau zehn Sekunden brauchen, um Nathan anzurufen und es ihm zu sagen, und dann? Den Mann festnehmen, ihn offiziell identifizieren, anklagen, ihn in eine Zelle stecken und den Schlüssel wegwerfen? John hielt die Ohren offen, seit Quinn in der Staatsanwaltschaft arbeitete, er kannte sich aus, und urplötzlich begriff er: Sie hatten nicht die geringste Chance. Er war der einzige Zeuge, der den Mann identifizieren konnte, er bezweifelte, dass Jimmy dazu in der Lage war. Was war das überhaupt für ein Fall? Der Verteidiger, sogar ein Pflichtverteidiger mit hundert Fällen an einem Tag, würde seine Aussage in der Luft zerreißen. Sie würden den Mann niemals unter Anklage stellen, er wäre sofort wieder frei.
John Cameron spülte das Glas und stellte es auf das Abtropfbrett. Er wusste nun, wo er wohnte, er wusste, wo er sein Bier trank. Das war mehr, als er noch vor drei Stunden gehabt hatte.
John ging ins Bett, und am Vormittag schaffte er es irgendwie, zwei Stunden Englische Literatur und eine einstündige Einführung in die Philosophie durchzustehen.
Als die Zeit kam, fuhr er nach Eastlake, parkte an derselben Stelle und schaltete den Motor aus. Er hatte wieder Angst. Na und? Der Typ wusste nicht, wer er war, er musste lediglich auf seinem Barhocker sitzen und seine Cola trinken. Er musste stocknüchtern sein, auch wenn Alkohol ihm Mut machte. Angst war nur eine normale tierische Reaktion, sagte er sich.
Er ging hinein und sah den Mann am üblichen Tisch im hinteren Bereich sitzen. Fast hätte er wieder kehrtgemacht, stattdessen setzte er sich auf seinen Barhocker und bestellte. Kurz darauf kam der Mann an die Theke, um sich mit dem

Barkeeper zu unterhalten. John erstarrte innerlich zu Eis, aber er zuckte nicht mit der Wimper. Der Mann erkannte ihn vom Abend zuvor und nickte ihm zu. Er folgte dem Mann mit dem Blick, als er an seinen Tisch zurückkehrte, und etwas in John Camerons Welt begann sich zu verschieben.

Im Lauf des nächsten Monats kam er vielleicht drei Mal die Woche vorbei. Meistens war der Mann dann auch dort, und der Stachel der Angst wurde ein wenig kleiner. Der Barkeeper war ein netter Kerl, dem hinter der Bar häufig langweilig wurde und der sich dann gerne mit jemandem unterhielt – und eines Abends fragte John ihn nach dem Namen des Mannes. Weil er ihn an jemanden erinnerte, den sein Vater früher gekannt hätte. Der Mann hieß Timothy Gilman, er arbeitete am Hafen und hatte schon einmal im Gefängnis gesessen, wegen irgendeiner Unterschlagungsgeschichte.

»Wirklich?«, staunte Cameron, aber bei sich dachte er, es musste Körperverletzung gewesen sein. Betrug, das passte nicht zu ihm, alles an ihm vermittelte: *Ich tu dir weh, und zwar sehr.*

Eines Samstagabends feierten sie alle den Geburtstag von Jimmys Vater im Restaurant. Die Gruppe aus Freunden und Familie hatte den Nebenraum besetzt. Als die Torte mit brennenden, wackelnden Kerzen aus der Küche hereingetragen wurde, gab es lauten Applaus.

Cameron verspürte ein Prickeln auf der Haut, er konnte sich auf gar nichts konzentrieren. Quinn hätte ihm geglaubt, das wusste er, aber Quinn und seine Familie hatten schon den Tod Davids kaum überlebt, er konnte sie nicht noch einmal damit konfrontieren.

Jahre zuvor waren sie schon einmal genau in diesem Raum gewesen, die Wände waren erst zur Hälfte gestrichen, und das Restaurant sollte in einer Woche feierlich eröffnet werden. Die Erwachsenen hatten Cameron nicht bemerkt, er saß hinter einem Pappkarton und spielte mit einem Pinsel.

»Ich habe gehört, dass so etwas vorgekommen ist, aber bisher ist noch niemand an uns herangetreten, und wir wissen nicht, ob es je dazu kommen wird«, sagte sein Vater.

»Wir müssen uns nur dessen bewusst sein«, entgegnete Quinns Vater. »Es könnte passieren, dass jemand anklopft. Das ist ein neuer Laden, und es gibt Leute, die uns als leichtes Ziel betrachten könnten.«

»Willst du damit sagen, wir sollten einfach Schutzgeld bezahlen, egal, wer daherkommt?«

»Nein. Ich sage nur, wir wissen nicht, ob sich hier jemand aufplustern wird. Hoffentlich lässt man uns in Ruhe.«

»Und wenn nicht?«

»Das überlegen wir uns dann, wenn es so weit ist«, antwortete Quinns Vater.

Eines Nachmittags im August hatten sie dann die Jungen entführt, und es war so weit.

Gerade als sein Vater aufstand, um einen Trinkspruch auszubringen, fragte sich John Cameron, wie gut es sich wohl anfühlen würde, Gilman in den Wald zu bringen, und was er zu ihm sagen würde, wenn ihm das gelänge. An den ruhigen Abenden in der Bar hatte er oft mit diesem Gedanken gespielt. Sie hätten einander sicherlich vieles zu sagen. Die Angst war noch nicht ganz verschwunden, aber da war auch etwas anderes, das er noch nicht definieren konnte.

Sein Blick traf Jimmys, der gegenüber von ihm am Tisch saß. Cameron ergriff sein Glas. Was auch immer er in seinem Leben noch alles tun würde – das, was er nun vorhatte, würde er niemals bereuen. Egal, was dabei herauskam, er würde mit dem Endergebnis leben können. Sollte er dadurch etwas weniger menschlich erscheinen als die anderen, dachte Cameron, während er sich im Raum umsah, nun gut, dann war das einfach der Preis dafür, dass man seinen Geschäften nachging.

Nun war es auf den Tag genau sechs Wochen her, dass John

Cameron Timothy Gilman zum ersten Mal gesehen hatte. Er aß mit Quinn in ihrem Stammlokal an der 2nd Avenue zu Mittag und verbrachte dann den Nachmittag damit, sich um den Feinschliff seines besonderen Projekts zu kümmern.

Als er in die Bar ging, fiel sein Blick automatisch sofort auf den Tisch, an dem Gilman und ein paar seiner Freunde immer saßen. Er war da. Cameron setzte sich auf einen Hocker und bestellte einen Kaffee mit einem Schuss Bourbon. Zwei Männer saßen bei Gilman, ein dürrer Kerl mit einer Tätowierung auf dem Handrücken und ein großer, skandinavisch aussehender Typ. Cameron wollte beide nicht näher kennenlernen.

Er steckte eine Münze in das öffentliche Telefon in der Ecke und rief Quinn zu Hause an. Die Stimme seines Freundes zu hören, während er gleichzeitig Gilman in wenigen Metern Entfernung betrachtete, das beruhigte seine Hände und sein Herz. Minuten später konnte er sich nicht mehr daran erinnern, worüber sie gesprochen hatten. Das Baseballspiel? Vielleicht auch über etwas ganz anderes.

Er tauschte ein paar Nichtigkeiten mit dem Barkeeper aus, nur um den Anschein zu erwecken, dass es ein Abend wie jeder andere war. Dann trank er aus und ging, vielleicht ein wenig früher als gewöhnlich, aber nicht so, dass es jemandem auffallen würde.

Es hatte gerade angefangen zu schneien, als er herauskam, die Wirkung des Kaffees und des Bourbon hatten sich gegenseitig aufgehoben, und er war froh um die schneidende, saubere Luft. John Cameron hatte eigens für diesen Abend neue Anziehsachen gekauft, nichts Besonderes, nur etwas Warmes, das er am Ende des Tages dann einfach verbrennen konnte.

Die Straßen waren wie erwartet verlassen, er sah auf die Uhr, es war zehn vor halb elf. Sein Auto stand schon in der Gasse gegenüber von Gilmans Haus bereit. Die Gasse war nicht

beleuchtet, nach wenigen Schritten war es dort bereits rabenschwarz. Cameron lehnte sich mit verschränkten Armen an sein Auto. Wäre jemand in zehn Metern Abstand auf dem Gehsteig vorbeigegangen, er hätte ihn nicht gesehen, und das war ihm sehr recht. Gilman war ein Gewohnheitstier, aber er war auch über eins fünfundachtzig groß, und seine Statur passte zu seinem Temperament.
Cameron wartete. Sein Herz klopfte, doch er hatte einen klaren Kopf. Er musste das nicht tun, er konnte einfach gehen, ohne sich zu schämen und ohne Bedauern, und wenn seine Hände in den Handschuhen zitterten, dann lag das genauso an der Kälte wie an seinen Nerven.
Er dachte nicht an seine Familie oder an seine Freunde, er dachte nicht an David. Er konzentrierte sich auf die Straße vor ihm, auf den dünnen Schnee, der in der Nacht noch schmelzen würde, in der Ferne die Autos in der Eastlake Avenue, etwas Kleines, das hinter ihm durch die Gasse huschte.
Cameron hörte Gilman, bevor er ihn sah. Der Mann kam um die Ecke gebogen, und Cameron zog sich seine schwarze Skimaske über das Gesicht. Er wartete, bis Gilman die rote Tür mit der abblätternden Farbe erreicht hatte und den Schlüssel aus der Tasche zog. Innerhalb von Sekunden hatte er die Strecke zwischen ihnen zurückgelegt, den mit Sand gefüllten Handschuh schon bereit in der rechten Hand. Er versetzte Gilman einen festen Schlag auf den Hinterkopf, und er sackte ohne einen Laut zusammen. Cameron stellte sich über ihn, sein Atem ging schnell unter der Wollmaske, er sah sich um. Keine Menschenseele. Er musste sich beeilen.
Beeil dich oder stirb.
Er rollte Gilman auf den Bauch und band ihm die Handgelenke fest mit einer blau-weiß-roten Plastikschnur zusammen. Die Füße band er genauso, rasch und sorgfältig, seine Hände steckten in dünnen Lederhandschuhen, während er

arbeitete. Er zog den Zipfel einer schwarzen Plastiktüte aus der Tasche, zog sie Gilman über den Kopf und band sie lose um den Hals zusammen. Auf gar keinen Fall wollte er, dass der Mann hier erstickte.

Cameron blickte auf. Nichts und niemand. Im Rückwärtsgang fuhr er das Auto aus der Gasse heraus und zu Gilman heran. Er vergewisserte sich, dass Hände und Füße gut im Kofferraum verstaut waren, dann schloss er ihn leise. Er suchte die Straße, die Gehsteige, Fenster ab. Niemand zu sehen. John Cameron stieg ins Auto und fuhr los, innerhalb der erlaubten Höchstgeschwindigkeit, aus der Stadt hinaus und auf den Mount-Rainier-Nationalpark zu.

Kapitel 31

»Aufwachen.«
Timothy Gilman schlug die Augen auf. Er saß mit dem Rücken an einem Baum, die Beine vor sich ausgestreckt, die Hände waren neu gefesselt worden und lagen nun auf seinem Bauch. Er war orientierunglos und hatte höllische Kopfschmerzen; unbeholfen versuchte er, die Beine unter sich zu bekommen und aufzustehen.
»Lassen Sie das.«
Da war etwas um seinen Hals, das sich immer ein Stück zuzog und dann wieder nachgab. Er hätte sowieso nicht aufstehen können und ließ sich wieder fallen.
»Was soll das?«, brummte er.
»Haben Sie Durst?«
»Was?«
»Neben Ihnen steht eine Flasche Wasser.«
Sein Mund war trocken, und er hatte so viel Durst, um es zu riskieren. Er fand sie, drehte den Verschluss ab und trank in tiefen Zügen. Vielleicht würde er dadurch ein wenig Zeit gewinnen, um zu begreifen, was zum Teufel hier los war. Er nahm noch einen kleinen Schluck und dann noch einen, blickte sich um und kniff dabei die Augen zusammen, um scharf sehen zu können.
Das einzige Licht kam von den Scheinwerfern eines Autos, das ein paar Meter entfernt parkte. Sie leuchteten quer über die Lichtung, dann verloren sich die Strahlen zwischen den Nadelbäumen. Gut drei Meter vor ihm saß ein Mann in der Hocke, er war schlank, eine schwarze Skimaske verbarg sein

Gesicht. Die Maske war ein gutes Zeichen, dachte Gilman, das bedeutete, der Mann wollte nicht erkannt werden, und das wiederum bedeutete, dass er vorhatte, ihn irgendwann gehen zu lassen. Das sollte sich jedoch als großer Irrtum erweisen.

Ein Stück von demselben Seil, mit dem er gefesselt war, war um die linke Hand des Mannes gewickelt. Gilman folgte dem Seil mit dem Blick. Es führte hinauf in den Baum, an dem er lehnte, wand sich einmal um einen dicken Ast und endete in einer Schlinge um seinen Hals. Das Seil gab so weit nach, dass er den Kopf wenden konnte, war aber gleichzeitig so straff, dass ein Hinausschlüpfen unmöglich war.

Der Mann in der Hocke sah viel schmächtiger aus als er selbst, trotzdem könnte ihn dieser Scheißkerl mit seinem ganzen Gewicht einfach erhängen, indem er sich hinsetzte.

Es kratzte ihn in der Kehle, und seine Stimme klang rauh.

»Du bist tot«, sagte Gilman.

Cameron stand auf, nahm das lose Ende des Seils und wickelte es sich langsam um den Unterarm. Sein Herz klopfte so sehr, dass er fürchtete, es würde ihm die Brust zersprengen, und sein Atem unter der Maske ging schneller, als ihm lieb war. Aber da waren sie nun, sie beide. Die Stimme, die aus ihm herauskam, erkannte er kaum als seine eigene wieder.

»Ich glaube nicht, nicht heute Nacht«, sagte er.

»Ist das ein Witz?«

»Nein.«

»Ich frier mir hier nämlich den Arsch ab.« Gilman rutschte ein Stück zur Seite. »Und ich brech dir gleich den Hals, wenn du mir nicht sagst, was das hier soll.«

John Cameron hatte diesen Augenblick im Geiste so oft geprobt, dass er alles auswendig konnte, was er sagen, was er tun würde. Doch wie er nun so vor Gilman stand und sein Leben am Ende des Seils hielt, da fühlte sich alles falsch und sinnlos an. Als er den Mund öffnete, kam nichts heraus. Er erstickte unter dieser Maske.

»Was willst du?«

John Cameron hielt das Seil fest in der linken Hand, zog sich mit der rechten die Skimaske ab und steckte sie in die Jackentasche.

Gilman beugte sich vor, um besser sehen zu können. »Was zum …«

Cameron gab Seil nach, während er sich bewegte. Er ging wieder in die Hocke, damit sie auf Augenhöhe waren, und wartete, dass Gilman eins und eins zusammenzählte.

»Du bist der Kleine aus der Bar.« Gilman war fassungslos, ein Junge hatte ihn als Geisel genommen. Er schaffte es, die Beine unter sich zu bekommen, und wollte aufstehen.

»Setzen Sie sich.« Cameron riss ruckartig an dem Seil, und Gilman fiel sofort wieder hin. Er starrte die schmale Gestalt an, die beinahe in Reichweite war. »Bist du wahnsinnig?«, krächzte er.

»Vielleicht. Aber nicht auf eine Art und Weise, die jetzt wichtig wäre.« Vielleicht war es wahnsinnig gewesen, die Maske abzunehmen, aber es war sehr viel angenehmer. »Mein Name ist John Cameron«, sagte er. »Ich habe sehr lange nach Ihnen gesucht.«

Gilman war eher verblüfft als verängstigt, der Name des Jungen kam ihm irgendwie bekannt vor, aber er konnte ihn nicht einordnen. Seine Stimme durchschnitt die Luft wie ein Messer. »Was willst du?«

»Ich will wissen, wer Sie für unsere Entführung bezahlt hat. Ich will wissen, was mit David passiert ist.«

Gilman blinzelte. »Was?«

Cameron zog seinen Handschuh aus, stopfte ihn in die Tasche, betrachtete dann beiläufig seine rechte Hand und beugte die Finger. Das Licht reichte aus, so dass Gilman es sehen konnte.

»Ich will wissen, wer Sie für unsere Entführung bezahlt hat. Ich will wissen, was mit David passiert ist.«

Ganz langsam veränderte sich Gilmans Miene. Er lehnte sich zurück an den Baum, sein Blick war hart, sein Atem eine weiße und schwere Wolke. Das Seil um seine Handgelenke wurde festgezogen, seine Hände waren zu Fäusten geschlossen. Er erinnerte sich.

»Ich zerleg dich«, flüsterte er.

»Das haben Sie schon einmal versucht«, sagte Cameron leise. Die alte Furcht nagte wieder an ihm, aber es war eine unerwartete Erleichterung, dem Mann endlich von Angesicht zu Angesicht zu begegnen. »Erzählen Sie mir von David.«

»Und dann?«

»Dann lasse ich Sie gehen.«

Der Mann lächelte. »Das glaube ich nicht. Du hast mich nicht hierhergebracht, um dich mit mir zu unterhalten.«

»Wenn ich Ihnen hätte weh tun wollen, hätte ich das schon hundertmal machen können, als Sie abends allein aus der Bar nach Hause gegangen sind. So wie heute. Wenn ich gewollt hätte, dass Sie tot sind, wären Sie tot.« Die Worte fühlten sich seltsam an, als sie aus seinem Mund kamen. Cameron merkte, dass er nicht log.

»Wie hast du mich gefunden?«

»Reiner Zufall. Irgendwann habe ich Ihre Stimme gehört.«

»Hat wahrscheinlich Erinnerungen geweckt. Wie geht's denn der Hand?«

»Okay. Was ist mit David passiert?«

Der Mann schüttelte den Kopf. »Der Junge war tot, als wir ihm die Fesseln abgeschnitten haben.«

Cameron wurde kalt, er wusste nicht, ob es an den Worten des Mannes lag oder an der Nacht, die jetzt hereindrückte.

»Sein Name war David Quinn.«

»Wie auch immer«, sagte Gilman. »Du wirst mich losbinden müssen, wenn du wissen willst, wo wir ihn vergraben haben.

Willst du das denn nicht wissen?« Er streckte ihm die Handgelenke entgegen.
»Sicher«, sagte Cameron und rührte sich nicht.
»Es war ein Unfall. Du weißt doch sicher, dass er krank war. Wir konnten nichts dafür.«
»Sie hätten ihm helfen können.«
»Woher willst du wissen, dass wir es nicht versucht haben? Du hattest verbundene Augen.«
Cameron wickelte sich das Seil noch einmal um den Arm und griff fester zu.
»Willst du wissen, wer uns bezahlt hat? Ich kann es dir sagen. Ich kann dich direkt hinbringen.« Gilman wand sich in der Schlinge. »Aber du musst mir erst dieses Ding vom Hals nehmen.«
Stille. Nichts rührte sich.
»Klar«, sagte Cameron sanft.
»Klar«, erwiderte Gilman. Er wollte aufstehen. Cameron wartete, bis er sich halb erhoben hatte, dann riss er plötzlich mit beiden Händen und beinahe seinem ganzen Gewicht am Seil. Gilman schnappte nach Luft und versuchte, das Seil zu packen. »Sie bleiben«, zischte Cameron ihm zu.
Gilman sackte zusammen, die Schlinge war noch straff gespannt, der Kopf fiel ein wenig zur Seite, die Füße suchten Halt am Boden.
»Wo ist David?«
»Da, wo du ihn nicht finden kannst.«
Cameron zog das Seil fester. »Wo ist er?«
Gilman stand auf Zehenspitzen. Er hatte kaum mehr Luft zum Atmen.
»Im Wasser. Wir haben ihn ins Wasser geworfen.«
»Wo?«
»Ist das wichtig?«
Cameron grub die Fersen in den Boden und zog.
»In den Hoh, wir haben ihn in den Fluss geworfen.«

»Wer hat Sie bezahlt?«
»Ich weiß nicht.«
»Lügen Sie mich nicht an.«
»Das war ein Auftrag mit Vorauskasse, wir haben den Kunden nie getroffen.«
Cameron rauschte das Blut durch den Körper, er hätte dem Mann weiter zuhören können, bis sie beide tot waren, aber der Mann würde nur Lügen erzählen. Er musste sich zwingen, seine schmerzenden Arme zu bewegen, und ließ das Seil ein wenig locker. Beide versuchten, Atem zu schöpfen.
Gilman betrachtete Cameron. Der Junge hatte mehr Mut, als er gedacht hatte, trotzdem war er einfach noch ein Junge. Fünf Jahre älter vielleicht, aber noch ein Junge. Gilman beugte sich nach vorn und hustete heftig, hielt sich die Schlinge vom Hals weg, als bekäme er keine Luft. Wie absurd, dachte Cameron und gab etwas nach; Gilman beugte sich noch tiefer hinunter und maß aus dem Augenwinkel heraus die Entfernung zwischen ihnen. Vier Meter.
Der Junge war nicht bewaffnet, in den Händen hatte er nichts. Falls eine Schusswaffe oder ein Messer in seiner Tasche steckte, würde er danach greifen müssen. Während seines Hustenanfalls stolperte Gilman nach vorne und spürte, wie der Junge ihm ein wenig Spielraum gab. Der Junge war kein Mörder. Er wäre es vielleicht gerne, aber er war es nicht, und wenn Gilman mit ihm fertig war, sogar mit gefesselten Händen, würde er sich sowieso wünschen, er wäre tot. Gut drei Meter.
John Cameron wich nicht von der Stelle. Das Seil wickelte sich langsam von seinem Arm ab, er wusste, dass Gilman näher kam, aber er würde nicht an dem Seil ziehen, solange es dem Mann von allein die Kehle zuschnürte.
»Zurück«, sagte er.
Gilman wusste, je weiter er sich vom Baum entfernte, umso schwieriger würde es für Cameron werden, ihn mit dem Seil

dorthin zurückzureißen. Er hielt den Kopf gesenkt, arbeitete sich hustend zentimeterweise vorwärts und hob dabei die Hand, wie um sich zu entschuldigen. Cameron wich einen Schritt zurück und gab immer noch Seil nach. Mein Gott, war der Junge blöd.

Gilman blickte auf und sah Cameron einen weiteren Schritt machen. Mittlerweile hielt er das Ende des Seils in der Hand, und das würde nicht genügen, um ihn aufzuhalten.

Jetzt.

Gilman richtete sich auf, ergriff mit beiden Händen die Schlinge und lief vorwärts. John Cameron löste den Griff, das Seil flog weg. Ihre Blicke trafen sich und lösten sich nicht voneinander, der Junge zuckte nicht zurück.

Gilman, plötzlich frei, türmte sich mit einem Knurren auf. »Du bist tot.« In seiner Stimme lag jede hässliche Erinnerung, die Cameron im Herzen trug.

Der Junge wich zurück, während der Mann einen Satz nach vorne machte und die Erde unter ihm nachgab: Gilman landete mit dem Fuß auf dem dünnen Schnee und einer Schicht aus Blättern und Zweigen. Er merkte, wie sich das Loch unter ihm auftat, aber es gab kein Zurück mehr, er krachte durch die dünne Decke, strampelnd suchte er mit Händen und Füßen nach Halt. Mit einem lauten Heulen fiel er zwei Meter tief in das Loch, und er brüllte, als ihm die Stachel Brust und Beine durchbohrten. Danach folgte eine schwere Stille, wie Cameron sie nur einmal zuvor in seinem Leben gehört hatte.

Mit zitternden Beinen ging John Cameron zurück zum Auto, vom Rücksitz nahm er eine Taschenlampe. Er stellte sich an den Rand des Lochs und schaltete sie ein. Gilman lag völlig reglos mit dem Gesicht nach unten da, es war kaum Blut geflossen. Cameron fuhr mit dem Strahl der Taschenlampe über den Körper. Er musste sofort tot gewesen sein.

John Cameron wappnete sich, aber es kam nichts, als der

Adrenalinstoß versiegte, er war ruhig, und seine Hand zitterte kaum. Er wusste nicht, was er empfinden sollte, als er neben der Grube stand, die auszuheben er sieben Tage gebraucht hatte. Er hatte sie beinahe aus der harten Erde auskratzen müssen. Ja, er wäre froh gewesen, hätte er zusehen können, wie Gilman bis hinunter in die Hölle stürzte. Cameron hatte gehofft, in seinem Herzen eine Art Frieden zu finden, wenn er es wagte, tief genug hineinzublicken – aber das würde sich vielleicht später einstellen. Im Moment war es erst einmal erledigt, es war vorbei, Gilman war tot.

Als er anfing, Zweige und Blätter zu sammeln, um das Loch so weit wie möglich aufzufüllen, fragte sich Cameron, was es wohl bedeutete, dass er den Moment, kurz bevor Gilman gefallen war, so sehr genossen hatte. Er bedeckte die Leiche und mühte sich mit einer Schaufel ab, um die Erde wieder dorthin zu befördern, woher sie gekommen war. Timothy Gilmans Leichnam hatte ein Grab, das war mehr, als David je gehabt hatte. Die Arbeit hielt ihn warm, während um ihn herum leichter Schnee fiel.

Auf dem Rückweg in die Stadt fuhr er in einen Spirituosenladen, benutzte seinen gefälschten Ausweis, und wenn die Sonne das nächste Mal aufging, würde ihn Nathan Quinn mit einer Kaution aus dem polizeilichen Gewahrsam holen.

Kapitel 32

Harry Salinger fährt sich mit dem Finger über den Brustkorb, er folgt der dunklen Linie des Blutergusses, der seine Begegnung mit Madison von Freitagnacht markiert. Mit nacktem Oberkörper steht er fasziniert von dem Rot und dem Lila vor einem Ganzkörperspiegel in seinem Schlafzimmer, ein spartanischer Raum, in dem es fast keine Farben gibt.

Da ist er, der Kontaktpunkt, er spürt geradezu ihre Wut, die davon ausstrahlt. Sie ist wild, und das ist nur logisch, denn der Buchstabe ›w‹ ist lila, genau wie der Bluterguss. Er zählt nämlich auf ihren Zorn. Als er leicht auf eine Rippe drückt, zuckt er zusammen, so stechend ist der Schmerz. Ein bisschen von ihrem Geist ist während des Kampfes auf ihn übergegangen, er spürt die Verbindung zwischen ihnen und begrüßt sie: In ihrem Haus in Three Oaks betrachtete sie womöglich gerade die Spuren, die er an ihr hinterlassen hat, sie würde sie deutlich sehen und dennoch ihre Bedeutung nicht verstehen.

Harry Salinger streckt die Arme seitlich aus, und das Licht fängt die langen, dünnen Narben ein, die sich über seinen Brustkorb und den Rücken ziehen. Gefängnisnarben, Dutzende gezackter Linien, die ihm mit allem Möglichen beigebracht wurden, was gerade zur Hand war, während ihn jemand nach unten drückte; die Narben erinnern ihn daran, wo er herkam, es ist seine eigene, persönliche Karte der Hölle. Er erinnert sich an jeden Schnitt und wer ihn ihm zugefügt hat. Seine bleiche Haut wird ihn nicht einen Tag dieser achtundvierzig Monate vergessen lassen.

Salinger zieht ein sauberes weißes Hemd an und kehrt in den Keller zurück. Er hat Vergrößerungen der Aufnahmen, die er Fred Tully vom *Star* gegeben hat, an die Wand geklebt, sie hatten die Aufmerksamkeit der Medien auf Cameron gelenkt. Doch darüber hinaus findet er, dass es richtig gute Bilder sind. Besonders die Schwarzweißaufnahmen, auf denen James Sinclair noch lebt und sich wehrt. Er wird damit vielleicht keinen Preis gewinnen, aber er sieht sie sich trotzdem mit Stolz an.

Die .22, mit der er auf Annie Sinclair, ihre Kinder und Detective Kevin Brown geschossen hat, hat er auf die Werkbank gelegt. Eine Federzuglampe beleuchtet sie, das Metall singt in ihrem Licht. Salinger hat heute viel Zeit damit verbracht, sie zu polieren, und die Erinnerung an das Mündungsfeuer genossen.

Er schiebt seinen Stuhl so hin, dass er das Objekt in der Ecke des Kellers sehen kann. Es wurde in seinem Kopf geboren, ging danach in die Zeichnungen an der Wand über, und nun steht es da, so unglaublich es scheinen mag. Die Glasscherben auf den Metallstangen fangen das Licht, aber die stählernen Messerklingen im Inneren sind es, die dem Käfig seinen eigentlichen Sinn geben. Salinger ist froh, er hatte wohl damit gerechnet, dass er seinen Zweck erfüllte, aber nicht in einer Million Jahren hätte er gedacht, dass er so schön werden würde.

Er schaltet einen der Monitore ein und drückt die Play-Taste des Videorekorders: In der Dunkelheit des Abends strahlen Alice Madisons Fenster hell, die Haustür geht auf, der Zoom fährt näher heran und zeigt drei Menschen im Eingang. Madisons Platzwunde über dem Auge und die Schiene an ihrem Arm sind deutlich sichtbar, und Salinger reibt sich unwillkürlich die Seite, wo sie ihn getroffen hat. Madison verabschiedet sich von der Frau und umarmt das Kind fest. Er hält das Video an, Madison umarmt den Jungen: Das sagt Salinger alles, was er wissen muss.

Kapitel 33

Sonntagmorgen, zeitig genug, um etwas zu essen zu bestellen und es als Frühstück zu bezeichnen. Amy Sorensen betrat den Imbiss und sah sich nach Madison um, die mit einer Tasse Kaffee und einem aufgeschlagenen Notizbuch vor sich an der Bar saß. Madison trug eine dunkle Jeans und einen schwarzen Rollkragenpullover, das ließ sie bleich wirken, aber ihre Augen strahlten, und sie lächelte, als sie Sorensen sah. Sorensen fiel das Lederholster unter ihrem Blazer auf, der Griff ihrer Waffe saß jetzt auf der linken Seite.

Sie setzten sich in eine Nische; Sorensen hatte ihre Schicht beendet und dann Madison angerufen und aus einem kurzen Schlaf geweckt, denn was sie besprechen mussten, verlangte ein Treffen. Madison war froh über die Gelegenheit, aus dem Haus zu kommen. Es war schwierig, aber nicht unmöglich gewesen, Auto zu fahren. Nach der halben Strecke hatte sie sich die Schiene vom Arm abgenommen und hinter sich auf den Rücksitz geworfen.

Sorensen betrachtete sie. »Eine hübsche Naht«, sagte sie. »Zwei Zentimeter tiefer, und Sie hätten als Piratin durchgehen können.«

Madison lächelte. Sie fühlte sich ungefähr zehn Jahre älter als beim letzten Treffen. Dann verschwand das Lächeln. »Brown hängt noch am Beatmungsgerät.«

»Ich weiß, ich habe vorhin im Krankenhaus angerufen.«

Sie mussten nicht mehr dazu sagen, ihnen beiden war der Mann wichtig, und er kämpfte um sein Leben. Die Kellnerin brachte ihnen ihre Bestellungen: French Toast und Speck für Madison, einen Obstsalat für Sorensen.

Gestern habe ich Cameron kennengelernt, netter Typ, guter Läufer. Madison aß einen Bissen Toast, alles schmeckte nach Pappe. Sie mochte Sorensen, und ihre Meinung war Madison sehr wichtig, aber was sie nun sagen würde, könnte einen Keil zwischen sie treiben, von dem sich ihre Freundschaft vielleicht nie erholen würde: Eine Kriminaltechnikerin am Altar der forensischen Beweismittel, und Madison war dabei, einen Hammer zu nehmen und alles kurz und klein zu schlagen.

»Ich habe von Ihrer Besprechung mit Fynn gehört.« Sorensen redete nie um den heißen Brei. »Es ging durch die ganze Abteilung, und dann wurde viel Unsinn geredet, zum Beispiel, dass Sie behauptet hätten, die Beweise wären *unsauber.*« Das Wort an sich war schon widerwärtig. »Ich bin hier, um mir Ihre Meinung anzuhören und sicherzugehen, dass Sie noch alle Tassen im Schrank haben, verdammt noch mal. Und das Blut im Explorer passt übrigens zu den Haaren in Sinclairs Fessel.«

Madison hatte Sorensen noch nie fluchen gehört. Bei ihrer sonst so knappen Ausdrucksweise hörte sich das an, wie wenn jemand ein Fenster mit der Faust einschlagen würde. Es war ganz einfach: Wenn der Fall gegen Cameron vor Gericht kam, würde Sorensen für die Mordkommission kämpfen.

»Ich will nicht die gesamte Geschichte des Universums seit dem Urknall hören, geben Sie mir einfach die wesentlichen Punkte.«

»In Ordnung«, antwortete Madison. »Die Haare im Knoten der Fessel, Brown hatte Sie vor ein paar Tagen gebeten, sie zu überprüfen. Ich sage Ihnen, was Sie gefunden haben, und dann machen wir von da aus weiter.«

»Schießen Sie los.«

Madison lehnte sich zurück. »Klebstoff.«
Sorensen blickte von ihrem Teller auf, da wusste Madison, dass sie einen Treffer gelandet hatte. Sie fuhr fort: »Sie haben Spuren eines Adhäsivs gefunden, möglicherweise von einem ganz normalen Klebeband. Außerdem geringe Reste eines Reinigungsmittels, Natriumhypochlorit, Bleiche, so was steht in jeder Küche unter der Spüle. Eine winzige Menge und konzentriert an der Haarspitze, aber nicht an dem Ende, das die DNA enthält.« Sie hielt inne. »Wie schlage ich mich bisher?«
Sorensen hatte die Tests erst vor zwei Stunden persönlich abgeschlossen, außer ihr hatte bisher niemand Zugang zu den Ergebnissen gehabt. Sie trank einen Schluck und wandte den Blick nicht von Madison ab.
»So weit, so gut, die Haare wurden in einer sehr milden Lösung aus Wasser und Bleiche gewaschen, nachdem sie mit dem Klebstoff in Kontakt gekommen waren.«
Madison ließ Luft aus den Wangen. »Großartig, das hatte ich gehofft.«
»Ich würde sagen, es war eine verdammt gute Vermutung. Wie kamen Sie auf Klebstoff und Bleiche? Beides war nicht in unmittelbarer Nähe, weder am Tatort noch bei den Leichen.«
»Ich habe nie gesagt, die Beweismittel wären unsauber. Ich habe vielmehr gesagt, und das glaube ich auch jetzt noch, dass jemand die Beweismittel manipuliert hat.«
»Moment: Sie wissen, wenn ich von Quinn unter Eid befragt werde, dann wird ihm dieses Gespräch den Tag versüßen.«
»Also, wenn ich jedes Mal einen Dollar bekommen hätte, wenn ich diesen Satz in den letzten sechsunddreißig Stunden gehört habe …«
»Finden Sie das lustig?«
»Überprüfen Sie es selbst, jeder Gegenstand vom Tatort, auf dem Camerons Fingerabdrücke oder DNA nachweisbar sind, hätte leicht per Hand ins Haus gebracht werden können.

Wir haben keine Abdrücke auf den Leichen, auf den Möbeln, auf den Oberflächen in der Küche. Nichts auf Gegenständen, die schon da waren, zum Beispiel auf einem Nachttisch; alles, was wir haben, hätte in eine Tasche gepasst. Trotzdem soll er sich angeblich die Handschuhe ausgezogen haben, um ein Glas in die Hand zu nehmen, und er hat es dort stehen lassen, damit wir es finden.«

»Manchmal ist eine Zigarre nur eine Zigarre.«

»Nicht diese Woche, nein.«

Sorensen war nicht so leicht zu überzeugen. »Wie kamen Sie auf Klebstoff und Bleiche?«

»Ziehen Sie den Ärmel hoch.«

»Warum?«

»Bitte.«

Sorensen verdrehte die Augen und zog den Ärmel ihres Flanellhemds hoch. Madison legte die Hand auf Sorensens nackten Unterarm, beugte sich vor, als würde sie etwas sagen wollen, und mit der anderen Hand stieß sie gegen den hohen Plastikbecher. Etwas Wasser spritzte auf die Theke, sie tupften es beide mit Papierservietten auf.

Madison nahm ihre Gabel und spießte ein Stück Speck auf. »Fertig.«

»Fertig womit?«

Madison hob die Hand, um ihre beiden Mittelfinger hatte sie zwei kleine, durchsichtige Ringe aus Klebeband mit ein paar feinen blonden Härchen von Sorensens Arm. »Der Klebstoff kommt von dem Klebeband, mit dem Bleichmittel hat er versucht, den Kleber abzuwaschen, ohne die Haarwurzel und die DNA zu zerstören.«

Sorensen zog sich den Ärmel wieder herunter.

»Haben Sie das Klebeband gespürt?«, fragte Madison sie.

»Ich habe schon etwas gemerkt, aber wenn das das einzige Problem ist, dann könnte man mich mit einem halbwegs guten Ablenkungsmanöver ruhigstellen.«

»Genau das denke ich.«
Sorensen schüttelte den Kopf. »Ein schöner Trick, aber glauben Sie, das würde vor Gericht standhalten?«
»Habe ich Ihnen einen Grund zum Nachdenken geliefert?«
»Sie haben mir kein Motiv geliefert.«
Das ließ sich nicht leugnen. »Ich habe noch keines. Ich habe dieses Gespräch in den letzten achtundvierzig Stunden immer wieder geführt, manchmal glaube ich, ich hätte den Verstand verloren.«
»Sind Sie sich so sicher, dass Sie Ihre Karriere dafür aufs Spiel setzen würden?«
»Ich suche den Mann, der auf Brown geschossen hat, und das ist nicht Cameron.«
»Die Ballistiker behaupten etwas anderes.«
»Die Ballistiker sagen, es ist dieselbe .22, mit der die Sinclairs erschossen wurden: Wir haben nicht die Waffe, wir haben nicht Camerons Fingerabdrücke auf der Waffe, und wir haben keine Schmauchspuren, die beweisen, dass er wirklich geschossen hat.«
»Cameron ist ein Mörder«, sagte Sorensen ruhig.
»Das habe ich nie bestritten«, antwortete Madison.
Ein paar Minuten sagte keine von beiden etwas, sie aßen auf und tranken ihren Kaffee.
»Heute Vormittag bekamen wir einen Anruf«, sagte Sorensen. »Ich weiß nicht, warum ich Ihnen das erzähle, denn es besteht überhaupt keine Verbindung zu dem Fall. Ein privater Ermittler rief uns heute sehr früh an – es ist immerhin Sonntag –, um zu fragen, ob wir Unterlagen über einen Mord haben, der vor ein paar Jahren im McCoy State Prison begangen wurde. Der Name des Opfers war George Pathune. Das fiel damals nicht in unsere Zuständigkeit, deshalb war es reine Zeitverschwendung für ihn. Jedenfalls heißt der Privatermittler Todd Hollis, wir sind uns schon früher über den Weg gelaufen, und sein Hauptkunde ist Quinn, Locke &

Associates, insbesondere Nathan Quinn. Das dürfte Sie vielleicht interessieren.«
»Überhaupt keine Verbindung zu dem Fall?«
»Sie haben hier immer die Geistesblitze.«
»Quinn setzt einen Privatermittler auf einen Gefängnismord an?«
»So sieht es aus.«
»Warum?«
»Sagen Sie es mir.«
Das Lokal hatte sich zwischenzeitlich gefüllt, und einige Gäste hatten einen verstohlenen Blick auf Madison geworfen.
»Danke. Ich meine das ernst«, sagte Madison.
»Ich habe mich noch nicht entschieden, ob ich Ihnen viel Glück wünschen soll oder nicht«, gab Sorensen zu.
Madison schlüpfte in ihre Jacke. »Gehen Sie es einfach noch mal an, mehr wünsche ich mir gar nicht.«

Sie standen vor Browns Zimmer.
»Ich habe schon erlebt, wie Leute aufgewacht sind, die viel schlimmer aussahen«, sagte Fynn zu Madison und vielleicht auch zu sich selbst. »Draußen warten übrigens Journalisten, die sind schneller hinter Ihnen her, als Sie schauen können.«
»Ich habe ihnen nichts zu sagen.«
»Das hat die noch nie aufgehalten. Ach ja – den Schlüssel der Sinclairs kriege ich bis zum Ende der Schicht heute zurück, okay?«
»Kein Problem.«
»Davon bin ich ausgegangen. Brauchen Sie jemanden, der Ihnen Ihr Auto holt?«
»Nein danke. Ich gehe jetzt.« Sie wandte sich um. »Wie kommen Spencer und Dunne klar?«
Fynn wusste nicht, ob Spencer ihr von Camerons Boot erzählt hatte.

»Sie sind am Arbeiten«, antwortete er und offenbarte nichts als den leeren Raum zwischen ihnen.
»Gut«, sagte Madison und verspürte plötzlich eine beißende Traurigkeit. Keiner würde mehr mit ihr über irgendetwas sprechen.
Madison fuhr mit dem Aufzug ins Erdgeschoss. Als sie durch den Gang lief, ging links von ihr eine Tür auf. Eine Schwester kam heraus, und der beißende Geruch von Chloroform schlug Madison plötzlich entgegen. Ihr Körper erkannte es wieder: Es war der Geruch des Mannes, der versucht hatte, sie umzubringen. Sie brach in kalten Schweiß aus, und ihr Herz raste. *Zum Teufel.* Das Atmen fiel ihr schwer. Ein paar Schritte weiter stand ein kleines Sofa. Sie setzte sich darauf und steckte den Kopf zwischen die Knie. Dunkle Flecken tanzten ihr vor den Augen.
Der blaue Stoff war kariert, er fühlte sich unter ihren feuchten Handflächen rauh an. Madison schloss die Augen. *Das ist nur Chemie, es geht mir gut, es ist lediglich eine automatische Reaktion auf den Stress, atme langsam. Einundzwanzig, zweiundzwanzig, drei…*
»Fühlen Sie sich nicht gut?«
Madison blickte auf, neben ihr stand die Schwester, zwischen zwanzig und dreißig, japanisch-amerikanisch und hübsch, sie hatte eine leuchtend blaue Strähne in den pechschwarzen Haaren.
»Ich brauche einen Moment.«
Die Schwester kam mit einem Pappbecher voll Wasser zurück und warf einen Blick auf Madisons Platzwunde und die Prellungen. »Möchten Sie zu einem Arzt?«
»Nein, das ist nicht nötig. Danke.«
Zehn Minuten später blitzten ein halbes Dutzend Kameras auf, als sie durch die gläsernen Eingangstüren hinausging. Mit gesenktem Kopf schaffte sie es sogar bis zu ihrem Auto, ohne sich körperlich mit jemandem anlegen zu müssen. Als

sie die Meute im Rückspiegel sah, wünschte sie fast, es wäre doch nötig gewesen.
An einem Stand in der 6th Avenue kaufte Madison so viele Sonntagszeitungen, wie sie bekommen konnte, und fuhr nach Hause. Sie dachte über George Pathune nach und wie der Mord an ihm zu diesem Fall passte, und schon bog sie in ihre Zufahrt ein.
Sie ließ den Stapel Zeitungen auf den Tisch im Wohnzimmer fallen und zog die Vorhänge weit auf. Alice Madison hatte noch nie in ihrem Leben eine Panikattacke gehabt; was im Krankenhaus passiert war, musste eine Art posttraumatische Stressreaktion gewesen sein, das war alles. Kein Grund, sich hineinzusteigern. Jeder, der einmal überfallen wurde, macht das auf einer bestimmten Ebene durch. Man musste damit rechnen.
Madison hatte Psychologie studiert und konnte alles bis zum Gehtnichtmehr rationalisieren, aber was ihr am meisten zu schaffen machte, was sie so wütend machte, dass sie wünschte, sie hätte einen Streit mit einem Reporter anfangen können, war die plötzliche Angst.
Madison brauchte Klarheit, und da sie die noch nicht erreicht hatte, wollte sie zumindest Licht. Sie knipste jeden Schalter an. Sie setzte Kaffee auf und wartete in der Küche mit der *Times,* bis er fertig war. Die erste Seite zeigte einen unglaublich jungen Brown aus seiner Zeit in Uniform neben einem Schnappschuss von den Sinclairs. Alle Opfer waren mit derselben Waffe und von demselben Mann angegriffen worden, John Cameron. Sein Polizeifoto war ebenfalls auf der ersten Seite abgedruckt, zusammen mit ein paar der Skizzen, die sie am Flughafen Sea-Tac herumgezeigt hatten.
Bis jetzt hatte er großes Glück gehabt, aber bei dieser Art der Berichterstattung wusste Madison nicht, wie lange er dort draußen noch durchhalten würde. Mit einem hatte Fynn

recht: Wenn sie Cameron stellen würden, dann würde es nicht zimperlich zugehen.

Es klingelte, als sie gerade zurück zum Tisch ging, einen Becher in der einen Hand, die Zeitung unter dem verletzten Arm. Sie erwartete niemanden, und Rachel hätte angerufen, bevor sie vorbeikam. Madison beeilte sich nicht, sie stellte die Tasse auf einen Beistelltisch und legte die Zeitung daneben. Als es noch einmal klingelte, schaute sie durch den Spion. Ein Mann, in den Vierzigern, Brille, Hemd und Krawatte, darüber ein Anorak. *Mit dem kann ich es aufnehmen,* dachte sich Madison, um mal wieder einen Scherz zu machen. Sie öffnete die Tür, und der Mann lächelte freundlich.

»Detective Madison, schön, Sie kennenzulernen. Ich bin Fred Tully vom *Star,* hätten Sie ein paar Minuten Zeit für mich?« Er lächelte immer noch.

Das war also der Wurm, der alle Einzelheiten über den Fall in seine Zeitung gekritzelt hatte. Die Leute vom OPR versuchten immer noch, eine undichte Stelle in der Abteilung zu finden. Sie musterte ihn von oben bis unten, und Wut kochte in ihr hoch.

Er fuhr fort: »Ich war im Krankenhaus, die Ärzte sagen …«

Madison hob einen Finger, und seine Stimme versiegte. Sie starrte ihn an. »Das ist ja wohl nicht Ihr Ernst«, flüsterte sie und knallte die Tür zu.

In Anbetracht der Tatsache, dass Madisons Waffe immer noch in ihrem Holster steckte und sie nicht gerade kooperativ gewirkt hatte, hielt es Tully für besser, das Thema nicht zu vertiefen. Sie hörte ihn wegfahren, während ein Streifenwagen langsam vorbeirollte; Officer Giordano hatte immer noch ein Auge auf sie. Madison machte sich wieder an die Arbeit.

Auf dem Esstisch lagen all die Notizen, Unterlagen und Zeichnungen, die sie aus dem Revier hatte mitnehmen können: Irgendwo inmitten all dieser Informationen steckten die Details, die zur Identität des Mörders führen konnten.

George Pathune. Madison sah auf die Uhr. Ihr Kontakt zum Gefängnis würde etwa um diese Zeit mit den Kindern zu Mittag essen.

»Arnelle? Hier spricht Alice Madison, es tut mir leid, dass ich Sie an einem Sonntag belästige.«

»Detective! Ich habe Sie in den Nachrichten gesehen, geht es Ihnen gut?«

»Ja.«

»Und Ihr Partner?«

»Er liegt noch auf der Intensivstation.«

»Ich konnte es gar nicht fassen, als ich davon gehört habe.«

»Arnelle, lassen Sie mich gleich zum Punkt kommen. Ich möchte Sie um einen Gefallen bitten. Ich muss die Akte zu dem Mord an einem Insassen namens George Pathune einsehen. Ist ungefähr vor drei Jahren passiert.«

Schweigen am anderen Ende der Leitung. »Der verstorbene George Pathune ist ja ganz plötzlich ziemlich beliebt.«

»Wurden Sie schon von jemandem angerufen?«

»Vor drei Stunden hat mich ein Privatermittler nach ihm gefragt.«

»Was haben Sie ihm gesagt?«

»Ich sagte: ›Ich weiß nicht, wie Sie an meine Privatnummer gekommen sind, aber Sie können mich im Büro anrufen, ich bin dort immer von Montag bis Freitag zwischen neun und siebzehn Uhr erreichbar.‹«

Hollis musste ihr eine kleine Entschädigung angeboten haben, und sie hatte abgelehnt.

»Gut gemacht.«

»Hat die Akte Pathune etwas mit dem Überfall auf Sie und Ihren Partner zu tun?«

»Sehr wahrscheinlich«, antwortete Madison.

»Hören Sie, geben Sie mir ein paar Stunden, ich kündige Sie bei der Sicherheitskontrolle an.«

»Arnelle …«

»Ja, ja, wir sehen uns nachher.«
Madison stand auf, sie hatte eine weite Fahrt vor sich. Sie schenkte sich den restlichen Kaffee in einen Warmhaltebecher und überprüfte, ob ihr Mobiltelefon geladen war. Sie war schon beinahe zur Tür hinaus, als ihr einfiel, dass Fynn die Schlüssel zum Haus der Sinclairs zurückhaben wollte, und sie hatte noch keine Gelegenheit gehabt, sie nachmachen zu lassen. Nun ja, sie konnte ja jederzeit durch die Terrassentür brettern, wenn nötig.
Die frühe Nachmittagsdämmerung hatte die Farben gedämpft, und ein dünner Schneeschleier zeichnete den Umriss ihres Wagens weicher. Das Auto sprang sofort an. Madison holte ein paar Schmerztabletten aus ihrer Jackentasche und schluckte sie mit etwas Kaffee. Es war Zeit herauszufinden, wie George Pathune aus seinem sündhaften Leben geschieden war.
Madison gab die Schlüssel beim diensthabenden Polizisten ab und stieg wieder ins Auto, der Motor lief noch. Sorensen hatte sie gefragt, ob sie ihre Karriere für etwas aufs Spiel setzen wollte, das kaum mehr als eine Vermutung war. Das Merkwürdige war, sie hatte ihre Arbeit bei der Polizei nie als Karriere betrachtet. Vor einer Woche hatte sie nur von ihrem Partner lernen und sich auf ihrem neuen Posten gut schlagen wollen. Egal. Sie musste an den alten chinesischen Fluch denken: Mögest du in interessanten Zeiten leben.
Sie fuhr die I-5 in Richtung Norden. Auf den Straßen herrschte kaum Verkehr, aber das Wetter hielt sie auf, und ihr rechter Arm schmerzte in regelmäßigen Abständen. Im Geiste versuchte sie, eine Chronik der Ereignisse zu erstellen, die mit den Sinclairs endete und zu einem Zeitpunkt zurückführte, an dem sich die Wege des Mörders und Camerons gekreuzt hatten. Irgendwo auf dieser Linie könnte möglicherweise George Pathune auftauchen.
Madison war davon überzeugt, dass der Mörder einige Zeit

damit verbracht hatte, das alles zu konstruieren, er musste die Fingerabdrücke und die Beweismittel beschaffen, die sie zu Cameron führen würden. Er musste das Bankkonto eröffnen und Geld ein- und auszahlen, um den Eindruck zu erwecken, James Sinclair habe Geld unterschlagen. All das verlangte Geduld und Leidenschaft für das Detail, und ein bitterer Geschmack im Mund erinnerte Madison daran, dass sie nur noch etwa fünf Tage hatten. Das Wesen, das mit dem Blut von Kindern Kreuze gemalt hatte, war noch nicht fertig.

Sorensens Ergebnisse bestätigten, wie gründlich er sich vorbereitet hatte und wie vertraut er mit Kriminaltechnik war. Madison hatte die Liste der von der Polizeischule abgewiesenen Bewerber durchgesehen, sie reichte Jahre zurück, und wenn sie keine weiteren Anhaltspunkte bekam, hätte man ihr genauso gut das Telefonbuch von Seattle geben können. Hollis hatte Sorensen angerufen, obwohl die Sache damals nicht in ihrem Zuständigkeitsbereich gelegen hatte. Er interessierte sich nicht für das Leben des Mannes oder für welches Verbrechen er einsaß, sondern nur dafür, wie er gestorben war.

Madison fuhr ins McCoy State Prison ein. Hinter dem Betonparkplatz ragte eine Kombination aus hohen Maschendrahtzäunen, Türmen und Mauern innerhalb von Mauern auf. Es gab unterschiedliche Einheiten mit unterschiedlichen Sicherheitsstufen: Einige der über zweitausend Insassen durften draußen arbeiten, etwas anpflanzen oder bauen oder Unterricht besuchen. Andere durften für die Dauer ihres Aufenthalts mit niemand anderem Kontakt haben als mit den Gefängniswärtern.

Fünfundzwanzig Minuten später saß Madison bei laufendem Motor und beschlagenen Scheiben in ihrem Auto und las die Blätter durch, die Arnelle für sie kopiert hatte. Sie fuhr mit den Fingern die Zeilen entlang und fluchte über das düstere Licht und die blasse Tinte. Ihr Mund war trocken, als sie fertig war, und als sie vom Parkplatz wegfuhr, legte sie einen Kavalierstart hin.

Poulsbo, Kitsap County. Am Sonntagnachmittag schlossen die Läden dort zeitig: Die Wochenendtouristen waren so schnell weg, wie sie gekommen waren, und die hübsche Hauptstraße mit den norwegisch-amerikanischen Bäckereien und Lebensmittelgeschäften lag verlassen da. Blinkende Lichterketten waren sorgsam um die Ladeneingänge drapiert, und die kahlen Äste der Bäume am Yachthafen zitterten im Wind. Die sieben Stege waren zu drei Vierteln besetzt, und die Boote schaukelten auf und ab, die Segel fest vertäut. Ein Transporter des Elektrizitätswerks von Kitsap County fuhr auf das Gelände und hielt vor dem Büro des Hafenmeisters. Zwei Männer in den offiziellen grau-roten Overalls stiegen aus und öffneten eine schwarze Metallkiste, die an der Rückseite des kleinen Backsteingebäudes hing. Zehn Sekunden später versanken der gesamte Yachthafen und die Straße davor in Dunkelheit. Sie verschlossen die Kiste wieder und gingen zurück zum Auto, wo ein Mobiltelefon klingelte. Nach einem kurzen Gespräch fluchte einer der Männer laut und knallte die Beifahrertür zu, der andere ließ den Motor an, und sie fuhren los.

Zwei Straßen weiter hielt der Transporter am Randstein, und die Männer stiegen aus. Der größere meinte zu seinem kleineren, stämmigeren Kollegen: »Vielleicht ein bisschen übertrieben, was?«

Der verdrehte die Augen, machte den Transporter hinten auf, öffnete den Reißverschluss des Overalls und zog ihn aus. Darunter trug er eine schwarze Uniform und eine kugelsichere Weste, auf der Rückseite stand in großen gelben Buchstaben *SWAT.*

»Gehen wir«, sagte er. Vom Teppichboden des Kofferraums

nahm er zwei Sturmgewehre und reichte eines seinem Kollegen, inzwischen ebenfalls in SWAT-Uniform. Der Große rückte sich den Kopfhörer zurecht, aus dem sofort ein kontinuierlicher Strom von Stimmen drang, er setzte sich das Nachtsichtgerät auf, und die Welt leuchtete hell und grün. Schneeflocken fielen wie schwarze Flecken auf den Boden.

Madison raste die I-5 in Richtung Süden. Kein Wunder, dass sich Quinn dafür interessiert hatte, wie Pathune gestorben war: Man hatte dem Mann die Augen verbunden, die Hände vorne gefesselt, und über der Augenbinde war ein mit Blut gezeichnetes Kreuz auf der Haut, ein wenig verschmiert, aber trotzdem deutlich sichtbar. Im Bericht des Rechtsmediziners stand, das Genick sei gebrochen gewesen, und in der rechten Hand habe er ein Stück abgerissenen Jeansstoff gehabt. Der Stoff wurde dann dem Hemd eines Insassen namens Edward Morgan Rabineau zugeordnet; er hatte bis wenige Minuten zuvor in der Wäscherei gearbeitet, und es gab ein Zeitfenster, in dem er den Mord begangen haben konnte. Es war nie zu einer Verhandlung gekommen, aber immer, wenn es so weit war, führte der Gefängnisdirektor ein diskretes Gespräch mit dem Bewährungsausschuss, und Rabineau würde in nächster Zeit nicht freigelassen werden. Er saß immer noch in den Mauern des so treffend bezeichneten Hochsicherheitstrakts. Andererseits waren die Sinclairs mit verbundenen Augen, vorne gefesselten Händen und mit einem Kreuz aus ihrem eigenen Blut auf der Stirn gefunden worden.

Ein kaum vorstellbarer Zufall, dass diese einander so ähnlichen Sachverhalte das Werk zweier verschiedener Männer gewesen sein sollten: Einer der beiden Verdächtigen, Rabineau, saß noch im Gefängnis, während Cameron noch nie eine Gefängnisstrafe verbüßt hatte. Keiner von ihnen konnte beide Morde begangen haben.

Wer auch immer im Mordfall Pathune ermittelt hatte, hatte keinen Grund gehabt, der Beweislage zu misstrauen. Doch Madison hatte nun einen Zeitrahmen: Der Mörder hatte zum Zeitpunkt des Todes von Pathune im Gefängnis gesessen, und sie würde wetten, er war kurz darauf entlassen worden, denn er wollte sicher ganz schnell weg von Rabineau und seinen Freunden. Im Gefängnis fiel jede Vergeltung unvermittelt und heftig aus.

Wenn er sich je an der Polizeischule beworben hatte, dann bevor er im Gefängnis war. Niemand ist so dumm, sich mit einer Vorstrafe zu bewerben, und dieser Typ war vielleicht wahnsinnig, aber nicht dumm. Nein, er war nicht wahnsinnig, er spielte nur gerne mit Polizisten.

Madison erinnerte sich plötzlich an die Nacht des Überfalls, an den Mann, der sich Officer Mason nannte, der gekleidet war wie ein Polizist, der die richtige Sprache gesprochen hatte. Er wollte so gerne dazugehören. Madison stellte sich vor, wie er sich im Spiegel betrachtete, während er die Uniform zuknöpfte, und dabei an sie und Brown dachte und wie er sie zwischen die Bäume locken und das tun würde, was er getan hatte, um sein schon lange totes Herz zu erfreuen.

Sie kurbelte das Fenster herunter und ließ sich die Luft ins Gesicht wehen. Vermutlich hatte es ihm gefallen, auf Brown zu schießen, während er gerade selbst Polizist war; das ließ es nach außen hin richtig aussehen, beinahe legal.

George Pathune. Der Mörder musste eine Spur von sich an der Leiche seines Opfers hinterlassen haben, aber die Ermittler waren dem Stofffetzen dankbar bis zu Rabineau gefolgt. Madison überlegte, ob Sorensen wohl noch weiter nachgeforscht hätte, und dachte an ihre Skepsis in dem Lokal.

Madison konnte wenig tun, um ihr Vertrauen in die Beweise zu erschüttern. Sie hätte Sorensens Löffel mit ihren Fingerabdrücken und ihrer DNA darauf nehmen und ihr zeigen können, wie leicht es gewesen wäre, ihn zu … und in diesem Moment konnte Madison von Glück sagen, dass die Straße kurvenfrei und leer vor ihr lag. Denn einen Augenblick lang sah sie nichts anderes als den Mörder, der das Glas mit den Fingerabdrücken von Cameron hielt, das Glas, das die Polizei in Sinclairs Küche gefunden hatte. Sie sah, wie er es von dem Tisch nahm, wo Cameron es hingestellt hatte, *weil der Scheißkerl in dem Restaurant arbeitete.*

Madison hatte eine Hand am Steuerrad, mit der anderen suchte sie in der Innentasche ihrer Jacke nach ihrem Mobiltelefon. Sie konzentrierte sich bewusst auf die Straße und wählte die Nummer des Reviers, ohne hinzusehen. Sie kam bei Jenner heraus, dem diensthabenden Polizisten.

»Madison hier, können Sie mich zum Lieutenant durchstellen?«

»Er ist nicht in seinem Büro.«

»Okay, ich versuche es auf dem Handy.«

»Er ist mit den Detectives unterwegs. Sie sind alle unterwegs.«

»Was heißt das?«

»Ich stelle Sie am besten durch.«

»Jenner?« Madison drückte sich das Telefon fest ans Ohr. Die Stille in der Leitung schien eine Ewigkeit zu dauern. *Brown.* Etwas war mit Brown passiert, und sie waren alle ins Krankenhaus gefahren. Brown war tot.

Madison schoss wie ein Pfeil durch die Nacht, wartete auf die Stimme, die ihr sagen würde, dass er tot war: Solange man ihr das nicht sagte, lebte Brown, er lebte, solange man ihr das nicht sagte. Madison wartete ganz allein in dieser schrecklichen Stille, und Sekunden später war Andrew Dunne in der Leitung. »Madison?« Er war von Stimmen umgeben.

»Andy? Was ist los?«

»Wir haben ihn.« Die Leitung war immer wieder gestört.

»Was?«
»Wir haben Cameron gefunden, das Boot liegt im Yachthafen von Poulsbo. Ich schaue es mir gerade an.«
Madison musste sich erst einmal orientieren, musste sich rasch sammeln und nachdenken. Warm strömte die Erleichterung durch ihren Körper.
»Ist er auf dem Boot?« Sie war sich nicht sicher, ob ihr seine Antwort gefallen würde.
»Ja. Er wurde vor etwa einer Stunde gesehen.«
Schnell sprechen.
»Andy, ist Fynn bei Ihnen? Ich muss mit ihm reden.«
»Er ist ziemlich beschäftigt.«
»Ich muss ihn sofort sprechen.«
»Er ist mit dem stellvertretenden Polizeichef, dem SWAT-Commander, dem Sheriff von Kitsap County und dem Polizeichef von Poulsbo da. Er hat alle Hände voll zu tun, und wir sind kurz vor dem Zugriff. Sagen Sie es mir, ich geb's weiter.«
»Sie haben die SWAT da?«, fragte sie.
»Wir haben alle da. Wir haben den Yachthafen abgeriegelt und noch zwei Blocks weiter.«
»Geben Sie mir Fynn.«
Irgendetwas an ihrer Stimme ließ Dunne aufhorchen. »Was ist passiert?«
»Vor drei Jahren wurde im McCoy jemand umgebracht, die Leiche wurde genauso zugerichtet wie bei den Sinclairs. Geben Sie mir jetzt Fynn.«
»Das ist unmöglich.«
Madison wusste nicht, ob er den Mord oder Fynn meinte.
»Andy?«
Schweigen.
»Andy?«
Rauschen und Knistern. »Madison, ich rufe zurück.«
»Nein …«
Er war weg.

Sie würden zugreifen, schon in Sekunden. Madison hielt das Lenkrad so fest umklammert, dass sogar ihre gute Hand weh tat. Sie kannte jeden einzelnen Polizisten in der SWAT-Einheit, alles gute Leute, die ihre Arbeit sorgfältig machten, so dass am Ende eines Tages auf beiden Seiten alle lebendig nach Hause gehen konnten. Aber dann war da Cameron – und sie mussten annehmen, dass er einen von ihnen angeschossen hatte. Madison kurbelte das Fenster ganz herunter. In wenigen Minuten würde jemand sterben, egal auf welcher Seite, das war unwichtig, jemand würde sein Leben lassen. Cameron würde sich niemals lebend fassen lassen.

Schon bald würden sie Cameron wegen Sanders und wegen der Dealer in L. A. drankriegen, dachte Madison, aber nicht so. Denn so würde der Mörder gewinnen.

Madison nahm ihr Mobiltelefon, sie erinnerte sich an die Nummer, weil sie sie in den letzten Tagen so oft angerufen hatte.

»Hallo.«

Seine Stimme war leise und nah, und Madison fragte sich, was sie im Namen von allem, was heilig war, da eigentlich tat.

»Mr. Quinn, hier spricht Detective Madison.«

»Detective.«

»Quinn, Todd Hollis arbeitet für Sie, Sie haben ihm gesagt, er soll Sorensen anrufen, denn Sie wussten, ich würde irgendwie davon erfahren. Cameron hat sich bei Ihnen gemeldet, er hat Ihnen erzählt, dass wir uns gestern Nacht begegnet sind, er hat Ihnen erzählt, was ich gesagt habe, und Hollis muss gewusst haben, dass die Sache nicht in Sorensens Zuständigkeitsbereich lag.« Sie holte Luft. »Sie haben mir Pathune geschenkt, oder?«

»Vielleicht.«

»Sie hatten recht, ich glaube, es war derselbe Mann, und wir werden ihn finden. Aber wir brauchen Zeit, und die haben wir nicht. Vertraut Cameron Ihnen?«

»Was meinen Sie damit?«
»Wenn er das hier jetzt richtig anstellt, wird er überleben. Wenn er auch nur einem Einzigen etwas antut, dann kann ihn nichts, was Sie oder ich tun, retten.«
Madison stellte sich das Boot vor, die SWAT-Einheit, die gleich den Steg stürmen würde, Zivilwagen, in denen Polizisten zusammengekrümmt saßen, und Scharfschützen auf den Dächern der hübschen Häuser.
»Detective …«
»Sie können ihn dort lebend herausholen, aber Sie müssen Cameron sagen, dass er sich stellen muss.«
»Was?«
»Wenn er einem von ihnen etwas antut, dann erledige ich ihn höchstpersönlich, das schwöre ich Ihnen.« Madison hoffte, es würde Leben retten, was sie jetzt gleich sagte. »Der Mörder hat in Ihrem Restaurant gearbeitet. Und jetzt sagen Sie Cameron, er soll sich stellen und von dem Boot runterkommen.«
Dann war die Leitung tot, und Madison legte das Telefon auf den Beifahrersitz. Sie fuhr an Everett und den Snohomish vorbei, der Streifen schwarzen Wassers war durch den Schnee kaum sichtbar. Auch in Poulsbo musste es schneien. Sie konnte hinfahren, wenn sie eine Fähre nach Winslow nahm, schaffte sie es in weniger als zwei Stunden. Dann wäre alles vorbei; was auch immer passieren würde, es wäre dann schon passiert. *Wie weit würden Sie gehen,* hatte Brown sie einmal gefragt. Eine Träne lief Madison über die Wange, sie wischte sie mit dem Ärmel weg.

»Worauf warten wir?«, fragte Detective Tony Rosario niemanden im Speziellen. Er stand hinter einem Transporter des Kitsap-County-Elektrizitätswerks, der auf dem Parkplatz des Yachthafens von Poulsbo parkte, und rieb sich die Hände, die in Handschuhen steckten. Rosario trug einen marine-

blauen Anorak mit der Aufschrift SPD auf dem Rücken, darunter schnitt ihn die kugelsichere Weste in die Achseln.
»Die Hafenpolizei ist noch nicht vor Ort, sie mussten zu einem Noteinsatz«, sagte Dunne. Er stand neben ihm und richtete sein Nachtsichtgerät auf Steg E, den zweiten von rechts, gegenüber der Hafenmeisterei. Kelly rückte näher an Dunne heran, er versuchte durch die Windschutzscheibe zu schauen und war sauer, dass das SWAT-Team zuerst Zugriff hatte. Er blickte nach oben. Auf dem Dach des skandinavischen Lebensmittelmarkts würde ein Scharfschütze das dritte Boot vom Wasser aus im Blick behalten, in dem das Licht in der Kajüte brannte. Kelly sah ihn nicht, aber er wusste, dass er dort war.
Alle waren an ihrem Platz: Ein Dutzend SWAT-Einsatzkräfte deckten die Fläche zwischen dem Steg und dem Festland ab, bereit, auf ein Signal hin zuzugreifen. Der Polizeichef hatte sich gegen einen Vermittler entschieden, es war besser, schnell zu handeln, bevor es Cameron gelang, noch einen weiteren Polizisten zu erschießen. Lieutenant Fynn stand mit den anderen Führungskräften am Ende von Steg D, hinter einem kleinen Backsteingebäude, das genauso aussah wie die Hafenmeisterei. Es war sein Einsatz, aber technisch gesehen leitete ihn der Polizeichef von Poulsbo. Sie hatten alle ihre Position eingenommen, als die Einsatzkräfte die Stromversorgung für den Block unterbrochen hatten, und seither wenig gesagt – vier finstere Männer mittleren Alters, die mit den Füßen aufstampften, um sich warm zu halten.
Die siebzehn Beamten der Polizei von Poulsbo hatten, als das SWAT-Team das Kommando übernahm, halbherzig etwas von Territorium und Zuständigkeit gebrummt, aber alle erinnerten sich an die Leichen auf der Nostromo, die just von ihrem Hafen hier abgelegt hatte, und so waren sie bald still.
Der SWAT-Kommandant Marty Karlsson hatte sein Team vor dem Einsatz instruiert.

»Camerons Boot ist das dritte vom Ende des Stegs aus, wir müssen zuvor an etwa vierundzwanzig Booten rechts und links vorbei, bis wir seines erreichen. Ich weiß, wir beobachten ihn in der Kajüte, aber wenn ich sehe, dass einer von euch über ein Boot geht, das ihr vorher nicht überprüft habt, dann tauche ich euren Arsch höchstpersönlich ins eiskalte Wasser.« Alle nickten gehorsam. »Dieser Mann ist ein Aal, er ist schlüpfrig und schnell, und wenn ihr ihm auch nur den Hauch einer Chance lasst, kriegt ihr eine Kugel ab. Keine Sonderrechte. Wenn er den Tag nicht unbeschadet überstehen will, dann muss er auch nicht.«

Ein paarmal bewegten sich die Vorhänge in der Kajüte der schnittigen Neunmeteryacht, als würde jemand sie im Vorbeigehen streifen, und jedes Mal hielten fünfunddreißig schwer bewaffnete Männer und Frauen den Atem an.

»Wie lange noch?«, fragte Fynn Chief Rogers.

Rogers hielt drei Finger hoch. Aus seinem Kopfhörer drangen Stimmen, das Boot der Küstenwache war beinahe da.

Ein paar Meter entfernt wandte sich Dunne an Spencer. Er hatte das Funkgerät in der Hand. »Das war gerade Madison«, sagte er. »Sie wollte mit Fynn sprechen.«

»Wieso?«

»Sie hat etwas gefunden.«

»Hast du ihr gesagt, was los ist?«

Dunne nickte.

»Wo zum Teufel ist mein Partner?« Kelly blickte sich suchend um.

»Er musste«, sagte Dunne.

»Was musste er?«

»Na, er musste mal.«

Auf Steg E bewegten sich schnelle Schatten. In Spencers Kopfhörer knisterte es, Stimmen waren zu hören.

»Zugriff«, sagte er.

Tony Rosario ärgerte sich, dass die öffentlichen Toiletten während des Einsatzes geschlossen worden waren. Es war verdammt noch mal zu kalt, um mit drei großen Kaffee im Bauch herumzustehen, und Kelly ging ihm auf die Nerven.
Sie hatten ihren Zivilwagen außer Sichtweite neben einem Müllcontainer in einer Seitengasse geparkt, er stand noch innerhalb des abgedunkelten Blocks, so dass er nicht zu weit laufen musste. Er lächelte in sich hinein, es war so dunkel, dass er aufpassen musste, dass er nicht versehentlich ihr eigenes Auto anpinkelte.
Er fand sich leichter zurecht, als er angenommen hatte, und nach wenigen Minuten war er am Ziel. Er zog die Handschuhe aus, öffnete den Reißverschluss seiner Hose und, Herrgott, war das kalt hier draußen.
Als er die Hummel hörte, begriff er es zunächst nicht. Er zog sich gerade den Reißverschluss zu, da brummte es wieder: Mit plötzlicher Klarheit wusste Rosario, dass es im Dezember keine Hummeln gab und dass einen Meter hinter ihm gerade ein Piepser summte.
Er wandte sich halb um, als ihn jemand an den Haaren packte und seinen Kopf gegen die Backsteinwand vor ihm schlug. Ihm brach die Nase bei dem Aufprall, der Schmerz war so heftig, dass er beinahe das Bewusstsein verlor. Alles ging fürchterlich langsam: Der Boden kam ihm entgegen, und er versuchte, nach seiner Waffe zu greifen, aber sein Hirn konnte die Hand nicht dazu bringen, sich schnell genug zu bewegen. *Nicht so, lieber Gott, nicht wie ein Vollidiot.* Er spürte den Griff unter den Fingern.
Die Stimme war ganz leise, nahe an seinem Ohr: »Unten bleiben.«
Jemand tastete seine Taschen ab, Rosario versuchte in dem warmen Strom zu atmen, seine Augen füllten sich mit Tränen. »Unten bleiben jetzt.« Das leise Flüstern eines Mannes, eine offene Hand, die ihm leicht auf den Rücken drückte.

Dann war der Druck weg, und Rosario konnte sich so weit an die Wand stützen, dass er aufstehen konnte, er lehnte sich mit dem Rücken dagegen und sah sich um, er war allein. Er tastete nach seiner Waffe und nach dem Polizeifunkgerät, das in der Tasche seiner Jacke steckte, dann suchte er den Boden um seine Füße herum ab.

An einer Straßensperre drei Straßen weiter halten Kitsap-County-Polizisten den dunkelgrünen Cherokee Jeep an. Der Fahrer zeigt seine Marke vom Seattle Police Department.
»Wie läuft's dort hinten?«, fragt Officer Carey den Mann und nickt Richtung Yachthafen; er wäre gerne so nah am Einsatzort, dass er eine Geschichte zu erzählen hätte, irgendeine Geschichte.
»Er sitzt fest«, antwortet John Cameron. »Heute geht der nirgendwo mehr hin.« Beim Losfahren winkt er den Polizisten zu, die Heizung im Auto ist voll aufgedreht, und er ist froh, dass die Kleidung, die er über dem Neoprenanzug trägt, dunkel ist, froh, dass Officer Carey nicht gemerkt hat, dass seine Sachen patschnass sind, und froh um den Moment, als die SWAT-Leute den Strom abstellten und er in das schwarze Wasser eintauchen konnte, das so kalt war, dass es ihm den Atem nahm. Camerons Hand zittert, als er die Lüftungsschlitze justiert und den Piepser von seinem Gürtel abnimmt: Es ist Quinns Nummer.
Cameron fährt mit einer Hand, während er mit der anderen die Riemen des wasserdichten Rucksacks auf dem Beifahrersitz löst. Unter Schwierigkeiten wählt er die Nummer, die Finger sind steif und tun ihm weh, während das Blut zurückfließt.
»Nathan?«
»Jack. Wo bist du?« Quinns Stimme klingt kontrolliert, aber Cameron hört die Härte darin.

»Ich fahre.«
»Die Polizei überwacht das Boot, du kannst nicht dorthin zurück.«
»Ich *komme* gerade vom Boot.«
Lange sagt keiner etwas, während Quinn über die Implikationen des eben Gehörten nachdenkt.
»Ist alles in Ordnung mit dir?«
»Ja. Woher wusstest du, dass sie das Boot gefunden haben?«
»Ist das wichtig?«
»Na ja.« Cameron lächelt. »Das Timing war einwandfrei.«
»Jack, Detective Madison hat mir erzählt, dass …« Quinn hält eine Sekunde inne. »Sie hat bestätigt, dass der Häftling, der im Gefängnis ermordet wurde, sehr wahrscheinlich vom selben Mann getötet wurde. Sie versucht seinen Namen herauszufinden.«
»Woher wusste sie von dem Mord im Gefängnis?«
»Jemand aus der Kriminaltechnik wusste, dass Hollis Nachforschungen anstellt. Und, Jack …«
»Was?«
»Wie bist du von dem Boot runtergekommen?«
»Ich bin im Dunkeln schwimmen gegangen. Ich kann es nicht empfehlen.«
»Danach frage ich nicht.«
»Ich weiß, wonach du fragst, und die Antwort ist nein.«
»Okay, wo bist du jetzt?«
»Willst du das wirklich wissen?«
Quinns Stimme ist kälter als das schwarze Meer. »Fahr zur Hölle, Jack.«
Aber Cameron hat seine Worte schon bedauert, sobald sie ihm über die Lippen kamen. »Nach Hause, ich fahre nach Hause.«
Quinn steht in der Küche, das Mobiltelefon in der Hand. Er hat Cameron nicht erzählt, dass der Mörder im Restaurant gearbeitet hat, und er weiß längst nicht mehr, wo Cameron

zu Hause ist. In der anderen Hand hält er den Rekorder, den er verwendet, seit Billy Rain ihn angerufen hat. Darauf ist Madison zu hören, wie sie ihm erzählt, dass sein Mandant gleich festgenommen wird. Er nimmt das Band heraus und spielt damit, es war reiner Zufall, aber nun hat er es, ihre Karriere und ihre Zukunft, eingesperrt in ein kleines Plastikteil.

Rosario schaffte es zurück zum Yachthafen, seine Jacke war vorne rot durchtränkt. Als er dort anlangte, beleuchteten die Scheinwerfer bereits jede Ecke des Hafens. SWAT-Kräfte rannten im Zickzack, sprangen von Boot zu Boot, durchsuchten jeden Zentimeter mit den Taschenlampen, die auf ihren Gewehren klemmten. Atemlos und zittrig kämpfte sich Rosario durch eine Gruppe von örtlichen Streifenpolizisten, die den Parkplatz durchkämmten, und ging auf Lieutenant Fynn zu.

Fynn wurde gerade vom SWAT-Kommandeur informiert, sie wandten sich beide um, als er sich näherte.

»Sanitäter!«, rief Fynn, als Rosario zusammenbrach.

»Tut mir leid«, krächzte er.

Innerhalb von Sekunden organisierten Fynn und der County Sheriff über Funk Straßenblockaden auf der ganzen Halbinsel. Es war, als wäre ein mächtiger Windstoß durch den Yachthafen gefahren und hätte die Menschen zerstreut: Die Spurensicherung war auf dem Weg zu Camerons Boot, aber für alle anderen spielte die Musik jetzt woanders. Kleinere SWAT-Teams durchstreiften das Zentrum von Poulsbo, jeweils in Begleitung eines Ortspolizisten, der mit den Straßen vertraut war. Doch im Inneren wussten alle, dass ihr Ziel längst über alle Berge war.

Kelly stand ein Stück entfernt, er sah zu, wie ein Sanitäter Rosario die Nase verband und versuchte, die Blutung zu stillen. Sein Partner hatte sich die Waffe klauen lassen und konnte den Angreifer nicht sicher identifizieren. Eine Stimmenidentifikation vor Gericht war reine Zeitverschwendung. Kelly war wütend und gekränkt, so als hätte Rosario ihn persönlich beleidigt. Was hatte er sich überhaupt dabei gedacht, da alleine hinzugehen? Ihre Blicke trafen sich, und Rosario schaute weg. Kelly ging zu ihm hinüber und setzte sich schwerfällig neben ihn. »Könnte schlimmer sein«, sagte er.

»Wie?«, antwortete Rosario.

»Ich könnte mit einem Leichensack reden.«

Lieutenant Fynn befragte Officer Carey persönlich, der junge Polizist war nervös und aufgeregt. Das war nicht die Geschichte, die er hatte erzählen wollen.

Das Mobiltelefon klingelte, und Madison schnappte es sich vom Beifahrersitz.

»Andy hier«, sagte Dunne.

»Und, was ist los?«

»Er ist weg.«

»Wie das?«

»Als das SWAT-Team das Boot erreicht hat, war es zu spät, er muss abgetaucht sein. Keine Ahnung, wann, wir haben das Boot stundenlang beobachten lassen. Er muss ihnen jedenfalls irgendwann entwischt sein, denn als sie ins Boot kamen, brannten die Lichter, und so ein kleiner Drehventilator blies die Vorhänge an. Wir haben das Boot durchsucht, aber es war nichts zu finden, jetzt warten wir einfach auf die Spurensicherung.« Er hielt inne. »Und Rosario wurde von hinten angegriffen, als er beim Pinkeln war.«

»Was?«

»Die SWAT-Leute wollten gerade zugreifen, da geht Tony zum Pinkeln in die Seitengasse, wo sie das Auto abgestellt hatten, und gerade als er fertig ist, wird er gegen eine Backsteinwand geknallt. Er hat eine gebrochene Nase, und sein

Auge sieht nicht sonderlich gut aus. Was schlimmer ist: Er hat ihm die Waffe und die Dienstmarke geklaut.«
»Cameron.«
»Er konnte es nicht genau sagen, aber die haben hier quasi null Gewaltverbrechen. Wie stehen wohl die Chancen, dass da noch jemand herumläuft, der nichts dagegen hat, Polizisten anzugreifen?«
»Geht es ihm gut?«
»Er war pinkeln, Madison, ich würde mal schätzen, dass er sich ziemlich mies fühlt. Und wenn Cameron das nächste Mal mit Rosarios Waffe auf jemanden schießt, dann wird sich seine Stimmung sicherlich nicht bessern.«
»Nein, wohl nicht.« Es war ein kleiner Trost, dass Cameron das Boot verlassen hatte, bevor sie Quinn angerufen hatte; trotzdem hatte Rosario eine gebrochene Nase, und seine Waffe war weg. »Kann ich mit Fynn sprechen?«, fragte Madison Dunne.
»Er ist nicht hier, befragt gerade den armen Kerl, der Cameron durch die Straßensperre gelassen hat. Er hat *richtig* miese Laune, und wenn Sie nicht etwas wirklich Gutes für ihn haben, und damit meine ich etwas Erstklassiges, dann würde ich ihn ein paar Stunden in Ruhe lassen.«
Madison konnte die Zeit wirklich brauchen, um ihren Standpunkt auszubauen und die Einzelheiten auszuarbeiten; sie legten auf. Es tat ihr leid, dass Rosario verletzt worden war, keine Frage, aber in ihrem tiefsten Inneren wusste sie, dass es viel, viel schlimmer hätte laufen können, und zumindest dafür war Madison dankbar. Sie ging in der Mercer Street einen Kaffee trinken und wählte die nächste Nummer.
Nathan Quinn ging nach dem ersten Klingeln an den Apparat.
»Ihr Mandant hat einen Polizisten angegriffen«, sagte sie.
»Lebt der Polizist noch?«
»Ja.«

»Dann ist es ein guter Tag für uns beide.«
Sie wartete. »Ich hätte gerne eine Liste der Angestellten im *The Rock.* Brauche ich dafür eine richterliche Anordnung?«
Madison hoffte, die Situation sei dringlich genug, um Quinns Gesetzestreue vorübergehend ein wenig aufzuweichen.
»Mit dem, was Sie haben, würden wir noch nicht einmal vor einen Richter treten dürfen.«
Madison verdrehte die Augen.
»Wir treffen uns im Restaurant«, sagte Quinn. »Wann können Sie da sein?«
Dreizehn Minuten später kamen sie gleichzeitig auf dem leeren Parkplatz an.
Es war ein seltsames Gefühl, auf den Stufen zu dem dunklen Restaurant zu stehen, während er die Tür aufsperrte. Keiner hatte den anderen begrüßt.
Quinn stellte die Alarmanlage aus und legte einen Schalter um. Madison trat ins Licht, und er sah die tiefe genähte Platzwunde, die Prellungen und etwas in ihren Augen, was vor vier Tagen noch nicht da gewesen war. Er wandte den Blick nicht ab.
Quinn war Madison von dem Moment an unsympathisch gewesen, in dem er beschlossen hatte, Cameron zu schützen; er hatte trotz allem, was sie vorbrachten, an seine Unschuld geglaubt, und das hatte sich bestätigt. Madison wurde er dadurch nicht sympathischer, auf seine Art war er genauso gefährlich wie Cameron, und was er hier anbot, war ein Geschenk, das mit extremer Vorsicht behandelt werden musste. Sie war froh, dass er sie weder mit Wärme noch mit Sympathie betrachtete. Sie erwiderte seinen Blick. Beide befanden sich auf unbekanntem Terrain.
»Angenommen, wir finden heute Abend einen Namen«, sagte er. »Bei allem Respekt, aber hört irgendjemand auf Sie?«
»Wenn ich alles belegen kann, dann ja.«
»Und wenn nicht?«

Er ließ ihr keine Zeit für eine Antwort und ging hinein. Madison wusste, dass er versuchte, nicht an jede einzelne Gelegenheit zu denken, bei der er mit einem Kellner, Abräumer oder einer Küchenhilfe geplaudert hatte. Wenn der Mörder im *The Rock* gearbeitet hatte, dann hatte Quinn ihn getroffen, ihn gekannt, mit ihm geredet.
Ihre Schritte hallten in dem düsteren Speiseraum. Die Tische waren mit Porzellan und weißen Stoffservietten eingedeckt, es sah unheimlich aus in dem Zwielicht, das durch die großen Fenster fiel.
Er sperrte bereits die Tür zum Büro des Geschäftsführers auf. »Warum tut er das?« Er sprach in neutralem Tonfall, als ginge es um einen der Fälle, die er Tag für Tag auf dem Tisch hatte.
»Ich weiß noch nicht. Wenn wir wissen, wer, dann wissen wir auch, warum.«
Tage zuvor, Stunden zuvor, war sie mit Brown in diesem Büro gewesen, und sie hatten über Pokernächte und Messer gesprochen. Es roch abgestanden und kalt, die Klimaanlage war seit dem frühen Nachmittag abgestellt. Quinn zog metallene Aktenschränke auf und fuhr mit den Fingern über die Reiter.
»Die letzten drei Jahre?«, fragte er sie.
»Ja.«
Madison hatte keine Liste der Häftlinge, die in den Wochen direkt nach Pathunes Tod auf Bewährung entlassen worden waren, aber die konnte sie morgen besorgen. Das Datum seines Mordes war ein guter Ausgangspunkt.
Quinn seufzte. »Sie sind alphabetisch geordnet. Wir müssen jeden Einzelnen überprüfen.«
»Danke, aber ich mache einfach Kopien und gehe das selbst durch, ich brauche Ihre Hilfe nicht.«
»Na ja, Sie sehen auch ganz so aus, als würden Sie das locker allein schaffen. Gehen wir in die Küche.«

Madison zögerte. »Wenn ich finde, wonach ich suche, welche Garantie habe ich, dass Sie nicht genau diese Information an Ihren Mandanten weitergeben?«

»Sie haben das Wort eines vom Gericht bestellten Anwalts«, antwortete Quinn ohne eine Spur von Sarkasmus. »Ansonsten können Sie wiederkommen, wenn Sie einen Richter finden, der gewillt ist, eine Anordnung zu unterzeichnen.«

Beide nahmen einen Stapel Akten, gingen in die Küche und breiteten sie auf der makellos sauberen Edelstahlarbeitsfläche in der Mitte des Raums aus.

Sie begannen damit, alle Frauen auszusortieren, das reduzierte die Zahl um etwa ein Drittel. Er nahm eine Akte und schlug sie auf, sie tat das Gleiche.

»Haben Sie ihm davon erzählt?«

»Was meinen Sie?«

Quinn wusste genau, was sie meinte.

»Cameron.«

»Fragen Sie mich gerade nach der Kommunikation mit meinem Mandanten?«

»Ich frage Sie, ob Sie bevor oder nachdem Sie ihm gesagt haben, er soll zusehen, dass er seinen Arsch vom Boot kriegt, zufällig erwähnt haben, dass der Mörder hier gearbeitet hat?«

»Das kam nicht zur Sprache.«

»Nein?«

»Nein.«

Drei Jahre sind eine lange Zeit im Leben eines betriebsamen Restaurants mit Vollzeit- und Teilzeitpersonal; jede Akte enthielt Lebensläufe, Referenzen und Kontaktdaten, nicht unbedingt in der sinnvollsten Reihenfolge.

Sie sahen die einzelnen Seiten rasch durch, fanden, was sie wissen mussten, und legten sie auf den unnützen Stapel; bisher gab es keinen zweiten.

»Woher wussten Sie, dass er es nicht war?« Quinn hielt den Blick auf die Unterlagen gerichtet.

»Ich habe gelesen, dass ein Fotograf zusammengeschlagen wurde, und da erinnerte ich mich an ein Bild von Cameron, als er noch ein Junge war.« Madison fiel zu spät ein, dass es die Beerdigung von Quinns Bruder war, die sie gerade so beiläufig erwähnt hatte; sie blickte auf: »Es tut mir leid.«

Quinn ignorierte es. »Fahren Sie fort.«

»Ich glaube, dass Cameron am letzten Montag, irgendwann nachdem er sich mit Ihnen getroffen hatte, Andrew Riley verprügelt hat. Den, der versucht hat, die Leichen von James Sinclair und seiner Familie zu fotografieren. Es hat mich einfach daran erinnert, was damals passiert war.«

»Das ist alles?«

»Ja.«

»Und das hat Sie vom Gegenteil überzeugt?«

»Ja.«

»Dann überrascht es mich nicht, dass Sie Ihrem Chef das nicht verkaufen konnten.«

»Hatten Sie gehofft, ich hätte ein geheimes Beweismittel?«

»Ich hatte gehofft, Sie hätten mittlerweile mehr als eine Vermutung.«

»Sie und ich, wir beide.«

»Wie war er?«

»Wer?«

»Der Mann, der auf Ihren Partner geschossen hat.«

»Er ist kräftig und schnell und fest entschlossen. Er hat sich dabei wohl gefühlt, in die Rolle eines Polizisten zu schlüpfen, und er hatte kein Problem damit, auf einen zu schießen.«

Madison schob Quinn eine Akte zu. »Dicky Boyd«, sagte sie. »Er war zur Zeit des Mordes an Pathune im Gefängnis, acht Monate später hat er hier in der Küche angefangen, letzten Juni hat er gekündigt. Erinnern Sie sich an ihn?«

»Boyd. Ja. Ich glaube nicht, dass wir je ein Wort gewechselt haben.«

»Wie sieht er aus?«

»Mittelgroß, dunkle Haare, Schwergewicht. Wofür saß er ein?«
»Betrug. Aber der Mann, der auf Brown geschossen hat, war kein Schwergewicht.«
»Von Betrug zu Mord ist auch ein weiter Weg.«
»Erinnern Sie sich an irgendwelche Einzelheiten?«
»Gar nichts.«
Madison legte Boyds Akte zur Seite und widmete sich wieder dem Stapel auf dem Tisch. Eine Stunde später hatten sie zwei weitere Namen, Owen Burke und Paul Telling.
»Ist das alles?«, fragte Madison, als sie ihre letzte Akte auf den Stapel mit den aussortierten Unterlagen legte.
»Das ist alles.«
»Burke ist chinesischstämmig, und Telling ist eins fünfundsechzig groß. Beide wegen Drogenhandels vorbestraft, keiner von beiden sieht dem Mann auch nur im Entferntesten ähnlich.«
Madison war so überzeugt davon gewesen, dass sie den Namen in dieser Küche finden würde, dass sie gar nicht auf die Idee gekommen war, sie könnte sich irren. Nathan Quinn ging zu einem Kühlschrank, nahm zwei Flaschen Wasser heraus und reichte Madison eine.
»Danke. Ich gehe alles noch einmal durch, wir müssen jemanden übersehen haben«, sagte sie.
»Vielleicht auch nicht.«
Er nahm den Hörer des Wandtelefons und drückte eine Kurzwahltaste. »Donny, Quinn hier.«
Donny O'Keefe, dachte Madison, der Koch des Restaurants, der regelmäßig bei den Pokernächten dabei war. Er hatte ihnen Clam Chowder angeboten. Madison stand auf und ging ein paar Schritte durch die lange, schmale Küche, um Kraft zu sammeln für den nächsten Versuch.
»Donny, ich habe hier ein paar Namen vor mir. Ich suche nach einem Mann, der in deiner Küche gearbeitet hat, nach-

dem er gerade aus dem Gefängnis entlassen worden war. Er müsste vor ungefähr drei Jahren hier angefangen haben.« Quinn sah Madison an. »Etwa eins fünfundachtzig, schlank. Ich habe Boyd, Burke und Telling, aber sie passen nicht.«

Quinn hörte kurz zu. »Nein, ich kann dir nicht sagen, warum. Danke, ich ruf dich morgen an.« Er hängte wieder ein.

»Was hat er gesagt?«

»Er sagte: ›Was ist mit Salinger?‹«

Madison blinzelte. »Wer ist Salinger? Einen Salinger habe ich nicht in den Unterlagen gesehen.«

»Nein«, antwortete Quinn. »Harry Salinger hat bis vor ein paar Monaten hier gearbeitet, und als er aufgehört hat, muss er seine Personalakte mitgenommen haben.«

»Harry Salinger.«

Es tat gut, den Mann beim Namen nennen zu können. Madison atmete tief ein und klappte ihr Mobiltelefon auf. »Hier ist Detective Madison von der Mordkommission. Ich muss einen Namen überprüfen lassen. Salinger, Harry. Ich bleibe dran.« Madison schlug ihr Notizbuch auf, drückte auf ihren Kugelschreiber und betete im Stillen, dass sie etwas bekam, was sie aufschreiben konnte.

Dreißig Sekunden vergingen. Madison konnte weder still dasitzen noch stehen, Quinn wartete mit geschlossenen Augen.

»Ich höre«, sagte Madison in ihr Telefon, setzte sich aufrecht und notierte sich etwas. »Ja, die Daten bitte.« Sie blickte zu Quinn auf und nickte einmal. »Und die Adresse. Großartig, vielen Dank.« Madison legte auf. »Salinger wurde drei Tage nach dem Mord an Pathune entlassen, er saß wegen Körperverletzung.«

Madison klappte ihr Notizbuch zu.

»Jetzt müssen ein paar Dinge passieren«, sagte sie. »Zum einen muss ich Salinger am Tatort nachweisen. Zweitens

muss ich Klein und die Staatsanwaltschaft überzeugen. Drittens, und das ist am wichtigsten, müssen Sie Ihren Mandanten dazu bringen, sich ein paar Stunden stillzuhalten. Sie könnten ihn an einem Stuhl festbinden, oder?« Madison sammelte ihre Sachen zusammen. »Und Sie können, Sie *dürfen* ihm den Namen nicht nennen.«
»Wie wollen Sie Salinger am Tatort nachweisen?«
»Cameron hat einen Polizisten angegriffen, das ist nicht einfach zu vernachlässigen. Ich lege das nur einen Augenblick zur Seite. Jetzt geht es um den Unterschied zwischen einer Ermittlung in vier Mordfällen statt in acht. Den Champagner sollten Sie noch nicht aufmachen.«
»Salinger«, sagte Quinn knapp.
»Ich weiß es nicht. Klein wird mir nicht zuhören wollen, er hat uns eine Spur aus Brotkrumen hinterlassen, und er war sehr sorgfältig: Sämtliche Fingerabdrücke, die gefunden und überprüft wurden, gehören den Opfern, bis auf die von dem Glas, und das Glas kam hier aus dieser Küche. Je mehr ich darüber nachdenke, desto mehr habe ich das Gefühl, er muss schon zuvor bei den Sinclairs im Haus gewesen sein. Er ist nicht der Typ, der unvorbereitet irgendwo reingeht. Erinnern Sie sich an eine Gelegenheit, bei der er dort gewesen sein könnte?«
»Vor ein paar Monaten gab es eine Party im Haus. Ich weiß, dass James sich Gläser aus dem Restaurant ausgeliehen hat. Vielleicht hat jemand vom Personal die Kisten vorbeigebracht, jemand muss sie abgeholt haben. Das wäre eine Möglichkeit.«
Madison notierte sich ein paar Telefonnummern aus dem Verzeichnis der Angestellten. Menschen, die tagein, tagaus zusammenarbeiteten, mussten etwas wissen.
»Erinnern Sie sich an ihn?«
Er dachte kurz nach. »Nein«, sagte er, und Madison hatte den Eindruck, er war froh darüber. Die Erinnerung an den

Mörder, der ganz nah dran war, der sich mit den Kindern unterhielt, das wäre kaum zu ertragen gewesen.

»Vielen Dank dafür«, sagte Madison verlegen auf dem Weg nach draußen. »Es hat etwas gebracht.«

»Ich habe Ihre Stimme auf Band«, unterbrach Quinn sie.

»Was?«

»Ich habe aufgenommen, wie Sie mich warnen und mir sagen, ich soll Cameron vom Boot holen.«

Madison wandte sich zu ihm um und hoffte, einigermaßen unbekümmert zu wirken. »Wie das?«

»Durch Zufall. Ich schneide Anrufe routinemäßig mit. Ich hatte Ihren Anruf nicht erwartet, ich hatte nicht damit gerechnet, dass Sie mir den besten Grund liefern, zu Richterin Martin zu gehen und den Fall ad acta zu legen.«

»Haben Sie das vor?«

»Würde das nicht jeder vernünftige Anwalt tun?«

»Wahrscheinlich.« Madison dachte kurz darüber nach. »Aber das Band ändert nichts, ich bin sowieso schon mit einem Makel behaftet, seit ich es meinem Chef erzählt habe. Sie werden es als posttraumatische Belastungsstörung einordnen, ich konnte es angeblich nicht verkraften, dass mein Partner angeschossen wurde und ich ihn nicht decken konnte. Die können das verkleiden, wie sie wollen, für Sie bedeutet es nur, dass weder meine Worte noch meine Handlungen dem Fall etwas anhaben können. Die wissen, dass Sie versuchen würden, mich zu benutzen, um den Haftbefehl anzufechten.«

»Sie wussten nicht, dass Sie mich anrufen und die Verhaftung kippen würden. Würde man das auch als posttraumatische Störung einordnen? Sie sind seit gerade mal fünf Wochen bei der Mordkommission, Sie haben eine vielversprechende Zukunft. Was würden alle jetzt wohl von Ihnen halten?«

»Was wollen Sie von mir, Quinn?«

»Sagen Sie mir, warum ich nicht gleich heute Abend zur Richterin gehen sollte.«

»Ich bin nicht in der Stimmung, Sie um Ihr besonderes Entgegenkommen zu bitten, Herr Anwalt.«
»Nicht einmal, um Ihre Karriere zu retten?«
»Nicht in tausend Jahren. Ich verliere meine Dienstmarke, und Sie verlieren den einen Menschen, der Ihren Mandanten für unschuldig hält. Das können Sie zur Richterin mitnehmen.«
»Ich habe Salingers Namen.«
»Das genügt nicht.«
Quinn lächelte. In dem Lächeln lag keine Freude, nur der Funke eines Gedankens, den Madison noch nicht einmal ansatzweise ergründete.
»Nichts ist jemals genug, Detective, aber wir tun mit dem, was wir haben, alles, was wir können.«
»Einverstanden. Verwenden Sie das Band oder lassen Sie es bleiben, mir ist das egal.«
»Nein, das ist es Ihnen nicht«, sagte Quinn. »Die Stelle vielleicht, aber nicht, dass Sie nicht arbeiten können. Es ist Ihnen alles andere als egal.«
In diesem Moment begriff Madison, wie gefährlich Quinn sein konnte. Vielleicht sollte sie Fynn anrufen und es ihm gleich selbst sagen.
»Dieser Name hat Ihnen ein bisschen Zeit verschafft, Detective, nutzen Sie sie gut, denn so oder so werde ich morgen diesen Haftbefehl zurücknehmen lassen. Und noch etwas.« Quinns Stimme war kaum ein Flüstern. »Seien Sie nicht so dumm und rufen Ihren Chef an, um ihm von dem Telefonat zu erzählen. Ich sehe Ihnen an, dass Sie versucht sind. Tun Sie es nicht. Überlegen Sie, was schlimmer ist: dass ich das Band habe oder dass Harry Salinger die Sache mit Ihrem Partner noch zum Abschluss bringen will.«
Madison bemühte sich, sich ihre Wut nicht anmerken zu lassen. »Ich werde tun, was ich tun muss. Wenn ich keine Dienstmarke habe, wird mich das Zeit kosten, aber es wird mich nicht aufhalten.«

»Davon bin ich auch nie ausgegangen«, entgegnete Quinn leise, während ihre Schritte sich bereits durch den Speisesaal entfernten.

Alice Madison saß bei laufendem Motor in ihrem Auto, die Fenster beschlugen. Mit ihrer Wut konnte sie umgehen, aber sie konnte sich keine Zukunftssorgen leisten. *Wenn ich keine Dienstmarke habe.* Quinn hatte ihr die Personalakten gezeigt, damit sie einen Namen fand, den sie dem Gericht vorlegen konnte. Das war der einzige Grund, weshalb er sich mit ihr getroffen hatte. Gut für ihn, er hatte nun, was er wollte. Das galt allerdings auch für sie, und das Einzige, was sie bedauerte, war die Tatsache, dass sie es Brown nicht erzählen konnte.

Das Wichtigste zuerst. Wenn sie ihn zur Strecke brachte, dann wollte sie ihm in die Augen sehen, in die Augen des Mannes, der ihren Partner beinahe umgebracht hätte. Weniger als eine Woche zuvor hatte sie dasselbe über Cameron gedacht. *Das hat sich doch gut entwickelt,* dachte sie. Es wäre gut gewesen, das Polizeifoto von Salinger zu haben, aber sie wollte jetzt lieber noch nicht wieder aufs Revier fahren, das Bild auf seinem Führerschein musste fürs Erste genügen. Und wie sie das bekam, wusste sie.

Sie legte den Gang ein und fuhr aus dem Parkplatz heraus. Wenn sie rechts abbog, war sie auf dem Weg nach Hause, bog sie links ab, konnte sie Harry Salinger einen raschen Besuch abstatten.

Nathan Quinn schloss das Restaurant hinter sich ab, trat in die kalte Nacht hinaus und sah Madisons Auto an der Ausfahrt des Parkplatzes stehen. Die Straße war leer, aber das Auto bewegte sich nicht, es blinkte rechts. Quinn vergrub die Hände in den Taschen, er wusste, wo Madison wohnte, und er wusste, wo sie stattdessen hinfahren wollte. Die Straße war in beiden Richtungen frei, aber sie fuhr nicht los.

Quinn stand da und betrachtete das kleine rote Rücklicht, bis das Auto plötzlich links blinkte und Madison Gas gab. Er wusste, sie würde zur *letzten bekannten Adresse* fahren, und er war froh, dass es die von Salinger und nicht die von Jack war, diesmal wenigstens. Er würde nicht immer ein solches Glück haben. Sie wusste sich zu schlagen, das verrieten ihre Verletzungen, und sie würde Salinger vielleicht sogar aufspüren, bevor Jack es tat. Danach würde sie seinem Freund nachjagen, und dann, dachte er, würde es für alle Beteiligten aufregend werden.

Sie wollte nur einen kurzen Blick auf das Haus werfen, um ein Gespür für ihn zu bekommen, nicht mehr. Die Adresse, unter der er gemeldet war, bevor ihn der Bewährungsausschuss zur Resozialisierung geschickt hatte. Der Himmel war jetzt klar, und am Sonntagabend herrschte nicht viel Verkehr. Madison fuhr mit klopfendem Herzen zügig voran. Es war Salinger, sie wusste es, und man konnte sich nicht dagegen wappnen; sie dachte an den Tatort, die Leichen auf dem Bett, das Gewicht seines Körpers während des Kampfes. Sie verlangsamte ihre Atmung, sie wollte noch nicht bei ihm an die Tür klopfen. Und wenn der Tag gekommen war, dann würde sie auch nicht klopfen, sondern sie würde die verdammte Tür eintreten, mit einem Haftbefehl in der einen und ihrer Waffe in der anderen Hand. Trotzdem würde sie jetzt auf gar keinen Fall untätig herumsitzen. Sie musste einfach einmal genau hinsehen.
Die Fahrt war so kurz, dass Madison eine leise Beklommenheit verspürte. Es war eine Adresse in Ballard, in der Nähe von Sunset Hill, in der Straße standen hauptsächlich Einfamilienhäuser. Madison hätte parken und zu Fuß gehen können, aber Salinger wusste, wie sie aussah, und in letzter Zeit hatte sie nicht gerade viel Glück gehabt. Sie wollte nicht gesehen werden, bevor sie bereit war, sich ihm zu zeigen.

Sie hätte sich gar keine Gedanken machen müssen: Es war das heruntergekommenste Haus im ganzen Block, es war verrammelt und stand leer. Das Schild eines Maklerbüros pries es zum Verkauf an. Madison merkte sich die Telefonnummer. Sie fuhr langsam vorbei, im Erdgeschoss fehlte eine Fensterscheibe, vor dem Haus war ein mit Unkraut zugewachsener kleiner Vorgarten, ein hässliches Vorhängeschloss hing an dem Holztor. Der Briefkasten war vollgestopft mit Werbesendungen, und ein großer Aufkleber von Seattle City Light an der Haustür verkündete der Welt, dass der Strom abgestellt worden war.

Harry wohnt hier nicht mehr, dachte Madison. Der Makler war von einem Bauunternehmen beauftragt worden, das vor zwei Monaten pleitegegangen war, er hatte keine Ahnung, wer Harry Salinger war, und um ganz ehrlich zu sein, war ihm das auch egal.

Sie war müde, hungrig und sauer, in keiner bestimmten Reihenfolge: Sie würde arbeiten, essen und vielleicht ein bisschen schlafen, wenn es ihr gelang. Ansonsten war das Leben prima.

Eine Stunde später saß Madison mit einer Tasse Kaffee und einem knisternden Kaminfeuer vor ihrem Laptop: Es gab nicht viel, was man mit der richtigen Software und einer positiven Einstellung nicht finden konnte. Es dauerte nur Minuten, bis sie die Daten von Salingers Führerschein auf dem Bildschirm hatte.

Das Foto erschien gepixelt in der oberen linken Ecke ihres Bildschirms. Madison lehnte sich zurück und betrachtete das schmale Gesicht. Er war natürlich viel jünger, aber die bleichen Augen des Mannes, der sie in Polizeiuniform empfangen hatte, waren unverkennbar. Sie würde ihn bei einer Gegenüberstellung ohne Zögern identifizieren können.

Ein Augenzeugenbericht, schön und gut, dachte Madison. Aber Salinger würde niemals eine Polizeiwache von innen

sehen, wenn sie ihn nicht am Tatort nachweisen konnten. Irgendwie machte sie sich mehr Gedanken darüber, den Fall hieb- und stichfest zu bekommen, als Salinger aufzuspüren: Er war an die Stadt gebunden, seine eigene Wut und die Pathologie des Plans, den er sich geschmiedet hatte, fesselten ihn an das Stadtgebiet von Seattle. Er war noch nicht fertig, und er würde die Stadt nicht verlassen.
Als sie merkte, dass sie seit Minuten auf dieselbe Zeile in den Unterlagen von der Polizeischule starrte, stand sie auf und schluckte mit dem Rest von Rachels Lasagne ein paar Schmerztabletten.
Harry Salinger war wegen Körperverletzung festgenommen worden. Madison wusste, dass das häufig der Einstieg für schwerere Verbrechen war: Die Körperverletzung war die Vorspeise, dann wurden sie von irgendetwas aufgehalten, bevor sie zum Hauptgericht kommen konnten.
Kurz nach Mitternacht fand sie seinen Namen auf der Liste: Zwei Tage bevor er das Verbrechen beging, das ihn ins Gefängnis und in das Leben von George Pathune schickte, war Harry Salinger offiziell von der Polizeischule abgelehnt worden. Madison gestattete sich ein kleines Lächeln: Wenigstens darin hatte sie sich nicht getäuscht. Zu wissen, dass der Horror, der über die Sinclairs gekommen war, von jemandem verursacht worden war, der beruflich *dienen und schützen* wollte, das ließ sie innerlich frösteln.
In den Unterlagen wurde der Grund für die Ablehnung nicht explizit genannt. Vielleicht hatte er die psychologische Begutachtung nicht bestanden, vielleicht den körperlichen Eignungstest. Madison hoffte, es war Ersteres.

Kapitel 34

Harry Salinger wischt sich die Hände an einem Tuch ab. Er ist kein geduldiger Mensch, aber er hat weiß Gott das Beste aus dem gemacht, was ihm gegeben war, und das ist jetzt fast alles verbraucht. Er sieht die Ziellinie, sie liegt in greifbarer Nähe, und das Ausmaß seiner Leistung raubt ihm beinahe den Atem. Vor sieben Jahren hätte er das niemals voraussehen können, als er auf einem Barhocker saß, während ihm die Ablehnung von der Polizeischule ein Loch in die Tasche brannte.

Er hatte sich beworben, weil er sich nichts sehnlicher wünschte und weil es seinem Vater gefallen hätte, wäre er noch am Leben gewesen. Manchmal vermischen sich die Gründe zu einem einzigen dumpfen Schmerz. Der Brief ist an dem Morgen damals gekommen, und damit das Ende von allem.

Sieben Jahre zuvor hat er an der Bar gesessen und getrunken, während die Menschen und die Zeit an ihm vorüberströmten. Als ihn jemand an der Schulter packte, drehte er sich um und sah, dass es Nacht war und sich die Bar geleert hatte, bis auf den Barkeeper und einen Mann. Seine Stimme war pechschwarz, und Salinger verstand kein Wort. Er war sich nicht sicher, wer zuerst zugeschlagen hatte, aber er ließ sich von der Wut mitreißen.

Die Schlägerei dauerte nicht lange, und als die Polizei kam, lag der Barkeeper mit dem Gesicht nach unten auf dem Holzboden, unter ihm eine Schicht Glasscherben; der andere Mann wehrte sich, als sie ihm Handschellen anlegten,

Salinger ging widerspruchslos mit. Er hatte den Barkeeper noch nicht einmal angefasst.
Sie hatten sie mit ihren Anwälten in einen Raum gesetzt, der nach Bleiche roch, und da hatte Salinger zum ersten Mal begriffen, dass er ernsthaft in Schwierigkeiten steckte. Die Beweislage sei nicht eindeutig, sagte die Anklage, jeder von ihnen hätte dem Barkeeper die Flasche über den Kopf schlagen können.
Er trug den Kittel, den man ihm gegeben hatte, sein Pflichtverteidiger hatte nicht die Zeit gehabt, Anziehsachen für ihn abzuholen. Der andere Mann hatte sich rasiert und den Anzug angezogen, den sein Anwalt ihm mitgebracht hatte, er sah teuer aus, wenn auch nicht ganz so teuer wie der, den der Anwalt selbst trug. Er hatte sich als Peter Hansen von Quinn Locke vorgestellt. Er sah aus, als wäre er auf dem Weg zu seiner ersten Million, Salingers Pflichtverteidiger sah aus, als hätte er letzte Woche Examen gemacht. Einmal hatte er ›Henry‹ zu Salinger gesagt. Salinger wusste, dass es nicht gut aussah für ihn, aber wie tief er in der Scheiße steckte, das hatte er sich nicht vorstellen können.

Jetzt faltet Salinger das Tuch zusammen und legt es auf die Seite. *Geduld.* Er hat der Versuchung widerstanden, am Sonntagnachmittag nach Poulsbo zu fahren und mit eigenen Augen das Ergebnis seines anonymen Hinweises auf der Cameron-Hotline mitzuverfolgen. Seit Oktober hat er von dem Boot gewusst und nur auf den richtigen Augenblick gewartet, um es dem Seattle Police Department zu servieren.
Harry Salinger sitzt in seinem Keller und wartet unerträglich lange, auf all seinen Bildschirmen laufen Lokalsender. Irgendwann werden die Nachrichten kommen, und er wird erfahren, dass John Cameron schon wieder gemordet hat, als ein SWAT-Team ihn stellen wollte. Er hat keinen Augenblick daran gezweifelt, dass Cameron davonkommen würde, er

will nur, dass er bei seiner Flucht eine Spur aus toten Polizisten hinter sich herzieht, noch mehr Nägel an seinem Sarg.
Die Nachrichten kommen, der Reporter steht neben dem abgesperrten Areal, so dass die Polizeiwagen mit den Blaulichtern im Bild sind. Salinger beugt sich vor. Vor lauter Enttäuschung bedeckt er das Gesicht mit den Händen, er will nicht weinen, aber wer würde das nicht in so einer Situation. Er ist unermesslich frustriert.
Er zwingt sich, langsamer zu atmen, und schließt die Augen. Er tastet nach der Fernbedienung und stellt den demütigenden Bericht lautlos. Es ist ein Rückschlag, aber er muss positiv bleiben. Er hat bereits gepackt, was er in den nächsten paar Tagen braucht, und mehr als ein paar Tage will er nicht. Er legt die Hand auf die kleine Holzkiste, die während der letzten sechs Monate auf seinem Tisch stand, allein die Berührung spendet ihm allen Trost, den er braucht.
Der Transporter ist vollgetankt und steht bereit, sein Hauptwerk ist zerlegt und sicher hinter den Kisten verkeilt, unter einer karierten Decke. Er hat die Zeit gestoppt, er braucht 42 Minuten, um es vor Ort aufzubauen.
Harry Salinger macht sich zwei Sandwiches in der Küche, harte Eier und Mayonnaise auf Weißbrot. Seine Pläne sind flexibel, er kann sich auf alles einstellen, wenn es sein muss. Er hat Kopfhörer auf, und Madisons Stimme auf dem Band leistet ihm Gesellschaft; er findet sogar die Kraft zu lächeln.

Kapitel 35

Montagmorgen, 6:30 Uhr. Billy Rain wachte ruckartig auf; er hatte nicht gut geschlafen, schlafen konnten offenbar alle anderen auf der Welt, nur er nicht. Seit er ein Teenager war, hatte er nicht mehr richtig gut geschlafen, und gestern Nacht war es nicht anders gewesen. Nathan Quinn und die ständige Berichterstattung über die Morde von Blueridge hatten ihr Übriges dazu beigetragen.

Nachdem er aus der Bar nach Hause gekommen war, hatte er sich mit ein paar Schlaftabletten betäubt, um wenigstens einige Stunden dieser wohltuenden Dunkelheit genießen zu können. Benommen und durstig kam er zu sich. Das schwache Licht in seiner düsteren Einzimmerwohnung kam von einem Neonschild im Stockwerk über ihm, das an der Außenwand gelb blinkte.

Im Kühlschrank stand eine Packung Milch. Mit seinen eins dreiundneunzig konnte er den Raum der Länge nach mit drei Schritten durchqueren. Er schob ein Bein unter der Decke hervor und berührte mit dem Fuß den gefliesten Boden.

»Liegen bleiben«, sagte die Stimme, und Billy Rain spürte einen dumpfen Schlag, als hätte ihm jemand auf die Brust gehauen. Er blieb unten.

»Ich habe dreißig Dollar, keine Karten, mein Geldbeutel liegt auf der Kommode. Nimm ihn und geh.«

Er konnte ihn hören, aber nicht sehen, jemand erhob sich aus Billys Sessel, die Sprungfedern quietschten, ging zu der Kommode in der Ecke und schaltete die Tischlampe ein.

»Ach du Scheiße«, flüsterte Billy Rain, als sich John Cameron wieder in den Sessel setzte.
»Billy Rain«, sagte Cameron.
Billy nickte und setzte sich auf. Er zog die Decke fester um sich, sein Herz hämmerte. Er hätte Quinn doch nicht anrufen sollen, scheiß auf die Belohnung, er hätte sich nicht einmischen sollen.
»Wissen Sie, wer ich bin?«
Billy nickte.
»Ich möchte, dass Sie mir erzählen, was Sie Quinn erzählt haben. Alles, woran Sie sich erinnern, alles, was Sie wissen. Können Sie das tun?«
Billy nickte.
»Möchten Sie ein Glas Wasser?«, fragte ihn Cameron, und einen Augenblick fühlte er sich in eine andere Zeit versetzt, in eine Nacht irgendwo in der fernen Vergangenheit, in der gleich ein Mann sterben würde.
»Ja.«
»Bleiben Sie, ich hole es. Es ist alles okay, entspannen Sie sich, und machen Sie keine Dummheiten.«
Cameron nahm ein sauberes Glas aus der Spüle und ließ es mit Leitungswasser volllaufen. Billy nahm es und trank es in einem Zug leer.
»Muss ich Ihnen sagen, was passieren wird, wenn Sie mich anlügen?«
»Nein.«
»Gut. Beginnen Sie am Anfang, und erzählen Sie mir alles.«
»Sie wollen wissen, was ich gesehen habe?«
»Alles.«
»Okay.« Billy holte tief Luft und fing an.
John Cameron hörte zu, ohne den Blick von ihm abzuwenden, er schien die Worte weniger zu hören, als völlig in sich aufzunehmen.
Billy Rain hatte sich ein wenig beruhigt. Jahrelang hatte

jedes Detail dieses Tages wie ein winziger Dorn in seiner Haut gesessen. Es kam alles heraus wie Gift.

»Sie machen das gut«, sagte Cameron. »Sie haben erwähnt, dass es in der Wäscherei passiert ist. Haben Sie dort normalerweise gearbeitet?«

»Ja, es war mein zweiter Monat dort. Es gehört zum Resozialisierungsprogramm, es war eine Rotation. Man lernt etwas, und wenn man herauskommt, findet man damit leichter einen Job.«

»Haben alle dieselbe Rotation mitgemacht? Ich meine Rabineau und der Mann, der getötet wurde?«

»Ja, es war eine Gruppe von zehn Insassen aus meinem Block, vor der Wäscherei waren wir in der Küche.«

»In der Küche«, sagte John Cameron.

»Vier Monate lang Tabletts gespült.«

Cameron schien in dem Moment eine Sekunde weggetreten zu sein. Billy Rain fand die Stille unerträglich und fuhr fort: »Bei manchen funktioniert das, sie bekommen Jobs in Restaurants, oder so. Bei mir hat es nicht geklappt.«

»Nein«, sagte Cameron und stand plötzlich auf. »Sie arbeiten in der Werkstatt Ihres Schwagers.«

Er wusste schon mehr, als Billy lieb war. Cameron ging Richtung Tür.

»Ist das alles?«, fragte Billy. »Sind wir fertig?«

»Sie können Ihren Geldbeutel behalten«, antwortete John Cameron und war weg, die Tür schloss sich leise hinter ihm. Billy Rain sprang aus dem Bett, sperrte sie leise zu und lehnte sich mit geschlossenen Augen dagegen.

John Cameron verließ das Gebäude und bog links in eine Seitengasse ein. Der Spalt zwischen den Backsteinwänden war nicht mehr als sechs Meter breit, auf dem Boden war der Splitt festgefroren und knirschte unter seinen Stiefeln. Er wählte eine Nummer aus dem Gedächtnis.

»Donny? Jack hier.«
Donny O'Keefe trank einen Schluck Kaffee. »Ich dachte mir schon, dass du anrufst«, sagte er. »Hast du mit Nathan gesprochen?«
Cameron dachte an ihr letztes Gespräch. Ihm wurde klar, dass Quinn es bereits seit gestern Abend wusste. »Erzähl mir genau, was du ihm erzählt hast, ich muss es von dir hören.« Das war nicht ganz die Wahrheit, und das wussten beide Männer.
O'Keefe kam Camerons Bitte nach, denn Harry Salinger hatte in *seiner* Küche gearbeitet, und er hatte es nicht gemerkt, nicht bis gestern Abend, und jetzt war er unwillkürlich froh, dass Cameron angerufen hatte.

Cameron fuhr nach Hause. Er hatte den Jeep hinter Poulsbo stehen gelassen, in der richtigen Annahme, dass das gesamte Seattle Police Department hinter dem Kerl her sein würde, der Detective Rosario an eine Wand geknallt hatte und durch die Polizeisperre davongefahren war. Der rote GMC Pickup stand bereit, er war ein bisschen verbeult, und auf der Ladefläche standen ein paar Kisten mit Werkzeug und Baumaterialien unter einer Plane, für den Fall, dass jemand einen Blick darauf warf. Auf der Seite stand in weißen Buchstaben *Scott Carpentry, Seattle.*
Cameron hatte den Jeep gemocht, er hatte ihn nur ungern aufgegeben. Es war das zweite Auto, das er in dieser Woche aufgeben musste, aber der Explorer hatte ihm nicht ganz so gefallen.
Er hatte beschlossen, erst über Salinger nachzudenken, wenn er nach Hause kam und seine gesamte Aufmerksamkeit darauf verwenden konnte, wie er ihn finden und töten würde. Er konnte es sich nicht leisten, abgelenkt zu sein, wenn ein Polizeiauto neben ihm an der Ampel hielt und der Fahrer womöglich ein unrasiertes, braungebranntes Gesicht unter einer ausgeblichenen Seahawks-Baseballkappe sah.

Die Ampel schaltete um, das Polizeiauto bog rechts ab, und Cameron schaffte es ohne Störung nach Hause.

Er schenkte sich ein Glas Orangensaft ein und rief Quinn an.

»Ich habe mit Billy Rain gesprochen«, sagte er und wusste, dass Quinn nun mit schlechten Nachrichten rechnete.

»Ja?«

»Ja, er hat mir von dem Resozialisierungsprogramm erzählt, wo sie Dinge lernen, die sie im Leben draußen brauchen können, zum Beispiel Küchenarbeit.«

»Ja?« Quinn zögerte, aber es hatte keinen Sinn mehr.

»Ich habe gerade mit Donny gesprochen«, fuhr Cameron fort.

»Mir wäre es lieber, du hättest das nicht getan.«

»Harry Salinger. Wir müssen ihn x-mal gesehen haben.«

»Ich weiß.« Er hatte seit gestern Abend über wenig anderes nachgedacht.

»Vielleicht können wir heute Abend zusammen essen und alles durchsprechen.«

»Hier?«

»Ja.«

»Okay. Heute musst du stillhalten. Detective Madison arbeitet an der Rücknahme deines Haftbefehls, um diesen Typ dranzukriegen.« *Diesen Typ.* »Es ist fast vorbei. Geh nicht raus, sprich mit niemandem, tu nichts.«

»Okay.«

»Jack?«

»Was?«

»Kennst du ihn überhaupt?«

»Nein. Ich habe keine Ahnung, wer das ist.«

»Ich rufe an, wenn es etwas Neues gibt.«

»Du meinst so wie gestern Abend, als du seinen Namen herausgefunden hast?«

»Es tut mir leid, aber so muss es nun einmal sein.«

»Nein, es tut dir nicht leid. Du bist mein Anwalt, du hast

mich geschützt. Und das machst du sehr, sehr gut. Wir sehen uns später.«
Sie beendeten das Gespräch und wussten beide, dass sie gerade Lügen ausgetauscht hatten. Quinn würde ihm niemals sagen, wie er Salinger finden konnte, und er würde niemals Ruhe geben, bevor er es nicht getan hatte.
Cameron ließ sich ein heißes Bad ein und schluckte ein paar Tylenol, seit seinem ungeplanten Tauchgang gestern Nacht fror er. Er zog sich aus und löste das Holster an seinem Knöchel, nahm die Waffe heraus und legte sie auf ein zusammengelegtes Handtuch neben der Wanne auf den Boden. Das heiße Wasser fühlte sich wunderbar an.
Er ließ sich hineingleiten und tauchte mit dem Kopf unter, solange er es aushielt. Er kannte Harry Salinger nicht, hatte vor heute Morgen noch nie seinen Namen gehört. Als er dem Mann zum ersten Mal begegnet war, hatte dieser vielleicht eine Kellneruniform getragen, vielleicht auch weiße Küchenkleidung. Er erinnerte sich wirklich nicht. Harry Salinger war das schwarze Loch, in dem alles verschwand, und Cameron tauchte auf, um Luft zu holen.
Er würde ihn finden, immerhin hatte er Billy Rain auch ziemlich schnell gefunden. Bei Salinger würde es etwas länger dauern, und wenn sie sich schließlich von Angesicht zu Angesicht begegneten, würde er seine Antworten bekommen und Salinger den Lohn für seine Taten, und zwar schnell und endgültig.
Mehr Erbarmen wollte Cameron ihm nicht entgegenbringen, und dennoch würde er den Augenblick sehr genießen. Die Toten bleiben tot, aber uns sind noch kleine Freuden gegönnt.

Kapitel 36

Montagmorgen. Madison, aus einem tiefen Schlaf gerissen, wälzte sich herum, um den Wecker auszuschalten, stellte aber fest, dass sie noch auf dem Sofa lag und das Telefon auf dem Beistelltisch klingelte. Sie langte danach.

»Madison.«

»Quinn hier.«

Das genügte, um sie zu wecken. »Was ist passiert?«

»Ich habe gerade mit Jack gesprochen. Er weiß es. Sie haben nicht viel Zeit.«

Mist. Das waren keine guten Nachrichten, es waren entsetzliche Nachrichten: Cameron würde schnell sein, im Gegensatz zu ihr musste er sich nicht mit juristischen Formsachen beschäftigen.

»Was haben Sie getan?«

»Ich habe es ihm nicht erzählt, wenn Sie das meinen. Wann sprechen Sie mit Klein?«

»Ich will sehen, ob Salingers DNA aus seinem Strafregister zu irgendetwas passt, was im Haus der Sinclairs gefunden wurde. Dann und nur dann rufe ich Klein an. Halten Sie Ihren Mandanten persönlich fest, wenn es sein muss, denn heute wird ihn jeder Polizist bei Sichtkontakt erschießen.«

»Gut, aber beeilen Sie sich.«

Nach der letzten Woche war von Madisons angeborenem Wohlwollen nur noch wenig übrig, sie spürte, wie die Wut in ihr aufstieg.

»Kennt er ihn?«

»Nein.«

»Wie hat Cameron es herausgefunden?«

»Er ist genauso darauf gekommen wie Sie. Machen Sie Ihre Arbeit, und wir können alle nach Hause gehen.«

Es war zu früh am Tag, und Madison hatte noch nicht einmal ihre erste Tasse Kaffee getrunken. Sie stand auf, und es sprudelte nur so aus ihr heraus.

»Wenn Sie morgens aufwachen, Quinn, dann ist Ihr einziger Gedanke: ›Wie schaffe ich es, dass mein Mandant heute wieder ungestraft davonkommt.‹ Das ist Ihr Beruf. Und dann drücken Sie die Daumen, dass er nicht schon wieder jemanden umbringt. Sagen Sie mir nicht, wie ich meine Arbeit machen soll. Sie können sich von mir aus vormachen, dass Sie dem Gesetz dienen, dass Sie ein Vertreter der Justiz sind. Aber Sie verstecken sich lediglich hinter dem Kleingedruckten und hoffen das Beste, wie ein billiger Gebrauchtwagenhändler in einem teuren Anzug.«

Sie erschrak über die Härte ihrer eigenen Worte so sehr, dass sie unvermittelt schwieg. Quinn sagte ein paar Sekunden lang gar nichts. Madison schloss die Augen.

»Eloquent und auf den Punkt. Ich behalte das im Gedächtnis, Detective«, sagte er, und seine Stimme klang unerwartet weich.

Madison wollte etwas sagen, aber die Leitung war tot, und sie fühlte sich plötzlich ganz furchtbar. Sie stellte sich unter eine heiße Dusche, bis all ihre Platzwunden und Prellungen brannten. Alles zusammen betrachtet, konnte dies durchaus ihr letzter Tag als Polizistin sein.

Sie trocknete sich gerade ab, da klingelte das Telefon in ihrem Schlafzimmer.

»Detective Madison? Ellen McCormick hier.« *Browns Schwester.* Madison hatte keine Zeit, sich das Schlimmste vorzustellen. »Ich rufe an, um Ihnen zu sagen, dass sie ihn vom Beatmungsgerät genommen haben. Er atmet selbständig.«

Madison lächelte und konnte sich gar nicht erinnern, wann ihr etwas zum letzten Mal so viel bedeutet hatte.

»Das sind ja großartige Neuigkeiten«, sagte sie, obwohl das nicht annähernd ausdrückte, was sie empfand.

»Ich weiß, jede Stunde, jeder Tag zählt. Wie geht es Ihnen?«

Madison wunderte sich, dass Browns Schwester sie persönlich anrief und das nicht einem der Detectives überließ.

»In Anbetracht der Umstände ganz gut. Darf ich fragen, wie Sie mit der Situation fertig werden?«

»Ich versuche, mir ein Bild zu machen. Gestern Abend habe ich die Nachrichten gesehen, sie hatten ihn beinahe gefasst, aber er konnte fliehen, und ich mache mir Sorgen, dass dieser ...«, sie suchte nach dem richtigen Wort, aber keines schien zu passen, »... dass dieser Mann es noch einmal versucht.«

Madison wäre am liebsten ganz aufrichtig zu ihr gewesen. Vielleicht könnte sie es in ein paar Stunden sein.

»Ich glaube nicht, dass Brown etwas von dem Mann zu befürchten hat, den sie gestern stellen wollten. Er ist flüchtig, er wird sich nicht in ein volles Krankenhaus wagen, das von Polizisten umstellt ist.« Madison war sich ziemlich sicher, dass das sowohl auf Cameron als auch auf Salinger zutraf.

Ellen McCormick schien Menschen ganz gut beurteilen zu können, genau wie ihr Bruder. Madison war froh, dass sie sich nicht persönlich gegenübersaßen, und noch mehr, dass in Browns Zimmer ein bewaffneter Wachmann stand. Das sollte so bleiben, bis sie Salinger Fußfesseln angelegt hatten.

Sie nahm ihren Kaffee mit hinaus auf die Veranda und wählte Sorensens Nummer. »Amy, Madison hier. Haben Sie kurz Zeit?«

»Ich rekonstruiere gerade eine Glasscheibe, die in geschätzt eine Milliarde Teile zersprungen ist, für den unwahrscheinlichen Fall, dass ich einen Fingerabdruck darauf finde. Länger als ganz kurz habe ich nicht.«

»Ich fasse mich ganz kurz. Der Hinweis, den Sie mir gestern zu dem ermordeten Gefängnisinsassen gegeben haben, war eine handfeste Spur. Die Leiche des Mannes wurde genauso inszeniert wie die Sinclairs, bis hin zu dem Kreuz aus Blut. Damals war John Cameron nicht im Gefängnis, aber jemand anders war es, ein Mann, der Tage nach dem Mord auf Bewährung entlassen wurde und dann in dem Restaurant gearbeitet hat, das Cameron zusammen mit Quinn und Sinclair gehört. Können Sie mir bis dahin folgen?«

»Ja.«

»Gut. Gab es am Sinclair-Tatort irgendeine Spur, die nicht zu den Opfern oder zu Cameron gepasst hat? Irgendetwas: Haare, Hautzellen, Fasern, etwas, das beiseitegelegt wurde, weil wir es damals nicht brauchten?«

Ein Fingerabdruck kam nicht in Frage: Er war ein ehemaliger Häftling, wenn Salinger irgendwo in der Nähe der Leichen auch nur einen Teilabdruck hinterlassen hätte, hätte man ihn gefunden und auf der Stelle identifiziert.

»Es wurde eine Unmenge von Proben gesammelt, aber nicht alle wurden untersucht.«

»Er muss *irgendetwas* zurückgelassen haben.«

Sorensen war eine Sekunde lang still.

»Auf dem Boden im Badezimmer war eine ganz kleine Menge Talkumpuder«, sagte sie. »Es war dieselbe Marke wie im Badezimmerschrank der Sinclairs, deshalb haben wir nicht darauf geachtet.«

Talkumpuder.

»Amy, Talkumpuder wird unter Latexhandschuhen benutzt, und er musste sich die blutigen Handschuhe abstreifen und saubere anziehen, als er die Haare in die Knoten der Fesseln gelegt hat.«

»Wir haben noch etwas dabei gefunden, eine ganz kleine Menge geronnenes Blut.«

»Schorf?«

»So sieht es aus.«
»Analysieren Sie es, Priorität eins.«
»Wir haben Milliarden …«
»Es ist *sein* Blut. Er war im Gefängnis, wir haben seine DNA. Machen Sie die Analyse so bald wie möglich.«
»Gut. Ich sage Bescheid.«
Es war ein frischer, klarer Morgen, dreißig Meter weiter draußen schnitten Kajaks durch die Wasseroberfläche. Madison hätte gerne selbst ihr Kajak aus der Garage geholt, den Wochen alten Staub davon abgewischt und ein paar Stunden mit nichts anderem im Kopf verbracht als dem Geräusch des Paddels, das in die Wellen stach. Sie sammelte ein paar flache Kieselsteine auf und warf sie mit ihrer guten Hand nacheinander ins Wasser. Sie sprangen über die glasige Oberfläche und gingen mit einem befriedigenden Plopp unter. Draußen war es leichter, zu atmen.
Harry Salinger hatte einen Zwillingsbruder gehabt, er starb, als er noch ein Junge war; sein Vater war Polizist gewesen, seine Mutter an einer versehentlich eingenommenen Überdosis verschreibungspflichtiger Medikamente verstorben.
Während sie immer mehr Steine ins Wasser pfefferte, wurde Madison ganz plötzlich übel; sie war genauso Teil seiner Phantasie wie Cameron und Quinn, ansonsten läge sie jetzt neben Brown.
Wenn bisher alles nach Plan verlaufen war, dann hatte er nie vorgehabt, sie schwerer zu verletzen, als es ihm während ihres Kampfes gelungen war. Es war nur seine Art und Weise, sie auf die Probe zu stellen, ein bisschen näher heranzukommen, etwas persönlicher zu werden, und Brown war der ungebetene Gast dabei gewesen. *Dreizehn Tage.* Madison fröstelte. Salinger wollte mehr, das Grauen im Haus der Sinclairs hatte ihm gefallen, sicherlich, aber der wahre Grund musste woanders liegen. Er brauchte mehr von ihnen, und Alice Madison wich plötzlich von der Kante des Stegs zurück: Bis

zum dreizehnten Tag nach dem Mord an der Familie Sinclair waren es noch vier Tage, das Schlimmste würde noch kommen.

Sie hatte sich gegen die Kälte gewappnet, aber das Wetter schlug um, und an manchen Stellen des Rasens sah sie die Erde unter der dünnen Schneeschicht hervorkommen. Der Himmel war tief und blau, und Madison wünschte sich, diese Schönheit würde sie berühren wie früher, als die Farben der Erde und des Wassers sie nach dem College wieder nach Seattle zurückgezogen hatten. Als die ganze Welt ihr offenstand.

Sie stocherte in ihrem Essen herum und dachte an Harry Salinger. Sie war sich nicht sicher, ob sich jemals wieder etwas richtig oder schön anfühlen würde. Salinger war wegen Körperverletzung verurteilt worden; wie hatte sich das zu dem Mord an George Pathune und an den Sinclairs entwickeln können? Die Körperverletzung war laut Akten keine Notwehr gewesen, Pathune war ein Brandstifter, der nur versuchte, im Gefängnis über die Runden zu kommen; die Sinclairs waren Teil eines viel größeren Plans, um Cameron zu zerstören, und Brown und sie selbst hingen irgendwo an demselben Reißbrett, gleich neben Cameron, wenn sie es sich recht überlegte.

Madison blätterte ihr Notizbuch durch – die Seiten, die sie vollgeschrieben hatte, als sie sich mit Salingers Ankläger und seinem Pflichtverteidiger unterhalten hatte. Sie fragte sich, was Salingers Polizistenvater wohl von den Leistungen seines Sohnes gehalten hätte. Vielleicht erinnerte sich jemand auf dem Revier an Salinger senior. Als sie aufstand, um wieder hineinzugehen, klingelte es an der Tür, und sie fuhr zusammen.

Madison erwartete keine Besucher. Sie stellte den Teller und den Kaffee ab und löste den Lederriemen an ihrem Holster. Sie merkte, wie angespannt sie war, weil ihr der Weg zur

Haustür so lang vorkam. Sie sammelte sich, und ihre linke Hand lag auf dem Griff ihrer Waffe, als sie durch den Spion schaute.

Der Mann stand etwa drei Meter von der Tür entfernt und sah eindeutig nach Ex-Polizist, vielleicht sogar Ex-Army aus: In der rechten Hand hielt er einen braunen Umschlag, sein schwerer Mantel konnte mit Leichtigkeit ein Schulterholster verbergen. *Privatschnüffler.*

Madison sperrte auf.

»Detective Madison, Todd Hollis.« Er zeigte ihr seine Privatermittlermarke. »Ich bringe Ihnen etwas von Nathan Quinn.«

Sie standen im Wohnzimmer, und Madison war bewusst, dass Hollis jede Einzelheit wahrnahm, den Tisch, der mit ihren Notizen und Skizzen vom Tatort bedeckt war, die Unterlagen, die sie aus dem Revier hatte schmuggeln können, und darüber hinaus das Bild von Salingers Führerschein.

Es war kein Höflichkeitsbesuch. Er kam direkt zur Sache: »Ich habe mich mit dem schwarzen Pick-up beschäftigt, der in der Nacht der Morde in der Zufahrt der Sinclairs gesehen wurde.«

Madison musste einen Augenblick nachdenken. »Stimmt, ein Nachbar hat ihn gesehen, er war die Grundlage für den Haftbefehl, der letzte Woche auf Cameron ausgestellt wurde.«

»Sie sollten sich das hier ansehen«, sagte er und reichte ihr den Umschlag.

Madison öffnete die Lasche und nahm ein paar zusammengeheftete Blätter heraus. Auf dem Briefkopf stand *Alamo.* Es war der Mietvertrag für einen schwarzen Pick-up, für das Datum drei Tage vor den Morden bis zum Montag danach, dem Tag, an dem die Leichen gefunden worden waren. Der Vertrag war auf Peter Welsh ausgestellt, das Bild auf der

Fotokopie des Führerscheins zeigte Harry Salinger. Madison blickte auf.

»Ich habe eine Weile gebraucht, um alle Autovermietungen auf dieser Seite des Staates Washington zu überprüfen, und ehrlich gesagt, bevor wir einen Namen hatten, hatte ich keine Ergebnisse. Er hat sich einfach falsche Papiere besorgt und den Wagen für eine Woche gemietet. Das Nummernschild hat er mit Dreck verschmiert, sollte der Zeuge wirklich ein scharfes Auge haben, das war alles. Er hoffte, dass ihn irgendwer irgendwo sehen würde.«

»Wie lange haben Sie daran gearbeitet?«

»Seit der Sekunde, in der der Haftbefehl ausgestellt wurde.«

»Das ist das Alamo am Flughafen Sea-Tac.«

»Er kommt von hier, er denkt sich, dass dort genügend Leute kommen und gehen und niemand darauf achtet.«

»Wenn der Wagen noch nicht anderweitig vermietet wurde, könnten wir ihn von der Spurensicherung untersuchen lassen, auch wenn er ihn danach wahrscheinlich sauber gemacht hat.«

»Er wurde bisher nicht weitervermietet.«

»Woher wissen Sie das?«

»Weil ich eine beträchtliche Summe dafür bezahlt habe, dass mich die Leute dort anrufen, wenn ihn jemand haben will, und das war bisher nicht der Fall.«

»Sie können ihn nicht für immer stehen lassen. Ich muss zu meinem Chef.«

Hollis schickte sich zum Gehen an.

»Ich weiß, dass Sie ihn suchen, und ich bin sehr dankbar dafür.« Sie hielt die Papiere hoch. »Aber vergessen Sie nicht, mit wem Sie es zu tun haben: Versuchen Sie nicht, Kontakt aufzunehmen, und zeigen Sie sich ihm nicht.« Sie reichte ihm eine Visitenkarte mit ihrer Mobilnummer.

Er hatte die Hand schon auf dem Türknauf, als es ihr einfiel.

»Waren Sie in Seattle bei der Polizei?«

Hollis drehte sich um. »Eine Zeitlang, ja.«
Madison hatte kurz das Holster unter dem Mantel gesehen, Hollis bewegte sich, als hätte er die üblichen zwanzig Berufsjahre hinter sich gebracht und noch ein paar mehr.
»Sein Vater war bei der Polizei, Streifenpolizist, glaube ich – sind Sie ihm je begegnet?«
Hollis dachte einen Augenblick nach. »Nicht, dass ich wüsste. Aber er muss ja richtig stolz auf seinen Jungen sein.«

Zehn Minuten nach Hollis verließ auch Madison das Haus. Sie piepste Sorensen an und hinterließ ihr eine Nachricht auf dem Anrufbeantworter, dann rief sie auf dem Revier an, um sicherzugehen, dass Lieutenant Fynn in seinem Büro war. Sarah Kleins Voicemail sagte ihr, dass die Staatsanwältin bis sechzehn Uhr bei Gericht sein würde. Madison sah auf die Uhr, sie wollte, dass Klein da war, wenn sie mit den anderen redete. Sie versuchte es auf dem Mobiltelefon.
»Madison hier«, sagte sie, als Klein sich meldete. Es hörte sich an, als wäre sie noch bei der Arbeit, laute Stimmen rumorten im Hintergrund.
»Ich war froh zu hören, dass Sie sich gut geschlagen haben.«
»Danke. Brown wird nicht mehr beatmet.«
»Ich weiß, das spricht sich hier schnell herum. Zur Abwechslung einmal gute Nachrichten.«
»Ich bin auf dem Weg ins Revier, weil ich mit Fynn sprechen will, und Sie sollten auch dabei sein.«
»Madison – Ihr Name ist auf meiner Weihnachtsgeschenkliste so gut wie durchgestrichen!«
»Ganz ruhig. Ich gebe Ihnen die Kurzversion: Der Pick-up, wegen dem der Haftbefehl gegen Cameron ausgestellt wurde, wurde mit einem gefälschten Ausweis von dem Mann gemietet, der auf Brown geschossen hat. Er hat zuvor schon getötet und den Tatort mit dem Opfer genauso inszeniert

wie bei den Sinclairs; er kam beruflich mit ihnen und Cameron in Kontakt. Sein Name ist Harry Salinger.«
Madison hörte, wie Klein sich von dem Lärm entfernte. Sie suchte sich eine ruhigere Ecke.
»Können Sie Spuren von ihm am Tatort nachweisen?«
»Die Kriminaltechnik arbeitet daran, sie haben seine DNA. Er hat sie vermutlich am Tatort hinterlassen, als er sich die Handschuhe ausgezogen hat.«
»Haben Sie ein Motiv?«
»Noch nicht.«
»Was ist mit Cameron?«
»Er ist unschuldig.«
»Relativ gesehen.«
»Mehr habe ich heute nicht für Sie, fürchte ich.«
»Wir treffen uns dort.«
Madison raste auf der 509 Richtung Norden. Sie fuhr automatisch, fast ohne den Pendlerverkehr wahrzunehmen: Seit sie das letzte Mal mit Fynn gesprochen hatte, hatte sie mit voller Absicht den Hauptverdächtigen gewarnt, dass ein paar Dutzend bewaffnete Beamte gleich sein Boot stürmen würden. Zufällig war Cameron zu diesem Zeitpunkt schon weg gewesen, und Rosario konnte das beschwören, aber der Verrat blieb dennoch bestehen.
Bei Tageslicht betrachtet, war es schwer zu verstehen, wie sie jemals hatte denken können, sie handelte richtig – und doch konnte es sein, dass in vierundzwanzig Stunden der Haftbefehl gegen Cameron aufgehoben und einer auf Salinger ausgestellt wurde. Wie würde sie es sehen, wenn Polizisten bei dem Versuch, eine Schlange zu fangen, ihr Leben verloren hätten, und das Tier würde am nächsten Morgen wieder freigelassen?
Sie hätte zu gern mit Brown darüber gesprochen. Unter dem Strich war es ganz einfach: Kein Polizist würde mehr mit ihr als Partnerin arbeiten, wenn sie es wüssten, und ihr Chef

würde sie auf der Stelle dem OPR überantworten, und ihre Zukunft in der Abteilung wäre in Nanosekunden geregelt. *Nun ja,* dachte Madison, *das ist der Preis dafür, wenn man seine Arbeit macht;* und verpasste beinahe ihre Ausfahrt.

Die Tür zum Büro von Lieutenant Fynn stand einen Spalt offen. Madison hatte es geschafft, sie zu erreichen, ohne zuvor mit jemandem aus dem Stockwerk plaudern zu müssen. Sie hatte die Stimmen von Spencer und Dunne aus dem Gemeinschaftsraum gehört, und – eine kleine Wohltat – Kelly war nirgends zu sehen. Sie klopfte und wartete.

»Herein.«

Fynn saß an seinem Schreibtisch, er sah nach drei Stunden auf dem Ecksofa und dem Anzug von gestern aus. Er hatte gerade einen Bildschirm auf einem Rollwagen betrachtet, den man in die Ecke geschoben hatte. Alles in Schwarzweiß, das Bild war angehalten.

»Ich wollte Sie gerade anrufen«, sagte er ohne Umschweife. »Sehen Sie sich das an.« Er drückte auf die Play-Taste.

»Was ist das?«

»Schauen Sie hin.«

Soweit Madison sehen konnte, war es eine Überwachungskamera, eine Art Empfangstheke, eine Frau, die dahintersaß, das Telefon abnahm und kurz sprach. Sie legte den Hörer wieder auf und trank einen Schluck von einem Becher auf dem Schreibtisch.

»Was sehe ich da?«

»Warten Sie.«

Von außen kamen gleichzeitig zwei Männer. Der erste schrieb sich in ein Gästebuch ein und verschwand aus dem Bild, der andere reichte der Frau einen Umschlag und wandte sich zum Gehen, so dass die Kamera sein Gesicht gut einfangen konnte. Fynn hielt das Video an.

»Kennen Sie den?«

Die Auflösung war schlecht, aber Madison nickte. »Wo wurde das aufgenommen?«, fragte sie.
»Wer ist das?«
»Er heißt Harry Salinger«, sagte sie.
Fynn lehnte sich zurück. »Das ist die Überwachungskamera des *Washington Star.* Das OPR hat schon die ganze Zeit nach der undichten Stelle gesucht. Zuerst dachten sie, es wäre ein Polizist, dann haben sie es geschafft, aus Tully herauszupressen, wie er an sein Detailwissen über den Tatort kam. Das kleine Arschloch hat ein Foto geschickt bekommen, und es stellte sich heraus, dass es persönlich abgeliefert wurde. Das OPR dachte, wir würden gern wissen, von wem.« Fynn schob ein Foto in einer durchsichtigen Plastikmappe herüber. »Wir haben das vergrößern lassen. Überprüfen Sie die Zeit auf der Uhr auf dem Nachttisch.«
Madison warf einen kurzen Blick auf die Leichen, auf dem Digitalwecker stand 2:15 Uhr: Das Bild musste Minuten nach dem Tod von James Sinclair aufgenommen worden sein. Madison suchte sich einen Stuhl und setzte sich.
»Fangen Sie ganz von vorne an«, sagte Fynn. Sie legte los.
Zwanzig Minuten später rief er Spencer und Dunne ins Bü ro. Madison spürte ihre Blicke, als sie hereinkamen. Fynn schloss die Tür hinter ihnen.
Die Zeitachse begann mit Salingers Ablehnung von der Polizeischule; zwei Tage danach wurde er festgenommen und verurteilt. Während seines Gefängnisaufenthalts wurde ein Insasse ermordet, der Tote wurde genauso inszeniert wie die Leichen der Sinclairs. Nach seiner Entlassung auf Bewährung arbeitete er im *The Rock,* wo er in Kontakt mit John Cameron, der Familie Sinclair und Nathan Quinn kam. Er blieb dort, bis seine Bewährungszeit zu Ende war, dann kündigte er. Einige Tage vor dem Mord an den Sinclairs mietete er unter dem falschen Namen Peter Welsh einen Ford Pickup, wie ihn auch Cameron fuhr.

Sobald die Morde entdeckt worden waren, sorgte er dafür, dass der *Washington Star* ein Foto vom Tatort und genügend Informationen für einen Schuldspruch gegen Cameron bekam. Diese Tatsachen waren unumstritten.
»Was ist mit den Spuren am Tatort?«, fragte Spencer.
»Als er im Restaurant gearbeitet hat, hat er sich beschafft, was er brauchte: ein Glas mit Fingerabdrücken von Cameron und die Haare, die er in Sinclairs Handfessel legte.«
»Ist das der Mann, der auf Brown geschossen hat?«, fragte Dunne.
»Ja.«
»Ganz sicher?«
»Ich weiß nicht, warum oder was er will, aber ich weiß, dass er es war.«
»Mit der Waffe, mit der auf Brown geschossen wurde, wurden auch die Sinclairs getötet. Das genügt.«
»Klein ist unterwegs.«
»Was ist mit *Dreizehn Tage?*«
»Die Zeit ist immer noch genauso knapp wie zuvor. Heute ist Montag, die dreizehn Tage enden am Freitag.« Fynn wandte sich Madison zu. »Finden Sie heraus, ob das Datum etwas Besonderes für Salinger bedeutet, ob da ein Jahrestag, eine Beerdigung oder sonst irgendetwas ist, das uns hilft herauszufinden, was er geplant haben könnte.«
Spencer und Dunne waren still; sie mussten ihre Perspektive entscheidend ändern, und es gab Fragen, die nur die Zeit beantworten würde.
»Zuallererst möchte ich, dass in der Umgegend des Krankenhauses ein Bild von Salinger verteilt wird, und ich will, dass die Beamten, die Brown bewachen, es sich an die Innenseite ihrer Augenlider kleben«, sagte Fynn.
»Was ist mit Eric Sanders?«, fragte Spencer Madison.
»Cameron hat Sanders getötet.«
»Aus Rache für die Sinclairs?«

»Nein, er wollte das einfach. Irgendwas Gutes von Rosario?«
»Nichts, was wir brauchen können. Er hat nichts gesehen, und die Spurensicherung hat nichts gefunden.«
»Noch etwas«, sagte Fynn. »Cameron weiß es, und wir können davon ausgehen, dass er Salinger aktiv sucht.«
Dunne verdrehte die Augen. »Woher wissen Sie, dass er es weiß?«, fragte er Madison.
»Quinn hat es mir gesagt.«
»Sie standen in Kontakt mit Quinn?«
»Ja, sein Ermittler hat die Sache mit dem Pick-up aufgedeckt, und Quinn hat mir die Personalakten des Restaurants gezeigt, da haben wir Salingers Namen her.«
Fynn musterte Madison genau. »Das war dann gestern Nacht?«, fragte er.
»Ja.«
»Wie hat Cameron es herausgefunden?«
»Er kam genauso drauf wie ich.«
»Quinn hat es ihm nicht gesagt?«
»Nein, ich glaube nicht.«
Fynn stand auf. »Okay, ich will, dass das Auto auf den Kopf gestellt wird. Unser Mann ist immer noch in der Stadt, er muss leben, schlafen, einkaufen, tanken. Er weiß nicht, dass wir ihn suchen, und ich habe nicht vor, es ihm zu sagen; wir sind immer noch hinter Cameron her, und unser Plan läuft einfach so weiter. Klein kann mit Quinn sprechen, aber niemand redet mit der Presse.«
Spencer und Dunne gingen hinaus, um den Ball ins Rollen zu bringen.
»Ich habe das Gefühl, als hätte ich eine fremde Zahnbürste benutzt«, murmelte Dunne vor sich hin.
Salinger war immer noch als Standbild auf dem Bildschirm zu sehen.
»Madison«, sagte Fynn.
»Sir.«

»Offiziell sind Sie noch krankgeschrieben, ich kann Sie mit dieser Hand nicht auf die Straße lassen. Mit der Forensik haben Sie es bis hierher geschafft, Sie können allem nachgehen, was Sorensen herausfindet. Mehr geht nicht. Und Sie müssen das Gespräch mit dem Psychologen führen.«

»Worüber denn?«

»Über den Hinterhalt, die Schießerei, bei der Brown verletzt wurde.«

»Kann das ein paar Tage warten?«

»Je früher, desto besser.«

Madison nickte.

»Sie haben es geschafft, dass Quinn Ihnen hilft, ohne den Haftbefehl anzufechten«, sagte er. »Das war gute Arbeit.«

Madison sagte nichts, sie wusste, dass da noch mehr kam.

»Er hat getan, was das Beste für seinen Mandanten war, und er hätte Sie bei Bedarf fallen lassen wie eine heiße Kartoffel. Ohne nachzudenken«, fuhr er fort.

»Das ist mir klar.«

»Sie müssen das nicht erklären. Ich habe Sie in eine Ecke gestellt, und Sie haben getan, was Sie tun mussten. Übrigens …«

Fynn nahm ein bedrucktes Blatt Papier aus einem Ordner, zerknüllte es und warf es in seinen Papierkorb. »Das war der Bericht über Ihre Verhaltensauffälligkeiten nach dem Überfall.«

Das bedeutete, in ihrer Akte würde nichts darüber stehen, dass sie die Ermittlung gefährdet hatte, und noch besser, sie würde kein psychologisches Zwangsgutachten erstellen lassen müssen.

»Jetzt muss ich den Polizeichef anrufen und die frohe Kunde verbreiten«, sagte Fynn.

Madison überließ ihn seiner Arbeit. In den folgenden zwei Stunden bekam sie mit, wie sich die Nachricht im Revier herumsprach, wie sich der Horror des Verbrechens ins Unermessliche steigerte und die tatsächliche Ermittlung dadurch wie ein Alptraum erschien. Die Vorstellung, dass dort draußen ein Mann war, der John Cameron als Köder benutzt und zwei aus ihren eigenen Reihen in einen Hinterhalt gelockt hatte; ein Mann, der sich nun möglicherweise die Zeit vertrieb, bevor er das Leben eines weiteren Menschen zerstörte, das war beinahe unerträglich. Sie saß an ihrem Schreibtisch, als Sarah Klein sie entdeckte.

»Richterin Martin möchte alle bei sich haben, wenn sie den Haftbefehl gegen Salinger unterschreibt«, sagte sie.

Madison blickte auf. »Alle?«

»Alle.«

»Warum?«

»Weil sie es möchte.«

Kapitel 37

Das Schweigen in Richterin Martins Büro erfüllte den Raum und drückte gegen die kleine Gruppe, die sich dort versammelt hatte, wie eine Wand. Spencer und Dunne standen ganz hinten nebeneinander, Lieutenant Fynn und Sarah Klein waren vorne neben dem Schreibtisch. Madison stand auf der Seite und hielt das Mobiltelefon in ihrer Tasche umklammert. Sie wartete auf Sorensens Anruf mit den Ergebnissen des DNA-Tests. Alle beobachteten die Richterin, die den Antrag auf den Haftbefehl durchlas, den Füller bereits in der Hand.

Irgendwo links von Madison, abseits von den anderen, hatte Nathan Quinn zugesehen, wie sie hintereinander das Büro betraten. Sein Gesicht verriet keine Emotionen, während sich die Richterin anschickte, den Haftbefehl für John Cameron aufzuheben. Madison bekam ganz kurz Gewissensbisse, als sie an ihr Gespräch früher an diesem Tag dachte. Sie hatte ihm deutlich die Meinung gesagt, und nun erinnerte sie sich daran, dass der Mann – vielleicht sogar hier in seiner italienischen Lederaktentasche – die Mittel hatte, sie nach Gutdünken von dem einzigen Platz im Leben zu entfernen, an dem sie je hatte sein wollen. Denn jetzt war sie nicht mehr der einzige Mensch auf dem Erdboden, der mit ihm an die Unschuld seines Mandanten glaubte. Quinn schien sich weder ihrer noch der Anwesenheit der anderen bewusst zu sein.

»Ein geringerer Mensch hätte sich durchaus ein wenig Häme gestattet, Nathan«, sagte Richterin Martin, als sie den neuen Haftbefehl unterzeichnete. »Wenn man bedenkt, dass wir

letzten Donnerstag alle so weit waren, das Anwaltsgeheimnis den Hunden zum Fraß vorzuwerfen.«
Sarah Klein besaß immerhin so viel Anstand, in dem Moment nicht auf ihre schicken Designerpumps hinunterzublicken. »Mit dem, was mir vorlag, würde ich heute nichts anderes tun, Frau Vorsitzende«, sagte sie.
»Mit dem, was Ihnen vorlag, hätten Sie keine anderen Ergebnisse, Miss Klein«, antwortete die Richterin. »Lieutenant, wie stehen die Chancen, Mr. Salinger ausfindig zu machen? Vielleicht mit etwas mehr Erfolg, als Sie mit Mr. Cameron hatten?«
»Wir haben gerade erst mit der Suche angefangen. Das Haus, wo er zuletzt gemeldet war, steht leer, seit er ins Gefängnis kam; nach dem Ablauf seiner Bewährung ist er untergetaucht. Er hat keine Familie und keine Verbindungen zur Stadt. Wir wissen noch nicht einmal sicher, ob er sich noch im Staat Washington aufhält.«
»Er ist noch da«, sagte Nathan Quinn. »Jemand hat Ihnen den Tipp mit dem Boot gegeben. Das war nicht der Tourismusverband von Kitsap County.«
»Es war ein anonymer Hinweis auf der Hotline, von einem öffentlichen Telefon in Poulsbo Harbour«, fuhr Fynn fort. »In der Gegend gibt es keine Überwachungskameras. Wir lassen die Geschäfte von örtlichen Polizisten befragen, aber davon verspreche ich mir wenig. Er hatte viel Zeit, das alles zu planen, er wird sich jetzt keine Leichtsinnsfehler leisten.«
»Womit haben wir die besten Chancen?« Richterin Martin steckte die Kappe wieder auf ihren Füller.
»Wir müssen flächendeckend arbeiten. Wir verbreiten Salingers Gesicht überall zwischen Seattle und den Florida Keys. Wir erstellen ein Profil, wir suchen weiter, bis wir ihn gefunden haben. Die Sache ist erst ein paar Stunden alt, wir kennen den Mann kaum.«
»Das sollte Sie froh stimmen, Nathan. Ihr Mandant steht

jetzt nur noch an zweiter Stelle auf der Liste der meistgesuchten Personen.«

Quinn gab keine Antwort.

»Sind wir hier fertig?« Richterin Martin reichte Fynn den Haftbefehl für Salinger.

Madisons Mobiltelefon vibrierte, sie nahm den Anruf entgegen.

»Ja. Danke. Wir sind jetzt gerade da.« Madison klappte das Telefon zu. »Der Krümel geronnenes Blut, der am Sinclair-Tatort gefunden wurde, passt in wesentlichen Bereichen zu der DNA, die wir von Salinger haben. Er hat sie erschossen, und er hat mit derselben .22 auf Brown geschossen.«

Das war ein Anfang. Die Gruppe machte sich zum Gehen bereit.

»Detective Madison, Nathan, noch auf ein Wort, bitte.« Die Richterin wartete, bis sie allein waren. »Ich bin mir nicht ganz sicher, ob ich die Abfolge der Ereignisse genau begriffen habe, die uns auf Harry Salingers Namen gebracht hat. Mein Bauchgefühl sagt mir jedoch, dass es gewisse Gespräche und Handlungen gab, von denen Ihre Vorgesetzten keine Kenntnis hatten, Detective. Und Sie, Nathan, haben alles in Ihrer Macht Stehende getan, um diese Richtung bei den Ermittlungen zu befördern. Nun, ich bin ganz und gar für diese – nennen wir sie – forcierte und ungewollte Zusammenarbeit, wenn sie zur Verhaftung eines gesuchten Straftäters führt. Wenn Sie jedoch während meiner Zuständigkeit etwas tun, was mich zwingt, die strafrechtliche Verfolgung einzustellen – weil nämlich *Ihr* Partner auf der Intensivstation liegt und *Sie* einen Mandanten mit Blut an den Händen haben –, dann würde ich an Ihrer Stelle meine Sachen packen und in einen anderen Staat ziehen, am besten auf der anderen Seite des Landes.«

Richterin Martin zog ihren marineblauen Mantel an und schlang sich einen Seidenjerseyschal um den Hals. Das hellblaue Hermès-Muster trug nichts dazu bei, ihrer Stimme die Härte zu nehmen. »Das ist alles. Einen schönen Abend wünsche ich.«

Alice Madison und Nathan Quinn verließen das Büro. Sie schafften es, während der Fahrt im Aufzug kein Wort miteinander zu sprechen, und erst als sie beim Haupteingang angelangt waren, wandte sich Madison an Quinn.

»Gehe ich recht in der Annahme, dass Cameron Sie gebeten hat, die Stadt eine Weile zu verlassen?«

»Das könnte sein.«

»Das ist ein guter Rat. Innerhalb von Stunden wird Salingers Gesicht überall sein. Er hat es immer noch auf Cameron abgesehen, und Sie sind ihm so nahe, dass Sie selbst ebenso gefährdet sind, wie es die Sinclairs waren. Die Sache mit den *Dreizehn Tagen* könnte auf dreizehn Stunden verkürzt werden, wenn er sich verfolgt und unter Druck gesetzt fühlt. Und glauben Sie mir, er wird sich verfolgt und unter Druck gesetzt fühlen.«

»Sie wissen nicht, was er will.«

»Er will Cameron vernichten und hätte es fast geschafft.«

Nathan Quinn dachte an die Mitteilungen auf dem dicken cremefarbenen Papier. *28885.*

»Ich wünschte, es wäre so einfach«, antwortete er. »Ich war nicht derjenige, hinter dem er letzte Woche her war. Sie sind genauso ein Ziel wie ich.«

»Ich bin am Leben, weil er mich am Leben ließ. Ich sage das nicht einfach so, er hätte uns beide erledigen können. Er wird es bei mir nicht noch einmal versuchen, was für Gründe und Pläne er auch hat. Sie sind der einzige Mensch auf diesem Planeten, der ganz offensichtlich Kontakt zu John Cameron hat, und der wiederum ist der Einzige, der irgendeine Ahnung haben könnte, warum das alles passiert. Ich muss mit ihm sprechen, und Sie müssen ihm das sagen.«

Quinn hatte dunkle Schatten unter den Augen, und in der

harten Beleuchtung des öffentlichen Gebäudes sah Madison, wie blass er war.

»Sie sind sehr direkt, Detective. Sie lassen Ihren Gedanken freien Lauf, ohne groß Rücksicht auf die Umstände oder den Anstand zu nehmen. Angenommen, ich stecke Sie gemeinsam mit Cameron in einen Raum. Wie viele Menschen werden jedes Wort Ihres Berichts lesen, und plötzlich spielen fünfzehn weitere offene Fälle zwischen hier und L.A. eine Rolle? Wie viele Leute werden sich die Einzelheiten vornehmen, nach Eingeständnissen und Schuldbekenntnissen und nach jedem Fitzelchen Information suchen, das sie nur herausholen können? Und Sie, würden Sie nicht auch ein bisschen davon mitnehmen wollen?«

»Es wird keinen Bericht geben, ich mache mir Notizen, die nur für mich alleine bestimmt sind. Ich werde an einen Ort Ihrer Wahl kommen, und Sie können überprüfen, dass ich nicht verkabelt bin. Ich sage nicht, dass ich die anderen Fälle nicht nach besten Kräften untersuchen und ihn mit allem, was ich habe, verfolgen werde, sollte es dazu kommen. Aber jetzt im Moment geht es mir nur um Salinger, die Sinclairs und meinen Partner. Der Rest kümmert mich nicht, nicht heute.«

»Ist Ihnen klar, was Sie da von mir verlangen?«

»Ich bitte Sie nur, mir zu vertrauen, im Namen von Menschen, die Ihnen wichtig waren, und im Namen eines Mannes, mit dem ich gerne den Platz tauschen würde.«

Quinns Augen funkelten fast amüsiert; Madison kannte ihn nicht gut genug, um sich sicher zu sein.

»Was kostet es Sie, mich jetzt darum zu bitten? Um diese winzige Kleinigkeit, in Anbetracht der jüngsten Geschichte unserer Bekanntschaft?«

»Mehr, als Sie sich je vorstellen könnten«, gab Madison zu, zieren brauchte sie sich jetzt nicht mehr.

»Das glaube ich gern.«

»Die Zeit läuft. Das Ganze sollte so bald wie möglich passieren.«
»Und Sie bitten mich so einfach, mit der Zukunft meines Mandanten zu handeln und jemandem zu vertrauen, dessen Karriere ich mit einem einzigen Anruf sofort beenden könnte. Jemandem, der verachtet, was ich tue und wie ich es tue.«
Madison hatte keine Antwort darauf, sie hielt seinem bohrenden Blick stand, solange er sie fixierte. Was sie gesagt hatte, würde sie nicht zurücknehmen, eine Entschuldigung wäre billig und unaufrichtig. Andererseits durfte sie nicht zu lange darüber nachdenken, was er mit dem Band anstellen konnte.
»Ich würde jederzeit wieder anrufen, Quinn, selbst mit dem Wissen, das ich jetzt habe. Fangen Sie damit an, was Sie wollen.«
Madison hatte keine Zweifel daran, dass sie nach Kriterien gemessen wurde, die sie unmöglich ergründen konnte, und das konnte langfristig sogar gut sein. Sie nahm wahr, wie andere um sie herumliefen, Schritte auf dem Marmorboden, Stimmen und Gesprächsfetzen. Quinn sah ihr trotzdem weiter in die Augen.
»Sie haben mir George Pathune geschenkt. Sie wussten, ich würde tun, was ich tun musste. Lassen Sie mich das zu Ende bringen«, sagte sie.
»Ich denke darüber nach.«
»Kein Bericht, keine Mikrofone, und Sie können den Aufpasser spielen, so lange Sie wollen.«
»Ich würde zumindest das erwarten.«
»Dreizehn Tage. Auf keinen Fall mehr, wahrscheinlich viel weniger.«
Da wendete er den Blick ab, und der eisige Lufthauch von den offenen Türen traf sie plötzlich.
»Ich denke darüber nach«, sagte er.
Mit wehendem Mantel ging Quinn hinaus in den frühen Abend. Madison war erschöpft wie nach einer extralangen

Joggingrunde. Sie hoffte, sie hatte genug getan, genug gesagt, sich genug bemüht. Man konnte unmöglich vorhersagen, was Quinn tun würde, und sie musste darauf vorbereitet sein, ohne den Vorteil einer Audienz bei seinem wertvollen Mandanten weiterarbeiten zu müssen. Sie fühlte sich grob, wie ein Werkzeug, das zu stumpf war, um eine Arbeit zu verrichten, die besondere Genauigkeit und viel Geschick erforderte.

Scheiße, dachte sie. Das kürzeste Gebet der Welt. Madison kniff die Augen zusammen, als sie nach draußen in den grimmigen Wind trat.

Lieutenant Fynn winkte Madison zu sich ins Büro, sobald sie die Mordkommission betreten hatte. Er schloss die Tür und schlüpfte in sein Jackett.

»Ich bin auf dem Weg in die Pressekonferenz. Welche Freude. Was wollte die Richterin von Ihnen und Quinn?«

»Sie hat sich gefragt, warum Quinn den Haftbefehl nicht sofort angefochten hat. Sie hat vermutet, es hätte vielleicht Abmachungen zwischen uns gegeben, und sie wollte klarstellen, dass sie uns das Fell über die Ohren ziehen würde, wenn sie die Klage gegen Salinger fallenlassen müsste – wegen etwas, das ich für Brown oder Cameron für die Sinclairs getan habe. Die Botschaft war deutlich.«

»Sie sollten sich das vielleicht auf die Handfläche tätowieren lassen und es zu jeder vollen Stunde lesen.«

»Ich glaube, ich habe es verstanden, Sir.«

»Gut. Der Rechtsmediziner hat sich gemeldet, aber ich hatte noch keine Zeit für einen Rückruf. Bitte übernehmen Sie Dr. Fellman.«

Fynn war schon fast aus der Tür.

»Lieutenant, ich habe Quinn gebeten, ein Treffen mit Cameron zu arrangieren. Er könnte etwas wissen, irgendetwas, das uns weiterhilft.«

»Was hat er gesagt?«
»Er hat gesagt, er denkt darüber nach.«
»Und was sagen Sie?«
»Ganz ehrlich, ich weiß es nicht. Quinn ist …« Madison suchte nach dem richtigen Ausdruck. »Er ist unberechenbar, die Vorstellung von einem Treffen gefällt ihm gar nicht, aber er könnte einsehen, dass es sinnvoll ist, wenn wir Salinger damit von der Straße holen, bevor sein Mandant ihn findet, oder umgekehrt.«
»Welchen Grund sollte Cameron haben, mit Ihnen über irgendetwas zu sprechen?«
»Ich habe ein paar Runden mit Salinger hinter mir. Cameron wird alles darüber wissen wollen.«
Fynn dachte kurz darüber nach. »Sie glauben nicht ernsthaft, dass es dazu kommt, oder?«
»Auf keinen Fall, eher friert die Hölle zu, und so weiter«, antwortete Madison. »Ich sage Bescheid wegen Fellman.«

An ihrem Schreibtisch betrachtete Madison zunächst ein paar Minuten Browns leeren Stuhl und die aufgeräumte Schreibtischplatte, während sie sich sammelte. Sie machte sich nichts vor; falls es zu dem Treffen kam, hätte es eigentlich Brown sein sollen, der mit John Cameron sprach. Er arbeitete seit Jahren in der Mordkommission, sie war gerade einmal fünf Wochen dabei. Sie würde sich bei Fellman melden und dann Fred Kamen in Quantico anrufen: Für den extrem unwahrscheinlichen Fall, dass Quinn einverstanden war, und für den noch unwahrscheinlicheren Fall, dass Cameron bereit war, jemanden zu treffen, der ihn durch eine Terrassentür verfolgt hatte, sollte sie so gut wie möglich vorbereitet sein. *Preisfrage, wie bereitet man sich auf das Treffen mit einem mutmaßlich zehnfachen Mörder vor?* Auswendig wählte sie die Nummer der Rechtsmedizin. *Sprechen Sie leise, und nehmen Sie ein großes Instrument mit, mit dem sie latente Variable messen können.* Kriminologiestudentenhumor.

»Ich muss Ihnen etwas zeigen. Wie ist Ihre E-Mail-Adresse?« Dr. Fellman hörte sich an, als hätte er einen sehr langen Tag hinter sich. Madison nannte ihm die Adresse.

»Einen Moment noch«, fuhr er fort. »Sitzen Sie an Ihrem Schreibtisch, und sind Sie allein? Kein Publikumsverkehr hinter Ihnen?«

»Ich bin ganz allein, Doktor. Aus diesem Grund haben wir uns hier eingerichtet.« Madison spürte, wie sich Kälte in ihrem Inneren ausbreitete. »Warum fragen Sie?«

»Der Trooper, der eine von den Leichen gefunden hat, hat am Tatort sein Frühstück ein zweites Mal gesehen. Ich kenne Sie ja schon von Autopsien, aber das hier sollte niemanden unvorbereitet treffen.«

»Okay.«

»Ich schicke Ihnen zwei Bilderserien. Ich gehe sie mit Ihnen durch, wenn Sie die Dateien öffnen.«

»Sie sind da.« Madisons Hand schwebte weniger als eine Sekunde über der Tastatur, gleich würde sich eine neue Hölle auftun. Sie drückte die Taste und öffnete die Datei. Madison lehnte sich zurück und blinzelte einmal langsam.

»Was …« Ihr versagte die Stimme. »Was habe ich da vor mir, Doktor?« *Bitte sagen Sie nicht, dass das ein menschliches Wesen ist.*

»Unidentifizierte menschliche Leiche. Die erste von zweien. Beide in den letzten drei Wochen in Pierce County gefunden.«

Madison trank einen Schluck Wasser aus einer Flasche in ihrer Tasche, es war lauwarm. »War das ein Tierangriff?«

»Schön wär's. Was sehen Sie?«

»Massive Gewebeverletzungen, tiefe Schnittwunden am ganzen Körper, besonders am Brustkorb. Die Schnitte verlaufen der Länge nach und sind sehr tief. Der Blutverlust war wahrscheinlich tödlich, und die inneren Organe wurden wohl ebenfalls beschädigt.«

»Das ist die Leiche, die weniger Spuren zeigt. Öffnen Sie die andere Datei.«

Madison tat es. Nachdem sie eine Weile nichts gesagt hatte, drang Fellmans Stimme wie aus großer Entfernung wieder zu ihr durch.

»Detective.«

»Ich bin da.«

»Sie sehen gerade die zweite unidentifizierte menschliche Leiche. Dieser Unbekannte wurde zuerst gefunden, aber er starb nach dem anderen. Beide Männer wurden innerhalb der letzten fünf Wochen getötet, ein paar Tage hin oder her; sie lagen im Freien, und wäre es Sommer gewesen, hätten wir wegen der postmortalen Insektenbesiedelung fast nichts mehr untersuchen können. Das kalte Wetter hat sich ausnahmsweise einmal vorteilhaft für uns ausgewirkt.«

»Wer oder was hat das angerichtet?«

»Der Rechtsmediziner von Pierce County dachte auch zuerst an einen Tierangriff, bis die zweite Leiche auftauchte und er merkte, dass das Muster der Verletzungen bei beiden identisch war. Im Fall des Mannes, der zuerst starb, hatte das Opfer ein ganz spezielles Muster von Schnitten, aber die eigentliche Todesursache war ein Kopfschuss. Im zweiten Fall weist das Opfer dasselbe Muster von Schnittwunden auf, nur sind seine viel länger, und es sind neue dazugekommen, die bei der ersten Leiche nicht sichtbar waren. Er starb an einem Schock und durch den Blutverlust. Detective …«

»Ich bin da.«

»Ein Mensch hätte diese Verletzungen nicht so einfach von einem Opfer auf das andere kopieren können. Jemand hat etwas konstruiert, das diese Verletzungen beibringt, etwas Mechanisches, und der Mensch, der darin eingesperrt ist, hat keine andere Möglichkeit, als sich vorwärts zu bewegen,

daher die Verletzungen. Sehr wahrscheinlich sind es Stahlklingen.«
»Was meinen Sie mit ›sich vorwärts bewegen‹?«
»Nach der Tiefe und dem Winkel der Verletzungen zu urteilen, glauben wir, dass die Männer gezwungen wurden, sich wirklich durch dieses Etwas hindurchzubewegen. Sie mussten durchkriechen, während ihnen jemand eine Waffe an den Kopf gehalten hat. Niemand, der noch bei Verstand ist, würde das freiwillig tun. Deshalb verlaufen die Schnitte auch der Länge nach. Der Mann, der als Erster gestorben ist, schaffte es nicht und wurde mit einem Schuss in die Schläfe belohnt, der zweite schaffte es ein bisschen weiter, aber die Verletzungen waren so schwer, dass er daran starb.«
Madison betrachtete die Bilder, versuchte zu verstehen und sich das Ganze vorzustellen, unterbrach sich dann abrupt.
»Ist das ein Kasten, eine Art Käfig?«
»Vielleicht. Wir können bisher nur raten.«
Die widerliche Kälte in ihrem Inneren breitete sich noch mehr aus.
»Doktor, warum hat der Rechtsmediziner von Pierce County bei Ihnen angerufen?«
Die Pause, die folgte, dauerte nur kurz, aber Madison wusste es schon, bevor er es aussprach.
»Beiden Männern wurde eine Glasscherbe in eine der Brustverletzungen gesteckt, in der Nähe des Herzens. Sie konnte dort nicht zufällig hingeraten sein, und schon gar nicht bei beiden an derselben Stelle. Das Glas passt zu dem in der Küche der Sinclairs, auf dem wir Camerons Fingerabdruck gefunden haben, es stammt von einem identischen Becherglas. Der erste Unbekannte wurde mit einer .22 erschossen, wir haben keine Hülsen zum Vergleich, aber es könnte dieselbe Waffe sein …«
Salinger.
»Die Männer wurden nicht vermisst gemeldet?«, fragte Madison. Sie war noch dabei zu verarbeiten, was sie da sah, ihre

Stimme klang gleichmäßig, während es in ihrem Kopf stotterte.

»Nein, wahrscheinlich sind es Obdachlose, die er an einem unauffälligen Ort aufgelesen hat. Unwahrscheinlich, dass da jemand eine Vermisstenanzeige aufgeben würde.«

»Danke, Doktor.«

Madison klickte auf die Dateien, und die Bilder verschwanden. Sie erschrak, als Spencer an die Tür klopfte.

»Die Pressekonferenz ist gut gelaufen. Fynn ist auf dem Rückweg. Salinger ist in allen Nachrichten …«

»Holen Sie Dunne, bitte«, unterbrach ihn Madison. »Ich muss Ihnen etwas sagen. Ihnen beiden. Ich muss es Ihnen sofort erzählen.«

Die Heimfahrt war unangenehm gewesen: Ihr Arm machte nicht mit, und Madison hatte sich vorgenommen, erst Schmerzmittel zu nehmen, nachdem sie mit Kamen gesprochen hatte.

Zuvor hatte sie sich mit Dunne und Spencer hingesetzt und erklärt, was Dr. Fellman ihr mitgeteilt hatte. Sie hatte ihr Bestes getan, um zu beschreiben, was sie gleich sehen würden, und sie hatten ihr zugehört, ohne sie zu unterbrechen. Vielleicht würde ihre Beschreibung die Wirkung der Bilder ja etwas abmildern. Wahrscheinlich nicht.

Dann hatte Madison die Dateien geöffnet. Keiner der beiden Männer hatte ein Geräusch von sich gegeben. Nach einer Ewigkeit stand Dunne auf. »Okay.«

Niemand hatte es ausgesprochen, aber alle dachten es. *Dreizehn Tage.* Sie hatten gerade Bilder von der Generalprobe gesehen.

Als sie zu Hause war, zündete Madison das Feuer im Kamin an und gönnte sich einen Augenblick dieser kraftspendenden Wärme. Sie hoffte, Kamen könnte ihre düstere Stimmung auffangen.

»Mr. Kamen, es tut mir leid, dass es so spät ist.«
»Ich sagte Tag und Nacht, und das meinte ich ernst.« Es hörte sich an, als wäre Kamen noch im Büro, in Virginia musste es fast Mitternacht sein. »Ich habe die Nachrichten gesehen, Sie hatten einen guten Tag.«
»Ja und nein, sozusagen.«
Sie erzählte ihm von ihrem kurzen Sieg mit dem Haftbefehl gegen Salinger und von den Greueltaten an den zwei Unbekannten aus dem Pierce County.
»Wenn es möglich ist, würde ich die Bilder gerne sehen.«
»Danke, ich bin dankbar für alles, was Sie herausholen können.«
»Glauben Sie, was den Unbekannten zugestoßen ist, hat mit der *Dreizehn-Tage*-Botschaft zu tun?«
»Oh ja, das glaube ich. Die Opfer waren zwar nicht in dem Bericht erwähnt, den Salinger dem Journalisten, Tully, gegeben hat. Trotzdem wollte er sie als sein Werk kennzeichnen, daher die Glasscherben in der Nähe des Herzens. Aber sie waren nebensächlich, reine Werkzeuge auf dem Weg zu seinem Hauptziel. Es könnte noch mehr geben, die wir noch nicht gefunden haben.«
»Das klingt so weit einleuchtend.«
»Sir, ich habe Nathan Quinn gebeten, Cameron eine Nachricht zu übermitteln. Ich muss mit ihm sprechen, und auch wenn es kaum den Hauch einer Chance gibt, dass die beiden einverstanden sind, möchte ich doch vorbereitet sein.«
»Quinn hat nicht sofort nein gesagt?«
»Nein, er wollte darüber nachdenken. Das ist wahrscheinlich ein Teilsieg, nur haben wir im Moment eigentlich keine Zeit für Teilsiege, wie die Entdeckungen des Tages gezeigt haben. Cameron ist ... nun, um ehrlich zu sein, ich weiß nicht, was oder wer er ist oder wie er mit einem direkten Gespräch über irgendein Thema umgehen wird. Was ich persönlich über ihn weiß, könnte ich auf eine kleine Briefmarke

schreiben. Aber er ist in all den Jahren immer Mustern gefolgt, und er war unglaublich vorsichtig, zurückgezogen und eindrucksvoll erfolgreich darin, sein Leben in wasserdichte Schubfächer zu packen. Falls er mit mir sprechen will, dann nur, weil er etwas über Salinger und meine Begegnung mit ihm erfahren will.«

»Was brauchen Sie von ihm?«

»Er ist der Grund, weshalb Salinger das alles angefangen hat. Salinger hat es so konstruiert, als hätte sich Sinclair einer Veruntreuung schuldig gemacht, um einen Unschuldigen anzuschwärzen. Er hat es so konstruiert, als wäre Cameron des Mordes an Menschen schuldig, die in Wahrheit seine einzige Familie waren. Diese Greueltat hat er ausnahmsweise einmal nicht verübt. Wenn ich Cameron treffen könnte, dann wüsste ich so viel mehr über den Mann, der versucht, ihn zu zerstören.«

»Haben Sie Angst vor ihm?«

Die Frage überraschte sie, aber nicht ihre Antwort darauf.

»Nein. Es wäre nicht unsere erste Begegnung, um genau zu sein: Letzte Woche waren wir eines Nachts gleichzeitig am Sinclair-Tatort, ich bin ihm gefolgt, und wir landeten schließlich in einem kleinen Wäldchen in der Nähe des Hauses. Ich habe versucht, mit ihm zu sprechen, ich wusste, dass er unschuldig war, und ich habe meine Waffe weggelegt. Wenn er mir etwas hätte antun wollen, dann hatte er da seine Chance dazu.«

Kamen schwieg.

»Wenn Sie mich fragen, ob ich es schaffe, mich mit ihm in einem Raum aufzuhalten, dann lautet die Antwort ja.«

»Ich fragte nach der Angst, weil es gut sein könnte, dass Sie bei dem Angriff ein Trauma davongetragen haben, und das könnte Ihre Urteilskraft beeinflussen.«

Nun schwieg Madison.

»Ja und nein«, sagte sie dann. Sie hütete sich davor, unsicher zu klingen, und noch mehr hütete sie sich vor einer Leichtigkeit, die sie nicht empfand. »Ich reagiere offenbar nicht gut auf den Geruch von Chloroform. Aber ansonsten ist alles in Ordnung.«

Kamens Stimme war freundlich, bei einer Vernehmung wäre er ein tödlicher Gegner.

»Achten Sie einfach auf sich – er wird Sie beobachten und versuchen, so viel wie möglich aus Ihnen herauszubekommen. Ich kann mir vorstellen, dass er davon ausgeht, dass er an Salinger herankommt, bevor Sie es tun und bevor Salinger umgekehrt ihn findet. Aber er hat all diese Jahre nicht überlebt, indem er tollkühn war. Erzählen Sie ihm ganz ehrlich, wie es war, gegen seinen Feind anzugehen, dann haben Sie nichts zu verlieren. Wenn er glaubt, dass Sie ihn anlügen, hat er keinen Grund mehr, mit Ihnen zu sprechen. Würde Quinn dabei sein?«

»Auf jeden Fall. Er ist der Wächter. Er wird sicherstellen, dass sich Cameron nicht in anderen Fällen belastet.«

»Wie steht es mit Ihrer Beziehung zu Quinn?«

»Er möchte Salinger genauso gern tot sehen wie sein Mandant, aber er geht es anders an. Und sein Hauptziel ist es, seinen Freund zu schützen.«

»Vertraut Quinn Ihnen?«

»Nein. Er denkt, ich verachte das, was er tut und wie er es tut.«

»Ist das so?«

»Manchmal.«

»Auch bei Quinn gilt: nichts als die Wahrheit. Er weiß bereits, wie Sie über ihn und Cameron denken. Madison, stellen Sie Cameron keine Fragen, die mit etwas anderem zu tun haben, keiner der anderen Todesfälle ist jetzt wichtig. Sie werden versucht sein, und das Gespräch könnte durchaus auch in andere Richtungen führen. Er wird darauf eingehen, wofür Sie sich interessieren, und dann könnten Sie den Rest des Gesprächs verlieren. Wenn Sie eine Frage nicht beantworten wollen, dann sagen Sie das und auch, aus welchem Grund, seien Sie nicht unbedacht. Cameron wird Ihnen wahrscheinlich ein paar Köder vorwerfen, nur um Sie auf die Probe zu stellen. Quinn wird nicht begeistert sein.«

»Das ist nicht mein Problem.«

»Detective, was auch immer Sie mir über Ihren Handel mit Quinn nicht erzählt haben, ich hoffe, es wird Sie nicht behindern.«

»Was …«

»Sie haben alle meine Fragen sehr direkt beantwortet, auch die über die Angst. Nur eine nicht. *Wie steht es mit Ihrer Beziehung zu Quinn.* Sie geben zu, dass er Ihnen nicht vertraut, und er weiß, dass Sie ihn verachten. Das ist immer ein großartiger Ausgangspunkt für einen Informationsaustausch. Noch etwas?«

Madison schloss die Augen. Wenn sie Kamen anlog, würde er es merken, wenn sie ihm die Wahrheit sagte, könnte es eine Katastrophe geben. Die Frage war, ob sein Rat ihr Vertrauen wert war, ob seine Erfahrung und Unterstützung potenziell ihre Dienstmarke wert waren. Quinn hatte recht, eine Beförderung war ihr egal, aber es war ihr mehr als wichtig, das zu tun, was sie tat.

»Detective?«

»Ich denke gerade darüber nach«, schnappte sie.

Kamen lachte kurz auf. »Na, wenigstens versuchen Sie nicht, mich anzulügen.«

»Ich würde etwas sparsamer mit der Wahrheit umgehen, wenn ich die Hoffnung hätte, damit durchzukommen.«

»Bei allem gebotenen Respekt, Detective, in Virginia ist es nach Mitternacht. Reden Sie mit mir, oder legen Sie auf. Keiner von uns beiden hat Zeit für die kosmetische Version. Brown vertraut mir völlig, wenn Ihnen das etwas bedeutet.«

»Das tut es.«

Madison erzählte ihm von dem Band. »Quinn hat gesagt, er

würde es benutzen, um den Haftbefehl gegen Cameron anzufechten, wenn ich es nicht innerhalb von vierundzwanzig Stunden schaffe, ihn aufheben zu lassen. Ich habe geantwortet, er soll mit dem Band anstellen, was er mag. Stunden später waren die Beweise da, und der Haftbefehl wurde aufgehoben. Das ist alles.«
Kamen seufzte. »Quinn hat etwas gegen Sie in der Hand, und Sie sagen ihm, das sei Ihnen egal?«
»Er tut sowieso, was er tun muss. So gut kenne ich ihn schon. Den Rest werde ich bald herausfinden.«
»Würde er sagen: ›Tun Sie dies oder jenes, oder ich nehme Ihnen den Job weg‹ – was würden Sie machen?«
»Es ist doch so: Jetzt, wo Salinger der Hauptverdächtige ist, hat er keine Macht über mich. Die Ermittlungen werden mit mir oder ohne mich weitergeführt, und …«
»Es geht nicht um heute, es geht um Nathan Quinn in zwei Jahren und dass Sie dann Cameron wegen irgendeiner Greueltat anklagen werden, die er zweifellos begehen wird.«
»Ehrlich gesagt, Mr. Kamen, wenn wir heute in zwei Jahren alle noch lebendig sind und in Schwierigkeiten dieser Art geraten können, dann würde ich das als persönlichen Sieg betrachten.«
»Kein Wunder, dass ihn die Vorstellung fasziniert, dass Sie seinen Mandanten treffen.«
»Wir wissen beide, dass er es nie dazu kommen lassen wird. Je mehr ich darüber nachdenke … egal, wir machen einfach weiter und finden Salinger auf andere Art.«
»Halten Sie mich auf dem Laufenden, Detective.«
»Das mache ich. Danke für Ihren Rat.«
»Es wird Ihnen nicht gedankt werden, aber Ihr Anruf hat ein paar Leben gerettet«, sagte er.
»Wahrscheinlich bekomme ich eine Medaille.« Sie war zu müde, um Witze zu reißen, aber sarkastisch konnte sie noch sein.

»Madison, lassen Sie es nicht zu, dass Ihr Mangel an beruflichem Selbsterhaltungstrieb Ihre Karriere beschädigt. Brown braucht einen Partner, wenn er aufwacht.«

»Ich versuche daran zu denken.«

Madison ließ sich auf das Sofa fallen, lehnte sich zurück und schloss die Augen. Das Haus war ganz ruhig, bis auf die leisen Geräusche aus dem Kamin, das Knistern und Knacken, wenn sich das Holz in der Hitze bewegte und senkte. Das Knistern eines Kamins beruhigte sie immer noch, und auch wenn ihr im Psychologiestudium erklärt worden war, wie mechanisch solche Reaktionen waren, war sie dankbar für diese kleine Freude.

Als sie ein Auto in ihre Zufahrt einbiegen hörte, war sie sofort auf den Beinen. Für Rachel war es zu spät, sie hätte sowieso vorher angerufen. Mit dem linken Daumen löste sie den Sicherheitsriemen ihrer Waffe. Die Autotür wurde zugeschlagen, eine höfliche Geste von jemandem, der keine Angst hatte, seinen Besuch anzukündigen. Madison ging eine Liste von Möglichkeiten durch, und zuallererst dachte sie an die schlimmste: Brown war gestorben, und sie überbrachten ihr die Nachricht persönlich. Sie stand sofort an der Tür und guckte durch den Spion.

Scheiße.

Sie riss die Tür auf. Nathan Quinn stand zwei, drei Meter entfernt, er machte keinen Schritt auf sie zu.

»Guten Abend, Detective.«

»Mr. Quinn.«

»Sie sagten, es sollte so bald wie möglich passieren.«

»Stimmt. Machen wir es jetzt?« Madisons Herz klopfte; nichts als Adrenalin, es würde gleich wieder langsamer werden.

»Ja.«

»Wo ist er?« Madison schaute hinter ihn, auf das Auto und in die Nacht um das Haus herum.

Quinn zögerte. »Er ist schon da«, sagte er.

Sein Gesicht war ausdruckslos, und er machte immer noch keinen Schritt auf sie zu. Madison bekam eine Gänsehaut an den Armen, und sie spürte mehr, wie sich jemand durch den Raum hinter ihr bewegte, als dass sie es hörte. Sie drehte sich um und blickte in die bernsteinfarbenen Augen von John Cameron, der einfach mitten in ihrem Wohnzimmer stand. Groß, dunkle Augen, keine Waffen sichtbar, Handschuhe, er sah ihr in die Augen, stand ganz still jetzt und atmete kaum. Das Feuer hinter ihm knisterte und zischte.

Er war da, er ist die ganze Zeit da gewesen.

Mit der Klarheit, die sich nur einstellt, wenn man sich auf einem ganz schmalen Grat bewegt, begriff Madison, dass es sich auf den gesamten Rest ihrer Bekanntschaft auswirken würde, wie sie mit diesem Augenblick umging – wie lang oder kurz diese Bekanntschaft in Anbetracht der Situation auch ausfallen mochte. Am liebsten hätte sie ihn ohne Umstände bewusstlos geschlagen, weil er bei ihr eingebrochen hatte; andererseits konnte man diesem Mann weder mit Blut noch mit Waffen drohen.

Mit ruhiger Stimme, die Hand weg von der Waffe, sagte sie dann: »Mr. Cameron, mir ist klar, dass die Umstände heute Abend besondere sind, aber das hier ist inakzeptabel. Wir müssen mit einem gewissen Maß an Vertrauen arbeiten, damit das funktioniert, und auf diese Art und Weise werden Sie es gründlich vermasseln.« Sie gestattete ihm keine Zeit zu antworten und wandte sich Quinn zu. »Herr Rechtsanwalt.« Sie trat zur Seite und ließ ihn ein.

Madison schloss die Haustür zu, so absurd ihr das just in diesem Moment auch vorkommen mochte. Ganz egal, welche überraschenden Wendungen ihr Leben noch nehmen würde, sie hatte nicht den geringsten Zweifel, dass dieser Augenblick allein wegen seiner ausnehmend surrealistischen Qualität immer Gold gewinnen würde.

Kapitel 38

Alice Madison wandte sich um. Die beiden Männer standen in ihrem Wohnzimmer. Ihre Aufgabe war es nun, dass es funktionierte, sie hatte genau diese eine Chance, und sie musste es gut machen. Sie konnte – durfte – sich nicht anmerken lassen, dass sie sie auf dem falschen Fuß erwischt hatten. *Egal,* sie wusste doch, dass Cameron in Häuser einbrechen konnte, *wir ziehen das jetzt einfach durch.*

Ihr Blick fiel auf Nathan Quinn, er sah aus, als wäre er lieber woanders, ganz egal wo.

»Mr. Cameron, gehe ich recht in der Annahme, dass Sie ausreichend Zeit hatten, meine Notizen auf dem Tisch dort durchzusehen sowie alles andere, was Ihr Interesse geweckt hat, bevor ich nach Hause kam?«

»Ja.« Camerons Stimme klang sanft. »Ich hatte alle Zeit, die ich brauchte.«

»Gut, dann muss ich nichts wegräumen. Bitte setzen Sie sich.« Sie deutete zum Tisch. »Ich mache Kaffee.«

Sollte einer der Männer von dieser altmodischen Geste überrascht sein, so zeigte er es nicht, allerdings konnte Quinn wahrscheinlich eine Statue von den Osterinseln niederstarren. Madison ging in die Küche, ihre Hände arbeiteten automatisch, im Geiste bewegte sie sich durch die dunklen Gassen der letzten zehn Tage. Sie dachte an das kleine Mädchen, das stundenlang den Pokerspielern zugesehen hatte, das ihre Gesichter gelesen und ihre Hände gedeutet hatte. Wenn ein paar dieser Fähigkeiten noch in ihr steckten, dann wäre jetzt ein guter Zeitpunkt, sie hervorzuholen.

Als sie zurückkehrte, saßen die beiden schweigend am Tisch, wie ganz normale Gäste.
»Okay, wir stellen Fragen, wir antworten auf Fragen, soweit es möglich ist oder bis Mr. Quinn uns daran hindert«, begann sie. »Es wird keinen offiziellen Bericht geben, nur Notizen für meinen persönlichen Gebrauch. Und ich bin nicht verkabelt. Einverstanden?«
»Ja«, antwortete Quinn für sie beide.
Madison setzte sich entspannt in ihren Sessel, sie wollte nichts überstürzen. Die Dynamik zwischen diesen beiden Männern zu verstehen, das war beinahe so wichtig, wie einen Weg zu Salinger zu finden. Kamen hatte recht gehabt, es konnte sehr gut sein, dass sie Cameron in zwei Jahren wegen aller möglichen Anklagepunkte drankriegen musste, und was sie heute erfuhr, indem sie die beiden beobachtete, würde von unschätzbarem Wert sein.
Madison studierte Camerons Gesichtszüge in aller Ruhe und nahm sich vor, das bearbeitete Foto, das sie hatten erstellen lassen, zu korrigieren. Er war zwar die ältere Version des achtzehnjährigen Jungen, der damals festgenommen worden war, aber da war noch mehr: Die Zeit hatte die Wangenknochen und den Kiefer geformt, und noch etwas anderes, das nicht fassbar war; ihn umgab so etwas wie ein Wall.
»Bitte«, sagte sie.
»Der Hinterhalt, Detective. Erzählen Sie mir von dem Mann, der Sie und Ihren Partner angegriffen hat.«
Er fixierte sie mit dem unverwandten Blick eines Raubtiers, die Formen der höflichen Konversation hatten sie hinter sich gelassen. *Okay, keine Zeit für Smalltalk heute Abend.*
Madison spürte, wie Quinn sich zurücklehnte. Sie hatte die Frage erwartet, und für welches Detail sich Cameron interessierte, würde ihr so viel über ihn verraten, als hätte sie selbst eine Frage gestellt.

Sie trank einen Schluck. »Letzten Freitagabend bekam ich im Revier einen Anruf auf meinem Mobiltelefon.«
Cameron lauschte mit verschränkten Armen, der Kopf war ein wenig zur Seite geneigt. Sie erzählte mit knappen Worten, es musste nichts näher ausgeführt werden, und wenn er sich für Einzelheiten interessierte, würde er schon danach fragen. Sie beschrieb den körperlichen Angriff, als würde sie eine Aussage zu Protokoll geben. Wie auf ein Stichwort tat ihr der Arm wieder weh.
Cameron ließ sie zu Ende erzählen, er kniff die bernsteinfarbenen Augen zusammen und nahm jedes Wort in sich auf. Er betrachtete die genähte Platzwunde an ihrer linken Augenbraue und ihren verletzten Arm. Er dachte nach. Ganz offensichtlich gehörte er nicht zu den Leuten, denen Gesprächspausen etwas ausmachten.
Madison prägte sich alles an ihm ein, was sie sah, wie seine kurzen dunklen Haare um die Ohren geschnitten waren bis hin zu dem dunkelblauen Kaschmir-Rollkragenpullover, den er trug. Er sah so vertraut aus, ein Freund aus der Kindheit, an die Zeit verloren und erwachsen geworden. Madison machte sich im Geiste eine Liste von Details, die sie eines Tages gegen ihn verwenden würde, das wusste sie.
Sie spürte Quinns Blick und das Gewicht seines Einvernehmens, denn darum ging es an diesem Abend: Er hatte ihr ein wenig von einem kostbaren Gut gegeben, das er sich nicht leisten konnte zu verschwenden, und er hoffte, der potenzielle Gewinn würde es wert sein. Er war sich sehr wohl bewusst, dass alles, was Madison heute über seinen Freund erfuhr, eines Tages gegen ihn verwendet werden würde, und wenn es nur darum ging, wie er seinen Kaffee trank oder ob er Rechts- oder Linkshänder war. *Rechts*, dachte Madison. Dass Quinn bei ihr so auf der Hut war, war ein zweifelhaftes Kompliment, aber dass er überhaupt einem Treffen zugestimmt hatte, war ein finsteres Anzei-

chen dafür, wie hart an der Schmerzgrenze sie sich alle schon befanden.
»Wie fest hat er Sie gewürgt?«
»Er wollte, dass ich das Bewusstsein verliere.«
»Aber er wollte Sie nicht ernsthaft verletzen.«
»Das werde ich nie ganz sicher wissen.«
»Glauben Sie, er hat sich zurückgehalten?«
»Ich kann seine Kräfte nicht gut genug einschätzen. Ich habe versucht, nicht zu atmen.«
»Als Sie das Chloroform gerochen haben, haben Sie da eine Verbindung zu den Sinclairs hergestellt?«
»Ja. Ich wusste, wer mich da im Schwitzkasten hatte, und ich wusste, dass es nicht Sie waren.«
»Hatten Sie Angst?«
»Ja.«
»Aber Sie haben nicht stillgehalten.«
»Ich habe reagiert, ohne sonderlich viel nachzudenken.«
»Aber jetzt hatten Sie Zeit nachzudenken. Die ganzen Notizen auf dem Tisch, die Stunden, die Sie damit zugebracht haben, einer Maschine zuzusehen, die für Ihren Partner atmet, oder mit der linken Hand auf Zielscheiben zu schießen.«
Madison blinzelte.
»Keine Sorge, ich habe Sie nicht beschattet. Sie schießen mit beiden Händen, ich bin sicher, dass Sie im Schießstand geübt haben. Sie tragen die Waffe auf der anderen Seite, und Sie haben sie vor kurzem gereinigt.«
Madison wartete auf eine Frage.
»Er wollte eine Verbindung zu Ihnen«, sagte Cameron schließlich. »Er wollte Ihren Partner aus dem Weg räumen, und es war ein zusätzlicher Bonus, dass die .22 mit mir in Verbindung gebracht würde.«
»Ich sehe es umgekehrt«, entgegnete sie. »Sein Hauptziel war es, eine Verbindung zwischen Ihnen und der .22 herzustellen, mit der auf einen Polizisten geschossen worden war.«

»Nein. Sein Hauptziel war eine körperliche Verbindung zu Ihnen, Detective. Die Tatsache, dass er Ihren viel erfahreneren Partner dabei loswerden konnte, war nur das Sahnehäubchen, er wollte Sie alleine für sich haben. Und ehrlich gesagt, hat er den Kampf wahrscheinlich deutlich mehr genossen als Sie.«

Ein unangenehmer Gedanke kam und ging.

»Sie haben sich gut gegen ihn behauptet, aber in erster Linie hatten Sie großes Glück. Das war ein Rendezvous, Detective. Sie wussten nur nichts davon.«

Madison lief ein Schauer über den Rücken. Cameron hatte das nicht süffisant formuliert, er hatte den Vorfall lediglich analysiert, seine eigenen Listen und Fußnoten gemacht. Was erfuhr er über sie und wie würde er das einsetzen?

»War er am Tatort in Blueridge?«

Der Sinclair-Tatort. Brown hatte Aufnahmen von der versammelten Menschenmenge haben wollen, Dunne hatte sie erst vor wenigen Stunden überprüft.

Madison beugte sich vor. »Ja.«

»Da hat er Sie zum ersten Mal gesehen.«

»Warum hätte ich ihm auffallen sollen?«

Cameron lächelte, so rasch, dass es fast unbemerkt hätte bleiben können, es war kein freundliches Lächeln.

»Der Fotograf«, sagte er.

»Andrew Riley.«

»Ja.«

»Der hatte an dem Abend ja ein bisschen Pech.«

»Ach ja?«

Quinn hatte sich weder bewegt noch ein einziges Wort gesagt, aber er konzentrierte sich so auf das Gespräch, dass die Luft um sie herum zu vibrieren schien.

»Bitte«, sagte Cameron.

Madison hatte darüber nachgedacht, seit sie durch die Terrassentür gekracht und ihm in einen dunklen Wald gefolgt war.

»Erzählen Sie mir von Ihrem Verhältnis zu James Sinclair.«
Die Frage hatte ihn überrascht, sie hatte gesehen, wie er ganz leicht die Augen zusammenkniff, es war sofort wieder vorbei.
»Warum?«, fragte er.
»Weil so meine Frage lautet.«
»Das ist eine sehr umfassende Frage.«
»Das Thema ist sehr umfassend.«
Cameron antwortete nicht.
»Ich versuche herauszufinden, warum er James Sinclair und seine Familie ausgesucht hat, und nicht Mr. Quinn hier. Warum hat er nicht nach einer Pokernacht im Restaurant auf Sie gewartet, warum lag er nicht auf der Lauer, wenn Sie Ihr früheres Haus besuchten. Er weiß genug über Sie, er hätte jede dieser Möglichkeiten wählen können«, sagte Madison. »Erzählen Sie mir von James Sinclair.«
»Andrew Riley weiß genau …«
»Jack«, unterbrach ihn Quinn leise.
Cameron schwieg und lehnte sich zurück. Madison begriff, dass sie ihn nicht dazu bringen würde, über seinen toten Freund zu sprechen, und damit war das Thema beendet.
»Könnte man behaupten, dass er das Ziel gewählt hat, das am verwundbarsten war?«, fragte sie.
Das Feuer zischte laut.
»Ja.«
»Was ist Ihnen in Ihrem Leben am wichtigsten?«
»Verzeihung?«
»Was ist Ihnen in Ihrem Leben am wichtigsten?«
»Ich kann Ihnen erzählen, was mir am wichtigsten ist, und dann können wir noch über meine Lieblingsfarbe reden, wenn Sie möchten.«
»Glauben Sie nicht, dass Salinger sich darüber Gedanken gemacht hat? Glauben Sie nicht, er hat Sie sich angesehen – und Sie sind offen gesagt niemand, der leicht aus der Fassung zu

bringen ist – und sich gefragt, wie komme ich an diesen Mann heran? Glauben Sie nicht, er hat sich sehr gut überlegt, wie er Ihnen das wegnehmen kann, was Ihnen am wichtigsten ist?«

»Und das wäre?«

»Ich kenne Sie nicht gut genug, um mir eine Mutmaßung zu erlauben.«

»Sie haben sicherlich Ihre eigenen Theorien, Detective.«

»Lieber würde ich Ihre hören.«

»Das glaube ich Ihnen aufs Wort.«

»Was auch immer es ist, Sie sollten einen Wall darum ziehen, denn Salinger wird es darauf abgesehen haben.«

»Soll er doch kommen.«

»Das wollen Sie nicht, glauben Sie mir. Sie sind ihm nie begegnet oder hatten irgendwie mit ihm zu tun, bevor er im Restaurant angefangen hat?«

»Nein.«

»Wissen Sie von irgendeiner Verbindung zu jemandem, mit dem Sie in der Vergangenheit zu tun hatten?«

»Nein. Wenn, dann hätte ich es herausgefunden …«

»Jack.« Quinns Stimme unterbrach ihn in seinem Gedankengang.

Sanders und die Toten in L. A.

»Die Köche im Restaurant.« Madison dachte laut. »Jemand muss ihnen erzählt haben, wer Sie sind. Er hat Sie monatelang beobachtet und dann zugeschlagen.«

»Aber nichts, was Sie sagen, reicht für ein Motiv«, sagte Quinn.

»Er hat zwei Polizisten angegriffen und trug dabei selbst eine Polizeiuniform; bevor er ins Gefängnis kam, hatte er sich im Seattle Police Department beworben und wurde abgelehnt.«

Madison sah vor sich, wie Salinger Tische abräumte und dabei Cameron, Quinn und Sinclair beim Essen beobachtete.

»Er brauchte gar kein persönliches Motiv«, sagte sie. »Neh-

men Sie irgendeine Straftat, für die Sie nie belangt wurden. Er wollte einfach das Gleichgewicht wiederherstellen.«
Die Wut, die über John Camerons Gesicht zog, war kaum mehr als ein Schatten, aber sie war da. Madison sah sie deutlich, als sie ihm die Wahrheit ins Gesicht gesagt hatte. Kalte Wut, ganz sicher. *Nicht der Typ, der Porzellan durch die Gegend wirft, und auf keinen Fall jemand zum Pokerspielen.* Sie warf einen kurzen Blick auf Quinn, er starrte mit festem Blick ins Feuer, und alles, was sie in seiner Miene lesen konnte, waren erdrückende Schuldgefühle. Er stand auf und ging zur Terrassentür, hinter dem Glas war nichts als tiefes Schwarz.
Auch Madison wusste zu schweigen, und nun hatte sie es: Der eine Mann wurde von Wut bewegt, der andere von Schuld. Das wiederum forderte die Frage heraus, wenn Quinn sich wegen des Todes seiner Freunde so schuldig fühlte, wie viel wusste er über die Taten, die Salinger überhaupt zu Cameron geführt hatten. Schuld dreht sich nicht um vages Unbehagen und Mutmaßungen, es geht um Konkretes: Blut, Daten und Mordwaffen. Quinn wusste etwas.
»Wie werden Sie bei diesem Fall Ihren Erfolg messen, Detective?«, fragte Cameron. »Vier Tote, und Ihr Partner auf der Intensivstation. Wann können Sie einen Schlussstrich darunter ziehen und zufrieden nach Hause gehen?«
»Ich glaube, die Zeiten, in denen ich zufrieden nach Hause gehen konnte, sind längst vorbei, aber einen Schlussstrich werde ich darunter ziehen, und zwar schon bald, wenn Salinger in Haft ist und mein Partner bei Bewusstsein.«
»In Haft«, wiederholte Cameron.
Quinns Schutzinstinkte wurden sofort wach. »Jack.«
Cameron hielt inne, sein Gedanke musste nicht ausgesprochen werden. Madison wusste auch so, was er meinte. »Jedem das Seine«, flüsterte er.
»Wie werden Sie Ihren Erfolg messen?«, versuchte ihn Madison zu ködern.

Quinn fing innerlich an zu kochen, Cameron seufzte. »Es wäre sehr nett, Detective, wenn wir eines Tages ein Gespräch ohne juristische Bedeutung führen könnten. Heute kann ich Ihnen so viel sagen: Wenn das hier zu Ende ist, wird es keinen Erfolg geben, egal wie oft Ihr Rechtssystem ihn zum Tode verurteilt oder wie oft meines das tut.«

»Genug.« Quinn sprach so leise, dass Madison ihn überhört hätte, aber Cameron hatte ihn vernommen und aufgehört zu sprechen. Das Gleichgewicht der Kräfte zwischen ihnen war wirklich erstaunlich.

»Ich brauche noch mehr Kaffee.« Madison stand auf und nahm ihre eigene und die leeren Tassen der anderen mit. Sie kämpfte mit einer Entscheidung und brauchte einen freien Kopf dafür. So bizarr die Situation auch sein mochte, Madison machte sich längst keine Gedanken mehr darüber, dass John Cameron bei ihr zu Hause saß wie ein etwas lästiger Verwandtenbesuch. Er war ein Zielobjekt für das Grauen, das die beiden unbekannten Leichen in Pierce County heimgesucht hatte, und er wusste es nicht. Sie tauschten juristisch ungefährliche Höflichkeiten aus, und er hatte keine Ahnung. Genauso wenig wie Quinn.

Sie stand am Herd, umklammerte den Rand der Arbeitsplatte aus Eichenholz und schloss die Augen, als sie sich an die Bilder erinnerte. Sie hörte Quinn nicht kommen.

»Was ist los?« Er lehnte sich mit verschränkten Armen an den Türrahmen und sah so erschöpft aus, wie sie sich fühlte.

»Sie sehen ...« Quinn war nicht zufrieden mit den Worten, die ihm gerade in den Sinn gekommen waren, und ließ den Satz unvollendet.

»Man jagt Ihnen nicht so leicht Angst ein, Detective«, sagte er schließlich. »Aber heute sehen Sie aus, als würde Ihnen etwas gewaltige Angst einjagen. Ich glaube kaum, dass es unser kleines improvisiertes Treffen war.«

Der frische Kaffee lief durch die Kanne auf dem Herd, der

Duft der gerösteten Kaffeebohnen war eine Wohltat, jetzt, wo alles andere in ihrem Kopf brüchig und hässlich war. Sie lehnte sich an die Arbeitsfläche.
»Ich habe Sie heute Abend beobachtet«, sagte sie. »Zwischen Ihnen und Cameron besteht Einverständnis, und er hört auf Sie. Also: Ich habe heute mit unserem Rechtsmediziner gesprochen, es hat sich etwas Neues ergeben. Mit so etwas hatte keiner von Ihnen bisher zu tun, das garantiere ich Ihnen.«
Und ich auch nicht.
Ein paar Minuten später kehrten sie zurück. Cameron las die Titel, die in den Bücherregalen standen. Madison erzählte ihm geradeheraus von den unbekannten Leichen und warum sie davon ausgehen konnten, dass es das Werk von Harry Salinger war.
Camerons erste Worte danach galten Quinn. »Erzähl ihr von den Briefen.«
»Was für Briefe?«, fragte Madison.
»An dem Tag, als Sie mit Ihrem Partner zu mir ins Büro kamen und mir von James und Annie und den Jungen erzählten, da hatte ich morgens eine Karte bekommen, eine schlichte, cremefarbene Karte in einem Umschlag. Darauf stand: *Dreizehn Tage.* Letzten Mittwoch erhielt ich eine identische Karte mit der Aufschrift achtundzwanzig, acht, fünfundachtzig.«
»Zwo-acht-acht-acht-fünf.«
»Nein. Achtundzwanzig, acht, fünfundachtzig«, sagte Quinn. Er ging nicht davon aus, dass sie mit den Zahlen etwas anfangen konnte.
Zorn stieg in Madison auf, und sie hieß ihn mit offenen Armen willkommen, denn Zorn fühlte sich besser an als Angst: »Sie wollen mir allen Ernstes sagen, dass Salinger Sie persönlich kontaktiert hat? Und Sie können keinen Zweifel gehabt haben, dass er es war, nachdem Sie in den Zeitungen gelesen hatten, dass er *Dreizehn Tage* in den Türrahmen geritzt hat!

Sie haben nichts gesagt. Und er schreibt Ihnen noch einmal, mit dem Datum der Entführung vom Hoh River. Etwas sehr Persönliches für Sie und Cameron und Sinclair. Und Sie sagen immer noch nichts? Im Namen von allem, was heilig ist, was haben Sie sich bloß dabei gedacht?«
Quinn war überrascht, dass sie den Zusammenhang mit dem Datum hergestellt hatte, aber seiner Stimme war das nicht anzumerken. »Vor vierundzwanzig Stunden war Jack der Hauptverdächtige in der Ermittlung, die Briefe waren die einzige Verbindung zu dem Mann, von dem ich wusste, er ist der wahre Mörder. Wenn er mir verriet, was er wollte, konnte er manipuliert werden. Diese Chance wollte ich nicht aufgeben.«
»Das tun Sie jetzt, Sie geben die Briefe der Kriminaltechnik, und die nehmen sie auseinander. Druck, Papier, Tinte, Spucke unter der Briefmarke, die ganze forensische Botanik. Er hat Sie kontaktiert, er hat die direkte Kommunikation mit Ihnen gewählt – mit der Person, die Cameron am wahrscheinlichsten zur Seite stünde, wenn er für vier Morde verurteilt würde, die er nicht begangen hat.« Madison fuhr sich mit der Hand über das Gesicht und sammelte sich wieder. »Können Sie die Briefe morgen früh im Revier abgeben? Oder noch besser, kann ich sie jetzt gleich abholen?«
Sie rechnete damit, dass Sorensen am nächsten Morgen wieder da sein würde, und sie würde die Briefe ihr und nur ihr in die Hände geben, als wäre es pures Gold.
Quinn nickte. »Morgen früh. Um halb acht auf Ihrem Revier.«
»Gut.«
»Vielen Dank für Ihre Gastfreundschaft«, sagte Cameron, und bevor sie es sich versah, hatte er die Haustür aufgesperrt und war verschwunden.
»Das war … interessant«, sagte sie.
»Das ist es immer«, antwortete Quinn.

Kapitel 39

Zwanzig Jahre zuvor. Nathan Quinn saß in seinem vollgestopften Büro in der Staatsanwaltschaft von King County. Seit Stunden überprüfte er schon Telefonverbindungen, die Langeweile war tödlich. Sechs Monate zuvor hatten einige Staatsanwälte Drohanrufe erhalten, und er hatte zu denjenigen gehört, die man privat zu Hause angerufen hatte. Seine Vorgesetzten hatten in ihrer Weisheit angeordnet, dass sämtliche Gespräche erfasst und nachverfolgt werden sollten, deshalb saß Quinn nun an seinem Schreibtisch, ging die Nummern durch, hakte sie ab und wartete darauf, dass ihm die Augen aus dem Kopf fielen.

Er entdeckte eine nichtidentifizierte Nummer von einem Anruf, den er vor ein paar Monaten zu Hause erhalten hatte, und überprüfte sein eigenes Protokoll. Darin stand: *Anruf von Jack aus Bar, kurzes Gespräch.* Nathan Quinn blinzelte langsam, er schaute auf das Datum des Anrufs. Es war ein Datum, das er nicht so einfach vergessen würde – die Nacht, in der er Jack mit einer Kaution aus dem Polizeigewahrsam hatte holen müssen, der Junge hatte fürchterlich nach Alkohol gestunken. Er hakte den Anruf ab.

Ein paar Tage später gab es eine massive Schneeschmelze im Staat Washington, und die Leiche von Timothy Gilman, beziehungsweise was der Winter davon übrig gelassen hatte, wurde von Wanderern ziemlich genau so aufgefunden, wie John Cameron ihn Wochen zuvor zurückgelassen hatte, tot und von den Spießen durchbohrt, die er zurechtgeschnitzt hatte. Sie brauchten eine Woche, um ihn zu identifizieren, zwei Tage, um die Bar zu finden, in der er immer getrunken hatte, und zwanzig Minuten, um einzusehen, dass der Fall aller Wahrscheinlichkeit nach nie gelöst werden würde.

Offenbar hatte er eine Verabredung mit einem seiner Freunde gehabt, war aber nicht aufgetaucht. Alle Gäste in der Bar wurden befragt, aber nichts war dabei herausgekommen.

Nathan Quinn las den Bericht, weil Gilman in den Gerichten von King County wohlbekannt war und sich ihre Wege zuvor schon gekreuzt hatten. Gilman war ein Krimineller, der einfache Arbeiten gegen Bargeld erledigte, Einschüchterung, Erpressung, nichts, was mehr als Muskeln und zwei Hirnzellen erforderte. In dem Bericht standen auch die Adresse und die Telefonnummer der Bar. Eine Nummer, die er erst vor ein paar Tagen in seiner eigenen Anrufliste gelesen hatte. *Anruf von Jack aus Bar, kurzes Gespräch.*

Nathan Quinn sah die Nummer an, als wäre sie ein fremdartiger Code. Jack hatte ihn von dieser Bar aus angerufen, an dem Abend, an dem Gilman zum letzten Mal lebend gesehen worden war, an dem Abend, an dem er selbst eine Kaution für Jack hinterlegt hatte.

Nathan Quinn wusste nicht genau, was ihn bewegte, mit dem Barkeeper zu sprechen. Er wusste nicht, warum er ihn nach Gilman fragte, nach seinen Freunden und wer alles von den Detectives befragt worden war. Und als der Barkeeper ihm erzählte, dass nur dieser eine Junge, der sonst immer an der Theke saß, nicht befragt worden war, weil er nie wieder aufgetaucht war, da wusste Nathan Quinn nicht, wie er es geschafft hatte, nach Hause zu fahren. Das letzte gehaltvolle Gespräch mit Jack hatte vor etwa acht Wochen beim Mittagessen in dem Imbiss stattgefunden, als sich Jack so für seine Arbeit als Staatsanwalt interessiert hatte.

»Worüber sprechen wir hier eigentlich?«

»Was wäre, wenn du nicht genügend Beweise hättest, um die

Frau unter Anklage zu stellen, wenn du aber wüsstest, dass sie es getan hat?«

»Dann fängt man noch mal von vorne an und sucht sich die Beweise, die man braucht.«

»Aber manchmal auch nicht.«

»Manchmal auch nicht. Manchmal passiert es einfach nicht, ganz egal, wie intensiv man an dem Fall arbeitet.«

»Was ist mit der Aussage von Augenzeugen?«

»Ohne Beweise?«

»Ja.«

»Das wäre sehr schwierig, ein guter Verteidiger würde den Zeugen auseinandernehmen.«

Quinn sah Cameron in der Zelle, die Augen des Jungen tot und glasig, wie er ständig wiederholte: »Es ist erledigt, Nathan. Es ist vorbei. Es ist jetzt erledigt.« Damals hatte er das nicht verstanden. Die Frühlingsluft roch süß, als Quinn aus seinem Auto ausstieg. Er legte sich in Anzug und Krawatte aufs Bett und schlüpfte nur aus den Schuhen, bevor er sich umdrehte und sich in die Bettdecke wickelte.

Die Erkenntnis, was Cameron getan hatte und warum, brannte in seiner Brust wie der Rauch eines Feuers und drohte ihn zu ersticken. Als es dämmerte, hatte er eine Entscheidung getroffen, er stellte sich unter die Dusche, zog einen frischen Anzug an und fuhr ins Büro. Seine Kündigung überraschte all seine Kollegen; andererseits war es nicht das erste Mal, dass jemand, der so gut war wie Quinn, ging, um im privaten Bereich richtig Geld zu verdienen. Zwei Tage später trafen sich Quinn und Cameron in dem Imbiss zum Mittagessen.

»Im Wald ist eine Leiche von Wanderern gefunden worden. Der Mann ist in ein Loch gefallen und wurde von hölzernen Spitzen aufgespießt.«

Cameron verzog keine Miene. »Das ist eine Tötungsfalle für Bären, vielleicht war er Jäger.«

»Nein, er war ein billiger, grober Krimineller. Ein übler Typ, er ist mir schon untergekommen.«

Die Kellnerin kam, und Cameron bestellte einen Kuchen. Er holte einen Plan mit den Terminen der Sonics-Spiele hervor und schob ihn Quinn hin. »Überleg mal, welche du sehen willst. Der Kuchen schmeckt heute übrigens köstlich.« Camerons Augen strahlten, und er sah Quinn offen an. »Versuch mal.«

»Ein stiller Junge. Ein Bier oder auch mal einen Kaffee mit Schuss. Versuchte älter auszusehen, als er war, aber irgendwie wirkte er gequält. Ach ja, da fällt mir ein, irgendwas war komisch mit seiner Hand, er hatte sie immer in der Tasche. Solche Sachen fallen mir auf, das vertreibt die Zeit.«

Mit seinem schwarzen Füller zog Quinn einen Kreis um ein paar Daten. Jack würde es ihm nie erzählen, damit er nie erfahren musste, dass das Rechtssystem, an das er glaubte – sein Leben, das er sich aus seinem Kummer heraus zurechtgebastelt hatte –, ihn zweifellos enttäuscht hätte, und zwar im einzigen Moment, der zählte. Gilman war einer der Entführer gewesen, einer der Männer, die David mitgenommen und für immer im Wald versteckt hatten, und Jack würde Gilman allein auf seine Kappe nehmen.

Ein paar Wochen später eröffnete Quinn seine Privatkanzlei. Seine Kollegen hatten recht, sie sollte enorm erfolgreich werden.

Kapitel 40

Der Anruf kam von einem Pendler, der frühmorgens nach Seattle hineinfuhr. Er hatte das unheimliche Leuchten hinter den Bäumen bemerkt. Eine Nachbarin sollte später aussagen, dass sie glaubte, gegen ein Uhr morgens eine Explosion gehört zu haben. Die Einsatzwagen der Feuerwehr von Everett rasten zu dem abgeschiedenen Anwesen, die Flammen, die immer noch zwischen den Tannen loderten, waren schon aus der Ferne zu sehen. Ein Kreis aus brauner Erde hatte sich um das Haus herum ausgebreitet, der Schnee zog sich zu den Bäumen zurück.

In voller Montur stand die Feuerwehrmannschaft da und betrachtete die Flammenhölle: Niemand hatte es geschafft, aus dem Haus herauszukommen, sie waren um das Haus herumgegangen und hatten den schmutzigen Schnee mit ihren Taschenlampen nach Spuren abgesucht.

Der erste Stock war ins Erdgeschoss gekracht, das wiederum eingestürzt und in den Keller hinabgefallen war. Ein Holzhaus, das zu Beginn des letzten Jahrhunderts erbaut worden war, das war wie Zunder, der auf einen Funken wartete. Das Feuer hatte schnell um sich gegriffen, die sich kreuzenden Wasserfontänen richteten nicht viel aus, und beim ersten Tageslicht bestand Harry Salingers Haus nur noch aus verkohlten Balken und einem Haufen Asche.

Madison ging beim zweiten Klingeln ans Telefon und setzte automatisch die nackten Füße auf den kalten Holzboden.

»Hallo.«

»Madison.«

Spencer.

»Ich höre.«

»Passen Sie auf. Bei der Hotline ging gestern Nacht ein Anruf aus San Diego ein, eine Frau behauptet, sie sei Salingers Tante, sie hätte ihn in den Nachrichten gesehen. Sie sagt, seine Großeltern haben ihm ein Haus in Everett vermacht, während er im Gefängnis saß, er hat es nur nie auf seinen Namen umschreiben lassen.«

Madison war schon auf dem Weg ins Bad, um zu duschen. Sie blieb abrupt stehen.

»Sagen Sie mir, dass Sie eine Adresse haben.« Eine Erinnerung stellte sich plötzlich ein, grün, der Forest Park von Everett im Frühling.

»Fahren Sie wieder runter, Madison. Wir sind ungefähr fünf Stunden zu spät.«

»Was …«

»Es hat gebrannt. Von dem Haus ist nichts mehr übrig, vielleicht wurden Brandbeschleuniger benutzt. Im Moment wissen wir noch gar nichts. Die Brandursachenermittler sind schon dran.«

»Spencer, wir dürfen nicht einfach davon ausgehen, dass er in dem Haus war. Das Leben ist nun mal nicht so nett.«

»Ich weiß. Aber es hat offensichtlich eine Explosion gegeben. Zumindest können wir hoffen.«

»Hoffnung, okay, das lasse ich ein bisschen gelten.«

Madison behielt das Telefon noch eine Minute in der Hand. Das kam unerwartet, es war eine ganz neue Wendung.

Sie sah auf die Uhr. Zehn nach sechs. Sie sollte Quinn in weniger als anderthalb Stunden treffen, um die Briefe entgegenzunehmen. Spencer hatte Brandbeschleuniger erwähnt, das bedeutete, entweder hatte Salinger buchstäblich alle Brücken hinter sich abgebrochen, um sich dem nächsten Punkt auf seiner Aufgabenliste zu widmen, oder er hatte Brandbeschleuniger um das Haus deponiert, und die waren versehentlich hochgegangen.

Madison drehte das kalte Wasser auf und stellte sich unter die Dusche. Ihrer Erfahrung nach war das Leben auf gar keinen Fall so nett.

Nach ihrer zweiten Tasse Kaffee fiel Madison ein, dass sie Spencer gar nichts von dem Besuch von Quinn und Cameron erzählt hatte. Andererseits waren die Kaffeebecher in der Spüle das Einzige, das zweifelsfrei bestätigte, was sie noch vor ein paar Tagen als absurden Traum abgetan hätte.

Es gab nichts zu beschönigen. Das Feuer hatte sie einer Fülle von Detailwissen über Harry Salinger beraubt – wie er seine Tage verbracht hatte und dass diese Tage manchmal aus Stunden voller Tod und Entsetzen bestanden hatten. Madison rückte ihr Holster zurecht und schnallte es fester: Wenn das Haus Beweise enthalten hatte, die ihn mit den unbekannten Leichen in Verbindung bringen könnten, dann waren auch diese Indizien verschwunden. Für immer.

Gerade als sie in ihr Auto stieg, rief Spencer an.

»Sie haben Überreste einer Leiche im Haus gefunden. Die Feuerwehr von Everett stellt gerade fest, ob der Standort sicher ist, aber sie haben auf jeden Fall Reste eines menschlichen Körpers gesehen.«

Madison lehnte den Kopf an das Lenkrad, einen kurzen, abscheulichen Augenblick lang hatte sie die Nachricht von einer Leiche in einem abgebrannten Haus als etwas Gutes empfunden. So weit war es mit ihr gekommen? Schlimmer wäre es nur noch, dieses Erleichterungsgefühl vor sich selbst zu leugnen. Madison ließ das Fenster herunter und holte tief Luft. Sie würde das nicht ignorieren. Sie hoffte, es würde der Mann sein, dessen Werk sie auf den Aufnahmen aus Pierce County gesehen hatte. Dennoch, wenn sie beim Ausbruch des Feuers am Haus gewesen wäre, hätte sie ver-

sucht, ihn zu retten. Verquer, wie unser Herz manchmal schlägt.
Madison schaltete die Zündung ein, das vertraute Schnurren durchbrach die Stille, ein Vogel hob von dem Ast über ihr ab, und eine Handvoll Schnee fiel auf die Windschutzscheibe.
Wenn die Flammen ihn vor der Staatsanwaltschaft von King County, vor John Cameron und seinem Urteilsspruch erwischt hatten, dann war das vielleicht eine zweckmäßigere Lösung.

Madison befand sich gerade auf der 509, als das Mobiltelefon auf dem Beifahrersitz vibrierte.
»Drei unidentifizierte Tote«, sagte Spencer, er krächzte vor Übermüdung.
Sie wusste nicht recht, wie sie reagieren sollte: Wenn er sich in die Hölle gesprengt hatte, dann hatte er Begleitung mitgenommen.
»Warten Sie, Spencer. Ich muss erst noch etwas im Labor abgeben, und danach muss ich Fynn über etwas in Kenntnis setzen. Sie sollten auf jeden Fall dabei sein.«
»Worüber denn?« Er gähnte.
»Gestern Abend habe ich Cameron getroffen. Wir haben ein wenig … geplaudert, sozusagen.«
»Ihnen wird's aber auch nicht langweilig, was? Ich bin da.«
Madison trat aufs Gas. Am liebsten wäre sie direkt zu Salingers Haus gefahren und hätte auf Händen und Knien die rauchenden Ruinen durchsucht, um irgendetwas zu finden, das bestätigte, dass er dort gewesen war. Stattdessen mussten nun noch mehr Opfer identifiziert und noch mehr Verwandte informiert werden. Sie konnte lediglich auf die Ergebnisse der DNA-Analyse warten und auf die Fügungen eines Schicksals, das ihnen in letzter Zeit offen gesagt eher ans Bein gepinkelt hatte.

Sie entdeckte, dass es irgendwie half, zu fluchen wie ein Schulmädchen, wusste aber auch, dass sie irgendwann an diesem Tag am Rand des Schnees stehen und in den Ruinen vergeblich eine Antwort suchen würde. Und Quinn und Cameron würden ganz ohne Zweifel dasselbe tun.

Nathan Quinn stieg gerade aus seinem Jeep aus, als Madison auf den Parkplatz des Polizeireviers fuhr. Ein großer gefütterter Umschlag wechselte den Besitzer.

»Sie wissen, was Sie zu tun haben, wenn Sie noch einen bekommen.«

»Vielleicht gibt es ja keinen mehr.«

»Sie haben es gehört?«

»Ja, vor einer Stunde.«

Madison fragte nicht, woher. »Bisher drei Tote in dem Haus«, sagte sie.

»Drei?«

Das hatte er nicht gewusst. Gute und schlechte Neuigkeiten gleichzeitig. Madison hatte ihre eigene Reaktion in seinem Gesicht gesehen.

»Wie lange dauert die Analyse?«

»Ich weiß es nicht, das hängt von so vielen Faktoren ab.«

Quinn vergrub die Hände in den Manteltaschen, Schneeflocken fielen ihm auf die Schultern und schmolzen.

»Wenn Sie vor Gericht eine Durchsuchung kippen wollen, dann schicken Sie ihrem Kontrahenten einen ›Schneesturm‹. Jedes Dokument, das sie je eingefordert haben, in dreifacher Kopie, und alles, was im Antrag auch nur am Rande erwähnt wurde. Bevor die finden, was sie suchen, ertrinken sie in Papier.«

»Er hat uns einen Schneesturm geschickt.«

»Glauben Sie, das Glück wollte es, dass er sich selbst hochgejagt hat?«

»Nicht diese Woche.«

»Das sehe ich auch so.« Er wandte sich zum Gehen.
»Sie wissen, was Sie tun müssen, wenn Sie noch einen bekommen.«
Quinn sah ihr ganz kurz in die Augen. »Auf jeden Fall.«
Madison stöhnte innerlich. Es lag weniger daran, dass sich der Anwalt noch nicht einmal die Mühe machte, gut zu lügen. Da war etwas aufgeblitzt, das ganz am Ende Ärger bringen würde.
»Ich dachte, wir setzen eine gewisse Transparenz voraus«, sagte sie zu seinem Rücken.
»Ich habe Sie nie angelogen, Detective, und ich fange auch jetzt nicht damit an.«
»Warum beruhigt mich das in keiner Weise?«
»Weil Sie für Ihr Alter sehr klug sind.«
»Wenn er noch lebt, wird er noch einmal schreiben.«
Quinn gab keine Antwort.
»Wenn Sie noch so einen bekommen, dann rufen Sie mich auf der Stelle an, als würde Ihr Leben davon abhängen. Denn das tut es.«
Quinn gab keine Antwort.
»Gestern Abend war es Cameron, der die Briefe erwähnt hat, nicht Sie. Seit wann ist er derjenige in Ihrer Beziehung, der den gesunden Menschenverstand besitzt?«
»Müssen Sie nicht zu einer Besprechung? Sich mit dem Phantomzeichner hinsetzen, um Jacks Computerbild für die Nachwelt zu ändern?«
»Ich erwarte da ein gewisses Interesse, ja.«
Quinn drehte den Zündschlüssel, und der Motor sprang an. »Viel Spaß.«
In Anbetracht all dessen, was sie in der letzten Woche durchgemacht hatten, hätte Quinn zumindest ansatzweise erleichtert sein sollen, dass sie sich dem wahren Mörder annäherten. Madison hatte keine Spur davon entdeckt.

In dem kleinen Lichtkegel blitzte Sorensens Pinzette auf, als sie die Karte aus dem ersten Umschlag zum Vorschein brachte. Sie beugten die Köpfe über den Tisch. Sorensens Haar war zu einem Pferdeschwanz gebunden, Madisons steckte unter dem Kragen ihres Blazers; der restliche Raum war dunkel.
Theoretisch zu wissen, was auf der Karte stand, war eine Sache, aber *Dreizehn Tage* auf dem hübschen cremefarbenen Papier geschrieben zu sehen, das rief die Buchstaben auf dem weiß glänzenden Lack des Türrahmens sofort wieder vor Augen, zusammen mit dem strengen Geruch von Verwesung und Holzpolitur. Madison hielt den Atem an.

Im Raum herrschte Schweigen, die unnatürliche Stille von mehreren Menschen in einem kleinen Raum, von denen keiner es wagte, auch nur das Gewicht von einem Bein auf das andere zu verlagern, aus Angst, womöglich ein einziges Wort zu verpassen.
»Er war wachsam, aber selbstsicher«, sagte Madison, nachdem sie Fynn schon eine Stunde lang von dem Treffen mit Cameron erzählt hatte, während Spencer, Dunne, Kelly und Rosario um sie herum saßen und standen.
Kelly sah aus, als ob er gleich platzen würde. Für ihn war es ein Unding, dass die Jüngste und Unerfahrenste aus ihrer Einheit *sie* bei einer Einsatzbesprechung über etwas informierte; die Tatsache, dass sie mit dem Mann Kaffee getrunken hatte, der zwei Tage zuvor seinem Partner die Nase gebrochen hatte, war allein schon unfassbar.
Madison hatte sich vorsichtig ausgedrückt, sie war sich bewusst, dass durch einen falschen Eindruck von Vertrautheit mit Cameron jedem von ihnen Schlimmeres zustoßen konnte als eine gebrochene Nase.
»Sorensen ruft an, wenn sie mit den Briefkarten fertig ist«, schloss sie.

»Gut gemacht«, sagte Fynn.

Ich muss es Brown erzählen, dachte Madison. *Erst dann ist die Einsatzbesprechung vollständig.*

Madison setzte sich an ihre Tastatur. Ursprünglich hätte ihre E-Mail an Kamen nur die Bilder aus Pierce County enthalten sollen, doch dann hatte Quinn plötzlich bei ihr vor der Tür gestanden. Zwölf Stunden später starrte sie auf das leere Mailfenster und versuchte, etwas Ordnung in die Erkenntnisse des letzten Abends, den Brand am Morgen und das ganz sichere Bauchgefühl zu bringen, dass die Tage, in denen Salinger Briefe schrieb, noch nicht vorüber waren.

Nachdem sie eine Weile getippt hatte, stand sie auf und ging in dem kleinen Büro auf und ab, in dem gerade Platz war für ihren Schreibtisch und den von Brown. Es kam ihr vor wie ihr Kopf, vollgestopft, und dennoch fehlte etwas sehr, sehr Wichtiges.

Wir wissen nicht, warum er Quinn ausgewählt hat. Diese Karten, mit ihrer unfertigen Botschaft, enthalten die ganze Wucht seiner Versprechungen, seine Hoffnungen darauf, was er erreichen will. Und wenn wir nicht verstehen, was das ist, dann werden wir ihn nicht aufhalten können, sollte er noch am Leben sein.

Madison setzte ihren Namen unter die Mail, hängte die Bilder an und drückte auf ›Senden‹.

Fynn war mit ihrem inoffiziellen Bericht zufrieden gewesen und hatte ihr die Aufgabe übertragen, rückwärtszugehen, sozusagen in Salingers Schuhe zu schlüpfen und seinen Hintergrund auszuloten, alles aus seiner Vergangenheit hervorzuholen, was sie finden konnte, um die Gegenwart zu verstehen. Alle verfügbaren Kräfte waren unterwegs, um jeden Menschen zu befragen, der Salinger jemals getroffen und diese Bekanntschaft überlebt hatte.

Madison machte sich daran, eine neue Zeitachse zu konstruieren, die damit begann, wie die Zwillinge laufen lernten, und damit endete, wie einer von ihnen aus nächster Nähe Kinder erschoss. Sie unterbrach ihre Arbeit, weil sie eine Verabredung mit einem jungen Mann aus dem Archiv hatte. Ausdruckslos und unscheinbar leuchtete Camerons bearbeitetes Bild von seiner Festnahme vor zwanzig Jahren auf dem Schirm.

»Sie haben ihn getroffen, oder? Wie haben wir uns geschlagen?«, fragte der Techniker. In seiner Stimme lag zu viel Hoffnung, als dass Madison die Frage direkt beantworten wollte.

»Ja, das ist ein schwieriger Kunde, den wir da haben. Wir müssen noch ein paar Kleinigkeiten anpassen.«

»So schlecht?«

»Die Alterung des ursprünglichen Bildes war gut, aber hier und hier sind die Linien anders, und auch der Haaransatz …«

»Moment, ich mache die Änderungen gleich.«

Er ließ die Fingergelenke knacken und zog seinen blonden Pferdeschwanz enger. Madison schloss die Augen und ging zum vorigen Abend zurück, wie sie sich umwandte und ihn zum ersten Mal sah, wie sie am Tisch saß und ihn musterte. Kurz darauf hatten sie ihn auf dem Bildschirm.

»Fertig. Ist die Neigung der Augen richtig?«

»Ja«, antwortete sie. »Könnten Sie jetzt noch *Gewissen* und *Moral* entfernen?«

Sie ging mit frisch ausgedruckten Bildern hinaus, legte Spencer eines unter einen Hefter auf dem Schreibtisch und nahm ihre Autoschlüssel.

Madison fuhr die 99 in Richtung Norden und hoffte, dass die Feuerwehr von Everett sie nahe genug an Salingers Haus heranließ, beziehungsweise an das, was davon übrig war. Jede Meile musste sie sich wieder daran erinnern, dass es nicht sofort Antworten geben würde, keine plötzlichen

Erleuchtungen, nur weil sie dem Leben des Mannes und seinen Mysterien körperlich näher kommen würde als je zuvor. Schwere Wolken hingen tief am Himmel, und Madison fuhr so schnell es erlaubt war, um noch anzukommen, bevor das Tageslicht schwächer wurde. Es war leicht zu finden, die gesamte Zufahrt war mit Einsatzwagen vollgeparkt, Helikopter von Fernsehsendern zogen ihre Kreise, und mindestens zehn Kamerateams versuchten, alles Beachtenswerte vor das Objektiv zu bekommen.

Sie parkte, klemmte sich die Dienstmarke an die Brusttasche und stieg mit gesenktem Kopf aus dem Auto aus. Zuerst roch sie es, in der Kälte war jeder Atemzug eine scharfe Klinge aus beißender, bitterer Luft, darunter ein öliger Rückstand, der in ihrem Mund haften blieb.

Tränen stiegen ihr in die Augen, sie wischte sie mit dem Ärmel ab. Innerhalb von wenigen Minuten hatte sie die Lichtung und das Absperrband erreicht, jenseits davon war der gesamte Schnee geschmolzen, und die Erde darunter kam wie ein zottiger grauer Teppich zum Vorschein. Die tiefe Wut, die sie überkam, überraschte sie: sein Haus, aber er war nicht dort; sein Werk, aber nichts, was sie mit beiden Händen greifen konnte. Madison ging am Absperrband entlang, ein paar Männer im Schutzanzug durchsiebten langsam und sorgfältig den Boden. Immer wieder hob einer von ihnen etwas mit seiner behandschuhten Hand auf und steckte es in einen Asservatenbeutel.

In der Ferne, auf der anderen Seite des Hauses, sah Madison Dunne im Gespräch mit einem Feuerwehrmann. Er bemerkte sie und hob die rechte Hand, vier Finger waren ausgestreckt. *Überreste von vier unbekannten Toten.* Madison nickte, Botschaft angekommen. Sie waren nun bei vier.

Da sie kaum Erfahrung mit Häuserbränden und Brandstiftung hatte, wusste Madison nicht, ob ihre körperliche Reaktion auf diesen Ort etwas Individuelles war oder ob jeder das erlebte. Über den Resten des Gemäuers hing etwas Übles, Giftiges. Sie ließ den Blick über die Bäume hinter dem Haus schweifen, unter den schweren Zweigen hatte sich die Dunkelheit schon eingenistet: Irgendwo dort drinnen hatte Cameron gestanden und ihnen bei der Arbeit zugesehen. Vielleicht war er immer noch dort, wer wusste es schon.

»Sie haben Spuren von Brandbeschleuniger gefunden«, sagte Dunne neben ihr. »Und es sind ein paar Gaszylinder explodiert, offenbar hat er im Keller mit Metall gearbeitet. Da ist irgendwelches Zeug, das man nicht so einfach identifizieren kann, aber Möbel sind es auf keinen Fall.«

»Was ist mit den Leichen?«

»Einige der Überreste waren noch intakt, manche Körper waren … zerstückelt. Insgesamt vier menschliche Schädel. Was immer es war, das Feuer hat sich rasend schnell ausgebreitet. Angenommen, die Feuerwehr wäre schon mit Höchstgeschwindigkeit die Zufahrt hochgefahren, als es zur ersten Explosion kam – sie wäre nicht rechtzeitig gewesen, um den Brand aufzuhalten.«

Kapitel 41

Tief unter dem Erdboden, in den betonierten Eingeweiden des Schießstands, zielte Madison mit der linken Hand auf die Scheibe. Die Einschüsse bildeten einen engen Kreis um die Mitte. Die Ohrenschützer schirmten den größten Teil der Zündexplosion ab, aber jeder Rückstoß jagte ihr aufs Neue einen Schmerz durch den rechten Arm.

Madison achtete nicht auf die anderen Schützen: Sie lud nach, wechselte die Zielscheibe und schoss akkurat die Mitte aus der neuen heraus. Sie genoss die gleichmäßige Abfolge der Bewegungen und dass sie dadurch aus ihren Gedanken gerissen wurde.

Ihr Schlüssel steckte gerade in der Haustür, als das Mobiltelefon klingelte.

»Ich hatte heute eine neue Karte in der Post. Ich habe sie eben entdeckt.«

Quinn.

Madison stand im Gang, ohne das Licht anzuschalten. »In der Morgenpost von heute?«

»Ja. Ich bin erst vor einer Stunde dazu gekommen.«

»Dann ist sie schon ...«

»... vor dem Brand abgeschickt worden.«

»Also entweder das Letzte, was er je getan hat, oder nur der nächste Schritt in seinem Plan.« Madison blies Luft aus den Wangen. »Gut, was steht drauf?«

»Ich könnte es Ihnen in ungefähr fünf Minuten zeigen«, schlug Quinn vor.

»In Ordnung.« Madison drehte sich in dem dunklen Korridor um, das Haus war still und leise.

»Aus reiner Neugier, ist Cameron schon hier?« Ihre Stimme klang trocken, die Hand lag auf dem Holster.

»Er ist bei mir«, antwortete Quinn.

In all ihren Jahren als Polizistin hatte Madison immer die Waffe abgelegt, sobald sie nach Hause kam, und sich dann die Tatorte und Schießpulverreste von Gesicht und Händen abgewaschen. Heute ließ sie die linke Hand am Griff ihrer Waffe ruhen, während sie sich gegen das Sofa lehnte, den Blick auf die Haustür gerichtet. Sie waren unterwegs zu ihr und brachten ein kleines Stück Grauen mit, aus cremefarbenem Papier. Sie sollte froh sein, dass sie Cameron noch einmal zu Gesicht bekam, auch wenn es am Esstisch ihrer Großmutter war.

Madison zündete den Kamin an. *Bitte sei tot,* dachte sie, während sie mit Zunder und Streichhölzern hantierte. *Sei tot und ein für alle Mal verschwunden. Möge das nur noch die Spur deiner kalten Finger sein, während du schon auf dem Weg in die Hölle bist.* Dann schien ihr das Feuer wärmend ins Gesicht, und Quinns Auto kam in die Zufahrt gebogen, Türen gingen auf und zu. Madison trat beiseite, um sie einzulassen.

Cameron hörte es zuerst, leise Schritte auf dem nassen Boden, er wandte sich um und stellte sich zwischen Quinn und die Tür. Rachel kam mit Tommy auf der Hüfte und einer braunen Papiertüte in der Hand aus der Dunkelheit.

»Das ist meine Freundin«, erklärte Madison rasch, es war zu spät, um Rachel am Hereinkommen zu hindern, sie lächelte sie zur Begrüßung bereits an.

»Hallo.« Rachel trat ein. »Meine Mutter ist vorbeigekommen, und du weißt ja, wie sie ist …« Sie hielt inne, als sie die beiden großen, dunklen Männer neben Madison stehen sah, die seit dem Alter von 13 Jahren ihre beste Freundin war. Sie hielt inne, weil seit Tagen Bilder von den beiden in den Zeitungen abgedruckt waren, und obwohl der eine nur annähernd so aussah wie das Computerbild auf den Titelseiten, wusste Rachel genau, wen sie vor sich hatte. Und auch, dass der andere Mann der Anwalt war, der ihn verteidigte, der Mann, der sich zwischen die Justiz und den mutmaßlichen Kindermörder gestellt hatte. Die Nachrichten mochten zwar ständig Berichte über Salinger bringen, aber John Cameron und seine Vergangenheit stellten trotzdem noch gutes Material für die Blutrünstigsten unter den Lesern dar. Rachel hielt Tommy fester.

»Alles okay«, sagte Madison leise und ging zu ihr. »Wir arbeiten an dieser Sache, du weißt schon. Sie sind hier, um zu reden. Ich kann dich gerade nicht hereinbitten.«

Rachel nickte und reichte Madison die Tüte.

»Du riechst komisch«, sagte Tommy.

»Ich war ganz nah an einem Feuer, Schatz.«

»Ich mag Lagerfeuer«, sagte Tommy, und in dem Moment fing er in den Armen seiner Mutter an zu zappeln und ließ den Baseball fallen, den er in der Hand gehabt hatte. Er rollte über den Holzboden und blieb vor Quinns Füßen liegen. Quinn hob ihn mit der linken Hand auf, in der rechten hielt er eine durchsichtige Plastikmappe mit einem cremefarbenen Umschlag darin.

»Hier«, sagte er und streckte dem Jungen die Hand entgegen. Quinn und Rachel wechselten einen Blick, er pausierte für den Bruchteil einer Sekunde und bewegte den Arm dann wenige Zentimeter zur Seite, um den Ball stattdessen in Rachels Hand fallen zu lassen.

»Danke«, sagte Madison und drängte sie hinaus in die Kälte.

»Kommst du wirklich klar da drinnen?« Rachel war blass geworden.

»Komischerweise ja. Ich fühle mich völlig sicher mit ihnen.«

»Ich verstehe das nicht.«

»Ich auch nicht, aber ich muss mit ihnen zusammenarbeiten, um das zu Ende zu kriegen.«
»Sei vorsichtig.«
»Bin ich.«
Als sie wieder ins Haus kam, hatten es sich die beiden in ihrem Wohnzimmer bequem gemacht. Einen Augenblick ging Madison durch den Kopf, wie Nathan Quinn Rachel den Baseball gegeben hatte, weil er die Verachtung in ihren Augen gesehen hatte und sie nicht wollte, dass etwas aus seiner Hand ihren Sohn berührte. Er hatte den Blick nicht abgewandt. Madison war etwas betreten, bis sie den Umschlag sah, da verschwanden alle anderen Gedanken.
»Sehen wir es uns an«, sagte sie.
Die Pinzette steckte in dem kleinen Etui in ihrer Tasche. »Haben Sie es mit bloßen Händen angefasst?«
»Mit Handschuhen und einem Brieföffner«, antwortete Quinn.
John Cameron hatte sich in einen Sessel vor dem Kamin gesetzt und die Augen geschlossen, als hätte es nichts mit ihm zu tun, was da auf dem Tisch lag.
Madison schob die Karte langsam heraus und legte sie neben den Umschlag. Dieselbe schwarze Tinte. Dieselbe kleine Schrift. *3 Uhr.* Sie drehte die Karte um. Mehr stand nicht darauf.
Madison langte nach ihrem Notizbuch und riss zwei Seiten heraus, mit ihrem Stift schrieb sie auf das eine Blatt *Dreizehn Tage,* auf das andere *28885.* Sie reihte sie links von der cremefarbenen Karte auf und trat einen Schritt zurück. Etwa zwei Minuten lang hörte man nur das Knistern des Feuers. Quinn hatte schon etwas Zeit gehabt, darüber nachzudenken, und wenn sie ihn richtig einschätzte, war er schon zu einem Schluss gekommen.
»Sie wissen, was die Karten bedeuten, oder?«
Quinn nickte. Er zeigte auf die erste. »Am dreizehnten Tag

nach dem Mord an James und seiner Familie«, er zeigte auf die zweite Karte, »an dem Ort, wo mein Bruder am 28. August 1985 starb«, er zeigte auf die dritte, »um drei Uhr. Datum, Ort, Uhrzeit. Es ist eine Einladung, ihn zu treffen.«
Madison wusste instinktiv, dass Quinn den Nagel auf den Kopf getroffen hatte. Salinger hatte sich einige Zeit gelassen, um sich Quinns Aufmerksamkeit zu sichern, aber nun war es so weit. Niemand außer Nathan Quinn und John Cameron hätte die Bedeutung der Zahlenreihe *28885* begriffen. Dieses Datum würde für immer mit der Lichtung verknüpft sein, wo für die Jungen vom Hoh River das Schicksal seinen Lauf nahm.
»Das heißt diesen Freitag«, sagte sie. »Und er muss es mindestens vierundzwanzig Stunden vor dem Brand geschickt haben. Bevor sein Gesicht in allen Nachrichtensendungen auf sämtlichen Kanälen gezeigt wurde. Man arbeitet auf Hochtouren an der DNA-Analyse, aber das dauert seine Zeit. Nach dem letzten Stand sind es mindestens vier Leichen, nicht alle sind unversehrt. Es könnte sein, dass wir nicht vor Freitag Sicherheit haben. Als er diese letzte Karte geschickt hat, dachte er, Sie wären allein und würden vergeblich versuchen, Ihren Mandanten vor uns zu schützen, während Cameron unterdessen die Zahl der Toten noch erhöht.«
»Da überschätzen Sie mich«, sagte Cameron ins Feuer hinein.
»Keine Sekunde. Salinger wusste, was Sie tun würden, genau wie er wusste, dass Quinn sich nach dem damaligen Stand am Freitag mit ihm getroffen hätte, um Ihnen das Leben zu retten, ob es Ihnen passen würde oder nicht.«
»Glauben Sie denn, ich muss gerettet werden, Detective?«
»Ich glaube nicht, dass es vorbei ist. Nicht, wenn ich nicht Salingers Schädel mit der bestätigten DNA-Analyse auf dem Tisch des Rechtsmediziners gesehen habe.«

»Ich hätte nicht gedacht, dass Sie so ein Faible für das Schaurige haben.«
»Hab ich nur so gesagt.«
Cameron wandte sich um und sah sie an. Seine Augen hatten die Farbe von warmem Honig. »Glaube ich nicht.«
Madison erwiderte seinen Blick, nahm die Karte und steckte sie vorsichtig wieder zurück in die Plastikmappe. »Ich bringe das heute Abend noch ins Labor. Sie arbeiten gerade in Dreierschichten, je früher sie sich das vornehmen können, desto besser.« Madison blickte vom einen zum anderen. »Bis zum Freitag sind es noch zwei Tage, und was immer an diesem Tag passieren sollte, ist beim Teufel. Seine Tarnung ist aufgeflogen, sein Plan ist zerschlagen. Wenn bis Freitag noch keine DNA von einer der Leichen positiv als die von Harry Salinger identifiziert ist, sind wir da, zum vereinbarten Zeitpunkt. Für den unwahrscheinlichen Fall, dass er wahnsinnig genug ist, wirklich dorthin zu kommen, wo er es Ihnen quasi angekündigt hat, wird das Areal von Detectives des Seattle P. D., State Troopers, der Parkpolizei und SWAT-Teams abgesichert werden. Sie werden nicht dabei sein, keiner von Ihnen.«
»Zwei Tage, das ist eine lange Zeit«, sagte Cameron. »Wer weiß schon, wo wir alle am kommenden Freitag sein werden?«
Es gab viel zu besprechen, aber für diesen Abend war alles gesagt. Als sie nach Norden Richtung Seattle fuhr, dachte Madison, dass sie untereinander nun endgültig die höflichen Umgangsformen aufgegeben hatten. Sie hatten sich weder begrüßt noch voneinander verabschiedet, und die Scheinwerfer von Quinns Jeep waren einfach aus der Heckscheibe ihres Honda verschwunden, als sie an der South-Michigan Street von der 509 abgefahren war.
Madison rief Lieutenant Fynn auf dem Mobiltelefon an und teilte ihm mit, dass sie und warum sie auf dem Weg ins Labor

war; ihm gefiel die Bedeutung der Karten kein bisschen besser als ihr, aber er musste zustimmen, dass Quinn wahrscheinlich recht hatte. Salinger hatte ihm Ort und Zeit für einen Treffpunkt genannt. Er saß in seinem Arbeitszimmer, umgeben von Familienfotos und Enzyklopädien, sie fuhr durch den Abend, während ihr die Waffe in die Seite drückte, doch sie beide dachten dasselbe: Es gab eine Chance, dass Harry Salinger sich nicht mehr auf dieser Welt befand, allenfalls noch in Gestalt seiner sterblichen Überreste im Kühlfach einer Leichenhalle.

»Eines noch, Sir …«, sagte sie.

»Ich wundere mich schon, dass Sie es noch nicht angesprochen haben.«

»Wir müssen es tun. Wir müssen es überprüfen.«

»Ich weiß. Richter Hugo wird gleich morgen früh die Vollmacht unterschreiben. Ich möchte früh anfangen.«

»Wissen Sie schon, ob in den letzten Wochen irgendein Fall von Vandalismus gemeldet wurde?«

»Nicht, dass wir wüssten. Wir sprechen mit den Totengräbern vor Ort, der Boden wird gefroren sein, es wird nicht einfach, so weit hinunterzukommen.«

»Wenn er es getan hat, dann wahrscheinlich vor einer ganzen Weile, als der Untergrund noch weicher war.«

»Vielleicht. Es sieht ja nicht so aus, als hätte er das Ganze in letzter Minute geplant. Gibt es etwas von Quinn und seinem Mandanten?«

»Cameron war heute Abend sehr ruhig. Er wartet darauf, dass sich irgendetwas ergibt, was immer das auch sein mag. Und Quinn? Ich weiß nicht. Aber ich kann ohne jeden Zweifel sagen, dass er zu dem Treffen gegangen wäre. Wenn wir noch hinter Cameron her wären, hätte Quinn kein Wort über die Briefkarten verloren und wäre mit seinem Scharfsinn und einem Juraexamen bewaffnet zu dem Treffen gegangen. Vielleicht hätte sich dieser Privatdetektiv, den er da beschäftigt, mit einem Scharfschützengewehr im Gebüsch versteckt. Ich könnte weder das eine noch das andere beschwören.«

Der Verkehr tröpfelte dahin wie der Regen, der sich immer wieder in nasse Schneeflocken verwandelte, sich gleich darauf vergaß und wieder zu Regen wurde. Madison fand Sorensen im Labor, auf einem Sofa in ihrem Büro, einen Arm über den Augen.

Kurze Zeit später lag Madison im Bett, sie hatte geduscht und sich eingeseift, bis sie sicher war, dass der beißende Geruch des Feuers verschwunden war. Ihr letzter Gedanke, einen Atemzug entfernt vom Schlaf, setzte sich und platzte dann wie eine Blase: *Sei tot und verschwunden.*

Kapitel 42

Madison wachte auf, bevor der Wecker losging, und hatte das Gefühl, noch neben sich zu stehen. Sie wartete: Sie wartete darauf, richtig zu hören und zu atmen, ihre Waffen um sich zu sammeln und wieder in die Schlacht zu ziehen. Sie wartete einfach. Wartete darauf, dass Brown aufwachte. Ihr blieb nicht viel anderes, als die Ärmel hochzukrempeln und ihre Liste abzuarbeiten, während ein Geräusch wie das Pfeifen eines Wasserkessels durch sie hindurchfuhr und ihre Gedanken durcheinanderbrachte.

Auf dem Revier sah es ähnlich aus. Lieutenant Fynn war losgezogen, um die Vollmacht unterschreiben zu lassen, die ihnen gestattete, den Sarg von Michael Salinger auszugraben. Sie würden ihn mit den angemessenen Werkzeugen und dem angemessenen Widerwillen öffnen und sorgfältig überprüfen, ob irgendwelche Teile der Gebeine entfernt worden waren, um vor dem Brand in dem Haus plaziert zu werden. Niemand hatte vergessen, dass Michael und Harry Salinger dieselbe DNA hatten.

Die anderen Detectives waren ebenfalls unterwegs, wahrscheinlich waren sie froh um einen Grund, fahren, laufen und sprechen zu dürfen, statt ständig auf die Uhr zu sehen.

Madison saß an ihrem Schreibtisch und ordnete ihre Notizen zu kleinen Stapeln. Ihr Arm wurde schon besser, gut genug, um eine Tasse Kaffee zu heben, aber noch nicht gut genug, um mit einer Waffe zu schießen.

Sie schickte Kamen rasch eine Mail, um ihn über die letzte Karte und ihre Bedeutung zu informieren, und sie fügte jede

Kleinigkeit über den zweiten Besuch von Quinn und Cameron hinzu. Sie war sich nicht sicher, was er mit dieser Information anfangen sollte; aber irgendwie war es fast, als würde sie mit Brown reden, weniger bissig, genauso scharfsinnig und am Ende auf unerwartete Weise nützlich.

Die Akte Salinger war durch die vielen Befragungen am Vortag über Nacht auf mehrere Zentimeter angewachsen. Madison las sie rasch durch, sie hoffte auf einen Hinweis, dem sie nachgehen konnte, fand aber nichts. Seine Kollegen im Restaurant hatten kaum noch Erinnerungen an ihn, und wenn Donny O'Keefe nicht gewesen wäre, dann würden sie noch Tage zurückliegen.

Auch seine Gefängnisakte hatte man überprüft, keine Besucher, keine Post, aber regelmäßige Aufenthalte auf der Krankenstation. Seine Zeit dort war keine Vergnügungsreise gewesen. Harry Salinger hatte in einem Vakuum gelebt, ohne jegliche Beziehungen zu anderen Menschen. Madison ging mit dem Zeigefinger den Brief von der Polizeischule in Seattle durch, sie suchte und fand das gewünschte Datum: Drei Wochen nachdem sein Vater an postoperativen Komplikationen gestorben war, hatte sich Harry Salinger an der Polizeischule beworben; zwei Tage nach seiner Ablehnung war er wegen Körperverletzung festgenommen worden.

Sie erschrak, als jemand an den Türrahmen klopfte. Kelly betrat ihr Büro und lehnte sich an die Wand, er trug eine grünmelierte Krawatte und seinen üblichen hellgrauen Barney's-Anzug. Kein Gerichtstag.

»Ich muss mal was fragen«, sagte er. »Bei allem, was da gerade passiert, verliert man leicht den Überblick.«

»Nur zu.« Madison lehnte sich zurück und spürte, sie spürte wirklich, wie sich ihr die Nackenhaare aufstellten. *So was, auch Menschen haben richtige Nackenhaare.*

»Gehe ich recht in der Annahme, dass Quinn Ihnen gestern Abend die letzte Karte bei Ihnen zu Hause gegeben hat, dass er, Gentleman, der er ist, Ihnen einen Besuch abgestattet hat und dass Cameron bei ihm war?« Kelly wartete. »Genau wie am Abend zuvor, und Cameron war auch dabei?«

»Richtig.«

»Lassen Sie mich das noch einmal klarstellen. Der Typ, dieser Typ, den wir länger im Visier haben, als Sie Ihre Dienstmarke polieren, geht bei Ihnen zu Hause ein und aus, und Sie halten es nicht vielleicht für eine gute Idee, uns Bescheid zu sagen, damit wir ihn beschatten und herausfinden können, wo er nachts schläft? Sie haben ihn zweimal getroffen, und alles, was Sie sagen können, ist, dass er gerne Rollkragenpullover trägt?«

Madison dachte an all die Informationen, die sie Kamen gerade geschickt hatte, und an ihre eigenen privaten Notizen. Was würde Kelly wohl damit anfangen?

»Ja, Sie haben recht«, sagte sie und genoss die Nanosekunde Überraschung in seiner Miene. »Wäre es jemand anders gewesen und eine andere Situation, dann hätte ich das getan. Aber nicht jetzt, und nicht mit Cameron. Der Mann ist – ich weiß nicht, was er ist. Aber er hätte es gemerkt, und der einzige Vorteil für mich ist, dass sie mir ein bisschen vertrauen. Wenn ich dieses Vertrauen verliere, verliere ich die beiden. Das kann ich nicht riskieren.«

»Ich hoffe, das ist es wert«, sagte Kelly, der sichtlich vom Gegenteil überzeugt war, und wandte sich zum Gehen.

»Kaschmir«, sagte Madison, die sich schon wieder ihren Notizen widmete.

»Was?«

»Es sind Kaschmir-Rollkragenpullover. In Blau.«

Falls Kelly antwortete, dann nur für sich im Geiste.

Es war frustrierend. Madison hatte das Gefühl, sie würden nach Rauch greifen. Sie hatten sämtliche Daten aus Harry Salingers Leben, aber keinen lebenden Menschen, der ihnen mehr als nur einen schwammigen Eindruck von ihm vermitteln konnte. Die Tante in San Diego hatte stundenlang mit örtlichen Polizisten gesprochen, die Fynns Fragen übermittelt hatten, das war alles schön und gut, aber sie hatte ihn seit Jahrzehnten nicht gesehen. Das einzig Wichtige, das sie erzählte, war, dass der Vater seine junge Ehefrau terrorisiert hatte und dass sie sich aller Wahrscheinlichkeit nach das Leben genommen hatte. Wie das Leben der Jungen danach verlaufen war, konnte sie allenfalls vermuten. Wie in *Die Waltons* war es nicht, das stand fest.

Madison sah Fynn energisch mitten durch den Gemeinschaftsraum kommen. Da lief etwas nicht nach Plan. Sie näherte sich ihm vorsichtig, er telefonierte bereits. Als er sie sah, deckte er den Hörer mit einer Hand ab: »Richter Hugo hat abgelehnt. Er sagt, wir sollen noch einmal zu ihm kommen, wenn es eine positive Identifizierung gegeben hat. Er wollte das Pferd nicht von sonst woher aufzäumen. Bei Ihnen was Neues?«

»Noch nicht.«

Sie ließ ihn weitertelefonieren und kehrte an ihren Schreibtisch zurück. Irgendwo in ihrem Notizbuch hatte sie sich die Nummer des Maklerbüros aufgeschrieben, das Salingers Elternhaus im Angebot hatte. Das war jedenfalls nicht abgebrannt. Eine Stunde später stand sie mit Fynns Segen und einem Schlüssel von der Maklerin, die eigens hergekommen war, vor der Haustür.

Die Maklerin stieg wieder in ihren silbernen Camry. »Ich will ehrlich zu Ihnen sein, ich glaube nicht, dass wir das Haus vor dieser ganzen Geschichte losgeworden wären. Schauen Sie es sich doch an. Es ist dreißig Jahre lang verkommen, nicht einmal für einen Umbau ist das eine gute Grundlage. Jetzt werden die Spinner daherkommen und einbrechen, um die Tapete zu klauen und auf eBay zu versteigern. Behalten Sie den Schlüssel, wir haben einen ganzen Haufen.«

Gleich nachdem man Salinger identifiziert hatte, war das Haus von Polizisten überprüft worden. Sie hatten nachgesehen, ob es Anzeichen für ein gewaltsames Eindringen gab oder unrechtmäßige Bewohner. Die Agentur, die das Haus zunächst betreut hatte, war dann selbst bankrottgegangen, und so hatte das Maklerbüro ein Objekt an der Hand, das es weder haben wollte noch verkaufen konnte; in ein paar Jahren hätte es sich vielleicht sowieso erledigt, weil die alte Ruine von selbst einstürzte.

Eine Haustür, auf der rechten Seite eine Nebentür, die Farbe zu einem bleichen Grün verblasst. Madison spürte, wie die Sonne zwischen den Wolken hindurchguckte: Nicht einmal ein strahlend blauer Himmel könnte dieses Haus jemals hübsch machen. Sie steckte den Schlüssel ins Schloss und ging hinein.

Ihre Augen passten sich an die Dunkelheit an, die Maklerin hatte sie noch einmal daran erinnert, dass es keinen Strom gab. Madison hielt eine schwere Taschenlampe in der linken Hand, das Sonnenlicht kämpfte sich durch die schmutzigen Fenster. Sie stellte die Taschenlampe aufrecht neben die Tür. Es roch nach chemischem Lavendelduft und Staub, jemand hatte in jedes Zimmer Raumerfrischer aus Plastik gehängt. Man hatte die Böden gewischt und alle Möbel ausgeräumt, sämtliche Habseligkeiten von Salinger, die Vorhänge und die Teppiche entfernt. Madison blieb stehen und lauschte, von außen drangen kaum Geräusche herein.

Sie ging von einem Zimmer zum anderen und suchte etwas, das ihr ein Gefühl für die Familie vermittelte, die hier einmal gelebt hatte. Eine normale Familie, dann nur noch ein Vater mit zwei Jungen, dann ein Vater und sein überlebender Sohn und schließlich Harry Salinger allein. Madison sah lediglich ein nacktes Haus, das ihr viel über das Leben mit geringem Einkommen, aber wenig über Mord und Obsession verriet.

Sie ging die Treppe hinauf, oben waren die Schlafzimmer.

Das größte war wohl das der Eltern gewesen, das Bett fehlte wie alles andere auch. Die Tapete war blau, mit ordentlichen Reihen von kleinen Blümchen bedruckt, die aussahen wie Eisenhut. Madison schaute aus dem Fenster hinaus in den Garten und auf die hohen Tannen, die ihn auf allen Seiten umgaben. Der Rasen war überwuchert, es hatte sicher einmal eine Zeit gegeben, als es Salingers Aufgabe war, ihn zu mähen.

Madison war schmerzlich bewusst, dass sie nach etwas von Belang suchte, wo mittlerweile nichts mehr vorhanden war. Sie spürte keine Verbindung zwischen diesem Ort und dem Grauen, das die Familie Sinclair und die unbekannten Toten in Pierce County heimgesucht hatte. Es war ein trauriges, verkommenes Haus mit großen feuchten Flecken überall unter den Fenstern, doch alle Spuren von Leben in seinem Inneren waren mit Großflaschen Chlorreiniger weggewaschen worden.

Madison sah sich um. Hatte Salinger weiter in seinem Kinderzimmer geschlafen, nachdem sein Vater gestorben war? Hatte er das alte Zimmer des Mannes abgeschlossen und den Schlüssel weggeworfen?

Als sie sich umdrehte, quietschte und bewegte sich die Diele unter ihren Füßen. Das Holz hatte eine dunklere Farbe, dort musste über Jahre ein Läufer gelegen haben, der es vor der Sonne schützte. Mit der Spitze ihres Stiefels probierte Madison es noch einmal, die Diele gab eindeutig nach, und zwar mehr als das Brett daneben.

Madison griff in die Gesäßtasche ihrer Jeans, ließ das Messer ihres Großvaters aufschnappen und schob die Spitze in den schmalen Spalt. Es klemmte. Madison kniete sich hin, ohne auf Staub und Holzsplitter zu achten. Sie versuchte, durch den Spalt unter das Brett zu sehen, aber es war zu dunkel. Sie lief schnell nach unten und holte die Taschenlampe. In dem hellen Strahl sah sie etwas. Eine Schuhschachtel. Ihr Herz klopfte. Sie drückte fester mit dem Messer zu, aber damit machte sie nur eine Kerbe ins Holz.

Es muss nichts sein. Es könnte einfach gar nichts sein. Aber was es auch sein mag, es kommt ans Licht.

Madison richtete sich auf und holte ein Stemmeisen aus ihrem Auto, das sie neben dem Wagenheber aufbewahrte. Sie warf ihre Lederjacke in den Kofferraum, schlug ihn zu und sah sich um. Auf der Straße war niemand zu sehen.

Im Schlafzimmer schob sie vorsichtig das Stemmeisen in den Spalt und achtete darauf, dass das Holz nicht einfach abbrach. Sie drückte langsam und leise nach unten, als sollte es der Fußboden gar nicht bemerken, und nach einem weiteren kurzen Stoß löste sich das Brett und fiel seitlich auf den Boden.

Madison zog ein zerdrücktes Paar Handschuhe aus einer Tasche und schlüpfte hinein. Sie klappte ihr Mobiltelefon auf und machte Fotos, in dem durch die Fensterscheiben gedämpften Licht leuchtete der Blitz grell und hart auf.

Sie legte die Finger um die Schuhschachtel, prüfte, wie schwer sie war, sie ließ sich ganz leicht heben. Das schmutzige Grau war wohl einmal weiß gewesen, eine Schnur war darum geknotet. Da war es, das Einzige, was von Salingers Leben übrig war, nicht weggeworfen, verkauft oder verbrannt. Die Schnur war zu einer Schleife gebunden, als wäre die Schachtel ein Geschenk.

Sie nahm beide Enden zwischen Daumen und Zeigefinger und zog sachte daran, die Schleife löste sich. Madison atmete zweimal tief durch, dann hob sie mit einer einzigen Bewegung den Deckel ab. Das Taschentuch hatte dunkelbraune Flecken, Madison wusste, dass es Blut war. Was sich darunter verbarg, war an den unregelmäßigen Konturen nicht zu erkennen. Madison zog an den Ecken des Tuchs, vermied es, die blutgetränkten Stellen zu berühren, und klappte sie zum Rand der Schachtel wie Blütenblätter. Es waren Dutzende:

unterschiedliche Größen, Materialien, Farben, kleine hübsche und billige abgewetzte. Halsbänder, von Katzen und von Hunden, verkrustet mit Blut und Erde und Fell. Roter Samt und dünnes, glänzendes Leder, kleine Schildchen mit Namen und Telefonnummern darauf. Dutzende. Plötzlich roch es nach Kupfer und verdorbenem Fleisch. Madison rutschte halb, halb setzte sie sich auf den Boden. *Wie lange? Wie lange hat er gebraucht, um sie alle zu töten?*

In dem schwindenden Licht verbrachte Madison noch ein paar Stunden damit, Fußbodendielen zu überprüfen und Verstecke zu suchen, aber das Haus hatte ihr schon alles gegeben, was dort zu finden war. Von der Küchentür aus betrachtete sie den Garten und fragte sich, wie viele kleine Gräber Salinger als Junge in die weiche Erde geschaufelt hatte.
Madison sperrte die Haustür zu und ging zurück zu ihrem Auto, einen Asservatenbeutel mit der Schuhschachtel samt Inhalt im Kofferraum. Als sie zurückfuhr, ließ sie alle Fenster herunter.
Nach einem kurzen Lauf durch das Viertel und einer heißen Dusche wärmte sich Madison den Eintopf vom Vorabend auf. Sie hatte dem Drang widerstanden, Sorensen und Dr. Fellman anzurufen, um zu fragen, wie sie vorankamen. Alle hatten ihre Nummer in dreifacher Ausfertigung.
Sie schaute sich *Das Apartment* an und schlief auf dem Sofa ein, noch bevor sich Shirley MacLaine das Herz brechen ließ.

John Cameron sitzt in seinem Haus über dem Alki Beach im Dunkeln und betrachtet die Lichter des Stadtzentrums von Seattle. In dem Fenster, das von der Decke bis zum Boden reicht, spiegeln sich kleine Lichtpunkte, die auf dem Alaskan Way Viaduct über den Sound fahren. Er weiß, der Ausblick kann ihm keinen Frieden schenken, er hat eine Kopie von

Salingers Festnahmeprotokoll gelesen und sämtliche Informationen, die Todd Hollis über den Fall Salinger gesammelt hat. Die Einsicht hat sich in diesem Spielchen erst spät eingestellt, aber nun hat er begriffen und flucht verhalten.
Es sind Waffen im Haus, manche davon wird er am Körper tragen, manche wird er hierlassen. Ob er jemals wieder in diesem Raum sein und Fremden zusehen wird, die in der Ferne Auto fahren, ist ihm völlig egal. Am Ende wird es mehr auf Geschwindigkeit als auf Kraft oder Munition ankommen. Auf Geschwindigkeit und auf den Willen. Der Jagdinstinkt lauerte bei ihm schon immer gleich unter der Oberfläche, und im Moment hat er das Gefühl, dass das bisschen menschlicher Anstand, das er in den letzten paar Jahren gezeigt hat, sich ganz schnell in nichts auflöst. Er hofft, Detective Madison wird ihm nicht in die Quere kommen, und gleichzeitig ist ihm klar, dass sie wahrscheinlich genau das tun wird.
Er zerknüllt das Festnahmeprotokoll, zündet ein Streichholz an und sieht zu, wie es sich aufrollt und in dem leeren Kamin zu Asche verbrennt.

Kapitel 43

Donnerstagvormittag. Madison saß an ihrem Schreibtisch, den Hörer ans Ohr geklemmt, und machte sich Notizen. Ein flüchtiger Gedanke wollte sich gerade einstellen, da platzte Dunne herein.

»Sie wiederholen den Test noch einmal, um ganz sicherzugehen. Die Überreste einer der Leichen passen zu Salingers DNA.«

Madison gelang am Telefon ein höfliches, wenn auch extrem schnelles »Danke und auf Wiederhören«.

»Zu Salingers DNA?«

»Fynn hat die Vollmacht unterschreiben lassen. Die ersten Tests bestätigen, dass ein ganzer Satz menschlicher Überreste von Salingers Haus mit seiner DNA und mit dem geronnenen Blut, das am Sinclair-Tatort gefunden wurde, übereinstimmt.«

Madison hatte die Hand noch am Hörer. »Wir müssen uns mit eigenen Augen davon überzeugen, dass der Bruder noch in seinem Grab liegt. Wir müssen es ganz sicher wissen.«

»Schnappen Sie sich Ihre Jacke. Ich bin noch nie so gern auf einen Friedhof gegangen.«

Madison stand auf, um ihm zu folgen, Hoffnungen und Ängste lasteten ihr gleichermaßen auf der Brust. Sie hoffte, dass sie sich irrte, sie hoffte mehr als alles andere, dass sie sich irrte.

Das Farmer Joe's in Burien war Tommys Lieblingsladen, denn dort gab es Erdbeereislutscher. Er liebte es, die kalte Frucht mit der Zungenspitze zu zerdrücken und wie dabei

seine Finger von der Kälte ein bisschen taub wurden. Himmlisch.
Er schaute hoch zu seiner Mom, sie standen im Gang mit den Konserven, und die interessierten ihn überhaupt gar nicht.
»Gleich bin ich fertig, Schatz«, sagte Rachel und ließ seine Hand los, um eine Dose Pfirsiche in ihren Einkaufskorb zu legen. Sie überprüfte die Dose noch auf den Zuckergehalt.
Tommy wusste, wo die Erdbeereislutscher waren, sie lagen in einer Gefriertruhe ein paar Gänge weiter hinten. Er hatte die strikte Anweisung, nicht auszubüxen, aber das war doch kein Ausbüxen, das war Einkaufen, so wie seine Mom es machte. Er ging zwei Schritte den Gang hinunter.
»Tommy, bleib da, wo ich dich sehen kann.«
»Ja, Mommy«, antwortete er. Tommy sah sich um, es gab wenig in seinem Leben, was noch langweiliger war als Einkaufen. Ein paar Meter entfernt, am Ende des Gangs mit den Frühstücksflocken, stand ein uniformierter Polizist mit einem leeren Korb in der Hand, über dem Arm hatte er eine lange Jacke hängen. Tante Alice war auch Polizistin. Der Mann wandte sich um und sah den Jungen an.

Der Regen prasselte auf ihre Schirme. Der Queen Anne Hill fiel sanft ab, und das Wasser rann durch den dünnen Schnee nach unten. Madison war froh, dass sie Stiefel anhatte. Fynn, Spencer, Dunne, Kelly und Rosario, Schultern und Hosensaum bereits durchnässt, verteilten sich großräumig und gingen von Grabstein zu Grabstein, um nach Michael Salingers letzter Ruhestätte zu suchen. Sie hatten eine ungefähre Ahnung, wo auf dem 16 Hektar großen Gebiet es sich befinden könnte. Es hätte ein hübscher Spaziergang werden können, mit Immergrün und einem gepflegten Rasen, den universellen Begleitern der ewigen Ruhe. Aber letztlich waren sie da, um einen Sarg auszugraben. Madison sah sich nach Besuchern um, in der Hoffnung, keine zu entdecken.

Ein Mitarbeiter des Friedhofs, er trug einen langen grauen Parka, gab sich alle Mühe, Schritt zu halten und auf Lieutenant Fynns Fragen zu antworten. Nein, in den letzten drei Jahren hätte es keine Fälle von Vandalismus gegeben, überhaupt keine Störungen, die Anlage würde regelmäßig überprüft. Madison lauschte nur halb, während sie in die Hocke ging und mit den Fingern über den verwitterten Marmor fuhr. Der falsche Name. Sie richtete sich auf und ging weiter.

»Hier«, rief Kelly und hob den Arm.

Der Friedhofsangestellte sprach leise in sein Walkie-Talkie, um dem Baggerfahrer Anweisungen zu geben. Sie drängten sich im Kreis, der Grabstein war aus Granit, er sah genauso aus wie die beiden daneben. Keine Engel, keine Ornamente. Nur die Daten darauf verrieten ihnen, dass es ein Kindergrab war. Es war schlicht, und doch hatten ihm die fünfundzwanzig Jahre im Klima des pazifischen Nordwestens etwas verliehen, was man mit Geld nicht kaufen konnte.

Zwei Kriminaltechniker in Allwetterausrüstung gesellten sich zu ihnen; Sorensen war im Labor geblieben, um ihren Privatkrieg gegen den Turm von Indizien zu führen.

Madison hockte sich hin, ein paar Regentropfen rannen ihr in den Kragen. Der Boden rund um die Grabsteine war intakt, es gab keine sichtbaren Hinweise darauf, dass irgendjemand die drei Gräber der Salingers berührt, gestört oder auch nur besucht hatte. Ein Techniker machte Fotos, der andere filmte mit einer kleinen Videokamera.

Der Bagger kam, eine leistungsfähige Maschine, die die Arbeit schneller verrichten würde, als Menschen es je könnten. Madison trat zurück und steckte die Hände in die Taschen. Sie konnte nicht sagen, wie lange es dauerte; irgendwann hörte der Baggerfahrer auf und stieg aus, um mit einem Spaten den letzten Rest Erde wegzuschaufeln, Metall kratzte über Holz. Niemand sagte etwas.

Die Techniker von der Spurensicherung hatten schon ihre Scheinwerfer aufgestellt, einer der Männer sprang in das Loch und verschwand. Es gab wenig Platz dort unten. Der andere blieb oben, die Videokamera vor dem Gesicht.

Fynns Mobiltelefon klingelte. Madison schloss die Augen und hob das Gesicht; es hatte beinahe aufgehört zu regnen, sie spürte den feuchten Schleier auf der Haut. *Sei tot und verschwunden.*

Fynns Stimme riss sie zurück. »Das war die Rechtsmedizin. Die Tests wurden bestätigt. Es ist Salinger, die Leiche, die sie gefunden haben, die DNA passt.«

»Die Siegel sind unversehrt.« Der Techniker in der Grube musste schreien, weil alle durcheinanderredeten.

»Sind Sie sicher?«, rief Madison zurück.

»Ich habe sie vor Augen. Man hätte sie an vier Stellen abdrehen und brechen müssen. Die Originalsiegel wurden nicht manipuliert, seit dieses Ding im Boden ist.«

Madison ging am Rand des Lochs in die Knie, sie hörte, wie sich die anderen um sie herum bewegten und redeten und telefonierten.

»Macht schon auf«, sagte jemand.

Madison konnte den Blick nicht abwenden. Der Kriminaltechniker fackelte nicht lange, mit Werkzeugen löste er die Siegel auf allen Seiten. Als sie den Deckel abhoben, drängten sich alle um den Rand der Grube. Die zerschlissenen Fetzen, in denen die sterblichen Überreste im Sarg steckten, waren einmal Kleidungsstücke gewesen. Der Körper war da, jeder Knochen war an seinem Platz.

Der Friedhofsangestellte sah sie an. »Und, zufrieden?« Niemand antwortete. »Lieutenant, ich würde gerne alles wieder in den ursprünglichen Zustand versetzen, so bald wie möglich, Sie haben sicher Verständnis.«

Madison hörte nicht mehr hin. Harry Salinger war tot. Sie musste es Quinn sagen, sie musste es Brown sagen. Harry

Salinger war weg, er hatte sich eigenhändig in die Hölle geblasen. Dunne schlug ihr leicht auf die Schulter, er lächelte. Selbst Rosario, der noch eine verbundene Nase hatte und beinahe so bleich war wie der Tote, lächelte. Eine Gruppe von Menschen, die um ein offenes Grab standen, als wäre es das Beste, was ihnen je passiert war. Es war vorbei.

Madison verabschiedete sich und lief den Hügel hinunter, ihre Welt hatte sich gerade verschoben, und sie musste sich erst wieder neu orientieren. *Quinn*, dachte sie. Sie langte nach dem Mobiltelefon in ihrer Jacke, gerade als es klingelte.

»Tommy ist weg.« Um Rachel waren viele Stimmen zu hören, sie versuchte beim Sprechen das Schluchzen zu unterdrücken und zu atmen. »Tommy ist weg.«

Madison erstarrte. Sie drehte sich um und sah die Scheinwerfer der Spurensicherung oben auf dem Hügel.

»Wann ist das passiert? Wo bist du?«

Sie hoffte zu Gott, dass ihre Ausbildung jetzt greifen würde, sonst würde sie nie jemandem etwas nützen.

»Bei Farmer Joe's. Ich habe gerade etwas aus dem Regal genommen, da war er noch da, dann hab ich mich umgedreht, und er war weg. Ich habe ihm so oft gesagt … Alice, ich habe überall im Laden und davor gesucht. Ich verstehe das nicht …«

»Hast du die Polizei gerufen?«

»Ja, sie sind da, wir haben alle gesucht. Jeder hat gesucht, wirklich jeder. Wo ist er hin? Wie konnte er …«

»Wann hast du bemerkt, dass er nicht bei dir ist?«

»Ungefähr vor einer halben Stunde.«

»Rachel, meine Liebe, bitte gib mir den Polizisten.«

»Alice …«

»Ich weiß«, flüsterte sie, in der Hoffnung, Rachel damit zu geben, was sie jetzt hören musste. »Officer? Hier spricht Detective Madison, SPD Mordkommission. Mit wem spreche ich?«

»Officer Clarke, Burien P.D.«
»Officer Clarke. Der vermisste Junge ist mein Patensohn. Haben Sie eine vollständige Beschreibung? Seine Mutter hat normalerweise ein Bild von ihm in der Brieftasche. Es ist relativ neu. Hat sie es Ihnen gegeben?«
»Ja.«
»Gut. Haben Sie die Kameras im Laden überprüft?«
»Ja, leider sinnlos, wir haben das Material gesichtet. Man sieht, wie sie in den Laden hineingehen, das ist alles. Als Nächstes rennt die Mutter aus der Tür und ruft den Jungen. Dazwischen ist niemand mit einem Kind hinausgegangen, und die Personaltüre war abgesperrt und wird von einer Kamera überwacht. Man muss eine Karte durchziehen, um zum hinteren Bereich und zum Personalausgang zu kommen.«
»Ich verstehe ja, was Sie sagen, Officer, aber ein sechsjähriger Junge haut nicht einfach ab und löst sich in Luft auf.«
»Ich weiß. Niemand hat beobachtet, dass er alleine oder mit jemand anderem hinausgegangen wäre, aber er ist nicht hier. Wir überprüfen gerade jeden Laden in der Straße.« Officer Clarke senkte die Stimme. »Und jeden Kofferraum auf dem Parkplatz. Sie verstehen?«
»Ja.«
»Wir gehen gerade die Kriterien für einen AMBER-Alarm durch. Ich muss Schluss machen.«
Madison gab ihm ihre Handynummer.
»Alice?« Rachels erwartungsvolle Stimme brach ihr das Herz.
»Ich bin unterwegs, ich bin bei dir, so schnell ich kann.«
»Okay.«
»Sie machen alles richtig.«
»Okay.«
»Wir werden ihn finden.«
»Okay.«
Madison beendete das Gespräch. Sie hatte den Blick nie von

den Scheinwerfern der Spurensicherung oben am Hügel abgewendet, die grell in die hereinbrechende Dunkelheit leuchteten. *Salinger ist tot.*

In vollem Lauf rannte sie zum Parkplatz und fuhr mit quietschenden Reifen hinaus und Richtung Süden.

»Spencer, Madison hier. Ich habe einen Notfall in der Familie.« Sie sprach ihm auf die Box. »Mein Patensohn ist verschwunden. Ein sechsjähriger Junge, womöglich entführt. Es ist gerade eben passiert, und wir wissen noch nichts. Sie erreichen mich mobil.«

Madison hatte schon an Fällen mit vermissten Kindern gearbeitet und kannte die Statistiken: Fast fünfundsiebzig Prozent der Kinder, die entführt und ermordet wurden, waren innerhalb der ersten drei Stunden nach der Entführung tot. Aber Tommy war keine Statistik. Tommy war ein sechsjähriger Junge, der gerne ausbüxte. *Er ist in Sicherheit, und wir werden ihn finden.*

Madison war hin- und hergerissen zwischen Vernunft und einem heulenden Sturm in ihrer Brust, der das schlimmstmögliche Szenario verkündete. Logik und Vernunft sagten ihr immer wieder, dass die originalen Siegel am Sarg unversehrt waren und dass die DNA übereinstimmte, und doch hatte sie die Erinnerung an den Geruch von Chloroform in der Nase. Nichts, nicht einmal die eisige Luft, die durch die offenen Fenster hereinwehte, konnte sie davon befreien.

Madison nahm ihr Telefon vom Beifahrersitz und drückte eine Kurzwahltaste.

»Detective Madison, ich möchte Dr. Fellman sprechen. Ich weiß, dass er zu tun hat. Ich weiß das zu schätzen. Ich würde nicht darum bitten, wenn es nicht ein Notfall wäre.«

Es war lange still in der Leitung, während sie durchgestellt wurde. Die Minuten vergingen langsam.

»Detective, ich bin mitten …«

»Dr. Fellman, es tut mir leid, wenn ich Sie unterbreche, aber ich habe hier einen möglichen Entführungsfall und muss Sie etwas fragen.«

»Was für eine Entführung?«

»Ein sechsjähriger Junge, der mit der Ermittlung in Sachen Salinger zu tun hat.«

Fellman nahm das ernst. »Fragen Sie.«

»Sie haben die DNA von einer der Leichen gewonnen, die beim Haus von Salinger gefunden wurden. War die Leiche komplett?«

»Ja.«

»Und Sie haben den Test selbst durchgeführt, zweimal. Und zweimal ergab sich eine Übereinstimmung mit Harry Salinger?«

»Ja, wir haben mitochondriale DNA isoliert, denn andere konnten wir nicht gewinnen, und es ergab sich eine Übereinstimmung. Sie hat die hohe Temperatur und die Zerstörung des Weichgewebes überstanden.«

»Mitochondrial, das bedeutet, nur von der Mutter vererbte DNA?«

»Genau. Wir konnten genügend isolieren, um eine Übereinstimmung nachzuweisen. Was ist denn los, Madison? Ich dachte, Sie würden heute alle Korken knallen lassen?«

»Beweismittel manipulieren und Familienmitglieder in Mitleidenschaft ziehen – das war Salingers Muster. Der vermisste Junge ist mein Patensohn.«

»Das tut mir leid. Aber nicht einmal dieses mörderische Stück … nicht einmal er könnte beliebig DNA fälschen.«

»Dann lasse ich Sie jetzt weiterarbeiten.«

Madison überhörte beinahe seine letzten Worte, als sie das Gespräch beendete.

»Viel Glück.«

Kapitel 44

Madison schlängelte sich durch den Berufsverkehr. Da waren jetzt einige Fragen, die beantwortet werden mussten, und sie sah den Polizisten vor sich, wie er die Liste durchging und das übliche Verfahren anwandte, ohne zu wissen, ob er es mit einem ausgebüxten Kind zu tun hatte, einer Entführung oder einer Mutter, die ihrem sechsjährigen Sohn absichtlich etwas angetan hatte. *Ist das schon einmal vorgekommen? Wie oft? Wann ist es Ihnen aufgefallen? War der Junge verstört? Zeigen Sie mir noch einmal, wo es passiert ist …*

Sie kannten Rachel Abramowitz nicht, Madison kannte sie schon. Sie ging alle Möglichkeiten durch: Tommy hatte sich verlaufen, er war herumgegangen und abgelenkt worden und wanderte immer noch alleine herum. Möglich, aber unwahrscheinlich. Tommy war schlau und hätte den Laden nicht verlassen. Die zweite Möglichkeit: Er war ausgebüxt und hatte versucht, die befahrene Straße zu überqueren, ohne dass ihn jemand an der Hand hatte. Von da an führten alle Möglichkeiten ins Dunkle.

Die Welt hatte Madison schon mehrmals ihre Grausamkeit und Willkür spüren lassen. Gelegentliche flüchtige Berührungen damit lassen sich nicht vermeiden, wenn man bei der Polizei arbeitet. Heute hatte es Madison frontal getroffen.

Brown hatte sie gefragt, weshalb sie bei der Mordkommission arbeiten wollte, die OPR-Detectives hatten ihr dieselbe Frage gestellt: Am Ende lief alles auf einen Hund hinaus, der vor zwanzig Jahren im richtigen Moment gebellt hatte.

Sie bemühte sich, nicht an die langen, buschigen Hecken nahe dem Laden zu denken, die dichten Sträucher, wo man so mühelos die Leiche eines kleinen Jungen verstecken konnte. Sie bemühte sich, nicht an die Straßenkarte von Burien zu denken, in der die Adressen der registrierten Sexualstraftäter vermerkt waren. Sie bemühte sich, aber es gelang ihr nicht. Es gab sehr gute Gründe, weshalb man die Rechtsprechung nicht den Verwandten der Opfer überließ. Das Mobiltelefon schwieg, und Madison legte Meile um Meile zurück.

Sie bog um die Ecke und sah sie auch schon: eine bunte Menge, die suchenden Strahlen der Taschenlampen. Tommy war immer noch weg, und nun war selbst der schwache Trost des Tageslichts verschwunden.

Madison hielt auf dem Parkplatz des Five Corner Shopping Centers und durchsuchte die Gruppen, die sich gebildet hatten, rasch nach Rachel und Neal. Sie entdeckte sie im Gespräch mit einem Polizisten neben Rachels Auto; ihr Sohn war nun seit über einer Stunde verschwunden, und sie sahen aus, als hätten sie seither nicht mehr Luft geholt. Um sie herum erklangen leise Weihnachtslieder aus unsichtbaren Lautsprechern.

Rachels Stimme am Telefon hatte ihr fast das Herz gebrochen, aber ihre Gesichter jetzt, grau vor Angst und Entsetzen, waren eine neue Hölle. Neal hatte den Arm um seine Frau gelegt, beide lauschten dem Polizisten, als wäre er der Weg zur Rettung. Andere strömten um sie herum wie ein Fluss, sie suchten und riefen, unter Autos, hinter Hecken, ein paar Arbeiter suchten in den Müllcontainern. Kein Familienmitglied würde das jemals tun.

Madison ging zu ihnen und nahm Rachels Hand, ihre Freundin umklammerte sie mit beiden. Sie hoffte, ihre Augen würden ihr sagen, was sie mit Worten nicht ausdrücken konnte.

»Officer Clarke.« Madison las den Namen auf dem Schild

des Burien Police Department. »Wir haben vorhin miteinander telefoniert.«

»Detective.«

Clark war stämmig und klein, er hatte einen Bürstenhaarschnitt, und in ein paar Stunden würde er sich rasieren müssen. Ihm wurde bewusst, wer Madison war; in der letzten Woche hatte es eine Menge Berichte in den Nachrichten gegeben, aber er sagte nichts dazu.

»Ist der AMBER-Alarm schon ausgegeben worden?«

»Wir wissen noch nicht genug, um sicher zu sein, dass es sich um eine Entführung handelt. Wenn die Kriterien nicht erfüllt sind, können wir ihn nicht rausschicken.«

»Und die normalen Fernseh- und Radionachrichten?«

»Das geht seinen Weg. Alles andere auch.«

»Was ist *alles andere?*«, fragte Neal mit erstickter Stimme.

Madison und Clarke wechselten einen Blick, und er überließ es ihr, das im Einzelnen zu erklären. Madison versuchte, eine mögliche Situation zu beschreiben. Doch nichts, was sie sagen konnte, würde beruhigend klingen. »Angenommen, jemand hätte gesehen, wie Tommy gestolpert und hingefallen ist, als er aus dem Laden kam, und ihn ins Krankenhaus gebracht, auch wenn er nur eine Schramme hatte. Die Polizei fragt jetzt in den Krankenhäusern nach einem Jungen, der aussieht wie Tommy und gerade erst vorbeigebracht wurde.«

»Aber ich verstehe das nicht, er ist doch gar nicht aus dem Laden raus, wir haben die Aufzeichnung angeschaut, er hat das Geschäft nicht verlassen. Er müsste noch da sein!« Rachel klang wütend und gleichzeitig verzweifelt. Sie versuchte ruhig zu bleiben, in einer Welt, die keinen Sinn ergab.

»Ich sehe mir das Überwachungsband an«, sagte Madison.

»Nur zu, aber da ist nichts weiter drauf. Schade. Ein Polizist vom SPD war gleichzeitig im Laden, er hätte etwas sehen können. Wir haben uns erkundigt, aber wir konnten ihn noch nicht ausfindig machen.«

»Ein Polizist vom Seattle Police Department?«, wiederholte Madison.

»Ja.«

»Okay, ich bin gleich wieder da.« Sie drückte Rachel die Hand. Sie wollte nicht, dass ihre Freunde ihr Gesicht sahen und ihnen womöglich einfiel, dass es ein Mann in einer SPD-Uniform war, der ihren Partner auf die Intensivstation befördert hatte. Ihre Freunde sollten auf gar keinen Fall ihr Gesicht sehen.

Wahrscheinlich würde sich herausstellen, dass der Mann keine eins siebzig groß war, dick und haarlos. Er hatte vielleicht nur schnell etwas zum Abendessen einkaufen wollen, und das war alles. Eine Uniform bedeutete gar nichts.

Madison schaffte es mit Freundlichkeit und ihrer Dienstmarke, innerhalb weniger Sekunden vor dem Monitor zu sitzen. Die Jugendliche, die sie hineingeführt hatte, strich sich ihr rosa Old-Navy-Sweatshirt glatt, es hatte dieselbe Farbe wie ihre Fingernägel. »Stimmt es, dass Sie den Jungen kennen?«

»Ja«, antwortete Madison, ohne sich umzudrehen.

Das Mädchen blieb noch stehen, während sie zu dem Moment zurückspulte, in dem Rachel und Tommy gekommen waren. Ihre Schicht war beendet, und sie zog sich um; Madison roch aus dem Hinterzimmer das frisch versprühte Parfüm, etwas Blumiges mit dem Namen irgendeiner Berühmtheit. Sie wünschte, das Mädchen würde gehen.

»Ich habe einen kleinen Bruder, der ist genauso alt.«

Madison gab keine Antwort: Da waren sie, sie betraten gerade den Laden, Rachel hielt Tommy an der Hand. Ihr Herz klopfte. Tommy. Der Mann kam ein paar Sekunden danach herein, er trug die Uniformmütze und blickte nach unten, weg von der Kamera. Er war groß und drahtig, betrat entschlossen den Laden und nahm sich dann noch einen Einkaufskorb, fast, als wäre es ihm nachträglich eingefallen.

Madison drückte auf Pause, ihre Welt gefror zu diesem einen Einzelbild. Sie brachte es noch nicht einmal im Geiste über sich, das Wort zu formen; sie hatte doch erst Stunden zuvor vor dem offenen Grab gestanden.

Der Mann trug einen voluminösen Parka über dem Arm und schaute nie hoch, sein Blick war stets auf die Bodenfliesen gerichtet. Ein paar Minuten später kam er wieder ins Bild, ohne Einkaufskorb, die Jacke hatte er jetzt über die Schulter geworfen. Er ging einfach hinaus. Er hatte gar nichts gekauft.

Madison sah sich dieselbe kurze Sequenz immer wieder an.

»Was schauen Sie da?« Das Mädchen war immer noch da.

Madison antwortete nicht.

»Sie schauen sich den Polizisten an.«

»Ja.«

»Ich habe ihn gesehen.«

Madison wandte sich um. »Erinnerst du dich an ihn?«

»Ja.« Das Mädchen wirkte verlegen.

»Was ist?«

Das Mädchen wandte den Blick kurz ab, zögerte einen Augenblick, dann trat sie näher. Als sie sprach, kam nur ein leises Flüstern heraus. »Er hat gerochen. Ganz scheußlich, wie ein Tier. Ich habe einmal eine Ziege gesehen, genau so hat er gerochen. Als er an mir vorbeigegangen ist, da hat es richtig eklig gestunken, und dann war da auch noch so ein chemischer Geruch.«

»Was war das für ein chemischer Geruch? Putzmittel, Seife, Bleiche?«

»Nein, er hat nach Ziegen und nach Krankenhaus gerochen. Wissen Sie, was ich meine?«

Madison wusste genau, was sie meinte, und sah sich das Band noch einmal an. »Du bist dir sicher? Du bist dir absolut sicher?«

Das Mädchen nickte. »Ja, ich habe mir letztes Jahr den Arm gebrochen und bin nach Harbourview gekommen.«

Madison sah zu, wie der Mann mit dem voluminösen Parka über der Schulter den Laden verließ, Sekunden später lief Rachel zu den Kassen und rief ihren Sohn.
»Hayley war dein Name, oder? Hayley, sag mir alles, woran du dich erinnerst. Wo warst du, als du ihn zuerst gesehen hast?«
Madison zog den zweiten Stuhl unter dem Tisch mit den Monitoren vor, und das Mädchen setzte sich, ihre Knie berührten sich. Ihre himmelblauen Augen waren viel sorgfältiger geschminkt, als Madison es mit siebzehn oder sogar heute zustande gebracht hätte.
»Ich stand beim Kaffee und habe die Regale überprüft, weil ein paar Artikel knapp wurden. An Weihnachten kaufen die Leute offenbar mehr Kaffee, ich musste den ganzen Tag immer wieder auffüllen.«
»Erzähl weiter.«
»Ich habe den Kopf gehoben, weil er so schnell gegangen ist, also schneller, als sich die meisten Kunden im Laden bewegen. Und als er an mir vorbei ist, da habe ich ihn gerochen.« Schon bei der Erinnerung daran rümpfte sie die Nase.
»Und dann?«
»Nichts. Er ist zum Ausgang gegangen und dann raus, ich dachte erst, er hätte etwas vergessen und wäre in Eile. Er hat gar nichts gekauft.«
»Hast du ihn beim Hereinkommen gesehen? Wie er in den Laden kam, vielleicht, wie er herumgelaufen ist?«
»Nein. Ich habe ihn nur beim Rausgehen gesehen.«
»Wie deutlich konntest du sein Gesicht sehen? Würdest du ihn wiedererkennen?«
Hayley biss sich auf die Lippe, sie hätte so gerne ›ja‹ gesagt. Madison merkte das, und es war offensichtlich, dass die Antwort ›nein‹ lautete.
»Vielleicht.« Das Mädchen zog das Wort in die Länge. »Er ist echt schnell gegangen. Ich weiß nicht.«

Madison betrachtete das Bild auf dem Monitor: die Kassen, Rachel in Panik erstarrt.

»Hayley, bitte denk noch mal zurück. Was hast du gemacht, nachdem der Polizist gegangen war?«

Wenn Hayley ein bisschen intensiver nachdachte, bekam sie ein kleines Fältchen auf ihrer ansonsten vollkommen glatten Stirn. Das zeigte sich auch jetzt.

»Ich hab den Kaffee fertig gemacht.«

»Und dann?«

»Na ja, da war die Frau, die ihren Sohn gesucht hat. Wir sind alle erst in den Eingangsbereich und haben uns das angehört, dann zurück zwischen die Regale, um ihn dort zu suchen, aber da war er nicht.«

»Hast du ihn gerufen?«

»Klar, das haben wir alle.«

»Bist du an die Stelle, wo seine Mutter ihn zuletzt gesehen hatte?«

»Ja. Es ist, als wäre er in einem Moment noch da gewesen – und dann weg. Ich bin ungefähr viermal durch diesen Gang gelaufen.«

»Erzähl mir alle Einzelheiten, an die du dich erinnerst.« Madison fürchtete sich davor, was das Mädchen als Nächstes sagen würde.

»Jemand hat einen Korb im Gang daneben stehen lassen. Ich habe ihn aufgehoben und weitergesucht.«

»Einen leeren Korb?«

»Ja, irgendjemand hat ihn einfach mitten im Gang stehen lassen. Manche Leute, Sie wissen schon.« Hayley zuckte die Schultern.

Ziegen und Krankenhaus. Aus dem Raum war alle Luft gewichen, die Welt ergab keinen Sinn mehr. Madison lehnte sich in dem Plastikstuhl zurück. Nachdem sie etwa eine Minute geschwiegen hatte, fing das Mädchen an, sich zu winden.

»Hab ich irgendwas falsch gemacht?«, fragte sie.
»Nein, du warst großartig«, antwortete Madison. Ihr Mund war voll Asche. Sie sah auf die Uhr.
Das Mädchen strahlte.

Auf der Personaltoilette spritzte sich Madison Wasser ins Gesicht. Sie hatte Hayley zu Officer Clarke gebracht, und er hatte ihre Aussage aufgenommen, auch wenn er nicht ganz verstand, warum dies bei der Suche nach dem SPD-Officer irgendwie von Nutzen sein sollte.
Madison fand heraus, dass es im Bereich vor Farmer Joe's und bei den Parkplätzen in nächster Nähe zum Eingang keine Überwachungskameras gab. In dem Moment, in dem der Mann in Uniform den Laden verlassen hatte, hatte er sich in Rauch aufgelöst. Man konnte zwar das Material der Verkehrsüberwachungskameras von der State Route 509 und der 160th Street bekommen, aber wenn man nicht wusste, nach welchem Auto man suchen sollte, konnte man genauso gut Blindekuh spielen.
Madison hielt die Handgelenke unter das kalte Wasser. Die Polizisten hatten den Verkaufsraum Zentimeter für Zentimeter durchsucht. Madison wusste, sie würden nichts finden, genauso wenig würden die Überprüfung der Krankenhäuser und die Suchmeldungen in Radio und Fernsehen Ergebnisse bringen. Es hatte keine Zeugen gegeben, ja, nicht einmal eine offensichtliche Straftat.
Der Himmel draußen war klar, und hinter dem orangefarbenen Leuchten der Stadt hielten sich Sterne versteckt. Das alles war nun schon Stunden her, viel zu lange für harmlose Missverständnisse. Tommys Schlafenszeit war längst angebrochen. Rachel und Neal suchten zu Fuß hinter der 1st Avenue South, es war wahrscheinlicher, dass Tommy in diese Richtung gelaufen war, statt die 509 zu überqueren.
Madison sah auf die Uhr, sie war froh, dass die beiden nicht

da waren, froh, dass sie nicht sehen würden, wie sie wegfuhr. Wenn sie zu früh aufbrach, würde das den Plan durcheinanderbringen, und die Folgen wären undenkbar. Wäre sie zu spät, würde das bisschen Hoffnung, das sie noch hatte, einfach zerbröseln.

Hier war kein Raum für Logik, sie hatte nichts als den flüchtigen Eindruck von einem Mädchen, das den Mann noch nicht einmal identifizieren konnte. Das war weniger als nichts, und doch war es alles. Es war die Spur, die zu Tommy führen würde: Madison hatte den Erpresserbrief selbst in der Hand gehalten, ohne es zu wissen, er war vor Tagen abgeschickt worden und angekommen, während Tommy sicher in seinem Bett schlief. Er hatte nicht ausgesehen wie ein Erpresserbrief, und doch war die Welt aus den Angeln geraten, und nichts war mehr, wie es sein sollte.

Die Erinnerung an Tommy in Rachels Armen war wie ein Messerstich. Quinn hatte mit der einen Hand den Baseball zurückgegeben, in der anderen hielt er die letzte Karte von Salinger, die Ankündigung einer Hölle, die keiner von ihnen vorausgesehen hatte. Den letzten Teil des Erpresserbriefs.

Madison ließ das Mädchen beim Police Department von Burien, es hätte zu lange gedauert, ihnen etwas zu erklären, das mehr auf Instinkt als auf Vernunft basierte. Stattdessen schaute sie, welcher Parkplatz am besten geeignet wäre, um nach der Entführung so schnell wie möglich auf die 509 zu fahren. Jetzt war der ganze Platz leer, der Boden hatte nichts für sie aufbewahrt. Ihr weißer Atem wehte über den Beton hinweg, als sie nach Spuren suchte.

Es war beinahe Zeit aufzubrechen. Madison schaute in die Richtung, in die Rachel und Neal gegangen waren. Sie hoffte bei Gott, dass die beiden recht hatten und sie sich täuschte. Sie hoffte, jemand anders würde Tommy sicher und unversehrt auffinden, und nicht sie selbst: dort, wo sie nun hinfuhr. Sie hoffte es inständig.

Madison machte sich gerade auf den Weg zu ihrem Auto, als der schwarze Ford Explorer daneben hielt. Sie blieb abrupt stehen, und eine Helferin mit Thermoskannen in der Hand rempelte sie an, entschuldigte sich und ging weiter.
Nathan Quinn stieg aus dem Explorer aus und sah sich auf dem Parkplatz um. Ihre Blicke trafen sich, und Madison, die unwillkürlich die Luft angehalten hatte, atmete aus: Sie würde nichts erklären müssen, sie wussten es bereits. John Cameron lehnte mit verschränkten Armen am Auto und sah sie an.
Quinn trug keine Krawatte. Die bleiche, glatte Haut in dem offenen Kragen ließ ihn seltsam verwundbar erscheinen. Er ging auf sie zu, Madison kam ihm entgegen.
»Was machen Sie hier?«, fragte sie.
»Ich wusste, dass Sie bald aufbrechen würden. Wir müssen die Fähre in Edmonds erwischen.«
»Sie sollten hier gar nicht mitmischen. Sie beide nicht.«
»Es ist genau andersherum, Detective. Sie hätten nicht darin verwickelt werden dürfen, weder Sie noch der Junge. Aber jetzt drängt die Zeit, und mit unserem Auto sind wir schneller da.«
Überall Polizei, und sie fuhr mit einem Mörder und seinem besten Freund im Auto. Madison sah ihm kurz in die Augen, dann ging sie auf ihren Civic zu. Rasch packte sie ein paar Sachen vom Rücksitz und aus dem Kofferraum in eine Sporttasche. Cameron stieg hinten in den Explorer ein, Quinn würde fahren. Madison kletterte vorne auf den Beifahrersitz, ohne sich umzudrehen. Ihr Auto würde auf dem Parkplatz des Five Corner Shopping Center stehen bleiben, zusammen mit ihrem ganzen Leben bis zu diesem Zeitpunkt, und nur wenn sie Glück hatte, würde sie das eine davon oder auch beides wieder abholen können.

Der Explorer war ein paar Meilen auf der 509 gefahren, als Quinn das Schweigen brach.
»Wie hat er es gemacht?«

Madison starrte geradeaus. »Er hat seine SPD-Uniform angezogen, ist in den Laden gegangen, hat ihn in der Nanosekunde, in der seine Mutter nicht hingeschaut hat, in seine Jacke gewickelt und ist hinausmarschiert.«
»Haben Sie es jemandem erzählt?«
Madison schüttelte den Kopf. »Ich konnte es ihnen nicht sagen. Die Aufnahmen der Überwachungskamera waren nicht eindeutig, aber eine Zeugin hat Chloroform gerochen. Mehr habe ich nicht. Wenn ich mich täusche – ich konnte die Eltern nicht auf die Idee bringen, dass er in seiner Gewalt sein könnte. Woher wussten Sie es?«
»Das SPD hat bekanntgegeben, dass Harry Salingers Tod bei einem Brand in seinem Haus bestätigt wurde. Danach kam die Meldung von dem vermissten Jungen in Burien, mit Bild.« Quinn wandte sich Madison zu. »Er hat sie schon mal zum Narren gehalten.«
Die Landschaft war nur ein Strich aus orangefarbenen Lichtern und Beton. Madison zählte die Meilen anhand der Straßenschilder, die vorbeiwischten. Sie ging im Geiste den Inhalt der Sporttasche zu ihren Füßen durch, überlegte, wie viel Munition sie hatte, wann sie zum letzten Mal ihre Waffe gereinigt und trocken abgefeuert hatte. Als wäre irgendetwas davon wichtig. Da fiel ihr plötzlich etwas ein, was wirklich wichtig war.
»Wir müssen noch in einer Drogerie halten, ich brauche … ich brauche Sachen, falls Tommy verletzt ist. Erste-Hilfe-Kasten, Bandagen, eine Wärmedecke.«
Sie brachte die Wörter kaum über die Lippen.
»Das ist alles hinten drin«, antwortete Quinn.
»Sie haben Wärmedecken und Schienen im Kofferraum?«
Quinn gab keine Antwort, und nach einem Augenblick hatte Madison verstanden.
»Sie wären sowieso hingefahren, Sie wären zu dem Treffpunkt gefahren, selbst nachdem das Seattle Police Department verkündet hat, er sei tot.«

»Er hat sie schon mal zum Narren gehalten«, sagte Quinn. »Warum wollen Sie zu ihm?«
»Um die Sache ein für alle Mal zu beenden.«
John Cameron hatte sich hinter ihnen auf dem Rücksitz ausgestreckt. Seit sie Madison abgeholt hatten, hatte er kein Wort gesagt; ein Teil der Finsternis, die auch Harry Salinger geschmiedet hatte, lag mit geschlossenen Augen hinter ihr. Madison musste gar nicht erst fragen, sie wusste auch so, dass er eine Waffe trug, wahrscheinlich mehr als eine, vielleicht das Messer, das Eric Sanders getötet hatte. Und sie fragte sich, in was für einer Welt sie jetzt lebte, in der das gleichzeitig eine Bedrohung und eine Beruhigung darstellte.
»Todd Hollis hat sich mit Salingers Körperverletzung beschäftigt«, sagte Quinn. »Und dem Prozess.«
Etwas in seiner Stimme ließ Madison aufhorchen. Sie sah ihn an.

Die M. V. Puyallup legte fahrplangemäß in Edmonds ab, die Fahrt nach Kingston würde dreißig Minuten dauern. Um diese Uhrzeit war die Fähre fast leer. Sobald die anderen Passagiere das Autodeck verlassen hatten, nahmen sie sich jeweils eine Reihe parkender Autos vor, gingen langsam und leise von einem zum nächsten und schauten im Vorbeigehen ins Innere, lauschten, ob irgendwelche Geräusche über das Dröhnen der Motoren zu hören waren. Wie erwartet, wirkte keines der Fahrzeuge verdächtig. Salinger hatte sicher schon Stunden zuvor übergesetzt, seine Fracht im Parka eingehüllt, wahrscheinlich hatte er sich zwischen die Pendler und Tagesausflügler gestellt, und die Polizeiuniform lag in einer Tüte auf dem Boden seines Autos.
Der weiß lackierte Innenraum des Autodecks blendete Madison fast. Sie kniff die Augen zusammen und ging zu dem kleinen Imbissstand, der noch geöffnet hatte. Sie hatte kei-

nen Hunger, sie konnte sich nicht vorstellen, jemals in ihrem Leben wieder Hunger zu haben, aber sie musste geistig wach bleiben, und ihr Körper musste funktionieren. Sie schaufelte sich etwas auf einen Teller, sah nicht einmal, was es war, zahlte und setzte sich in eine der Nischen. Sie zwang sich, eine Gabelvoll zu essen, es schmeckte wie ein Stück Stoff, und sie spülte es mit Wasser hinunter.

Quinn setzte sich ihr gegenüber an den Tisch, er hatte sich einen schwarzen Kaffee gekauft, den er nicht trank. Er sagte auch nichts. Madison war froh, dass er ihr nicht mit Plattitüden kam, von ihm würde sie kein *Es geht ihm bestimmt gut* hören, und das war in Ordnung so. Salinger hatte bereits Kinder getötet, das wussten sie beide nur zu gut.

Kleine Gruppen und Alleinreisende verteilten sich auf der großen Fläche; fünf Teenager, die sich in einer wenige Schritte entfernten Nische drängten, brachen plötzlich in schallendes Gelächter aus. Madison zuckte zusammen und stand auf.

»Ich gehe nach draußen.«

Quinn nickte und ließ sie in Ruhe. Madison drückte die Türen auf, die Kälte schlug ihr entgegen, sie nahm ihr Mobiltelefon heraus und wählte. Sie musste anrufen, aber sie hoffte, sie könnte gleich auf die Box sprechen. So war es auch. Plötzlich fand sie ihre vorbereiteten Worte erbärmlich unangemessen. Für das, was sie zu sagen hatte, gab es in Wahrheit keine Worte. »Lieutenant Fynn, hier ist Madison, ich bin auf der Edmonds-Kingston-Fähre …«

Sie redete eine Minute, dann legte sie auf. Das Deck draußen lag verlassen da. In der klaren Nacht sah man weiter vorne die vereinzelten Lichter von Kingston, dahinter lag die Brücke zur Olympic-Halbinsel und dem Highway 101, eine Schleife, die sich um den Olympic-Nationalpark zog. In seinem Inneren waren Berge und Gletscher, und irgendwo tief in den Wäldern hielt Harry Salinger Tommy gefangen.

In diesen Wäldern war schon so vieles verlorengegangen.

Heute Nacht könnte etwas, das mit David Quinn gestohlen worden war, durch Tommy zurückkehren.
Im Westen waren Sterne zu sehen, gleich über dem Hoh-River-Tal, vielleicht sah er dieselben Sterne. *Wir kommen dich holen, Tommy, sei stark, wir kommen.*

Der Explorer fuhr mit einem dumpfen Aufprall von der Rampe der Fähre hinunter, dann mit hoher Geschwindigkeit auf die 104 in Richtung Port Gamble und daran vorbei. Sie bogen auf die 101 und rasten am Ufer der Discovery Bay entlang. Quinn hatte recht gehabt, er fuhr schneller, als Madison je in der Lage gewesen wäre. Sie fragte sich kurz, wie oft er wohl den Ort besucht hatte, an dem sein Bruder gestorben war.
Hinter Port Angeles schlossen sich auf beiden Seiten Wälder um sie, und das Dach der Nadelbäume in den Scheinwerfern bildete einen Tunnel, durch den sie hindurchrasten. Die Straße vor ihnen wand sich in Kurven, manchmal öffnete sie sich unerwartet auf eine mondbeschienene Wasserfläche, um kurz darauf wieder in der stockfinsteren Dunkelheit zu verschwinden.
Quinn nahm die Ausfahrt in die Upper Hoh Road, sie schossen am Hard Rain Café Richtung Willoughby Creek vorbei, und nach ein paar Minuten hielt er am Straßenrand.
Die Luft war feucht und schneidend. Cameron hängte sich einen kleinen Rucksack über die Schulter.
»Jack nähert sich der Lichtung zu Fuß«, sagte Quinn zu Madison. »Er kommt von der Nordseite.«
Cameron war von Kopf bis Fuß schwarz gekleidet. Madison war überzeugt, sie würde es nicht merken, wenn er neben ihr stünde.
Er wandte sich an Quinn. »Du hast mir dein Wort gegeben«, sagte er.
Quinn nickte.
»Dein Wort«, wiederholte Cameron.

Wenn es je einen Moment gegeben hatte, in dem John Cameron menschlich wirkte, dann war es in dem Augenblick, in dem er sich verabschiedete, zu schnell, als dass sich Madison wirklich sicher sein konnte, und doch war etwas zwischen ihnen ausgetauscht worden. Kaum ein Flüstern ging durch das Grün, als Cameron im Wald verschwand.

»Es ist nicht mehr weit jetzt«, sagte Quinn.

»Moment.« Madison suchte etwas in ihrer Sporttasche, und als sie es gefunden hatte, ging sie auf Quinn zu.

»Legen Sie die an.« Sie drückte ihm eine kugelsichere Weste in die Hand.

Quinn schaute das steife, dunkelblaue Kleidungsstück mit dem gelben SPD-Aufdruck an.

»Nein«, antwortete er schlichtweg.

»Das war keine Bitte.«

»Glauben Sie wirklich, das hier wird mit Kugeln ausgetragen?«

»Ich weiß es nicht. Ich weiß aber, dass ich Sie mit Handschellen an dieses Auto fessle, wenn Sie die Weste nicht anlegen, und ich gehe zu Fuß weiter. Legen Sie sie an.«

Quinn schnaubte. Er hörte nur ein leises Klicken, als sich das Metall um den Griff der Autotür schloss, dann spürte er die Kälte um das Handgelenk. Zum ersten Mal während ihrer Bekanntschaft war Quinn sprachlos. Madison wich drei Schritte zurück.

»Ich muss jetzt los, also tun Sie entweder, was ich sage, oder ich lasse Sie hier. Ich habe keine Ahnung, was uns erwartet, aber es würde mir das Leben deutlich erleichtern, wenn ich wüsste, dass Sie diesen kleinen und aller Wahrscheinlichkeit nach unzureichenden Schutz tragen, da Sie, wie ich glaube, unbewaffnet sind. Wenn er wollte, dass ich tot bin, hätte er mich schon tausend Mal erschießen können.«

Kurz darauf nickte er. Madison befreite ihn von den Handschellen.

»Sie passt unter Ihre Jacke«, sagte sie.
Quinn schlüpfte in die Weste, sie war schwerer, als es den Anschein gehabt hatte, und zog die Riemen an der Seite zu.
»Das muss fester sitzen.« Madison suchte die Schnallen auf der Seite. Ihre Hände zitterten leicht, als sie sie befestigte. Quinn bemerkte das, aber es war ihr egal: Es konnte an der Kälte liegen, an dem Adrenalin, das ihr durch den Körper lief, an ihrer Wut oder an der schrecklichen Angst davor, dass es schon zu spät war. Wichtig war ihr einzig und allein die Frage, ob das Zittern ihre Treffsicherheit beeinträchtigen würde.
»Danke«, sagte Quinn.
Sie stiegen wieder ins Auto und fuhren weiter. Madison sah auf die Digitaluhr im Armaturenbrett. Es war Zeit.

Kapitel 45

Der Eingang zu dem schmalen Pfad war fast völlig verborgen. Quinn hielt ein paar Meter davor, als hätte er es schon hundert Mal getan. Madison zog sich noch eine zusätzliche Fleeceschicht unter die Jacke, überprüfte ihre Waffe, stopfte ein paar Sachen in einen leichten Rucksack und setzte ihn auf.

Als sie fertig waren, schaltete Quinn die Autoscheinwerfer aus, und die Welt um sie herum wurde von völliger Dunkelheit verschluckt. Sie leuchteten mit den Taschenlampen flach vor sich; Quinn ging voraus, Madison folgte ihm nach.

Nach ein paar Minuten blieb er stehen, wandte sich zu ihr und flüsterte: »Wir verlassen jetzt den Pfad, passen Sie auf, wo Sie hintreten, und fallen Sie nicht zurück.«

Er war schon wieder losgegangen, noch bevor sie antworten konnte. Er bewegte sich leise und sicher. Im Licht der Taschenlampe sah Madison die von Moos überzogenen, gekrümmten Wurzeln von Tannen und Fichten und den Farn dazwischen. Sie liefen unter Bäumen hindurch, die sie nicht sehen konnten, aber Madison nahm dennoch ihr Ausmaß wahr, genau wie die Nähe von Salinger. Er war da, er wartete.

Plötzlich traten sie ins Mondlicht und blieben wie erstarrt stehen: Der überwucherte Pfad führte auf eine Wiese. Beide wichen instinktiv einen Schritt in die Dunkelheit zurück und schalteten die Taschenlampen aus. Ein Windhauch trug den süßen Duft von Harz mit sich, hoch oben in den Baumwipfeln raschelte es.

Im Dickicht hinter der Wiese flackerte in der Ferne das Licht

der ersten Fackel, dann sah man eine zweite, eine dritte. Die Flammen zitterten im Wind, Madisons Herz hämmerte.
»Bleiben Sie hinter mir«, flüsterte sie. Sie löste den Lederriemen ihres Holsters und zog die Waffe.
Sie hielten sich im Schatten der Bäume, während sie sich näherten, abseits der freien Fläche.
Die erste Fackel war in zwei Metern Höhe mit einer metallenen Halterung im Stamm einer Fichte befestigt; auch ohne hinaufzublicken wusste Madison, dass sie gewaltig war.
Im Näherkommen sahen sie, dass die Fackeln einen Weg anzeigten; die Lichtpunkte hatten einen regelmäßigen Abstand von etwa sechs Metern.
Quinn berührte sie an der Schulter. Er deutete ein Stück links vom Pfad. »Die Lichtung, auf der mein Bruder gestorben ist, liegt zwei Minuten von hier in *dieser* Richtung.«
Madison nickte. Salinger hatte also endlich einen Fehler gemacht.
Er hatte die Einladung ausgelegt, sie mussten nur dem Licht folgen. Sie kamen an der ersten, dann an der zweiten Fackel vorbei, im Vorübergehen fühlten sie die Wärme der Flammen auf den Wangen. Sie spürte Quinn an ihrer Seite, als sie an der dritten vorbeigingen, und dann blieben sie Schulter an Schulter abrupt stehen, als vor ihnen die Stimme ertönte.
»Da sind Sie ja.« In diesen Worten steckte eine tiefe Freude. Nach all den Stunden, in denen sie zugesehen hatte, wie Männer an einem Kartentisch um ihr Leben spielten, nahm sie es sofort wahr, blechern und schrill – den Faden, der sie von Anfang an verbunden hatte: Hoffnung.
»Zeigen Sie sich«, sagte Madison in die Dunkelheit.
»Wo ist Cameron?«, fragte die Stimme.
»Wo ist der Junge?«, entgegnete sie, behutsamer, als sie es je für möglich gehalten hätte.
Harry Salinger trat aus der Dunkelheit heraus und stellte

sich ihnen gegenüber. Groß, drahtig, T-Shirt, ohne Jacke, der Mann auf dem Band der Überwachungskamera, der Mann, der auf Brown geschossen und die Sinclairs ermordet hatte. In der Hand hatte er eine .45, eng am Körper und auf den Boden gerichtet; die Mündung schimmerte in den Flammen. Seine bleichen Augen musterten die Platzwunde über ihrem linken Auge. »Wo ist John Cameron?«

Ein übler, tierischer Gestank wehte zu ihr herüber.

John Cameron trat ins Licht. Er war ganz außen herum gelaufen und stand nun sieben Meter rechts von Salinger, der den Kopf wenden musste, um ihn zu sehen. Cameron hielt die Waffe direkt auf den Kopf des Mannes gerichtet. Madison hatte ihn überhaupt nicht gehört.

»Sie haben mir gebracht, was ich brauchte«, sagte Salinger.

Madison fielen die frischen, glänzenden Flecken und Spritzer auf seiner Kleidung auf, über Brust und Armen, an der Schulter war sein T-Shirt ein wenig eingerissen. Es sah aus wie Blut und Erde.

»Wo ist Tommy?«

»Nicht weit.«

Einen kühlen Kopf bewahren, ihn in ein Gespräch verwickeln, eine Verbindung herstellen, ihn dazu bringen zu sagen, wo er ist. »Was wollen Sie, Salinger?«

»Ich habe Sie im Haus der Sinclairs gehört, Sie haben mit großer Klarheit, großem Verständnis über das gesprochen, was ich gemacht habe.«

Quinns Arm bebte an ihrer Schulter, sie hoffte, er würde den Mund halten. Cameron war kaum zu sehen, bis auf sein Gesicht, seine toten Augen zielten mit der .22.

»Cameron für den Jungen. John Cameron, von Ihrer Hand getötet, dann bringe ich Sie dahin, wo er liegt. Das ist mehr, als Quinns Bruder je hatte. Es ist sicher dort, ich habe es unter der Erde angelegt, für Sie.«

Sie brauchten alle einen Augenblick, um aufzunehmen, was

Salinger gerade gesagt hatte. *Glänzendes Blut und Erde auf seinem T-Shirt.*
»Nein.« Mit einem unmenschlichen Schrei stürzte sich Madison auf Salinger, der die Waffe hob und dreimal schnell hintereinander abdrückte. Sie klemmte. Cameron bewegte sich bereits, er war fast da. Mit weit aufgerissenen Augen wirbelte Salinger herum und verschwand aus dem Lichtkreis.
Madison jagte ihm nach und rief Cameron über die Schulter zu: »Sie können ihn nicht erschießen. Töten Sie ihn nicht!«
Cameron war neben ihr. »Dann erwischen Sie ihn besser, bevor ich es tue.«
Außerhalb des Lichtscheins der Fackeln stürzten sie sich ins Unterholz. Madisons Augen gewöhnten sich an die Dunkelheit, sie rannte.

Harry Salinger sprintete über eine kleine, vom Mond beleuchtete freie Strecke. Die Tannennadeln auf dem Erdboden hatten sich kaum wieder gelegt, als John Cameron und Alice Madison gleich darauf nachfolgten.
Er war schnell, Gott, war er schnell. Madison hatte während ihrer ersten Schritte ihre Waffe ins Holster gesteckt und gesichert und sich innerhalb von Sekunden nur aufs Laufen konzentriert. Sie jagte den Geräuschen vor ihr hinterher, Cameron war ein Stück links von ihr. Auch wenn sich die Augen darauf eingestellt hatten, war es doch fast völlig finster.
Ihr Fuß blieb an einer Wurzel hängen, sie drohte zu stürzen, fand das Gleichgewicht wieder und lief weiter. Sie atmete stoßweise, ihr Herz hämmerte. Ein paarmal schlugen ihr tief hängende Zweige ins Gesicht, ihre Wangenknochen brannten von den kleinen Schnitten.
Salinger arbeitete seinen Vorsprung aus, ohne dass er sich sonderlich bemühte, seine Spur zu verwischen. Sie schoss zwischen den gewaltigen Baumstämmen hindurch, rutschte

ständig auf dem Moos aus, richtete sich wieder auf und merkte, dass sie einen immer steiler werdenden Abhang hinunterliefen.

Cameron war nahe, manchmal vor ihr, manchmal an der Seite; sie sah ihn nicht. Sie rannten beide, so schnell sie konnten, und kamen Salinger kaum näher. Der Boden fiel abrupt unter ihren Füßen ab, und Madison schlitterte auf einer Schicht nasser Blätter abwärts; umgestürzte Baumstämme hielten sie auf, so dass sie ihr Gleichgewicht wiederfand. Cameron fluchte in das Geräusch splitternder Äste hinein.

Salingers Füße trafen auf den weichen Boden auf, er ließ sich vom Gedächtnis seines Körpers in die Richtung führen, in die er wollte. Es war eine Wohltat. Seine Jacke hatte er zuvor weggeworfen, als er hörte, wie sie sich näherten, er hatte sich bereits warmgemacht. Als er vor sieben Jahren mit seinem Pflichtverteidiger in dem Raum saß, in dem es nach Bleiche roch, angetan mit seinem Kittel, war die Tür aufgegangen, und der große, dunkelhaarige Mann kam herein. Salingers Anwalt hatte leise geflucht.

»Mr. Quinn, schön, dass Sie zu uns stoßen«, hatte der Staatsanwalt gesagt.

»Das ist nicht mein Fall, Mark, es ist der von Peter. Ich habe nur ein Auge darauf. Ich befinde mich noch nicht mal hier im Raum.«

Nathan Quinn sah Salinger kein einziges Mal an und sagte auch kein Wort mehr, dennoch befand er sich sehr wohl im Raum.

Am Ende war es zur Verhandlung gekommen, beide Männer hatten auf unschuldig plädiert, und der Barkeeper lag immer noch im Krankenhaus. Alles lief auf *begründete Zweifel* hinaus.

Am Morgen des letzten Tages hatte sich sein Anwalt an den anderen Anwalt gewandt: »Nathan Quinn hat Ihr Schlussplädoyer geschrieben, nicht wahr?«

Die Geschworenen lieferten die Antwort: achtundvierzig Monate für Harry Salinger, der andere Mann zahlte eine Geldstrafe für den angerichteten Sachschaden und blieb auf freiem Fuß. Jemand anders mochte das Schlussplädoyer gehalten haben, aber Salinger wusste, wer es geschrieben hatte, wer die Verteidigung des anderen Mannes aufgebaut hatte, wer der Jury die begründeten Zweifel geliefert hatte, die sie brauchte, und den Sünder, den sie wollte. Der Barkeeper lag immer noch im Krankenhaus, und irgendjemand musste dafür bezahlen.

Der Wald war ein verschwommener Fleck, der Schmerz war ein verschwommener Fleck. Achtundvierzig Monate. Er erinnerte sich an jede einzelne Narbe und wer sie ihm zugefügt hatte, er erinnerte sich an jeden einzelnen Tag im Gefängnis und wer ihn ihm zugefügt hatte. Rabineau würde nie mehr herauskommen, dafür hatte der Mord an Pathune gesorgt, und das Kreuz auf der Stirn hatte es besiegelt. Und dann Quinn.

Es war einfach gewesen, im Restaurant anzuheuern. Und dann, gleich an seinem ersten Abend, hatte Salinger in seiner Kellneruniform die beiden Männer entdeckt, die neben Quinn saßen. In einem Augenblick betörender Klarheit hatte er begriffen, dass das hier größer war als sein eigener Schmerz, größer als alles, worüber er je nachgedacht hatte. Das hatte *Bedeutung.* Geblendet von dieser plötzlichen Klarheit stand er nun da, mit seiner immer noch einbandagierten letzten Wunde – er wusste, an diesem Punkt hatte er ankommen sollen. Alles in seinem Leben hatte zu diesem Augenblick geführt. Er war ein bloßes Instrument, während das Universum seine Achse wieder zurechtrückte und alles, was Quinn je berührt und besudelt hatte, sich in Asche verwandeln würde.

Madisons Stimme, indigoblau, hatte sich ausgedehnt und erfüllte jeden Winkel seines Bewusstseins, den er nicht aufs

Laufen verwendete. Er hätte die Strecke mit verbundenen Augen laufen können, aber das wäre Angeberei gewesen. Wie lange war lange genug?

Der Boden unter ihren Füßen wurde wieder eben. Madison patschte durch zentimetertiefes Wasser, ein Ufer mit bleichen Steinen war vage zu erkennen. Salinger hatte die Richtung geändert, und sie folgte ihm durch den seichten Übergang, auf der anderen Seite hinauf und wieder ins Unterholz. Sie rannte, stolperte und stieß gegen alles, was ihr im Weg war, während sie ihn verfolgte. Manchmal roch sie den ekelhaften, fauligen Gestank und würgte fast. Blut und Erde. Ein glühender Schmerz brannte ihr in der Brust, und sie bekam fast keine Luft mehr, aber plötzlich waren sie auf einem Pfad, auf manche Stellen fiel ein wenig Licht, der Boden war frei, und Madison legte an Tempo zu.

Salinger war in Sichtweite, Cameron erreichte den Pfad und holte auf. Madison mobilisierte ihre letzten Reserven, sie rannten Seite an Seite, ihr Ziel war nur Sekunden voraus.

Es war ein langgezogener Pfad, zweimal konnte sie Salinger fast mit der ausgestreckten Hand erreichen. Plötzlich rauschte Wasser, und sie erreichten nacheinander das Ufer des Hoh River. Der Mond schien erschreckend hell. Salinger stolperte und verlor auf den Steinen das Gleichgewicht, sie stürzten sich auf ihn und hielten ihn am Boden fest. Madison brauchte ein paar Sekunden, um zu merken, dass er sich nicht wehrte, er atmete beinahe normal, während Cameron seinen linken Arm und sein Bein festhielt und sie seine rechte Seite, beide völlig außer Atem. Ihr Gehirn kämpfte um Sauerstoff, die Erinnerung an seine letzten Worte kam stockend zurück.

»Tommy. Wo ist er? Was haben Sie getan?« Sie spuckte die Worte heraus und merkte wohl, dass die Mündung ihrer Waffe gegen das weiche Fleisch unter seinem Kiefer drückte, ohne zu wissen, wie sie dahin gelangt war. Die Spitze von Camerons Messer ruhte leicht an Salingers Wangenknochen. Er lag schlaff unter ihnen und blickte hinauf zum Himmel, seine Miene war so bar jeglicher Angst, dieser grundlegendsten menschlichen Reaktion auf den drohenden Tod, dass Madison innehielt. Sie war zu aufgewühlt, um klar zu denken, spürte aber doch, dass etwas nicht stimmte. Und zwar ganz und gar nicht und unwiderruflich. Kalter Schweiß rann ihr zwischen den Schulterblättern hinunter.

»Ihr habt mir gebracht, was ich wollte«, krächzte Salinger und warf einen kurzen Blick zum Wald hin.

»Und was wolltest du, du kranker Scheißkerl?« Madison versagte die Stimme.

»Quinn«, flüsterte er.

Madison und Cameron blickten einander an, beiden wurde gleichzeitig bewusst, dass Quinn nicht bei ihnen war, dass er allein zurückgeblieben war.

»Quinn«, sagte sie.

»Ja.« Salinger wandte sich an Cameron. »Da kriegt er dich nicht raus, was?«

Langsam ergaben die Teile ein Bild, und der ganze Schrecken breitete sich vor ihnen aus.

»Wo ist Tommy? Was haben Sie mit ihm gemacht?« Madison stand auf, und Cameron langte hinüber, um Salinger unten zu halten. Der Mann rührte sich nicht.

Salinger hatte in den letzten zwölf Monaten keinen einzigen Fehler begangen. Er hatte sich auch nicht in dem Ort getäuscht, wo Quinns Bruder gestorben war. Er wollte nur, dass Quinn alleine dort hinkam. Madison beugte sich vor, die Hände auf den Knien, ihr wurde schwindelig bei der Vorstellung.

»Tommy lebt, oder?«

Salinger gestattete sich ein kleines Lächeln.

Madison wandte sich an Cameron. »Pierce County«, keuchte sie. Mehr brachte sie nicht heraus, sie wandte sich wieder zum Wald und rannte los, rannte, als wäre der Teufel hinter ihr her.

»Nein«, brüllte Madison und stürzte sich auf Salinger, und im nächsten Moment waren die drei außer Sicht. Nathan Quinn hörte die Verfolgungsjagd in der Ferne immer leiser werden und dann nur noch das Knistern der Fackeln und die tiefe Stille des Waldes.

Er ging den Weg zurück, den sie gekommen waren, und als er bei der letzten Fackel am Rand der Wiese angelangt war, hob er sie ohne Probleme aus der Metallklammer – es hatte fast etwas Mittelalterliches, meldete sein Gehirn.

Quinn trat heraus, es bestand keine Notwendigkeit mehr, sich in den Schatten zu verstecken; die Bäume um das Feld herum zeigten einen Kreis von Sternen am offenen Himmel. Er blickte hinauf, und der Wind kühlte die Schweißtropfen in seinem Gesicht.

Er hatte Hollis' Bericht gelesen und wusste jetzt, warum Salinger ihm die Karten geschickt hatte. Er erinnerte sich kaum an den Fall und die Rolle, die er dabei gespielt hatte. Am Tag zuvor hatte er hundert Mal an den Fall zurückgedacht, und auch an das Restaurant, um Salinger vor sich zu sehen. Gerade eben hatte er ihn nicht wiedererkannt. Vor sieben Jahren hatte er nicht gewusst, ob Salinger oder der Mandant von Quinn Locke schuldig gewesen war, und er wusste es auch heute nicht. Er wusste nur, dass James und seine Familie tot waren und dass Tommy entführt wurde, weil *seine Worte* an irgendeinem Tag wirkungsvoller gewesen waren als die eines anderen Anwalts. Und weil sein Leben einmal, vor zwanzig Jahren, nach links statt nach rechts abgebogen war.

Die Briefkarten hatten sich genau auf die Lichtung bezogen, und Salinger hatte bisher keinen einzigen Fehler gemacht.

Der Pfad, der ihn an jenen Ort führen würde, den er in den

letzten zwei Jahrzehnten mindestens alle paar Monate besucht hatte, lag vor ihm. Nachts war er noch nie dort gewesen, aber wenn er die Augen schloss, sah er ihn deutlich vor sich. Er überließ seiner Erinnerung die Führung und folgte ihr von der Wiese weg ins Unterholz, achtete darauf, mit der Fackel keine tief hängenden Äste zu berühren.
Quinn hatte recht gehabt, innerhalb von zwei Minuten war er dort, der Boden wurde eben, und das Dickicht öffnete sich. Nachts dort zu sein war noch schwerer: Die Jungen, James und Jack, hatten dort alleine und verängstigt eine Nacht verbracht, David war zu dem Zeitpunkt schon tot gewesen.
Die Flamme warf ein flackerndes Licht auf den ersten der Bäume, die er so gut kannte, es war derjenige, an den Jack gebunden worden war und der ihn gestützt hatte, während sie ihn gequält hatten. *Timothy Gilman wie ein Bär in einer Tötungsfalle.*
James war an den zweiten Baum gefesselt worden, der Schein der Flamme fiel auf die rauhe Rinde und beleuchtete dahinter den dritten, den von David. Quinn blieb stehen. Das Loch war in die Höhlung zwischen den gewaltigen Wurzeln gegraben worden, es öffnete sich wie ein schwarzer, feuchter Schlund in der Erde. Einen Augenblick lang konnte er sich nicht überwinden, näher heranzugehen. Er musste nachsehen, es musste sein.
Er stellte sich vor das Loch und hielt die Fackel darüber. Der Käfig bestand aus metallenen Stäben und passte genau in die Grube, in seinem Inneren lag der Junge, zusammengerollt und in eine Decke gehüllt. Quinn nahm den Schrei, der ihm entfuhr, gar nicht wahr, er rammte die Fackel zwischen zwei Steine und warf sich flach auf den Boden, den rechten Arm streckte er aus, in das Loch. Er langte zwischen den Stäben hindurch, es war eng, aber nicht unmöglich, mit den Fingerspitzen berührte er das Gesicht des Kindes. Der Junge lag auf

der Seite, und Quinn fuhr mit der Hand an seinem Kragen entlang, bis er es gefunden hatte: einen langsamen, aber gleichmäßigen Puls und ein klein wenig Körperwärme.
Unter seinem Körper bewegte sich etwas, und dann drang Wasser aus einer Öffnung in der Wand, ein faustgroßes Loch, er konnte es von oben nicht erreichen, es befand sich etwa auf der Höhe der Füße des Jungen.
Er packte einen der oberen Gitterstäbe. Jetzt sah er den verdammten Schnappverschluss und einen roten Draht, der aus dem Mechanismus herauskam und in der Erde verschwand. Mit all seiner Kraft riss er an dem Stab. Er bewegte sich kaum.
Das Wasser sammelte sich nun auf der Fläche, auf der der Junge lag. Wie lange hatte er noch?
Quinn brauchte keinen toxikologischen Befund, um zu wissen, dass der Junge betäubt worden war: Er rührte sich nicht, er reagierte nicht, er atmete flach, und wenn das Wasser hoch genug stand, würde er überhaupt nicht mehr atmen.
Er musste nachdenken, er musste überlegen, denn genau das hatte Salinger im Sinn gehabt, und es musste einen Grund dafür geben.
Quinn stand auf, da löste sich etwas unter seinen Füßen. Er fuhr mit den Fingern durch das feuchte Laub und die Tannennadeln: Die flache Kachel war kaum verborgen, es war ein Druckschalter. Dadurch war das Ganze ausgelöst worden, er selbst hatte es bewirkt, durch sein Gewicht, als er sich auf den Boden gelegt hatte, um nachzusehen, ob Tommy noch lebte.
An die Kachel war ein Draht angeschlossen, ein dünner brauner Draht, der aus der Erde kam, als Quinn den Schalter anhob. Das Kabel schlängelte sich ein paar Meter über den Boden und verschwand hinter einem Busch.
Nathan Quinn hatte in den vielen Jahren bei Gericht jede Art von Wahnsinn kennengelernt, er hatte Trauer und die

Wolke aus Gewalt gesehen, die den Leuten an den schlimmsten Tagen ihre Menschlichkeit raubte – aber das hier übertraf alles.

Er sah nach dem Jungen, das Wasser stieg langsam an, bald würden seine Kleider nass sein. Er konnte wählen zwischen Ertrinken und Erfrieren. Quinn folgte dem Draht ins Gebüsch und schob die Zweige aus dem Weg. Das Ganze war schlecht getarnt, jeder hätte es bei Tageslicht aus drei Metern Entfernung sehen können, es war nur von hastig hingeworfenen Ästen und Zweigen verborgen. Er räumte sie weg, bis das Konstrukt zu sehen war.

Nathan Quinn wich unwillkürlich einen Schritt zurück und starrte es an. Er starrte es an, bis sein Denken wieder einsetzte und sämtliche albernen Vorstellungen von Rettung und Wiederbelebung zunichtemachte. *Pierce County.*

Der Plastiktank mit dem Wasser, das in die Grube lief, stand in einem weiteren Metallkäfig mit Gitterstäben. Er war mit Pfählen gesichert, die in die Erde gehauen worden waren. Mehr ging nicht in Quinns Kopf: zur Mitte gerichtete festgeschweißte Stahlklingen und Glasscherben in einem Vogelkäfig, der sich wie das Gehäuse einer Meeresschnecke wand. Niedrig, aber breit und lang genug, so dass man den Tank nicht erreichte, wenn man sich nicht im Inneren des Käfigs befand. Unter der Erde musste ein Rohr verlaufen. Der Wasserhahn und der rote Draht vom Mechanismus des Schnappverschlusses waren gut zu sehen, und wenn man das Ventil drehte, würde sich der Tank entleeren, verhindern, dass die Grube volllief, und den Käfig entriegeln.

Quinn blickte in die Richtung, in der sie im Wald verschwunden waren. Wie lange würde es dauern, bis jemand zurückkam? Und wer würde es sein? Er versuchte es mit Logik: entweder Jack oder Madison. Einer von beiden oder beide, Salinger konnte nicht allen zweien entkommen, nicht ohne Waffe, und bisher hatte er keine Schüsse gehört.

Er sah noch einmal nach dem Jungen, es blieb nicht viel Zeit. Als er Salingers Konstruktion betrachtete, verstand er die Aufnahmen von den übel zugerichteten Männern, die Madison ihm gezeigt hatte. Sie waren langsam und erbarmungslos von dem Machwerk getötet worden.

Das Wasser stieg an. Quinn zog sich die Jacke aus und war überrascht, wie hart die kugelsichere Weste über seinem Hemd war, er hatte sie ganz vergessen. Er nahm sein Mobiltelefon heraus, wählte eine Nummer und sprach mit jemandem, er versuchte, sich klar auszudrücken, aber er war sich nicht sicher, ob man ihn verstand. Im Geiste war er schon woanders: beim Muster der Verletzungen der toten Männer, die gezwungen worden waren, durch den Käfig zu kriechen. Er würde durch die Spirale um den Tank herumkriechen müssen, um zu dem Hahn zu gelangen.

Er legte das Mobiltelefon vorsichtig auf den Boden neben seine Füße, die Verbindung war noch aktiv – es blieb keine Zeit mehr –, und warf einen Blick hinter sich in den Wald. Einer von beiden würde zurückkommen, einer von beiden würde den Jungen finden.

Bäuchlings auf dem feuchten Boden liegend, machte sich Quinn bereit, in den Käfig zu kriechen. Er schob sich nach vorn. Die erste Wunde war ein langer, stechender Schnitt an der Unterseite eines Unterarms, eine Klinge kratzte an der kugelsicheren Weste, und etwas bohrte sich zwischen den Riemen in seine Seite. Er stöhnte.

Was würde passieren, wenn sein Körper vor seinem Geist aufgab? Quinn konzentrierte sich und kämpfte gegen den glühenden Schmerz. Er schloss kurz die Augen, es gab nur eine Möglichkeit, das herauszufinden.

Kapitel 46

John Cameron sah Alice Madison im Wald verschwinden, in ihrer versteinerten Miene hatten sich zuletzt nur noch Furcht und Fassungslosigkeit gespiegelt. Er drückte Salinger nach unten, die Spitze des Messers ruhte immer noch an seinem Wangenknochen.

Cameron atmete heftig aus, er hatte versucht, Quinn zu schützen, indem er diesen Mann hier zur Strecke brachte, und nun hatte er versagt. Was auch immer bisher passiert war – Cameron stoppte diesen Gedankengang. Alles war anders als noch zwei Minuten zuvor, und das Blut dieses Etwas zu vergießen, würde ihn weder befriedigen, noch würde es Gerechtigkeit schaffen.

Er neigte den Kopf auf eine Seite. »Sind Sie zurechnungsfähig?«, fragte er Salinger.

Der Mann schien zu überlegen. »Ich weiß es nicht«, antwortete er.

»Ich frage mich, wie die Gerichte wohl damit umgehen, was Sie getan haben. Bei so viel Vorbereitung, so viel Vorausdenken.«

Sein Griff um den Hals des Mannes verengte sich, und Harry Salinger begriff, dass sein sorgfältig ausgearbeiteter Plan vor die Hunde gegangen war und er sich in den Händen eines Mannes befand, der ihn leiden sehen wollte. Und wenn er ihn dafür am Leben lassen musste.

»Ich habe das Loch am Fuß des Baums gegraben, an dem David gestorben ist. Erinnerst du dich, wo das ist?«, flüsterte Salinger. »Wie lange wird es wohl dauern, bis *dein Anwalt*

den Entschluss fasst? Weißt du, dass er immer noch jeden Monat herkommt? Wie weit wird er wohl kriechen können, bevor er zu viel Blut verloren hat oder der Schock ihn endgültig lähmt?«
Cameron sagte nichts, er fixierte den ganzen Mann.
»Hast du eine Vorstellung davon, wie sehr dein Freund für seine Familie gekämpft hat? Wie lange es gedauert hat, bis sein Körper reglos neben den anderen lag? Eines der Kinder hat versucht, sich unter dem Bett zu verstecken …«
Cameron schlug ihm mit dem Griff seines Messers fest gegen die Schläfe. Salinger kippte nach hinten um und lag ausgestreckt auf den Steinen am Ufer des Hoh River.

Alice Madison ließ die vom Mond beleuchteten Stellen schnell hinter sich, als sie die freie Strecke entlangrannte. Die Taschenlampe zeigte ihr Wald und steinigen Boden. Bald würde sie zu dem steilen Abhang kommen und beide Hände brauchen. Wenn sie es also tun wollte, musste sie es jetzt tun. Sie suchte nach ihrem Telefon und hoffte inständig, sie hätte Empfang. Es waren kaum Balken zu sehen, aber das musste genügen.
Als der Anruf durchging, redete sie gleich drauflos, aber die Frau von der Vermittlung ließ sie alles dreimal wiederholen. Madison nannte ihr die Nummer ihrer Dienstmarke und machte der jungen Frau in Anbetracht der Situation und dafür, dass sie in vollem Tempo rannte, relativ ruhig klar, dass sie das nächste Mal, wenn sie alles im Einzelnen wiederholen müsste, ohne Hilfe den Weg zurück in die Zivilisation finden würde. Und sie, die Telefonistin, dann in den tiefsten Wald zerren und dort aussetzen würde. Ob *sie* das bitte wiederholen könnte?
Sie beendete das Gespräch und rief Fynn an. Als die Mailbox sich meldete, konnte sie sich Sekunden später, im nassen Laub den Abhang hinaufkletternd, nicht mehr an ihre Worte erinnern. Eine Ahnung lenkte sie ab.
Nie war es Salinger um Cameron gegangen, immer nur um

Quinn. Sie sah Salinger vor sich, ganz neu im Restaurant, einer der Abräumer blickte ihm spöttisch über die Schulter. *»Hast du eine Ahnung, wer das ist?« »Ja, habe ich.«*

Genug. Nathan Quinns Körper schaffte es nicht weiter. Er versuchte sich noch einmal vorzuschieben, die Weste war jetzt lose und verdreht, aber es ging nicht. Irgendetwas hatte sich ihm ins Bein gebohrt, und er konnte es nicht bewegen, das andere Bein spürte er überhaupt nicht mehr. Der quälende Schmerz war betäubender Kälte gewichen. Den Wasserhahn sah er nicht mehr, weil er gar nichts mehr sah.
Die blutverschmierten Finger seiner rechten Hand berührten den Tank an der Seite, er spürte etwas unter den Fingerspitzen, aber er konnte es nicht greifen.
Die Zeit hatte jegliche Bedeutung verloren, sein Körper verwandelte sich in Stein. Wenn er sich nur einen Augenblick ausruhte, konnte er vielleicht wieder Kraft schöpfen und weitermachen. Nur einen Augenblick.

Alice Madison kam aus dem Unterholz auf die Lichtung gerannt. Sie nahm alles gleichzeitig wahr, die Grube, den Käfig, das Blut. Sie rief ihre Namen, auch wenn sie über dem Hämmern ihres Herzens nicht einmal die eigene Stimme hören konnte, sie rief immer weiter, auch wenn niemand antwortete. Sie legte sich vor die Öffnung des Lochs, ihre Stimme überschlug sich, sie zerrte an einem Stab des Käfigs, und nun, da sein Zweck erfüllt war, sprang der Verschluss auf. Sie schob die feuchte Decke weg und schaffte es, die Hand unter den Arm des Jungen zu schieben. Ganz vorsichtig, einmal verlor sie ihn beinahe, zog sie ihn heraus, legte ihn hin, wischte sich die schmutzige Hand an der Hose ab und suchte seinen Puls. *Da,* er war da.
Alle Luft wich aus ihrer Lunge. »Quinn«, brüllte sie. »Er lebt, er atmet.«

Sie kroch mit Tommy im Arm zu dem Käfig, aber Quinn lag mit dem Rücken zu ihr, und sie konnte sein Gesicht nicht sehen; sie sah nur zerfetzte Kleidung und Rot. Sein linker Arm lag abgewinkelt hinter dem Rücken, Madison langte zwischen den Stäben hindurch, sie schloss die Hand um seine.

»Quinn …«

Sie fand keinen Puls, rutschte immer wieder ab.

»Quinn …«

Madison legte sich Tommy auf den Schoß, schlüpfte aus ihrem Rucksack, nahm ein paar kleine Taschenheizkissen und zwei Wärmedecken heraus. Tommy musste langsam wieder aufgewärmt werden: Sie steckte die Heizkissen in ihre eigene Jacke, hüllte Tommy in die Decken und legte einen Arm um ihn, so dass er an ihrem Körper und unter ihrer Jacke lag; mit der anderen Hand fasste sie nach der von Quinn, sie war eiskalt.

»Quinn …«

Tommy seufzte. »Du bist bei mir, Tommy, alles wird gut, du bist bei mir.« Tommy wimmerte im Schlaf. Madison drückte ihn an sich, flüsternd sang sie *Blackbird* in seine weichen Haare.

Quinns Hand, die sie fest umklammert hielt, zuckte.

Alice Madison wusste nicht, wie viel Zeit vergangen war, aber sie hob den Blick, und da war Cameron; er fiel auf die Knie. Sein Gesicht war mit etwas verschmiert, das sie kaum ansehen konnte, es war überall auf seinen Händen und Kleidern. Seine Augen waren dunkel. Er langte in den Käfig hinein und berührte Quinns Arm.

»Wo ist er?«, fragte sie.

»Am Flussufer«, antwortete er, ohne den Blick von Quinn abzuwenden. »Lebendig.«

Ihre Blicke trafen sich. Aus der Ferne war ein Hubschrauber zu hören, er kam näher.

»Wenn Sie gehen wollen, dann tun Sie es jetzt. Wenn Sie bleiben, sagen Sie weder zu mir noch zu sonst jemandem auch nur ein Wort. Verstehen Sie?«

Cameron setzte sich auf den Boden, ohne die Hand von Quinns Arm zu nehmen.

Sie kamen nacheinander: Zuerst stürmte das Geiselrettungsteam auf die Lichtung, mit langen Gewehren und Lampen; Madison hielt ihre SPD-Dienstmarke hoch, Cameron verschränkte die Hände hinter dem Kopf. Sanitäter entwanden ihr Tommy und ließen ihn Warmluft inhalieren, während Cameron von Beamten auf versteckte Waffen abgetastet wurde. Sie fanden keine.

Auf den Käfig reagierten sie mit Schweigen und der konzentriertesten Arbeit, die Madison je gesehen hatte; innerhalb von Sekunden hatte Quinn einen intravenösen Zugang in dem Arm, den sie erreichen konnten, von da an wurde er permanent überwacht, die Werte wurden laut verkündet, und man war sich einig, dass es ein viel zu großes Risiko darstellte, ihn hier mitten im Wald zu befreien. Die niedrige Temperatur und der Metallkäfig hatten ihn gerade so am Leben erhalten. Wenn sie ihn befreiten, würde er verbluten. So einfach war das. Er würde so, wie er war, auf dem Luftweg transportiert werden müssen, und dann würde man ihn im Krankenhaus versorgen, falls er den Flug überlebte, was nicht wahrscheinlich war.

Am Ufer des Hoh River wurde ein Mann gefunden, er wurde stabilisiert und auf einer Bahre weggetragen. Niemand stellte ihm Fragen, weil er nicht in dem Zustand war, Fragen zu beantworten.

Kapitel 47

Billy Rain reichte dem Bankangestellten den Scheck über 100 000 Dollar, den er seinem Konto, auf dem sich derzeit 147,27 Dollar befanden, gutschreiben sollte. Er trug einen Anzug – seinen einzigen, weil Carl Doyle den Scheck für die Belohnung in der Kanzlei von Quinn Locke ausgestellt und Billy Rain eingeladen hatte, ihn dort abzuholen. Todd Hollis würde ihn dann zu einer Bank seiner Wahl fahren, wenn er das wünschte.

Der Bankangestellte zuckte mit keiner Wimper; Billy Rain nahm wie betäubt die Bestätigung entgegen, um die er gebeten hatte. Erst an diesem Morgen hatte er seinen Job in der Werkstatt seines Schwagers gekündigt und war nun auf dem Weg zum Haus seiner Familie, ein Haus, für das er keinen Schlüssel mehr hatte, um ein Gespräch mit seiner Frau zu führen. Heute gab es Dinge zu besprechen, die sie sich nie im Leben hätte träumen lassen.

Carl Doyle saß auf der schmalen Bank, die während der letzten drei Tage sein Büro, sein Zuhause und sein Wachturm gewesen war. Er war der Torhüter von Nathan Quinns Krankenhauszimmer, seit drei Tagen besaß er auch den Status der nächststehenden Person, und außer Ärzten und Krankenschwestern hatte niemand hineingedurft. Sogar Alice Madison musste trotz ihrer zahlreichen Besuche auf dieser Seite der Tür bleiben; wenn er aufwachte, würde Quinn selbst entscheiden, wen er sehen wollte, wenn überhaupt jemanden, das war Doyles Mantra gewesen.

Der Faden, an dem Quinns Leben hing, war in den letzten zweiundsiebzig Stunden gefährlich dünn gewesen, aber er war nicht abgerissen. Die Ärzte waren sowohl von seiner Widerstandsfähigkeit als auch vom Ausmaß seiner Verletzungen überrascht: Ein paar hatten bereits Überlebende von Bärenangriffen behandelt, und die hatten verflucht noch mal besser ausgesehen als der Mann, der ihnen in einem Metallkäfig angeliefert worden war.

Die Assistenzärzte hatten bei 400 aufgehört, die Stiche zu zählen, von der Milz war kaum noch etwas vorhanden, und der Augenchirurg brachte positive, wenn auch noch unbestätigte Rückmeldungen. Das war nicht viel, es war sogar erbärmlich wenig, aber das war der Stand der Dinge.

Daher kam es, dass Carl Doyle die Geschäfte der Kanzlei Quinn Locke von einer Bank in einem Krankenhauskorridor aus führte, und das würde er tun, solange es notwendig war.

Die Frau, die sich zögerlich näherte, sah genauso erschöpft und abgespannt aus wie er. Als sie vor der Tür stehen blieb, blickte Doyle von seinen Unterlagen auf.

»Keine Besucher und kein Kommentar«, sagte er höflich, aber ohne Spielraum für Missverständnisse.

»Ich bin Rachel Abramowitz. Tommy ist mein kleiner Sohn«, sagte Rachel.

Doyle nahm ihre Hände, und sie setzte sich neben ihn. Sie rang um Fassung.

»Wie geht es ihm?«

Rachel lächelte schwach. »Er erinnert sich an nichts, er ist aufgewacht, es scheint ihm gutzugehen, er isst und schläft. Aber einer von uns ist immer bei ihm. Immer.«

Doyle nickte.

»Und wie geht es ihm?«, fragte Rachel und warf einen Blick zur geschlossenen Tür hin.

Doyle erklärte es, sie hatte die Wahrheit verdient.

»Würden Sie etwas für mich tun?«, fragte Rachel.
»Natürlich.«
»Würden Sie ihm das hier von meinem Sohn geben?«
Nachdem Rachel Abramowitz gegangen war, betrat Doyle Quinns Zimmer. Die Jalousien waren heruntergelassen, der Mann auf dem Bett schlief tief in der Behaglichkeit eines medizinisch herbeigeführten Komas.
Doyle wusste nicht, was der Gegenstand bedeutete, aber das war auch nicht wichtig, Quinn würde es wissen. Er schob ihm den Baseball unter die unverletzte Hand und schloss seine Finger darum.

Mary Sue Linden eilte durch den langen Gang, ein Mittagessenstablett fest in der Hand. Während der letzten drei Tage war sie das jüngste Mitglied des Schwesternteams gewesen, das sich um Patient X kümmerte: Er war ohne Namen und unter Polizeischutz eingeliefert worden. Angeblich war er Zeuge irgendeines schrecklichen Verbrechens gewesen, und ein Drogenkartell war hinter ihm her.
Mary Sue ging an den leeren Räumen auf beiden Seiten vorbei und nickte den beiden Polizisten zu, die davor Wache hielten. Mit der Hüfte schob sie die Tür auf. Patient X war wach, er konnte nicht sprechen, aber er atmete selbständig. Die Ärzte konnten seine Verletzungen gar nicht begreifen. Vielleicht ein Hai mit einem Messer, hatte jemand vorgeschlagen.
Mary Sue näherte sich dem Bett, er verfolgte sie mit Augen, die so bleich waren wie Regenwasser. Sie setzte das Tablett vorsichtig auf dem Nachttisch ab und warf einen kurzen Blick zur Tür. Dann beugte sie sich vor und sprach so leise wie möglich.
»Ich soll Ihnen etwas ausrichten«, sagte sie. »Von Ihrem Polizistenfreund, dem Iren mit den roten Haaren.«
Er kniff die Augen ein wenig zusammen.

»Können Sie mich hören?«
Harry Salinger blinzelte einmal.
»Er hat gesagt, ich soll Ihnen das sagen und sichergehen, dass Sie es wirklich verstehen.« Ein Flüstern. »Der Junge lebt, es geht ihm gut, und der Mann lebt auch. Sie werden beide wieder ganz gesund.«
Als der Patient das Gesicht abwandte, tätschelte sie ihm sanft den Arm. Männer konnten schon merkwürdig sein, wenn sie Gefühle zeigen wollten, aber das war ja nichts Neues.

John Cameron stand in seiner Zelle und ließ sich das Licht, das durch das schmale Fenster fiel, ins Gesicht scheinen. Er trug den orangefarbenen Overall, den Insassen bekamen, die eines sehr schweren Verbrechens angeklagt waren und denen die Freilassung auf Kaution verweigert wurde. Das überraschte ihn nicht und bereitete ihm auch nicht im mindesten Sorgen. Detective Madison hatte ihn regelmäßig besucht und mit Neuigkeiten über Quinns Fortschritte versorgt, und mehr interessierte ihn fürs Erste nicht.
Sie hatten sich einander gegenübergesetzt, dazwischen eine Glasscheibe. Sehr unterschiedlich gekleidet, aber mit identischen Schnittwunden und Kratzern auf Gesicht und Händen.
»In seinem Transporter wurde eine Holzkiste gefunden, mit einem kleinen Knochen darin. Könnte vom Bruder stammen«, sagte Madison.
»Haben Sie herausgefunden, wo sie ihn festhalten?«
»Ja, er ist in Schutzhaft.«
»Gut, Schutz wird er brauchen.«
»Er weiß, dass er versagt hat und dass beide überlebt haben, dafür haben wir gesorgt.« Sie schob ein Blatt Papier durch den Schlitz in dem Glas, das Protokoll von Salingers Gerichtsverhandlung und das Schlussplädoyer, das Quinn geschrieben hatte.
Cameron las. »*... Im Herzen eines jeden Menschen gibt es et-*

was, das uns nach Gerechtigkeit streben lässt, für diejenigen, denen Unrecht geschah, denen ein Leid zugefügt wurde …«

Madison stand auf, um zu gehen. »Bevor wir in den Wald gegangen sind, sagten Sie zu Quinn …«

»Er hatte mir sein Wort gegeben, dass er keine Dummheit machen, sich selbst nicht in Gefahr bringen würde.« Er lehnte sich zurück. »Fragen Sie mich nur, Detective, ich weiß, dass Sie sich schon Gedanken gemacht haben.«

Sie hätten bei ihr zu Hause am Esstisch sitzen können, während im Kamin ein Feuer brannte und Kaffeeduft den Raum erfüllte.

»Wie lange haben Sie vor zu bleiben?«, fragte ihn Madison.

»Solange es meinen Zwecken dient«, antwortete Cameron.

Einen Augenblick lang ist überhaupt kein Glas mehr zwischen ihnen.

John Cameron wurde um seiner eigenen Sicherheit willen isoliert, doch alle wussten, dass das eine jämmerliche Lüge war. Trotzdem hatte er es geschafft, an eine Zeitung zu kommen. Offenbar hatte Harry Salinger die Grabsteine ausgetauscht, und der von der Polizei überprüfte Leichnam war in Wahrheit sein Vater, während er seinen toten Zwillingsbruder aus dem Grab geholt hatte, um ihn in dem Feuer ein zweites Mal sterben zu lassen.

Ein Test ergab, dass der Leichnam im Sarg keine mitochondriale DNA enthielt, die mit der von Salinger übereinstimmte. Nun stand er wegen Selbstmordgefährdung unter Beobachtung und war wegen vierfachen Mordes und einer Entführung angeklagt. Wo auch immer sie Salinger festhielten und behandelten, er wünschte sich jetzt wahrscheinlich, er wäre sein Bruder.

Cameron schloss die Augen, die Zelle machte ihm wenig aus. Der Himmel über ihm war so blau, dass es schmerzte.

Sergeant Kevin Brown wachte auf und ließ das Bewusstsein langsam zurückkehren, während er sich orientierte. Er lag in einem Krankenhaus, das war halbwegs offensichtlich, und doch war das Letzte, woran er sich erinnerte, ein Gespräch mit Madison auf dem Revier. Durch die Lamellen des Rollos drang winterliches Licht, und die Uhr an der Wand zeigte den 28. Dezember um 15:07 Uhr an. Er konnte nicht sagen, wie lange er schon hier war, denn er hatte keine Ahnung, wann diese Sache geschehen war, wegen der er überhaupt hier gelandet war.

Er versuchte sich zu bewegen, aber es passierte nicht viel. Er wandte den Kopf ein wenig zur Seite. Madison schlief tief und fest auf einem Stuhl neben seinem Bett. Auf dem Schoß hatte sie ein Buch liegen, und sie sah aus, als wäre sie durch einen Rosenstrauch gelaufen. Sie seufzte im Schlaf, und in diesem Moment stellte sich bei Kevin Brown eine Erinnerung ein, wie aus einem Traum, ihre Stimme, sie sprach und las ihm etwas vor. Sie sprach und las, stundenlang. *Nennt mich Ismael.* Wenigstens für heute hatten sie also ihr Tagwerk verrichtet. Er betrachtete die Schlafende eine Weile, bis die Schwester hereinkam und Madison sich regte.

Danksagung

Einige Ortsnamen in meinem Roman sind fiktiv, da ich Mord und Totschlag lieber nicht in einem bestimmten Haus in einer realen Straße ansiedeln wollte. Ähnlich bin ich mit den verschiedenen Polizeirevieren und Gerichten verfahren.

Diese Geschichte hätte das Licht der Welt nicht erblickt ohne die Begeisterung und das rückhaltlose Vertrauen meiner Freunde und meiner Familie: Sue und Bruce Berglund in Seattle öffneten uns ihr Haus und ihre Herzen und versüßten mir das Schreiben mit dem Ausblick von ihrer Terrasse; Kezia Martin, meiner ersten Leserin, danke ich für die Ermutigung und die Bereitschaft, das Manuskript zu lesen, als es noch im Entstehen war; meiner Mutter, die mich lehrte, dass die Welt tatsächlich voller Möglichkeiten ist, und schließlich Gerald, der alles Wirklichkeit werden ließ.

Dieses Buch gäbe es nicht ohne meine Agentin Teresa Chris, deren Unterstützung, Vertrauen und sprudelnder Humor einfach unbezahlbar sind, und auch nicht ohne Jo Dickinson bei Quercus, die auf unglaublich einfühlsame Weise mein 142 966 Wörter umfassendes Monster in den Griff bekommen hat. Die beiden haben hieraus eine bessere Story gemacht – in mehr Hinsichten, als ich aufzählen kann.

Mein herzlicher Dank gilt auch den ausländischen Verlagen, die die Übersetzung dieser überbordenden Geschichte in Angriff genommen haben und sie so wohlwollend beurteilten.

»Erstklassig! V. M. Giambanco hat eine kraftvolle, große Geschichte zu erzählen.«
The Times

V. M. Giambanco

Jemand wird sterben

Thriller

Zwar ist es Detective Alice Madison in letzter Sekunde gelungen, ihrem kleinen Patensohn das Leben zu retten, doch der Preis dafür ist hoch: Jetzt steht sie auf ewig in der Schuld von John Cameron, dem Killer, dem nie etwas nachzuweisen ist, und Nathan Quinn, Camerons ebenso gerissenem wie charismatischem Anwalt. Kann Alice einen Teil der Schuld begleichen, wenn sie herausfindet, was vor 30 Jahren am Hoh River geschehen ist? Drei Jungen wurden verschleppt, zwei kehrten zurück – Quinns Bruder ereilte ein unerklärliches Schicksal. Und auch heute noch scheint jemand ein mörderisches Interesse daran zu haben, dass niemand die richtigen Fragen stellt.

Erscheint im März 2017

Du gehst mit deinem Kind zum Spielplatz.
Du gibst ein paar Sekunden lang nicht acht.
Du wirst es ewig bereuen.

Gilly Macmillan

Toter Himmel

Thriller

Wie so oft ist Rachel Jenner mit ihrem achtjährigen Sohn Ben spätnachmittags auf dem Weg zum Waldspielplatz. Heute will Ben allein vorauslaufen – selbstverständlich lässt Rachel ihn ziehen. Und findet Minuten später nur eine leer schwingende Schaukel vor.

Was geschah wirklich an jenem verhängnisvollen Nachmittag? Während die Polizei von Bristol in Rachels Leben das Unterste zuoberst kehrt, hat die Öffentlichkeit ihren Schuldigen längst ausgemacht: Rachel. Zerrieben zwischen ihrer persönlichen Tragödie, den fruchtlosen Ermittlungen eines verzweifelten Kommissars und den Hasstiraden der Netzgemeinde, erkennt Rachel, dass sie niemandem mehr trauen darf.

Sicher ist nur eins: Die Uhr tickt …

»Ein elektrisierend guter Thriller!«
Sunday Mirror

KNAUR